CHONGWENGUAN

读古人书　友天下士

百余年前，崇文书局于武昌正觉寺开馆刻书，成晚清四大书局之一。所刻经籍，镌工精雅，数量众多，流布甚广，影响巨大。为赓续前贤，昌明国学，弘扬文化，本社现致力于传统典籍的出版。既专事文献整理，效力学术，亦重文化普及，面向大众。或经学，或史论，或诸子，或诗词，各成系列，统一标识，名之为"崇文馆"。

崇文馆

中国古典诗词校注评丛书

李商隐诗全集【汇编汇注汇校】

郑在瀛　编著

长江出版传媒 | 崇文书局

中国古典诗词校注评丛书
编撰委员会

前　言

一

　　李商隐的名字同他的绝妙好诗早已进入千家万户。即使读书不多的人，对于"昨夜星辰昨夜风"、"心有灵犀一点通"、"春蚕到死丝方尽，蜡炬成灰泪始干"、"夕阳无限好，只是近黄昏"这一类感人肺腑、动人心魄的诗句，也能随口道出。李商隐的那些以"隐僻"著称的、以描写丰富的内心世界和细腻曲折的爱情心理为最大特色的诗歌，展现在我们面前，被更多的读者理解和接受而愈来愈受到世人的喜爱。

　　李商隐字义山，自号玉溪生、樊南生，怀州河内（今河南沁阳）人。生于唐宪宗元和八年（公元 813 年），卒于唐宣宗大中十二年（公元 858 年），一生经历了宪、穆、敬、文、武、宣六朝，正是史家所谓中晚唐时期。

　　李商隐一生的遭逢际遇，处处与他的时代密切相关，虽然他只是一个官不挂朝籍的小吏。他出生在一个已经没落的小官僚家庭，父亲李嗣做过获嘉县令，祖父李俌做过邢州录事参军，高曾祖也只担任过县令、县尉之职。他在《哭遂州萧侍郎》诗中说："公先真帝子，我系本王孙。"自称与皇室同族。那是因为他的祖先李承在北魏太武帝时受封姑臧侯，又以本爵让给弟弟李茂，承、茂的曾祖是凉武昭王李暠，而唐高祖李渊是李暠的七代孙，所以李商隐确实与皇室同宗共祖。惟同源分流，迁徙异地，故属籍失编。从诗人

1

的祖父开始，李家由原籍怀州河内（沁阳）迁居荥阳（郑州），两地相距二百里，中间隔一条黄河。诗人三岁时，父亲罢去获嘉县令，往江南充任地方使府幕僚，"浙水东西，半纪漂泊"，举家随往浙江，诗人在江南度过六年童年生活，九岁或十岁时，父亲病故。"某年方就傅，家难旋臻，躬奉板舆，以引丹旐。四海无可归之地，九族无可倚之亲。既袝故邱，便同逋骇，生人穷困，闻见所无。"（《祭裴氏姊文》）他跟母亲扶柩回郑州，三年守丧毕，迁居洛阳。他"五年读经书，七年弄笔砚"，父殁之前已开始学习生活，父殁之后，在家乡跟堂叔学习古文、书法。这位堂叔学问渊深，曾在太学读书，其父曾为"郊社令"，父死，结庐守墓，遂誓终身不仕。"通五经，咸著别疏，遗略章句，总会指归，韬光不耀……注撰之暇，联为赋论歌诗，合数百首，莫不鼓吹经实，根本化源，味醇道正，词古义奥，自弱冠至于梦奠，未尝一为今体诗。小学通石鼓篆与钟蔡八分，正楷散隶，咸造其妙。""商隐与仲弟羲叟、再从弟宣岳等亲授经典，教为文章，生徒之中，叨称达者。"（《请卢尚书撰故处士姑臧李某志文状》）在堂叔的教导和影响下，商隐十六岁著《才论》、《圣论》，以擅长古文与士大夫往来。大和三年三月，堂叔病逝。十一月，天平军节度使令狐楚聘李商隐为幕府巡官，当时他只有十七岁，尚未登第。"将军樽旁，一人衣白。"（《奠相国令狐公文》）可是令狐楚因为爱他的文才，深为礼遇，"人誉公怜，人潛公骂"，关系非同寻常。"每水槛花朝，菊亭雪夜，篇什率征于继和，杯觞曲赐其尽欢，委曲款言，绸缪顾遇。"（《上令狐相公状》一）令狐楚是牛僧孺党的重要人物，说他有意为牛党罗致人才，也很可能。他亲自教授商隐和令狐绹学做今体文，即当时流行的四六骈体文，这是做官的重要条件。大和六年二月，令狐楚调河东节度使。本年商隐"被乡曲所荐，入求京师"（《与陶进士书》），令狐楚"岁给资装"（《旧唐书》传），助其入京应考。《上崔华州书》说："凡为进士者五年，始为故贾相国（𝗲）所憎，明年病不试,又明年复为今崔宣州(郸)所不取。"此书上于开成二年正月初,两次应试失败,当是大和六年、八年的事。大和七年六月,令狐楚入京为吏部尚书,商隐回郑州,谒见郑州刺史萧浣,萧浣将他介绍给华州刺史崔戎,崔戎聘他为幕僚,接着送他"习业南山"(《安平公诗》)。明年应考不第,五月随崔戎自华州至兖州幕府。六月,崔戎病故,商隐西归,往来于河洛郑州之间。大和九年六月,崔戎逝世一周年,商隐由郑州至京城崔戎旧宅吊祭。十一月,发生甘露事变,这是宦官与朝廷(包括皇帝)的总较量。宰相李训、节度使郑注谋诛宦官,事败,训、注、王涯、舒元舆等皆被杀,族诛十余家,死者千余人。甘露事变给诗人以强烈的震撼,其《有感二首》专为此事而作,对朝臣遇害深表痛惋,对宦官的凶残表示极大愤慨。接着又作《重有感》赞赏刘从谏敢于揭露宦官仇士良等的罪恶和"誓以死清君侧"的正义行为,表现了对国家政治前途的关切和爱憎分明的感情。开成元年,他奉母迁居济源,到济源县西三十里的玉阳山学道教。玉阳山是王屋山支脉,山下有玉溪,"故山峨峨,玉溪在中"(《奠相国令狐公文》)。"义山未第时曾习业于王屋山的玉溪,说明他的学仙和习业原是同时事情。"(《李商隐评传》)所以商隐自号玉溪生。开成二年春,商隐考中进士,高锴为主考官。令狐绹当时在门下省为左补阙,高锴"见之于朝,揖曰:'八郎之友,谁最善?'绹直进曰'李商隐'者,三道而退,亦不为荐托之辞,故夏口(高锴出任鄂岳观察使,治所在夏口,即今武昌)与及第'"(《与陶进士书》)。商隐在给友人的信中坦率地述及自己中进士,得力于令狐绹的推荐,此信作于任弘农尉时,已与绹关系破裂,但并不否认从前所得到的帮助。进士及第后,于暮春三月东归,向洛阳亲友报喜,回济源安排母亲的生活,到外地聚粮以解决吃饭问题,诸多事情需要亲自料理。令狐楚早在上一年四月调任兴元尹、山南西道节度使,曾聘商隐入幕,当时因奉母居济源,未赴镇。及第后,令狐楚又催促他入幕,他答应"至中秋方遂专往"(《上令狐相公状》六)。入冬,令狐楚起病,商隐由长安匆匆驰赴兴元(今陕西南郑)。《奠相国令狐公文》说:"愚调京下,公病梁山,绝崖飞梁,山行一千。"他到镇时,令狐楚病已沉重,代楚草《遗表》,十二月扶楚丧回京。开成三年春,应博学宏词科试,考官周墀、李回已经录取他,复审时,有位中书长者说:"此人不堪。"被除名。冯浩《年谱》说:"中书长者,必令狐绚辈相厚之人。"非常正确。但是令狐绚既助他成进士,为何又通过中书长者毁之于宏博呢?学者多以为商隐婚于王氏,做了李党王茂元的女婿,因此得罪了令狐绚。冯浩说"应宏博正当初婚之际"。他们都以为商隐先结婚后应试。事实上,婚于王氏是应宏博以后的事,开成二年,不可能受泾原节度使王茂元之聘,故能受令狐楚之召赶往兴元,三年开春即准备应试,还要请当世显达为之延誉,不可能往泾幕求婚。他与令狐绚之间出现裂痕,应当在中进士之后、应宏博之前这段时间。商隐中进士后,立即写信给兴元尹、山南西道节度使令狐楚表示感激。"碎首糜躯,莫知其报效。"(《上令狐相公状》五)但他并不愿一辈子做幕僚,也不把朋党关系看得比君臣关系更重要,他一心想通过考试释褐做朝官,以摆脱白衣卑职和贫困处境。《樊南甲集序》曰:"十年京师寒且饿。人或目曰:'韩文、杜诗、彭阳(令狐楚)章檄、樊南穷冻。'"青年李商隐以挨冻受饿闻名京城。何况老母在堂,弟妹尚幼,作为长男,不得不负起养家的责任。在举家几乎断炊的情况下,他不得不到远处聚粮。令狐楚多次催促他入幕,他不就职,却赶往京城谋事。直到令狐楚病重,他才匆匆驰往兴元。令狐楚能理解商隐的苦衷,而令狐绚则未必有其父的气量。令狐楚死后,商隐还要准备应宏博试,李党人物周墀、李回为试官,对他的文学才能颇为赏识,将他录取。朝中既非一党当权,商隐不可能不接触李党,并且向他们表现自己的才能。《上李相公状》说:"某尝因薄技,猥奉深知,麟角何成,牛心早哽。"他把自己受李回的深知,比作王羲之受周颛的爱接。开成二年,他还为李党王茂元撰状文多起,如《为濮阳公上杨相公状》、《为濮阳公上华州陈相公状》、《为濮阳公上陈相公状》等,其时尚未入泾原幕,无非向达官贵要显示自己的才能。但是,他错了。错误不在于商隐多才,而在于向谁用才。令狐绹为人胸襟褊狭,对商隐不遵守党派戒律自然恼恨,视他为异己分子,故利用与己相厚的中书长者抹去其姓名。李商隐成了牛李党争的牺牲品,应宏博试失败后,不得不另有依投,于是赴泾原节度使王茂元幕,茂元爱其才,以女妻之。于是令狐绹找到了商隐背牛党李的铁证,嗤谪他"背恩",尤恶其"无行",后来牛党得势,商隐永无出头之日。唐代的朋党不同于今天的政党,不是基于经济的、政治思想的有严密组织、明确纲领的集团,只不过是政治人物们个人关系的网络。朋党的领袖们为了追求和扩大政治权力,往往拉拢那些想分润杯羹的追随者。所谓"牛李党争"是指以牛僧孺为首的官僚宗派同以李吉甫、李德裕父子为首的官僚宗派之间的权力斗争。自穆宗至宣宗朝,两派斗争将近四十年。牛党的领袖人物是牛僧孺、李宗闵、李逢吉,李党的领袖人物是李德裕、裴度、李绅。从两党重要人物的政治业绩和后代史家对他们的品评来看,李德裕比牛僧孺、李宗闵以及令狐父子要高出很多,岑仲勉甚至说"德裕无党"(《隋唐史》398页)。德裕的突出表现在武宗朝,武宗即位以后,首先打击牛党的杨嗣复和李珏;这两人是在文宗朝末年爬上宰相高位的。宦官仇士良要罢他们的官、杀他们的头,因为他们支持过武宗的弟弟和对手。李德裕在840年升任宰相,他不顾朋党利益,三次向皇帝陈词,挽救了政治对手的性命。他是一名极端精明干练的政治家,知识渊博,能言善辩,城府森严,精于算计。他把政敌牛僧孺、李宗闵从高层政治权力中排挤出去之后,对于特别过火的派性清洗活动不感兴趣,能够协调大规模的政府行动,并且向皇帝提交设想复杂的建议。武宗迫使仇士良隐退后不久，仇士良死去，其心腹爪牙被清除。李德裕铲除了宦官的各种权力基地，撤销了他们除神策军以外的其他兵权，使宦官不至像以前那样肆无忌惮。他领导的抗击回鹘战争以及泽、潞等五州的平叛战争均获胜，顶住了外族入侵、方镇叛乱的危机。李德裕同武宗之间的关系处理得极好，以其特有的魅力赢得了许多知识分子的神往。宣宗即位，起用牛党白敏中为平章事，务反会昌之政，武宗朝所贬牛党五相同日北迁；而李德裕一贬再贬，最后死于崖州。李商隐无论做地方幕僚还是在京城做九品官秘书省正字，都与牛李党争无直接关系。为摆脱贫困，一行作吏，心怀躁进，接触过李党人物，在政治上对李德裕表示同情，是事实。但作为一个正直善良的知识分子，李商隐有公心，无派性，他为牛党的刘蕡而歌哭，也为李党的李德裕、郑亚而歌哭，为了什么？为了正义！开成三年应宏博试落榜，明知吃了令狐绹的暗亏，却无力挽回这终生的遗憾。他怀着满腔悲愤径往泾原幕府，登泾州城楼时，写作了《安定城楼》，说自己有贾生、王粲之悲，同时有"永忆江湖归白发，欲回天地入扁舟"的理想抱负，把猜忌自己的牛党权要比做鸱鸮、腐鼠，给予讽刺和蔑视。大约就在这一年夏天，商隐同王茂元的女儿结婚。王茂元是李德裕一派的武人，世代仕宦，大和九年由广州节度使改为泾原节度使。茂元有"七女五男"（《为外姑陇西郡君祭张氏女文》），商隐所娶是茂元最小的女儿。《祭张书记文》说："维会昌元年，岁次辛酉，四月辛丑朔，二十日庚申，陇西公、荥阳郑某、陇西李某、安定张某、昌黎韩某、樊南李某，谨以清酌之奠，致祭于故朔方书记张五审礼之灵。"文中陇西公等六人加上张审礼共七人都是王茂元僚婿。"韩某"即韩畏之，诗中屡见；"樊南"，诗人自称。《韩同年新居饯韩西迎家室戏赠》云："一名我漫居先甲，千骑君翻在上头。"韩瞻与商隐为同年进士，名次后于商隐，成婚于王氏却在商隐之前。杨柳《评传》说，两人各娶茂元的两个小女儿,而又均为继室李氏所出,故商隐与韩瞻关系最密切。

开成四年春,商隐至京师通过吏部试,释褐授官,做秘书省校书郎,秩位虽仅九品,但职官清要,可充翰林之选。因受牛党排挤,不久调为弘农(河南灵宝)尉,他将一名死囚改判活罪,触怒了观察使孙简,被罢官,正逢上姚合代孙简,要他还任。明年得河阳节度使李执方(王茂元妻李氏的兄弟)资助,移家长安。本年正月,文宗崩,武宗立,四月,李德裕同平章事。武宗会昌元年,李商隐辞去弘农尉,在华州(陕西华县)刺史周墀幕府。不久居王茂元陈许(河南淮阳)幕,为掌书记。二年春入京应吏部试,以书判拔萃,授秘书省正字。冬天,母亲病逝,因居母丧去官,三年后才服阕入京复官。这期间,他为母亲、先辈戚属和夭亡的小侄女寄寄一共操办了五起葬事,几乎耗尽了仅有的微薄积蓄。会昌三年,王茂元调任河阳(河南沁阳)节度使,进讨刘稹之乱,中道而卒。四年春,杨弁之乱平定后,李商隐离开长安,移家永乐,一方面是因为岳丈谢世,在长安没有依靠;另一方面,因为家中经济困难,移居乡村减少开支。远离喧闹的京都,过着隐居田园的生活,醉眠花下,展卷窗前,自栽草木,独赏岚光,十分惬意。但是唐朝不是晋朝,李商隐不同于阮籍、王羲之、陶渊明。晋朝人害怕做官,因为政治黑暗,做官危险;唐朝人喜欢做官,因为有盛唐气象和中唐复兴给人带来希望。商隐不甘寂寞,积极用世的思想经常在胸中翻滚,其《春日寄怀》云:"世间荣落重逡巡,我独丘园坐四春。纵使有花兼有月,可堪无酒又无人。青袍似草年年定,白发如丝日日新。欲逐风波千万里,未知何路到龙津!"这种雄心壮志百无一遂的浩叹,令人怵魄惊心。会昌五年春,商隐应从叔李褎(xiù)的招邀,到郑州、洛阳两地住了一段时间,代从叔撰写文章。十月,服丧期满,入京重官秘书省正字。会昌六年三月,武宗崩,宣宗即位。宣宗憎恶李德裕,四月罢为荆南节度使，九月以德裕为东都留守，李党大黜，牛党大重，武宗朝被贬的牛党五相牛僧孺、李宗闵、崔珙、杨嗣复、李珏同日北迁。宣宗大中元年，宰相白敏中与宣宗一道全盘否定会昌之政，提倡佛教，增设冗员，朝政昏暗，贬德裕为潮州司马，李党人物纷纷外放。李商隐被牛党视为叛逆，亦惶惶不可终日，于是受郑亚之聘，到桂州幕任幕府支使兼掌书记。郑亚是荥阳人，元和十五年进士，"聪悟绝伦，文章秀发"，会昌初入朝为监察御史，迁刑部郎中、中丞，由李回推荐，任给事中。其时商隐为秘书省正字，与郑亚相知，故郑亚外调，特邀他入幕。这次远涉桂林，行程近五千里，简直是万里投荒。"明年赴辟下昭桂，东郊恸哭辞兄弟；韩公堆上跋马时，回望秦川树如荠。"（《偶成转韵七十二句赠四同舍》）他在长安东郊与家人告别，心中悲伤！三月初七动身，至五月初九到达桂幕，中经闰三月，花了整整三个月的时间，途中曾经历风波之险，"破帆坏桨荆江中"，险些丢掉性命。但郑亚对商隐非常信任和关心，说是同病相怜也可，说是患难之交也可，凡郑亚权限之内所能做到的，就尽一切力量为他帮忙。开始请商隐掌书记，很快擢为支使，其职位仅次于正、副观察使，还奏辟带六品京衔。士为知己者用，商隐在桂幕为郑亚撰写了许多表、奏、状、启等公文，对郑亚深表感激。其《海客》诗曰："只应不惮牵牛妒，聊用支机石赠君。"言其不怕旧交令狐绹嫉妒，愿以自己的文彩为郑亚效力。其年秋天，德裕被贬为东都留守后，将其会昌期间的奏议以及"册命典诰，军机羽檄"编成文集，请郑亚为之序，希望为会昌政绩留下实录。商隐承担了此项任务，代郑亚撰写《太尉卫公会昌一品集序》，称德裕"成万古之良相，为一代之高士"。郑亚与荆南节度使郑肃同宗，称他为族叔，入冬，派商隐往使南郡（湖北江陵）。在奉使途中，商隐写了《自桂林奉使江陵途中感怀寄献尚书》一首五言长诗，表达了对府主郑亚感激之情和两人之间真挚深厚的友谊。尽管他给令狐绹也写过不少的诗,但是没有一首有如此深沉的情感。舟行途中,他还编定了四六文《樊南甲集》,作了序。大中二年正月回桂林,郑亚派他去代理昭平郡(今广西平乐县)守。二月,郑亚被贬为循州(广西龙川县)刺史。商隐离桂州北归,五月至潭州,替湖南(治潭州,今长沙)观察使李回写了《贺马相公(植)登庸启》,李回没有聘用他。他想溯江西上,去投靠一位任西川节度使的远房表兄杜悰。船至夔、巫一带,考虑杜悰其人是牛党重要人物,为人刻薄寡恩,不可信,于是决计北归。在巴西写了《夜雨寄北》。秋初自江陵出发,入冬返长安,选为盩厔(陕西周至县)尉。三年春,谒见京兆府尹,留假参军,专主章奏。"是岁,葬牛太尉(僧孺),天下设祭者百数。他日,尹言:'吾太尉之薨,有杜司勋之志与子之奠文二事为不朽。'"(《樊南乙集序》)在京兆府为掾曹,起草公文,锁牢门,封印鉴,辛苦忙碌,"归来寂寞灵台下,著破蓝衫出无马。天官补吏府中趋,玉骨瘦来无一把"。(《偶成转韵》)此时,令狐绹官运亨通,已由翰林承旨升知制诰,商隐为求职,曾几度向他陈情,令狐绹毫不理会。李德裕已谪贬崖州一年,商隐写作《旧将军》、《李卫公》,对他表达了深切同情与怀念。其年秋天,刘蕡客死于浔浦(江西九江市),商隐无限伤怀,因作《哭刘蕡》、《哭刘司户蕡》、《哭刘司户二首》。十月,武宁(治徐州)节度使卢弘止聘商隐为判官,得侍御史衔,从六品下阶。商隐携眷至洛阳安顿后,自己冒风雪沙尘之苦,于四年春到达徐州。接着奉使入京。五年春,弘止病死。商隐经洛阳携眷回京,昔时亲友零落殆尽,万般无奈,只好向已登相位的令狐绹陈情,得补太学博士,正六品上阶。但生活清苦,"官衔同画饼,面貌乏凝脂"。"仆御嫌夫懦,孩童笑叔痴。小男方嗜栗,幼女漫忧葵。"(《咏怀寄秘阁旧僚》)秋天,妻王氏病逝。其《房中曲》曰:"枕是龙宫石,割得秋波色。玉簟失柔肤,但见蒙罗碧。忆得前年春,未语含悲辛;归来已不见,锦瑟长于人!"分别多时,总算是回到京都,可是妻已下世，永无相见之日了。《赴职梓潼留别畏之》云："桂花香处同高第，柿叶翻时独悼亡。"冯注引《南史·刘歊传》："歊未死之春，有人为其庭中栽柿，歊谓兄子弇曰：'吾不及见此实，尔其勿言。'及秋而亡。""柿叶翻时"显指秋天，不必强解为"春夏之交"（见《集解》）。七月，柳仲郢任东川节度使，辟商隐为书记，十月达梓州幕，改判官，加检校工部郎中，从五品上。冬，赴西川推狱，至成都谒见杜悰，明年春，回梓州。七年十一月，编定《樊南乙集》，其自序曰："三年以来，丧失家道，平居忽忽不乐，始克意事佛。"曾出资于长平山慧义精舍经藏院建石壁五间，以金字刻《妙法莲花经》七卷。柳仲郢于梓幕乐籍中挑选出歌舞伎张懿仙为商隐续弦，商隐婉言谢绝。"某悼伤以来，光阴未几，梧桐半死，才有述哀，灵光独存，且兼多病。眷言息胤，不暇提携，或小于叔夜之男，或幼于伯喈之女……兼之早岁，志在元门，及到此都，更敦凤契，自安衰薄，微得端倪。至于南国妖姬，丛台妙妓，虽有涉于篇什，实不接于风流。"（《上河东公启》）商隐自来东川后，经常生病，体质下降，又因寄居长安的儿女尚幼，家庭经济状况不好，故没有再娶的想法。"秋蝶无端丽，寒花更不香。"（《属疾》）张懿仙美丽的姿色，却不能引起商隐的兴趣。九年十一月，仲郢内调为吏部侍郎，途中朝令改为兵部侍郎，商隐随他回京。十年春抵长安，十月，仲郢充诸道转运使。本年，商隐未被聘用，往返京、洛，情绪低沉，颇多颓唐感伤之作。如《幽居冬暮》：

羽翼摧残日，郊原寂寞时。晓鸡惊树雪，寒鹜守冰池。急景倏云暮，颓年浸已衰。如何匡国分，不与夙心期！

这是悲哀的绝唱，凄厉沉痛，令人不忍卒读。十一年二月，仲郢罢转运使，充诸道盐铁使，奏商隐充盐铁推官，商隐遂有江东之游。十二年春，仲郢罢盐铁使，任刑部尚书。商隐罢盐铁推官，回郑州病逝，终年四十六岁。商隐死后，他的朋友崔珏写了《哭李商

隐》二首,表示了深深的悼念。其第二首云:

　　虚负凌云万丈才,一生襟抱未尝开。鸟啼花落人何在,竹死桐枯凤不来。良马足因无主踠,旧交心为绝弦哀。九泉莫叹三光隔,又送文星入夜台。

二

　　李商隐一生创作了多少诗文,很难有准确的统计。其《樊南甲集》序曰:"大中元年,被奏入岭当表记,所为亦多。冬如南郡,舟中忽覆,括其所藏,火燹墨污,半有坠落。因削笔衡山,洗砚湘江,以类相等色得四百三十三件,作二十卷,唤曰《樊南四六》。"其《樊南乙集》序曰:"自桂林至是所为,已五六百篇,其间可取者,四百而已。"《樊南四六》甲、乙两集所收今体文总共八百三十三篇,四十卷。商隐生前是否编定过自己的诗集,不得而知。《新唐书·艺文志》:"李商隐《樊南甲集》二十卷,《乙集》二十卷,《玉溪生诗》三卷,又赋一卷,文一卷。"《宋史·艺文志》:"李商隐赋一卷,又杂文一卷,文集八卷,又四六甲乙集四十卷,别集二十卷,诗集三卷,《蜀尔雅》三卷,《杂纂》一卷,《杂稿》一卷,《金钥》二卷,《桂管集》二十卷,《使范》一卷,《家范》十卷。"李商隐的文学创作,以诗歌成就最高,然而至唐末已行散失。据南宋江少虞《皇宋事实类苑》记载,宋初杨亿"凡得五、七言诗,长短韵、歌并杂言共二百八十二首"。其后,钱若水"当留意摭拾,才得四百余首"。今天我们所能见到的商隐诗歌集最早最完备的本子是明嘉靖刊本《李义山诗集》,收录诗歌近六百首,后来流传的各本篇目大致相同。商隐的诗歌,内容丰富,题材广泛,体制多样。有反映现实社会的政治诗,有借古喻今的咏史诗,有自慨生平遭遇的咏怀诗,有深情绵邈的爱情诗。至于友朋酬唱之篇,代人答赠之什,以及写景咏物之作,亦不少见。各篇的具体解说见于本书编年诗中,这里仅作简括的介绍。

李商隐的父祖只做过县吏之类的小官，谈不上沐浴皇恩，所谓"我系本王孙"，是要面子的话，其实与唐宗室没有多大关系。商隐关心朝廷、关心政局并不表现在忧虑皇室的安危上，而是表现为一个正直的读书人对国家和人民的责任感。他敢批评皇帝，指摘朝廷（这两条李、杜皆逊谢不如），揭露和抨击各种时弊，甚至无所畏惧。早在弱冠之年做天平军节度使令狐楚的巡官时，于军旅中亲闻藩镇割据野心家的凶狂，亲见大军东征，耗尽国家财力而收效甚少，于是作《随师东》讥刺朝廷无能，用人不当，威令不行，功未成而尸骸遍地。甘露之变来得如此突然，宦官对朝官如此大规模的屠杀，旷古未闻，商隐愤慨万分，作《有感二首》直刺文宗误任非人致使国家遭祸，无辜被戮。文宗开成二年十二月，商隐扶令狐楚丧回京，旅次京郊，目睹西郊农村一片荒凉的悲惨景象："农具弃道旁，饥牛死空墩。依依过村落，十室无一存。"诗人借农民之口叙述了唐王朝由盛转衰而至于摇摇欲坠的历程，表示愿意泣血剖心以闻于天子，又恐胥吏宦竖阻九重之门，最终只有发出"慎勿道此言，此言未忍闻"的浩叹。商隐诗歌的进步思想内容还表现在维护国家的统一、热烈讴歌平叛战争和抵御外族侵略所取得的胜利等方面。如《行次昭应县道上送户部李郎中充昭义攻讨》，指出叛镇必败，平叛必胜；《送千牛李将军赴阙》高度评价和赞扬了李晟在平定朱泚叛乱中所立下的赫赫之功；《赠别前蔚州契苾使君》历述契苾"奕世勤王"的功绩，赞颂其促成"蕃儿襁负来青冢，狄女壶浆出白登"的各民族和睦相处的大好形势；《复京》《浑河中》《韩碑》《登霍山驿楼》《井络》等诗都饱含了深厚的爱国思想。商隐一生正直，爱憎分明，他的政治态度不受朋党所左右。刘蕡于文宗大和二年应贤良对策，抗言极谏，遭宦官诬陷，被贬柳州。大中二年初，商隐自江陵返桂林途中与放还的刘蕡相遇于大江之侧，分别于黄陵，对这位"浩然有救世之志"的逆境人物表示了深切同情，因作《赠刘司户赟》,其末联曰:"万里相逢欢复泣,凤巢西隔九重门。"同病相怜,不胜悲切。刘赟于次年秋天客死溢浦,商隐悲痛万分,而且痛定思痛,一连写四首哭刘赟的诗悼念他。"一叫千回首,天高不为闻。"呼天抢地,五内崩摧。如果说刘赟是牛党重视的名士,那么李德裕真是牛党的死对头了。这位"万古之良相"远贬崖州后,商隐出于正义感,作《旧将军》、《李卫公》怀念他御回鹘、平泽潞的不朽功绩,对他的不幸表示深切同情和发自内心的慨叹。曾经是商隐的府主和患难之交的郑亚一再遭贬,商隐始终不忘他的恩情,在徐州幕府作《献寄旧府开封公》曰:"地理南溟阔,天文北极高。酬恩抚身世,未觉胜鸿毛。"郑亚贬死循州而归葬,当时商隐的妻子王氏亡故不久,他仍不顾道路泥泞,"泣过秋原"迎吊故府,不怕牛党猜嫌。如此深情厚义,岂是势利者所比拟! 相反,对争权夺利的官僚,腐败不堪的皇帝,他以诗歌为武器,给予辛辣的讽刺。小诗《赋得鸡》把那些贪馋的酷吏比做好斗的公鸡,专以妒敌自娱,岂愿为朝廷效力?"可要五更惊稳梦,不辞风雪为阳乌?"他们是一批不肯为朝廷为国家作奉献的寄生虫!《龙池》一首揭露唐玄宗霸占自己的儿媳杨玉环,册立为贵妃,纵情欢乐,无耻之极。其大胆立意与白居易《长恨歌》迥不相侔,却深刻揭露了李杨关系的本质。所以那些维护皇权的封建卫道者,几乎异口同声攻击义山"大伤诗教"。就此也可以看出诗人的叛逆精神。这也是当权者不能容他而困厄者与他为伍的一个重要原因。

李商隐托古讽今,写了不少咏史诗,其品位之高、数量之多,罕有与其匹敌。比如《隋宫》一向为人称道,它以歌咏隋炀帝为题材,指出其荒淫招致亡国的结局。"地下若逢陈后主,岂宜重问后庭花?"措词何等深婉而警策。殷鉴不远,隋炀帝没有接受陈后主的教训,唐代君主难道重蹈杨广的覆辙吗?《北齐二首》歌咏北齐后主高纬宠爱冯淑妃而亡国的故事,把他们荒淫昏聩、不知死活的神情活灵活现地刻画出来，借以讥刺唐武宗与王才人之荒于游猎，寓危急于悠闲！《茂陵》以汉武帝比唐武宗，于赞扬其武绩的同时，也讥刺他好畋猎、宠女色，结尾以苏武自慨，在所谓中兴之盛的武宗朝并未受重用，武宗死后，诗人只有空空地回忆罢了。"谁料苏卿老归国，茂陵松柏雨萧萧。"留给自己的是无限的哀伤和叹惋。《马嵬》借马嵬之变旧闻为题，讥刺玄宗："如何四纪为天子，不及卢家有莫愁？"以警当世君主。"此日六军同驻马，当时七夕笑牵牛。"既有今日，何必当初！令人深思，发人猛醒。《景阳井》、《景阳宫井双桐》借美人之血痕，发兴亡之感叹，与后来的《桃花扇》、《长生殿》有异曲同工之妙。记得洪昇《玉钩斜》诗后半曰："如今艳色埋山麓，昔日多情属帝家。遥指雷塘一抔土，荒烟何处问繁华。"（《稗畦集》）前后辉映，题材不同而意义相同。《汉宫》、《汉宫词》批判求仙的虚妄，《吴宫》、《齐宫词》写荒淫的君主殒身亡国的哀伤。《贾生》诗借贾谊左迁失志而自况，《东阿王》借曹植以多才见嫉，自哀身世的悲凉。"古为今用"，是因为古今有许多相同的地方。商隐的咏史诗，没有一首是单纯歌咏史事，都是针对当世之弊、有感于现实而发的，内涵丰富，旨意深沉，如同挞伐之鼓声，警世之钟声，令人震慑，启人深思。

李商隐还写了很多自伤身世的咏怀诗，这部分作品是诗人坎坷的一生的真实写照，是研究商隐生平和思想的重要依据。在这一类咏怀诗中，我们很少见到有如李白那种"乘风破浪会有时，直挂云帆济沧海"的豪迈昂扬的气概和杜甫的"安得广厦千万间，大庇天下寒士俱欢颜，风雨不动安如山"的拯世济物的襟怀。他确实有过"匡国"的抱负，也唱出过"永忆江湖归白发，欲回天地入扁舟"的理想，可是更多的作品慨叹自己仕途失意，身世悲凉，就像俄国诗人莱蒙托夫咏唱着"破碎的希望"，英国诗人济慈咏唱着"悦人的悲伤"。他第一次到长安应进士试失败后，作《初食笋呈座中》以

"忍剪凌云一寸心"比喻自己的凌云壮志受到摧折,然而这仅仅是开始。到他应宏博试遭暗算后,真的涕泗滂沱了。"玉盘迸泪伤心数,锦瑟惊弦破梦频。"(《回中牡丹为雨所败》)他已经哭过多次,并且在梦醒之后感到无路可走。他甚至预感到将来比现在更糟:"前溪舞罢君回顾,并觉今朝粉态新。"他多次以杨朱、庾信自比:"庾信生多感,杨朱死有情。"(《送千牛李将军》)"杨朱不用劝,只是更沾巾。"(《离席》)洞庭湖阔蛟龙恶,却羡杨朱泣路歧。"(《荆门西下》)"可怜庾信寻荒径,犹得三朝托后车。"(《宋玉》)"苦吟防柳恽,多泪怯杨朱。"(《西溪》)他像庾信一样身世飘零,像杨朱一样泣于歧路。他也往往以多情而多才的宋玉自比,也有"贫士失职而志不平"的牢骚:"宋玉平生恨有余,远循三楚吊三闾。"(《过郑广文旧居》)"楚天长短黄昏雨,宋玉无愁亦自愁。"(《楚吟》)"非关宋玉有微辞,却是襄王梦觉迟。"(《有感》)"料得也应怜宋玉,一生唯事楚襄王。"(《席上作》)才高见嫉,古今同理,屈原、贾谊是如此,商隐也是一样。他在京城做秘书省校书郎、正字等九品小官,有人嫉妒他,排挤他;在地方做幕僚,也遭嫉妒。"贾生年少虚垂涕","贾傅承尘破庙风","贾生才调更无伦","贾生游刃极,作赋又论兵",显然以贾生自况。他在《有感》中说:"中路因循我所长,古来才命两相妨。"他喜欢多才而不嫉才的谢朓:"谢朓真堪忆,多才不忌前。"(《怀求古翁》)长期外出做幕僚,官不挂朝籍,飘零和孤独永远与他相伴。"欲问孤鸿向何处,不知身世自悠悠。"(《夕阳楼》)"伶伦吹裂孤生竹,却为知音不得听。"(《钧天》)"薄宦梗犹泛,故园芜已平。"(《蝉》)"不须并碍东西路,哭杀厨头阮步兵。"(《乱石》)"梧桐莫更翻清露,孤鹤从来不得眠。"(《西亭》)"失群挂木知何限,远隔天涯共此心。"(《宿晋昌亭闻惊禽》)"春日在天涯,天涯日又斜。莺啼如有泪,为湿最高花。"(《天涯》)即使回到长安又怎样呢?"风朝露夜阴晴里,万户千门开闭时。曾苦伤春不忍听,凤城何处有花枝?"

（《流莺》）他青年时期曾有学道游仙的经历，后期在梓幕又刻意事佛，但始终摆脱不了现实的羁缚。四十四岁由蜀中回到长安，一年赋闲。"羽翼摧残日，郊原寂寞时。"已经走到了尽头。明年的"江东之游"，可谓回光返照。最后将悼亡和自伤融会在一起的《锦瑟》诗，是诗人一生的总结，恨曲也已唱完，"此情可待成追忆，只是当时已惘然"。

最能代表李商隐诗歌成就的是他的享誉千秋的爱情诗。自清代以来，注释家尽可能地将这些有题和《无题》的爱情诗解说成政治诗，他们自己受惯了封建政治的熏陶，以无情者的心理揣测有情人的歌咏，动辄联想到商隐与令狐绹的政治关系。有的人把所有《无题》诗都说成是为令狐绹而发，巴望令狐绹提挈，故以艳诗寄托自己身世的遇合之感，如同《楚辞》中的美人香草，古诗之托夫妇以喻君臣。具体注释中的漏洞百出暂不详说，先看看商隐与令狐绹的关系有多深、有多真，再谈是否有必要晦涩其词、婉媚以顺上。史称令狐绹才能平庸，因其父令狐楚曾做过尚书仆射、诸镇节度使，又是牛党重要人物，故能在宣宗朝官至宰相，辅政十年。商隐在令狐楚幕府的时间最长，令狐楚令他与绹一起学为今体四六文，并与绹及其弟兄交游，彼此关系融洽，故商隐能作《赠子直花下》这样雅谑的诗，又在《令狐八拾遗绹见招》中称自己久抱临邛之渴，希望令狐绹关心他的婚姻大事。但是，请不要忘记，令狐绹是贵公子，并不是商隐的患难之交，当他认为商隐站在自己一边，服服帖帖的时候，愿意援之以手，比如助他中进士；一旦感觉到商隐并不看重朋党关系，甚至与李党人物有所接触，就翻脸不相认了。商隐应宏博试失败后所作《安定城楼》曰："不知腐鼠成滋味，猜意鹓雏竟未休。"难道不是针对令狐绹的吗？令狐绹任湖州刺史时，假惺惺地写信问候病中闲居洛阳的李商隐，商隐回信说："休问梁园旧宾客，茂陵秋雨病相如。"（《寄令狐郎中》）商隐自桂林北归，令狐绹入朝拜中书舍人,充翰林学士承旨,商隐在毫无办法的情况下向令狐绹陈情,求他汲引,未获理睬,商隐只好赴徐州。自徐幕归来,求为博士,官同画饼,面有饥色,王氏病故,又远走梓州。令狐绹对商隐有什么厚恩? 先拉一把,后推一掌,什么德性? 商隐怎会对他产生"春蚕到死丝方尽,蜡炬成灰泪始干"的感情? 况且彼此都很熟知,哪里用得着苦作艳诗婉曲其词以表达自己的求职愿望? 商隐地下有知也会摇头。

李商隐诗集中的爱情诗总共一百多首,其中《无题》诗只有十七首(仅"万里风波一叶舟"一首不属爱情诗,见本篇注释)。商隐为什么会制作大量的爱情诗? 这些诗为谁而作? 是否为诗人爱情和婚姻生活的实录? 在探讨这些问题之先,我们必须检讨一下研究方法。揭人隐私,跟踪调查,重建档案,不是文学研究的目的。诗的本质是言志言情,不是交代问题。感情的真实最重要,让我们伸出双手、袒开襟怀去接受诗人最真实最美好的感情吧! 李商隐有意埋没事情的真相,以"隐僻"的形式表达他的爱情,令我们感受到它的美丽、深邃和神秘,事幻而情真,猜不透,说不尽,这正是诗人要达到的目的。在认同上述基本看法的前提下,我们就不必苦苦搜求李商隐的恋爱对象,也不必将爱情诗曲解为"寓言"、"托讽"、政治诗,而是要承认商隐爱情诗的不朽的价值和崇高地位。人类社会有两件大事:一曰爱情婚姻,二曰生产劳动,这是人类赖以生存和发展的必要条件。夏禹的妻子涂山氏唱出了最早的爱情歌谣:"候人兮猗!"唐尧的百姓唱出了"日出而作"的劳动之歌。《诗三百》的首篇《关雎》将爱情和劳动结合在一起咏唱,直到今天仍是教科书中必读的名篇。唐代国力强盛,社会开放,女权发达,男女关系比较宽松自由,这是北宋以后各代封建王朝所不可比拟的。唐朝人对爱情和性爱的认识和热衷的程度,也是后来诸王朝所不可企及的。唐代众多的诗人中,会作爱情诗的大有人在,如沈佺期、王昌龄、李白、戴叔伦、刘禹锡、白居易、施肩吾、杜牧、温庭筠、韩愈、唐彦谦等男性诗人和李季兰、薛涛、晁采、杜秋娘、薛媛、鱼玄机、陈玉兰、赵鸾鸾等女性诗人都写作了许多讨人喜爱、为人传诵的爱情诗。至于李商隐,则是高出所有人之上的写爱情诗的专家,如果低估了这些爱情诗的美学价值,只想拉扯诗人与令狐绹的关系,服从所谓政治功用,不啻缘木求鱼、痴人说梦。李商隐的爱情诗内容丰富,体式多样,有早期歌咏和怀念使府后房歌舞伎的诗,以《天平公座中呈令狐令公》、《无题》(近知名阿侯)、《燕台诗四首》、《河阳诗》、《河内诗二首》、《春雨》、《即目》、《明日》等为代表;有在玉阳山学道和再谒故山时爱恋女道士、怀念宋华阳等人的诗,以《无题》(紫府仙人)、《昨日》、《当句有对》、《无题》(白道萦回)、《一片》(一片非烟)、《风》、《无题》(相见时难)、《碧城三首》、《药转》、《中元作》、《嫦娥》、《圣女祠》(松篁台殿)、《银河吹笙》等为代表;有怀念洛阳歌女"柳枝"的诗,如《柳枝五首》、《拟意》、《无题》(照梁初有情)等;有歌咏和思慕宫女的诗,如《可叹》、《镜槛》、《效徐陵体赠更衣》、《无题》(飒飒东风)、《拟沈下贤》等;有描写狭斜的诗,如《无题二首》(长眉画了、寿阳公主)、《无题二首》(待得郎来、户外重阴)、《齐梁晴云》、《板桥小别》、《蝇蝶鸡麝鸾凤等成篇》等;有戏赠、代赠的艳诗,如《赠歌妓二首》、《和友人戏赠二首》、《题二首后重有戏赠任秀才》、《代赠》、《代赠二首》、《代应二首》、《代董秀才却扇》、《代魏宫私赠》、《代元城吴令暗为答》等;有反映诗人和妻子王氏婚姻生活的诗及妻子死后的悼亡诗,如《病中早访招国李十将军遇挈家游曲江二首》、《漫成三首》、《摇落》、《因书》、《夜雨寄北》、《念远》、《风》、《寓目》、《思归》、《七夕偶题》、《辛未七夕》、《房中曲》、《相思》、《王十二兄与畏之员外相访见招小饮时余以悼亡日近不去因寄》、《昨夜》、《西亭》、《悼伤后赴东蜀辟至散关遇雪》、《鸳鸯》、《壬申闰秋题赠乌鹊》、《七夕》(鸾扇斜分)、《李夫人三首》、《锦瑟》等。这些爱情诗是不是诗人爱情生活的真实记录？诗人到底有多少恋爱对象？早在1927年，苏雪林任教苏州东吴大学时，曾撰写过一本《李商隐恋爱事迹考》，次年由上海北新书局出版，后改为《玉溪诗谜》，由商务印书馆出版。书中考证李商隐有四种恋爱对象：女道士、宫人、妻、娼妓，并且对前二种对象作了重点考察。关于女道士，仅宋华阳一人有姓名，而且不是真名，其人曾在长安华阳观修道，故商隐于诗中称她"宋华阳"，她先在玉阳山道观住过，与商隐为道友。商隐有思慕宫女的诗，唐代宫禁甚宽，宫人与外界交通比较方便，有的甚至逃逸不归，宫女与外间男子恋爱的故事也常有发生。但苏雪林说商隐与宫中的妃嫔杨贤妃、卢飞鸾、卢轻凤恋爱，是因参与宫中醮祭与她们相识的，此皆想象的话，并无根据。（请参考《玉溪诗谜正续合编》，1988年台湾商务印书馆发行）我们还是尊重诗人自己的说法："至于南国妖姬，丛台妙妓，虽有涉于篇什，实不接于风流。"（见前）诗人青年时代曾在河内故乡、河阳、洛阳、郑州等地漫游，出入公卿士大夫之间，接触过不少身份地位不同的女性，写过一些艳诗，并无恋爱事实。他同洛阳商家女"柳枝"有过邂逅，因彼此身份的差异而中止往来。他在玉阳山学道时，同女道士宋华阳姐妹三人关系亲密，但她们后来与永道士交好，疏远了商隐。《寄永道士》诗曰："君今并倚三珠树，不记人间落叶时。"商隐婚于王氏是宏博试失败之后，心知已得罪令狐绹，不得不另有依靠，他的连襟韩畏之同年也起了媒介作用。杨柳《评传》以为"远在李义山登进士前，长期居住东都洛阳，就遇见了王氏女"，并无实据。义山深爱王氏，婚后生活贫困，但夫妻和睦融洽，即使远在桂幕，也无日不思念妻子。王氏死后，诗人悲痛之极，写了很多悼伤的诗，动人心魄，催人泪下。他一直到最后寂寞地死在郑州故居，也没有再娶。详察古今的爱情诗，优秀的篇什几乎随处可见，但就个人创作而言，能与商隐齐足并驰的，没有一人。这里并不完全归功于诗人创作技巧的高明,必须看到商隐怀抱中那一颗硕大的、真诚的、灼热无比的爱心和由这颗心迸发出的光芒四射的爱情,它好像比丘比特的神箭更具有灵性,谁一接触到它,就会由愚昧变得聪明,由冷漠而至于感动。它给人一种启示:爱情和性爱是人类最生动最美好的禀性,无论沧海桑田、几世几劫,爱,是终古不灭的。多少年来,文学史家习惯说:"伟大的浪漫主义诗人李白"、"伟大的现实主义诗人杜甫",有谁承认李商隐伟大?在笔者看来,李商隐同李白、杜甫鼎足而三,他是空前绝后的伟大的爱情诗人。

三

扬雄《答刘歆书》自谓"心好沉博绝丽之文"。李商隐的诗可谓沉博绝丽之诗。诗人少年时代曾"悬头苦学","五年读经书,七年弄笔砚",文学根基深厚,知识广博,加上他个人的卓尔不群的天赋,所以能创作出深沉博厚、美妙绝伦的诗歌。就诗的体裁而言,各种诗体他都兼善;从艺术成就上看,他独辟蹊径,自立门户,为中国诗歌宝库增添了举世瞩目的奇珍。由盛唐到晚唐,时局发生了巨大变化,诗界也经历了许多变迁,昂扬壮丽、宏亮激越的音调一变而为低回婉转、凄艳缠绵的音调。晚唐诗歌的"变态",别有一番景象:灼灼西颓的红日,似乎比冉冉上升的朝阳更加绚丽辉煌。"风格即人",什么样的人就会有什么样的艺术风格。李商隐一生不幸,常自比为歧路上的杨朱,也经常体验着屈原、宋玉、贾生、庾信那种幽忧穷蹙、怨慕凄凉的情怀,但他毕竟是唐朝人,必然用本朝人所喜闻乐见的诗歌形式来表达这种感情,于是自觉地靠拢"沉郁顿挫"的杜甫,更喜爱那位无路可走而被上帝接去的天才诗人李贺,学习他凄艳奇诡的诗风,终于创造出一种哀艳缠绵、情遥旨远、深沉婉曲、扑朔迷离的特殊风格。读他的诗,会感觉到诗中有谜,谜中有谜，愈转愈奇，奇丽无比，给人以不尽的联想，也给人以幻灭的悲哀，回味愈久，而炙愈出。李商隐的诗以七律最胜，而他的七绝、五绝、五律、排律、五古各体中都有第一流的佳构。清代薛雪《一瓢诗话》曰："李玉溪无疵可议，要知前有少陵，后有玉溪，更无他人可任鼓吹，有唐惟此二公而已。"得此殊荣，义山当之无愧。从反映社会现实的深度和广度方面看，李商隐不及杜甫；从诗歌艺术的创作方法上看，则各有千秋，甚至后胜于前。杜甫重视生活经验，脚踏实地地描写客观现实中已经发生的事实，抒发已经经历过的感情，言言皆实，有迹可寻，后人称其诗为"诗史"。李商隐一部分作品如同杜诗那样写实，如《行次西郊》、《有感二首》、《重有感》、《韩碑》等，另一部分作品既不同于杜甫的现实主义，也不同于李白故作佯狂的浪漫作风，而是名副其实的"跟着感觉走"，写他的事出有因、查无实据的主观感受，惟适己意，不求人知，不要别人说好，只要自我感觉良好；一个意念，一瞬间的感觉，稍纵即逝的心曲，举凡心灵隐秘不能已于言而又不欲明告于人者，皆可发于吟咏；他极力回避现实，而侧重于敏锐的感觉、奔放的想象，借助隐喻和意象来描绘自然景色，来抒发微妙情旨，努力探求内心的"最高真实"。这就是李商隐天才的创造，是中国诗歌发展道路上的一次大跨越，从根本上打破了从前以直抒胸臆、白描景物为主的老传统，把诗歌艺术提高到前所未有的高度，直欲与今天所谓"现代主义诗潮"接轨。比如《燕台诗四首》，迷离恍惚，示人以若有若无之意，徘徊于似懂非懂之间，却不忍割弃，大有意味可掘，然而不是现成的接受，一定要与作者商量，共同开发，于是读者与作者在追求探寻的过程中，共同享受着美感，如双鹄并翔，青天浮云，浩荡万里，各随所至而息。可惜宋代以后的上千年岁月中，诗人、词曲家很少有人能继承发扬《燕台诗》的作风，又回到老路上去了。商隐创造了早期朦胧诗、象征诗，这类作品不在少数，有些比《无题》更难懂，如《七月二十八日夜与王郑二秀才听雨后梦作》、《河阳诗》、《河内诗》、《拟意》、《镜槛》、《杏花》、《肠》、《寄远》、《碧瓦》、《嘲桃》、《代赠》、《齐梁晴云》、《景阳宫井双桐》、《锦瑟》等。《听雨后梦作》借助道教审美意识、梦幻意识和意识流叙写诗人身世之多艰,梦境变化之大、速度之快令人应接不暇:

> 初梦龙宫宝焰然,瑞霞明丽满晴天。
> 旋成醉倚蓬莱树,有个仙人拍我肩。
> 少顷远闻吹细管,闻声不见隔飞烟。
> 逡巡又过潇湘雨,雨打湘灵五十弦。
> 瞥见冯夷殊怅望,鲛绡休卖海为田。
> 亦逢毛女无憀极,龙伯擎将华岳莲。
> 恍惚无倪明又暗,低迷不已断还连。
> 觉来正是平阶雨,独背寒烛枕手眠。

《肠》运用内心独白的手法将情绪知觉化,对"一肠九回"的痛苦作了深层的透彻的描写,把微妙的内心世界表现得淋漓尽致,令人耳目一新:

> 热应翻急烧,冷欲彻空波。
> 隔树澌澌雨,通池点点荷。
> 倦程山向背,望国阙嵯峨。
> 故念飞书及,新欢借梦过。
> 染筠休伴泪,绕雪莫追歌。
> 拟问阳台事,年深楚语讹。

这类诗歌带有先锋性、实验性,与传统诗歌截然有别,可谓前无古人。那些擅长章句之学的专门家,到此也难免颠倒失据呢!商隐的诗贵在创新,诗中的艺术形象不是明晰的固定的物象,而是意象,是从心灵的眼所见到的图画,一种模糊的视觉印象,它具有象征、暗示、派生等多种功用,因而更具有丰富性。尤其是那些难以言说、不堪启齿的内容,都可以借助它来表述。李商隐的好多爱情诗,就是凭藉视觉意象来传达隐情的。比如:"醉起微阳若初曙,映帘梦断闻残语。愁将铁网罥珊瑚,海阔天翻迷处所。"(《燕台诗四首》)"碧城冷落空蒙烟,帘轻幕重金钩栏。灵香不下两皇子,孤星直上相风竿。"(《河内诗》)"忆得鲛丝裁小卓,蛱蝶飞回木棉薄。绿绣笙囊不见人,一口红霞夜深嚼。"(《河阳诗》)"阆苑有书多附鹤,女床无树不栖鸾。""紫凤放娇衔楚佩,赤鳞狂舞拨湘弦。""玉轮顾兔初生魄,铁网珊瑚未有枝。"(《碧城三首》)"金蟾啮锁烧香入,玉虎牵丝汲井回。"(《无题》)"曾是寂寥金烬暗,断无消息石榴红。"(《无题》)这些都是由爱情心理而生成的意象。又如"绫扇唤风阊阖天,轻帷翠幕波洄旋。蜀魂寂寞有伴未?几夜瘴花开木棉。"(《燕台诗四首》)"想象铺芳缛,依稀解醉罗。散时帘隔露,卧后幕生波。"(《镜槛》)"真防舞如意,佯盖卧笆篌。""鱼儿悬宝剑,燕子合金瓯。"(《拟意》)"自擁明月移灯疾,欲就行云散锦遥。"(《利州江潭作》)"巴陵夜市红守宫,后房点臂斑斑红。堤南渴雁自飞久,芦花一夜吹西风。"(《河阳诗》)"小亭闲眠微醉消,山榴海柏枝相交。水文簟上琥珀枕,傍有堕钗双翠翘。"(《偶题二首》)这些都是由性爱心理而萌发的意象。有人以为"楚雨含情皆有托",所托都是政治或是巴望令狐绹的寓言。这种理解是错误的。这句诗出自商隐《梓州罢吟寄同舍》的颈联:"楚雨含情皆有托,漳滨多病竟无憀。"此言同舍各有所爱的对象,我独因病无聊。"楚雨"即《高唐赋序》之"且为朝云,暮为行雨",指同舍所恋之女性。这句诗本是写同舍与官妓的恋爱关系,别无寓意。或问"一自高唐赋成后,楚天云雨尽堪疑"(《有感》),如何理解?请看本篇的"简释",兹不赘述。要之,与其从诗的外部搜寻一些不相干的东西说诗,不如就诗的本身说诗,商隐的想象力是视觉性的,他企图要我们看见他心中所看见的。

李商隐想象丰富、知识博奥，他将白描、比喻、象征等多种手法结合起来，去捕捉神话传说、历史故事、现实生活以及宇宙自然中的各种形象，予以新意义、新价值，融入各种题材的诗中，形成一种百宝纷呈、五色炫耀的风格。美人香草、珠光宝气、鸟兽虫鱼，皆琳琅满目。宋人黄鉴的《杨文公谈苑》说："义山为文多简阅书册，左右鳞次，号獭祭鱼。"敖陶孙《诗评》曰："李义山如百宝流苏，千丝铁网，绮密瑰妍，要非适用。"诗并不是以适用为标准，重要的在于审美价值。冯浩曰："爱其设采繁艳，吐韵铿锵，结体森密，而旨趣遥深。"（《玉溪生诗笺注序》）这样评价是公允的。色彩浓丽，品物饶多，用典繁密，错落有致，这给读者增加了知识，也增加了欲望。比如："帷飘白玉堂，簟卷碧牙床。"（《细雨》）写使府歌妓室内陈设之美。"疏帘留月魄，珍簟接烟波。"（《街西池馆》）写池馆之清幽。"结带悬栀子，绣领刺鸳鸯。"（《效徐陵体赠更衣》）写官妓装束之美好。"隔座送钩春酒暖，分曹射覆蜡灯红。"（《无题二首》）写贵族家妓猜拳罚酒的饮宴场面。"羊权虽得金条脱，温峤终虚玉镜台。"（《中元作》）写失恋的怅惘之情。"蜡照半笼金翡翠，麝熏微度绣芙蓉。"（《无题四首》）写离别恋人之后的不眠之夜。"冰簟且眠金镂枕，琼筵不醉玉交杯。"（《可叹》）写无缘与所思女子赴宴，惟有孤眠而已。"河伯轩窗通贝阙，水宫帷箔卷冰绡。"（《利州江潭作》）写龙宫水府为神龙与武后母的好合提供方便。"露气暗连青桂苑，风声遍猎紫兰丛。"（《药转》）写女冠堕胎的事已为众女所知。"彩树转灯珠错落，绣檀回枕玉雕锼。"（《富平少侯》）写贵族侯王的奢侈。"沧海月明珠有泪，蓝田日暖玉生烟。"（《锦瑟》）写诗人丧妻之后的孤寂哀愁。事例极多，难以悉举。诗中出现的人物有东方朔、崔罗什、玉郎、萧史、洪崖、王子晋、赤凤、秦宫、襄王、宋玉、陈后主、隋炀帝、曹植、王羲之、阮籍、刘桢、沈约、何逊、谢庄、庾信、青女、素娥、嫦娥、凤女、萼绿华、杜兰香、湘妃、楚女、西施、宓妃、赵飞燕、李夫人、苏小小、冯小怜、卓文君、西王母、郑樱桃、卢莫愁等等一大批人物，而且每人都有一套故事。诗中的境地有瑶池、碧城、玉楼、瑶台、紫府、阆苑、玄圃、蓬莱、楚宫、高唐、章台、白门、汉苑、龙宫、九成宫、华清池、芙蓉塘、曲江、玉阳观、圣女祠、蓝田、江潭、上清、河阳、石城、花县、南塘、猴山、梁园、华阳洞等等仙境和人间的地名。至于花卉草木、鸟兽虫鱼、器用服饰等等，不可胜数。而且这些人物、境地、器物都具有一定的象征性，令人扩大了视野，丰富了想像力。诗中拥有众多的形象，让形象说话，显示出它的美丽、丰富、神奇、飘渺，避免了单薄、空泛、平淡、浮滑，若从李商隐学做诗，就可以改正粗浮轻率的毛病。

构思精巧，语言含蓄委婉，形成深邃的意境、绵邈的情思，令人回味不尽，这是商隐诗歌艺术的又一特色，在他的七律、七绝中表现尤为突出。比如：《马嵬》、《隋宫》、《圣女祠》(松篁台殿)、《银河吹笙》、《无题》(昨夜星辰)、《无题》(飒飒东风)、《无题》(相见时难)、《重过圣女祠》、《楚宫二首》(月姊曾逢)、《药转》、《利州江潭作》、《茂陵》、《无题二首》(凤尾香罗、重帷深下)、《回中牡丹为雨所败二首》、(浪笑榴花)、《北齐二首》、《夜雨寄北》、《宿骆氏亭》、《梦泽》、《无题》(白道萦回)、《齐宫词》、《钧天》、《过楚宫》、《龙池》、《嫦娥》、《海客》、《寄远》、《漫成五章》(李杜操持)等等。又如五绝中的《悼伤后赴东蜀辟至散关遇雪》、《天涯》、《乐游原》(向晚意不适)，五律中的《晚晴》、《落花》等等，都在不同程度上体现了这些特色。《马嵬》写唐玄宗和杨贵妃的故事，构思巧妙，从遥远的海外仙洲落笔，否定了所谓贵妃之神的存在，断言李杨关系彻底完蛋。颈联"此日六军同驻马，当时七夕笑牵牛"属对工巧，句法倒装，语气含蓄幽默，而讽刺极深刻，比《长恨歌》"六军不发无奈何"至"回看血泪相和流"六句表述更优美、内涵更丰富。《隋宫》起句"紫泉宫殿锁烟霞"自半空落笔，气势高迈。偌大的长安城被隋炀帝玩腻了，如今朱门紧闭,烟锁云封,这位荒淫君主远幸江都,直欲在此安家,再不回长安了。真是荒唐到极点。颔联更推进一层说,若不是李唐取代了隋王朝,炀帝的"锦帆应是到天涯"了。推断完全合理,符合炀帝游乐无度的行为。颈联仅举"腐草无萤火"一例足见炀帝造成的狭害之深。尾联写他死后,其魂魄在阴间仍改变不了荒淫的本性,故以"地下若逢陈后主,岂宜重问后庭花"的设问诘难之,问得有理,是诘难也是警告,有无穷的意味。构思的巧妙,语言的含蓄婉曲,都卓绝惊人。《无题》(飒飒东风)一开始写细雨轻雷由远而近,象征女子所渴慕的爱情悄然到来,这样开头很别致而且饱含情意。《毛诗·卫风·伯兮》写思妇渴望征夫归来却大失所望:"其雨其雨,杲杲出日。"与"飒飒东风细雨来"正好相反。现代歌曲有《毛毛雨》,商隐有《细雨》(帷飘白玉堂),都与爱情有关。结尾"春心莫共花争发,一寸相思一寸灰"(莫让爱情的花儿像春花一样舒枝怒放,刻骨相思会带来失望和悲伤)有不尽的缠绵之情和苦涩意味。商隐心细如丝,常把自己的感觉、感受、情意、体验用细腻的语言表达出来,韵味深长,让人久久回想。《无题二首》(重帷深下)的"重帷深下莫愁堂,卧后清宵细细长"写少女因相思而长夜难眠,笔触多么细腻传神,令人神往。《楚宫二首》的"已闻佩响知腰细,更辨弦声觉指纤。暮雨自归山悄悄,秋河不动夜厌厌"写得细致入微,情景如见。《蜂》写所思女子体态的轻柔:"宓妃腰细才胜露,赵后身轻欲倚风。"同样细腻。《即日》(一岁林花)写诗人自己惜花伤春:"重吟细把真无奈,已落犹开未放愁。"把玩春花,沉吟不已,落者自落,开者尚开,而愁绪难排。写得细致婉曲,意境自深。商隐的律诗和绝句,更于结尾处下功夫,能产生特殊的效果。如《夜雨寄北》的"何当共剪西窗烛,却话巴山夜雨时",《中元作》的"有娀未抵瀛洲远,青雀如何鸩鸟媒",《荆门西下》的"洞庭湖阔蛟龙恶,却羡杨朱泣路歧",《碧城三首》的"武皇内传分明在,莫道人间总不知"，《马嵬》的"如何四纪为天子，不及卢家有莫愁"，《圣女祠》的"寄问钗头双白燕，每朝珠馆几时归"，《流莺》的"曾苦伤春不忍听，凤城何处有花枝"，《茂陵》的"谁料苏卿老归国，茂陵松柏雨萧萧"，《回中牡丹》的"前溪舞罢君回顾，并觉今朝粉态新"，《与同学李定言曲水闲话戏作》的"莫惊五胜埋香骨，地下伤春亦白头"，《锦瑟》的"此情可待成追忆，只是当时已惘然"，《悼伤后赴东蜀辟》的"散关三尺雪，回梦旧鸳机"，《乐游原》的"夕阳无限好，只是近黄昏"。诗人多用逆挽法结尾振起全篇，给人以明星般的启示，深化了诗的意境，升华了诗的主题。形式上结尾了，然而它所生发的缠绵而悠久的情思是说不完道不尽的。这几乎成了李商隐的专利，别人即使有，也不多。又如五言古诗《房中曲》，是商隐的悼亡诗，结尾说："今日涧底松，明日山头蘖，愁到天地翻，相看不相识。"苏轼有悼念亡妻的词《江城子》，其中有："纵使相逢应不识，尘满面，鬓如霜。"比较一下，后者是从前者学得的，都写得好。商隐的五言古诗如《行次西郊作一百韵》学杜甫，七古《韩碑》学韩愈，风格古朴苍劲。《海上谣》学李贺，风格奇丽幽峭。五言排律《自桂林奉使江陵途中感怀寄献尚书》、《送从翁从东川弘农尚书幕》、《念远》、《肠》等，风清骨峻，跌宕振踔，也具有明显的个性特色。商隐的诗歌，修辞精审，格律严谨，用典恰切，属对工整，这从前面所举许多诗例中得到证明，这里不更详说了。

李商隐是一位刻苦地向前人学习、在诗歌艺术的园地里辛勤耕耘、勇于开拓的诗人。他向屈宋《楚辞》学得了"寓意深而托兴远"的方法，向六朝诗人潘岳、何逊、徐陵、庾信学得了绮艳和典丽的风格，向杜甫学得了"沉郁顿挫"的作风，向李贺学得了瑰奇诡异的殊调，创造了凄艳感伤的诗篇。人世间并不是到处都充满了幸福和阳光，任何个人也不是一辈子都风调雨顺，各人都有不同程度的伤痛，所以悲哀的艺术能引起许多人心灵的震颤和同情的眼泪。

因此，商隐的诗并不因缺少昂扬乐观的情调而降低了艺术效果，相反，他唱出悦人的悲伤而赢得世人的喜爱，他几乎全凭这个取胜。在他以后，晚唐的韩偓，北宋的杨亿、刘筠等西昆派诗人，直到清代的黄景仁，20世纪的苏曼殊、郁达夫、黄季刚等，都在诗的风格上效法李商隐。唐宋婉约派的词人也深受他的影响，但是没有人赶得上他。当然，任何伟大诗人的全部诗歌中不可能没有平庸之作，商隐的诗中也有思想性和艺术性都比较差的作品，但不超过全诗的百分之一。

编注《李商隐诗全集》的目的是为了给广大诗歌爱好者提供一本李商隐全部诗歌的通俗、简明的注释本。全诗按商隐生平先后大致作了编排。文字校勘方面，以四部丛刊影印《李义山诗集》为底本，参校了朱鹤龄、冯浩等人的笺注本。注释和评解酌用了朱、冯以及张采田、黄侃、叶葱奇、苏雪林、杨柳、刘学锴、余恕诚等人的研究成果，凡引用诸家之言，必说明出处。《文心雕龙·序志》有云："有同乎旧谈者，非雷同也，势自不可异也；有异乎前论者，非苟异也，理自不可同也。"此理于本书亦然。义山生前最称许刘迅的两句话①，其语曰："是非系于褒贬不系于赏罚，礼乐系于有道不系于有司。"我常默记心中，坚信不疑。限于笔者闻见，书中难免有缺点错误，请读者、专家指正。

郑在瀛

2011年1月

---

① 刘迅，刘知几之子，官右补阙，撰《六说》。见《樊南文集·与陶进士书》。

目　录

14

18

闲　游

危亭题竹粉①,曲沼嗅荷花②。数日同携酒,平明不在家。
寻幽殊未极,得句总堪夸。强下西楼去,西楼倚暮霞。

【题解】

本篇是年少闲游之作。一二句写游逛时曾于亭中小憩,竹上题诗,曲
沼赏荷,香气扑鼻。三四句写平明即外出,与友人一同游宴,数日方归。此
联是倒装。五六句写寻访幽雅之境,犹未餍足,题诗偶得佳句,则反复叹
赏。末二句写日暮将归,勉强下楼,回首暮霞,仍不忍离去。商隐早期的诗
歌清丽平和,才情初发,风流自赏。

【注释】

①危:高。竹粉:新竹竹皮有粉。李贺《昌谷北园新笋四首》其二:"斫
取青光写楚辞,腻香春粉黑离离。"

②《楚辞·招魂》:"倚沼畦瀛兮遥望博。"石声淮曰:"倚沼当作荷沼。"
《洛阳伽蓝记》:"清河王怿第宅,斜峰入牖,曲沼环堂,树响飞嘤,阶丛
花药。"

清　河①

舟小回仍数,楼危凭亦频。燕来从及社②,蝶舞太侵晨。
绛雪除烦后③,霜梅取味新。年华无一事,只是自伤春。

【题解】

一二句写舟虽小而仍然多次驾舟出游,楼虽高而仍然频频登楼览胜。

1

三四句写燕子及时而来,风蝶起舞太早,比喻同游者约定出游之期而到来之时早晚不齐。五六句写心中烦闷,口中无味,故想象以绛雪除烦,以霜梅取味。末二句写正是青春年华,尚未踏上仕途,前程未卜,春日郊游徒增哀伤。本篇当是未仕之前的作品。

【注释】

①清河:冯浩曰:"清河,洛水也,自商洛以东从洛水至河南。薛能《清河泛舟》诗:'都人层立似山邱,坐啸将军拥棹游。'"

②社:春社。立春后第五个戊日举行祭祀土地神、以祈丰年的祭日称"春社"。社,土地神。燕以春社来,秋社去。

③绛雪:道教丹药名。《北齐书·樊逊传》答问释道两教:"至若玉简金书,神经秘录,三尺九转之奇,绛雪玄霜之异……皆是冯虚之说。"

向　晚

当风横去幰①,临水卷空帷。北土秋千罢②,南朝祓禊归③。花情羞脉脉④,柳意怅微微。莫叹佳期晚,佳期自古稀。

【题解】

本篇咏三月三日上巳节春游情景。古时以阴历三月上旬巳日为上巳。《后汉书·礼仪志》:"是月上巳,官民皆絜(洁)于东流水上,曰洗濯祓除,去宿垢疢,为大絜。"吴自牧《梦梁录》卷二:"三月三日上巳之辰,曲水流觞故事,起于晋时。唐朝赐宴曲江,倾都禊饮踏青,亦是此意。"一二句谓停在水滨的幰车,车幔迎风卷起,正准备归去。三四句谓打秋千的、举行祓禊仪式的南北游春士女游罢,准备登车。五六句写士女双方分袂时的眷恋之情、怅惘之意。末二句谓莫叹佳期已晚,毕竟有片时之欢乐,须知自古以来,人生行乐的机会本来就不多。本篇应为诗人早期作品。

①幰(xiǎn):车的帷幔。去幰:即将离去的幰车。

②秋千:体育活动用具。相传春秋时齐桓公由北方山戎传入。

③祓禊:古代民俗,三月上巳日到水滨洗濯,洗去宿垢,祓除不祥,称祓禊。

④脉脉:凝视貌。《古诗十九首》:"盈盈一水间,脉脉不得语。"

月

池上与桥边,难忘复可怜。帘开最明夜,簟卷已凉天。流处水花急①,吐时云叶鲜。姮娥无粉黛②,只是逞婵娟③。

【题解】

首二句谓月光洒遍池上桥边,清光可爱,令人久久难忘。三四句谓打开窗帘,知是三五之夜,月色最明;天气转凉,故卷起簟席不用。五六句谓月光照映池面,见水波闪动,波光粼粼;月光照在树上,树叶像被水洗过一样新鲜。末二句谓月亮不加粉饰,自然美丽。本篇是咏月之作,描写月影流光,随处可见,惹人爱怜。动静交辉,富有情致。

【注释】

①流处:指月光照映水上。

②姮娥:嫦娥,传说中的月中女神。此谓月。

③婵娟:美好貌。

齐梁晴云①

缓逐烟波起,如妒柳绵飘。故临飞阁度,欲入迥陂销②。

萦歌怜画扇③,敞景弄柔条④。更耐天南位⑤,牛渚宿残宵⑥。

【题解】

本篇似以"晴云"喻娼家女。首二句写晴云随烟波而升起,如柳絮之轻飘,喻女性步履轻盈。三四句写晴云度高阁、入险陂,冶游不息。五六句写晴云绕歌声而摇曳,弄柳条而有情,喻女性之善歌舞而多情。末二句谓晴云夜宿于牛郎之所(七月之昏,牵牛正在天南之位),向晓仍依稀可见。喻女性之有托。俄国诗人莱蒙托夫有一首题为《悬崖》的抒情诗(一朵金黄色的彩云,在悬崖的怀抱中过夜),可与本篇参照。

【注释】

①诗题效齐梁体而咏晴云,为拟古之作。
②迥陂:高而险的堤坡。左思《吴都赋》:"江湖险陂。"
③画扇:绘有图画的扇子,歌舞时用。
④敞景:晴日。柔条:柳条。
⑤天南位:因效齐梁咏晴云,故曰"天南"。
⑥牛渚:牵牛星在天河旁,故曰"牛渚"。

又效江南曲①

郎船安两桨②,侬舸动双桡③。扫黛开宫额④,裁裙约楚腰。乖期方积思⑤,临醉欲拌娇⑥。莫以采菱唱⑦,欲羡秦台箫⑧。

【题解】

首二句写男女相邀约会。三四句写女子装扮美好。五六句写女子因失约而相思更深切,相会之后欲醉之时故意撒娇。末二句谓莫以民间纯朴的爱情而羡慕贵家箫鼓琴瑟之乐。

【注释】

①江南曲:乐府《相和曲》名。梁武帝《江南弄》中的《采莲曲》、《采菱曲》即出于此。又效:承前一首《效江南曲》诗而言。前诗已失。

②乐府《莫愁乐》:"艇子打两桨,催送莫愁来。"

③侬:我。舸:南楚方言,大船谓之舸。桡:桨。

④扫黛:画眉。《飞燕外传》:"为薄眉,号远山黛。"

⑤乖期:违期,失约。积思:谓相思正深。思音四。

⑥拚(音攀):放出,表露。拚娇:撒娇。

⑦采菱:《江南弄》共七曲,其五曰《采菱》。

⑧《列仙传》说秦穆公时,萧史善吹箫,穆公以女弄玉妻之,为作凤台以居。一日吹箫引凤,与弄玉升天而去。

俳　谐①

　　短顾何由遂②,迟光且莫惊③。莺能歌子夜④,蝶解舞宫城⑤。柳讶眉伤浅,桃猜粉太轻。年华有情状,吾敢惜生平⑥!

【题解】

　　本篇以戏谑的语调写一位少女急于求偶的情态,是邂逅调笑之诗,别无寓意。首二句谓短暂的顾盼不能成事,不易找到合适的郎君,但是不必自惊时光太晚而产生迟暮之感。三四句谓少女能歌善舞,不比宫女逊色。五六句谓少女眉浅粉轻,不妨装扮得浓艳一些,更惹人瞩目。末二句谓年龄通过外表即能看出,岂敢因爱惜年华而不考虑终身大事呢?本诗当是早期的作品。

【注释】

①俳谐:俳谐体,是一种含有隐喻、戏谑的诗体。

②短顾：短暂的顾盼。

③迟光：时迟。

④子夜：半夜子时。此指《子夜歌》，相传是晋代女子子夜所作。

⑤宫城：《唐六典》："都城三重，外一重名京城，内一重名重城，又内一重名宫城。"又："宫城在皇城之北。"

⑥悋：同吝。吝惜。

无　题

　　八岁偷照镜，长眉已能画①。十岁去踏青②，芙蓉作裙衩③。十二学弹筝④，银甲不曾卸⑤。十四藏六亲⑥，悬知犹未嫁⑦。十五泣春风，背面秋千下⑧。

【题解】

　　李商隐的诗歌以"无题"命篇的共有十七首，"万里风波一叶舟"一首之外，十六首都是写男女爱情的，或是有与爱情相关的内容。本篇是商隐最早的爱情诗，诗人对一位少女产生爱慕之情，因爱而生怜悯，不能不忧心她的前途，故采取民歌形式描写这位少女聪明美丽，才艺俱佳，然而她的命运并不掌握在自己手中，至待嫁之年，悄然生悲，黯然泣下。这首小诗有仿效古诗《焦仲卿妻》之痕迹，概括了中国封建社会绝大多数妇女的共同命运，因此具有典型的意义。商隐《别令狐拾遗书》曰："今人娶妇入门，母姑必祝之曰：'善相宜。'前祝曰：'蕃息。'后日生女子贮之幽房密寝，四邻不得识，兄弟以时见。欲其好，不顾性命，即一日可嫁去，是宜择何如男子属之耶？……至其羔鹜在门，有不问贤不肖健病，而但论财货，恣求取为事。当其为女子时，谁不恨，及为母妇则亦然……绅而绎之，真令人不爱此世，而欲狂走远飏耳！"商隐痛恨封建婚姻制度，乃至厌弃整个封建社会，愤激之词是向旧世界的挑战宣言，是觉醒者的狂呼呐喊，是对腐朽的旧制度的否定和背叛。注解家都以为本诗自喻少俊多才,忧虑仕进。此种曲解似是而非,诗人还没有入仕受挫的经验教训,岂能预支失败的痛苦?

【注释】

①长眉:古代女子以长眉为美。崔豹《古今注》:"魏宫人好画长眉,今多作翠眉。"

②踏青:谓春日郊游。

③芙蓉:荷花。裙衩:指有衩的裙,两边开口的裙。屈原《离骚》:"制芰荷以为衣兮,集芙蓉以为裳。"

④筝:古乐器,唐宋时教坊用筝均十三弦,后来增至十八弦、二十五弦。

⑤银甲:银制爪甲,用以拨弦。也有用鹿骨爪拨奏。卸(音夏,去声):摘除,脱下。

⑥藏六亲:少女藏于深闺,回避男性亲戚。

⑦悬知:心中忐忑不安。正是待嫁之前的心理。

⑧秋千:《荆楚岁时记》:"春节悬长绳于高木,女子衿服立其上,推引之,名曰打秋千。汉武帝千秋节日以之戏于后庭。"

失　题①

幽人不倦赏②,秋暑贵招邀③。竹碧转怅望,池清尤寂寥。露花终裛湿④,风蝶强娇娆。此地如携手,兼君不自聊⑤。

【题解】

一二句谓己如幽人之游赏不疲,当秋暑愁闷之时,最希望招邀友人同游,而实无人招邀。三四句谓独自面对碧竹清池,反增寂寞怅惘之情。五六句谓带露之花终因裛湿而减少芳香,风中之蝶也只是强作娇娆之态。末谓即使招邀友人同此一游,只怕连友人也同我一样无法自行排遣烦忧啊!本篇是诗人独游之后的寄友之作。

①冯浩注:"旧本皆连上篇作《无题二首》,戊签分入五古中,亦作'无题'。愚谓必别有题而失之。然仍为附编。"今从冯注本作"失题"。

②幽人:隐士。作者自指。

③秋暑:秋日之暑热,残暑也。

④裛(yì):沾湿。

⑤不自聊:无法自行排遣。

无　题

　　近知名阿侯①,住处小江流。腰细不胜舞②,眉长唯是愁③。黄金堪作屋④,何不作重楼?

【题解】

　　本篇为风情小调,别无深意。诗中所歌咏之女性是否"吴王苑内花",很难料定。一二句谓彼姝家住水滨,以美貌闻名。三四句写她身材苗条,擅长歌舞,媚眉动人,似带愁苦。五六句谓彼姝已成为显宦之宠妾,金屋藏娇,何不专为其造高楼居之? 既能优宠,何不提高其地位耶?

【注释】

　　①近知:近闻。阿侯:古诗中人名。乐府诗《河中之水歌》:"河中之水向东流,洛阳女儿名莫愁。十五嫁为卢家妇,十六生儿字阿侯。"此处"阿侯"指诗中歌咏之女性。"生儿"之"儿",男女通用,此谓生女。

　　②不胜舞:形容腰细,舞则恐其伤断。

　　③此谓其眉细长而弯曲。

　　④汉武帝刘彻为太子时,长公主欲以女配帝,问曰:"阿娇好否?"帝曰:"好! 若得阿娇作妇,当作金屋贮之。"见班固《汉武故事》。后称男子有外宠曰金屋藏娇。

荷　花

都无色可并①,不奈此香何。瑶席乘凉设②,金羁落晚过③。回衾灯照绮,渡袜水沾罗④。预想前秋别⑤,离居梦櫂歌⑥。

【题解】

姚培谦曰:"此必即席相赠之诗。"本篇是艳情诗。首联谓美人如莲,色香俱绝。次联谓向晚乘骢而过,彼姝设席邀我乘凉。三联谓彼姝颜色鲜好,转身顾盼,如灯照衾绮;体态轻盈,如"凌波微步,罗袜生尘"的洛水女神。末联谓预料秋前别后,当于梦中见伊人放舟湖上而歌采莲之曲。

【注释】

①并:比,匹敌。

②屈原《九歌》:"瑶席兮玉瑱。"

③金羁:饰以黄金的马笼头。傅玄《良马赋》:"饰以金羁,申以玉缨。"落晚:向晚。过音锅。

④曹植《洛神赋》:"凌波微步,罗袜生尘。"

⑤前秋:秋前。

⑥櫂歌:棹歌。一边摇桨,一边唱歌。《南史·羊侃传》:"善音律,自造采莲棹(同櫂)歌两曲,甚有新致。"

赠荷花

世间花叶不相伦①,花入金盆叶作尘。唯有绿荷红菡萏②,卷舒开合任天真③。此花此叶长相映,翠减红衰愁杀人。

一二句谓世人爱花不爱叶，花可入金盆，叶被抛弃。三四句谓只有花与叶互相映衬，才觉得天然可爱。五六句谓但愿花与叶长相伴随，若是红衰翠减则令人生悲。本篇当是上篇《荷花》之后的续赠之作。

【注释】

①不相伦：不可相比。

②菡萏：荷花苞子。

③天真：自然。

陈后宫①

玄武开新苑②。龙舟宴幸频③。渚莲参法驾④，沙鸟犯钩陈⑤。寿献金茎露⑥，歌翻玉树尘⑦。夜来江令醉⑧，别诏宿临春⑨。

【题解】

一二句说陈后主为满足其奢侈淫泆的生活，又在玄武湖开辟新的游乐场所，并频繁乘舟到此宴幸。三四句说渚莲参谒皇帝车驾，野鸟违禁飞入后宫。讥刺陈后主的荒淫和宫禁的秽乱。五六句说陈后主为求长生而使人献仙露，为嗜新声而制词谱曲，歌动梁尘。末二句说江令醉酒于后宫，君王竟特令他宿于临春阁，君臣淫乱，不成体统。徐湛园以为本篇专刺唐敬宗李湛的荒嬉失政："此为敬宗作。旧书纪（《旧唐书·敬宗纪》）：'宝历时幸鱼藻宫观竞渡，又发神策六军穿池于禁中，又诏淮南王播造竞渡船供进。'前四句所云也。五谓惑于道士刘从政等求访异人，冀获灵药。六谓教坊供奉及诸道所进音声女乐也。《熊望传》云：'昭愍（敬宗谥号）嬉游之隙，以翰林学士崇重不可亵狎，乃议别置东头学士，以备曲宴赋诗。刘栖楚以

望名荐送,事未行而昭愍崩。'则其时定有从臣为狎客者,如末二句所云也。"(见《玉溪生诗笺注》)

【注释】

①陈后宫:指南朝陈后主的后宫。陈后主名叔宝,是古代著名的荒淫帝王。《南史·张贵妃传》:"至德二年,乃于光昭殿前起临春、结绮、望仙三阁,高数十丈,并数十间。其窗牖、壁带、悬楣、栏槛之类,皆以沉檀香为之,又饰以金玉,间以珠翠,外施珠帘。内有宝床宝帐,其服玩之属,瑰丽皆近古未有。"

②玄武:玄武湖,在今南京市玄武门外。新苑:新的游乐场所。

③龙舟:天子所乘舟船。《南史·陈本纪下》:"(至德)四年秋九月甲午,幸玄武湖,肆舻舰阅武。"

④渚莲:洲畔的荷花。借喻民间女子。参:谒见。法驾:皇帝的车驾。

⑤沙鸟:洲上的鸥鸟。借喻外间男子。钩陈:《晋书·天文志》:"北极五星、钩陈六星,皆在紫宫中。钩陈,后宫也。王者法钩陈,设环列。"

⑥金茎:铜柱。汉武帝于建章宫造承露台,上铸铜仙人以掌托铜盘承露,饮之以求长生。金茎,即指金铜仙人的手臂手掌。

⑦歌翻:按照旧曲谱制作新词。陈后主嗜声乐,于清乐中造《玉树后庭花》等曲,与幸臣等制其歌词,歌词绮艳,男女唱和,其音甚哀。尘:梁尘。刘向《别录》:"善雅歌者,鲁人虞公,发声清哀,能动梁尘。"

⑧江令:南朝陈文学家。名总,字总持,官至尚书令,世称江令,不理政务,日与孔范等陪侍陈后主游宴后宫,制作艳诗,荒嬉无度,时号狎客。

⑨临春:临春阁。《南史·张贵妃传》:"后主自居临春阁,张贵妃居结绮阁,龚、孔二贵嫔居望仙阁,并复道交相往来。"别诏:皇帝的特别指令。

陈后宫①

茂苑城如画②,阊门瓦欲流③。还依水光殿,更起月华楼④。

侵夜鸾开镜⑤，迎冬雉献裘⑥。从臣皆半醉⑦，天子正无愁⑧。

【题解】

一二句谓陈后主之宫苑城池如画，宫门之上琉璃瓦光彩夺目，鲜艳欲滴。三四句谓大造宫室，无时休止。五六句谓宫嫔夜开鸾镜装扮，以便通宵侍宴；衣着极尽奢侈新奇。末二句谓君臣皆醉生梦死。本篇也是借陈后宫为题讽刺敬宗之作。

【注释】

①冯浩认为当与上首合在一起。《文苑英华》则此首在前。

②茂苑：华美的宫苑，并非苑名，乃泛称。左思《吴都赋》："佩长洲之茂苑。"原指花木繁茂的苑囿、园林。南朝宋有乐游苑、华林园，齐有新林、芳乐等苑，皆在台城内。

③阊门：神话中的天门，此指宫门。

④水光殿、月华楼：泛言陈后主新建之宫室，不必确有其名。见前一首注。

⑤侵夜：入夜。鸾镜：有鸾鸟图案的妆镜。南朝宋范泰《鸾鸟诗序》："昔罽（音计）宾（汉时西域国名）王结罝峻卵之山，获一鸾鸟，王甚爱之，欲其鸣而不致也。三年不鸣，其夫人曰：'尝闻鸟见其类而后鸣，何不悬镜以映之。'王从其言。鸾睹影悲鸣，哀响冲霄，一奋而绝。"

⑥雉裘：《晋书·武帝纪》："咸宁四年冬，太医司马程据献雉头裘，帝以奇技异服，典礼所禁，焚之于殿前。"

⑦从臣：《南史·陈本纪下》："后主愈骄，不虞外难，荒于酒色，不恤政事，左右嬖佞珥貂者五十人，妇人美貌丽服巧态以从者千余人。常使张贵妃、孔贵人等八人夹坐，江总、孔范等十人预宴，号曰狎客。先令八妇人襞采笺，制五言诗，十客一时继和，迟则罚酒。君臣酣饮，从夕达旦，以此为常。而盛修宫室，无时休止。"

⑧《北齐书》记载：北齐后主高纬好弹琵琶，自作《无愁曲》，民间称他"无愁天子"。此指陈后主。

隋师东① 大和三年

东征日调万黄金②，几竭中原买斗心③。军令未闻诛马谡④，捷书惟是报孙歆⑤。但须鸑鷟巢阿阁⑥，岂假鸱鸮在泮林⑦。可惜前朝玄菟郡⑧，积骸成莽阵云深⑨。

【题解】

首联谓大军东征，朝廷日费万金，几乎用尽了中原的财力，以厚赏鼓舞士气。颔联谓朝廷赏罚不当，对败坏军纪者不绳之以法；对谎报军功者却给予赏赐。颈联谓假若只许贤臣在朝，岂容藩镇割据？尾联谓可惜沧、景地区经历战乱之后，尸骸遍野，愁云漫天，满目凄凉。本篇借隋炀帝东征高丽而言时事，批评朝廷号令不严，徒以赏赐贿赂将士，至使平叛战争久未成功，给国家和人民造成巨大损失。起句劲挺，结句沉痛。是诗人在天平军节度使令狐楚幕府做巡官时所作。

【注释】

①隋师东：古代随、隋通用。此借随师东征为题，实写唐大和年间的平叛战争。

②东征：指讨伐李同捷的战争。唐敬宗宝历二年（826 年），横海镇（治沧州，今河北沧县东南）节度使李全略死，其子李同捷擅据沧、景。文宗大和元年（827 年）八月，诏诸道进讨，久未成功，每有小胜，虚夸邀赏，朝廷竭力奉之，馈运不给。至大和三年四月初步平定。

③买斗心：以厚赏鼓舞士气。

④马谡：三国时蜀将。建兴六年（228 年），诸葛亮出军向祁山，以马谡为前锋，他违反军事部署，兵败失去街亭。诸葛亮依军法斩马谡。

⑤孙歆：吴国都督。晋伐吴，晋大将王浚谎报战功，自称斩得孙歆首级。其后，荆州都督、镇南大将军杜预生获孙歆，押送洛阳，城中大笑。

⑥但须:只须。鸑鷟(音岳啄):凤凰的别名。阿阁:四面有檐的楼阁。

⑦岂假:岂让。鸱鸮(音蚩消):猫头鹰。泮:泮宫,古代诸侯的学宫。泮林:泮宫旁的树林。

⑧玄菟(tù):汉郡名,在辽东。此指沧、景地区。

⑨莽:草莽。阵云:战云。《资治通鉴》文宗大和三年:"沧州承丧乱之余,骸骨蔽地,城空野旷,户口存者什无三四。"

春　游

桥峻斑骓疾①,川长白鸟高②。烟轻惟润柳,风滥欲吹桃。徙倚三层阁③,摩娑七宝刀④。庾郎年最少⑤,青草妒春袍⑥。

【题解】

本篇是作者初入令狐楚幕时所作。首联谓驰马和远眺。颔联谓柳因雾霭的滋润而葱翠婀娜,桃因春风滥吹而更加妍媚。"滥"有随意、任意、尽情的意思。颈联谓己流连观赏,踌躇满志。尾联谓己在同游幕僚中最年少,风度翩翩,所著青袍甚至为春草所妒慕也。初入军幕,意气豪迈,诗无牢愁,确是青少年时期的作品。

【注释】

①峻:高。斑骓:青白色相间的马。疾:迅速。

②白鸟:白羽毛的鸟,如鹤、鹭之类。

③徙倚:走走停停,徘徊。王粲《登楼赋》:"步栖迟以徙倚兮,白日忽其将匿。"

④摩娑:抚摸。七宝刀:用多种宝物装饰的刀。

⑤庾郎:庾翼。作者以庾郎自比。《晋书·庾翼传》:"翼字稚恭,风仪秀伟,少有经纶大略……苏峻作逆,翼时年二十二,兄亮使白衣领数百人备石头(城)。"

14

⑥庾信《哀江南赋》:"青袍如草。"唐制官八九品服青,谓官职卑微。

天平公座中呈令狐令公,时蔡京在坐,京曾为僧徒,故有第五句①

罢执霓旌上醮坛②,慢妆娇树水晶盘③。更深欲诉蛾眉敛④,衣薄临醒玉艳寒。白足禅僧思败道⑤,青袍御史拟休官⑥。虽然同是将军客,不敢公然子细看。

【题解】

令狐楚在天平幕府后堂宴乐,有一位曾经是女道士的官妓作了专场舞蹈表演,身手不凡,受到令狐眷赏。义山特地为这一场精彩表演赋诗呈上令狐令公,以求亲媚于幕主。唐代社会,男女关系相当开放,作风放荡,用诗歌表现女性美,表现爱情和性爱,是习以为常的事情,上下都是如此,并不犯什么禁忌。本篇首联谓舞女先前是女冠,现在不再上祭坛举旗祭祀,而是浅妆淡抹,如水晶盘中的玉树琼花一般娇美。领联谓夜深舞罢,敛眉似欲诉说她的忧愁,酒醒衣薄,更显得肌肤白净如玉。颈联谓见此绝艳佳人,和尚想还俗,御史想休官,竟然忘乎所以。这是用渲染烘托的手法表现她的美貌能把观众俘虏得精光。尾联谓包括蔡京、御史和诗人自己在内的这些令狐府中之幕客,知道宴会上这位舞女非寻常官妓,而是府主所宠爱的姬妾,故不敢公然细察也。此诗虽是义山早期的作品,但笔触细腻,下字精切,饶有韵味。

【注释】

①天平:天平军(治郓州,今山东东平县)。《旧唐书·文宗本纪》:"(大和)三年……十二月己丑以东都留守令狐楚检校右仆射天平军节度使。"公座:公宴。呈:呈送。令狐:令狐楚。令公:唐时称中书令为令公。令狐楚

于宪宗元和十四年七月为中书侍郎、同平章事,未带中书令衔。此处当是尊称。冯浩注:"令狐虽未实进中书令,而香山集中亦称令狐令公矣。"蔡京《唐语林·补遗》:"邕州蔡大夫京者,故令狐相公楚镇滑台之日,因道场中见于僧中,令京挈瓶钵。彭阳公曰:'此子眉目疏秀,进退不慑,惜其卑幼,可以劝学乎?'师从之,乃得陪相国子弟。后以进士举上第,寻又学究登科。"冯浩《玉溪生年谱》文宗大和六年[按]:"朱阅归解书彭阳碑阴云:'公尹洛,礼陈商;为郓,荐蔡京;莅京,辟李商隐。'尹洛者,河南尹也。叙莅京于为郓后,必太原之为北京也。"

②霓旌:旗帜。宋玉《高唐赋》:"霓为旌,翠为盖。"醮(音较):古代一种祷神的祭礼。醮坛:祭坛。

③慢妆:薄妆。娇树:形容舞女姿容如玉树。水晶盘:用水晶制作的盘子。

④蛾眉:弯曲而细长的眉毛,形如幼蚕,故称蛾眉。

⑤白足禅僧:据《魏书·释老志》:惠始和尚有神方,虽践泥尘而不污足,世号"白脚师"。旧注说"白足禅师"指蔡京,京幼时曾为僧徒。败道:破坏清规戒律,欲结俗缘。

⑥青袍御史:指令狐楚府中幕僚带御史衔者,不必专指某一人。《旧唐书·舆服志》:"六品、七品服以绿,八品、九品服以青。"又《职官志》:"侍御史,从第六品下阶。殿中侍御史,从第七品上阶。监察御史,正第八品上阶。"拟:打算,想要。

春　日

欲入卢家白玉堂①,新春催破舞衣裳②。蝶衔花蕊蜂衔粉,共助青楼一日忙。

【题解】

本篇写青楼歌妓在新春之时赶制舞衣,将要到贵族之家演出,所以青楼呈现一片忙碌景象。所谓蜂蝶,隐指歌妓;"衔蕊"、"衔粉",指她们忙着装扮,亟待表演。

【注释】

①卢家:莫愁婆家。传说洛阳女子名莫愁,嫁给卢家为妇。

②催破:催制。

闺　情

红露花房白蜜脾①,黄蜂紫蝶两参差②。春窗一觉风流梦③,却是同袍不得知④。

【题解】

一二句谓蝶恋花房,蜂爱蜜脾,各有所适。三四句谓闺中人的风流韵事,便是同袍女友也不知道。此亦艳情诗之类。

【注释】

①蜜脾:蜜蜂以蜜蜡造成连片的窠房。也称蜜排。

②参差:不齐貌。

③觉:睡觉。

④同袍:《毛诗·秦风·无衣》:"岂曰无衣,与子同袍。"同袍比喻友爱。

春　光①

日日春光斗日光②,山城斜路杏花香。几时心绪浑无事③,得及游丝百尺长④?

日光无处不到,春光撒满人间,二者不相上下,故曰"春光斗日光"。次句写山城杏花飘香。三四句谓大好春光并未给自己带来快乐,仍感心事重重,因而自问何时能完全做到快乐无忧,让自己的心绪像春日的游丝那样舒展而绵长呢? 北欧歌谣有这样的诗句:"闪闪的春波流动不息,春天惹得人情意缠绵。"与本篇意义相近。

【注释】

①一作"日日"。

②斗:争强比胜。

③浑:全也。

④游丝:空中飘荡的丝絮,用以形容春光之荡漾。《牡丹亭·惊梦》:"袅晴丝,吹来闲庭院,摇漾春如线。"

判　春①

一桃复一李,井上占年芳②。笑处如临镜③,窥时不隐墙④。敢言西子短⑤,谁觉宓妃长⑥? 珠玉终相类,同名作夜光⑦。

【题解】

本篇所歌咏之对象是两位女性。言"井上"者,因屈在使府后房。"笑处"二句谓不避人。"敢言"二句谓其貌双美。末谓二女如珠玉同辉,光彩照人,不相上下也。

【注释】

①判:判断。判春:评判二美人也。晦其旨,故题"判春"。

②古乐府:"桃生露井上,李树生桃旁。"

③笑：谓花开。

④《文选》宋玉《登徒子好色赋》："此女登墙，窥臣三年，至今未许也。"

⑤西子：西施。

⑥宓妃：传说宓妃是古帝王伏羲之女，溺死洛水，遂为洛水之神。宋玉《登徒子好色赋》："东家之子，增之一分则太长，减之一分则太短。"

⑦夜光："夜光之璧"、"明月之珠"均见《李斯上秦王书》。

牡　丹

锦帏初卷卫夫人①，绣被犹堆越鄂君②。垂手乱翻雕玉佩③。折腰争舞郁金裙④。石家蜡烛何曾剪⑤，荀令香炉可待熏⑥？我是梦中传彩笔⑦，欲书花叶寄朝云⑧。

【题解】

本篇是咏物诗。首联写牡丹之容如锦帏初卷而显现卫夫人之美艳；如绣被轻遮越鄂君之玉姿。次联写牡丹迎风摇曳，如玉佩之乱翻；低昂之丰姿，如群姬著金裙而争舞。三联写牡丹灼灼其华，如石家高烧之红烛；奇香扑鼻，若荀令之熏香。末联谓我自有传神之妙笔，将描写此国色天香寄与所思之人也。前六句用比，全篇一气贯通。

【注释】

①卫夫人：卫灵公夫人，名南子，姓子，宋国贵族。《史记·孔子世家》："灵公夫人有南子者，使人谓孔子曰：'……寡小君愿见。'孔子辞谢，不得已而见之，夫人在绤帏中。孔子入门，北面稽首。夫人自帏中再拜，环佩玉声璆然。"

②越鄂君：鄂公子皙。刘向《说苑》："鄂君子皙之泛舟于新波之中也……越人拥楫而歌曰：'今夕何夕兮，搴洲中流；今日何日兮，得与王子同舟。蒙羞被好兮，不訾诟耻。心几烦而不绝兮，得知王子。山有木兮木有

枝,心悦君兮君不知。'于是鄂君乃揄修袂,行而拥之,举绣被而覆之。"鄂君子皙,楚王母弟也,官令尹。

③垂手:有大垂手、小垂手,古代舞蹈的垂手动作。雕:刻镂。

④折腰:《西京杂记》:"戚夫人能作翘袖折腰之舞,歌出塞、入塞、望归之曲。"郁金裙:用郁金香染过的裙子,染成则微有香气。

⑤石家:石崇。《世说新语·汰侈》:"石季伦(崇)用蜡烛作炊。"

⑥荀令:荀彧,字文若,汉献帝时官至尚书令。又见《酬崔八早梅有赠兼示之作》注。

⑦彩笔:五色笔。《南史·江淹传》:"江淹寄宿于冶亭,梦一丈夫自称郭璞,曰:'吾有笔在卿处多年,可以见还。'淹乃探怀中,得五色笔一以授之。尔后为诗绝无美句,时人谓之才尽。"

⑧朝云:指巫山神女。

赠子直花下①

池光忽隐墙,花气乱侵房②。屏缘蝶留粉③,窗油蜂印黄。官书推小吏④,侍史从清郎。并马更吟去⑤,寻思有底忙⑥?

【题解】

杨柳谓此诗作于大和五年,可从。其时,义山与令狐绹关系款洽,故有此雅谑之诗。若依冯浩系于会昌二年绹为户部员外郎时,则两人交疏,决无此情趣。

【注释】

①子直:令狐绹字子直。这是一首戏赠子直的艳诗。

②池光、花气,象征爱恋的男女。如《当句有对》中的"池光未定花光乱",写男女幽会的热烈情景。此处写池光隐于墙后,花气侵入房中,亦是写男女幽会,当然与子直的情事相关。

③屏缘:屏风的边缘。缘音院。屏留蝶粉,窗印蜂花,斑斑可证。《道藏经》:"蝶交则粉退,蜂交则黄退。"

④官书:官府中的文书。推:托付。侍史:掌文书案卷的书记官。二句谓子直将官书推给小吏,且有侍史相从,清闲之至。

⑤并马更吟:两马并行,与侍史相互酬唱。

⑥有底:有什么,有啥。

赠宇文中丞①

欲构中天正急材②,自缘烟水恋平台③。人间只有嵇延祖④,最望山公启事来⑤。

【题解】

赠诗为向宇文中丞推荐张君之子而作。首句谓朝廷急需栋梁之才。次句谓自己已在令狐幕任职,感到满意,如同汉代邹阳、枚乘眷恋平台烟水。三句谓张君之子是当今的嵇绍,人才难得。四句谓最希望宇文中丞像山涛援引嵇绍那样,将张君之子推荐到重要的岗位上来。从诗的第二句可以看出宇文欲荐义山。义山已受令狐之聘,不宜改聘,且宇文已为亡友而叹惜,所以惟愿他荐拔亡友之子。

【注释】

①宇文鼎,字周重,文宗大和三年十二月由吏部郎中为御史中丞,大和六年八月为户部侍郎、判度支。

②构:建造。中天:中天台。《列子·周穆王》:"周穆王时,西极之国有化人来……王乃为之改筑……台始成,其高千仞,临终南(山)之上,号曰中天之台。"此以构厦之材比喻人才。

③自:自己。平台:古迹名,故址在河南商丘。西汉梁孝王刘武大建宫室,与邹阳、枚乘等文士游于平台之上。

21

④自注:"公感叹亡友张君,故有此句。"宇文中丞欲荐李商隐,李商隐已在郓州令狐楚幕就职,希望宇文荐举亡友张君之子。嵇延祖:嵇绍,字延祖,嵇康之子。

⑤山公:山涛,西晋河内怀县人,竹林七贤之一,后为吏部尚书。启事:陈述事情的书函。《晋书·山涛传》:"所奏甄拔人物,各为题目,时称山公启事。"《晋书·嵇绍传》说,山涛报告晋武帝,请以嵇绍为秘书郎,帝曰:"如卿所言,乃堪为丞,何但郎也!"

微　雨

初随林霭动,稍共夜凉分。窗迥侵灯冷,庭虚近水闻。

【题解】

首句谓微雨与林雾初时浑同一体,一片迷茫,不见雨脚。次句谓微雨生凉,初以为夜气生寒,稍久便知非夜寒,却是雨寒。三句写室空窗远,微雨生寒,直入窗扉,使灯光暗淡。末谓空庭虚静,近处传来流水声,方知微雨已下注多时也。通篇在"微"字上下功夫,示人以不知不觉也。

细　雨

帷飘白玉堂,簟卷碧牙床。楚女当时意①,萧萧发彩凉②。

【题解】

首句写细雨微风到来时,引起堂前帷帐飘动,同时也可以想象细雨飘潇,状如帷帐之飘拂。次句写因雨生凉,室内之冰簟卷起。三四句因细雨而想起巫山神女之"暮为行雨",又因丝丝凉雨而联想到神女沐浴后,其鬓发之光洁凉爽,引起性爱之联想。本篇咏新秋细雨,不着一"雨"字而别有情致,诗人将感觉转化为感情,抓住那转瞬即逝的印象,以纤细入微的笔触把"伴生感觉"(即由于各感官之间密切相连,由一种感官引起的另一种感官的感觉,如视觉引起的触觉、听觉引起的视觉等)精练而形象地表述出来,收到了极强的感性效果。

【注释】

①楚女:此以巫山神女喻令狐楚家中姬妾或家妓。当时意:意谓"暮为行雨"。

②萧萧:凉意。发彩:发光可鉴。《南史·张贵妃传》:"发长七尺,鬓黑如漆,其光可鉴。"

雨

摵摵度瓜园①,依依傍竹轩②。秋池不自冷,风叶共成喧。
窗迥有时见,檐高相续翻。侵宵送书雁,应为稻粱恩③。

【题解】

诗人在幕府中,有感于雁之冒雨而飞,为稻粱之故,因作此篇。首联写雨声淅沥,由远而近。次联谓秋池因雨而寒,风叶因雨而喧。三联写窗前檐下,秋雨由小而大。末联想象向晚鸿雁冒雨送书信,感稻粱之恩也。全篇大旨在末联,以雁自比,虽在萧条寂寞中,仍早夜勤于其职,不肯素餐也。

【注释】

①摵摵:状雨声,义同"淅沥"。

②轩:有窗槛的长廊或小室。

③南朝梁刘峻《广绝交论》:"分雁鹜之稻粱。"

谢　书①

微意何曾有一毫②，空携笔砚奉龙韬③。自蒙半夜传衣后④，不羡王祥得佩刀⑤。

【题解】

文宗大和三年，义山十七岁。十一月，令狐楚为天平军节度使，请他到幕府中做巡官。义山曾经跟堂叔学做古文，而当时官私文书皆尚今体（四六骈体文），擅长今体是文士从政和升迁的必要条件。令狐楚是擅长写作，尤其以今体章奏驰誉士林的大家，他教义山和令狐绹一起学今体文，并亲自指教，义山感激不已。本篇谢书可能是落第之后再受令狐太原幕府之聘时所作。一二句说自受知令狐楚以来，未有丝毫报效，感到惭愧，入幕原是为了干事，可是令狐先让他学习，所以说"空携笔砚"。三四句说令狐亲自教他写章奏，掌握了写作今体文的本领，胜过王祥之得宝刀与爵禄。感激之情，溢于言表。

【注释】

①叶葱奇《疏注》曰："这是下第归来，令狐楚召往太原幕，商隐写好谢聘书后所作，所以就用谢书作题。"

②微意：指自己报效令狐之意。

③龙韬：古代兵书有文韬、武韬、虎韬、豹韬、龙韬、犬韬等六韬。此指军机大事。

④传衣：继承师业。佛教禅宗自初祖至五祖皆衣钵相传，作为传授佛法的信证，六祖以后不再传。此指令狐楚秘授章奏之法。

⑤王祥：东汉末年琅邪临沂人，事继母朱夫人，以孝著称，隐居三十年。魏徐州刺史吕虔召为别驾。吕虔有佩刀，工匠相（察看）之，以为必登三公可佩此刀。虔以刀赠王祥，祥以大功封万岁亭侯，迁太尉。入晋，拜太保。

无题二首

其 一

长眉画了绣帘开,碧玉行收白玉台①。为问翠钗钗上凤②,不知香颈为谁回?

【题解】

一二句写闺中女子晨起对镜梳妆,画眉已毕,侍婢开绣帘而收拾好镜台。三四句谓借问女子头上之宝钗玉凤,她打扮得如此美好,可是向谁呈露杏脸香腮呢?言其有情而莫之所向也。

【注释】

①碧玉:指小家女,此指侍婢。白玉台:指玉制的镜台。

②钗上凤:指凤形玉钗。

其 二

寿阳公主嫁时妆①,八字宫眉捧额黄②。见我佯羞频照影,不知身属冶游郎③。

【题解】

一二句谓其仿效寿阳公主的梅妆以显时髦,三四句写其佯羞作态以掩其"身属冶游郎"之实情。此亦诙谐调笑之词也。二首并为赠妓之作。

【注释】

①寿阳公主:南朝宋武帝女。《海录碎事》说,寿阳公主曾睡在含章殿檐下,梅花落额上,成五出之花,拂之不去。自后就有所谓梅花妆,简称梅妆。

②八字宫眉:汉武帝宫人画八字眉。额黄:在眉心涂上黄粉,与后代在眉心点胭脂相似。因涂在两眉之间,所以用"捧"字。

③冶游郎:指荡子。

咸　阳

咸阳宫阙郁嵯峨①,六国楼台艳绮罗。自是当时天帝醉②,不关秦地有山河③。

【题解】

贾谊《过秦论》以为秦为四塞之国,易守难攻,凭藉山河之险,因利乘便,宰割天下,分裂河山,终至完成统一大业。义山一反传统见解,认为暴秦之得天下,非关山河之险,而是因为天道昏聩,给予暴君以可乘之机,然而毕竟运祚不长,二世而灭。凡有国者,不修仁义而恃山川之险,必为亡秦之续耳。

【注释】

①《史记·秦始皇本纪》:"秦每破诸侯,写仿其宫室,作之咸阳北阪上,南临渭,自雍门以东至泾渭,殿屋复道周阁相属,所得诸侯美人钟鼓以充入之。"郁:茂密。嵯峨:高耸。

②张衡《西京赋》:"昔者大帝(天帝)说秦穆公而觌之,响以钧天广乐,帝有醉焉,乃为金策锡用此土(指秦地),而剪诸鹑首。"

③贾谊《过秦论》:"秦地被山带河以为固,四塞之国也。自缪公以来,至于秦王,二十余君,常为诸侯雄,岂世世贤哉?其势居然也。"

春 风

　　春风虽自好,春物太昌昌①。若教春有意,惟遣一枝芳②。我意殊春意③,先春已断肠。

【题解】

　　春风虽好,但是被春风催发之春物繁盛过头了。物禁太盛,盛极则衰,所以诗人希望春天常在,只遣一枝独放即可也。末二句笔锋陡转,诗人自伤身世,谓春天不属于自己,春物昌昌也罢,一枝独放也罢,自己心中何曾有半点春意,一缕温馨?早在春光到来之前已是断肠之人了。

【注释】

　　①昌昌:繁盛也。

　　②遣:使,令。

　　③殊:不同。

早 起

　　风露澹清晨①,帘间独起人。莺花啼又笑②,毕竟是谁春?

【题解】

　　风露之晨,冷清而淡静。诗人独起,掀帘望外,莺啼花笑,早已占尽春天。独起之人,反为迟到之客,自觉悲凉也。"良辰美景奈何天,赏心乐事谁家院?"小诗寓意深而托兴远,不隐僻,不用典,别有情致。

【注释】

①澹:恬静。

②谓莺啼花笑。

樱桃花下

流莺舞蝶两相欺,不取花房正结时①。他日未开今日谢,嘉辰长短是参差②。

【题解】

樱桃花未盛开,舞蝶先来欺扰;樱桃既结果实,流莺则含之而去。莺蝶都不能在樱桃花盛开时来赏慕,即使有良辰美景也是枉然。遭遇不偶,美人迟暮,此志士之大痛也。

【注释】

①花房:花冠,花瓣的总体。结,形成,构成。

②长短:总是,横竖是。参差:阴错阳差。

嘲　桃

无赖夭桃面①,平明露井东②。春风为开了,却拟笑春风。

【题解】

本篇深刺忘恩负义的小人,显然为背己者而发。此比兴之体也。

【注释】

①夭:形容色泽美艳。《毛诗·周南·桃夭》:"桃之夭夭,灼灼其华。"

②露井:没有盖的井。贺知章《望人家桃李花》:"桃李从来露井傍。"

初食笋呈座中 <small>大和七年</small>

　　嫩箨香苞初出林①,於陵论价重如金②。皇都陆海应无
数③,忍剪凌云一寸心。

【题解】

　　本篇是作者在宴席上初食笋有感而作。一二句谓竹笋十分宝贵,若在
竹少的於陵之地,则价重如金。物以稀为贵也。三四句谓当今京城里山珍
海味应有尽有,为何忍心剪截这些可以长成凌云翠竹的嫩笋呢?"皇都"句
不是说皇都之竹无数,陆海之竹无数,如果是那样,则不可贵;而是说皇都
的"陆海"无数,以陆海代表陆海之所产,这是理解本篇之关键。义山二十
一岁首次入京应考,被考官贾餗所憎而落第,其凌云之志受到摧折,故借
"食笋"为题,写出了他对当政者毁损人才的强烈不满。而在表达方式上不
像李贺的"无情有恨何人见,露压烟啼千万枝"那样激楚,却是以含蓄蕴藉
见长。

【注释】

　　①箨(tuò):笋衣。香苞:笋心。
　　②於(wū)陵:汉县名,唐时为长山县,治所在今山东邹平县东南。此
地少竹,故曰"价重如金"。
　　③皇都:京都长安。陆海:旧指关中一带高原,此指陆海所产山珍海
味。《汉书·东方朔传》:"汉兴……都泾渭之南,此所谓天下陆海之地。"
注:"高平曰陆,关中地高故称耳。海者,万物所出,言关中山川物产饶富,
是以谓之陆海也。"

赠勾芒神^①

佳期不定春期赊^②，春物夭阏兴咨嗟^③。愿得勾芒索青女^④，不教容易损年华。

【题解】

勾芒神掌管春天树木的生长，属春官。叶葱奇《疏注》曰："这是考进士落第后所作。唐人称礼部为春官、春卿，所以题作赠勾芒神。"本篇很难确定具体所指为何事。一二句谓佳期未到亦不知何时到来，而春天好景不长，春物很快受挫折而凋敝，令人兴叹。三四句谓但愿春神勾芒与霜神青女相结合，控制青女，不让她摧损春天而使春物永在也。惜春之意显然。

【注释】

①勾芒：传说为古代主管树木的官。《左传》昭公二十九年："木正曰句芒。"《礼记·月令》："其帝太皞，其神句芒。"注："少皞氏之子曰重，为木官。"疏："谓自古以来主春立功之臣，其祀以为神，是勾芒者主木之官，木初生时勾屈而有芒角，故云勾芒。"勾，同"句"。

②张相《诗词曲语辞汇释》卷五："春期赊，犹云春期短也。勾芒主春，青女主霜雪，诗意言春物夭阏，正因春期短促，故愿勾芒索青女，使之不降霜雪，不致夭阏，不促春期，不损年华也，意欲将春期放长也。"又："赊，有相反之二义，一为有余义，一为不足义。"以上举"不足"义。

③夭阏(è)：阻塞，遮壅。受阻折而中断。《庄子·逍遥游》："背负青天而莫之夭阏者，而后乃今将图南。"兴：起也。

④索：求也。青女：主降霜之神。见《霜月》注。

效长吉①

长长汉殿眉②，窄窄楚宫衣③。镜好鸾空舞④，帘疏燕误飞。君王不可问，昨夜约黄归⑤。

【题解】

本篇是效李贺作宫体诗（齐梁体）。从字面看，不过是写宫娥的失宠。一二句谓宫娥长眉细腰，装束时髦。三四句谓室中无人，宫娥孤寂，如鸾之对镜空舞，如燕之误入帘内。二句状其怨旷，乃一篇之警策。五六句谓不必问君王是否对她宠爱，只见她昨夜盛妆而空自归来，便明白此中一切了。冯浩曰："伤罢归也。"大和七年，义山二十一岁，是年试进士，为考官贾餗所斥，未中。李贺二十一岁到长安准备应进士试，被谗，不得不放弃应试。两人的命运何其相似！故诗题独标明"效长吉"，通篇借宫娥失宠写自己落第之牢骚。义山有多篇效李贺风格的作品，均不以"效长吉"为题。

【注释】

①《旧唐书·李贺传》："李贺字长吉……手笔敏疾，尤长于歌篇，其文思体势，如崇岩峭壁，万仞崛起。当时文士，从而效之，无能仿佛者。"

②《后汉书·马廖传》："长安语曰：'城中好广眉，四方且半额。'"广眉，长眉。

③《韩非子·二柄》："楚灵王好细腰。"庾肩吾《南苑看人还》："细腰宜窄衣。"

④见《陈后宫》（茂苑城如画）注。

⑤约黄：古代妇女的一种妆饰样式。即在鬓角涂饰微黄。《玉台新咏》七梁简文帝《美女篇》："约黄能效月，裁金巧作星。"

寒食行次冷泉驿①

归途仍近节②,旅宿倍思家。独夜三更月,空庭一树花。
介山当驿秀③,汾水绕关斜④。自怯春寒苦,那堪禁火赊⑤。

【题解】

本篇是诗人从令狐楚太原幕时,赴京途次所作。因为回郑州也是走这
条路,故曰"归途"。实是往长安,故曰"倍思家";若是归家,则不会"倍思
家"。旅途之寒苦已令人畏怯,更何况寒食节禁火呢? 行次之孤寂冷清令
人神情凄然。

【注释】

①寒食:寒食节,在农历清明前一或二日。冷泉驿:驿站名,在今山西
灵石县北四十里,接介休县界,一名冷泉镇。

②节:谓寒食。义山自太原往长安,故曰归途。

③介山:在介休县。晋文公返国,介子推有功而不言禄,自隐至死。文
公环绵上山中而封之,以为介推田,号曰介山。

④汾水:汾水出太原汾阳县北管涔山,南至汾阴县北,西注于河。关:
冷泉驿又名冷泉关。

⑤禁火赊:此处谓禁火甚严。

赠赵协律晳① 大和八年

俱识孙公与谢公②,二年歌哭处还同③。已叨邹马声华
末④,更共刘卢族望通⑤。南省恩深宾馆在⑥,东山事往妓楼

空⑦。不堪岁暮相逢地,我欲西征君又东⑧。

【题解】

首联谓己与赵曾同在令狐楚和崔戎幕府任职,同乐亦同悲也。颔联谓己附赵之骥尾,且与赵有亲戚关系。颈联谓两人同出令狐门下,曾受其恩,如今徒存宾馆,崔戎已谢世,往事皆空。末联谓岁暮相逢,往事不堪回首;握手言别,各奔东西。赠别之作,情真意切,辞虽浅近,况味悲凉。

【注释】

①协律:协律郎,掌管音乐的官,正八品上,属太常寺。据《旧唐书·王质传》,王质于大和八年任宣州刺史,辟赵晳为从事。本篇是送别之作。

②孙公:指孙绰。绰字兴公,东晋时官永嘉太守,迁散骑常侍、廷尉卿,博学善属文,为当时文士之冠。谢公:谢安,字安石,东晋时进拜太保,赠太傅。此以孙、谢指令狐楚和崔戎,李义山与赵晳曾同居二人幕府。

③歌哭:《史记·刺客列传》:"荆轲嗜酒,日与狗屠及高渐离饮于燕市,酒酣以往,高渐离击筑,荆轲和而歌于市中,相乐也;已而相泣,旁若无人者。"

④叨:叨附。谦词。邹马:邹阳、司马相如。都是梁孝王(刘武)门客,西汉文学家。声华:声誉。此以邹马比赵晳,自谦叨附其后。

⑤原注:"愚与赵俱出今吏部相公门下,又同为故尚书安平公所知,复皆是安平公表侄。"刘卢:刘琨、卢谌。刘琨是西晋将领,诗人;卢谌是东晋文学家,曾为刘琨的司空主簿。琨妻是卢谌的姨母,卢谌妹嫁给琨弟。族望:指封建社会的名门大族。通:通亲。

⑥南省:尚书省,在大明宫之南,故称南省。令狐楚当时为检校右仆射兼吏部尚书,所以用"南省"称呼他。宾馆:客舍。孟子游于齐,齐王欲就孟子之馆相见。事见《孟子·公孙丑》赵岐注。又《文心雕龙·时序》:"孟轲宾馆,荀卿宰邑。"

⑦东山:在浙江上虞县西南。谢安未仕之前,隐居东山,每游赏,必携妓以从。此指崔戎已故,旧事皆空。

⑧西征:西往京城。东:东往宣州幕府。

钩　天 大和九年

上帝钩天会众灵①,昔人因梦到青冥②。伶伦吹裂孤生竹③,却为知音不得听。

【题解】

本篇是义山参加进士试落榜之后所作。首句以上帝集合众神举行音乐会,比喻朝廷一年一度所举行的进士试。次句用赵简子糊里糊涂地梦游天帝之居而亲闻广乐的故事传说,比喻无才无学的人侥幸登第。三四句谓黄帝的乐官伶伦是音乐界真正的权威,他即使吹裂孤竹做成的管笛,也因为他是真正的知音者,反而不让他亲闻钩天广乐,证明天帝也不公平。这两句诗的深意是说诗人自己多年辛苦写作诗文,是有真才实学的行家国手,反而不能中试,可见当今朝廷录用人才无公正标准可言。本诗体现了作者的哀愤孤寂之思,结句用逆挽法回照全篇,发人深省。

【注释】

①钩天:天的中央,即中央天。众灵:指百神。

②昔人:指赵简子。《史记·赵世家》:"赵简子疾,五日不知人,大夫皆惧……简子悟,语大夫曰:'我之帝所甚乐,与百神游于钩天,广乐九奏万舞,不类三代之乐,其声动人心。'"青冥:青天。

③伶伦:传说黄帝时的乐官。《吕氏春秋·仲夏纪·适音》说,黄帝命伶伦制乐律,伶伦于大夏之西、昆仑之阴取竹制管,吹奏出黄钟宫的乐调,以为律吕之本。孤生竹:竹之孤生不成林者。《古诗十九首》:"冉冉孤生竹,结根泰山阿。"

乐游原^①

春梦乱不记，春原登已重。青门弄烟柳^②，紫阁舞云松^③。拂砚轻冰散，开尊绿酒浓。无悰托诗遣^④，吟罢更无悰。

【题解】

首联谓春梦虽多却不能遣愁，只好重上乐游原，登高四望，聊以销忧。颔联谓望见青门烟柳、紫阁云松，依然像以前一样美丽挺秀。颈联谓题诗寄兴，饮酒浇愁。尾联谓因不乐而作诗解闷，不料吟罢反而更增忧愁。

【注释】

①乐游原：亦称乐游苑，汉宣帝建，故址在今陕西西安市郊。原为秦宜春苑。汉宣帝神爵三年，修乐游庙，因以为名。

②青门：汉长安城东南门。本名霸城门，俗因门色青，呼为青门。

③紫阁：紫阁峰，在今陕西省户县东南，是终南山的山峰。

④悰（cóng）：乐也。《汉书·广陵厉王胥传》："何用为乐心所喜，出入无悰为乐嘔。"《文选》谢朓《游东田诗》："戚戚若无悰，携手共行乐。"

子直晋昌李花^①

吴馆何时熨^②，秦台几夜熏？绡轻谁解卷^③？香异自先闻。月里谁无姊^④，云中亦有君^⑤。尊前见飘荡^⑥，愁极客襟分^⑦。

【题解】

本篇是赠给令狐绹的诗。首联谓李花开放,似吴馆内熨开西施的罗裙;李花飘香,似秦台一夜间熏灼香料。颔联谓李花开时,如卷着的轻绡慢慢舒展开来;其清香异于别种花香,自然最先被人闻知。颈联谓李花白如月,轻如云,是嫦娥的姊妹,云神的伴侣。尾联谓樽前见李花飘落,自感身世亦如之,因而引起无边的客愁。诗人为分襟而愁极,当然是希望子直伸出援引之手。

【注释】

①子直:令狐绹字子直,唐华原人,令狐楚之子。大和四年进士,开成初为左拾遗。武宗时,任湖州刺史。宣宗大中二年,授考功郎中、知制诰,充翰林学士。官至宰相。辅政十年。史称其品性懦缓,才能平庸。令狐楚和令狐绹都是牛党中坚分子。晋昌:长安晋昌里是令狐绹第宅。李花:李为落叶乔木,花白色。

②吴馆:春秋吴国阖闾城西砚石山上有馆娃宫。

③卷:卷翻。

④月姊:指嫦娥。

⑤云中君:云神。楚辞《九歌》有《云中君》。

⑥尊:同樽。

⑦襟分:即分襟,分袂,别离。

关门柳①

永定河边一行柳②,依依长发故年春。东来西去人情薄,不为清阴减路尘。

【题解】

柳树有情,年年生发枝条给人们带来清阴。人世无情,我往来京洛,奔波不息,不因清阴而歇凉,而减少驰驱之苦也。小诗脱口而出,咏叹深长。

【注释】

①关门:指潼关。《旧唐书·韦坚传》:"自西汉及隋,有运渠自关门西抵长安,以通山东租赋。"《新唐书·地理志》:"华阴……有潼关、有渭泾关、有漕渠。"

②永定河:新、旧唐书中未见,非海河水系之永定河。可能是漕渠的别名。

夕阳楼①

花明柳暗绕天愁,上尽重城更上楼②。欲问孤鸿向何处③,不知身世自悠悠④。

【题解】

萧浣与李宗闵同党,受李训、郑注排挤,贬为遂州刺史。义山曾因萧浣介绍入崔戎幕,所以对萧的远贬深表同情,愁绪满天。欲问所同情之"孤鸿"飞向何处,不知自己洋洋为客,毫无着落,与孤鸿何异?自身漂泊,反问孤鸿,悲哀之极。

【注释】

①夕阳楼:原注:"在荥阳,今遂宁萧侍郎牧荥阳日作。"冯本"今"字上有"是所知"三字,"作"字下有"矣"字。《旧唐书·文宗纪》:"大和七年三月,以给事中萧浣为郑州刺史……九年秋七月,贬刑部侍郎萧浣为遂州刺史。"夕阳楼是萧浣为郑州刺史时所建造。

②重城:高城。

③孤鸿:孤雁。指萧浣。

④悠悠:飘荡。

石　城①

石城夸窈窕②,花县更风流③。簟冰将飘枕④,帘烘不隐钩⑤。玉童收夜钥⑥,金狄守更筹⑦。共笑鸳鸯绮⑧,鸳鸯两白头。

【题解】

首联谓女如莫愁之窈窕,男如潘岳之风流。次联谓竹簟冰凉如水,简直可以飘枕;而室内高烧银烛,帘钩粲然可见,气氛热烈。三联谓门户深闭,夜漏方长,共为永夜之欢。末联谓共笑绣被上之鸳鸯不如人之合欢之乐,徒然白头相守亦何益也!此亦艳体。

【注释】

①石城:在湖北省钟祥市,唐代属竟陵郡。石城有女子名莫愁,善歌谣。乐府《莫愁乐》:"莫愁在何处,莫愁石城西。艇子打两桨,催送莫愁来。"《容斋随笔》:"莫愁石城人。卢家莫愁洛阳人。近世误以金陵石头城为石城。"

②窈窕:美好貌。

③花县:潘岳为河阳县令,令一县植桃李花。

④簟冰:诸本均作"簟冰",冰音并,冰冷之义。

⑤烘:热烈,热闹。钩:帘钩。

⑥玉童:指开闭门户的小童。

⑦金狄:掌管夜漏的铜人。张衡《漏水转浑天仪制》:"以玉虬吐漏水入两壶,右为夜,左为昼。铸金铜仙人居左壶,为金胥徒居右壶,皆以左手抱箭,右手指刻,以别天时早晚。"筹:漏箭,时针。

⑧鸳鸯绮:绣有鸳鸯的绮罗。《古诗十九首》:"客从远方来,遗我一端绮。相去万余里,故人情尚尔。文彩双鸳鸯,裁为合欢被。"

赠歌妓二首^①

其 一

水精如意玉连环^②，下蔡城危莫破颜^③。红绽樱桃含白雪^④，断肠声里唱阳关^⑤。

【题解】

首句称其色艺俱美，色如美玉无瑕，声如玉环之婉转。次句谓歌妓本有倾城之貌，若再嫣然一笑，下蔡城则倾倒了。三四句谓其动人的歌声从朱唇皓齿中流出，唱出了离别的忧伤。

【注释】

①歌妓：歌女，女乐。《旧唐书·职官志》："凡三品以上，得备女乐。五品女乐不得过三人。"

②水精：即水晶。如意：器物名，可如人意。玉连环：玉制的玩饰。

③下蔡：楚邑。故城在今安徽寿县北。宋玉《登徒子好色赋》："嫣然一笑，惑阳城，迷下蔡。"城危：倾城。破颜：指笑。

④樱桃：指口。白雪：指《白雪曲》，相传是春秋时师旷所作。至唐高宗时，吕才又依琴中旧曲，重定曲调高下，以高宗所撰雪诗为白雪歌词编于乐府。

⑤阳关：即古曲《阳关三叠》，又名《渭城曲》。

其 二

白日相思可奈何，严城清夜断经过^①。只知解道春来瘦，不道春来独自多^②。

【题解】

一二句谓白日相思却不能相访，夜间守备森严更难于来往。三四句谓歌妓只说我春来消瘦,为何不说我春来更孤独凄凉? 两首小诗都颇有情韵,后一首语带戏谑。

【注释】

①严城:守备森严的宫城。过音锅。

②独自多:只身独处的时候多。

月

过水穿楼触处明①,藏人带树远含清②。初生欲缺虚惆怅,未必圆时即有情。

【题解】

屈复曰:"月缺而人愁,月圆而人未必不愁也。"义山乃失意之人,即使盼到月圆也无法弥补其心头的缺憾,故曰"未必圆时即有情"。

【注释】

①触处:所到之处。

②传说月中有吴刚伐桂。《酉阳杂俎》:"旧言月中有桂,有蟾蜍。故异书言月桂高五百丈,下有一人常斫之,树创随合。人姓吴名刚,西河人。学仙有过,谪令伐树。"清:谓凄清意态。

城 外

露寒风定不无情,临水当山又隔城。未必明时胜蚌蛤,一生长共月亏盈①。

本篇也是咏月之诗。城外望月，月似有情。露寒风定之秋夜，临水当山，隔城相照，是有情而远我耶？蚌蛤能与月盈亏，我则弗如也。即使在三五之夜，月满中天，也不会有好运到来。诗旨与上篇"未必圆时即有情"相同。

【注释】

①《吕氏春秋·精通》："月望则蚌蛤实，群阴盈。月晦则蚌蛤虚，群阴亏。"注："蚌蛤阴物，随月而盛，其中皆实满也。"

安平公诗①

丈人博陵王名家②，怜我总角称才华③。华州留语晓至暮④，高声喝吏放两衙⑤。明朝骑马出城外，送我习业南山阿⑥。仲子延岳年十六⑦，面如白玉欹乌纱⑧。其弟炳章犹两丱⑨，瑶林琼树含奇花⑩。陈留阮家诸侄秀⑪，逦迤出拜何骈罗⑫。府中从事杜与李⑬，麟角虎翅相过摩⑭。清词孤韵有歌响⑮，击触钟磬鸣环珂⑯。三月石堤冻销释，东风开花满阳坡⑰。时禽得伴戏新木，其声尖咽如鸣梭。公时载酒领从事，踊跃鞍马来相过⑱。仰看楼殿撮清汉⑲，坐视世界如恒沙⑳。面热脚掉互登陟㉑，青云表柱白云崖㉒。一百八句在贝叶㉓，三十三天长雨花㉔。长者子来辄献盖㉕，辟支佛去空留靴㉖。公时受诏镇东鲁㉗，遣我草奏随车牙㉘。顾我下笔即千字，疑我读书倾五车。呜呼大贤苦不寿㉚，时世方士无灵砂㉛。五月至止六月病，遽颓泰山惊逝波㉜。明年徒步吊京国㉝，宅破子毁哀如何㉞。西风冲户卷素帐，隙光斜照旧燕窠㉟。古人常叹知己少⊗,况我沦贱艰虞多⊛。如公之德世一二,岂得无泪如黄河。沥胆祝愿天有眼⊗,君子之泽方滂沱⊗。

【题解】

大和六年,义山到京城应考,被考官贾𫗧所憎,未第,返回太原幕府,七年六月,令狐楚入京为吏部尚书,义山回郑州家中。正当他陷入功名蹭蹬的苦闷时期,意外地得到他的重表叔——一位名门望族、博陵郡王的后代崔戎的深情赏识并接受聘用,在华州刺史幕做幕僚,生活得非常愉快。八年五月崔戎调任兖海观察使,义山又跟随到了兖州。对义山说来,崔戎是继令狐楚之后的第二个恩人,而崔戎的热情和平易近人更使义山乐于亲近。倘使崔戎得享天年,义山的功名仕进的道路要顺利得多。不幸的是,崔戎调往兖海后,两三个月就病故了,这对义山是一次沉重的打击,他心情万分悲痛,"岂得无泪如黄河"。大和九年六月,崔戎逝世一周年,义山徒步至长安旧居哀吊,回忆与崔戎的交往和知遇之恩,写作了这篇长诗。第一部分写受聘至华州幕府受崔戎爱接及其子侄属官热情相待。第二部分自"公时载酒"至"辟支佛去",写崔戎带领属吏亲自邀他游观佛寺。第三部分自"公时受诏"至"遽颓泰山",写自己跟随崔戎到兖海幕府,为其草奏,下笔千言,倚马可待,因而受到称赞;不料崔戎遽然病逝。第四部分自"明年徒步"至结尾,写自己在崔戎逝世期年之时至其旧宅祭吊,感叹不已。通篇写实,感情深挚,叙事质直,气势滂沛。

【注释】

①四部丛刊影印明嘉靖刊本《李义山诗集》安平公诗题下有"故赠尚书韩氏"。冯浩以为自注。应当是原注。"韩"是"讳"之误。讳其姓名,表示敬爱。安平公:即崔戎。崔戎,字可大。累拜吏部郎中,迁谏议大夫,拜给事中,改华州刺史。大和八年三月迁兖海观察使,五月到任,六月病逝。赠礼部尚书。《新唐书·宰相世系表》:"戎为博陵安平崔氏大房,封安平县公。"

②丈人:古代对老年人的敬称,如同现在称"老人家"。博陵王:博陵郡

王。《旧唐书·崔戎传》:“高伯祖玄暐,神龙初有大功,封博陵郡王。”名家:名门望族。

③怜:爱。总角:儿童的发髻。《毛诗·齐风·甫田》:“总角丱兮。”丱(guàn),儿童的发髻向上分开的样子。这里以“总角”称年少。

④华州:治所在郑县(今陕西省华县)。大和七年六月,令狐楚进京为吏部尚书,义山归郑州。进谒郑州刺史萧浣,萧将他介绍给华州刺史崔戎,受到崔戎的爱接。《樊南甲集序》:“樊南生十六能著《才论》、《圣论》,以古文出诸公间。后联为郓相国(令狐楚)、华太守(崔戎)所怜,居门下时,勅定奏记,始通今体。”

⑤两衙:官署早晚两次坐衙办公。放衙:免去坐衙和属吏的参见。

⑥习业:习举子业。即科举时代专为应试的学业。南山:终南山。阿:山中曲处。

⑦仲子:第二子。《新唐书·崔戎传》:“子雍字顺中。”朱注:“延岳,或云崔雍也……炳章,崔兖也。”然《宰相世系表》云:“崔戎子四人,雍、福、裕、厚。”并无兖名。福字昌远,裕字宽中,厚字致之。延岳、炳章是否雍、兖的小名,则无从查考。

⑧攲(qī):倾斜。乌纱:乌纱帽。斜戴乌纱帽,谓其风流倜傥之状。

⑨两丱:古时儿童发髻两角向上分开。

⑩此句谓炳章美姿容,如玉树琼花。

⑪陈留:汉郡名。西晋改为国,治所在小黄(今开封市东北)。《晋书·阮籍传》:“阮籍,陈留尉氏人也。父瑀,魏丞相掾,子浑、侄咸、咸子瞻、瞻弟孚、咸从子修、孚族弟放、放弟裕,皆知名。”

⑫逦迤(lǐ yǐ):连续不断。骈罗:排列整齐。

⑬从事:属吏。杜:杜胜。李:李潘。见《彭阳公薨后赠杜二十七胜李十七潘,二君并与愚同出故尚书安平公门下》注。

⑭麟角、虎翅:比喻人才出众。相过摩:肩碰肩,不相上下。

⑮清词孤韵:指杜与李的诗作。

⑯环珂:佩环玉珂。

⑰阳坡:南面的山坡。尖咽:声音清脆。鸣梭:织布时,梭声一起一伏。

⑱踊跃:指鞭策马的样子。相过(guō):相访。

⑲撮:聚簇,控辔。清汉:银河。

⑳恒沙:恒河源出喜马拉雅山,向东注入孟加拉湾,是印度的一条大河。《金刚般若经》:"恒河沙数三千大千世界。"

㉑掉:调换。谓两足一前一后互动。登陟(zhì):向高处攀登。

㉒此句谓寺庙崔巍,如同高耸入云的表柱、悬崖。

㉓一百八句:指佛经的经文。贝叶:贝叶经。古印度多用贝多罗树的叶子写经。

㉔三十三天:梵语"忉利天",译作三十三天,为欲界的第六天,在须弥山顶上。《楞严经》:"世尊座,天雨百宝莲花,青黄赤白,间杂纷糅。"此句谓置身高处,见落英缤纷景象。

㉕长者:佛经称具备十德(姓贵、位高、大富、威猛、智深、年者、行净、礼备、上叹、下归)者为长者。道源注引《维摩经》:"毘耶离城有长者子,名曰宝积,与五百长者子俱持七宝盖合成一盖,遍覆三千大千世界。"

㉖辟支佛:梵语。全名辟支迦佛陀。《酉阳杂俎·物异》:"于阗国赞摩寺有辟支佛靴,非皮非丝,岁久不烂。"《旧唐书·崔戎传》:"迁兖、海、沂、密都团练观察等使,州(华州)人恋惜遮道,至有解靴断鞦者。"《新唐书·崔戎传》:"民至抱其靴……戎夜单骑亡去,民追不及乃止。"二句写佛寺情景,暗喻崔戎及随从每至佛寺必有所施舍供献,以及崔戎去时,众人拥留实况。

㉗此谓崔戎迁兖海观察使。

㉘车牙:车轮外框合抱处,必有牡齿以相交固,谓之牙。此以车牙指车马,为了押韵。义山于途中草奏《为安平公赴兖海在道进贺端午马状》。

㉙《庄子·天下篇》:"惠施多方,其书五车。"

㉚呜呼:叹词。不寿:崔戎五十五岁卒。

㉛方士:古代称炼丹成仙的人。灵砂:灵丹妙药。

㉜《礼记·檀弓》:"泰山其颓乎。"此谓崔戎遽逝,如泰山崩颓,如逝波不返。

㉝明年:大和九年。吊京国:到京城长安崔戎旧居哀吊。

㉞子毁:谓崔戎之子哀毁骨立,悲痛万分。

㉟隙光:从墙隙射进来的阳光。二句写崔戎死后,旧居冷落凄清。

㊱司马迁《报任安书》:"士为知己者用。"

㊲沦贱:身世沉沦微贱。艰虞:艰难忧患。

㊳沥胆:竭诚的意思。

㊴泽:恩泽。滂沱:大雨貌。二句谓愿天有眼,使崔戎的恩泽流布不尽。

过故崔兖海宅与崔明秀才话旧因寄旧僚杜、赵、李三掾^①

绛帐恩如昨^②,乌衣事莫寻^③。诸生空会葬^④,旧掾已华簪^⑤。共入留宾驿^⑥,俱分市骏金^⑦。莫凭无鬼论^⑧,终负托孤心^⑨。

【题解】

首二句谓崔戎教诲之恩如在昨日,可是从前同崔氏子弟游宴之乐再也不会有了。叹崔戎死后门庭冷落。三四句谓昔时受教诸生空会集参与崔戎葬礼,而从前的属吏如今都已迁升通显了。岂知死生一分,炎凉顿异。五六句谓回想从前崔戎有如西汉郑当时热情迎接宾客,又如燕昭王以千金市马骨之诚意,我与"三掾"俱得其厚遇。末二句谓莫道人死无鬼而忘旧恩。此必有所指而言,批评旧掾之负心者。

【注释】

①崔兖海:即崔戎,曾为兖海观察使。崔明:崔戎侄。秀才:汉以来成为荐举人员科目之一,唐初置秀才科,后渐废去,仅作为对读书人的美称。杜、赵、李三掾:即杜胜、赵皙、李潘,皆为崔戎判官。掾,古代属官的通称。

②绛帐:红色帷帐。《后汉书·马融传》:"常坐高堂,施绛纱帐,前授生

45

徒,后列女乐。"后因以绛帐为师长之代称。

③乌衣:乌衣巷,在今南京市东南。东晋时,王、谢诸望族居此。《宋书·谢弘微传》:"(谢混)唯与族子灵运、瞻、曜、弘微并以文义赏会。尝共宴处,居在乌衣巷,故谓乌衣之游。"

④《后汉书·郭泰传》:"卒于家,时年四十二。四方之士千余人,皆来会葬。"

⑤华簪:簪,古人用以连结冠与发的长针。华簪乃贵人所用。

⑥留宾驿:《汉书·郑当时传》:"每五日洗沐,常置驿马长安诸郊,请谢(迎送)宾客,夜以继日。"洗沐,休假。驿:驿站。

⑦市骏金:买马的黄金。《战国策·燕策·燕昭王收破燕章》:"郭隗先生曰:'臣闻古之君人,有以千金求千里马者,三年不能得。涓人言于君曰,请求之……三月得千里马,马已死,买其首五百金,反以报君。君大怒曰:所求者生马,安事死马而捐五百金?涓人对曰:死马且买之五百金,况生马乎?……于是不能期年,千里之马至者三。'"

⑧无鬼论:《世说新语·方正》:"阮宣子论鬼神有无者。或以人死有鬼,宣子独以为无,曰:'今见鬼者,云著生时衣服,若人死有鬼,衣服复有鬼耶?'"

⑨托孤:以遗孤相托。《三国志·蜀志·先主备传》:"先主病笃,托孤于丞相亮。"

宿骆氏亭寄怀崔雍、崔兖①

竹坞无尘水槛清②,相思迢递隔重城③。秋阴不散霜飞晚④,留得枯荷听雨声。

【题解】

首句谓骆氏亭临水而建,竹林掩映,景物清幽。次句谓怀友情深,久未通音问,仿佛思念崔氏兄弟之情谊被迢递高城阻隔住了。三四句谓秋天阴云不散,反觉霜期来迟;夜闻雨滴残荷之声,更觉孤独凄清,彻夜无眠。结句有无穷意味,交游零落,身世萧条,全在此中。

【注释】

①骆氏亭:不详何处。崔雍、崔衮:崔戎之子。义山作此诗时,雍、衮未入仕,故直呼其名。崔雍字顺中,由起居郎出为和州刺史,后犯罪,赐死。崔衮字炳章,雍弟。

②竹坞:种植竹林的水边地。水槛:水上走廊的栏杆或临水的轩窗。

③迢递:高峻、高远。重城:高城。

④秋阴:阴霾的秋天。

滞　雨

滞雨长安夜①,残灯独客愁。故乡云水地②,归梦不宜秋。

【题解】

一二句谓诗人客居长安,因天雨而行动受阻,独对残灯忧愁不寐,思念故乡。三四句推进一层,谓故乡本是烟树晴岚、碧水萦回之地,可是现在正值秋雨绵绵之时,即使梦魂回归故里,所见也是霪雨霏霏,令人抑郁烦忧,故归梦亦不宜当此风雨潇潇之秋时也。义山乃失意之人,好梦无多。小诗曲折有致,自成高格。

【注释】

①滞雨:因下雨而滞留异地。

②云水地:有云有水的风景区。

东　还①

　　自有仙才自不知②,十年长梦采华芝③。秋风动地黄云暮,归去嵩阳寻旧师④。

【题解】

　　首句谓己本无应世之术,却具备成仙的资质,仕途不顺,迄无成就,实自误仙才。次句谓久有入道之志,长梦仙药华芝,真有仙缘。三四句谓当此秋风阵阵、日暮途穷之时,归向嵩山之阳,寻旧师而入道求仙,此志已决矣! 义山年少时为生活所迫,向往入道。科场失意,更增加了他的避世之念。

【注释】

　　①张采田以为"下第东归,借学仙寄慨"。叶葱奇《疏注》说,唐时放榜例在春间,而诗中有"秋风动地",显非下第而归,只是未成进士前,往来京、郑时期之作。愚谓大和八年六月庚子(二十一日)崔戎卒,一年后,在长安崔氏旧宅祭吊,义山亲往,"明年徒步吊京国"(安平公诗),正是九年六七月间的事。此次赴京,除吊祭之外,也兼有在京谋事的意图,未能如愿,东还郑州。

　　②仙才:道家谓登仙的资质。

　　③华芝:芝草的一种。《抱朴子·仙药》:"黄卢子、寻木华、玄液华,此三芝生于泰山要乡及奉高,有得而服之,皆令人寿千岁。"

　　④嵩阳:嵩山南面。郑州在嵩山之阳。义山东还后,即奉母迁居济源,他自己上济源玉阳山学道教。

燕台诗四首①

春

风光冉冉东西陌②,几日娇魂寻不得③。蜜房羽客类芳心④,冶叶倡条遍相识⑤。暖蔼辉迟桃树西⑥,高鬟立共桃鬟齐⑦。雄龙雌凤杳何许⑧,絮乱丝繁天亦迷⑨。醉起微阳若初曙⑩,映帘梦断闻残语⑪。愁将铁网罥珊瑚⑫,海阔天翻迷处所。衣带无情有宽窄⑬,春烟自碧秋霜白⑭。研丹擘石天不知⑮,愿得天牢锁冤魄⑯。夹罗委箧单绡起⑰,香肌冷衬琤琤佩⑱。今日东风自不胜⑲,化作幽光入西海⑳。

【题解】

《燕台诗四首》向难索解,作者有意隐瞒本事,以主观抒情代替客观叙事,又采取李贺乐府诗"云烟绵联"、"虚荒诞幻"的表现手法,只要作者自己心中清楚就够了,并不需要别人知道,只是跟着感觉走好了。冯浩说:"燕台,唐人惯以言使府,必使府后房人也。参之柳枝序,则此在前。"《燕台诗四首》是艳情诗无疑,这段艳情发生于幕府。诗人爱恋的对象是"桃叶桃根双姊妹"中的一人,其名不详。她们初为宫女,后为女道士,沦为歌舞伎,充使府后房。诗人爱恋彼姝,刻骨相思,大约有一年时光,故诗以春、夏、秋、冬为小题。

第一首是"春"。开头四句谓春光遍布原野,所思女子不知去向何方,寻之不得。我的芳心如蜜蜂,遍识野草闲花,却不见伊人倩影。"暖蔼"四句谓在一个春光明媚的日子里,桃树下与彼姝相见,她的高鬟与桃鬟相映,人面桃花,妙不可言。此次别后,如隔天涯,眷恋之情如丝絮之繁乱,天亦为我凄迷苦闷,白昼如冥。"醉起"四句谓午睡初醒,斜阳映帘,恍如见到她

如初曙的面庞,梦境虽失,耳畔仿佛犹闻伊人残语。愁绪纷纭,直欲以铁网
罥取珊瑚,觅娇魂于海底,可是海阔天空,无处可求。"衣带"四句谓己因刻
骨相思而瘦损,虽当绿遍天涯的春天,心情却如同秋霜一般惨淡。倾我之
血诚,却无人知晓,但愿以天牢锁住她的怨魄迷魂,勿使其游荡不归也。末
四句想象伊人正脱去夹衣换上单衣,准备夏日来临,她的香肌玉骨只能陪
伴着铮铮玉佩,十分寂寞孤单。春天即将过去,东风无力,不能撮合有情之
人,愿与她一同化作幽光遁入西海,永远自由,永远相爱。

【注释】

①燕台:黄金台。故址在今河北省易县东南。燕昭王所筑,置千金于
台上招纳贤士,故名。又名招贤台。诗题借招贤为名,而其实是思美人,故
以春、夏、秋、冬表示四季相思。原诗小题为"右春"、"右夏"、"右秋"、"右
冬",分别置于各篇之后,现按今人习惯,置于各篇之前。

②风光:指春光。冉冉:渐进的样子。陌:田间小路,东西为陌,南北
为阡。

③娇魂:指所思女子。

④蜜房:蜂房。"蜜房羽客"谓蜂。郭璞《蜂赋》:"亦托名于羽族。"

⑤冶叶:娇媚的绿叶,形如媚眉。倡条:长条。冶叶倡条,犹言野草
闲花。

⑥暖霭:和煦的春光。辉迟:谓春天白日渐长。《毛诗·豳风·七月》:
"春日迟迟。"

⑦高鬟:指女子的高髻。桃鬟:桃花。这里用拟人化手法。

⑧雄龙:诗人自谓。雌凤:指所思女子。杳:远。何许:何处。

⑨絮:杨花柳絮。丝:空中游丝。迷:凄迷。

⑩微阳:斜阳。初曙:破晓时的阳光。宋玉《神女赋》:"其始来也,耀乎
若白日初出照屋梁。"

⑪残语:记不清楚的片言只语。

⑫铁网珊瑚:以铁网捞取珊瑚,比喻搜求人才或珍宝。罥(juàn):缠
绕,挂。

⑬《文选·古诗十九首》:"相去日已远,衣带日已缓。"

⑭春烟：飞絮落花的春天。

⑮研丹擘石：碾碎丹砂，赤色如故；剖开石头，其质仍坚。擘(bò)：分裂，剖开。

⑯天牢：天然的囚牢。与天牢星无关。冤魄：冤家，怨魄。指所思女子。

⑰夹罗：夹衣。委：委弃。箧：箱子。单绡：单衣。

⑱玪玪：佩环摇动的响声。同铮铮。

⑲东风：春风。不胜：谓东风无力，不能使有情人成为眷属。

⑳幽光：幽冥之光。指幽灵，幽魂。西海：屈原《离骚》："指西海以为期。"

夏

前阁雨帘愁不卷①，后堂芳树阴阴见②。石城景物类黄泉③，夜半行郎空柘弹④。绫扇唤风阊阖天⑤，轻帏翠幕波洄旋⑥。蜀魂寂寞有伴未⑦？几夜瘴花开木棉⑧。桂宫流影光难取⑨，嫣薰兰破轻轻语⑩。直教银汉堕怀中⑪，未遣星妃镇来去⑫。浊水清波何异源⑬？济河水清黄河浑⑭。安得薄雾起缃裙⑮，手接云軿呼太君⑯。

【题解】

首四句谓所思女子所居楼阁隐僻，前阁为雨幕所遮，看不分明；后堂藏于花木深处，隐约可辨。周围景物幽暗，有若黄泉，即使是冶游少年过此，也空无所获。"绫扇"四句谓盛夏之夜，她轻摇罗扇，凉风习习，罗帐如漩波荡漾。她好像悲愁的杜宇，寂寞中可有相慰的友伴？又像夜间盛开的木棉花，硕大鲜红，却不免孤单。"桂宫"四句谓相隔遥远，可望而不可及，仿佛见其轻声自语，气若幽兰。真希望使银河堕入怀中，勿使织女往来奔波，让彼此欢聚一处。末四句谓己与伊人虽然身世不同，但仍可结合。亦如浊水清波何必异源？君不见济水与黄河亦可合流。安得彼云中女仙忽然降临，我将亲接车驾,欢呼女神的到来。

【注释】

①雨帘:雨如帘幕。

②芳树:指花木。阴阴:深深。见同现。

③石城:见前《石城》注。此借莫愁所在之地指诗人所思女子之住地。

④行郎:指冶游少年。柘弹:用柘树材料制成的弹弓。何逊《拟轻薄篇》:"柘弹随珠丸,白马黄金勒。"

⑤绫扇:以绫罗制成的轻扇。阊阖:晋时洛阳城西门名阊阖。此谓阊阖风,西风。

⑥"泂",各本作"渊",今从刘、余集解据戊签本改作"泂"。

⑦蜀魂:即杜宇。《蜀记》:"昔有人姓杜名宇,王蜀(称王于蜀),号曰望帝。宇死,俗说云宇化为子规。子规,鸟名也。蜀人闻子规鸣,皆曰望帝也。"此指所思女子。

⑧瘴花:南方多瘴气,故以瘴花称木棉花。木棉:落叶乔木,开花大而红。

⑨桂宫:月宫。流影:流光,指月光。此以月光比喻美人面容。

⑩嫣薰:香气袭人。兰破:兰花绽开。

⑪银汉:银河。

⑫星妃:织女星。镇:常,久。

⑬浊水清波:谓彼此同时不同类。

⑭济河:源出河南济源县王屋山,其故道东流至山东,与黄河并行入海,后来下游与黄河合流。

⑮缃裙:浅黄色的丝裙。

⑯云軿(píng):云车。曹植《洛神赋》:"六龙俨其齐首,载云车之容裔。"軿,古代妇女所乘有布篷的车。太君:指女仙。

秋

　　月浪衡天天宇湿①,凉蟾落尽疏星入②。云屏不动掩孤嚬③,西楼一夜风筝急④。欲织相思花寄远⑤,终日相思却相

52

怨。但闻北斗声回环⑥，不见长河水清浅⑦。金鱼锁断红桂春⑧，古时尘满鸳鸯茵⑨。堪悲小苑作长道⑩，玉树未怜亡国人⑪。瑶瑟愔愔藏楚弄⑫，越罗冷薄金泥重⑬。帘钩鹦鹉夜惊霜，唤起南云绕云梦⑭。双珰丁丁联尺素⑮，内记湘川相识处⑯。歌唇一世衔雨看⑰，可惜馨香手中故⑱。

【题解】

首四句谓月光弥漫天空，天空好像被如水的月光打湿过，月儿西沉后，星光朗朗，射入室中。云母屏风遮掩着冥然独坐的含颦女子，她彻夜不眠，只听到西楼风吹铁马的丁丁之声。"欲织"四句谓伊人欲寄书信传达相思之情，因为爱得深切，反增悲怨。但见斗转星移，时光流逝，却不见银河水浅，欲会无期。"声回环"三字极妙，如闻其声，以听觉替代视觉。"金鱼"四句谓貌如红桂之伊人深锁幽户，锦褥尘封，无人过问；伊人所居小苑简直成了永巷，实在堪悲。主人对她未必爱怜，亦如陈后主之未怜张贵妃也。（后主被俘之日，张贵妃被斩于青溪桥畔。）"玉树"句是倒装。"瑶琴"四句谓其瑶琴久置一旁，犹藏清怨之声，罗裳寒薄，似觉金泥沉重。帘钩上的鹦鹉因寒气袭来而惊啼，唤醒了梦中还乡的伊人。末四句谓以前寄给她的双珰和尺素（书信）至今尚存，信中还叙说了在湘水畔初识的情形；料想她终生含泪对着玉珰和书信，可惜这馨香之物，摩娑既久，已经变得陈旧了。

【注释】

①衡：通"横"，充溢、弥漫的意思。

②凉蟾：秋月。古代神话谓月中阴影是蟾蜍玉兔。

③云屏：云母屏风。见《嫦娥》注。孤颦：指寂寞愁苦的女子。颦同蹙，皱眉。

④风筝：挂在屋檐间的金属片，也称铁马。

⑤相思花：指回文锦。东晋窦滔为安南将军，镇守襄阳，与家人断绝音问，其妻苏蕙织五彩锦作回文诗于其上，纵横反复，皆成章句。

⑥北斗:北斗星。回环:旋转。《鹖冠子·环流》:"斗柄东指,天下皆春;斗柄南指,天下皆夏;斗柄西指,天下皆秋;斗柄北指,天下皆冬。"

⑦《古诗十九首》:"河汉清且浅,相去复几许。"

⑧金鱼:鱼形铜锁。红桂:红桂树。春:指花。桂树秋天开花,此以"春"代盛开之花。

⑨鸳鸯茵:绣有鸳鸯的被褥。

⑩长道:永巷。《三辅黄图》:"永巷,永,长也,宫中之长巷,幽闭宫女之有罪者。"

⑪玉树:《玉树后庭花》曲。亡国人:指陈后主(陈叔宝)。《南史·张贵妃传》:"后主每引宾客对贵妃等游宴……其曲有《玉树后庭花》、《临春乐》等。"

⑫愔愔:和悦安闲的样子。楚弄:指楚调曲,其中有《白头吟行》、《怨诗行》等。

⑬金泥:指金粉,古以金粉饰物。孟浩然《宴张记室宅》诗:"玉指调筝柱,金泥饰舞罗。"

⑭南云:指远离故乡的游子。陆机《思亲赋》:"指南云以寄款,望归风而效诚。"云梦:古代楚国的云梦泽。大泽多雾,诗中想象它是南云的故乡,此以比喻彼姝思念故乡,即唤起绕云梦之南云。

⑮珰:耳珠。丁丁(zhēng):珠玉碰撞的声音。尺素:书信。

⑯湘川:湘江。

⑰歌唇:指女子,能歌善舞。衔雨:含泪。

⑱馨香:指书信。故:陈旧。

冬

天东日出天西下①,雌凤孤飞女龙寡②。青溪白石不相望③,堂中远甚苍梧野④。冻壁霜华交隐起,芳根中断香心死⑤。浪乘画舸忆蟾蜍⑥,月娥未必婵娟子⑦。楚管蛮弦愁一概⑧,空城舞罢腰支在。当时欢向掌中销,桃叶桃根双姊妹⑨。

54

破鬟倭堕凌朝寒⑩,白玉燕钗黄金蝉⑪。风车雨马不持去⑫,蜡烛啼红怨天曙。

【题解】

　　首四句谓冬天白日短暂,日出之后不久很快下山,长夜漫漫,她们姊妹二人分居异地更感孤寂。青溪小姑与白石郎君居处不偕,即使同在画堂中,彼此距离似比苍梧之野更遥远。"冻壁"四句谓女子居室冷若冰霜,良缘已断,爱心枯竭。回想从前与她乘舟遨游,她真像月宫的嫦娥一般美丽,可是经历磨难之后,未必如初时那样美好了。"楚管"四句谓伊人同南国管弦之声一样愁怨,舞罢更无人相慰,倍感空城之寂寥。姊妹二人片刻的欢笑,不过是逢场作戏而已。末四句料想伊人形容憔悴,无心梳理,朝来寒重,独自伤怀。夜来风雨潇潇,风车雨马却不能带她脱离苦境,只好对着啼泪的红烛作长夜苦思直到天明。

　　《燕台诗四首》与《河阳诗》、《河内诗二首》题材相同,写作时间相去不远。所谓"娇魂"、"冤魄"、"仙人"、"嫦娥"实为一人,这就是义山一生思念不已的女性。她因貌美而且擅长歌舞,被使君占有,但与主人并不谐和;先居河洛,后随主人远适湘中,又辗转至蜀地,姊妹先在一起,后又异处,更觉孤寂。诗中表现出对她的眷念和同情。诗人不让别人知道他的秘密,有意隐没真实情况,这样做与传统的做法大不相同。后来欣赏诗歌,首先考虑时代背景、历史事实、个人遭遇等,以为了解得越清楚越好,已经成了习惯。读者如此要求,作者如此炮制,平庸之作重见迭出,哪里会有奇香异味? 如果我们用现代人所说的"视觉意象"来探讨李商隐的诗,用心灵的慧眼(而不是肉眼)去扫描他的诗歌中的意象,就会感觉到意中有意,象外有象,无比的神奇、美丽、丰富。请问古往今来,有几人能这样? 屈原发轫于前,义山继踵于后。李贺能沾边,可惜此类作品太少。英国诗人、评论家艾略特(T. S. Eliot)在《但丁论》一文中说:"就我个人鉴赏诗的经验来说,我认为在阅读一首诗之前,有关诗人及其作品的事,知道得越少越好,一句引用,一段评释,一篇热心的小论文,也许偶尔引起人开始阅读某一特定作家的动机,但是尽心竭力地准备历史和传记的知识,对我经常是一种障碍。"他主张论诗应从诗的本身着手,重视想像力的视觉性,重视感觉的真实,而非历史真实。我们如果接受他的观点,再来读义山的诗,披文以入情,必欢然内怿,无所不达。知音君子,其垂意欤!

【注释】

①曹植《赠徐干》诗:"惊风飘白日,忽然归西山。"

②雌风、女龙:指所思女子姊妹二人。

③青溪:指女子。白石:白石郎,谓使君。《古今乐录》:"神弦歌十一曲,五曰白石郎,六曰清溪小姑。"

④苍梧:山名。又名九嶷。相传舜葬于苍梧之野,二妃未能从之。

⑤芳根、香心:指情缘、爱心。

⑥浪乘画舸:空乘画船,空乘理想之舟。蟾蜍:月娥。

⑦婵娟子:美女的代称。

⑧楚管蛮弦:泛称南方音乐。

⑨桃叶桃根:晋王献之妾名桃叶,其妹名桃根。《乐府诗集》四十五引《古今乐录》所载王献之《桃叶歌》:"桃叶复桃叶,度江不用楫。但度无所苦,我自迎接汝。"

⑩破鬟:谓头发散乱。倭堕:倭堕髻,一名堕马髻,是一种流行发型。

⑪燕钗、金蝉:均指首饰。

⑫风车雨马:冯注引《乐府诗集·傅休奕吴楚歌》:"云为车兮风为马。"

明 日

天上参旗过①,人间烛焰销。谁言整双履②,便是隔三桥③。知处黄金锁,曾来碧绮寮④。凭阑明日意,池阔雨萧萧。

【题解】

冯浩曰:"言外是追忆昨宵,故题曰明日也。"首联谓参辰已没,灯光已灭,夜已尽矣。次联谓整鞋履起身告别,即知一别相隔银河,会面难矣。三联谓伊人来自金锁之室、碧绮之窗,与我相会,殊非易事,归去又将孤居独处,不胜寂寞。末联谓明日独倚危阑,雨深湖阔,其人甚遥,不胜怅惘。本篇亦是艳诗,所咏疑为贵家女子。

【注释】

①参旗:星官名。又名天旗、天弓,属毕宿,共九星。《晋书·天文志》:"参旗九星在参西,一曰天旗,一曰天弓。"

②整双履:谓分手准备上路。

③三桥:渭水上有三座桥。《史记·索隐》:"今渭桥有三所:一在城西北咸阳路,曰西渭桥。一在东北高陵邑,曰东渭桥。其中渭桥在故城之北。"三桥取银河之义。

④寮:窗也。

春　雨

　　怅卧新春白袷衣①,白门寥落意多违②。红楼隔雨相望冷,珠箔飘灯独自归③。远路应悲春晼晚④,残宵犹得梦依稀。玉珰缄札何由达⑤,万里云罗一雁飞。

【题解】

本篇借春雨为题怀念所思女子。首联谓己在春雨绵绵的天气里和衣而卧,心中怅然;有约不来,门庭冷落。次联谓雨中探望女子所居之楼阁,人去楼空,只得提灯冒着寒风细雨独自归来。三联谓伊人在夕照途中,定当感别而伤春;己则因相思入梦,仿佛见其犹在身边。末联谓玉珰和书信凭谁带给伊人留赏呢?只有把渺茫的希望寄托于碧落飞鸿了。

①袷衣:夹衣。

②白门:六朝古都建康(今南京)的正南门宣阳门,世称白门。南朝民歌《杨叛儿》:"暂出白门前,杨柳可藏乌。欢作沉水香,侬作博山炉。"此以白门为男女欢会之处。

③珠箔:珠帘。此谓细雨如珠帘。

④晼晚:太阳下山的光景。宋玉《九辩》:"白日晼晚其将入兮。"

⑤玉珰:玉石耳坠,定情礼物。缄札:书信。

即 日

　地宽楼已迥,人更迥于楼。细意经春物①,伤醒属暮愁②。望赊殊易断,恨久欲难收。大势真无利③,多情岂自由! 空园兼树废,败港拥花流。书去青枫驿,鸿妇杜若洲④。单栖应分定⑤,辞疾索谁忧⑥? 更替林鸦恨⑦,惊频去不休。

【题解】

　本篇是望远怀人之作。一二句谓所思之人已经远去。眺望其人原来所居之楼,距离自己住处较远;今则人去楼空,其人又远去也。三四句谓芳草萋萋之春日,偏苦于怀思;日暮借酒浇愁,而至于病酒。五六句谓极目远望,杳不可见;心中郁闷,无法排遣。七八句谓大势已去,思之无益;多情之人反为情所累,一入情网,不能自拔。九十句谓眼前所见惟空园枯树,败港流花。十一、十二句谓虽有书来信往,却无相见的机会。十三、十四句谓己孤身一人,流落不偶,大概是命中注定;托病辞职,又求谁来为己分忧? 末二句谓己之漂泊流离,若林鸦之惊飞不已。本篇起句峭拔,结句深妙,语浅意长,沉痛入骨。

①绅(chōu)：抽引的意思。绅意，即抽思，抽引心中之愁绪也。

②酲：病酒。

③无利：无益。

④《楚辞·九歌·湘君》："采芳洲兮杜若。"青枫驿、杜若洲，均泛指南方，并非实际地名。

⑤《禽经》："鹣必匹飞，鵙(jú)必单栖。"鵙，伯劳，性好单栖。分音份。

⑥辞疾：托辞疾病，指以疾病为由而离职。

⑦替：代。更替：更同。

咏　云

捧月三更断，藏星七夕明。才闻飘迥路，旋见隔重城。潭暮随龙起①，河秋压雁声②。只应唯宋玉，知是楚神名③。

【题解】

本篇非单纯咏物写景之作，也不同于"齐梁晴云"，而是为诗人曾经爱恋而后远别之女性而作。首联谓此"云"曾捧月藏星。三更月隐，七夕星明，喻约会与分手。七夕幽会若藏星，注以情人之目，"星"自明矣；捧月至三更而离别，"月"悄然隐去矣。次联谓此"云"飘然远去，不多久即远隔重城，不复相见。三联谓别后每值黄昏见暮云升起，便想起伊人或许已经随人俯仰也；拂晓遥望秋河，谛听水声，似闻伊人私语，竟不闻孤雁之悲鸣。末联谓巫山一片云因宋玉《神女赋》而闻名天下；彼姝亦将因我的怜爱与歌咏而芳名远播也。

【注释】

①风从虎，云从龙。

②河秋：秋河，银河。李贺《天上谣》："银铺流云学水声。""河秋"句由

此化出。

③用巫山神女故事，诗中屡见。

柳枝五首　并序①

柳枝，洛中里孃也②。父饶好贾③，风波死湖上④。其母不念他儿子，独念柳枝。生十七年，涂妆绾髻⑤，未尝竟⑥。已复起去⑦，吹叶嚼蕊⑧，调丝擫管⑨，作天海风涛之曲⑩，幽忆怨断之音⑪。居其旁，与其家接故往来者⑫，闻十年尚相与⑬，疑其醉眠梦物⑭，断不娉。余从昆让山⑮，比柳枝居为近⑯。他日春曾阴⑰，让山下马柳枝南柳下，咏余《燕台诗》。柳枝惊问："谁人有此？ 谁人为是？⑱"让山谓曰："此吾里中少年叔耳⑲。"柳枝手断长带，结让山为赠叔乞诗⑳。明日，余比马出其巷㉑，柳枝丫鬟毕妆㉒，抱立扇下，风鄣一袖㉓，指曰："若叔是？ 后三日，邻当去溅裙水上㉔，以博香山待㉕，与郎俱过㉖。"余诺之。会所友有偕当诣京师者㉗，戏盗余卧装以先，不果留。雪中让山至，且曰："为东诸侯取去矣㉘。"明年，让山复东，相背于戏上㉙，固寓诗以墨其故处云㉚。

【注释】

①《柳枝五首》是一组五言绝句，是描写诗人与洛阳城中一位商家女子一见钟情的小诗。诗有序，用以说明作诗之缘由。

②柳枝：唐代歌女、侍女多以杨枝、柳枝为名。里孃：商家女。"里"是商贾所居区域。"柳枝"并非此商家女的真实姓名，而是诗中假托的名字。义山所恋女子，往往不直指其名。

③饶：富，很有钱。好贾(gǔ)：喜好经商。

④谓溺死湖中。

⑤涂妆：涂脂粉，打扮。绾(wǎn)髻：盘发为髻。

⑥未尝竟：未完全打扮好。

⑦已复起去：又站起离开妆镜。

⑧吹叶：啸叶。《旧唐书·音乐志》："啸叶，衔叶而啸，其声清震，橘柚尤善。"嚼蕊：咀嚼花蕊。此以"嚼蕊"补足吹叶，并无其他意义。

⑨调丝：调弦。抶(yè)：一指按也。抶管：以指按笛孔。

⑩《天海风涛曲》：曲调名。

⑪幽忆怨断：忧愁幽思，哀怨之极。

⑫接故往来：交接故旧，互通往来。

⑬此言柳枝的邻居故旧都知道她十年来一直与歌舞打交道。

⑭醉眠梦物：谓其人如醉中之景，梦中之人，水性杨花，断然不娶她。

⑮从昆让山：堂兄名叫让山。

⑯比：紧靠。

⑰曾阴：重阴，层阴。

⑱二句谓："谁人有此情？谁人作此诗？"

⑲少年叔：青年男子的称谓。

⑳结：结言，订约。二句谓柳枝扯断衣上长带作为信物，约让山赠给义山并乞诗。

㉑比：并排。

㉒丫鬟：谓头上梳双髻，少女的打扮。

㉓鄣(zhàng)：遮蔽。此言风吹衣袖遮其半面。

㉔邻：邻居，柳枝自谓。溅裙：湔裙，洗裙子。古俗元日(农历正月初一)至月底，士女醵酒洗衣于水边，被除不祥。

㉕博香山：即博山炉，焚香用的器具。《乐府诗集·杨叛儿》："暂出白门前，杨柳可藏乌。欢作沉水香，侬作博山炉。""以博香山待"谓盛情相待。

㉖郎：对少年的通称。

㉗偕当：正相邀一道。诣：往。此句谓正在此时，义山的朋友相邀赶往长安，偷偷地将他的行李先带走了，所以终于不能留下来与柳枝约会。

㉘诸侯：指藩镇。此句谓让山于是年冬雪中也到了长安，并告诉义山：

61

柳枝已被关东的一位镇帅娶走。

㉙相背:分手。戏:戏水驿,在陕西临潼县东北戏水西岸,今名戏亭。

㉚寓:寄,托。墨:书写。故处:从前相处时的事情。

其 一

花房与蜜脾①,蜂雄蛱蝶雌②。同时不同类,那复更相思?

【题解】

一二句谓蜂恋蜜脾,蝶恋花房,各有所适。三四句谓彼此身世不同,难以结合,何用苦苦相思? 这是思之不得以后的自我安慰。

【注释】

①花房:花苞。蜜脾:蜜蜂的蜜蜡造成连片的蜂巢。

②蜂:诗人自比。蝶:比柳枝。

其 二

本是丁香树①,春条结始生②。玉作弹棋局③,中心亦不平。

【题解】

一二句谓柳枝本是美丽多情的女子,正值含苞待放的年华,却已含愁生怨。三四句谓美玉竟然做了博戏玩具,柳枝所适非其人,内心自然怨恨难平。诗人心恋柳枝,认定她被"东诸侯"娶走当做玩物,不会得到幸福。

【注释】

①丁香树:常绿乔木,夏季开花,花淡紫色,聚伞花序。

②春条:春天树木抽条。结:丁香结,丁香花蕾。取含苞未放之意。

③弹棋局:古代的棋盘。弹棋即下棋,是汉魏时的博戏,两人对局,黑白棋子各六枚,至魏改用十六枚,至唐又增为二十四枚。棋盘以石或玉做成,方二尺,中央隆起,状如香炉盖,所以说"中心不平"。

其 三

嘉瓜引蔓长①,碧玉冰寒浆②。东陵虽五色③,不忍值牙香④。

【题解】

一二句以碧玉瓜比喻柳枝,谓其多情而美丽。三四句谓东诸侯即使瓜多而五色齐备,只把碧玉瓜当小菜一碟,我却不忍心将碧玉瓜给他当牙香品尝。

【注释】

①嘉瓜:好瓜。《后汉书·五行志》:"安帝初三年,有瓜异本共生,一瓜同蒂,时以为嘉瓜。"引:延伸。蔓:瓜藤。

②碧玉:瓜皮色如碧玉。冰(读并):冻结。寒浆:指瓜的汁水。

③东陵:东陵瓜。《史记·萧相国世家》:"召平者,故秦东陵侯。秦破,为布衣,贫,种瓜于长安城东,瓜美,故世俗谓之东陵瓜。"

④值:当。牙香:香名。王建《宫词》:"虽道君王不来宿,帐中常是炷牙香。"

其 四

柳枝井上蟠①,莲叶浦中干②。锦鳞与绣羽③,水陆有伤残。

【题解】

前二句谓柳枝所适非其人,所居非其所,料想已经憔悴不堪。后二句以锦鳞翠羽易受摧残比喻柳枝可能已遭遇不幸。同情和爱护超过了悦慕和占有,难能可贵。

【注释】

①蟠:蟠屈僵枯。

②浦:两水相会处。此指池塘等水域。

③锦鳞:指鱼。绣羽:指鸟。

其 五

画屏绣步障①,物物自成双②。如何湖上望,只是见鸳鸯。

【题解】

一二句谓柳枝已去,房室空存,空有帐幔上成双之物。三四句谓放眼湖上,举目堪伤,鸳鸯成对,人不如物也。自叹孤独无偶。

【注释】

①画屏:有绘画的屏风。绣步障:绣花的屏幕。步障:用以遮蔽风尘或障蔽内外的屏幕。

②物物:指画屏、步障上画的、绣的鱼鸟之类。

拟 意①

怅望逢张女②,迟回送阿侯③。空看小垂手④,忍问大刀头⑤。妙选茱萸帐⑥,平居翡翠楼。云屏不取暖⑦,月扇未遮羞⑧。上掌真何有⑨,倾城岂自由;楚妃交荐枕⑩,汉后共藏阄⑪。夫向羊车觅⑫,男从凤穴求⑬。书成被襆帖⑭,唱杀畔牢愁⑮。夜杵鸣江练⑯,春刀解石榴⑰。象床穿幰网⑱,犀帖钉窗筷⑲。仁寿遗明镜⑳,陈仓拂彩球㉑。真防舞如意,佯盖卧箜篌㉓。濯锦桃花水㉔,溅裙杜若洲㉕。鱼儿悬宝剑㉖,燕子合金瓯㉗。银箭摧摇落㉘,华筵惨去留。几时销薄怒㉙,从此抱离忧。帆落啼猿峡,樽开画鹢舟㉚。急弦肠对断,剪蜡泪争流。璧马谁能带㉛,金虫不复收㉜。银河扑醉眼,珠串咽歌喉㉝。去梦随川后㉞,来风贮石邮㉟。兰丛衔露重,榆荚点星稠㊱。解佩无遗迹㊲,凌波有旧游㊳。曾来十九首,私讖咏牵牛㊴。

【题解】

本篇是艳情诗,别无寓意。题为"拟意",可能是诗人揣摹别人的意绪而作。首四句总起,谓久望彼姝,终于相见;送别依依不舍,故而迟归。今睹其舞姿轻妙,空见其去,难问何日再相逢。"妙选"四句谓彼姝已为贵家选取,藏于茱萸帐内,居于翡翠楼中。不以屏风遮其体,不以团扇掩其面。可能是一位歌舞妓女。"上掌"四句谓其擅长歌舞,身轻似乎没有什么重量,貌美倾城,可是命运掌握在别人手中。如同巫山神女之荐枕席,如汉后之藏钩游戏,不能不侍奉主人,服从需求。"夫向"四句谓其不满意这种不自由的生活,去寻求才貌俱佳的男性为伴,可是未能如愿,于是临池学帖,或唱着忧伤的曲调,藉以度日消忧。"夜杵"二句写其捣练裁衣。"象床"四句写其室内陈设。明镜可与仁寿殿之遗镜相比,彩球乃宝鸡之羽所制。"真防"二句谓真防男性粗暴,实有留客之意。"濯锦"二句谓事毕即浣洗,不留痕迹。"鱼儿"二句谓鱼形之宝剑已悬,燕子之金瓯已合,隐指雨歇云收。刘、余《集解》按语曰:"'夜杵'十二句,正面描写二人欢会情事,其中颇多猥亵之隐语,不独'真防'一联为然也,设喻之辞意,均与游仙窟相近。""银箭"四句谓时光易逝,欢毕设宴;轻嗔薄怒早已消失,但有离别之忧。"帆落"四句谓登舟饯别,双方肠欲断、泪争流。"璧马"二句谓带不走其人的佩饰,表明从此难再相逢。"银河"二句谓其人仰视阻隔牛女的银河,歌声哽咽。"去梦"二句谓其于梦中才得与所欢相见,而重来则阻碍重重。"兰丛"二句谓天将拂晓。"解佩"二句谓追忆往事,若郑交甫之遇江妃,遗迹邈然;而旧游情景,常在眼前浮现。末二句谓曾听其人吟唱《古诗十九首》之"迢迢牵牛星",终成谶语,伊人今后只有独自吟咏此诗以抒泄她的悲伤了。张采田以为本篇是为柳枝而作。

【注释】

①拟意:苏雪林《玉溪诗谜》说,拟意当是试作艳情诗。

②张女:古曲名。《文选》潘岳《笙赋》:"辍张女之哀弹。"注:"闵洪《琴赋》曰:'汝南鹿鸣,张女群弹。'"江总《杂曲》:"曲中惟闻张女调,定有同姓可怜人。"本篇"张女"、"阿侯"均指所爱恋的某一歌舞女子。

③阿侯:见《无题》"近知名阿侯"注。

④小垂手：见《牡丹》(锦帏初卷)注。

⑤冯注引吴兢《乐府古题要解》："'何当大刀头'，刀头有环，问夫何时当还也。"

⑥茱萸：植物名。古代风俗以为茱萸可以避邪免灾。茱萸帐：张正见《艳歌》："并卷茱萸帐，争移翡翠床。"

⑦云屏：云母屏风。朱注引《语林》："满奋体羸畏风，侍坐武帝，屡顾云母幌，帝笑之，奋曰：'北窗琉璃屏风，似密实疏。'"

⑧月扇：团扇。见《无题》(凤尾香罗)注。

⑨上掌：赵飞燕体轻，掌上可舞。

⑩楚妃：潘岳《笙赋》："楚妃叹而增悲。"宋玉《高唐赋》："闻君游高唐，愿荐枕席。"

⑪藏阄(jiū)：藏钩。见《无题》(昨夜星辰)注。

⑫羊车：羊拉的车。《晋书·卫玠传》："总角乘羊车入市，见者皆以为玉人，观之者倾都。"

⑬凤穴：喻才士群集之地。

⑭被禊帖：兰亭帖。被禊：祓除不祥。古代习俗，每年三月上巳日到水滨洗濯，以除凶去垢，谓之"祓禊"。东晋永和九年三月三日，王羲之以右军将军、会稽内史的身份主持了著名的兰亭雅集，写作了《兰亭序》。《序》中曰："会于会稽山阴之兰亭，修禊事也。"后人称兰亭序为禊帖。

⑮畔牢愁：《汉书·扬雄传》："往往摭《离骚》文而反之，自岷山投诸江流以吊屈原，名曰《反离骚》，又重一篇名曰《广骚》，又旁《惜诵》以下至《怀沙》一卷，名曰《畔牢愁》。"注："畔，离也；牢，聊也。与君相离，愁而无聊也。"

⑯夜杵：捣衣杵。

⑰石榴：石榴裙。梁元帝《乌栖曲》："芙蓉为带石榴裙。"

⑱象床：象牙装饰的床。幰：车幔。此指帐幔。言床帐为网户纹。

⑲犀帖：道源注："《集韵》：'帖，床前帏也。'以薄犀为帖，钉于窗椴。"窗油：油漆的窗子。

⑳仁寿：洛阳仁寿殿。《初学记·镜》："陆机与弟云书：'仁寿殿前，有

66

大方铜镜,高五尺余,广三尺二寸,暗着庭中,向之,便写人形体。'"

㉑陈仓:暗用宝鸡事。见《西南行却寄相送者》注。程注:"陈仓彩球,疑用鸡球事。《唐书·礼乐志》:'天宝二年,始以九月朔荐衣于诸陵。又尝以寒食荐饧粥、鸡球。'王建《宫词》:'走马犊车当御路,汉阳公主进鸡球。'"

㉒如意:古代用竹、玉、骨制成的玩具,头作灵芝或云叶形,柄微曲,可以把玩。《拾遗记》载:"孙和悦邓夫人,常置膝上,和于月下舞水精如意,误伤夫人颊,血流污裤,娇姹弥苦。"

㉓卧箜篌:冯注:"箜篌有竖有卧。《旧书志》曰:'箜篌形似瑟而小,七弦,用拨弹之如琵琶。'此联用意殊衷,盖隐语也。"

㉔桃花水:春三月水盛,落花水面,故称桃花水。

㉕溅裙:见《柳枝五首》注。杜若:香草名。《楚辞·九歌·湘君》:"采芳洲兮杜若。"

㉖鱼儿:指剑首所挂鱼形坠子。

㉗燕子:叶注:"指酒杯上所刻的花纹。"瓯为小盆、盂。

㉘银箭:漏箭。

㉙薄怒:轻怒。宋玉《神女赋》:"瓶薄怒以自持兮。"

㉚鹢舟:见《南潭上亭宴集》注。

㉛璧马:徐湛园笺曰:"《诸宫故事》:'宋沈攸之厩中,群马每夜腾掷鸣嘶。令人伺之,见一白驹以缧绳腹,超轶如飞,掩之不及,视厩犹阑,纵入阁内。问内人,惟爱妾冯月华臂上玉马以绿绳穿之,卧辄置枕下,夜或失所在,旦则如故。视其蹄,果有泥迹。攸之亡,不知所在。'句用此事。"

㉜金虫:徐湛园笺曰:"宋祁《益部方物志》:'金虫出利州山中,蜂体绿色,光若金星,里妇妒佐钗环之饰。'"吴均《古意》:"莲花衔金雀,宝粟钿金虫。"李贺《恼公》:"陂陀梳碧凤,腰褭带金虫。"或曰:金虫,簪饰也。

㉝白居易《于驸马》:"何郎小妓歌喉好,严老呼为一串珠。"自注:"严尚书与于驸马诗云:莫损歌喉一串珠。"

㉞川后:《洛神赋》:"于是屏翳收风,川后静波。"注:川后,河伯也。

㉟石邮:石尤风。邮与尤同。乐府《丁都护歌》:"愿作石尤风,四面断行旅。"《容斋随笔》:"石尤风,不知其义,意其为打头逆风也。唐人诗好

用之。"

㊱榆荚：榆树的果实。此指星名。古乐府《陇西行》："天上何所有,历历种白榆。"此处有参横斗转之意。

㊲解佩：见《碧城三首之二》注。

㊳凌波：《洛神赋》："凌波微步。"

㊴《古诗十九首》："迢迢牵牛星,皎皎河汉女。"《洛神赋》："咏牵牛之独处。"私谶：私怀谶悔。

无　题

照梁初有情①,出水旧知名②。裙衩芙蓉小③,钗茸翡翠轻④。锦长书郑重⑤,眉细恨分明⑥。莫近弹棋局⑦,中心最不平。

【题解】

本篇所写女性既非诗人之妻王氏,亦非刘、余《集解》所谓"作者之化身"。学者多以为一二句是义山试博学宏词失败之后抒写心中不平之语,此说无据。参加宏博试在开成三年春天,当时尚未与王氏结婚,何来"锦书"？以宏词试为"弹棋",义山恐怕不如此打比方。只有《柳枝五首》之二所云"玉作弹棋局,中心亦不平"与本篇的尾联相近。本篇亦为柳枝而作,前半写其花容月貌,打扮轻巧;后半为她的前途而忧虑。柳枝被东诸侯娶去之后,心中惦记着义山,可能有较长的书信寄回老家并托让山转给义山,因此诗中感谢她的锦书情意殷殷,同情她内心的痛苦;希望她不要被人玩弄,因为做贵家姬妾,不会有真正的幸福。本篇写作时间与《柳枝五首》同时。

【注释】

①照梁：宋玉《神女赋》："其始来也,耀乎若白日初出照屋梁。"

②出水：谓出水荷花。曹植《洛神赋》："迫而察之，灼若芙渠出渌波。"

③裙衩：裙为下裳，有衩。芙蓉：荷花。屈原《离骚》："集芙蓉以为裳。"此以芙蓉形容裙子的鲜艳悦目。

④钗茸翡翠：妇女头上的饰物。宋玉《讽赋》："以其翡翠之钗，挂臣冠缨，臣不忍仰视。"

⑤锦长：锦书写得详细。闺中妇女之书信称锦书。郑重：谓情意殷切。

⑥眉细：愁眉细而弯曲。

⑦弹棋：下棋。古代博戏之一种。见《柳枝五首》其二注。

河内诗二首①

曲楼上

鼍鼓沉沉虬水咽②，秦丝不上蛮弦绝③。嫦娥衣薄不禁寒，蟾蜍夜艳秋河月④。碧城冷落空蒙烟⑤，帘轻幕重金钩栏⑥。灵香不下两皇子⑦，孤星直上相风竿⑧。八桂林边九芝草⑨，短襟小鬘相逢道⑩。入门暗数一千春⑪，愿去闰年留月小。栀子交加香蓼繁⑫，停辛伫苦留待君。

【题解】

二首均写故乡情事，故名《河内诗》。

本篇是艳情诗。义山故居在河内，青年时代在这里发生过恋爱，此后终生不忘。《燕台诗四首》、《河阳诗》、《河内诗二首》，题材相似。第一首是忆别之词。开始二句谓夜已深沉，弦歌止歇，惟闻更鼓与壶漏声，更显得寂静。"嫦娥"二句谓所思之人不耐秋寒与孤寂，夜起凝望秋月银河，无比灿烂辉煌。"碧城"二句谓道观清空冷落，帘幕低垂，帘钩闲挂。"灵香"二句谓两位仙女（借指女冠）不下楼添香，难得一见，我直欲升高就之。"八桂"二句谓黄昏时在草木阴翳的小道上，与短衣薄妆之伊人相遇。"入门"二句谓两情款洽之至,惟愿夜夜相守,彼姝却故意说"千岁为期",我因揣想千年太久,于是说"去其闰年,留其月小"。庶几稍速也。"栀子"二句写约会之处花草丛生,同时借栀蓼之辛苦引出女方"辛苦待君,矢志不渝"的誓言。

【注释】

①河内:唐代河东道怀州河内县(今河南省沁阳县),是义山原籍。

②鼍(tuó)鼓:鼍,扬子鳄,鳄鱼的一种,其皮可以蒙鼓。李斯《上秦王书》:"树灵鼍之鼓。"此指更鼓。虬水:古代的刻漏是以水为动力的机械计时器,吐水处刻成虬龙形状,水由龙口吐入壶中。《初学记·漏刻》:"张衡漏水转浑天仪制曰:'以玉虬吐漏水入两壶。'"虬水咽:谓漏声呜咽。

③秦丝:即秦筝。蛮弦:指少数民族的乐器。

④蟾蜍:通称癞蛤蟆。传说月中有蟾蜍。

⑤碧城:神仙所居的天上宫阙,借指道观。又见《碧城三首》注。

⑥钩栏:栏杆。《古今注》:"汉顾成庙槐树悉设扶老钩栏。"王建《宫词》:"风帘水阁压芙蓉,四面钩栏在水中。"此指帘钩。

⑦灵香:焚香求神有灵验,故称之曰灵香。两皇子:《万花谷前集》引《真诰》:"观香道成,受书为紫清宫内传妃,领东宫中候真夫人,即中候王夫人也。观香是宋姬子,其眉寿是观香之同生兄,亦得道。二人皆王子乔妹,周灵王女,皆学仙得道上升。"两皇子即周灵王之二女,王子乔之二妹。

⑧孤星:诗人自谓。相风竿:古代测风向的旗杆。见《河阳诗》注。

⑨八桂:冯注以为是八柱,"桂"字乃"柱"字误写。引《怀庆府志》曰:"九芝岭在阳台宫前,八柱岭在阳台宫南。"

⑩短襟小鬓:女子晚妆式样。

⑪朱注:"仙家相逢,以千岁为期。惟留待之切,故欲去闰年而留月小也。"

⑫栀子:亦称黄栀子、山栀,常绿灌木,果实可入药,味辛。蓼味苦。

曲湖中

闾门日下吴歌远①,陂路绿菱香满满②。后溪暗起鲤鱼风③,船旗闪断芙蓉干。倾身奉君畏身轻④,双桡两桨尊酒清⑤。莫因风雨罢团扇⑥,此曲断肠唯此声⑦。低楼小径城南道,犹自金鞍对芳草。

【题解】

　　本篇与《曲楼上》篇不同,所咏之人不似女冠,而是小家碧玉。诗人与其偕游泛舟湖上,未能忘怀,故有此追忆之作。首四句谓洛阳城外夕阳垂地,湖上游客渐稀,歌声渐远。湖边之荇菱散发清香,陂路徘徊,香气袭人。与伊人泛舟湖上,晚风骤起,船旗闪动,碰断荷花干,此游兴正浓之时也。"倾身"二句拟女方口吻谓全心全意陪伴郎君,只恐身价轻贱,爱情不能长久;毋忘今夕双桨同舟、清樽对饮之乐也。"莫因"二句承上文,谓勿因风雨到来,炎暑已解,而丢掉手中之团扇,须知《团扇郎歌》之末句"羞与郎相见"情意深深,思之令人肠断也。结尾二句谓诗人与彼姝分别后,曾驻马于城南道路,望见伊人旧居之低楼小径及宅旁芳草,徘徊不忍离去,却再也见不到伊人倩影了。《河内诗二首》前章与后章内容并不相同,也未必是同一时间的创作。因为《曲楼上》与《曲湖中》所写的都是爱情题材,而且又都是诗人亲身所经历的往事,所以诡称是在故居河内所作,合称为《河内诗二首》。

【注释】

　　①阊门:晋时洛阳城西门称阊阖门,简称阊门。日下:日落。非指长安。吴歌:即吴声《子夜四时歌》。

　　②陂路:湖岸边小道。

　　③鲤鱼风:九月风。《提要录》:"九月鲤鱼风。"李贺《江南曲》:"鲤鱼风起芙蓉老。"

　　④《汉书》:"周阳侯为诸卿,尝系长安,张汤倾身事之。"

　　⑤桡:桨。尊:酒樽。

　　⑥团扇:见《和友人戏赠二首》。此取《团扇郎歌》之末句"羞与郎相见"。

　　⑦此声:指团扇末句。

夜　思

　　银箭耿寒漏①，金钍凝夜光②。彩鸾空自舞，别雁不相将③。寄恨一尺素，含情双玉珰④。会前犹月在，去后始宵长。往事经春物⑤，前期托报章⑥。永令虚粲枕⑦，长不掩兰芳⑧。觉动迎猜影，疑来浪认香⑨。鹤应闻露警⑩，蜂亦为花忙。古有阳台梦，今多下蔡倡⑪。何为薄冰雪，消瘦滞非乡⑫。

【题解】

　　本篇是夜间怀人之作。首四句说，明亮的漏箭指着漏壶的刻度，夜已深沉，灯光明亮，孤寂独处，无伴相随也。"彩鸾"，喻自己，"别雁"，喻所思女子。"寄恨"四句说，寄去素书、玉珰，传情抒怨。犹记相会之时，明月多情相照；分手之后，始觉夜冷宵长。"往事"四句说，往事如经历春日风物，空余旧梦；今后只有托书信预约会期。玉枕长久虚陈，因是有情之物，故不必移置；闻之似有余香，其臭如兰也。"觉动"四句说，恍惚见其身影，疑其到来，于是自己如同鹤之惊警，蜂之忙乱也。"古有"至末尾说，古有巫山神女，今有下蔡之倡，美人不乏，为何迫近冰雪，久滞异乡乎？是怀人而求之不得的自我解嘲。本诗写到因怀念而生痴幻，极为传神，如在眼前。

【注释】

　　①银箭：漏箭。漏壶的部件，刻节文，随水浮沉以计时。耿：明亮。漏：漏刻。

　　②金钍：灯盏。油灯。

　　③相将：相随。

　　④玉珰：见《春雨》注。

　　⑤春物：春日风物。

⑥报章:借指书信、答书。

⑦粲枕:漂亮的枕头。《毛诗·唐风·葛生》:"角枕粲兮,锦衾烂兮。"

⑧兰芳:宋玉《讽赋》:"主人之女,乃更于兰芳芝室止臣其中。"

⑨浪认:乱认、误认。

⑩露警:传说白鹤性警,八月白露降,流于草叶,滴滴有声,即高鸣相警,徙所宿处。

⑪下蔡倡:见《赠歌妓二首》第一首注。

⑫非乡:非故乡。即异乡。

莫　愁①

雪中梅下与谁期②?梅雪相兼一万枝。若是石城无艇子,莫愁还自有愁时。

【题解】

首句"雪中梅下"谓约会之地点,"与谁期"谓有所期待。次句以梅雪之盛象征爱情的热烈和纯洁。三四句谓莫愁女子是乘石城之小艇到相会之地,若无渡船为媒介,则莫愁不能实现相会的愿望。从字面上看,纯是客观描写,但揭示底蕴,似是有所寄托。莫愁往来自由,"艇子打两桨",自有舟楫之便。诗人自己怀念所思之人而不得见,愁思百结,不胜悲切,故设想"若是石城无艇子",则莫愁同自己一样悲愁,哪里能称"莫愁"呢?诗以"莫愁"为题,非咏莫愁,借以自比耳。

【注释】

①见《又效江南曲》、《石城》注。

②梅下:《西洲曲》:"忆梅下西洲,折梅寄江北。"

访白云山人^① 开成元年

瀑近悬崖屋，阴阴草木清。自言山底住，长向月中畊^②。
晚雨无多点，初蝉第一声。煮茶归未去，刻竹为题名。

【题解】

一二句谓白云山人住宅临近悬崖飞瀑，住宅周围草木清幽。三四句谓
白云山人自言虽居于山麓，却在高山上耕种，似与初升之月同高，仿佛耕于
月中。五六句谓黄昏雨点稀疏，忽闻暮蝉鸣声骤起，打破了沉寂。末句谓
山人煮茶留客，己则题名刻于竹上。本篇见于《全唐诗外编》，应当是义山
初次上玉阳山时所作。白云山人即白云道士。隐士、道士皆称"山人"。其
人是本地人，故曰"自言山底住"。后面《归来》中的"白道士"以及《赠白道
者》中的"白道者"皆是白云山人的简称。

【注释】

①本篇据《全唐诗外编》第三编补入。白云山人：姓名不详。
②畊：古文"耕"字。

玉　山

玉山高与阆风齐^①，玉水清流不贮泥^②。何处更求回日
驭^③？此中兼有上天梯^④。珠容百斛龙休睡^⑤，桐拂千寻凤要
栖。闻道神仙有才子，赤箫吹罢好相携^⑥。

诸家以为是义山属望令狐绹引荐之作。非也。诗中之"玉山"指玉阳山,"玉水"指玉溪。义山初至玉阳山学道,即感受到此地如同神仙境界,故有首联。颔联谓通过学道可以直接达于朝廷,获得政治上的崇高地位,不必更求朝廷命官的荐举,道观既是修道圣地,同时又是通天的阶梯,可藉此梯上接君王。颈联谓道观中多宝物美人,守护者当提高警惕;百尺之桐,本是凤凰栖居之所。"珠",不仅指珠宝,兼指珠容玉貌之女冠。"凤",诗人自谓。"凤要栖",三字洋洋得意,直把道观视为恋爱场所。末联谓道友中不乏才人,如永道士(后为宋华阳姊妹之情人),正好与其相携同乐也。

【注释】

①玉山:《山海经·西山经》:"玉山,是西王母所居也。"郭璞注曰:"此山多玉石,因以名云。《穆天子传》谓之群玉之山。"阆风:山名,相传为仙人所居,在昆仑之巅。屈原《离骚》:"朝吾将济于白水兮,登阆风而绁马。"旧题东方朔《十洲记》:"昆仑山上有三角,其一角正北,干辰星之辉,名曰阆风巅。"

②玉水:《西山经》:"峚(郭璞曰:"音密。")山,丹水出焉,其中多白玉,是有玉膏。"是丹水产玉,名玉水。贮:储存。

③回日驭:言山之高峻,令日之驭者羲和不得回转。

④上天梯:王逸《九思》:"缘天梯兮北上,登太乙兮玉台。"

⑤龙休睡:龙护其珠,故休睡也。《庄子·列御寇》:"夫千金之珠,必在九重之渊而骊龙颔下。子能得珠者,必遭其睡也。"

⑥赤箫:《晋书·载记·吕纂传》:"盗发张骏墓,得赤玉箫、紫玉笛。"此用萧史吹箫作凤鸣,与弄玉乘凤飞去的故事,故曰"相携",以比朋友也。

无 题

紫府仙人号宝灯①,云浆未饮结成冰②。如何雪月交光夜,更在瑶台十二层③?

【题解】

诗中所谓仙人宝灯,本是诗人想望爱慕之女冠,欲与之饮宴,久候未至,故曰云液成冰。后二句说,值此雪月交辉之夜,她竟有约不来,却独居高阁,令人失望。诗人直把道观描写成冰清玉洁的琼瑶仙境,将女冠视为神仙丽人。格调奇高,词采华茂。

【注释】

①紫府:泛言神仙之居所。此指道观。宝灯:佛有宝灯之名,佛仙可以通用。此指女冠。

②云浆:犹云液、流霞,喻仙酒。

③瑶台:仙人所居楼台。《拾遗记》:"昆仑山旁有瑶台十二,各广千步,皆五色玉为台基。"此指女冠所居之高阁。

昨　日

昨日紫姑神去也①,今朝青鸟使来赊②。未容言语还分散,少得团圆足怨嗟③。二八月轮蟾影破④,十三弦柱雁行斜⑤。平明钟后更何事⑥,笑倚墙边梅树花。

【题解】

本篇是怨别之诗,别无寓意。首联谓所恋之女冠于昨日元宵节离我而去,今朝即盼音书而实属渺茫。一日不见,如三秋兮。次联谓与彼姝交谈甚少,却骤然分了手;稍得相会即立刻别离,真令我悲伤。三联谓月轮已缺,弦不成双,喻重会之难期。末联谓其人已去,自觉无聊,笑倚梅花,望其来也。

【注释】

①紫姑:见《正月十五夜闻京有灯恨不得观》注。

②赊(shā):稀少、渺茫的意思。

③梁简文帝《当垆曲》:"十五正团圆,流光满上兰。"

④二八:谓十六日。蟾影:神话传说谓月中有蟾蜍。此指月。

⑤十三弦:指古乐器筝。雁行斜:谓筝柱斜列如雁行也。

⑥平明钟后:谓早晨敲过晨钟之后。

一 片

一片非烟隔九枝①,蓬峦仙仗俨云旗②。天泉水暖龙吟细③,露畹春多凤舞迟④。榆荚散来星斗转⑤,桂花寻去月轮移⑥。人间桑海朝朝变⑦,莫遣佳期更后期⑧。

【题解】

本篇是爱情诗。取首句"一片"为题,实与《无题》同类。首联写道观大殿前燃起九枝灯,瑞气氤氲,灯烛辉煌;由男女道士组成的仪仗队,整齐肃穆,彩旗飘舞。道观正在举行规模盛大的斋醮活动。蓬峦指道观仙山。颔联写道山上泉水淙淙,隐约可闻,若龙吟细细,因为在春天,故曰"水暖"。露天广场上女道士组成的舞队正在翩翩起舞,缓慢悠扬;广场四周鲜花怒放,春意盎然,故曰"春多"。颈联写参横斗转,明月西沉,星光暗淡,春夜将尽。尾联是全诗主旨,谓光阴似箭,时不待人,人事天天发生变化,切莫将约会之期再向后推移也。道观每有大集会,给男女道士提供了见面的机会。义山与所恋女冠相会后,约定近期再晤面,惟恐恋人延迟佳期,故于结尾反复叮咛。

【注释】

①《史记·天官书》:"若烟非烟,若云非云,郁郁纷纷,萧索轮囷,是谓

卿云。卿云,喜气也。"九枝:一干九枝的花灯。《汉武内传》:"七月七日王母至,帝扫除宫内,然九光之灯。"

②蓬峦:即蓬莱。传说海上有三神山:蓬莱、方丈、瀛洲。

③天泉:《邺中记》:"华林园中千金堤上作两铜龙,相向吐水,以注天泉池,通御沟中。"此指山泉。

④畹(wǎn):三十亩为畹。露畹:指道观正前方的露天广场。迟:缓慢。

⑤榆荚:指星星。《春秋·运斗枢》:"玉衡星散为榆。"《乐府诗集》三七《陇西行》:"天上何所有,历历种白榆。"

⑥桂花:指月中桂树。

⑦桑海:沧海桑田。

⑧佳期:欢会之期。《楚辞·九歌·湘夫人》:"登白薠兮骋望,与佳期兮夕张。"

当句有对①

密迩平阳接上兰②,秦楼鸳瓦汉宫盘③。池光不定花光乱,日气初涵露气干。但觉游蜂饶舞蝶④,岂知孤凤忆离鸾⑤。三星自转三山远⑥,紫府程遥碧落宽⑦。

【题解】

义山在玉阳山学道正值青年时期,结识了不少女道士,并且与其中个别聪明貌美者发生恋爱,有过幽会。如宋华阳姊妹是由宫女入道的,与义山关系密切。《赠华阳宋真人兼寄清都刘先生》、《月夜重寄宋华阳姊妹》等已标明题目。未标明送给谁人而内容上是描写女冠或赠送女冠的诗(包括一部分无题诗),在义山的诗集中占有相当数量,而且艺术水平极高。本篇是诗人与女冠初恋的纪实之作。首联谓平阳宫与上兰观相连,借喻灵都观与琼瑶宫接近,即是说诗人所恋女冠住所与诗人习道住所毗邻。寺观屋顶上的鸳鸯瓦年代已久，却成双成对，令人想到秦瓦，更象征男女的好合；寺观中炼丹调药的盂盘使人联想到好神仙、求长生的汉武帝和他那承甘露的铜盘。二句写玉阳山上的道观是长生与寻欢之地。次联从字面上看是写景，池光闪动，花影缭乱，日气初蒸，露气初干。其真相则是以池光比伊人，以花光自比，以日气、露气比喻片刻的交欢。三联谓相见时，两人如蜂蝶一般款洽，哪里想到一个是孤凤，一个是离鸾。末联谓良夜很快过去，咫尺天涯，何时再相见？通往灵都观的道路如同碧海青天。

【注释】

①冯浩曰："八句皆自为对，创格也。标以为题，犹无题耳。"平阳对上兰，鸳瓦对宫盘，池光对花光，日气对露气，游蜂对舞蝶，孤凤对离鸾，三星对三山，紫府对碧落。每句中有对，是义山自创的格式。

②密迩：靠近，贴近。平阳：指汉武帝的姊姊平阳公主第宅，借指唐代公主居住的灵都观。上兰：《三辅黄图》："上林苑中有上兰观。"

③鸳瓦：鸳鸯瓦是成对的相互配合的瓦。汉宫盘：指汉武帝承露盘。

④饶：加，增益。

⑤忆：胡震亨《唐音癸签》作"更"。冯浩曰："止有冶情，并无离恨，对饶字似当作更。"

⑥三星：《诗经·唐风·绸缪》："绸缪束薪，三星在天。"毛传："三星，参（宿）也；在天，始见东方也；三星在天，可以嫁娶矣。"《绸缪》一诗三章所言三星，是指一夜之间，时间不同，三个星座顺次出现。首章指参宿三星，二章指心宿三星，末章指河鼓三星。自转：指星辰转移，天将亮。意谓事过境迁。三山：海上三神山，即蓬莱、方丈、瀛洲。

⑦紫府：道家称仙人的住所。此指灵都观。碧落：青天。

石　榴

榴枝婀娜榴实繁，榴膜轻明榴子鲜①。可羡瑶池碧桃树，碧桃红颊一千年②。

【题解】

刘、余《集解》以为"可羡"当作"岂羡"解。石榴美艳而有子,则不必羡碧桃之长葆红颜也;盖言妇女宜其家室而有子,远胜女冠之徒求长生而实无人生乐趣也。如此解释,则前后贯通。

【注释】

①榴膜:石榴果实的薄膜。轻明:轻薄透明。

②《尹喜内传》:"喜从老子西游,省太真王母,共食碧桃、紫梨。"

无　题

白道萦回入暮霞①,斑骓嘶断七香车②。春风自共何人笑③,枉破阳城十万家④。

【题解】

一二句谓美人乘七香车循萦回之白道远去。三四句谓彼姝嫣然含笑,却寂寞无依,空有倾城之色也。本篇为女冠而作。

【注释】

①白道:白色的沙石小路。人行迹多,草不能生,遥望白色,故曰白道。《寄永道士》:"阳台白道细如丝。"

②斑骓:青白色相间的马。七香车:见《壬申七夕》注。嘶断:谓马鸣声随同车驾瞬息即逝。

③春风:满面春风。自共:却共。

④破:谓倾城。阳城:宋玉《登徒子好色赋》:"嫣然一笑,惑阳城,迷下蔡。"

残　花

残花啼露莫留春,尖发谁非怨别人①。若但掩关劳独梦,
宝钗何日不生尘?

【题解】

残花啼露,春将去矣,故不可挽回也。不独尖发之人伤春怨别,人情所
同也。若但掩门劳想,空闺独梦,使发上宝钗生尘,亦何益乎?本篇亦是艳
情之作。

【注释】

①尖发:谓发髻之形状上小下大。

牡　丹

压迳复缘沟①,当窗又映楼。终销一国破②,不啻万金
求③。鸾凤戏三岛④,神仙居十洲⑤。应怜萱草淡⑥,却得号
忘忧。

【题解】

本篇前半写被誉为国色天香的富贵花牡丹占尽春光,路旁沟畔,无处
不在,当窗映楼,卖弄风流,艳能倾国,价逾万金。此以牡丹比喻京城长安
的富贵利禄者。后半以鸾凤、神仙比喻自己的隐居学道,以萱草比喻自己
奉母北堂,淡泊功名,自得其乐。本诗似是大和九年至开成元年间所作。

①迳:路径。

②销:抵得上,敌得过。"更能消几番风雨,匆匆春又归去。"(辛弃疾《摸鱼儿》)消同销。

③不啻:不止。

④三岛:蓬莱、方丈、瀛洲。

⑤十洲:神话传说大海中有神仙居地十处。《十洲记》:"祖洲、瀛洲、玄洲、炎洲、长洲、元洲、流洲、生洲、凤麟洲、聚窟洲。"

⑥萱草:亦名忘忧草。《毛诗·卫风·伯兮》:"焉得谖草,言树之背。"谖又作萱。

戊辰会静中出贻同志二十韵①

大道谅无外②,会越自登真③。丹元子何索④?在己莫问邻⑤。茜璨玉琳华⑥,翱翔九真君⑦。戏掷万里火⑧,聊召六甲旬⑨。瑶简被灵诰⑩,持符开七门⑪。金铃摄群魔⑫,绛节何犠犠⑬。吟弄东海若⑭,笑倚扶桑春。三山诚迥视⑯,九州扬一尘⑰。我本玄元胤⑱,禀华由上津⑲。中迷鬼道乐⑳,沉为下土民㉑。托质属太阴㉒,炼形复为人。誓将覆宫泽㉓,安此真与神。龟山有慰荐㉔,南真为弥纶㉕。玉管会玄圃㉖,火棘承天姻㉗。科车遏故气㉘,侍香传灵芬㉙。飘飘被青霓㉚,婀娜佩紫纹㉛。林洞何其微?下仙不与群㉜。丹泥因未控㉝,万劫犹逡巡㉞。荆芜既以薙㉟,舟壑永无湮㊱。相期保妙命,腾景侍帝宸㊲。

【题解】

本篇是义山学道求仙之作,通篇充满道教气味,应当是"学仙玉阳东"时期的作品。首四句谓至极之理是不受任何限制的,能超越一切挂碍就自然升天成仙了。心中之神灵,何处求得?就在你自己心上,要靠自己修炼心身,不必问别人。"茜璨"四句谓得道成仙后,如同九真君衣饰华丽,翱翔太空,并且获得道教法术,掷火于万里之外,又能预知吉凶。"瑶简"四句谓披开玉简,其上刻写有道教真经,手持灵符即可七窍开通,佩带金铃可以控制魔鬼。高举红旗,蔚为壮观。"吟弄"四句谓吟唱道经咒曲,可令海神起舞,倚扶桑而一笑,一年的光阴又将逝去;远望三山,全在眼底,九州不过是大海中扬起的一片尘土。"我本"四句谓我本太上老君之后裔,禀性华美是由于得天之气液;中途迷恋通鬼神的方术,结果成为凡尘中人。"托质"四句谓道教神仙家有太阴炼形之法,把自己的形质交付给太阴,经过炼形又变成人,然后还精补脑,存真安神。"龟山"四句谓西王母给予抚慰荐达,南真夫人给予援助,在仙境闻玉管仙乐,接受天眷神女赐与火棘。"科车"四句谓登上仙车,排除秽浊,金童玉女传送清芬;身披青霓之裳,腰系紫绶之带,俨如仙子。"林洞"四句谓林洞幽深,洞中修炼者为下仙,还不能同居于上清的上品仙人为伍;丹丸尚未制成,劫难还会到来。"荆芜"至末尾谓心中的杂念既除,则驶往彼岸之仙舟永无阻碍;但愿同志彼此保住美好命运,将来有一天升仙侍奉天帝。本篇缺乏诗味,全是一片章咒气,是义山诗作中的最下等。

【注释】

①朱鹤龄注:《云笈七签》:'正月七日、七月七日、十月五日为三会日,三官考核功过,宜受符箓,斋戒上章,并须入静朝礼。若其日值戊辰、戊戌、戊寅,即不须朝真,道家忌此日辰。'又:道家有入静、出静法。此诗乃会日遇戊辰,因出静而作也。"叶葱奇《疏注》:"冯注以戊辰为纪年,与下'会静中出'不能连贯,殊属非是。"会静:道教徒集会,入静(默思静处,以通天神)修炼。贻:赠。同志:指道友。

②大道:至极之理,大道理,最高理想境界。谅:诚,信。无外,无限大。《庄子·天下篇》:"至大无外,谓之大一;至小无内,谓之小一。"

③会越:能超越。登真,升天成仙。

④丹元:道家所谓心之神。《云笈七签》十一《黄庭内景经·心神》:"心神丹元字守灵。"子:你,指同志。

⑤《黄庭经》:"真人在己莫问邻,何处远索求因缘?"

⑥茜璨:璀璨茂盛。琳华:仙境中的花,瑶花,琪花。《黄庭经》:"赤珠灵裙华茜璨。"

⑦九真君:九天真王。《神仙传》:"得仙者有九品,第一上仙,号九天真王。"《九真中经》:"尊神有九宫,名号曰九真君。分化上下,转形万道。"

⑧掷火:道教法术。《度人经》:"掷火万里,流金八冲。"

⑨六甲:五行方术之一。旬:十日为一旬。六甲以天干地支依次相配可得六十甲子。召六甲,即以六甲循环推数,预知吉凶。

⑩瑶简:玉简。被,披露。灵诰:道教真经的美称。

⑪持符:手执道教用于驱邪的神符(秘密文书)。七门:七窍。《黄庭经》:"负甲持符开七门。"

⑫金铃:道士所佩铜铃。《真诰》:"仙道有流金之铃,以摄鬼神。"《云笈七签》:"左佩玉瑞,右腰金铃。"

⑬绛节:红旗。莸莸:众多貌,同优优。楚辞《招魂》:"豺狼纵目,往来优优些。"

⑭海若:海神名。

⑮扶桑:神木名。传说日出其下。

⑯三山:相传渤海中有三神山,曰蓬莱、方丈、瀛洲。迥视:远望。

⑰九州:战国邹衍说,中国名赤县神州,中国之外,如赤县神州者九,所谓九州也。《神仙传》:"方平(汉桓帝时神仙王远字方平)笑曰:'圣人皆言,海中行复扬尘也。'"

⑱玄元:太上老君。李唐王朝因李氏出自老君,故崇尚道教。唐高宗追号老君为太上玄元皇帝。胤:后代。胤,一作胄。

⑲禀华:禀性华美。上津:上天的气液。《神仙传》:"老子母感大星而有娠,受气于天。"

⑳鬼道:佛教所称"六道"中有鬼道。此指道教通鬼神的方术。

㉑下土民:凡尘中人。

㉒太阴:极盛的阴气。冯注引《南岳魏夫人传》:"白日尸解,自是仙矣。若非尸解之例,死经太阴,暂过三官者,肉脱脉散,血沉灰烂,而五脏自生,白骨如玉,七魄营卫,三魂守宅者,或三十年、二十年、十年、三年,血肉再生,复质成形,胜于昔日未死之容,此名炼形。太阴易貌,三官之仙也。天帝云:'太阴炼身形,胜服九转丹。'"

㉓覆:还。宫泽:道教称脑有九宫,即宫泽。覆宫泽,即所谓还精补脑的意思。《黄庭经》:"至道不烦决存真,泥丸百节皆有神。"又:"脑神经根字泥丸。"又:"一面之神宗泥丸,泥丸,九真皆有房。"注曰:"三丹田、三洞房,合三元为九宫,中有九真神。"保气成神,可以登仙。

㉔龟山:《集仙传》:"西王母者,九灵太妙龟山金母也。天上天下,三界十方女子之登仙者咸隶焉。所居宫阙在龟山春山西那之都。"慰荐:安慰而荐达之。

㉕南真:南真夫人。《南岳魏夫人传》:"夫人北诣上清宫玉阙之下,诸真君授夫人玉札金文,位为紫虚元君,领上真司命南岳夫人,比秩仙公陶贞白真诰所呼南真,即夫人也。"《真诰》:"南真夫人司命秉权,道高妙备,实良德之宗也。"弥纶:包罗,弥补。

㉖玄圃:传说昆仑山之西有玄圃台,台上有积石圃,西王母宴会之所。

㉗火枣:传说中的仙果,食之能羽化飞行。天姻:天眷。

㉘科车:仙人之车。原指无盖之车。故气:秽气。舍故气乃可得仙,有吐故纳新之意。

㉙侍香:侍香之童,如金童玉女。灵芬:吉祥之气。

㉚被:披。青霓:道士所服之衣。

㉛紫纹:紫色绶带。

㉜下仙:道书有上仙、中仙、下仙。《登真隐诀》:"上品居上清,中品处中道,下品居三元之末。"不与群:不与同群。

㉝丹泥:用真丹制成的泥丸。

㉞万劫:万世。佛家认为世界一成一毁为一劫。道书亦屡见之。逡巡:须臾。

㉟荆芜:指心中荆棘。薙:除草。

㊱湮:阻塞。

㊲腾景:腾影,腾身。帝宸:上帝。

寓　怀①

彩鸾餐颢气②,威凤入卿云③。长养三清境④,追随五帝君⑤。烟波遗汲汲⑥,矰缴任云云⑦。下界围黄道⑧,前程合紫氛⑨。金书唯是见⑩,玉管不胜闻⑪。草为回生种⑫,香缘却死熏⑬。海明三岛见⑭,天迥九江分⑮。骞树无劳援⑯,神禾岂用耘⑰?斗龙风结阵⑱,恼鹤露成文⑲。汉殿霜何早,秦宫日易曛。星机抛密绪⑳,月杵散灵芬㉑。阳鸟西南下㉒,相思不及群。

【题解】

"自有仙才自不知,十年长梦采华芝。"义山从青年时代起,因仕途坎坷,而向往学道游仙,并且有过在玉阳山学道的体验,终生难忘,他所理想的神仙境界时时浮现在眼前。本篇直摅其学道升仙的理想之境。首四句谓己非等闲之辈,与鸾凤同侪,升天入云,养于仙境,追随神明。"烟波"四句谓己迅速脱离尘世,不为矰缴所伤害;俯视下界,皆在黄道圈内,瞻望程途,紫天浩荡无边。"金书"四句谓所见皆玉版金镂之天书,所闻皆玉管清琴之仙乐,所种为回生之草,所熏为却死之香。"海明"四句谓自高空下望,能见海上三山,能辨茫茫九派,神树无须攀引,神禾岂用耕耘?"斗龙"四句谓天上只有龙争鹤怨、风露变幻,不知其他;望秦宫汉阙,秋风残照,沧桑一瞬。"星机"二句谓织女多情而抛丝,嫦娥有意而散香,动我心扉,令我想望。末二句谓阳鸟随夕阳而飞归巢林;而我的相思不在人间,乃在天上。

对末二句的理解至为重要。

【注释】

①寓怀:寄怀。

②彩鸾:鸾鸟与凤凰同类,羽毛呈五彩。餐:吸引。颢:白。《楚辞·大招》:"天白颢颢,寒凝凝只。"颢气:天穹高处的大气。

③威凤:凤有威仪,故名威凤。《汉书·宣帝纪》:"威凤为宝。"卿云:庆云、景云。《史记·天官书》:"若烟非烟,若云非云,郁郁纷纷,萧索轮囷,是谓卿云。"

④三清:见《重过圣女祠》注。

⑤五帝:《周礼·春官·小宗伯》:"兆五帝于四郊。"注:"以太昊、炎帝、黄帝、少昊、颛顼为五天帝。"

⑥汲汲:心情急迫的样子。《礼记·问丧》:"其往送也,望望然,汲汲然,如有追而弗及也。"

⑦矰缴:矰,以丝绳系箭用以射鸟的工具;缴,系箭的丝绳,箭射出后即可收回。云云:如此如此。

⑧黄道:人的视线所见太阳在天上的路径。《汉书·天文志》:"日有中道,中道者黄道,一曰光道。"

⑨紫氛:见《海客》注。

⑩金书:以黄金刻镂的文字。《集仙传》:"大茅君南至句曲山,天帝赐以黄金刻书九锡之文。"《武帝内传》:"尊母欲得金书秘字授刘彻。"

⑪玉管:玉笛。

⑫回生:复活。《十洲记》:"祖洲有不死之草,人死三日者,以草覆之,皆活。秦始皇时有鸟衔此来,遣使赍问北郭鬼谷先生,云是东海祖洲上不死之草,生琼田中,丛生一株,可活一人。始皇乃使徐福发童男童女入海求之。"

⑬却死:不死。《述异记》:"聚窟洲有返魂树,伐其木根心,于玉釜中煮取汁,更微火煎如黑饧状,令可丸之,名曰惊精香,或名却死香,香气闻数百里,死者在地闻香气乃活。"

⑭三岛:即海上三神山。

⑮九江：《尚书·禹贡》："九江孔殷。"《汉书·地理志》：浔阳，"禹贡九江在南，皆东合为大江"。谓九江在浔阳境内。又见《哭刘司户二首》第二首注。

⑯骞树：道源注引《云笈七签》："月中树名骞树，一名药王，凡有八树，在月中也。"冯注引《三洞宗玄》："最上一天名曰大罗，在玄都玉京之上，紫微金阙，七宝骞树，麒麟师子化生其中，三世天尊治在其内。"援：牵引，攀附。援音院。

⑰神禾：冯注："嘉禾之为瑞者，亦曰神禾。如《玉海》引《述异记》：'尧时十瑞，有神禾生。'"柳宗元《为京兆府请复尊号表》："神禾嘉瓜，祥莲瑞木。"

⑱《左传》昭公十九年："郑大水，龙斗于时门之外洧渊。"

⑲江淹《别赋》："露下地而腾文。"又见《夜思》"鹤应闻露警"注。

⑳星机：织女机。密绪：指丝线。杜甫《秋兴八首》："织女机丝虚夜月，石鲸鳞甲动秋风。"

㉑月杵：捣药杵。傅玄《拟天问》："月中何有？白兔捣药。"灵芬：神药的香气。

㉒阳鸟：鸿雁之类候鸟，随气候变化而迁移。或以为阳鸟是日中之乌，不对。"阳鸟西南下"，谓阳鸟归林。王粲《登楼赋》："兽狂顾以求群兮，鸟相鸣而举翼。"

玄微先生①

仙翁无定数②，时入一壶藏③。夜夜桂露湿④，村村桃水香⑤。醉中抛浩劫⑥，宿处起神光⑦。药裹丹山凤⑧，棋函白石郎⑨。弄河移砥柱⑩，吞日倚扶桑⑪。龙竹裁轻策⑫，鲛绡熨下裳⑬。树栽嗤汉帝⑭，桥板笑秦皇⑮。径欲随关令⑯，龙沙万里强⑰。

【题解】

一二句谓玄微仙翁精于道术,能似壶公伸缩变化。三、四句谓壶中别有天地,桂露飘香,桃花泛水,真世外桃源也。五、六句谓其醉酒而不知世上经过多少沧桑巨变,宿处神光照射有如白昼。七、八句谓其服仙药,下围棋。九、十句谓其法术无边,画地为江河,倚扶桑而吞日精。十一、十二句谓其将龙竹裁做马鞭,任其所往;以鲛绡制作下裳,轻如雾縠。十三、十四句谓其嘲笑汉武帝之植蟠桃,秦始皇之架石桥,轻蔑帝王的作为。末谓其直欲随老子及关令尹西行,出流沙而登仙。本篇是应酬之作,对玄微先生的导引之术推崇备至,全是一片赞美之声。

【注释】

①玄微先生:未详何人,当系道士。

②无定数:无定准。谓变化莫测也。

③一壶:《后汉书·方术传》:"费长房为市吏,有卖药老翁悬一壶于肆头,及市罢,辄跳入壶中。"《云笈七签》:"鲁人施存遇云台治官张申,常夜宿壶中,中有天地日月,自号壶天。"施存,孔子弟子。张申即费长房之师。

④《洞冥记》:"鄨过国献能言之龟。东方朔曰:'惟桂露以饮之,置之通风之器。'"

⑤王维《桃花源诗》:"春来遍是桃花水,不辨仙源何处寻。"暗用桃源事。

⑥浩劫:佛家称天地由成、住至坏、空为一劫。破坏只是劫的一个阶段。

⑦《汉书·礼乐志》:"用事甘泉圜丘……昏祠至明;夜常有神光如流星,止集于祠坛。"

⑧《汉武内传》:"仙之上药有九色凤颈,次药有蒙山白凤之肉。"又见《丹丘》注。

⑨棋函:藏棋子的匣子。白石郎:《述异记》:"晋王质入山,见二童子石室中围棋,坐观之,及起,斧柯已烂矣。"此指白石制成的棋子。

⑩《西京杂记》:"鞠道龙说淮南王:'方士能画地为江河。'"砥柱:亦名三门山,原在今河南三门峡市东北黄河中,河水至此分流,包山而过,山见水中若柱,故名砥柱。今因修三门峡水库,山已不见。

⑪扶桑：神木名，传说日出其下。又见《李肱所遗画松诗》注。《真诰》："欲得延年，日出二丈，正面向之，鼻吸日精。"又曰："太虚真人以月五日夜半时，存日象在心中。日从口入，使照一心之内。"

⑫龙竹：《后汉书·费长房传》："长房辞归，翁与一竹杖，曰：'骑此任所之，则自至矣。既至可以杖投葛陂中也……'长房乘杖，须臾来归……即以杖投陂，顾视则龙也。"策：马鞭。

⑬鲛绡：传说为海上鲛人所织之绡。又见《七月二十八日夜与王郑二秀才听雨后梦作》注。

⑭树栽：指汉武帝栽桃故事。《汉武内传》说，西王母献蟠桃与汉武帝，帝食辄收其核。王母问帝，帝曰："欲种之。"母曰："此桃三千年一生实，中夏地薄，种之不生。"

⑮桥板：《水经注》引《三齐略记》曰：始皇于海中作石桥，海神为之竖柱。李白《永王东巡歌》："祖龙浮海不成桥。"

⑯关令：《史记·老子传》："居周久之，见周之衰，乃遂去。至关，关令尹喜曰：'子将隐矣，强为我著书。'于是老子乃著书上下篇，言道德之意五千余言而去，莫知其所终。"《列仙传》："老子西游，喜先见其气，知有真人当过，物色而遮之……与老子俱游流沙……莫知其所终。"

⑰龙沙：古时指我国西北边陲及沙漠地区。《后汉书·班超传赞》："坦步葱、雪，咫尺龙沙。"注："葱岭、雪山，白龙堆沙漠也。"强：余也。

别智玄法师①

云鬟无端怨别离②，十年移易住山期③。东西南北皆垂泪，却是杨朱真本师④。

【题解】

首句谓智玄年轻时即离家入道。离家的原因不得而知，但亦不必深究。"无端"二字笼统言之。二句谓十年之间屡迁道观。三句谓每迁居一次，都洒泪而别。末谓其修道亦多歧路，真正称得上是我的本师了。作者以杨朱自比。

【注释】

①冯浩注曰："《唐六典》云：'道士有三事号：其一法师，其二威仪师，其三律师。其德高思精者谓之炼师。'故女冠之称法师炼师，唐人诗文中习见。"又详注补曰："《集古录·唐孟法师碑》：'少而好道，誓志不嫁，居京师至德宫。'即此可征女冠之称法师，而衲子亦称法师，此二氏之通称也。"智玄为女道士，冯说不误，而其生平不详。

②云鬟：鬓发如云，显系女性。

③移易：移换。

④杨朱：见《荆门西下》注。本师：传授自己学业的人。佛家称剃度受戒之师，道教称从受法箓之师，皆称本师。

风

撩钗盘孔雀①，恼带拂鸳鸯②。罗荐谁教近③？斋时锁洞房④。

【题解】

本篇为女冠而作。春风多情，女冠有意，一任其撩之拂之。斋醮时深锁洞房，风不能入，可是仍靠近坛场相狎也。"谁教"二字最有情致。

【注释】

①撩：引逗，挑弄。钗：金钗、玉钗。盘：风的盘绕。孔雀：孔雀形状的首钗。

②恼：爱慕，惹人喜爱。如"春色恼人"。鸳鸯：绣有鸳鸯的锦带。

③罗荐：铺垫。《汉武内传》："帝以紫罗荐地，爇百和之香，内外寂谧，

以候云驾。”

④洞房:深屋。宋王《风赋》:“跻于罗帷,经于洞房。”

碧城三首

其 一

碧城十二曲栏干①,犀辟尘埃玉辟寒②。阆苑有书多附鹤③,女床无树不栖鸾④。星沉海底当窗见,雨过河源隔座看⑤。若是晓珠明又定⑥,一生长对水精盘⑦。

【题解】

《碧城三首》是抒写诗人与女道士宋华阳的一段爱情内容的精心结撰之作。三首诗取第一首诗开头二字为题,实际上也是无题一类。第一首之首联谓道观如同神仙宫殿之清静华美,女冠素艳,“入道为辟尘,寻欢为辟寒也”。(冯笺)次联谓此道观仙宫亦有媒妁之可通,传书有鹤也;“女床”有双关之用,树树栖鸾,人人有所欢也。三联谓星沉欲曙时,当窗可见,暮雨将至,隔座能看,勿失幽会之良机也。男女幽会,须趁星夜大好时光,若天将拂晓,又将分手;若暮雨将至,又不便约会。当窗,当碧城之窗;隔座,隔碧云之座。诗中将道观比做碧城,而阆苑、女床,皆神仙住所,是将女冠比做神仙。所谓“当窗”、“隔座”,不在人间,乃在天上。末联谓若是等到明天红日高照,幽会则成为泡影,你(指女冠)只有一生长对调药饵的玉盘,辟谷学仙,永远不能享受人间情爱的温馨了。

【注释】

①碧城:朱鹤龄注:“按《十洲记》、《水经注》俱言昆仑天墉城有金台五所,玉楼十二。”《太平御览·上清经》:“元始(天尊)居紫云之阙,碧霞为城。”《西洲曲》:“栏干十二曲,垂手明如玉。”谓“十二”指栏干亦可通。此以碧城指道观。

②犀:指犀牛角。辟:避。《述异记》:"却尘犀,海兽也,其角辟尘,置之于座,尘埃不入。"《岭表录异》:"辟尘犀为妇人簪梳,尘不着发也。"《杜阳杂编》:"武宗会昌元年,扶余国贡火玉三斗及松风石,火玉色赤,长半寸,上尖下圆,光照数十步,积之可以燃鼎,置之室内,则不复挟纩。"

③阆苑:阆风之苑,传说是仙人所居之境。阆风在昆仑之巅。书:书信。附:当是"付"字。仙家以鹤传书。

④女床:《山海经·西山经》:"女床之山……有鸟焉,其状如翟(山鸡)而五彩文,名曰鸾。"

⑤河源:河流的源头。

⑥晓珠:《唐诗鼓吹》注:"晓珠,谓日也。"

⑦水晶盘:透明玉盘。

其　二

对影闻声已可怜①,玉池荷叶正田田②。不逢萧史休回首③,莫见洪崖又拍肩④。紫凤放娇衔楚佩⑤,赤鳞狂舞拨湘弦⑥。鄂君怅望舟中夜⑦,绣被焚香独自眠。

【题解】

第二首首联说,见到你(所恋女冠)的身影,听到你的柔声,真令人爱怜;你正值青春年华,像碧池荷叶长得丰满鲜妍。次联说,你不会遇着萧史(其人已与弄玉成婚仙去),不必回望;莫要见到洪崖,又想与他交欢。三联说,你的同伴纵情幽会,多么大胆;她的情郎狂热地拨弄好合的琴弦。末联慨叹道,我这里又惆怅地度过凄凉之夜,依旧是香熏绣被,独自孤眠。

【注释】

①可怜:可爱。

②田田:荷叶浮在水上沉甸甸的样子。古诗:"江南可采莲,莲叶何田田。"

③萧史:见前《又效江南曲》注。

④洪崖:《神仙传·卫叔卿传》:"度世曰:'不审向与父并坐是谁也?'叔卿曰:'是洪崖先生。'"郭璞《游仙诗》:"右拍洪崖肩。"

⑤紫凤:《禽经》:"鸳鸯,凤之属也,五色而多紫。"楚佩:楚人所佩之玉。《列仙传·江妃二女》:"江妃二者,不知何所人也,出游于江汉之湄,逢郑交甫,见而悦之,不知其神人也。遂下与之言曰:'愿请子之佩。'二女遂手解佩与交甫。交甫悦,受而怀之中当心,趋去数十步,视佩,空怀无佩,顾二女忽然不见。"紫凤喻女。

⑥赤鳞:红鲤鱼。江淹《别赋》:"耸渊鱼之赤鳞。"湘弦:《楚辞·远游》:"使湘灵鼓瑟兮,二女御九韶歌。"赤鳞喻男。

⑦鄂君:见《牡丹》注。此以鄂公子皙自喻。

其 三

七夕来时先有期①,洞房帘箔至今垂②。玉轮顾兔初生魄③,铁网珊瑚未有枝④。检与神方教驻景⑤,收将凤纸写相思⑥。武皇内传分明在⑦,莫道人间总不知。

【题解】

第三首首联说,预先与你商定了约会的时间,可是你有约不来,深居洞房,一片静悄悄。次联说,刚刚萌芽的爱情好像月魄初生,远没有到月圆之时;又像用铁网捞珊瑚,珊瑚却未长成形。这一联是诗人爱情心理曲折生动的写照。三联说,送给你神仙药方,愿你永葆红颜,青春长在,缓待黄昏之期;我且收起凤纸暂停抒写刻骨的相思。末联说,仙女的爱情故事在《汉武内传》中有不少记载,不要以为世人都不知道。意思是劝勉所恋女冠不必畏人之多言而断绝与己之情缘也。《碧城三首》是义山在玉阳山学道时所写的一组爱情诗,诗人所恋女性是一位入道女冠,可以认定是宋华阳。其人对少俊多才的义山有所属意,但慑于道教戒律,不敢经常约会,甚至有约不来,使诗人感到非常不安和失望。因此三首诗中都强调道观中早已存在"阆苑"传情、"女床"好合的事实,更有"紫凤放娇"、"赤鳞狂舞"的扣人心弦的场面,这都是公开的秘密,从而鼓动彼姝抓紧时机勇敢来相会,不要三心二意,更不可心灰意冷,要永葆青春以俟他日再相逢,并表示自己相思无已时,惟有寄希望于将来。三首诗都是义山写爱情的名篇。

【注释】

①七夕:夏历七月初七晚上,牛郎织女在天河相会。先有期:预先有约会之期。

②帘箔:窗帘、门帘。箔:苇子织成的帘。

③玉轮:指月亮。顾兔:《楚辞·天问》:"夜光何德,死则又育。厥利维何?而顾兔在腹。"闻一多说顾兔即蟾蜍。魄:月中阴影。月十六日始生魄。

④铁网珊瑚:《本草》:"珊瑚似玉,红润,生海底盘石上,一岁黄,三岁赤。海人先作铁网沉水底,贯中而生,绞网出之,失时不取则腐。"

⑤检与:查核并给与。神方:神仙的法术。驻景:使光景长驻,永葆青春。《集仙录》:"舜以驻景灵丸授王妙想。"

⑥凤纸:宫廷用纸,上有金凤图形。道家亦用之。

⑦武皇内传:《汉武内传》。旧题汉班固撰。记西王母降临汉宫,武帝从之受长生不老之术等故事。因多记女仙,故借用之。

无　题

相见时难别亦难,东风无力百花残①,春蚕到死丝方尽②,蜡炬成灰泪始干③。晓镜但愁云鬓改④,夜吟应觉月光寒。蓬山此去无多路⑤,青鸟殷勤为探看⑥。

【题解】

本篇是义山爱情诗中最为传诵的名篇。它表达了最真诚、最执著的典型的爱情心理,具有不朽的艺术魅力和深刻的哲理意义。首联谓离别时的难堪情景。昔人只说"别易会难",而义山独曰"别亦难",一语道尽难分难舍的深切感受。次联谓一息尚存,志不稍懈,地老天荒,爱心不死。此联胜过一切言语的表达,真可以惊天地,泣鬼神。英国19世纪诗人彭斯的《红红的玫瑰》有云:"哪怕大海干枯水流尽,哪怕太阳把岩石烧作灰尘。"古代也有"海枯石烂"一类的话,但都不及此联之高度形象化和富于人情味。三联想象所思女子别后之孤独与哀愁,亦见诗人对她爱怜之至。末联谓蓬山未远,声息可通,但使青鸟传书,以慰彼心,以见吾诚也。

张采田以为本诗寓意令狐绹,汪辟疆又从而为之辞,殊乖诗意。纪昀以为"三四句太纤近鄙,不足存耳",尤其荒谬。

张国光说,如果理解为爱情诗,则诗人所恋爱者是贵家姬妾,故曰相见难、别亦难。中间两联为男女双方的对白。若理解为借言情而别有寄寓,则更符合诗人的本旨。此篇为郑亚而作,大中二年二月,郑亚贬循州,商隐以"无题"相赠。相见难,谓相见恨晚;别亦难,知郑贬循州绝无归期,不忍与之诀别也。"东风无力"句隐喻武宗已死,李党受到宣宗的残酷迫害,如百花纷谢,决无重振之日也。颔联谓永远思念郑亚,不忘知遇之恩,之死矢靡它也。颈联想象郑亚贬循州后哀愁不已,独自悲吟,无人酬唱也。末联以蓬山喻李德裕之贬所潮州,离循州不远,自可与其互通音问,以慰寂寥。
(以上是笔者根据谈话整理)

【注释】

①点明别时在暮春。

②丝:隐相思之思,双关语。《乐府诗集·西曲歌·作蚕丝》:"春蚕不应老,昼夜常怀丝。何惜微躯尽,缠绵自有时。"

③蜡炬:蜡烛。

④晓镜:晨起对镜。镜作动词用。

⑤蓬山:即蓬莱仙岛。借指对方所居之地。

⑥青鸟:神话传说为西王母使者。后多借指使者、信使。

无题四首

其 一

来是空言去绝踪,月斜楼上五更钟。梦为远别啼难唤,书被催成墨未浓。蜡照半笼金翡翠①,麝熏微度绣芙蓉②。刘郎已恨蓬山远③,更隔蓬山一万重。

【题解】

第一首是一别无会的失恋的诗。首联谓所思之人有约不来,去无消息,使我梦绕魂牵;醒后惟见残月,惟闻晨钟,天已明矣。次联上句追忆梦中情景,因远别而痛哭,泣不成声,唤她不应;下句谓醒后因强烈思念而匆忙写成情书,以至于墨犹未浓。三联谓室中"蜡照半笼"、"麝熏微度",皆是为伊人到来所作的准备,可这一切徒劳无用,反成为对自己的嘲讽。末联谓本恨咫尺天涯,如今伊人远去,永无会期,令人抱恨无穷。

【注释】

①蜡照:烛光。金翡翠:用金丝线绣成翡翠鸟图形的灯罩。因罩住上半部灯光,所以说"半笼"。

②麝熏:麝香的香气。古代富贵人家用麝香等名贵香料放在香炉中熏被帐。绣芙蓉:绣有荷花的帐子。《长恨歌》:"芙蓉帐暖度春宵。"

③刘郎:刘晨。此以刘郎自指。相传东汉永平年间,浙江剡县人刘晨、阮肇入天台山采药,遇仙女,留居半年后才回家,子孙已七世。后复上天台访女,已不可寻。蓬山:蓬莱仙境。此指对方所居之地。

其 二

飒飒东风细雨来①,芙蓉塘外有轻雷②。金蟾啮锁烧香

97

入③,玉虎牵丝汲井回④。贾氏窥帘韩掾少⑤,宓妃留枕魏王
才⑥。春心莫共花争发,一寸相思一寸灰。

【题解】

第二首并不是第一首的继续,而是另一首爱情诗,写出了从有望到绝望的爱情心理过程,象征的意味十足,正是义山才力惊绝超人之处。首联写细雨轻雷由远而近,这是情爱即将到来的象征。本是诗人自己的渴求,却想象为女方的感受。次联想象所思女子于室内添香,于室外汲水,进出孤单,寂寞而有所期待。金蟾香炉开关紧闭,只要打开鼻钮,即可以放入香料;汲井虽深,只要转动辘轳,牵动井索,也就不断有清水可尝。诗人不说自己以为有指望,却想象女方有所期待。前四句写爱情心理何等细腻微妙。三联谓贾女爱韩寿少年英俊,宓妃爱曹植才华过人,窥帘留枕,各随人愿也。自顾生平,我岂有此哉!故末尾有"寸灰"之叹也。末联自警曰:莫让爱情之花像春花那样舒枝怒放,热烈的爱恋会带来更多的失望和悲伤。从希望与追求到失望与幻灭,千言万语道不尽,而诗人只用"一寸相思一寸灰"说尽了。这样高度的集中概括,这样深刻的人生体验,义山之外,不知能有几人?

【注释】

①飒飒:风声。楚辞《九歌·山鬼》:"风飒飒兮木萧萧,思公子兮徒离忧。"此指风雨声。

②芙蓉塘:荷塘。轻雷:古诗:"雷隐隐,感妾心。侧耳倾听非车音。"

③金蟾:指镀金的蛤蟆状香炉。啮:咬住。锁:指香炉的鼻钮,可以开闭,放入香料。

④玉虎:用玉石装饰的虎形辘轳。丝:指井索。汲井回:不断地把井水汲引上来。

⑤贾氏:贾充的女儿。《世说新语·惑溺》:"韩寿美姿容,贾充辟以为掾。贾女于青锁中见寿,悦之,与之通。充见女盛自拂拭,又闻寿有异香之气(是外国所贡,一著人衣,历月不歇),充疑寿与女通,取左右婢拷问之,婢

以状言,充秘之,以女妻寿。"

⑥宓妃:传说伏羲氏之女,溺死于洛水,遂为洛神。此借指曹丕的妃子甄后。曹植曾求娶甄氏(袁绍的中子袁熙之妻,在官渡之战中被俘),曹操却将她许给曹丕。甄氏被郭后谗死,曹丕将她的遗物玉镂金带枕给了曹植。植离京归鄄城途中,在洛水边上宿,梦见甄后对他说:"我本托心君王,其心不遂。此枕是我在家时从嫁,前与五官中郎将(曹丕),今与君王。"遂用荐枕席,欢情交集。传说植因感其事而作《洛神赋》。

其　三

含情春晼晚①,暂见夜阑干②。楼响将登怯,帘烘欲过难③。多羞钗上燕④,真愧镜中鸾⑤。归去横塘晓,华星送宝鞍⑥。

【题解】

第三首写自己欲与所思之人相会,终因楼上人多、自己胆怯而未成。首联写夕阳含情西坠,夜幕降临,正是约会之时。次联谓将要登楼与伊人相会,因响声大怕被人听见而却步;更因为伊人住在高楼上,欲通过人声喧闹之下层,瞒过众人耳目非常困难。三联谓自愧不如燕钗鸾镜能伴随伊人身影。末谓凌晨独自骑马归去,惟明星空照宝鞍也。

【注释】

①晼晚:日暮阳光暗淡。

②阑干:纵横弥漫。此指夜色苍茫。

③帘烘:帘内闹哄哄。

④钗上燕:即玉燕钗,刻成燕子形状的玉钗。又见《圣女词》(松篁台殿)注。

⑤此用孤鸾睹影悲鸣事,参见《陈后宫诗》注。

⑥华星:明星。

其　四

何处哀筝随急管①,樱花永巷垂杨岸②。东家老女嫁不售③,白日当天三月半④。溧阳公主年十四⑤,清明暖后同墙看。归来展转到五更,梁间燕子闻长叹。

【题解】

第四首为七言古诗,以东家老女自喻,以溧阳公主比仕宦得意之新贵,写自己的牢骚不平。前四句谓哀弦急管催送春天归去,东家老女已失去青春,嫁而不售。这是诗人仕途失意的心理感受。五六句谓贵家之女,少小已嫁,心满意足。喻新贵新宠之逢时得志。末二句谓相形之下,不得不归而叹息,然无人问津,惟梁间燕子知之耳。

四首无题诗,前三首是艳情诗,后一首是寓言诗。所谓艳情诗,因长期为幕僚,故诗中多牵情寄恨之语,所指大致为主人姬妾侍女。事幻而情真,旨远而意深。此种风格是从《离骚》、《九歌》中学得的。

【注释】

①哀筝:谓筝声清切动人,故曰哀筝。曹丕《与吴质书》:"高谈娱心,哀筝顺耳。"急管:谓笛声激越,故曰急管。鲍照《白纻歌》:"古称渌水今白纻,催弦急管为君舞。"

②永巷:深巷。

③东家:邻居。《战国策》:"处女无媒,老且不嫁。舍媒而自炫,敝而不售。"

④白日当天:日之方中。喻人到中年。三月半:春已去矣。

⑤溧阳公主:梁简文帝之女。年十四,有美色,侯景纳为妾。大宝元年三月,请简文禊饮于乐游苑。上还宫,景与公主共据御床南面坐。

如　有

如有瑶台客①,相难复索归②。芭蕉开绿扇,菡萏荐红衣③。浦外传光远④,烟中结响微⑤。良宵一寸焰,回首是重帏。

姚培谦曰:"此忆梦中所遇也。"首联谓梦中如遇瑶台仙女,彼姝责难我并且要求归去。次联谓其手执芭蕉绿扇,身着菡萏红衣,十分艳丽。三联谓其人已远去,音容缥缈。末联回到眼前现实中来,良宵烛下,独坐重帷而已。

【注释】

①瑶台:《离骚》:"望瑶台之偃蹇兮,见有娀之佚女。"

②相难:相责难。索归:求归。

③荐:藉,垫。

④曹植《洛神赋》:"神光难合,乍阴乍阳。"

⑤《汉书·李夫人传》:"上思李夫人不已,方士齐人少翁,言能致其神,乃夜张灯烛,设帷帐,陈酒肉,而令上居他帐,遥望见好女如李夫人之貌,还幄坐而步。又不得就视,上愈益相思悲感。"

药　转①

郁金堂北画楼东②,换骨神方上药通③。露气暗连青桂苑④,风声偏猎紫兰丛⑤。长筹未必输孙皓⑥,香枣何劳问石崇⑦。忆事怀人兼得句,翠衾归卧绣帷中。

【题解】

本篇内容有些特别,历来解释分歧很大。何焯《辑评》曰:"此自是登厕诗。"冯浩曰:"颇似咏闺人之私产者,次句特用换骨,谓饮药坠之。三四谓弃之后苑。五六借以对衬。结则指其人归卧养疴也。秽渎笔墨,乃至此哉?"张采田、杨柳皆从其说。杨柳对本篇的解释最详细。他说:"实则这是一首讽刺入道贵主饵药堕胎的诗,首联点明地点、事件。'北'、'东',泛指之词。'换骨'（俗称'脱胎换骨'）是道家语，'换骨'句乃运用藏词修辞手法写出女冠'堕胎'之事。'上药'、'神方'即指所服丹药秘方，《碧城三首》中'检与神方教驻景'句可互证。颔联紧接'换骨'句，渲染环境气氛，'青桂'、'紫兰'，是园中景物的概括；'露气'、'风声'语含双关，一方面点明黄昏之时，另一方面又隐含风吹草动、欲盖弥彰之意。颈联写出堕胎之谋发自所欢，'长筹'句出自道源注引《法苑珠林》孙皓于建业后园平地获金佛像，置于厕处，令执屏筹事，朱长孺、冯浩诸家均从其说，实误。愚按《三国志·孙皓传》载：甘露元年七月，孙皓'逼杀景后朱氏，亡不在正殿，于苑中小屋治丧。众知其非疾病，莫不痛切'。义山诗盖暗用此典而引申演绎之。'长筹'就是长远善意的计谋，'孙皓'影射所欢，其人必有权势地位者，故以孙皓喻之。这句诗的意思是：入道贵主的情人逼贵主服药堕胎，这一主意出得真正高明，不下于历史上孙皓逼死景后朱氏之计。'香枣'句典出《世说新语》，'石崇'喻贵主原来的丈夫，其人必已亡故或离异，故有'何劳问'语。结联则写堕胎善后事宜，'忆事'者忆昔日偷情欢会之事；'怀人'者怀所欢也；'得句'者谓贵主事后致书告知所欢事件经过，末则写入道贵主服药堕胎后垂帘拥衾而卧，非常细致而形象地刻画出女子施行人工流产后疲怠困顿之神态。题曰《药转》，亦道家语，《神仙传》所谓'药之上者有九转还丹太乙金液'。《抱朴子》所谓'九转之丹，服之三日得仙'。《太清观天经》、《云笈七签》亦均有九转丹药之称。"（见《李商隐评传》）

【注释】

①药转：朱注、冯注都以为是九转之丹，为上等仙药。叶葱奇注引《韵会》："凡物自转，则（读）上声；以力转物，则（读）去声。"又说："转为他动词，和道家所谓九转丹毫无关涉。"转音"撰"。叶注甚是。

②郁金堂：以郁金香和泥涂壁的房子。《文昌杂录》："郁金堂，或以郁金然于堂中也。"画楼：有绘饰雕刻的楼台。对楼堂的美称。

③换骨：《汉武内传》："王母谓帝曰：'子但爱精握固，闭气吞液，一年易气，二年易脉，三年易脏，四年易肉，五年易髓，六年易筋，七年易骨，八年易发，九年易形。'"上药：上等药物。

④青桂苑：长生桂树的林苑。

⑤宋玉《风赋》:"猎蕙草。"注:"猎,历也。"楚辞《九歌》:"秋兰兮青青,绿叶兮紫茎。"偏:遍。

⑥长筹:道源注:"侧筹也。"《法苑珠林》:"吴时于建业后园平地获金像一躯,孙皓素未有信,置于厕处,令执屏筹,至四月八日浴佛时,遂尿头上,寻即通肿,阴处尤剧,痛楚号叫,忍不可禁。太史占曰:'犯大神圣所致。'宫内伎女有信佛者曰:'佛为大神,陛下前秽之,今急,可请耶?'皓信之,伏枕皈依,忏谢尤恳,以香汤洗像,惭悔殷重,隐痛渐愈。"

⑦《白氏六帖》:"石崇厕中,尝令婢数十人,曳罗縠,置漆箱,中盛干枣,以塞鼻。大将军王敦至,取箱枣食,群婢笑之。"

晓 起

拟杯当晓起①,呵镜可微寒②。隔箔山樱熟③,褰帷桂烛残④。书长为报晚,梦好更寻难。影响输双蝶⑤,偏过旧畹兰⑥。

【题解】

首联谓早起对镜,呵气即在镜上凝结雾露,可知清冷寂寥之状也。颔联谓隔帘望见山樱已红,掀帷瞥见桂烛将灭也。意思是望山樱而怀人,见烛残而心冷。颈联谓写给对方的信很长,因而延迟了邮寄的时间;梦中相会,情好弥笃,醒后却寻之不得也。此与"梦为远别啼难唤,书被催成墨未浓"意思相近。尾联谓双蝶形影不离,似乎是故意飞过旧苑兰圃,以反衬我的孤单寂寞,不及蝶之成双而能自由飞翔也。本篇因怀念所思伊人而作。

【注释】

①拟杯:二字可疑,讲不通。

②可:犹恰也。

③山樱:山樱桃,树如朱樱,子小而尖,生青,熟黄赤。

④褰(qiān):撩起。桂烛:用桂花香膏制作的烛。

⑤影响：如影随形，如响应声。

⑥畹兰：屈原《离骚》："余既滋兰之九畹兮，又树蕙之百亩。"

中元作①

绛节飘飘空国来②，中元朝拜上清回③。羊权虽得金条脱④，温峤终虚玉镜台⑤。曾省惊眠闻雨过⑥，不知迷路为花开⑦。有娀未抵瀛洲远⑧，青雀如何鸩鸟媒⑨？

【题解】

首联谓中元胜日，盛会空前，幡节飘摇，士女如云。道士在做完斋醮之后，回道观休息。在一群女道士中，必有诗人所爱恋的女冠，故次联以羊权、温峤自比，谓以前虽得到女冠定情的赠物，但终于不成婚配，空喜一场。三联谓己闻知所思之人却与别人好合而心惊不已，彻夜难眠，可是仍然为她而痴迷，不知反顾。末联谓有娀氏之二女居于瑶台，未若瀛洲遥远，怎能让毒鸩取代青鸟做媒娘？即是说女冠所居之道观并不是海外仙山，离我并不遥远。托人代为陈诉衷情却因所托非人，竟然破坏了合欢。本篇疑是义山与宋华阳失恋之后所作。

【注释】

①中元：时节名。道家以农历七月十五日为中元节。旧时道观在这一天做斋醮，僧寺做盂兰盆斋。《唐六典》："正月十五日天官为上元，七月十五日地官为中元。"

②绛节：红旗。飘飘：飘摇。空国：京城上下全部出动参加中元盛会。

③上清：见《重过圣女祠》注。此指寺观。

④羊权：东晋穆帝时人。《真诰》："萼绿华赠羊权诗一篇，并致火浣布手巾一条，金玉条脱各一枚。"条脱：即今之手镯。萼绿华夜降羊权家故事，又见《无题二首之二》"闻道阊门萼绿华"句注。

⑤温峤:西晋太原祁县人。元帝时,为刘琨右司马。明帝即位,拜侍中转中书令。《世说新语·假谲》:"温公(峤)丧妇,从姑刘氏家值乱离散,唯有一女,甚有姿慧,姑以属公觅婚。公密有自婚意……却后少日,公报姑云:'已觅得婚处,门第粗可,婿身名宦,尽不减峤。'因下玉镜台一枚,姑大喜。既婚交礼,女以手披纱扇,抚掌大笑曰:'我固疑是老奴,果如所卜。'"玉镜台:玉制的镜台。

⑥此句暗用巫山神女"暮为行雨"事,见宋玉《高唐赋》。

⑦此句暗用刘晨、阮肇入天台山遇仙女事。见《无题四首》之一(来是空言)"刘郎"注。

⑧有娀:屈原《离骚》:"望瑶台之偃蹇兮,见有娀之佚女。"有娀(音松):古代国名。相传有娀氏有二美女,住在高台上,其一名简狄,后来嫁给帝喾(高辛氏),生契。另一个名建疵。佚女:美女。瀛洲:古代神话说海上有三神山:蓬莱、方丈、瀛洲。

⑨青雀:见前《无题》(相见时难)注。鸩鸟:传说中的一种毒鸟,羽毛紫绿色,放在酒中,能毒杀人。屈原《离骚》:"吾令鸩鸟为媒兮,鸩告余以不好。"

嫦　娥①

云母屏风烛影深②,长河渐落晓星沉③。嫦娥应悔偷灵药④,碧海青天夜夜心⑤。

【题解】

一二句说,月宫里的嫦娥在屏风后面烛光微弱的深处隐藏,她一直坐到银河隐没,列宿潜光,彻夜无眠。三四句说,她一定懊悔偷吃不死之药而奔上月宫,永远面对这碧海青天夜夜凄凉,相思之情绵绵不尽。本篇为修道女冠而作,同情其处境之孤独与内心的忧伤,含蓄蕴藉之至。是唐人七绝之名篇。

【注释】

①嫦娥:古代神话说羿妻嫦娥窃药奔月。比喻女冠出家修道。

②云母:一种板块状矿物质,有金色光泽,有弹性,古代用为门扉、屏风等的装饰品。

③长河:银河。

④灵药:不死药。

⑤夜夜心:夜夜独守月宫的孤寂之心理。

霜　月

初闻征雁已无蝉①,百尺楼南水接天②。青女素娥俱耐冷③,月中霜里斗婵娟④。

【题解】

诗人于霜月交辉之夜,忘却自身的寂寞寒冷,想象青女与素娥斗美比洁,才有如此迷人的夜景。本篇很有可能是为斗美夸娇的女冠而作,青女、素娥都是女冠的象征。

【注释】

①《礼记·月令》:"孟秋之月寒蝉鸣,仲秋之月鸿雁来,季秋之月霜始降。"

②水:指霜月之光。

③青女:主霜降的女神。《淮南子·天文训》:"秋三月,青女乃出,以降霜雪。"素娥:即嫦娥。月色白,故名素娥。耐:宜也。

④斗:竞争,比。婵娟:美好貌。

槿花二首^①

其 一

燕体伤风力^②，鸡香积露文^③。殷鲜一相杂^④，啼笑两难分^⑤。月里宁无姊^⑥？云中亦有君^⑦。三清与仙岛^⑧，何事亦离群！

【题解】

程梦星曰："此为女冠惜别而发，大都鱼玄机之流也，非贵主之为女道士者。"首联谓槿花弱不禁风，开放时含香带露。次联谓或盛开或半蔫，鲜红与殷红相杂，或笑或啼，同在一处也。三联谓此花非凡花，月里、云中当有其亲眷也。末谓何必离群索居，远在三清、仙岛耶？本篇以槿花喻女冠，对其寂寞悲凉之处境深表同情。程说近是。

【注释】

①槿花：木槿花，朝开暮萎。

②燕体：指赵飞燕。《三辅黄图》："成帝与赵飞燕戏于太液池，以金锁缆云舟于波上。每轻风时至，飞燕殆欲随风入水，帝欲以翠缕结飞燕之裾。"

③鸡香：鸡舌香。即今丁香。汉代三省郎官含鸡舌香奏事对答，气味芬芳。露文：江淹《别赋》："露下地而腾文。"

④殷（yān）：《广韵》："殷，赤黑色。"

⑤江总《南越木槿赋》："啼妆梁冀妇，红妆荡子家。若持花并笑，宜笑不胜花。"

⑥《春秋·感精符》："人君父天、母地、兄日、姊月。"

⑦云中君：云神。屈原《九歌·云中君》："灵皇皇兮既降，远举兮云中。"

⑧三清：道教以玉清、上清、太清为神仙所居三清境界。此指道观。仙

岛:蓬莱三山。

其　二

珠馆薰燃久①,玉房梳扫余②。烧兰才作烛③,襞锦不成书④。本以亭亭远⑤,翻嫌脉脉疏⑥。回头问残照,残照更空虚。

【题解】

首联谓槿花盛开,花香色艳,若美人妆成。次联谓方才容光焕发,如兰烛燃烧,转眼则憔悴打皱,如折叠之锦,不可用来写书信。三联谓此花本是亭亭远立,反而脉脉睇视,怨别人疏远自己。末谓此花回头问夕阳,何荣华之短暂也?夕阳即将西坠,其自感寂寞空虚有甚于残花也。本篇虽为女冠而发,却也说出了自己落寞困厄的悲哀。结尾有无限凄凉的意味。

【注释】

①珠馆:仙宫,珠殿,指道观。薰:薰香。

②玉房:指仙馆,道院。汉《郊祀歌》:"神之出,排玉房。"梳扫:梳妆打扮,梳鬓扫眉。

③楚辞《招魂》:"兰膏明烛,华容备些。"王逸注:"以兰香练膏也。"

④襞:音璧。折叠衣服。

⑤亭亭:远立之状。司马相如《长门赋》:"澹偃蹇而待曙兮,荒亭亭而复明。"

⑥脉脉:相视貌。《古诗十九首》:"盈盈一水间,脉脉不得语。"

月　夕①

草下阴虫叶上霜②,朱阑迢递压湖光。兔寒蟾冷桂花白,此夜姮娥应断肠。

【题解】

本篇是怀人诗。秋夜月明,草下阴虫鸣声不已,叶上月色如霜。遥望美人所居之朱楼,峻宇雕墙,危栏曲折,下临平湖,波光粼粼。诗人自身落寞孤寂,因想到今夜月中一片凄清,兔蟾也不胜寒冷,桂花如雪,那月殿里的嫦娥一定愁断柔肠。此以嫦娥喻所思美人。

【注释】

①月夕:月夜。
②阴虫:指蟋蟀。

袜

尝闻宓妃袜,渡水欲生尘①。好借嫦娥著,清秋踏月轮。

【题解】

本篇仍以嫦娥喻女冠。诗人所恋女冠有约未来,两地相思,中间隔一道玉溪。月光下伫立良久,故生痴念,因谓宓妃之凌波袜当借与嫦娥月下渡河与己相会,不亦乐乎!

【注释】

①宓妃:伏羲氏女,相传溺死于洛水,遂为洛水之神。曹植《洛神赋》:"体迅飞凫,飘忽若神。凌波微步,罗袜生尘。"

有感二首①

【题解】

《有感二首》为甘露之变而作。宦官专权是唐代中、晚期政治腐败、社会黑暗的一个重要原因。李训于大和九年十一月二十一日发动诛杀宦官，因谋划不周全，反遭惨败。义山有感于李训的浅谋遭祸和文宗的误任非人，致使国家损失惨重，无辜者被戮，愤慨之极，故有此作。以议论为主，字里行间，爱憎分明，寓情于理，是此二首的特点。

其 一

九服归元化②，三灵叶睿图③。如何本初辈④，自取屈氂诛。有甚当车泣⑤，因劳下殿趋。何成奏云物⑥，直是灭崔苻。证逮符书密⑦，辞连性命俱。竟缘尊汉相⑧，不早辨胡雏。鬼箓分朝部⑨，军烽照上都。敢云堪痛哭⑩，未免怨烘炉。

【注释】

①自注："乙卯年有感，丙辰年诗成。"唐文宗大和九年，宰相李训、节度使郑注谋诛宦官，训在左金吾大厅设伏兵，诈称后院石榴树上有甘露，诱使宦官仇士良等往观，即加诛杀。士良等至，见幕下有伏兵，惊走。事败，训、注及宰相王涯等皆族诛，族诛十余家，死者千余人。史称"甘露之变"。

②九服：指全国疆土。《周礼·夏官》："职方氏辨九服之邦国。方千里曰王畿。其外方五百里曰侯服。又其外方五百里曰甸服。又其外方五百里曰男服。又其外方五百里曰采服。又其外方五百里曰卫服。又其外方五百里曰蛮服。又其外方五百里曰夷服。又其外方五百里曰镇服。又其外方五百里曰藩服。"元化：王化，帝王的德化。

③三灵：指天、地、人。叶："协"的古字，和协的意思。睿图：英明的策略。此指帝王的治国大计。首二句谓四海归顺，天意人心和协，本无祸事。

④本初：袁绍，字本初，东汉末汝南汝阳人。出生于四世三公的大官僚家庭，门生故吏满天下。灵帝时，为佐军校尉。灵帝死，劝大将军何进诛宦官，太后不从，进乃密召董卓率兵入京，卓未至而事泄，进为宦官所害。绍乃勒兵入宫尽杀诸宦官。事见《后汉书·袁绍传》及《何进传》。屈氂：刘屈氂，汉武帝庶兄中山靖王之子，征和二年为左丞相，封澎侯。屈氂曾经与贰师将军李广利谋立昌邑王刘髆为帝，又其妻使巫祠社，祝诅主上，有恶言，被宦官郭穰告发，有司奏请案验，犯有巫蛊罪（用巫术诅咒及用木偶人埋地下，可以害人），诏令以厨车（载食之车）载屈氂示众，腰斩东市，其妻枭首华阳街。事见《汉书》本传。二句谓李训、郑注的地位和才能与袁绍、何进相若，然而其下场竟与屈氂一样悲惨，浅谋遭祸，良可叹息。

⑤《汉书·袁盎传》："上朝东宫，宦者赵谈骖乘。盎伏车前曰：'天子所与共六尺舆者，皆天下豪英，奈何与刀锯之余共载？'于是上笑，下赵谈。谈泣下车。"二句说李训急于诛灭宦官，有甚于袁盎之令赵谈当车而泣，然而谋事不密，反使天子下殿趋走，为宦者所劫持。

⑥云物：天象云气之色。《周礼·春官·保章氏》："以五云之物，辨吉凶水旱。"注："物，色也。视日旁云气之色。"萑苻：泽名，芦苇丛生之泽，旧时指农民起事或盗贼啸聚之地。《左传》昭公二十年："郑国多盗，聚之萑苻之泽。"二句说李训诡称奏报甘露之瑞，岂能成事？然而宦官率兵杀李训、郑注，简直如同灭盗一般火速。

⑦证：证人，与案情有牵连者。《汉书·杜周传》："诏狱益多，章大者连逮证案数百。"逮：逮捕。符书：逮捕的文书凭证。密：完备，周全。辞：供词。俱：全部，所有。二句说逮捕凭证上记录了所有与此案有牵连者，一个不漏；供词互相证引，受连累者全部被杀。

⑧汉相：《汉书·王商传》："商代匡衡为丞相……长八尺余，身体鸿大，容貌甚过绝人。河平四年，单于来朝，引见白虎殿。丞相商坐未央廷中，单于前，拜谒商。商起，离席与言，单于仰视商貌，大畏之，迁延欲退。天子闻而叹曰：'此真汉相矣！'"《新唐书》本传："训容貌魁梧，神情洒落，多大言自

111

标置。天子倾意任之,天下事皆决于训,中尉禁卫诸将见训,皆震慑迎拜叩首。"胡雏:《晋书·载记》:"石勒年十四,随邑人行贩洛阳,倚啸上东门,王衍见而异之,顾谓左右曰:'向者胡雏,吾观其声视有奇志,恐将为天下之患。'驰遣收之,会勒已去。"二句说李训徒有其表,朝廷居然敬重他如同汉成帝敬重丞相王商一样,却未能及早识别训、注将为后患。

⑨鬼箓:登记死者之名册。朝:朝班。部:军队。军烽:战火。上都:长安。二句说训、注事败,被诛者有朝廷官员,也有军人,惨酷至极,战火燃遍了京都长安。

⑩贾谊《治安策》:"臣窃惟事势,可为痛哭者一,可为流涕者二,可为长太息者六。"贾谊《鵩鸟赋》:"天地为炉兮,造化为工;阴阳为炭兮,万物为铜。"二句说岂敢言为此而痛哭? 只有归祸于天了。

其　二

丹陛犹敷奏①,彤庭倏战争②。临危对卢植③,始悔用庞萌④。御仗收前殿⑤,兵徒剧背城⑥。苍黄五色棒⑦,掩遏一阳生⑧。古有清君侧⑨,今非乏老成⑩。素心虽未易⑪,此举太无名。谁瞑衔冤目⑫,宁吞欲绝声? 近闻开寿宴⑬,不废用咸英⑭。

【注释】

①丹陛:宫殿的台阶,漆成红色,故称丹陛、丹墀。敷奏:陈奏。

②彤庭:皇宫。汉代皇宫以朱色漆中庭。倏:忽然。首二句谓皇帝正在殿上听陈奏,皇宫却突然变成战场。

③自注:"是晚独召故相彭阳公入。"彭阳公指令狐楚。卢植:汉末涿人,少与郑玄师事马融,历官北中郎将、尚书等职,《后汉书》本传及何进传记载卢植抗议董卓及斩杀宦官事。此句以令狐楚比卢植。

④庞萌:《后汉书》本传:"光武即位,拜为平狄将军,与盖延共击董宪。时诏书独下延而不及萌,萌以为延潜己,自疑,遂反。帝闻之,大怒,乃自将讨萌。与诸将书曰:'吾常以庞萌社稷之臣,将军得无笑其言乎?'"此句以

李训比庞萌,咎文宗不能知人善任。二句谓文宗当晚召见令狐楚,后悔信用李训。

⑤御仗:皇帝用的仪仗。

⑥背城:即背城借一,谓与敌最后决战。《左传》成公二年:"请收合余烬,背城借一。"注:"欲于城下,复借一战。"二句谓文宗的仪仗刚从前殿进入内宫,仇士良率兵从内出,在殿上滥砍滥杀。

⑦苍黄:即仓皇。五色棒:汉末曹操任洛阳北部尉,于衙署修建四门,门左右悬五色棒各十余枚。有犯禁者,不避豪强,皆棒杀之。

⑧掩遏:阻遏,阻挡。一阳生:冬至一阳生。冬至后白天渐长,阳气初动。此以阳气比喻国家中兴的生机。训、注举事在十一月,正值冬时,事败,故云初生之阳反被阴惨之气所压抑。二句谓李训指使金吾卫士、台府从人仓皇拒击宦官和禁军,事败,国运亦衰。

⑨清君侧:清除皇帝身边的亲信。

⑩老成:年高有德者。《毛诗·大雅》:"虽无老成人,尚有典刑。"二句谓古有清君侧的先例,今亦不乏社稷臣,为何要信任李训?

⑪素心:本心。二句谓李训本意忠于朝廷,然而仓猝行事,后患无穷。

⑫二句谓宰相王涯等无辜被害,身死族灭,岂能瞑目?朝野悲痛欲绝而不敢言。

⑬寿宴:文宗于开成二年八月赐百僚会宴曲江亭。

⑭咸英:黄帝乐曰"咸池",帝喾乐曰"六英"。《旧唐书·王涯传》:"文宗以乐府之音郑卫太甚,命涯询于旧工,取开元时雅乐,选乐童按之,名曰云韶乐。乐成。上悦,赐涯等锦彩。"二句谓文宗大开寿宴,闻王涯云韶之乐,能不悲乎?结句意味深长。

重有感①

玉帐牙旗得上游②,安危须共主君忧③。窦融表已来关

113

右④,陶侃军宜次石头⑤。岂有蛟龙愁失水⑥,更无鹰隼与高秋⑦。昼号夜哭兼幽显⑧,早晚星关雪涕收⑨。

【题解】

首联谓刘从谏镇守一方,握有重兵,理应与君王共忧患。颔联谓刘既已上疏,就应该用武力清除宦竖。颈联谓岂有君主失去朝臣而受制于宦竖之理?可惜朝廷再无得力的忠臣去打击宦官了。末联谓朝廷内外,昼夜号哭,人神共怨;天子早晚要消除宦官之祸,收回权柄,拭干受害者的眼泪,使天下安宁。本篇格局宏大,沉郁顿挫,学老杜而得其风骨。

【注释】

①前有《有感二首》,故此曰重。冯浩谓本篇专为刘从谏发。昭义节度使刘从谏三上疏问王涯罪名,对王涯无辜被杀表示极大愤慨。仇士良闻之惕惧。从谏意欲警告宦竖,其实本无清君侧的能力,而义山期望过大,未必能实现。

②玉帐:玉饰帷帐,征战时主将所居的军帐。牙旗:军旗。古以武官为君王爪牙,故军前大旗谓之牙旗。得上游:占有险要形势。

③主君:指皇帝。二句说刘从谏镇守一方,握有重兵,理应与君王共忧患。

④窦融:扶风平陵人,西汉末割据河西,为河西五郡大将军。光武即位,授凉州牧。融与隗嚣书,责令嚣归顺,嚣不从,融乃上疏光武帝,请示出师伐嚣日期。光武西征,融共进击,嚣败走西城,恚愤而死。此句以窦融上疏比刘从谏上疏。关右:函谷关以西地区。

⑤陶侃:东晋浔阳人,初为县吏,迁至荆州刺史。宜:应该。次,进驻。苏峻叛晋,建康失守,陶侃被推为盟主,领兵抵石头(在今南京市西石头山后),斩峻,焚其骨。此句以陶侃平叛故事期望刘从谏进军长安,平定宦官之乱。

⑥蛟龙失水:喻君主失去良臣。"岂有"者,讳之也。

⑦鹰隼:善于搏击的猛禽。与:给予,援助。高秋:秋天降霜,主杀伐。

《左传》文公十八年:"见无礼于其君者,诛之,如鹰鹯之逐鸟雀也。"此以高秋比皇上,以鹰隼比忠于朝廷的猛将。"更无"者,悲之也。

⑧号与哭同义。幽显:幽指阴间,显指阳间。此句谓王涯等十一族被诛者以及士大夫不附宦官者皆日夜痛哭。

⑨早晚:迟早。星关:天关,帝阙,皇帝住所。雪涕:抹干眼泪。

曲　江①

　　望断平时翠辇过②,空闻子夜鬼悲歌③。金舆不返倾城色④,玉殿犹分下苑波⑤。死忆华亭闻唳鹤⑥,老忧王室泣铜驼⑦。天荒地变心虽折⑧,若比伤春意未多。

【题解】

　　大和九年八月,郑注迁工部尚书,言秦中有灾,宜兴工役以禳之。文宗即命神策军淘曲江、昆明二池,十一月因甘露事变而止。故义山借曲江为题写时事,忧愤填膺,而有此伤春之作。首联谓不见平时皇帝幸会曲江的盛况,如今只能在半夜听到冤魂怨鬼的歌哭。颔联谓昔日宫妃陪同皇帝出游的热闹场景一去不复返,如今曲江流水依旧分波于玉殿。此二句倒装。颈联谓甘露之变,朝臣如陆机之遇害;国祚衰颓,我亦有索靖暮年之叹也。末联谓时局变化令人心摧,可是唐王朝的春天一去不返,更令人痛心了。全篇苍凉凄楚,惊心动魄。

【注释】

　　①曲江:曲江池的简称。故址在今陕西西安市东南,是唐代长安第一胜景。

　　②望断:极目远望却望不见。辇(niǎn):皇帝乘坐的车,饰以翠羽,故曰翠辇。过,读如"锅"。

　　③子夜:半夜。

④金舆:饰以黄金的车驾。倾城色:形容绝色女子。《汉书·孝武李夫人传》:"北方有佳人,绝世而独立,一顾倾人城,再顾倾人国。"

⑤下苑:即曲江池苑。曲江与御沟相通,故曰分波。

⑥华亭:陆机故居有华亭谷,在今上海市淞江区。陆机因被长史卢志、宦官孟玖所谗而受诛,死前叹曰:"华亭鹤唳,岂可复闻乎!"唳(lì):鹤鸣。

⑦泣铜驼:西晋末年,索靖知天下将乱,指洛阳宫门铜驼叹曰:"会见汝在荆棘中耳!"

⑧天荒地变:谓时局变化极大。

故番禺侯以赃罪致不辜,事觉母者,他日过其门①

饮鸩非君命②,兹身亦厚亡③。江陵从种橘④,交广合投香⑤。不见千金子⑥,空余数仞墙⑦。杀人须显戮⑧,谁举汉三章⑨?

【题解】

首二句谓故番禺侯之子被杀,并非皇上之意,他为自己增加财富,反而造成巨大损失。三四句谓应该学李衡生财有道,亦当效吴隐之廉洁自爱。五六句谓番禺侯之子今在何处?室中无人,惟见门墙空空。末二句谓杀人应当明正典刑,可是宦官仇士良等人目无国法,草菅人命,而最高统治者听之任之,哪能如刘邦与民约法三章?本篇因番禺侯之子死非其罪而致慨,揭露文宗朝司法制度的败坏。

【注释】

①番禺:古县名,秦置,唐代名南海县,在今广州市南。冯浩引《旧唐书·胡证传》说,胡证以大和二年冬卒于领南使府。胡证贪财货,务奢侈,

在长安修行里营建住宅,领南奇货道途不绝,京邑推为富家。胡证素与礼部侍郎贾𫗧友善,及李训事败,禁军称胡证子胡溵藏匿贾𫗧,乃破其家,没收其家财,斩溵。"事觉母者"当作"事毋觉者"。本诗题意是:故番禺侯因贪财致使其子无辜被杀,竟无人觉察其无罪,他日义山亲过其门,有感而赋此诗。

②鸩(zhèn):传说中一种毒鸟,喜食蛇,羽毛紫绿色,放在酒中能毒杀人。《汉书·萧望之传》说:萧望之在汉宣帝时累官至谏议大夫、御史大夫,后为太子太傅;元帝即位,以师傅见重。后为宦官弘恭、石显等排挤,饮鸩自杀。"望之欲自杀,其夫人止之,以为非天子意。望之以问门下生朱云,云者好节士,劝望之自裁。"

③兹:同滋。补益、增多的意思。厚:多。亡:损失。《老子》:"多藏必厚亡。"

④《史记·货殖列传》:"江陵千树橘。"《襄阳耆旧传》说,丹阳太守李衡欲治家产,于武陵龙阳氾洲上做宅,种柑橘千株,岁得绢数千匹。

⑤交广:交州、广州之省称。《晋书·良吏传》说,吴隐之为广州刺史,自番禺归,其妻刘氏赍沉香一斤,隐之见之,遂投于湖亭之水。合:应当。

⑥千金子:千金之子。《史记·袁盎传》:"臣闻千金之子,坐不垂堂。"又《货殖传》:"谚曰:千金之子,不死于市。"

⑦仞:古代长度单位,周制为八尺,汉制为七尺,说法不一。

⑧显戮:公开宣布罪状,处决示众。

⑨三章:约法三章。《史记·高祖本纪》:"吾当王关中,与父老约法三章耳:杀人者死,伤人及盗抵罪。"

李肱所遗画松诗书两纸得四十韵①

万草已凉露,开图披古松②。青山遍沧海,此树生何峰③?孤根邈无倚,直立撑鸿濛④。端如君子身,挺若壮士胸。樛枝势夭矫，忽欲蟠拏空⑤。又如惊螭走，默与奔云逢⑥。孙枝擢细叶，旖旎狐裘茸⑦。邹颠蓐发软，丽姬眉黛浓⑧。视久眩目睛，倏忽变辉容⑨。竦削正稠直，婀娜旋卑弯⑩。又如洞房冷，翠被张穹窿⑪。亦若暨罗女，平旦妆颜容⑫。细疑袭气母，猛若争神功⑬。燕雀固寂寂，雾露常冲冲⑭。重兰愧伤暮，碧竹惭空中⑮。可集呈瑞凤，堪藏行雨龙⑯。淮山桂偃蹇，蜀郡桑重童⑰。枝条亮眇脆，灵气何由同？昔闻咸阳帝⑱，近说嵇山侬。或著仙人号，或以大夫封。终南与清都⑲，烟雨遥相通。安知夜夜意，不起西南风？美人昔清兴⑳，重之犹月钟。宝笥十八九，香缇千万重。一旦鬼瞰室，稠叠张罳罿。赤羽中要害，是非皆匆匆㉑。生如碧海月，死践霜郊蓬。平生握中玩，散失随奴僮㉒。我闻照妖镜㉓，及与神剑锋㉔。寓身会有地，不为凡物蒙㉕。伊人秉兹图㉖，顾盼择所从㉗。而我为何者，开怀捧灵踪㉘。报以漆鸣琴㉙，悬之真珠栊㉚。是时方暑夏，座内若严冬。忆昔谢驷骑㉛，学仙玉阳东㉜。千株尽若此，路入琼瑶宫㉝。口咏玄云歌㉞，手把金芙蓉㉟。浓霭深霓袖㊱，色映琅玕中㊲。悲哉堕世网㊳，去之若遗弓㊴。形魄天坛上㊵，海日高瞳瞳。终期紫鸾归㊶，持寄扶桑翁㊷。

【题解】

本篇是一首长篇五言古诗。诗人对画松作了多角度、多层面的刻画，并将其拟人化，赞美其孤高坚挺的品性，料想其终非凡物，遥接绛阙清都，终归仙境，从而表达了诗人功成身退的理想。气象宏伟，波澜迭起，层层咏叹，兴寄横生。学杜学韩，得其神髓。

【注释】

①李肱：唐宗室，开成二年进士，以榜元及第，与义山同时登第。遗：

赠。李肱以画松赠义山,义山作五古长篇以答,书于两纸,共四十一韵。所谓四十韵,举其成数而已。

②首二句谓盛夏已去,天气转凉,值此初秋时节打开画卷,披览古松。中言"是时方暑夏",是得画之时,首言"万草已凉露",乃题诗之时。

③二句谓松涛如海,遍布群山,真不知所画古松生于何峰。

④二句谓松根外露,向远处延伸,似无所依傍;松干卓立,耸入云表。鸿濛:元气,大气。

⑤樛(音纠)枝:弯曲的枝条。夭矫:屈曲而有气势。蟠:盘绕。拏:牵引。二句谓树枝伸向空中,曲折纠缪,气势雄伟。

⑥二句谓树枝蜿蜒,若龙蛇惊走,直入云中。螭:传说中的蛟龙的一种。

⑦二句谓嫩枝生出细叶,茂密柔软若毛茸茸的狐裘。孙枝:幼嫩的新枝。擢:生发。旖旎:柔美、茂盛。成公绥《木兰赋》:"顾青翠之茂叶,繁旖旎之弱条。"

⑧邹颠:雏颠,小孩的头顶。邹:雏之误写。蕂发:厚发。二句谓嫩枝细叶如儿童之发既厚而软,又如丽姬之眉翠而浓。

⑨二句谓久视画松,令人目眩神怡,似觉其辉容多变,美不胜收。以下写变化之状。

⑩二句谓树干挺直如削,枝叶婀娜多姿。稠直:又密又直。觕牵:牵引。《尔雅·释训》:"觕牵,掣曳也。"注:"谓牵挽。"

⑪二句谓画松若中央隆起的圆盖,若张开的翠被,使人觉得阴凉,如幽冷的洞房。

⑫二句谓画松美丽鲜艳,若西施晨妆。暨罗女:西施。西施是春秋越国苎萝山鬻薪女子。苎萝山在诸暨县,故云暨罗女。平旦:清晨。

⑬二句谓画松笔触细腻,缜密处仿佛只有元气之母方能通过;笔触劲健,可与鬼斧神工争高下。袭:侵入。气母:元气之母,至初至微之气。

⑭二句谓古松高大,燕雀无力在树上停息或巢居,只有雾露往来滋润。

⑮二句谓丛兰虽香气袭人,然而受季节局限,与青松相比,自愧悲于迟暮。绿竹虽不畏寒冬,但与青松相比,自愧腹中虚空,不能坚实。

⑯二句谓此树高大不凡,可以藏龙集凤。谢朓《高松赋》:"集九仙之羽仪,栖五凤之光景。"呈瑞:显示吉祥。行雨:古代传说龙能兴云雨利万物。

⑰四句谓淮南小山笔下的桂树蜷曲多姿,《蜀志》记述蜀郡的桑树童童如车盖,然而桑桂枝条脆弱,哪里有此松之遒劲而具有灵气?淮山桂:淮南小山《招隐士》:"桂树丛生兮山之幽,偃蹇连卷兮枝相缭。"偃蹇:夭矫、婉曲的样子。《蜀志》:"先主舍东南角篱上有桑树,高五丈余,遥望童童如小车盖。"重童,即童童,覆盖的样子。亮:信然,诚然。眇:细小。

⑱咸阳帝:秦始皇在咸阳称帝,故说咸阳帝。《汉官仪》:"始皇上封泰山,逢疾风暴雨,赖得松树,因覆其下,封为五大夫。"嵇山侬:指嵇康。《世说新语·容止篇》:"山公曰:嵇叔夜之为人也,岩岩若孤松之独立。"侬:渠,他。四句谓昔闻秦始皇封松树为大夫,近闻松树乃嵇康之代称,或封五大夫,或名赤松子,皆言其品格之高尚,地位之尊贵。

⑲四句谓终南山与帝都清宫烟雨相接,安知松树夜夜向往帝宫之情意不因西南风而达于帝宫乎?此意暗喻诗人与李肱会有接近君王的时机。

⑳清兴:雅兴。月钟:朱鹤龄注引《集仙录》:"女仙鲁妙典居山,有钟一口,形如偃月,神人所送。"宝笥:储藏珠宝的竹器。香缇:散发出香气的橘红色的丝帛。四句谓往昔美人雅爱此画,重于珍奇之月钟,重于十八、十九箱之珠宝并千万匹之香缇。

㉑鬼瞰室:扬雄《解嘲》:"高明之家,鬼瞰其室。"李奇曰:"鬼神害盈而福谦。"稠叠:层层叠叠。羉罿(luán tóng):捕野猪的网和捕鸟的网。赤羽:羽箭,有赤羽、白羽。四句谓此画的保有者一旦被坏人窥知,则处处密布罗网,遇杀身之祸,生平善恶皆不暇论,若云烟之消散。

㉒奴僮:僮仆。四句谓画主生如海月,死入荒郊,生前掌握之宝,死后即由僮仆带走,散落民间。

㉓照妖镜:《西京杂记》:"(汉)宣帝系狱,臂上犹带身毒宝镜一枚,如八株钱。旧传此镜照见妖魅,佩之者为天神所福。帝崩,镜不知所在。"

㉔神剑锋:《吴越春秋》:"湛卢之剑,恶阖闾无道,乃去而出,水行如楚。楚昭王卧而寤,得之于床。风胡子曰:'五金之英,太阳之精,寄气托灵,出之有神,服之有威,可以折冲拒敌。然人君有逆理之谋,其剑即出,故去无

道以就有道。'"

㉕蒙:蒙蔽。四句谓汉宣之镜、吴王之剑,寄身有地,终不为凡物所蔽。借以说明画松不会久遗尘埃,必为识者所赏。

㉖伊人:谓李肱。

㉗所从:所适。

㉘开怀:开颜。灵踪:指画松,作者视之为灵迹。四句谓李肱持画择所适者,不意乃赠我,我欣然受此宝迹。

㉙漆鸣琴:鲍令晖(鲍照妹)诗《拟客从远方来》:"客从远方来,赠我漆鸣琴。"

㉚真珠栊:谓珠帘。四句谓我既受画松,复报之以漆鸣琴,且悬画于珠帘观赏,见其凛然之状,顿觉室内清凉,虽夏犹冬也。

㉛驷骑:原为四骑,今依冯注改为驷骑,指车驾。

㉜玉阳东:玉阳山是王屋山支脉,其山有二,东西对峙,东玉阳山在济源县西二十里,唐睿宗女玉真公主修道于此,西玉阳山亦其栖息之所。李商隐大约在大和九年(835年)到开成二年(837年)间,即第二次应举失败到第三次赴京应试之间曾在东玉阳山隐居学道。

㉝琼瑶宫:道教所谓神仙居所,此指李商隐学道所居道观。四句谓回忆从前辞谢聘用,学道于玉阳山,在通往琼瑶宫的道路上,但见千株古松,恰如李肱所赠之画。

㉞《玄云歌》:曲名。班固《汉武内传》:"(西王母)又命侍女安法婴歌玄云之曲。"

㉟金芙蓉:金莲花。《乐府·子夜歌》:"玉藕金芙蓉。"李白《庐山谣》:"手把芙蓉朝玉京。"

㊱浓霭:深深的雾霭。深霓袖:长长的霓裳衣袖。《九歌·东君》:"青云衣兮白霓裳。"

㊲琅玕:谓竹。四句谓从前在玉阳山学道时,口唱《玄云曲》,手持金莲花,身着霓裳翠袖,在云雾缭绕的山中,在松竹环绕的宫殿里穿梭而行,好不快活!

㊳世网:尘网。

㊴遗弓:《孔子家语》:"楚共王出游,亡其乌号之弓,左右请求之,王曰:'楚人失弓,楚人得之,又何求焉。'"

㊵天坛:王屋山绝顶曰天坛。道书十大洞天,王屋山洞为第一。瞳瞳:日初升渐明之貌。四句谓己不幸堕入尘网,故离此松竹掩映之道观,若楚人失弓,不复求矣。我今对此画松,不觉神驰故山,形魄仿佛已在天坛之上,望见海日初升。

㊶紫鸾:凤凰一类的神鸟。

㊷扶桑翁:道书所称扶桑大帝君。扶桑,神木名。《十洲记》:"扶桑在碧海中,地方万里,上有太帝宫,太真东王父所治。有椹树长数千丈,大二千余围,两两同根偶生,更相依倚,是名扶桑。其椹赤色,九千岁一生,仙人食之,一体皆作金光色。"末二句谓期望自己终能如紫鸾之归去,持画松寄扶桑帝君。

哭遂州萧侍郎二十四韵①

遥作时多难②,先令祸有源:初惊逐客议③,旋骇党人冤。密侍荣方入④,司刑望愈尊。皆因优诏用⑤,实有谏书存。苦雾三辰没⑥,穷阴四塞昏。虎威狐更假⑦,隼击鸟逾喧。徒欲心存阙⑧,终遭耳属垣。遗音和蜀魄⑨,易篑对巴猿。有女悲初寡⑩,无儿泣过门。朝争屈原草⑪,庙馁若敖魂。迥阁伤神峻⑫,长江极望翻。青云宁寄意⑬?白骨始沾恩。早岁思东阁⑭,为邦属故园。登舟惭郭泰⑮,解榻愧陈蕃。分以忘年契⑯,情犹锡类敦。公先真帝子⑰,我系本王孙。啸傲张高盖⑱,从容接短辕。秋吟小山桂⑲,春醉后堂萱。自叹离通籍⑳,何尝忘叫阍!不成穿圹入㉑,终拟上书论。多士还鱼贯㉒,云谁正骏奔。暂能诛倏忽㉓,长与问乾坤。蚁漏三泉路㉔,蛬啼百草根。始知同泰讲㉕,微福是虚言。

　　大和九年春,郑注、李训恶京兆尹杨虞卿及李宗闵等,六月贬李宗闵为明州刺史,七月贬杨虞卿为虔州司马。又以萧浣为李宗闵党,贬为遂州刺史,再贬为司马,死于开成元年夏。其时义山尚未登第,哭萧侍郎诗作于是年。哀诔之词,如泣如诉,沉痛异常,盖义山与萧浣关系非同一般。

【注释】

　　①遂州:唐置遂州,改为遂宁郡,寻复为遂州,明降为县,即今四川遂宁县。萧侍郎:萧浣。大和七年,萧浣由给事中出为郑州刺史,曾介绍义山给华州刺史崔戎。不久,萧浣内迁刑部侍郎。《旧唐书·文宗纪》:"大和九年六月,京兆尹杨虞卿坐妖言得罪,人皆以冤诬。宰相李宗闵于上前极言论列,上怒,数宗闵之罪,叱出之,贬明州刺史,再贬虔州长史。贬吏部侍郎李汉为汾州刺史,刑部侍郎萧浣为遂州刺史。"又:"八月,又贬宗闵潮州司户,虞卿、汉、浣亦再贬。"浣再贬遂州司马,一年而卒。

　　②遥作:远起。首二句谓时世多难,由来已久,甘露之变起于李、萧、杨之贬,诸人受诬于奸邪者,乃祸之源也。

　　③逐客议:李斯《上秦王书》:"臣闻吏议逐客。"《史记·李斯列传》说,李斯拜为秦客卿,适值韩人郑国来做间谍,被秦发觉,秦宗室大臣皆言秦王曰:"诸侯人来事秦者,大抵为其主游间于秦耳,请一切逐客。"党人冤:《后汉书·党锢传》说,东汉桓帝时,宦官势盛,司隶校尉李膺等士大夫深恨之,捕杀宦竖,宦官乃谮膺等与太学士为朋党,诽谤朝廷,辞连二百余人,禁锢终身。此以逐客指杨,党人指李、萧。二句谓初惊杨虞卿被逐,复惊李、萧之被冤。

　　④密侍:萧浣入为给事中,乃门下省要职,故曰密侍、荣显。司刑:指任刑部侍郎之职。二句谓萧浣任给事中及刑部侍郎时,位望尊显。

　　⑤二句谓萧浣为给事中能建言,因而受到君主的优擢,迁刑部侍郎。谏书尚存,足见萧之尽职,文宗之任用得人,非党人之力也。

⑥三辰：日、月、星。四塞：四面八方。秦为四塞之国，四面有山关之固。二句喻社会黑暗，政治危机。

⑦此以狐假虎威喻李训、郑注窃弄威权，诸臣论列训、注，训、注愈是气焰嚣张，凡不附己者，目为宗闵、德裕之党，贬逐无虚日，中外震骇。

⑧心存阙：心存魏阙，心中系念朝廷。耳属垣：窃听者贴耳于墙壁。二句谓萧浣心系朝廷，终遭奸人告密而得祸。

⑨蜀魄：传说古蜀王杜宇号曰望帝，死后化为子规。《文选·蜀都赋》："鸟生杜宇之魄。"易箦：调换寝席。箦：竹席。春秋鲁国曾参临终，以卧席过于华美，不合当时礼制，命子曾元扶起易箦。既易，反席未安而死。二句谓浣贬死遂州，遗恨犹存。

⑩有女：自注："公止裴氏一女，结褵之明年，又丧良人。"二句谓萧浣无儿为其悲泣，仅有一新寡之女。叹其身后悲凉。

⑪屈原草：屈原草拟的宪令。《史记·屈原贾生列传》："上官大夫与之同列，争宠而心害其能。王使屈原造为宪令，原属草稿未定，上官大夫见而欲夺之，原不与，因谗之。"若敖魂：《左传》宣公四年："及（子文）将死，聚其族曰：'椒也知政，乃速行矣，无及于难。'且泣曰：'鬼犹求食，若敖氏之鬼，不其馁而！'"椒，子文弟子良子越椒，其后椒叛，楚王遂灭若敖氏。后因以"若敖鬼馁"比喻绝嗣。二句谓萧浣生为小人谗忌，死后绝嗣无人祭祀。

⑫迥阁：指大剑阁、小剑阁。二句谓萧浣死后，蜀山蜀水也为之感伤愤激。

⑬二句谓浣一再遭贬，青云之路已断；李训、郑注被诛后，文宗始大赦，而浣已死，故云"白骨沾恩"。

⑭东阁：东向开之小门。《汉书·公孙弘传》："时上方兴功业，屡举贤良。弘……数年至宰相封侯，于是起客馆，开东阁以延贤人，与参谋议。"后因以称宰相招致款待宾客之所。义山自注："余初谒于郑舍。"大和七年，义山离开太原幕府，回到郑州家中，进谒郑州刺史萧浣，受到很好的接待。故曰"为邦属故园"。故园即郑州。二句自叙与萧之友好关系。

⑮郭泰：东汉太原界休人，字林宗，博通经典，居家教授。游洛阳，见河南尹李膺，膺大奇之。后归乡里，衣冠诸儒送至河上，车数千辆。林宗与李

臑同舟而济,众宾望之,以为神仙。陈蕃:东汉汝南平舆人,字仲举,官乐安豫章太守,迁至太尉、太傅,封高阳侯。《后汉书》:"徐稚字孺子,豫章南昌人也。陈蕃为太守,以礼请署功曹,稚不免之,既谒而退。蕃在郡,不接宾客,惟稚来特设一榻,去则悬之。"二句谓己在郑州备受萧浣礼遇。

⑯契:合。锡类:赐给同类。敦:笃厚。二句谓浣待己如同忘年之交,待己如族子一般真诚。

⑰二句谓浣乃萧梁武帝之后,而自己本李唐王孙。

⑱高盖:《汉书·循吏列传》:"黄霸为颍川太守,赐车盖,特高一丈。"短辕:牛车短辕。《晋书·王导传》:"短辕犊车。"二句谓萧浣豁达不受检束,自己受到他的从容爱接。

⑲小山桂:西汉淮南小山《招隐士》:"桂树丛生兮山之幽,偃蹇连卷兮枝相缭。"后堂萱:《毛诗·卫风·伯兮》:"焉得谖草,言树之背。"谖草即萱草,又名忘忧草。背,北堂。二句谓己在萧浣门下深受优礼,秋吟诗赋,春醉后堂。

⑳离通籍:辞朝籍。籍:门籍。《汉书·元帝纪》:"令从官给事官司马中者,得为大父母、父母、兄弟通籍。"注:"籍者,为二尺竹牒,记其年纪名字物色,悬之宫门,案省相应,乃得入也。"阍:天帝守门人。《离骚》:"吾令帝阍开关兮,倚阊阖而望予。"二句谓叹惜萧侍郎辞去朝籍,出任地方官,贬遂州司马,时时不忘为萧诉冤。

㉑穿圹:穿凿坟冢。《史记·田儋传》:"田横与二客乘传诣洛阳,未至三十里,自杀,以王礼葬。二客穿冢旁,皆自刭,下从之。"二句谓己虽不能从死,然而当为浣上书雪冤。

㉒多士:《毛诗·周颂·清庙》:"济济多士,秉文之德。对越在天,骏奔走在庙。"二句谓朝中虽多士,但有谁能为萧讼冤?慨叹当朝竟无人伸张正义。

㉓倏忽:《招魂》:"雄虺九首,往来倏忽,吞人以益其心些。"以倏忽代雄虺,古有此例。此以比李训、郑注。二句谓训、注虽被诛,而萧浣之冤情终不能昭雪也。

㉔蚁漏:《韩非子·喻老》:"千丈之堤,以蝼蚁之穴溃。"三泉:《史记·

《秦本纪》:"始皇治骊山,穿三泉,下铜而致椁。"蜇:寒蝉。二句谓萧浣死后,坟墓无人修整,墓穴蚁溃,草蔓蜇啼,荒凉之极。

㉕同泰讲:梁武帝萧衍曾于同泰寺讲佛经。萧浣初至遂州,造二幡刹,施于寺。徼福:邀福。末二句谓学佛求善者终不得蒙福,言之倍加沉痛。

令狐八拾遗绹见招送裴十四归华州①

二十中郎未足稀②,骊驹先自有光辉③。兰亭宴罢方回去④,雪夜诗成道蕴归⑤。汉苑风烟催客梦⑥,云台洞穴接郊扉⑦。嗟余久抱临邛渴⑧,便欲因君问钓矶。

【题解】

首联谓裴十四少年才俊,骊驹生辉,二十中郎未足与拟也。颔联写令狐绹送别裴十四的情景。颈联写华州景物,谓汉时宫观、云台古迹一一牵动裴十四的归心。尾联谓己有求士求偶之渴,希望随裴君到华州,学太公钓于渭水,以期一朝登龙门也。应酬之作,仅在结二句表白心迹。

【注释】

①令狐绹,唐华原人,字子直,令狐楚之子,大和四年进士,开成初为左拾遗。裴十四,其名未详,系令狐楚之婿。华州:唐州名,今陕西华县。

②荀羡,晋颍川临颍人,年十五尚寻阳公主,二十八为北中郎将,中兴方伯,未有如羡年少者。此以荀羡反衬裴十四。

③骊驹:骏马。古乐府《陌上桑》:"何用识夫婿?白马从骊驹。"

④兰亭:在今浙江绍兴西南,地名兰渚,渚有亭。东晋穆帝永和九年(353)三月三日,王羲之与谢安、孙绰等四十一人,在山阴(绍兴)兰亭修禊之礼。会上各人作诗,羲之作序。方回:郗愔,字方回,郗鉴之子,官会稽内史,加镇军都督。此以方回比令狐绹。

⑤道蕴:谢道韫,王凝之妻,谢奕女。曾以"柳絮因风起"的诗句比拟雪

花飞舞,叔父谢安大为称赞。此以道蕴比裴十四之妻。

⑥汉苑:华州有汉宫观,故曰汉苑。

⑦云台:华山有云台峰,下有穴,相传昔有人入此穴,出东方山行,云:"经黄河底,上闻流水声。"郊扉:指华州郊外。

⑧临邛:唐置临邛郡,治所在今四川邛崃县。《史记·司马相如传》:临邛卓王孙有女文君新寡,相如以琴心挑之,文君夜亡奔相如。钓矶:姜太公钓于渭水,在华州,故云。

赠白道者^①　开成二年

十二楼前再拜辞^②,灵风正满碧桃枝^③。壶中若是有天地^④,又向壶中伤别离。

【题解】

本篇是义山离开玉阳山道观时留赠白道士的诗作。前二句谓正值春风碧桃之日与白道士告别。后二句谓此别真令人伤怀,即使取酒浇愁,只恐更加深离愁别恨。此诗当与《白云夫旧居》联系起来读,白道士嗜酒,故联想到"壶中",并非着眼于道士能藏入壶中的法术。

【注释】

①白道者即白道士。生平不详。

②十二楼:见《无愁果有愁曲北齐歌》注。此指道观。

③碧桃:仙桃。

④壶中:见《玄微先生》注。此指酒壶,兼有壶天之意。

南山赵行军新诗盛称游宴之洽因寄一绝①

莲幕遥临黑水津②,櫜鞬无事但寻春③。梁王司马非孙武④,且免宫中斩美人⑤。

【题解】

此亦雅谑之诗。言赵行军不习军事,以诗酒为娱乐,有歌妓作陪,自不会如孙武之杀美人也。

【注释】

①南山:南山可指终南山、秦岭,此指秦岭南麓之梁州。诗作于开成二年春,其时令狐楚任兴元尹、山南西道节度使。赵行军即赵祝,为节度使行军司马。义山有感于赵祝所作新诗盛称游宴之美,因作是诗。

②莲幕:形状如莲的帐幕。黑水:黑河,在陕西汉中以西,为汉水支流。

③櫜鞬(gāo jiàn):箭袋。《左传》僖公二十三年:“左执鞭弭,右属櫜鞬,以与君周旋。”

④梁王:兴元为梁州,故借用梁王。孙武:春秋齐人,著名军事家。《史记》本传说,孙武以兵法见吴王,试以妇人,以宫中美人百八十人分为二队,三令五申以鼓之,妇人大笑,遂斩二队长。用其次为队长,复鼓之,无敢出声,皆中规矩。

⑤且:自。

送从翁从东川弘农尚书幕①

大镇初更帅②,嘉宾素见邀③。使车无远近④,归路更烟霄。稳放骅骝步⑤，高安翡翠巢。御风知有在⑥，去国肯无聊⑦？早忝诸孙末⑧，俱从小隐招⑨。心悬紫云阁⑩，梦断赤城标⑪。素女悲清瑟⑫，秦娥弄碧箫⑬。山连玄圃近⑭，水接绛河遥⑮。岂意闻周铎⑯，翻然慕舜韶⑰。皆辞乔木去⑱，远逐断蓬飘。薄俗谁其激⑲，斯民已甚恌⑲。鸾皇期一举⑳，燕雀不相饶。敢共颓波远㉑，因之内火烧㉒。是非过别梦，时节惨惊飙。末至谁能赋？中干欲病痟㉕。屡曾纡锦绣㉖，勉欲报琼瑶㉗。我恐霜侵鬓，君先绶挂腰㉘。甘心与陈阮㉙，挥手谢松乔㉚。锦里差邻接㉛，云台闭寂寥㉜。一川虚月魄，万崦自芝苗㉝。瘴雨泷间急㉞，离魂峡外销㉟。非关无烛夜，其奈落花朝㊱。几处闻鸣佩，何筵不翠翘㊳？蛮僮骑象舞，江市卖鲛绡㊴。南诏知非敌㊵，西山亦屡骄㊶。勿贪佳丽地㊷，不为圣明朝。少减东城饮㊸，时看北斗杓㊹。莫因乖别久，遂逐岁寒凋㊺。盛幕开高宴，将军问故寮。为言公玉季㊻，早日弃渔樵。

【题解】

义山与从翁关系密切，辈分虽殊，但年龄可能相差不远。二人曾一起入山学道，又一同离开故乡去求职，辛苦辗转，命运相同。开成二年春送从翁入东川幕府，临别赠诗，回忆旧谊，希望其引荐，早登仕途。叙述往事，委曲尽情，笔势矫健，一气贯通，为五言长律中的优秀作品。

【注释】

①从翁：叔祖父。弘农，杨氏郡望。弘农尚书，即杨汝士。冯注："弘农，杨氏也。按：旧书纪、传：'汝士于大和八年由工部侍郎出为同州刺史，九年入为户部侍郎，开成元年十二月检校礼部尚书、东川节度使。'"

②大镇：镇守一方的节度使，此指东川节度使。初更帅：开成元年十二月辛亥，剑南东川节度使冯宿卒。癸丑，杨汝士充东川节度使。

③嘉宾：指幕僚叔祖父。《毛诗·小雅·鹿鸣》："我有嘉宾，鼓瑟吹

笙。"素:往日,旧时。冯注:"从翁必旧在弘农幕者。旧书志:'同州刺史领防御长春宫使。'汝士刺同,必已辟之,故曰素见邀。"首二句谓杨汝士初出镇东川,叔祖往时即为其幕僚,今则重被邀而入东川幕府。

④二句谓从翁紧跟使车,不计远近,他日归来,更可致身青云也。

⑤骅骝:良马。二句谓从翁在节度使幕下,无论居与行,皆无危殆。

⑥御风:乘风。《庄子·逍遥游》:"列子御风而行,泠然善也。"有在:有处。

⑦去国:离开京都。无聊:精神无所寄托,无所事事。二句谓从翁自有高升之处,即使离开京城,也大有作为,岂肯无所事事?

⑧忝:忝列。诸孙:诸王孙。

⑨小隐朝:王康琚《反招隐诗》:"小隐隐林薮,大隐隐市朝。"二句谓己忝居诸王孙之末,又曾与从翁偕隐山林。

⑩紫云阁:神仙宫阙。冯注:"《上清经》:元始居紫云之阙。碧霞为城。"此指道观。

⑪赤城标:赤城高山。赤城山在浙江天台县北。《会稽记》:"赤城山土色皆赤,岩岫连沓,状似云霞。"标:标志。支遁《天台山铭》序:"往天台当由赤城山为道径。"孙绰《天台山赋》:"赤城霞起而建标。"心悬、梦断:谓向往之至。二句谓己曾同从祖上玉阳山学道。

⑫素女:神女。与黄帝同时,长于音乐。《史记·封禅书》:"太帝使素女鼓五十弦瑟,悲,帝禁不止,故破为二十五弦。"

⑬秦娥:指秦穆公女弄玉。《列仙传》谓萧史善吹箫,穆公以女弄玉妻之,为作凤台以居,一日吹箫引凤,与弄玉升天仙去。二句喻女冠会奏乐,借音乐抒发相思之苦,令人神往。

⑭元圃:即玄圃、悬圃,神话谓在昆仑山顶,有金台五所,玉楼十二,为神仙所居。

⑮绛河:天河、银河。二句谓学道之地乃神仙境界。

⑯周铎:周代的铜质木舌的摇铃。古代公家有事要宣布,便摇铃集众以听。此以周铎指朝廷施政的号令。

⑰舜韶:舜帝时的韶乐。《史记·五帝本纪》:"咸戴帝舜之功,于是禹

130

乃兴九招之乐。"九招即九韶。此以舜韶喻政治修明。二句谓不意朝廷实行新政，乃翻然慕之，遂起入仕之念。

⑱乔木：谓故乡、故居。《孟子·梁惠王下》："所谓故国者，非谓有乔木之谓也，有世臣之谓也。"二句谓二人辞别故里，走上宦游之路。

⑲激：激励。佻：同佻，苟且轻薄。《毛诗·小雅·鹿鸣》："视民不佻，君子是则是效。"《离骚》："余犹恶其佻巧。"二句谓世风浇薄，自励者少，世人已甚苟且轻佻。

⑳鸾凰：鸾鸟与凤凰，用以自比。燕雀：小鸟，比喻小人。二句谓自己图谋高举，却遭受小人的暗算排挤，致使科场失意。

㉑敢：岂敢。

㉒内火：喻己忧心如焚。《后汉书·刘陶传》："心灼内热。"二句谓己不愿随波逐流，因而内心焦灼。

㉓惊飙：惊风。《古诗十九首》："人生寄一世，奄忽若飙尘。"二句谓人世之是非若别梦匆匆而过，悲光阴之易逝。

㉔末至：谢惠连《雪赋》："相如末至，居客之右。"又："王乃歌北风于卫诗，咏南山于周雅。授简于司马大夫曰：'抽子秘思，骋子妍辞，侔色揣称，为寡人赋。'"

㉕中干：外强中干。痟：渴疾。司马相如患痟（通作消）渴之疾。二句谓己虽有司马相如之才，恐怕起用得晚难以被赏识；而体弱多病，亦如相如之消渴也。

㉖纡：系，垂。锦绣：织彩为文曰锦；刺彩为文曰绣。张衡《四愁诗》："美人赠我锦绣段。"

㉗琼瑶：美玉。《毛诗·卫风·木瓜》："投我以木桃，报之以琼瑶。"二句谓屡受从翁赠诗，竭力想以好诗回报。

㉘绶：绶带，系印的丝带。二句谓担心自己的青春年华易逝，羡慕从翁已先挂官印。

㉙陈、阮：陈琳、阮籍。都是曹操的秘书。

㉚松、乔：赤松子、王子乔。赤松子为中国古代神话中的仙人，相传为神农时雨师，后为道教所尊奉。王子乔，周灵王太子，名晋，善吹笙，作凤鸣

131

声。为浮丘公引往嵩山修炼,三十余年后,在缑氏山顶上向世人挥手告别,升天而去。二句谓从翁甘心供职军幕,而与仙道告别。

㉛锦里:三国蜀汉时管理织锦之官驻于锦城,在成都市南,又名锦里。杨汝士镇东川时,杨嗣复镇西川,兄弟对居节制。差:比较,略微。

㉜云台:指道观。华山有云台道舍,此指从翁习道时所居之道观。

㉝嶂:山。芝苗:瑞草。以上四句谓西川与东川比较接近。锦城可供娱乐,不会寂寞;可是从翁去后,道观寂寥,不堪冷落。惟有一川皓月、万山香草如故。"一川"一联绝妙。

㉞瘴雨:南方有瘴气的烟雨。泷:急流。

㉟离魂:诗人自指。江淹《别赋》:"暗然销魂者,惟别而已矣。"二句以蜀中瘴雨急流隐喻弘农幕府急需从翁至幕,而诗人自己在峡外与从翁告别时,暗然若失魂落魄。

㊱二句谓自与从翁别后,不是没有秉烛夜游之机,也不是没有日丽花红的春朝,只因好友不在身旁,良辰美景等于虚设。

㊲鸣佩:用江妃解佩事。见《碧城》之二注⑤。

㊳翠翘:妇女头饰,似翠鸟尾之长毛,故名。二句想象从翁在幕中欢宴生活及浪漫情趣。

㊴鲛绡:相传为鲛人所织之绡。《博物志》:"南海有鲛人,水居如鱼,不废织绩。"二句想象蜀中风俗与中原大异其趣。

㊵南诏:唐时有六诏,蒙舍诏在最南,称为南诏。唐玄宗时,南诏统一六诏。

㊶西山:即岷山。唐自肃宗、代宗后,西山三城屡陷吐蕃。二句谓南诏自知力薄而归顺大唐,可是吐蕃仍骄横不止,切勿掉以轻心。

㊷佳丽地:蜀中素为天府之国,佳丽之地。二句奉劝从翁应时时规劝主将勿因贪图享乐而忘怀国事。

㊸少减:即减少。东城:指东川郡城。

㊹北斗杓:指京城长安。杜甫《秋兴》:"每依北斗望京华。"二句希望从翁在东川减少宴游而努力为王室尽职尽责。

㊺岁寒凋:孔子曰:"岁寒然后知松柏之后凋也。"二句谓勿因久别而忘

却旧谊。

㊻公玉季:诗人自指。公玉季,事迹不祥。四句谓希望从翁引荐。当幕中高宴,将军问及从翁时,请介绍晚辈,以便早日弃渔樵而入仕。

池　边

　　玉管葭灰细细吹①,流莺上下燕参差②。日西千绕池边树③,忆把枯条撼雪时。

【题解】

　　叶葱奇《疏注》以为本篇是义山进士及第后所作。此说可信。诗题"池边"当是曲江池,是长安游览胜地。义山于开成二年春天擢进士第,春风得意,又来到曲江池游赏。诗人所盼望的春天真正到了眼前,他以无比的喜悦细细品味这佳期良辰,赏会莺啼燕舞,一直游赏到太阳偏西仍流连忘返。欢乐之余,诗人不禁回忆起从前两次应考落第的悲哀,第一次在大和七年,被考官贾铄所憎,未中;第二次在大和九年,考官崔郸不肯录取他。他的满腔热情、满怀希望化成了泡影,不免心灰意冷,好似经历着枯条撼雪的冬天,怎及今日所见池边千万株杨柳迎着春风飘荡的情景呢? 此诗是得意中心有余哀的表白,无限低徊,无限慨叹。

【注释】

　　①玉管:玉制的管。古乐器。《西京杂记》三:"玉管,长二尺三寸,二十六孔,吹之则见车马山林隐辚相次,吹息亦不复见,铭曰'昭华之琯'。"葭灰:古人烧芦苇中的薄膜成灰,置于十二律管中,放密室内,以占气候。某一节候至,某律管中的葭灰即飞出,示该节候已到。如冬至节至,则相应之黄钟律管内的葭灰飞出。杜甫《小至》诗:"刺绣五文添弱线,吹葭六琯动飞灰。"

　　②参差:不齐貌。

　　③绕:围绕。

曲 池①

日下繁香不自持②，月中流艳与谁期？迎忧急鼓疏钟断③，分隔休灯灭烛时④。张盖欲判江滟滟⑤，回头更望柳丝丝。从来此地黄昏散，未信河梁是别离⑥。

【题解】

陆圃玉《李义山诗解》专解七律，其于本篇曰："此必狭邪之家，居傍曲池，义山偶至其地，而遂托之命篇耳。曰'不自持'，未免有情也。曰'与谁期'，又未尝定情。未免有情，则当急鼓疏钟之断，能无忧乎？未尝定情，即至灯休烛灭之时，亦终隔耳。暨乎张盖欲行，回头更望，而我之系恋深矣。岂知此中人视聚散为故常，而绝不知有河梁携手之事乎？结语写出同床各梦，直可唤醒痴呆。"陆氏所解极是，远胜诸家之说。

【注释】

①曲池：即曲江。又名曲水。见《曲江》注。

②日下：指京都。繁香：花草繁多。

③急鼓：暮鼓声。疏钟：寺院的钟声。

④灭烛：《史记·滑稽列传》："日暮酒阑，合尊促坐，男女同席，履舄交错，杯盘狼藉，堂上烛灭，主人留髡（淳于髡）而送客，罗襦襟解，微闻薌泽，当此之时，髡心最欢，能饮一石。"

⑤张盖：张开伞盖。此谓张开船帆。判：分别。判音潘。滟滟：水波荡漾貌。

⑥河梁：河桥。《文选·李陵与苏武诗》："携手上河梁，游子暮何之。"

同学彭道士参寥①

莫羡仙家有上真②,仙家暂谪一千春③。月中桂树高多少④?试问西河斫树人。

【题解】

本篇自属调笑小品。义山因早年应试未第,仕途不利,所以决心上玉阳山学道。现在却说起怪话来,岂不是令人不可思议?在这一首写给他的道友的小诗里,劝其不必过于执著求仙,即使得道成仙,仙人受罚动辄千年,多么难受。君不见吴刚学仙有过,谪令伐树,永无已时,何等悲哀!这是义山于开成二年进士及第后的心理状态,决心走仕宦的道路,故有此作。

【注释】

①参寥:《庄子》一书中虚拟的人名。高远虚空的意思。《庄子·大宗师》:"玄冥闻之参寥。"古代道士、僧人以参寥为名字的,皆取高邈旷远、不可名状之义。

②上真:道教称修炼得道的人为真人,上真即上仙。仙有太上、上真、中真、下真之别。

③江淹《别赋》:"驾鹤上汉,骖鸾腾天,暂游万里,少别千年。"

④《酉阳杂俎·天咫》:"《异书》言:月桂高五百丈,下有一人常斫之,树创随合,人姓吴名刚,西河人,学仙有过,谪令伐树。"

病中早访招国李十将军遇挈家游曲江二首①

其 一

十顷平波溢岸清,病来惟梦此中行。相如未是真消渴②,

犹放沱江过锦城③。

【题解】

本诗一、二句谓曲江清波十顷,病中常梦至曲江游乐,表示了对爱情的渴望。三、四句谓司马相如非真患"消渴"之疾,否则何不饮尽沱江而让其流过锦城呢? 相形之下,则己之病"渴"甚于相如远矣!

【注释】

①招国:长安昭国里。"招"应当是"昭",李十将军:杨柳《李商隐评传》:"王茂元僚婿千牛李十将军即家居长安昭国坊。义山《病中早访招国李十将军遇挈家游曲江》诗即写于长安。"

②相如消渴见《送裴十四归华州》注。此寓求偶之意。

③沱江:在四川省中部,源出九顶山南麓,南流至金堂县纳岷江分支毗河后始称沱江。经简阳、资阳、资中、内江等县市,在沪州市入长江。锦城:成都。

其　二

家近红蕖曲水滨①,全家罗袜起秋尘②。莫将越客千丝网,网得西施别赠人③。

【题解】

第二首一、二句谓李十所居临近曲水,携眷出游,必多女眷,引起诗人的罗袜生尘之想;三、四句希望李十以千丝网网得之"西施"切勿赠与别人,应当留给诗人自己。这里所谓"西施",即李十将军的戚属女子,李十有意为义山作合,故义山迫不及待。两诗作于开成二年登第之后。义山与李十有友谊关系,欲求婚于王氏,故托韩畏之、李十将军为媒。

【注释】

①红蕖:红莲。曲水:曲江。程大昌《雍录》:"唐时曲江,池周七里,占地三十顷。其地在城东南升道坊龙华寺之南也。曲江有芙蓉池,而昭国坊

近城南面,故云。"

②曹植《洛神赋》:"凌波微步,罗袜生尘。"

③越人网西施之事不详所自,但是越既灭吴,沉西施于江,传说很早。《墨子·亲士》:"西施之沉其美也。"《修文殿御览》引《吴越春秋》逸篇:"吴亡后,越浮西施于江,令随鸱夷以终。"(鸱夷是以皮做成的鸱鸟形的皮囊)。

和友人戏赠二首①

其 一

东望花楼会不同,西来双燕信休通②。仙人掌冷三霄露③,玉女窗虚五夜风④。翠袖自随回雪转⑤,烛房寻类外庭空⑥。殷勤莫使清香透,牢合金鱼锁桂丛⑦。

【题解】

首联谓任秀才东望花楼却不能与所爱的人相会,西来双燕又未能带来书信。言其分隔两地,久未见面。颔联写女子独居,仙掌露冷,绮窗风寒,彻夜难眠。颈联谓其翠袖生寒,若流风转雪;内房寂寞,似外庭之虚空。极写独居女子的冷清寂寥。尾联谓伊女当谨慎防范,牢锁门户,莫令别人窥艳,勿使清香外透,好让任秀才放心。结句乃戏谑之词。

【注释】

①《文苑英华》作《和令狐八(绹)戏题》。此二首之后又有《题二首后重有戏赠任秀才》,可知此二首是赠任之作,令狐绹先有赠任之诗,义山从而和之。

②花楼:一本作高楼。双燕:《开元天宝遗事》:"长安郭绍兰嫁任宗,宗为商于湘中数年,音问不达。绍兰语梁间双燕,欲凭寄书于婿。燕子飞鸣,似有所诺,遂飞泊膝上。兰乃吟诗曰:'我婿去重湖,临窗泣血书。殷勤凭

燕翼,寄与薄情夫。'任宗得书,感泣而归。张说传其事。"

③仙人掌:汉武帝迷信神仙长生之说,曾于长安建章宫造神明台,上铸铜仙人以掌托铜盘盛露,取露和玉屑,饮以求仙。三霄:神霄、玉霄、太霄。霄,即青天。三霄犹三重天。

④玉女:仙女。楚辞《惜誓》:"建日月以为盖兮,载玉女于后车。"五夜:一夜分甲、乙、丙、丁、戊五段,五夜即五更。

⑤翠袖:翠色衣袖。杜甫《佳人》:"天寒翠袖薄,日暮倚修竹。"回雪:飞雪盘旋之状。曹植《洛神赋》:"飘飘兮若流风之回雪。"

⑥烛房:指卧室。外庭:庭堂。

⑦牢合:牢锁,紧锁。金鱼:鱼形铜锁。桂丛:芳丛,喻女子所居。

其　二

迢递青门有几关①,柳梢楼阁见南山②。明珠可贯须为佩③,白璧堪裁且作环④。子夜休歌团扇掩⑤,新正未破剪刀闲⑥。猿啼鹤怨终年事,未抵熏炉一夕间⑦。

【题解】

首联谓任秀才遥望女方住地,所居不远,就在高高的青门附近。登楼可以透过楼角柳梢望见终南山。颔联谓伊女资质美好,如珠如璧,可串可裁,应当娶为姬妾,如同贴身环佩。颈联想象她夜半歌罢,十分孤寂,惟以团扇掩面;新春正月未过十五,剪刀闲置未用,更觉无聊。末联谓终岁相思,抱离别之恨,不及一夕围炉佳会也。

对此两首诗的解释有三种不同的意见。

一、叶葱奇《疏注》说:"这是令狐绹属意某一歌妓,而不能接近,因戏作两诗,商隐于是戏和二首。那时两人年事都很轻,不能随便放浪,所以对歌妓有可望而不可及之憾,两篇的情趣跃然可见。"

二、苏雪林《玉溪诗谜》说:"宋华阳被调回京后,大概派在华阳观。观在长安永崇里,在曲江旁……义山在京预备考试也许曾借居这个观里,即不在观,也在附近,与宋华阳续旧情甚为容易,这里有两首七律似可为证。《和友人戏赠二首》《文苑英华》作和《令狐八绹戏题》,冯浩谓'当可据',我也以为'当可据'。令狐绹是义山的好朋友,当时皆年少,义山这类风流故事是不会瞒他的,绹作诗调戏,义山奉和……题二首后重有赠任秀才,可见义山不但将宋华阳事告诉了令狐绹,还告诉了任秀才,他的言语真太不慎。"

三、刘、余《集解》以为是写任秀才的艳事,"旧本此二首后有题二首后重有戏赠任秀才,可证此二首亦赠任之作"。

以上三种说法,当以第三种正确。任秀才所爱恋女子可能是长安东城道观中的女冠,"仙人掌冷","玉女窗虚",借神仙典故言情可证。两首诗都很优美,含蓄隽永,情韵俱佳。

【注释】

①迢递:高貌。青门:《三辅黄图》:"长安城东出南头第一门曰霸门,民见门色青,名曰青城门,或曰青门。"

②南山:终南山,在长安城正南方。

③贯:贯串。佩:佩饰。

④璧:平圆形,中心有孔的玉器。

⑤子夜:午夜,夜半。休歌:歌罢。团扇:团扇歌。《古今乐录》释此歌缘起说,晋中书令王珉喜持白团扇,与嫂婢谢芳姿有情。后珉嫂痛打芳姿,知其善歌,令歌一曲当赦之。应声歌曰:"白团扇,辛苦五流连,是郎眼所见。"及珉闻而问之,又歌曰:"白团扇,憔悴非昔容,羞与郎相见。"后人因而歌之。揜:通掩。

⑥新正(zhēng):新春正月。未破:未残。此指未过正月十五。剪刀闲:未开始做针线活。

⑦熏炉:取暖的火炉。

题二首后重有戏赠任秀才①

一丈红蔷拥翠筠②,罗窗不识绕街尘③。峡中寻觅长逢雨④,月里依稀更有人⑤。虚为错刀留远客⑥,枉缘书札损文鳞⑦。遥知小阁还斜照,羡杀乌龙卧锦茵⑧。

【题解】

首联写任秀才所向往的女子居室十分美好,室外有一丈多长的蔷薇花蔓绕着翠竹,任秀才到此寻寻觅觅,可是绮窗内的女子竟不予理睬,似若不识其人。颔联谓任秀才欲求所爱,却如求神女而弗得,反遇峡中之雨;月里嫦娥应是独居,可是如今仿佛另有所欢。可见任之所爱已另有所爱,故每访必遇人,不得入也。颈联谓任秀才之错刀空赠,书信枉投,虚劳鱼雁也。末联谓任遥想伊人所居小阁正沐浴夕阳余晖,羡慕其宠物犹能偎香傍玉也。结句嘲谑太甚,伤雅。

【注释】

①前有《和友人戏赠二首》,故曰重赠。可证三首诗皆是赠任之作。

②红蔷:红蔷薇。翠筠:翠竹。

③罗窗:喻指罗窗内的女子。绕街尘:谑指往来寻觅的任秀才。

④此用巫山神女故事。

⑤此用嫦娥故事。《淮南子》:"羿请不死之药于西王母,恒娥窃以奔月。"

⑥错刀:金错刀,一种佩刀。张衡《四愁诗》:"美人赠我金错刀。"

⑦文鳞:鱼鳞。

⑧乌龙:犬名。锦茵:绣花褥垫。

访人不遇留别馆①

卿卿不惜锁窗春②,去作长楸走马身③。闲倚绣帘吹柳絮,日高深院断无人。

本篇是访友不遇留于别馆的戏作。作者假托友人所恋女子口吻说，这位"卿卿"锁住门窗，外出逍遥，辜负了大好春光。她独处阳光和煦的别馆深院中甚感寂寞无聊，惟有倚绣帘吹柳絮以遣闲愁也。虽是戏谑之词，但别有一种情趣，画出"可惜"情景。

【注释】

①《才调集》"留"下有"题"字。别馆：客馆。庾信《哀江南赋序》："三年囚于别馆。"

②卿卿：男女间的昵称。《世说新语·惑溺》："王安丰（戎）妇常卿安丰，安丰曰：'妇人卿婿，于礼为不敬，后勿复尔。'妇曰：'亲卿爱卿，是以卿卿，我不卿卿，谁当卿卿？'"上卿字为动词，下卿字犹言你。唐人联用二字，为一种亲昵的称呼。

③曹植《名都篇》："走马长楸间。"古代种楸树于道旁，行列很长，故云"长楸"。

日 高

镀环故锦縻轻拖①，玉笪不动便门锁②。水精眠梦是何人③？栏药日高红髲䰐④。飞香上云春诉天，云梯十二门九关⑤。轻身灭影何可望，粉蛾帖死屏风上⑥。

【题解】

一二句谓贵族之家朱门深闭，门环上故锦轻垂，便门紧锁，无由得进。三四句谓水精帘内，美人高眠未起，日已三竿，只见栏中芍药绽开，亦如美人之娇艳可爱。五六句谓帘外怅望之人闻花香而动春情，却不能亲近美人，可谓叫天不应，真令人感觉高不可攀，深不可入。末二句谓哪能像神仙那样轻身灭影进入闺房呢？徒如粉蛾之帖死在屏风上，永不得相见也。本篇也是艳体，非"借美人以比君子"、"叹君门之九重"也。

【注释】

①镀环：镀金的门环。故锦：旧的绸锦。縻：系。拕(tuǒ)：下垂的意思。

②笓：即匙，开锁的钥匙。

③水精：水精帘。

④栏药：栏中芍药。髲髟(bǒ wǒ)：花苞裂开，即将怒放的样子。

⑤云梯十二：用白玉京十二楼的意思。九关：九重门。《楚辞·招魂》："虎豹九关，啄害下人些。"

⑥朱注："言云天之高，门关之邃，非轻身灭影者不能到，徒如粉蛾之帖死于屏风耳。"

蝇蝶鸡麝鸾凤等成篇

韩蝶翻罗幕①，曹蝇拂绮窗②。斗鸡回玉勒③，融麝暖金釭④。瑇瑁明书阁⑤，琉璃冰酒缸⑥。画楼多有主，鸾凤各双双。

【题解】

本篇以游戏之笔写狭邪之游，题目是成诗后杂凑起来的。一二句写画楼景物，蝶翻帘帷，蝇拂绮窗，妓院闲静。三四句谓斗鸡走狗之贵游公子散场后，转至妓院，挑灯加油，寻欢作乐。五六句谓室中明窗净几，冷酒凝光。末谓此楼中娼家各有其主，成双成对，如鸾凤之合欢也。

【注释】

①韩蝶：冯注引《山堂肆考》："俗传大蝶必成双，乃韩凭夫妇之魂。"又见《蜂》注。

②曹蝇：《吴志·赵达传》注："《吴录》曰：'曹不兴善画，权(孙权)使画屏风，误落笔点素，因就以作蝇。既进御，权以为生蝇，举手弹之。'"

③玉勒:镶嵌玉的马络头。

④融麝:以香末融和膏油点灯。金钉:指灯。

⑤瑇瑁:玳瑁,叶葱奇《疏注》:"这是指用玳瑁甲做的窗,如从前江浙等地的蚌壳明窗一般。"

⑥冰(bīng):凝冻的意思。琉璃:琉璃缸。《晋书·崔洪传》:"汝南王亮常宴公卿,以琉璃钟行酒。"

嘲樱桃

朱实鸟含尽,青楼人未归。南园无限树,独自叶如帏。

【题解】

本篇是微带嘲谑的艳情诗,写青楼妓女等待意中人归来,从春到夏,仍是独守空帏。

蜂

小苑华池烂漫通①,后门前槛思无穷。宓妃腰细才胜露②,赵后身轻欲倚风③。红壁寂寥崖蜜尽④,碧帘迢递雾巢空。青陵粉蝶休离恨⑤,长定相逢二月中。

【题解】

本诗以腰细身轻之蜂象征女性,写别后相思寄慰所思之人。首联描写所思女子居住环境幽美,条条小路皆可通往她的池苑,屋后之门楣、楼前之栏杆,都令人无限怀思。颔联描写伊人袅娜的身姿,像凌波微步、罗袜生尘的宓妃,腰肢娇弱无力,仅能承受露珠;像娇小轻盈的赵飞燕,可以倚风自舞。两句写得何等细腻精妙。颈联谓丹崖上的崖蜜已尽,屋檐高处的蜂穴已空。比喻伊人如今内外均无托身之所,处境困窘。尾联将其比做青陵台之粉蝶,劝其勿抱离愁别恨,定在明年二月相逢,正是春暖花开之时。诗人所思念的女子可能是贵家歌舞伎。贵家已经衰落,所以说"崖蜜尽"、"雾巢空",不能不引起她的忧虑。她更抱有离别之愁、相思之苦,难以忍受,所以诗人答应二月相逢,为期不远,以慰其心。

【注释】

①华池:传说昆仑山上的仙池。烂漫:分布,散开。

②宓妃:见《判春》注⑥。

③赵后:赵飞燕。前已屡注。

④崖蜜。《演繁露》:"崖蜜者,蜂之酿蜜,即峻崖悬置其窠,使人不可攀取也。而人之用智者,伺其窠蜜成熟,用长竿系木桶,度可相及,则以竿刺窠,窠破蜜注桶中,是名崖蜜也。"

⑤青陵:青陵台。故址在河南封丘县。战国宋康王舍人韩凭妻何氏貌美,康王夺之,捕舍人筑青陵之台。何氏作《乌鹊歌》以见志,遂自缢。冯注引《山堂肆考》:"俗传大蝶必成双,乃韩凭夫妇之魂。"

及第东归次灞上却寄同年①

芳桂当年各一枝②,行期未分压春期③。江鱼朔雁长相忆④,秦树嵩云自不知⑤。下苑经过劳想象⑥,东门送饯又差池⑦。灞陵柳色无离恨,莫枉长条赠所思⑧。

【题解】

首联谓及第正当妙龄,分手已是暮春。颔联谓同年分手之后,南北东西,会面很难,惟有彼此相忆,而具体的情况自然不能详知了。颈联谓原本想邀约一道畅游曲江风景区,却未能如愿,不过是空想而已;谁知东门饯别又阴差阳错,同年竟未能同聚。尾联谓灞岸之垂柳本无离别之苦,不必枉折柳枝赠与同年。盖言同时及第,春风得意,无别离之恨也。及第东归,春风得意,却寄之作,情意蔼然。语调平和,无骄无怨,思深词浅,兴味翩翩。

【注释】

①次:停留。灞上:在今西安市东。灞水是渭水支流,关中八川之一。却寄:回寄。义山于开成二年擢进士第。同年:科举制度同榜的人称同年。义山及第东归,同年好友未能送钱,因作此诗。

②芳桂:桂花。古代以登科为折桂,《晋书·郤诜传》:"臣对策为天下第一,犹桂林一枝,昆山片玉。"当年:正当少壮之年。

③未分:未料。分读去声。压:迫。压春期,谓春天将尽。

④江鱼朔雁:分指相隔两地的朋友、同年。

⑤秦树:秦地之树。嵩云:嵩山之云。杜甫《春日忆李白》:"渭北春天树,江东日暮云。"

⑥下苑:长安城东南曲江池风景区。

⑦东门:长安城东出第一门曰宣平门,亦曰东城门。送钱:以酒宴送别。差池:不齐之貌。阴差阳错。《毛诗·邶风·燕燕》:"燕燕于飞,差池其羽。之子于归,远送于野。"

⑧长条:柳枝。

寿安公主出降①

妫水闻贞媛②,常山索锐师③。昔忧迷帝力④,今分送王姬⑤。事等和强虏,恩殊睦本枝⑥。四郊多垒在⑦,此礼恐无时⑧。

【题解】

首联谓绛王悟之女贞纯淑美,成德军节度使王元逵以盛兵求娶公主。

颔联谓昔时王廷凑为乱不知恩德，朝廷忧虑不已；如今王元逵识礼法，大唐皇帝正应当将公主嫁给他。颈联谓寿安公主下嫁，简直与汉朝的和亲没有两样；文宗皇帝对元逵的恩遇之隆甚至远远超过对宗室嫡庶的亲厚。尾联谓唐王朝面临藩镇割据的环境，以王姬下嫁之礼讨好镇帅，只能丧失王朝的威信。因为今非昔比，尧降二女于舜的清明时代与当前形势根本不同。义山愤慨诸镇跋扈，深忧王室不振，因作此篇，出言委婉，讽意自深，结句是对文宗的警告。

【注释】

①寿安公主：宪宗之子绛王悟之女。成德军节度使王元逵，识礼法，岁时贡献如职，文宗悦之。开成二年六月丁酉，以王元逵为驸马都尉，诏尚绛王悟女寿安公主。出降：下嫁。降音绛。

②妫水：在今山西永济县南，源出历山，西流入河。相传舜娶尧帝二女，居于妫水之内。贞媛：纯良淑女，此指尧帝二女。媛读院。

③常山：郡名。治所在元氏，属河北道，唐天宝、至德时，改恒州为常山郡，成德节度使治恒州。索：娶也，古人谓娶妇为索妇。

④迷帝力：元逵之父王廷凑凶悖不仁，为节度使时，不感朝廷恩德，而朝廷不能制之。《汉书·张耳陈余传》："(耳)子敖嗣立。高祖过赵，赵王礼甚卑，高祖甚慢之。赵相贯高怒曰：'请为王杀之。'敖曰：'君何言之误！先王亡国，赖皇帝得复国，德流子孙，秋毫皆帝力也。'"

⑤分：甘愿。

⑥本枝：嫡系子孙与旁系子孙。

⑦四郊多垒：谓藩镇割据。《礼记·曲礼上》："四郊多垒，此卿大夫之辱也。"

⑧此礼无时：礼不当其时也。《礼记·檀弓》："有其礼，无其财，君子弗行也。有其礼，有其财，无其时，君子弗行也。"

韩同年新居饯韩西迎家室戏赠^①

　　籍籍征西万户侯^②，新缘贵婿起朱楼^③。一名我漫居先甲^④，千骑君翻在上头^⑤。云路招邀回彩凤^⑥，天河迢递笑牵牛^⑦。南朝禁脔无人近^⑧，瘦尽琼枝咏四愁^⑨。

【题解】

　　首联谓泾原节度使王茂元在京城为新婚韩瞻构筑新居。颔联谓进士及第之名次，我空自在君之前；君翻居我之前，先已得官并且结婚。颈联谓韩瞻西迎家室，夫妇团聚，故笑牛郎织女相隔遥远。尾联谓己如同"禁脔"，无人择为佳婿，只好空忆美人而憔悴不堪。韩瞻进士及第后即为王茂元幕僚、贵婿。茂元自大和九年为泾原节度使，至武宗时乃改镇河阳。起句云"征西"，必在泾原。其时义山未为茂元婿，自比禁脔，真戏言也，伤己之无偶也。

【注释】

　　①开成二年春，韩瞻进士及第，即婚于王氏，居泾原岳丈王茂元家。新婚后，当返长安，迨茂元为其构筑新居后，乃西迎家室于泾原。戏赠之作，当在是年。

　　②籍籍：纷乱貌，此形容声名赫赫。征西：征西将军。王茂元为泾原节度使，在长安西，故称征西。

　　③缘：结缘。新缘即新婚。婿同婿。

　　④一名：一举成名。漫：枉然，徒然。先甲：《易·蛊》："先甲三日。"《新唐书·选举志》："诸进士试时务策五条，帖一大经，经策全得者为甲第。"此借"先甲"之甲为甲第之甲。

　　⑤千骑：汉乐府《陌上桑》："东方千余骑，夫婿居上头。"

　　⑥彩凤：喻指韩瞻妻王氏。

147

⑦迢递：高远。牵牛：牵牛星。

⑧禁脔：晋元帝渡江，在建业，公私窘困。每得一㹠，群下不敢食，辄以进帝，项上一脔尤美，人呼为禁脔。《世说新语·排调》："孝武属王珣求女婿……珣举谢混。后袁山松欲拟谢婚，王曰：'卿莫近禁脔。'"此以"禁脔"自嘲。

⑨琼枝：喻己之身体。四愁：《四愁诗》，张衡作，依屈原以美人为君子，每章开头有"我所思兮"之句。

哭虔州杨侍郎①

汉网疏仍漏②，齐民困未苏。如何大丞相③，翻作弛刑徒？中宪方外易④，尹京终就拘。本矜能弭谤⑤，先议取非辜。巧有凝脂密⑥，功无一柱扶。深知狱吏贵⑦，几迫季冬诛。叫帝青天阔，辞家白日晡⑧。流亡诚不吊⑨，神理若为诬？在昔恩知忝，诸生礼秩殊⑩。入韩非剑客⑪，过赵受钳奴。楚水招魂远⑫，邙山卜宅孤。甘心亲垤蚁⑬，旋踵戮城狐。阴霾今如此⑭，天灾未可无。莫凭牲玉请⑮，便望救焦枯。

【题解】

哭杨诗与哭萧诗之背景、内容相似。萧、杨于义山有知遇之恩，从二人与义山的关系上看，萧更为密切，故哭萧诗比哭杨诗写得更好。

【注释】

①杨侍郎：杨虞卿，字师皋。大和中，牛僧孺、李宗闵辅政，引为给事中。七年，宗闵罢，李德裕知政事，出为常州刺史。八年，宗闵复入相，召为工部侍郎。九年，拜京兆尹。其年六月，京师讹言郑注为上合金丹，须小儿心肝，民间相告语，扃锁小儿甚密。上闻之不悦。郑注约李训上奏曰："语

出虞卿家。"贬虞卿虔州司马,再贬司户,卒于贬所。

②汉网:借指唐朝的法网。《史记·酷吏传》:"汉兴,网漏于吞舟之鱼。"齐民:平民。二句谓李训、郑注等奸人未诛之先,朝野皆受其害。

③大丞相:指李宗闵。弛刑徒:解除枷锁的刑徒。《后汉书·朱穆传》:"太学书生数千人上书讼穆,曰:'伏见弛刑徒朱穆……'"二句谓大宰相李宗闵贬为潮州司户,近若弛刑徒。

④中宪:御史大夫。外易:在外革易君命。《史记·商君列传》:"今君又左建外易,非所以为教也。"《索隐》:"左建谓以左道建立威权也。外易谓在外革易君命也。"尹京:京兆尹杨虞卿。二句谓御史大夫李固言以邪门外道陷害虞卿,致使虞卿获罪被贬。

⑤本矜:自夸。弭谤:止谤。先议:事先已有商量谋划。非辜:非罪。二句谓李固言自矜能止京师讹言,讨好郑注,构陷无辜。《旧唐书》:"注颇不自安。御史大夫李固言素嫉虞卿朋党,乃奏曰:'臣窃穷其由,语出京兆尹从人。'"李固言谎奏讹言出自杨虞卿家人。

⑥凝脂密:《盐铁论》:"昔秦法繁于秋荼,而网密于凝脂。"一柱扶:"大厦之颠,非一木所支也。"(《文中子》)二句谓舒元舆秉承郑注旨意,巧于罗织罪名,法如凝脂之密,而宗闵、虞卿如大厦倾颓,竟无一人救助。

⑦狱吏贵:《汉书·周勃传》:"吾常将百万军,安知狱吏之贵也?"迫季冬:司马迁《报任安书》:"今少卿抱不测之罪,涉旬月,迫季冬。"注:"迫季冬,言将刑也。"二句谓虞卿当时做好了下狱的准备,罪在不测。

⑧白日晡:《淮南子·天文训》:"日至于悲谷,是谓晡时。"二句谓虞卿唤天不应,辞家远贬,日暮途遥。

⑨二句谓古礼不吊流亡,但虞卿谪非其罪,神理不可诬也。

⑩二句谓己在昔受知于虞卿,是诸生中最受优待者。

⑪剑客:《史记·刺客传》:濮阳严仲子事韩哀侯,与韩相侠累有郤(嫌隙,裂痕),告聂政,聂政仗剑至韩,直入上阶,刺杀侠累。钳奴:《史记·田叔传》:田叔为赵王张敖郎中,汉下诏捕赵王,惟孟舒、田叔等十余人赭衣自髡钳,称赵王家奴,随之长安。钳:古代刑罚之一种,以铁圈束颈。二句谓己知恩未报,不能如聂政入韩报仇,亦不能如赵王诸客自钳以随。"受"字

149

疑有误。

⑫《招魂》：楚辞有《招魂》。虞卿贬地虔州，古属楚。邙山：河南洛阳北十里有北邙山，汉魏以来王侯公卿葬地多在此。二句谓虞卿客死楚地，葬于邙山。

⑬垤蚁：蚁封。蚁聚土为堆。旋踵：转足之间。形容迅速。城狐：城狐社鼠，比喻仗势作恶的人。此指舒元舆、李训。二句谓虞卿死后即使为蝼蚁之食，是所甘心，因为就在当年十月有甘露之变，舒、李俱族诛。

⑭阴骘：《尚书·洪范》："惟天阴骘下民。"谓天不言而默定下民。骘：定也。"阴骘"后衍为"阴德"之义。二句谓当今国运如此衰败，少不了还会有天灾。

⑮牲玉：牺牲玉帛，祭祀用品。焦枯：开成二年大旱。二句谓虞卿冤气所致，非祷祀可免。

圣女祠①

松篁台殿蕙香帏，龙护瑶窗凤掩扉。无质易迷三里雾②，不寒长著五铢衣③。人间定有崔罗什④，天上应无刘武威⑤。寄问钗头双白燕⑥，每朝珠馆几时归⑦？

【题解】

李义山诗集中有圣女祠诗三首，写作的时间各不相同。本篇是开成二年初冬赴兴元（今陕西汉中市）令狐楚幕府，路过圣女祠时所作。首联谓圣女祠建筑在山岩间，苍松翠竹绕其台殿，蕙兰香草缭其帏幕，何等清幽壮丽。玉窗、门扉上雕镂有龙凤。因门窗关闭，故曰"护"、曰"掩"。次联谓圣女像美丽动人，本无实体，却令人迷恋神往；她应是不畏寒凉，长著轻纱雾縠之五铢衣，体态何等轻盈。三联谓人间想必有才俊之士值得爱恋，是以住世；天上毕竟无学道成仙的刘武威，所以不必升天。末谓试问神像头上

150

的玉钗双燕;圣女常朝天上仙宫,何日返回此祠耶?此所谓"瞻望弗及,实劳我心"(《毛诗·邶风·燕燕》)也。义山本是多情而多才之士,见圣女像仙姿丽容而生奇想,正合乎青年人的心理。或以为渎神,非也。《碧城三首》曰:"武皇内传分明在,莫道人间总不知。"神与人的恋爱,古已有之,而且受到道教的保护。值得注意的是:义山可能有一位从前在长安认识的女道士,后来离开京城辗转来到圣女祠。此次路经圣女祠,特意相访,其人往另一所道观朝拜未归,令义山深感遗憾,因而面对圣女神像抒发爱慕的情怀以记此次未遇之憾。

【注释】

①圣女祠:在陈仓(今陕西宝鸡市)、大散关之间。《水经·漾水注》:"故道水合广香川水,又西南入秦冈山,尚婆水注之。山高入云,悬崖之侧,列壁之上,有神像若图指,状妇人之容,其形上赤下白,世名之曰圣女神,至于福应愆违,方俗是祈。"

②无质:无身体形迹。三里雾:《后汉书·张楷传》:"楷字公超,好道术,能作五里雾,关西人裴优亦能为三里雾。"

③五铢衣:传说神仙所穿的衣服。五铢,极轻的意思。一两重等于二十四铢。

④崔罗什:《酉阳杂俎·冥迹》:"长白山西有夫人墓,魏孝昭(拓跋禄官)之世,搜扬天下士俊,清河(今属河北)崔罗什弱冠有令望,被征诣州,夜经此,忽见朱门粉壁,楼台相望。俄有一青衣出,语什曰:'女郎须见崔郎。'什恍然下马,入两重门……就床坐,其女在户东立,与什温凉(寒暄)……什乃下床辞出……行数十步,回顾,乃见一大冢。"

⑤刘武威:《神仙感遇传》:"刘子南,汉武威太守冠军将军也。从道士尹公受务成子萤火丸佩之,隐形辟百鬼诸毒兵刃盗贼。"

⑥《洞冥记》:"元鼎(汉武帝年号)元年,起招灵阁,有一神女,留一玉钗以与帝,帝乃赐赵婕妤。至昭帝元凤中,宫中犹见此钗,共谋欲碎之,明(明日)视钗匣,惟见白燕直升天,后宫人作玉燕钗,因名玉燕钗。"

⑦珠馆:珠殿、仙宫。

151

自南山北归经分水岭^①

水急愁无地^②,山深故有云。那通极目望^③,又作断肠分。郑驿来虽及^④,燕台哭不闻。犹余遗意在^⑤,许刻镇南勋^⑥。

【题解】

首联谓分水岭山势陡峭,水急流湍,山深雾重,表现出诗人纷乱而沉重的心情。颔联写岭头流水,作断肠之分,极目远望,不胜悲怆。颈联谓己虽奉令狐之召及时赶赴兴元,但是生前爱惜人才的令狐如今听不到哭声了。末联谓己依令狐遗意,将其功绩写在墓志上,以传久远。开成二年十二月,义山送令狐楚丧,自兴元回长安,途经分水岭,见岭水分流,因思及与令狐楚的永别,内心沉痛,故作此篇。义山已预感到令狐楚之死,将是自己与令狐一家的关系由亲转疏的分水岭。

【注释】

①南山:见《南山赵行军》注。分水岭即陕西宁强县北之嶓冢。

②无地:下临无地,谓水势高。

③那:况,又,加之。断肠分:既写分水岭实况,又暗寓与令狐楚永别。

④郑驿:《汉书·郑当时传》:"郑当时尝置驿马长安诸郊,请谢宾客,夜以继日。"此以令狐比郑当时善待宾客。燕台:燕昭王建黄金台,置千金于台上,招揽天下之士。

⑤遗意:令狐楚的遗言。《新唐书·令狐楚传》:"疾甚……自力为奏谢天子,召门人李商隐曰:'吾气魄且尽,可助我成之。'……书已,敕诸子曰:'吾生无益于时,无请谥,勿求鼓吹,以布车一乘葬,铭志无择高位。'"令狐楚殁前一日,自草遗表,召从事李商隐助成之。

⑥镇南勋:指山南节度使令狐楚的功勋。令狐楚的墓志铭是义山撰写的,墓志已佚。

圣女祠①

　　杳霭逢仙迹②。苍茫滞客途③。何年归碧落④，此路向皇都。消息期青雀⑤，逢迎异紫姑⑥。肠回楚国梦⑦，心断汉宫巫⑧。从骑裁寒竹⑨，行车荫白榆⑩。星娥一去后⑪，月姊更来无？寡鹄迷苍壑⑫，羁凰怨翠梧⑬。惟应碧桃下，方朔是狂夫⑭。

【题解】

　　义山于开成二年秋冬之交因令狐楚病重而驰赴兴元，代草遗表，十二月奉楚丧回长安，路经扶风郡之陈仓县大散关时，过圣女祠而有所滞留，因作此诗。诗中所歌咏的女冠亦即上一首《圣女祠》中诗人造访未遇之女冠，她原是宫女，后入道。她与宫中以道术为皇家服务的某一男性有恋爱关系，所以说"心断汉宫巫"。她开始加入道籍及所居道观可能在长安，故有"归碧落"、"向皇都"之向往。《重过圣女祠》中有"上清沦谪得归迟"、"忆向天阶问紫芝"，意义正相同。

　　苏雪林认为圣女祠是女道观的代名词，不在秦冈山，而在义山少年学道的王屋山。秦冈山距离李义山自兴元归长安的道路四百里之遥，义山不可能转大弯去拜谒。况秦冈山仅有圣女神，并无圣女祠。她说令狐楚大概葬在王屋山附近，义山于葬事毕后，乘隙上王屋山女道观寻访旧相知，还有《圣女祠》七律两首，当是同时所作。（见《玉溪诗谜》）

【注释】

　　①见前《圣女祠》注。本篇寓意与《重过》一篇相似。
　　②杳霭：幽深而为雾霭笼罩。仙迹：指圣女祠。
　　③此句谓于暮色苍茫中途次于圣女祠。

④碧落:碧霄,青天。二句谓圣女何年返回天上,而祠前的道路正通往帝京。此以圣女比女冠。

⑤青雀:青鸟。

⑥紫姑:传说中神名。《荆楚岁时记》:"正月望日,其夕迎紫姑神以卜。"《异苑》:"紫姑是人妾,为大妇所嫉,每以秽事相次役。正月十五日感慨而死。故世人作形,夜于厕间或猪栏边迎之。祝曰:'子胥不在,曹姑亦归去,小姑可出。'子胥,婿名也;曹姑,大妇也。戏捉者觉重,便是神来。奠设菜果,亦觉貌辉辉有色,即跳蹳不住。占众事,卜行年蚕桑,又善射钩。好则大儛,恶便仰眠。"二句谓女冠与所恋之人相隔甚远,惟期青鸟传递信息;想与恋人相会,却很困难,不同于紫姑之定期出现。

⑦楚国梦:用巫山神女故事。宋玉《高唐赋》:"回肠伤气。"

⑧汉宫巫:《汉书·郊祀志》:"高祖于长安置祠祀宫。女巫有梁巫、晋巫、秦巫、荆巫、九天巫,各有所祠,皆以岁时祠宫中。"此指唐宫廷中的道教神职人员,为女冠之所恋者。二句谓女冠为相思之苦几乎心摧肠断。

⑨从骑(jì):随的伙伴。寒竹《后汉书·方术传》:"壶公以竹杖与长房曰:'乘此任所之。'长房乘杖,须臾归来。投杖葛陂中,视之则龙也。"

⑩白榆:星名。古乐府《陇西行》:"天上何所有,历历种白榆。"二句谓其女伴星夜奔驰而去。

⑪星娥:谓织女。月姊:《春秋·感应符》:"人君父天,母地,兄日,姊月。"二句谓女伴去后,无一人回祠,仅留下女主人寂寞难堪地守此道观。

⑫寡鹄:孤雁。

⑬羁凰:失群无伴的雌凰。

⑭方朔:东方朔。《博物志》:"王母降于九华殿,王母索七桃,以五枚与帝,母食二枚。唯母与帝对坐,从者皆不得进。时东方朔窃从殿南厢朱鸟牖中窥母,母顾之,谓帝曰:'此窥牖小儿常三来盗吾此桃。'"《史记·东方朔传》:"取少妇于长安中好女,率一岁即弃去。更取妇,所赐钱财尽索之于女子。人主左右诸郎半呼之狂人。"末四句谓其如迷惘于幽壑之孤雁,如失栖之雌凰。惟有偷桃窃药之东方朔与她相会于碧桃之下,才得以偿她的心愿。结尾看似雅谑,实是同情与爱怜也。

154

行次西郊作一百韵①

蛇年建丑月②，我自梁还秦③。南下大散岭④，北济渭之滨。草木半舒坼⑤，不类冰霜晨；又若夏苦热，燋卷无芳津⑥。高田长槲枥⑦，下田长荆榛⑧。农具弃道旁，饥牛死空墩⑨。依依过村落⑩，十室无一存。存者皆面啼⑪，无衣可迎宾。始若畏人问，及门还具陈⑫。右辅田畴薄⑬，斯民常苦贫。伊昔称乐土，所赖牧伯仁⑭。官清若冰玉，吏善如六亲。生儿不远征，生女事四邻⑮。浊酒盈瓦缶⑯，烂谷堆荆囷⑰。健儿庇旁妇⑱，衰翁舐童孙⑲。况自贞观后⑳，命官多儒臣。例以贤牧伯，征入司陶钧㉑。降及开元中㉒，奸邪挠经纶㉓，晋公忌此事㉔，多录边将勋㉕。因令猛毅辈㉖，杂牧升平民㉗。中原遂多故，除授非至尊㉘。或出倖臣辈㉙，或由帝戚恩㉚。中原困屠解㉛，奴隶厌肥豚㉜。皇子弃不乳㉝，椒房抱羌浑㉞。重赐竭中国㉟，强兵临北边。控弦二十万㊱，长臂皆如猿㊲。皇都三千里㊳，来往同雕鸢㊴。五里一换马㊵，十里一开筵㊶。指顾动白日㊷，暖热回苍旻㊸。公卿辱嘲叱㊹，唾弃如粪丸。大朝会万方㊺，天子正临轩㊻。彩旂转初旭㊼，玉座当祥烟。金障既特设㊽，珠帘亦高褰㊾。捋须蹇不顾，坐在御榻前。忤者死跟履㊿，附之升顶巅。华侈矜递炫(51)，豪俊相并吞(52)。因失生惠养(53)，渐见征求频。奚寇东北来(54)，挥霍如天翻(55)。是时正忘战，重兵多在边(56)。列城绕长河(57)，平明插旗幡。但闻虏骑入(58)，不见汉兵屯。大妇抱儿哭，小妇攀车辐(59)。生小太平年，不识夜闭门。少壮尽点行(60)，疲老守空村。生分作死誓，挥泪连秋云。廷臣例獐怯⑥，诸将如赢奔⑫。为贼扫上阳⑬，捉人送潼关。玉辇望南斗⑭，未知何日旋⑮。诚知开辟久，遘此云雷屯⑯。送者问鼎大⑰，存者要高官。抢攘互间谍⑱，孰辨枭与鸾？千马无返辔⑲，万车无还辕。城空雀鼠死，人去豺狼喧⑳。南资竭吴越㉑，西费失河源。因令右藏库㉒，摧毁惟空垣。如人当一身㉓，有左无右边。筋体半痿瘅，肘腋生臊膻。列圣蒙此耻㉔，含怀不能宣。谋臣拱手立，相戒无敢先。万国困杼轴㉕，内库无金钱。健儿立霜雪，腹歉衣裳单。馈饷多过时，高占铜与铅㉖。山东望河北，爨烟犹相联㉗。朝廷不暇给，辛苦无半年。行人权行资㉘，居者税屋椽。中间遂作梗㉙，狼藉用戈铤。临门送节制㉛，以锡通天班。破者以族灭㉜，存者尚迁延。礼数异君父㉝，羁縻如羌零。直求输赤诚㉞，所望大体全。巍巍政事堂，宰相厌八珍㉟。敢问下执事㊱，今谁掌其权？疮痏几十载㊲，不敢抉其根。国蹙赋更重㊳，人稀役弥繁。近年牛医儿㊴，城社更攀缘。盲目把大旆㊵，处此京西藩。乐祸忘怨敌，树党多狂狷。生为人所惮，死非人所怜。快刀断其头，列若猪牛悬。凤翔三百里㊶，兵马如黄巾。夜半军牒来㊷，屯兵万五千。乡里骇供亿㊸，老少相扳牵。儿孙生未孩，弃之无惨颜。不复议所适㊹，但欲死山间。尔来又三岁㊺，甘泽不及春。盗贼亭午起㊻，问谁多穷民㊼。节使杀亭吏㊽，捕之恐无因。咫尺不相见，旱久多黄尘。官健腰佩弓㊾，自言为官巡。常恐值荒迥，此辈还射人。愧客问本末㊿，愿客无因循[51]。郿坞抵陈仓，此地忌黄昏[52]。我听此言罢，冤愤如相焚。昔闻举一会[53]，群盗为之奔。又闻理与乱，系人不系天。我愿为此事，君前剖心肝。叩头出鲜血，滂沱污紫宸[54]。九重黯已隔[55]，涕泗空沾唇。使典作尚书[56]，厮养为将军[57]。慎勿道此言[58]，此言未忍闻!

【题解】

　　开成二年十二月,义山送令狐楚丧自兴元回长安,途中见农村凋敝景象及农民生活痛苦状况,旅次西郊时写下了这首一百韵的长诗。长诗大致可分为三段。自开始第一句至"及门还具陈"为第一段,叙述京城西郊农村荆榛满地、十室九空的悲惨景象。自"右辅田畴薄"至"此地忌黄昏"为第二段,借村民之口讲述唐王朝由兴盛转入衰败的过程。此段为全诗主体,又可细分为六个层次。先写初盛唐政治清廉,人民安乐,国家富足。次写开元中后期至天宝年间,用奸邪李林甫为相,遂改用蕃将武夫牧民掌握地方军权,安禄山得宠,气焰骄横。君臣不恤民,征求无止境。三写安史之乱骤发,叛军搅得天翻地覆,百姓流离失所,君臣逃窜,天下大乱,社稷空虚。四写安史之乱后,财力耗尽,历肃、代、德、顺、宪五朝,国困民穷,仍搜求不已,而对藩镇只有牵就姑息,以存君臣大体,却不敢剔除祸根。五写甘露之变,郑注骤起骤灭,官军残暴,西郊百姓遭殃。六写自甘露之变至今,久旱不雨,民贫为盗,官兵亦盗,白日抢劫,黄昏更当高度警惕。第三段自"我听此言罢"至结尾,写诗人感慨君王用人不当而致祸,至今仍然,可为痛哭者也。本篇由甘露事变后长安附近农村的破落荒凉、人民生活痛苦写起,历史地阐述了唐朝自开元以来政治、经济的一系列重大变化,今昔对比,指出致乱之源,抒发了诗人感时伤乱之悲痛心情。与杜甫的《北征》《自京赴奉先县咏怀五百字》相比,本诗内容更丰富,背景更广阔,其包揽一代之政治事变,勾画出唐王朝崩溃前夕的鸟瞰图,是杜甫"诗史"精神的继承和发扬。而诗的风格朴质通脱,绝去雕饰,大气磅礴,波澜起伏,不作沉博婉丽之态,颇有苍莽雄直之姿,熔叙事、议论、抒情于一炉,在中国诗歌史上为不可多得的名篇。

【注释】

①行次:谓旅途止宿。西郊:长安西郊。

②蛇年:开成二年是丁巳年,属蛇。建丑月:腊月。

③梁:梁州。秦:指长安。唐文宗开成二年十二月,义山送令狐楚丧从兴元回长安。

④大散岭:在陕西宝鸡市西南。二句谓己从南来,下大散岭,北渡渭水。

⑤舒坼:萌发。草木因晴暖而萌发。

⑥燋卷:焦枯。芳津:芳草萋萋的渡口。

⑦槲枥:槲木不能成材,实圆,味劣,可入药。枥木即栎木,无用之材。

⑧荆榛:荆棘,灌木丛。

⑨墩:土堆。

⑩依依:缓行,行路迟迟貌。

⑪皆面啼:程梦星以为"皆"字误,当作"背"字。程说可从。

⑫具陈:陈说。

⑬右辅:汉代长安以西扶风郡地,即唐代的凤翔府。

⑭牧伯:郡守州牧一类地方高级行政长官。

⑮事四邻:谓不必远嫁。

⑯瓦缶:瓦罐。

⑰囷:圆形谷仓。荆囷:用荆条编织的缠席。

⑱庇:庇护。旁妇:外妇。

⑲舐童孙:谓老牛舐犊之爱。

⑳贞观:唐太宗李世民的年号。公元627—649年。

㉑陶钧:制陶器的转轮。比喻对事物的控制和调节。

㉒开元:唐玄宗李隆基年号。公元713—741年。

㉓奸邪:指李林甫。挠:扰乱。经纶:喻政治纲纪。

㉔晋公:李林甫于开元二十五年封晋国公。

㉕边将:蕃将。开元中,张喜宾、王晙、张说、萧嵩、杜暹皆以节度使入知政事,擢哥舒翰、高仙芝、安禄山等为大将。

㉖猛毅辈:指武将。

㉗杂牧:胡乱治理。升平民:太平天下的顺民。

㉘除授:拜官授爵。非至尊:不由君主决定。

158

㉙倖臣：指宦官。

㉚帝戚：皇亲国戚。恩：恩赐。

㉛屠解：宰杀。此句指中原百姓被屠杀。

㉜奴隶：指衙役、仆从。厮：同厮。

㉝不乳：不乳养。《汉书·宣帝纪》："生数月，遭巫蛊事，系郡邸狱。邴吉使女徒赵征卿、胡组乳养。"

㉞椒房：后妃所居宫殿，以香椒和泥涂壁，取温、香、多子之义。羌浑：羌，羌族，古代西部民族之一；浑，吐谷浑的略称，也是古代西部民族。安禄山是柳城杂种胡人，其幼随母在突厥中，非羌浑种也。"羌浑"乃借用，为了押韵。《安禄山事迹》："禄山生日后三日，明皇召入内。贵妃以锦绣绷缚禄山，令内人以彩舆昇之，欢呼动地，云：'贵妃与禄儿作三日洗儿。'帝就观大悦，因赐洗儿金银钱物。自是宫中皆呼禄山为禄儿，不禁出入。"

㉟竭中国：耗尽国中资财。

㊱控弦：张弓。《汉书·匈奴传》："控弦之士三十余万。"安禄山所辖步、骑兵近二十万。

㊲长臂：谓善射者。《史记·李将军传》："广为人长，猿臂，善射。"

㊳皇都：京都。《旧唐书·地理志》："范阳在京师东北二千五百二十里。"

㊴雕鸢：雕，黑褐色，似鹰而大；鸢，鹞鹰。

㊵《新唐书》："禄山晚益肥，每驰驿入朝，半道必易马，号大夫换马台，不尔马辄仆。"

㊶《安禄山事迹》："乘驿诣阙……飞盖荫野，车骑云屯，所止之处，皆赐御膳，水陆毕备。"

㊷指顾：手指目顾。

㊸苍旻：《尔雅》："春为苍天，秋为旻天。"此句谓禄山所暖热可以变易寒暑。

㊹二句谓朝廷公卿常受禄山的辱骂、唾弃。

㊺大朝：天子大会诸侯群臣谓大朝。《唐书·礼乐志》："皇帝元正、冬至受群臣朝贺而会。"万方：指全国各地都督、刺史等。

㊻临轩:谓皇帝不坐正殿,而在殿前接见臣僚。

㊼二句谓彩旗飘舞,旭日东升;皇帝宝座前,香烟袅袅,呈现一派祥和景象。

㊽金障:金色屏风。高褰:高卷。

㊾褰:偃褰,傲岸的姿态。二句谓禄山于御座前捋须昂首,无所顾忌也。《新唐书·逆臣传》:"帝登勤政殿,幄坐之,左张金鸡大障,前置特榻,诏禄山坐,褰其幄以示尊宠。太子谏曰:'陛下宠禄山太过,必骄。'帝曰:'胡有异相,吾欲厌之。'"

㊿二句谓触忤禄山者,立死其足履之下;亲附者,则升高位。

51华侈:豪华奢侈。矜:骄矜。递:传送。炫:炫耀。《新唐书·逆臣传》:"帝为禄山起第京师,穷极壮丽,帘幕率缇绣,金银为筹筐爪篱,大抵服御虽乘舆不能过。"

52《新唐书·安禄山传》:"禄山为范阳大都督兼河北道采访处置使,兼制三道,后又得朔方节度使阿布思之众,兵雄天下。又请为闲厩、陇右群牧等使,择良马纳范阳,又夺张文俨马牧。"二句谓安禄山骄奢炫耀,权力不断扩大。

53二句谓君臣不惠养百姓,而征求日益频繁。

54奚寇:指安禄山叛军。《安禄山事迹》:"禄山养同罗、奚、契丹八千余,名曳落河。又畜单于护真大马习战斗者数万匹,天宝十四载十一月九日起兵反。"

55挥霍:迅速。

56二句谓唐代和平既久,国人毫无战争准备,自开元、天宝以来,重兵多集中在西北,以对付吐蕃。

57二句谓安禄山叛军夜间攻打沿河之城邑,天明即攻陷,插以叛军旗帜。

58《安禄山事迹》:"所至郡县,无兵捍御,甲仗器械朽坏,兵士皆持白棒。"屯:驻防守卫。

59车辖:车的障蔽。

60点行:征调。

(61)獐怯：獐似小鹿，性善惊。

(62)羸：瘦弱。此指瘦羊。

(63)上阳：东都洛阳有上阳宫。天宝十五年正月，禄山僭号于东京。二句谓唐朝降臣为叛贼扫除宫殿，并且捉人协助叛军防守潼关。

(64)玉辇：皇帝乘舆。南斗：南斗星。

(65)旋：旋返。二句谓玄宗幸蜀，不知何日还朝。

(66)《易》："云雷屯，刚柔始交而难生。"二句谓诚知唐朝开国后承平日久，不免遇此大祸。

(67)送者：指跟随玄宗南行的臣僚。存者：指留守长安抵抗叛军的官吏。问鼎：问鼎之轻重大小，有图谋王位之意。《左传》宣三年："定王使王孙满劳楚子，楚子问鼎之大小轻重焉。"

(68)抢攘：纷纷扰扰。互间谍：互相秘密侦探。枭：恶禽，喻奸邪。鸾：善鸟，喻忠臣。

(69)二句谓平叛军队往往全军覆没。

(70)豺狼：喻叛军。

(71)南资：指江、浙、湘、鄂、闽、淮南一带资财。中原大乱后，朝廷财源主要依靠江南，致使东南财力耗尽；而河西之地被吐蕃侵占，西北财源尽失。

(72)右藏库：《通典》："左藏库掌藏钱布帛杂彩，右藏掌铜铁毛角玩弄之物，金玉珠宝香画彩色诸方贡献杂物。"二句谓皇帝下令打开国库所藏支持平叛之需，可是国库毁坏一空。

(73)"如人"四句谓唐朝的国土一部分被藩镇割据，一部分被异族侵占，如同人的肢体不全，半身不遂。痿痹：瘫痪。肘腋：指要害之地。臊膻：谓被西部游牧民族占领，故散发腥膻气味。

(74)列圣：指肃宗、代宗、德宗、宪宗。含怀：忍辱含耻。

(75)杼柚：《毛诗·小雅·大东》："小东大东，杼柚其空。"杼，梭子；柚，织布机的机轴。经线绕在轴上，纬线加在杼上。"杼柚其空"谓织布的原料已竭尽。二句谓各州县资财已被搜刮殆尽，朝廷内库钱已用完。

(76)唐代缺铜，江淮多铅锡钱，以铜镀外，昂其值。

(77)爨烟：炊烟。

⑱二句谓朝廷无暇顾及山东河北一带人民生活,百姓终岁劳苦而无半年之粮。

⑲行人:指商人。榷:榷利,官府对某些物品专卖以获利,此处谓向行商征税。税屋椽:谓征收房产税。

⑳作梗:设障,阻碍。二句谓藩镇违抗朝廷政令,从中作梗,故意扰乱秩序,动辄兴兵叛乱。

㉑节制:旌节与制书。通天班:直属皇帝的班列。二句谓朝廷为了讨好藩镇,遣使上门赐以旌节制书,给予高官厚禄。

㉒二句谓被朝廷所消灭之藩镇已遭族诛,而尚存之藩镇仍观望迁延。

㉓二句谓藩镇对待皇上之礼数已异于事君事父,无忠孝可言,皇上对待藩镇如待夷狄羌戎,暂且笼络而已。

㉔二句岂望其忠信?只求维持君臣大体。

㉕厌:同餍。八珍:八种珍奇美味。曰:淳熬、淳母、炮豚、炮牂、捣珍、渍、熬、肝膋。此谓政事不由天子出,宰相议事,照例与群臣会宴。

㉖下执事:指宰相下属办事人员。

㉗疮痏:喻姑息藩镇,养痈遗患。

㉘国蹙:国家土地减缩。《毛诗·大雅·召旻》:“昔先王受命,有如召公。日辟国百里,今也日蹙国百里。”

㉙牛医儿:指郑注。郑注本姓鱼,冒姓郑氏,时号鱼郑,始以药术游长安,自言有金丹之术,可去痿弱重腿。由于枢密使王守澄的推荐,深受文宗的宠爱。城社:城狐社鼠。

㉚盲目:郑注貌寝陋,不能远视。把大旆:指郑注持旌旗出镇一方,于大和九年九月代李听任凤翔节度使。京西藩:凤翔在长安西,若京西屏障。

㉛二句谓凤翔离京城不远,禁军来抢掠,如同盗贼。

㉜军牒:调兵文书。

㉝供亿:供给军需以求安。供,给;亿,安也。二句谓乡民惊骇于禁军的勒索,扶老携幼,纷纷出逃。

㉞所适:所往。

㉟二句谓自甘露之变以来,三年大旱。

162

⑨⑥亭午：正午。

⑨⑦此句意思是：问谁为盗贼，乃多穷民也。

⑨⑧亭吏：亭长，主管缉捕盗贼。二句谓民贫为盗，节度使不问根源，而枉杀亭吏，无故捕杀，毫无因由。

⑨⑨官健：唐初府兵制，士兵自备武器资粮，后逐渐改为官给，故称官健。四句谓官健自称为官府捕盗，可是到了偏僻地方，即自为盗。

⑩⑩本末：因果。指唐朝致乱之源以及后果。

⑩①因循：马虎，随便。

⑩②以上四句谓愧对行客所问因果，希望行客要小心谨慎，从鄜坞到陈仓一带地方，尤其到黄昏时最怕遭遇抢劫。

⑩③会：士会，晋国将领。《左传》宣公十六年："晋侯请于王，以黻冕命士会将中军，且为太傅，于是晋国之盗逃奔于秦。"

⑩④滂沱：倾泻流注。紫宸：紫宸殿。《唐会要》："高宗龙朔三年四月，移仗就蓬莱宫新作含元殿，始御紫宸殿听政，百寮奉贺新宫成也。"

⑩⑤九重：《楚辞·九辩》："岂不郁陶而思君兮，君之门以九重。"

⑩⑥使典：文书小吏。《唐书·李林甫传》："玄宗欲以牛仙客为尚书，张九龄曰：'仙客本河湟一使典耳。'"

⑩⑦厮养：指宦官，乃皇帝所养之家奴。唐德宗以后，禁军将领由宦官担任。

⑩⑧二句谓将相皆非其人，慎勿再言此，我真不忍闻也。

银河吹笙

怅望银河吹玉笙①，楼寒院冷接平明②。重衾幽梦他年断，别树羁雌昨夜惊③。月榭故香因雨发，风帘残烛隔霜清。不须浪作缑山意④，湘瑟秦箫自有情⑤。

本篇是怀念所恋女冠的艳情诗。女冠已与义山断绝往来,如同银河阻隔牛女相接。故首联谓怅望银河,吹玉笙以寄情也;楼寒院冷,彻夜难眠,吹笙直至天明也。次联谓被底双星之往事早已成为过去;昨夜闻别树孤雌之哀鸣,令我心惊。三联谓月榭中的残花因雨润而发故香,动我旧日之思;隔霜望风帘内之残烛,叹今宵之寂寞。上句由内而外,下句由外而内。末联谓彼姝何必假惺惺拿修道来骗我呢?恐怕你早已投入别人的怀抱,如同湘瑟和秦箫的互相唱和了。"浪"字用得尖刻,如恨如嘲。

【注释】

①李贺《天上谣》:"秦妃卷帘北窗晓,窗前植桐青凤小。王子吹笙鹅管长,呼龙耕烟种瑶草。"

②平明:拂晓。

③羁雌:失伴的雌鸟。枚乘《七发》:"暮则羁雌迷鸟宿焉。"

④缑山:在今河南省偃师县东南。见《送从翁从东川弘农尚书幕》"挥手谢松乔"句注。

⑤湘瑟:湘灵鼓瑟。《楚辞·远游》:"使湘灵鼓瑟兮,令海若舞冯夷。"湘灵谓舜妃。秦箫:指秦国萧史、弄玉故事。见《送从翁诗》"秦娥弄碧箫"句注。

彭阳公薨后赠杜二十七胜李十七潘, 二君并与愚同出故尚书安平公门下①

开成三年

梁山兖水约从公②,两地差池一旦空③。谢墅庚村相吊后④,自今歧路更西东。

【题解】

此诗当是归京后,即将赴泾原辟时所作。一二句谓己与杜、李相约,曾在令狐和崔戎幕府办公,为幕僚,可是两位幕主亡故,无处依托。三四句谓令狐、崔戎谢世后,道路多歧,与二位同僚各奔前程。

【注释】

①彭阳公:令狐楚于大和九年十月封彭阳郡开国公。开成元年四月,出为兴元尹,充山南西道节度使。二年十一月卒于镇。薨:诸侯死曰薨。唐制,凡丧三品以上称薨。杜胜:宰相杜黄裳之子,宝历初擢进士第,官至检校礼部尚书,出为天平节度使,不得意卒。李潘:大中初为礼部侍郎。安平公:崔戎。见前《安平公诗》注。

②梁山:指代梁州。兖水:指代兖州。

③差池:不齐貌。引申为阴差阳错。

④谢墅:东晋谢安建别墅楼馆,携子侄游集。庾村:纪昀以为是庾楼之误。晋庾亮曾为江、荆、豫州刺史,治武昌,曾与佐吏殷浩等人登楼赏月,谈咏竟夕。后来好事者于此建庾公楼。

撰彭阳公志文毕有感①

延陵留表墓②,岘首送沉碑③。敢伐不加点④,犹当无愧辞⑤。百生终莫报⑥,九死谅难追。待得生金后⑦,川原亦几移。

【题解】

一二句谓墓志铭既成,将来或留以表墓,或置于地下,彭阳公的功绩与声名将同延陵季子、杜预一样不朽。三四句谓岂敢自夸文不加点,墓志所载,彭阳公当之无愧。五六句谓己百生莫能报其恩,九死不能复其生。末二句谓将来墓碑生金,即使川原几变,彭阳公之德望亦将永世长存。

【注释】

①志文:墓志铭。令狐楚的墓志铭是义山所作。《旧唐书》:"令狐楚临没,谓其子曰:'吾生无益于人,勿请谥号,葬日勿请鼓吹,志铭但志宗门,秉

笔者无择高位。'卒年七十二。"志文已佚。

②延陵:春秋时吴国公子季札封于延陵(今江苏常州)。季札墓在晋陵县北七十里申浦西。表墓:以墓表显示墓主功德。

③岘首:即岘山。岘首山在湖北襄阳市南。《晋书》:"杜预拜镇南大将军,都督荆州诸军事。孙皓既平,以功进爵当阳县侯。预刻石为二碑,纪其勋绩,一沉万山之下,一立岘山之上,曰:'焉知此后不为陵谷乎?'"此以令狐楚比杜预。

④敢伐:岂敢夸耀。不加点:文不加点。点:涂改。《后汉书·祢衡传》:"黄祖子射,大会宾客,人有献鹦鹉者,射举卮于衡曰:'愿先生赋之,以娱嘉宾。'衡揽笔而作,文无加点,辞采甚丽。"

⑤无愧辞:《后汉书》:"郭泰卒,刻石立碑,蔡邕为文,谓卢植曰:'吾为碑铭多矣,皆有惭德,唯郭有道无愧色耳'"

⑥《毛诗·秦风·黄鸟》:"如可赎兮,人百其身。"屈原《离骚》:"虽九死其犹未悔。"

⑦生金:王隐《晋书》:"《石瑞记》曰:永嘉初,陈国项县贾逵石碑中生金,人凿取卖,卖已复生,此江东之瑞也。"

寄恼韩同年二首　时韩住萧洞①

其　一

帘外辛夷定已开②,开时莫放艳阳回。年华若到经风雨,便是胡僧话劫灰③。

【题解】

前二句谓韩同年已婚于王氏,好似辛夷先开;既成美眷,则莫使春光匆匆归去,当尽情享受新婚之乐。后二句谓若等到艳阳已去,风雨送春,芳菲都歇,则一切如云烟过尽,劫火余灰,不堪回首也。

①寄恼:寄自己内心之愁苦于韩同年,非戏恼韩同年也。"时韩住萧洞"五字系作者自注。韩瞻字畏之,开成二年与义山同登进士第,先婚于王氏。萧洞:喻指岳家,用萧史娶秦穆公女弄玉事。洞,取神仙洞府之意。韩初娶王氏女,未构新居,寓居萧洞。

②辛夷:一名木笔。花未开时,苞上有毛,尖长如笔,有桃红、紫红二种。今多以辛夷为木兰的别称。

③劫灰:佛教所谓劫火之余灰。《高僧传·竺法兰》:"昔汉武穿昆明池底,得黑灰,以问东方朔。朔云:'不知,可问西域胡人。'后法兰既至,众人追以问之。兰云:'世界终尽,劫火洞烧,此灰是也。'"后指被兵火毁坏后的残迹。

其 二

龙山晴雪凤楼霞①,洞里迷人有几家②?我为伤春心自醉,不劳君劝石榴花③。

【题解】

第二首盛赞韩瞻婚于王氏,所居萧洞如同神仙洞窟,同时抒写了诗人极度伤春、衷心如醉的愁苦,不劳同年劝酒更添伤春之情。义山与韩瞻同时登进士第,而韩先娶,义山尚无着落,故有伤春之情。

【注释】

①龙山:对韩同年岳家住地之美称。凤楼:萧史、弄玉所居之凤台。此指韩同年婚后所居。

②洞:萧洞。迷人:用东汉剡县刘晨、阮肇入天台山迷而不返故事。见前《无题》(来是空言)注。

③石榴花:指石榴酒。《梁书·扶南国传》:"顿逊国有安石榴,取其汁停杯中,数日成美酒。"梁简文帝诗:"蠡杯石榴酒。"

破　镜

玉匣清光不复持^①，菱花散乱月轮亏^②。秦台一照山鸡后^③，便是孤鸾罢舞时^④。

【题解】

张采田曰："此初登进士第，应宏博不中选之寓言也。"一二句谓镜破月缺，理想破灭。三四句谓朝廷奸党当权日，天下忠良失志时。义山以山鸡比当政的庸才，曰"未判容彩借山鸡"，"锦段落山鸡"；以鸾凤自比，曰"岂知孤凤忆离鸾"，"便是孤鸾罢舞时"。本篇寓意明显，并非悼亡之作。

【注释】

①玉匣：镜匣。清光：指镜光。

②菱花：菱花镜。古代以铜为镜，映日则发光，影如菱花。庾信《镜赋》："临水则池中月出，照日则壁上菱生。"

③秦台：秦镜。台指镜台。《异苑》："山鸡爱其毛羽，映水则舞。魏武时南方献之，公子苍舒令置大镜其前，鸡鉴形而舞，不知止，遂乏死。"

④见《陈后宫》(茂苑城如画)注。

为　有

为有云屏无限娇^①，凤城寒尽怕春宵^②。无端嫁得金龟婿^③，辜负香衾事早朝^④。

本篇通过写贵家少妇内心的苦闷,揭示出富贵利禄与人性的矛盾。一二句谓因为有云母屏风的遮掩,闺中少妇如金屋藏娇;可是京城的寒冬已尽,春宵苦短,故令她忧惧也。三四句谓不料嫁给高官贵婿之后,反因贵婿常上早朝而不能贪享床上的温馨,辜负了香被的轻暖啊!世人从虚假中寻求幸福,不料虚假给世人带来痛苦。言外有刺,寓理于情,可与王昌龄的"悔教夫婿觅封侯"媲美。

【注释】

①云屏:云母屏风。见《嫦娥》注。《西京杂记》:"赵飞燕为皇后,女弟昭仪遗云母屏风、琉璃屏风。"

②凤城:指京城。

③无端:不料。金龟:《旧唐书·舆服志》:"天授元年九月,改内外所佩鱼(银鱼符)并作龟……三品以上龟袋(盛龟符的袋)宜用金饰,四品用银饰,五品用铜饰。"

④香衾:香暖的被子。

寄 远

嫦娥捣药无时已①,玉女投壶未肯休②。何日桑田俱变了③,不教伊水更东流④。

【题解】

前二句以"嫦娥捣药"、"玉女投壶"比喻女冠修道。后二句说,哪一年哪一日,沧海变桑田,桑田变沧海的巨变停止了,宇宙(时间与空间)处于静止不变的状态,也就不让伊水再向东流逝了。诗人希望自己所爱恋的女冠不要以修道为由而拒绝与他的往来,恋爱是需要时间和精力的,把时间和精力花费在修道的活动方面,实在太可惜了。一种对于爱情的饥渴感,使诗人在一瞬间产生奇思幻想:让宇宙间的一切都停止下来,让神圣的爱情之火燃烧起来,一切都可以死灭,惟独爱情之火不能熄灭。诗人独特的情感在我们心中留下永恒的印象。理解"了"字是关键。

【注释】

①嫦娥窃药、白兔捣药故事见《镜槛》注。

②《神异经·东荒经》:"东荒山中有大石室,东王公居焉。恒与一玉女投壶,每投千二百矫(一作枭),矫出而脱误不接者,天为之笑。"注:"言笑者,天口流火焰灼,今天下不雨而有电光,是天笑也。"

③桑田:沧海桑田之意。了:止,罢,尽。

④伊水:即河南省伊水,自卢氏县东北流至偃师县入洛水。

寄永道士①

共上云山独下迟②,阳台白道细如丝③。君今并倚三珠树④,不记人间落叶时。

【题解】

首句谓从前与你永道士一同上玉阳山学道,而你迟迟不肯下山。次句谓玉阳山上风景绝佳,如丝白道,蜿蜒山间,真乃人间仙境也。三四句谓永道士同三位女道士在一起,乐不可支,哪知我到处飘零之苦呢? 刘、余《集解》以为"三珠树"即是《月夜重寄宋华阳姊妹》一诗中"应共三英同夜赏"的"三英",亦即宋华阳姊妹与另一位女道士。所见甚是。戏谑之辞转为辛酸之语。

【注释】

①永道士:生平不详,为商隐在玉阳山学道之道友。

②开成元年,义山奉母迁居济源,与永道士同时上济源玉阳山学道教。

③阳台:《真诰》:"王屋山,仙之别天,所谓阳台是也。始得道者,皆诣

阳台,是清虚之宫也。"《明一统志》:"阳台宫在济源县天坛山,晋烟萝子栖身之所。"白道:见《无题》(白道萦回入暮霞)注。

④三珠树:神话中树名。《山海经·海外南经》:"三珠树在厌火国北,生赤水上,树如柏,叶皆为珠。"

寄罗劭舆①

棠棣黄花发②,忘忧碧叶齐③。人闲微病酒,燕重远嗛泥④。混沌何由凿⑤?青冥未有梯⑥。高阳旧徒侣⑦,时复一相携。

【题解】

首联谓罗劭舆第宅春日花草竞茂,曰"棠棣"、"忘忧",暗喻其"父母俱存,兄弟无故",得天伦之乐。颔联谓其闲居无事,以酒遣怀,故稍病于酒;惟见梁间燕子自远处衔泥归来,不辞辛劳。以燕子的繁忙反衬罗的悠闲。颈联谓世道昏暗,无由凿辟;欲上青天,未有天梯。这是两人的共同感受。尾联谓己亦高阳酒徒,与罗为诗朋酒友,愿时时来往。

【注释】

①《唐语林·方正》:"封侍郎知举,首访能赋人。卢骈诣罗劭舆云:'主司爱赋,十九官。'罗曰:'主司安邑住,劭舆居宣平,彼处爱赋,无由得知。'"封侍郎所居之安邑及罗所居之宣平,都是长安城中街坊。罗劭舆历官无考。

②棠棣:郁李。又以棠棣比喻兄弟。

③忘忧:萱草,又名忘忧草。《毛诗·卫风·伯兮》:"焉得谖(萱)草,言树之背。"意谓于北堂种萱草,北堂,古为母亲所居处,后以堂为母亲或母亲居处的代称。

④嗛:通"衔",以嘴含物。

171

⑤混沌:天地未开辟以前的元气状态。《易·乾凿度上》:"太易者,未见气也。太初者,气之始也。太始者,形之似也。太素者,质之始也。气似质具而未相离,谓之混沌。"

⑥青冥:青天。

⑦《史记·郦生陆贾列传》:"郦生瞋目案剑叱使者曰:'走!复入言沛公,吾高阳酒徒也,非儒人也。'"

和韩录事送宫人入道①

星使追还不自由②,双童捧上绿琼辂③。九枝灯下朝金殿④,三素云中侍玉楼⑤。凤女颠狂成久别⑥,月娥孀独好同游⑦。当时若爱韩公子⑧,埋骨成灰恨未休。

【题解】

韩录事有送宫人入道的诗,义山作诗奉和。首联谓道观遣玉童玉女迎接宫女入道,宫女身不由己,只得随往。颔联谓宫女入道观后,在神殿的九华灯下朝拜,在云雾缭绕的道观楼台供奉神像。颈联谓从此与无拘无束的宫中女伴永别,而同道山上的女冠为伍。尾联谓假若当初与韩录事发生恋爱,如今却要过寂寞的道观生活,到死也消灭不了心头的怨恨。幸亏没有恋爱的事情发生。结尾对韩开了个玩笑。

【注释】

①韩录事:韩琮,字成封,诗人,曾任录事,掌管文簿。开成三年六月,出宫人四百八十,送两街寺观安置。

②星使:天使。首句说宫女本是降到人间的天仙,此时由天使追回,重返仙道,身不由己也。

③双童:玉童玉女,为侍者。道书上说,凡入道升仙,有玉童玉女驾绿琼之车来迎。辂:车辕,泛指车。

④九枝灯:《汉武帝故事》:"西王母欲来,帝然九华之灯。"也名九光灯,是一干九枝的花灯。

⑤三素云:道家称紫、白、黄三色之气为三素云。

⑥凤女:原指弄玉。见《送从翁》"秦娥"注。此指宫女。

⑦月娥:嫦娥。此指女冠。媚独:孤独。

⑧韩公子:韩重。《搜神记》:"吴王夫差小女名紫玉,悦童子韩重,欲嫁之不得,乃气结而死。"此以韩公子指韩录事。

安定城楼①

迢递高城百尺楼②,绿杨枝外尽汀洲③。贾生年少虚垂涕④,王粲春来更远游⑤。永忆江湖归白发⑥,欲回天地入扁舟。不知腐鼠成滋味⑦,猜意鹓雏竟未休!

【题解】

开成三年春,义山参加博学宏词科考试,考官周墀、李回已经录取他,有一位中书长者说:"此人不堪。"将他的名字涂掉。义山在朋党势力的排挤下落选。这年春天,入泾原节度使王茂元幕府,登安定城楼而赋此诗。诗的前半谓登高望远的同时,俯仰身世,无异于贾谊、王粲的不幸遭逢,思之伤心也。后半谓己长想作出回天转地之伟业,白发归隐江湖;本不屑于利禄,不意反遭恶势力之猜忌不休也。其时义山尚未婚于王氏。刘、余《集解》认为"应博学宏词试当在前,入幕当在后,成婚则又入幕之后也"。此说可信。义山用典最为精确,若已婚于王氏,不得以王粲登楼自比。王粲年十七至荆州依刘表,刘表爱其才,答应招他做女婿,后以粲貌寝体弱而反悔,加上十二年不受重用,所以登楼消忧。义山婚后决无此种情况。本篇是义山自伤生平的抒情诗之代表作,"永忆江湖"一联给全篇带来无限生机,表达了诗人远大的襟怀,贾生、王粲之悲也就不占主要地位,鸥鹭腐鼠何足挂齿！《蔡宽夫诗话》："王荆公晚年亦喜称义山诗，以为唐人知学老杜而得其藩篱者，唯义山一人而已。每诵其'雪岭未归天外使，松州犹驻殿前军'，'永忆江湖归白发，欲回天地入扁舟'与'池光不受月，暮气欲沉山'，'江海三年客，乾坤百战场'之类，虽老杜无以过也。"

【注释】

①安定：唐关内道泾州安定郡，泾原节度使治所，在今甘肃泾川县北。

②迢递：见《宿骆氏亭》注③。

③汀洲：水边地或水中沙渚。

④贾生：贾谊，河南洛阳人，十八岁为汉文帝博士。他的《陈政事疏》有云："可为痛哭者一，可为流涕者二，可为长太息者六。"他忧心国事，却遭到老官僚周勃、灌婴等人的诽谤打击，被贬为长沙王太傅。

⑤王粲：东汉末年著名文士，建安"七子"之一。曾依刘表十余年不被重视，为舒散愁思，登当阳麦城城楼，作《登楼赋》。

⑥永忆：长想。扁舟：小舟。入扁舟：喻功成身退，学范蠡作五湖之游。

⑦腐鼠：死老鼠。鹓雏：鸾凤一类的鸟。《庄子·秋水》："惠子相梁，庄子往见之。或谓惠子曰：'庄子来，欲代子相。'于是惠子恐，搜于国中三日三夜。庄子往见之，曰：'南方有鸟，其名为鹓雏，子知之乎？夫鹓雏，发于南海而飞于北海，非梧桐不止，非练实不食，非醴泉不饮。于是鸱得腐鼠，鹓雏过之，仰而视之曰：嚇！今子欲以子之梁国而嚇我耶？'"

回中牡丹为雨所败二首①

其 一

下苑他年未可追②，西州今日忽相期③。水亭暮雨寒犹在，罗荐春香暖不知④。舞蝶殷勤收落蕊，佳人惆怅卧遥帷⑤。章台街里芳菲伴⑥，且问宫腰损几枝？

【题解】

开成三年春,义山应博学宏词不中选,受王茂元之聘,径往泾幕,在安定回中借牡丹为题寄慨身世,因作二首。第一首首联谓昔年所见曲江牡丹繁盛景象已不可复追,不料今日忽于西州回中与牡丹相遇。颔联谓暮雨潇潇,风雨中的牡丹颇感寒峭,怎及室内牡丹得到罗荐的保护而感到温暖、散发春香呢?颈联谓舞蝶有怜惜牡丹之意,故殷勤收其落花;料想远方的佳人知道我的忧伤,她怅卧帷中亦为我愁苦不堪。尾联谓京都里那些春风得意的朋友,日日舞于歌楼舞榭,真不知扭断了多少腰身啊!结句讽刺甚深。

【注释】

①回中:古地名。回中有二,其一在今陕西陇县西北。《史记·秦始皇本纪》:二十七年"登鸡头山过回中"。正义引《括地志》:"回中宫在岐州雍县西四十里。"另一在安定,唐代属安定郡。诗题之回中即后者。

②下苑:即曲江风景区。

③西州:指安定郡。

④罗荐:罗垫,铺垫。置于室内以防花寒。《汉武内传》:"帝以紫罗荐地,燔百和之香,以候云驾。"

⑤帷:帷帐。

⑥章台:战国时秦王所建,在咸阳渭南。汉有章台街,街在台下。章台以柳著称,"芳菲伴"指章台柳。此以柳喻长安的友人。

其 二

浪笑榴花不及春①,先期零落更愁人。玉盘迸泪伤心数②,锦瑟惊弦破梦频③。万里重阴非旧圃④,一年生意属流尘⑤。前溪舞罢君回顾⑥,并觉今朝粉态新。

【题解】

首联谓从前空笑石榴花没有赶上春天开放,却不料牡丹先开先谢,更令人生愁。颔联谓急雨打着花瓣,似玉盘迸泪,又似锦瑟突然断弦,屡惊梦魂。泪进弦断,无限悲酸。颈联谓远离长安来到泾原,只见愁云惨淡,不似从前的曲江苑圃;一年的指望化作了尘土飞灰。中间两联比喻宏词落选,无限伤怀。尾联谓试看前溪之牡丹落尽,如同美人舞罢;回头看今日雨中牡丹,仍觉得她鲜艳如初也。此句暗示未来的命运更不好。两首诗都写得悲凉婉转,无限辛酸,怅惘凄迷,不忍卒读。

【注释】

①浪笑:空笑。榴花:石榴花,五月始开。

②玉盘:白牡丹如玉盘。数:多次。

③瑟:拨弦乐器,通常二十五弦,每弦一柱,也有五十弦的瑟。瑟饰文如锦,故称锦瑟。

④重阴:层云密布。旧圃:指曲江苑圃。

⑤生意:生机,生气。属:付与。流尘:浮尘。

⑥前溪:在浙江武康县,六朝时为歌舞繁华之地。前溪村为南朝习乐之所,江南声伎多自此出。郭茂倩《乐府诗集·清商曲辞》存无名氏前溪歌七首,其中有云:"黄葛结蒙笼,生在洛溪边。花落随水去,何当顺流还? 还亦不复鲜。"舞罢:指牡丹花落尽。

奉和太原公送前杨秀才戴兼招杨正字戎①

潼关地接古弘农②,万里高飞雁与鸿③。桂树一枝当白日④,芸香三代继清风⑤。仙舟尚惜乖双美⑥,彩服何缘得尽同⑦? 谁惮士龙多笑疾⑧,美髯终类晋司空。

【题解】

首联谓杨氏居形胜之地,戎、戴兄弟志大才高。颔联谓杨戴正当清明盛世登科及第,杨戎任职秘书省,能继家风。颈联上句以李膺喻王茂元,以郭泰喻杨戴,谓茂元尚惜未能兼致双美,一送一招,本非所愿。其意实主张

176

招戎,不主送戴。下句谓杨戴离去,可以彩服娱亲,尽人子之孝;而杨戎不得不离开故居来泾川就职,则未能与戴同时事亲也。末联谓杨戎必得王茂元之厚遇,如张华之厚爱陆云也。应酬之作,但不乏雅人情致,用典尤其精当。格调高迈,故能脱俗。

【注释】

①太原公:王茂元封濮阳郡侯,称濮阳公。此犹未封,故称太原公。秀才:唐置秀才、进士、明经之科。正字:掌典校东宫图书之职,校勘文字。《旧唐书·杨敬之传》:"文宗以宰相郑覃兼国子祭酒,俄以敬之代,未几兼太常少卿。是日二子戎、戴登科,时号杨家三喜。"诗以送戴招戎为题,实以招戎为主旨。

②潼关:关名。在今陕西省潼关县北,当陕西、山西、河南三省要冲。弘农:古弘农县在今河南省灵宝县北。杨氏以弘农为族望。

③雁与鸿:比戎、戴兄弟。

④桂树一枝,喻杨戴科举登第。白日:喻政治清明的时代。

⑤芸香:芸草。花叶有强烈气味,入药,也用以避蠹驱虫。藏书台称芸台。杨戎能继家风,即秘书省正字之职。

⑥仙舟:郭泰与李膺同舟共济,众宾望之,以为神仙。见前《哭萧侍郎》诗。

⑦彩服:用老莱子戏彩娱亲的典故。繇:同由。

⑧士龙:陆云字士龙。《晋书·陆云传》:"吴平、二陆入洛。机初诣张华,华问云何在?机曰:'云有笑疾,未敢自见。'俄而云至。华为人多姿制,又好帛绳缠须。云见而大笑,不能自已。"晋司空:张华,西晋初期著名文学家,拜右光禄大夫、开府仪同三司、侍中、中书监,代下邳王司马晃为司空。

赠送前刘五经映三十四韵①

建国宜师古②,兴邦属上庠③。从来以儒戏④,安得振朝纲？叔世何多难⑤，兹基遂已亡⑥。泣麟犹委吏⑦，歌凤更佯狂⑧。屋壁余无几⑨，焚坑递可伤⑩。挟书秦二世⑪，坏宅汉诸王⑫。草草临盟誓⑬，区区务富强。微茫金马署⑭，狼籍斗鸡场⑮。尽欲心无窍，皆如面正墙⑯。惊疑豹文鼠⑰，贪窃虎皮羊。南渡宜终否⑱，西迁冀小康。策非方正士⑲，贡绝孝廉郎。海鸟悲钟鼓⑳，狙公畏服裳。多歧空扰扰㉑，幽室竟伥伥。凝邈为时范㉒，虚空作士常。何由羞五霸㉓？直自訾三皇。别派驱杨墨㉔，他镵并老庄。诗书资破冢㉕，法制困探囊。周礼仍存鲁，隋师果禅唐㉖。鼎新麾一举，革故法三章㉗。星宿森文雅，风雷起退藏。缧因为学切㉘，掌故受经忙。夫子时之彦㉙，先生迹未荒。褐衣终不召㉚，白首兴难忘。感激诔非圣㉛，栖迟到异粻。片辞褒有德，一字贬无良㉜。燕地尊邹衍㉝，西河重卜商。式闾真道在㉞，拥篲信谦光。获预青衿列㉟，叨来绛帐旁。虽从各言志㊱，还要大为防。勿谓孤寒弃㊲，深忧讦直妨。叔孙诶易得㊳，盗跖暴难当。雁下秦云黑，蝉休陇叶黄㊵，莫渝巾履念㊶，容许后升堂。

【题解】

刘映以明经及第，特长于经学，王茂元和李义山都曾向他访求经学，但是刘映因为人耿直，故影响仕途，五十未入仕。本篇赠诗借送刘大发议论，指出是否重教尊儒，是国家兴衰的标志，同时对刘映仕途坎坷深表同情和关心，这与作者饱经忧患的身世是分不开的。义山的五言长律铺张扬厉，风樯阵马，次序井然。

【注释】

①刘映明经及第，而五十犹未入仕，故称前刘五经。义山亦进士及第，而且在博学宏词科考试中已经录取，因中书长者的故意破坏，抹去名姓，未

授予官职。此义山所以怜惜刘五经也。赠别之地在泾原,诗终有"雁下秦云黑"语可证。

②师古:《尚书·商书·说命下》:"事不师古,以克永世,匪说攸闻。"

③上庠:大学。《孟子·滕文公上》:"夏曰校,殷曰序,周曰庠。"

④儒戏:以儒为戏,轻视儒学。《文心雕龙·时序》:"高祖尚武,戏儒简学。"首四句谓建国兴邦必须效法古代重视教育。

⑤叔世:衰世。伯、仲、叔、季,长幼之次也。

⑥兹基:根本。儒学为国家的根本。

⑦泣麟:鲁哀公十四年,孔子闻西狩获麟而"反袂拭面,涕沾袍",叹曰:"吾道穷矣!"委吏:掌管储藏粮食之下级官吏。《孟子·万章下》:"孔子尝为委吏矣。"

⑧歌凤:孔子适楚,楚之狂士接舆过其门而歌曰:"凤兮凤兮,何德之衰也!""叔世"四句谓衰世多难,儒教败坏,孔子屈为小吏,接舆只好佯狂避世。

⑨屋壁:孔安国《尚书序》:"我先人藏家书于屋壁。"

⑩焚坑:秦始皇焚书坑儒。递:交替,顺次更迭。诸本皆作逮,不通。二句谓秦始皇焚灭典籍,同时又坑杀儒生,两手交替使用,孔子壁中仅藏之书乃劫后之余,所剩无几了。

⑪挟书:私藏书籍。依秦律,有敢挟书者族。此句谓秦之二代皆禁挟书,非专指胡亥也。

⑫坏宅:《汉书·艺文志》:"武帝末,鲁共王坏孔子宅,欲以广其宫,而得古文尚书及礼记、论语、孝经凡数十篇,皆古字也。共王往入其宅,闻鼓琴瑟钟磬之音,于是惧,乃止不坏。"二句谓秦代禁止私人藏书,汉初坏孔子宅,发现的书籍已经不多。

⑬草草:忧劳,辛苦。区区:劳苦。二句谓战国不行儒术,专以结盟和富国强兵为急务。

⑭金马署:汉代接待才人的宦署,门旁有铜马,宦署门曰金马门。

⑮狼籍:散乱不整貌。二句谓儒者待诏金马门,希望渺茫;君臣沉溺于斗鸡走狗。

⑯二句谓秦汉之轻儒,直欲使人人无心窍,如同面墙而立的泥塑木雕之人。

⑰豹文鼠:鼬鼠,文采如豹。虎皮羊:羊质而虎皮,见草而悦,见狼而颤。二句谓在愚民政策下,不学无术者,以假乱真者,比比皆是。

⑱南渡:晋元帝渡江,建都于建康。西迁:指陈后主归隋。隋文帝统一天下,厚赏诸儒,儒术兴盛,及至暮年,不悦儒术,遂废天下之学。二句谓晋室南渡,儒学衰微之极。隋文帝建国后,儒学出现小康局面,只是昙花一现。

⑲方正士:《汉书·文帝纪》:"诏举贤良方正能直言极谏者,上亲策之。"孝廉郎:汉朝选举官吏的两种科目名,孝,指孝子;廉,指廉洁之士。后来合称孝廉。二句谓所策问所贡举,皆非孝廉方正之士。

⑳海鸟:《庄子·至乐》:"昔者海鸟止于鲁郊,鲁侯御而觞之于庙,奏九韶以为乐,具太牢以为膳。鸟乃眩视忧悲,不敢食一脔,不敢饮一杯,三日而死。"猿狙:猴类。《庄子·天运》:"今取猿狙而衣以周公之服,彼必龁啮挽裂,尽去而后慊。"二句以海鸟、猿狙之骇于所闻为喻,言春秋战国以来,放荡成风,深畏礼法拘苦,故去古愈远,则愈不尊经术。

㉑多歧:《列子·说符》:"杨子之邻人亡羊,杨子曰:'亡一羊,何追者之众?'曰:'多歧路。'既反,曰:'亡之矣!歧路之中又有歧焉,吾不知所之也。'大道以多歧亡羊,学者以多方丧生。"伥伥:无所适从的样子。《礼记·仲尼燕居》:"治国而无礼,譬犹瞽之无相与,伥伥乎其何之?终夜有求于幽室之中,非烛何见?"二句谓自儒学衰微,道术多歧,老、庄、杨、墨,纷纷扰扰,无所适从。

㉒凝邈:不视不听,思虑玄远的样子,指道家。虚空:指佛家。佛教思想核心是空。二句谓佛道两家成为时尚所好、读书人的法则。

㉓何由:无由,无据。《汉书·董仲舒传》:"仲尼之门,五尺之童羞称五霸。"訾,诋毁。曹植《与杨德祖书》:"昔田巴毁五帝,罪三王,訾五霸于稷下。"二句谓无由羞称五霸,却可以直诋三皇。以德行人者王,以力假人者霸。不重德而任力,则三皇可訾也,五霸不可诋也。

㉔别派、他镳:均指儒学以外的学派。镳:马嚼子。二句谓杨、墨、老、

180

庄分镳并驱,别派之学,大为兴盛。

㉕破冢:发掘坟墓。《庄子·外物》:"儒以诗、礼发冢。"探囊:掏口袋,偷东西。《庄子·胠箧》:"将为胠箧探囊发匮之盗而为守备,则必摄缄縢固扃镭,此世俗之所谓知也。然而巨盗至,则负箧匮揭箧担囊而趋。"二句谓诗、礼等典籍竟沦为掘冢之资,而法制只能对付小盗。

㉖二句谓周礼存于东鲁,儒学未绝;隋统一天下,唐承隋制,开科取士,儒教大兴。

㉗法三章:约法三章。

㉘星宿:指文星、才学之士。森:盛也。风雷:喻唐朝生机勃勃。退藏:退隐之士。起:起用。

㉙缧囚:汉代夏侯胜、黄霸曾系于狱中,霸从胜受《尚书》,越两冬,积三岁出狱。掌故:汉代晁错以文学为太常掌故,汉文帝令他向济南伏生学习《尚书》,学成,诏以为太子舍人。以上六句借古喻今,写唐代文教之复兴。

㉚夫子:指刘五经。彦:优秀之士。先生:老年教学者。迹未荒:所习儒家经典未荒废。二句谓刘五经到老不废儒学。

㉛褐衣:粗劣的衣服。指卑贱之人。《后汉书·陈元传》:"臣如以褐衣召见,诵孔氏之正道。"白首:白首穷经。二句谓刘到老未仕,嗜学如初。

㉜诛非圣:口诛笔伐非圣无法之论。栖迟:淹留。异粮:《礼记·王制》:"五十异粮。"粮:粮也。年到五十,须改变饮食条件。

㉝无良:不善。以上八句谓刘五经乃俊彦之士,所习经书至老未荒废。久被褐衣,未被征召,白首穷经,兴味不减。感激本朝诛伐非圣无法之论,而自己却栖迟未仕而至暮年。每有述作,则褒有德而贬不善,是非分明。以上言唐朝重视儒学,而刘五经不遇。

㉞邹衍:齐国临淄人,战国末期阴阳家学派著名人物,时人称他为"谈天衍"。《史记·孟荀列传》:"邹衍如燕,燕昭王拥篲先驱,请列弟子之座而受业,筑碣石宫,身亲往师之。"卜商:子夏姓卜名商,居西河教授,为魏文侯师。见《史记·仲尼弟子列传》。二句谓泾原节度使王茂元厚礼刘五经。

㉟式闾:式,通轼,车前横木。闾:里门。车至里门,人立车中,俯凭车前横木,用以表示敬意。后常指登门拜访。篲:笤帚。谦光:因谦让而愈有

光辉。《易·谦》:"谦尊而光。"义山自注:"外舅太原公亦受经于公也。"二句谓王茂元以谦虚恭谨的态度受经于刘映。

㊱青衿:青色衣领,周朝学子的服饰。绛帐:见前《过故崔兖海宅》注。二句谓己忝列学子,受教于刘。

㊲各言志:《论语·先进》:"子路、曾晳、冉有、公西华侍坐……子曰:'亦各言其志也已矣!'"大为防:《礼记·防记》:"大为之防,民犹逾之。"二句谓己得以侍坐言志,仍须遵守礼制大防。

㊳孤寒:自谓也。讦直:发人阴私而不徇情。二句谓望刘勿因我之孤寒而弃我,我则深忧刘之讦直有碍仕途。

㊴叔孙:《论语·子张》:"叔孙武叔毁仲尼。"盗跖:相传为春秋末期的大盗。二句谓谗言易得,恶棍难防,正直的人难于自保。劝诫之意甚明。

㊵二句点明送行之地在秦、陇,其时在秋天。

㊶巾履:头巾及鞋履,指儒服。升堂:升堂入室。二句谓望刘公不变儒者之志,他日容我再登门为弟子也。

十一月中旬至扶风界见梅花①

匝路亭亭艳②,非时裛裛香③。素娥唯与月④,青女不饶霜。赠远虚盈手⑤,伤离适断肠。为谁成早秀?不待作年芳⑥。

【题解】

首二句写梅花繁艳清香,提前开放。三四句谓嫦娥助以清辉,青女不减霜威,使梅花更显得凄清。五六句谓满手的梅花不知赠与谁,离别的哀愁真令人断肠。末二句谓梅花未及报春,提前香艳,为谁早开呢?此诗以梅花自喻,慨叹自己虚成早秀、孤凄不遇的悲哀。

【注释】

①扶风:凤翔府扶风郡。治所在今陕西凤翔县。

②匝:环绕。亭亭:挺立的样子。

③非时:不合时宜。梅花当在腊月开放,十一月开放,不合正常节候,故云。裹裹:香气散发的样子。

④素娥:嫦娥。青女:主霜雪之女神。

⑤盈手:满把。

⑥年芳:一年中代表某季节的花。

马嵬二首①

其　一

冀马燕犀动地来②,自埋红粉自成灰③。君王若道能倾国,玉辇何由过马嵬④?

【题解】

《樊南文集详注》卷三《为举人献韩郎中琮启》曰:"一日三秋,空咏《马嵬》之清什。"韩琮与义山皆为泾原幕府同僚,往返京师、泾幕,途经马嵬,因有此作。首章前二句谓安史之乱由贵妃所致,贵妃之死,咎由自取。后二句谓明皇若早知贵妃祸国,怎会仓皇出逃,遂有马嵬之变耶? 此篇深刺明皇昏庸腐败,不能及早觉悟,终于自及于祸。

【注释】

①马嵬:马嵬坡。在今陕西兴平县西。天宝十五年六月,安禄山攻破潼关,唐玄宗奔蜀。行至马嵬,禁军大将陈玄礼密启太子诛杨国忠父子,四军仍不散,曰:"贼本尚在。"遂缢杀杨贵妃。史称"马嵬之变"。

②冀马燕犀:冀地之战马,燕地之犀甲。指安史叛军。

③《太真外传》:"妃死,瘗于西郊之外一里许道北坎下。"

④玉辇:天子的专用车。

其 二

海外徒闻更九州①，他生未卜此生休。空闻虎旅传宵柝②，无复鸡人报晓筹③。此日六军同驻马④，当时七夕笑牵牛⑤。如何四纪为天子⑥，不及卢家有莫愁⑦？

【题解】

首联谓海外仙境是一派虚言，来生为夫妇的盟誓亦属渺茫，今生的夫妇关系已经彻底结束了。颔联谓玄宗幸蜀，途中夜宿但闻宵柝之声，不似前时宫中高卧，等待鸡人之报晓也。颈联谓杨妃被诛之日，六军驻马不前，不杀不足以息众怒；回想从前七夕之夜的海誓山盟，能不悲乎！颈联倒装，"此日""当时"，反差极大。尾联谓为何作了四十多年皇帝的唐玄宗，尚不能保住自己的宠妃，反不如民间夫妇能够白头偕老耶？次章比首章更好，一起突兀，一结无穷。但是清人沈德潜以为"剪彩为花，全无生韵"，纪晓岚以为"伤于轻利"，这些议论非愚即诬。义山敢讥刺皇帝，沈、纪只能做奴才，原为异类，岂是知音？冯浩曰："起句破空而来，最是妙境，况承上首，已点明矣，古人连章之法也。次联写事甚警。三联排宕。结句人多讥其浅近轻薄，不知却极沉痛。唐人习气，不嫌纤艳也。"

【注释】

①更九州：古代中国分为九州：兖、冀、青、徐、豫、荆、扬、雍、梁。邹衍说："九州之外，更有九州。"中国九州总名赤县神州，中国之外，如中国九州这样的州共有九个，外有小海环绕，小海环绕的九州又总称为一州，这样的州又共有九个，外有大瀛海环绕。所谓"海外九州"，指人迹不至的海外仙洲。陈鸿《长恨歌传》："玄宗命方士致贵妃之神，旁求四虚上下，跨蓬壶，见最高仙山上多楼阙，署曰'玉妃太真院'。玉妃出揖方士，问天宝十四载已还事。言讫，悯然，取金钗钿合，各析其半，授使者还献上皇。将行，乞当一事不闻于他人者为验。玉妃曰：'昔天宝十年秋七月，牵牛织女相见之夕。时夜殆半，独侍上。上凭肩而立，因仰天感牛女事，密相誓，心愿世世为夫妇，执手各呜咽。此独君王知之耳。'方士还奏，上皇嗟悼久之。"

②虎旅:指禁卫军。《西京赋》:"陈虎旅于飞廉。"宵柝:夜间报警的木梆。

③鸡人:古代宫廷不得畜鸡,卫士候于朱雀门外传鸡唱,叫做"鸡人"。鸡人敲击更筹(竹签)报晓,称"晓筹"。

④此日:指夜宿马嵬之日,即天宝十五载六月十四日。六军驻马:禁军驻马不前,要求诛灭杨氏兄妹。

⑤当时:指天宝十载七月七日。玄宗与杨妃订立盟誓,"愿世世为夫妇"。笑牵牛:笑天上牛女二星一年只能相会一次,而自己则可永世相守。

⑥四纪:十二年为一纪,玄宗当了四十五年皇帝,故举其约数曰"四纪为天子"。

⑦卢家有莫愁:前已屡见。

思贤顿①

内殿张弦管②,中原绝鼓鼙。舞成青海马③,斗杀汝南鸡④。不见华胥梦⑤,空闻下蔡迷⑥。宸襟他日泪⑦,薄暮望贤西⑧。

【题解】

首二句谓玄宗以为承平日久,天下无事,可以尽情享乐。三四句谓玄宗舞马斗鸡,不理朝政。五六句谓玄宗不思天下大治、长治久安之计,却荒于美色,宠幸贵妃。末二句谓玄宗追怀往事,不觉泪下,暮宿望贤驿,神情黯然。天宝十五年六月,安禄山攻破潼关,玄宗逃往成都,十二月还京。本诗讽刺玄宗荒淫腐败,不理朝政,大祸临头,仓皇出奔,暮宿西驿,有泪如倾。

【注释】

①思贤顿:即望贤驿,在咸阳东数里,止宿曰顿,止宿之所亦曰顿。天

宝十五载六月十三日，玄宗至咸阳望贤驿止宿，地方官吏骇散，无复供给。玄宗只得憩于宫门之树下。

②内殿：指宫中。张弦管：奏乐。鼙：战鼓。

③青海马：产于青海湖的千里马。《唐书·乐志》："玄宗尝以马百匹，盛饰分左右，施三重榻，舞倾杯乐数十曲。每千秋节，舞于勤政楼下。"

④汝南鸡：汝南产长鸣鸡，此指名贵斗鸡。

⑤华胥梦：《列子·黄帝》："(黄帝)昼寝而梦游于华胥氏之国……其国无帅长，自然而已。其民无嗜欲，自然而已。不知乐生，不知恶死，故无夭殇。不知亲己，不知疏物，故无爱憎。不知背逆，不知向顺，故无利害。"黄帝梦醒后，怡然自得，过了二十八年，天下大治，几乎同华胥国一样。

⑥下蔡迷：宋玉《登徒子好色赋》："嫣然一笑，惑阳城，迷下蔡。"宋玉说东家之子(邻居的少女)美色无比，胜过阳城、下蔡的美人。

⑦宸襟：帝王的衣襟。他日：昔时。

⑧望贤：望贤驿。《幸蜀记》："明皇憩望贤宫树下，怫然若有弃海内之意；高力士觉之，遂抱上足，呜咽开喻，上乃止。"《天宝乱离记》："至望贤宫，迨曛黑，百姓稍稍来，乃得麦饭。"

九成宫①

　　十二层城阆苑西②，平时避暑拂虹霓③。云随夏后双龙尾④，风逐周王八马蹄⑤。吴岳晓光连翠巘⑥，甘泉晚景上丹梯⑦。荔枝卢橘沾恩幸⑧，鸾鹊天书湿紫泥⑨。

【题解】

　　本篇是诗人过九成宫而追忆太宗盛世之作。首联谓太平时代巡幸之气象。次联言随从皆英俊臣僚。三联言晓暮登临，景色各殊，然皆映照九成宫。末联谓远方所进献之方物虽微，亦皆得沾恩而赐诏书也。篇中追念太宗盛世,羡慕生逢其时者何其幸运,感慨自己生不逢时也。

【注释】

①九成宫:原本隋朝仁寿宫,唐贞观年间修之以避暑,因更名九成宫。太宗以杖划地,得泉水而甘,因名醴泉。

②《集仙录》:"西王母所居宫阙在阆风之苑,有城千里,玉楼十二。"十二楼、十二城皆可通用。阆苑:传说神仙所居之境,在昆仑山上。此指京城宫苑。

③平时:太平之世。拂虹霓:形容宫高而至上拂云霓,则远离人间炎热矣。

④夏后:指夏朝君主启。《山海经》:"大乐之野,夏后启于此舞九代,乘两龙。"传曰:"九代,马名。"

⑤周王:周穆王。八马:即"八骏"。

⑥吴岳:华山以西名山。唐肃宗至德二年春,居凤翔,改汧阳县吴山为西岳。

⑦甘泉:汉宫名。故址在今陕西淳化西北甘泉山。原本秦林光宫,汉武帝扩建并常在此避暑。吴岳在西,故见晓光,甘泉在东,故见晚景。丹梯:夕阳照射,故云丹;九层之宫如梯。

⑧卢橘:金橘。荔枝、卢橘,当夏而熟,故贡于九成宫。

⑨鸾鹊:此指书法的婉转分披之体势。天书:皇帝的诏令。诏书以紫泥封函,两端无缝。

细 雨 开成四年

潇洒傍回汀①,依微过短亭②。气凉先动竹,点细未开萍。
稍促高高燕,微疏的的萤③。故园烟草色,仍近五门青④。

【题解】

首联写细雨由远而近,"潇洒"状其空濛,"依微"状其轻柔。次联刻画精工，"动竹"之先，已觉凉气油然而生，知雨之将至。"气凉"二字，超妙入神。雨点细微故无力，打不开浮萍，亦见体察精微。三联写细雨来时，催去高飞之燕，催飞的的之萤。"稍促"、"微疏"，下字轻妙，高燕缓缓离去，草萤渐渐稀少，皆由雨"细"使然。末联见雨中碧草如烟，引起思乡之念，因谓故乡草色青青与京城草色同样美好。此诗当作于长安。

【注释】

①回汀：弯曲的水边地带。

②依微：隐约可辨。短亭：五里一短亭，十里一长亭。

③的的(dī dī)：细而明亮。

④五门：《礼记·明堂位》注："天子五门：皋、雉、库、应、路。"此借指京城。

东　南

东南一望日中乌①，欲逐羲和去得无②？且向秦楼棠树下③，每朝先觅照罗敷④。

【题解】

义山婚后不久，即到长安释褐为秘书省校书郎，与王氏分居两地，十分思念，于是产生追逐羲和而望秦楼之奇想。诗中以秦楼比泾州幕府，以罗敷比王氏。"棠树"，程梦星以为是桑树之讹，桑与本事合，棠则无谓矣。

【注释】

①日中乌：张衡《灵宪》："日，阳精之宗，积而成乌，象乌而有三趾。"

②羲和：神话中太阳的御者。

③秦楼：乐府《陌上桑》："日出东南隅，照我秦氏楼。秦氏有好女，自名为罗敷。"

④每朝：每天早晨。

别薛岩宾①

曙爽行将拂②,晨清坐欲凌③。别离真不那④,风物正相仍⑤。漫水任谁照?衰花浅自矜。还将两袖泪,同向一窗灯⑥。桂树乖真隐⑦,芸香是小惩⑧。清规无以况⑨,且用玉壶冰⑩。

【题解】

开成四年,义山参加礼部试书判,中式,授与秘书省校书郎,正九品上。校书郎为文士起家之良选,职位清要,这是义山释褐得官的开始。可惜没几个月的光景,就将他调补弘农尉,这无疑对他是一种打击。同僚薛岩宾可能同时外斥,"还将两袖泪,同向一窗灯"可证。为什么调离秘书省如此之速?可能是受到排挤和诬陷。所以在诗的结尾义山特别申明自己问心无愧。

【注释】

①此诗当是义山开成四年由秘书省调补弘农尉时所作。薛岩宾当是秘书省同僚。

②曙爽:天明放晴。行将:将要。拂:拂晓。

③凌:迫近。二句谓天将放亮,清晨到来。

④不那:无可奈何。

⑤相仍:依旧。二句谓风物依然,而人事有了变动。

⑥四句谓不管漫水照人、衰花自赏,无心观物;灯前洒泪,告别同僚。

⑦桂树:此有折桂登科之义。

⑧芸香:指秘书省校书郎之职任。二句谓登第已乖真隐,任职校书郎无异于小惩也,可谓仕隐两失。

⑨清规:谓己之操行美好。况:比况。

⑩玉壶冰:用王昌龄"一片冰心在玉壶"之意。二句谓己之节操如玉洁冰清,永葆此清规也。

蝶①

初来小苑中,稍与琐闱通②。远恐芳尘断③,轻忧艳雪融④。只知防灏露⑤,不觉逆尖风⑥。回首双飞燕,乘时入绮栊⑦。

【题解】

此自慨之作。首联喻初入秘书省,得与公卿贵人相通。次联谓日见疏远,已恐芳尘断绝。三联谓只知浩露湿翼,应当提防,不料尖风逆吹,阻碍前进。末联谓自己被排斥,但见他人乘时升进也。

【注释】

①旧本作"蝶三首",与"长眉画了"二绝连在一起,今从戊签本。

②琐闱:有雕饰图案的宫中侧门。

③芳尘:尘埃的美称。陆云《喜霁赋》:"戢流波于桂水兮,起芳尘于沉泥。"

④艳雪:花粉。

⑤灏露:浩露。骆宾王《在狱咏蝉》:"露重飞难进,风多响易沉。"

⑥逆:迎。尖:锐利。

⑦绮栊:绮窗,谓雕宫。

出关宿盘豆馆对丛芦有感^①

芦叶梢梢夏景深^②,邮亭暂欲洒尘襟^③。昔年曾是江南客^④,此日初为关外心^⑤。思子台边风自急^⑥,玉娘湖上月应沉^⑦。清声不逐行人去,一世荒城伴夜砧^⑧。

【题解】

义山调补弘农尉,出关宿于盘豆馆,夜闻芦叶之声,怆然有怀,因赋此篇。首联谓一天的奔波,至驿馆投宿,夜静凉生,闻芦叶潇潇,心中的郁闷为之一解。颔联谓童年漂泊江南,今又被排斥到关外,官不挂朝籍,思之伤心也。颈联谓料想母亲思念漂流在外的游子,妻子久盼丈夫归来。"风自急","月应沉",可见思念之切,期待之深。尾联谓芦叶清音与荒城砧声相应和,令人彻夜难眠。叶葱奇《疏注》曰:"妙在宛转含蓄,所以情致深远,怆惆不尽。"

【注释】

①关:潼关。盘豆馆:馆在潼关以东四十里。昔汉武帝过此,父老以牙豆盘献,因名盘豆馆。丛芦:芦苇丛。

②梢梢:风吹木叶之声。夏景深:夏景将残也。

③邮亭:驿馆。传送文书投止之所。洒:洗。

④江南客:《樊南文集·祭裴氏姊文》:"浙水东西,半纪漂泊。"

⑤关外心:指义山由京都秘书省外调补弘农尉。

⑥思子台:《汉书·戾太子传》:戾太子刘据以巫蛊事自杀,汉武帝"怜太子无辜,乃作思子宫,为归来望思之台于湖"。台址在河南灵宝县。

⑦玉娘湖:未详。二句有母子悬念,夫妻相思之意。

⑧二句谓芦叶清声不随往来人而远去,惟伴荒城夜夜之砧声耳。

次陕州先寄源从事①

离思羁愁日欲晡②,东周西雍此分途③。回銮佛寺高多少④,望尽黄河一曲无⑤?

【题解】

义山到达弘农县之前,先到陕虢观察使治所陕州,未到达陕州,先作诗寄给观察使幕僚源从事。一二句谓日暮时分尚在征途,即将到达陕州也。三四句谓源从事登陕州佛寺远望时,可知我屈就县尉耶?寄问之词,不露形迹,语浅意深。

【注释】

①次:止宿。陕州:今河南陕县。源从事:其人不详,州郡长官自辟僚属,称为从事。弘农在陕州西,义山于开成四年由秘书省校书郎调补弘农尉。

②晡:黄昏时分。

③东周西雍:弘农郡陕县有陕陌,是周公、召公领地的分界线。《春秋公羊传》:"自陕而东,周公主之;自陕而西,召公主之。"雍:古九州之一,今陕西、甘肃之地。雍读拥。

④回銮:銮舆返京。唐代宗广德元年十月,吐蕃犯京畿,驾幸陕州,十二月还。佛寺:代宗还京后,仍于陕州建佛寺以报功。

⑤黄河一曲:黄河九曲以达于海。此言源从事已登高远眺,而我尚在中途也。

荆　山①

　　压河连华势屡颜②，鸟没云归一望间。杨仆移关三百里③，可能全是为荆山？

【题解】

　　一二句说荆山景色壮丽。三四句说置荆山于关外甚可惜；杨仆移关，可能全是为置荆山于关内乎？盖义山亦耻居关外，故作牢骚之语也。

【注释】

　　①荆山：指唐虢州湖城县南之荆山，一名覆釜山，今属阌乡县，传说是黄帝铸鼎处。

　　②河：黄河。华：华山。屡颜：即巉岩。"华"读去声。

　　③杨仆：汉武帝名将。《汉书·武帝纪》："元鼎三年冬，徙函谷关于新安，以故关为弘农县。"应劭注曰："时楼船将军杨仆数有大功，耻为关外民，上书乞徙东关，以家财给其用度。武帝意亦好广阔，于是徙关于新安，去弘农三百里。"《水经注》："杨仆以家僮七百人筑塞徙关。"

戏赠张书记①

　　别馆君孤枕②，空庭我闭关③。池光不受月④，野气欲沉山。星汉秋方会⑤，关河梦几还。危弦伤远道⑥，明镜惜红颜。古木含风久⑦，平芜尽日闲。心知两愁绝⑧，不断若寻环。

【题解】

　　题名戏赠，实无戏言，以庄重典雅之辞，写同病相怜之感，情景交融，文质双美。

【注释】

①张书记:张审礼为朔方书记,亦王茂元之婿。张采田以为此诗作于开成四年义山任弘农尉时。"此或张于役弘农,与义山相见,其妇尚居岐下(指凤翔),故以思家戏之也。诗意牢落,必调尉时作。"

②别馆:客馆。

③闭关:闭门。首二句谓君居客馆,我亦别偶孤居弘农。

④二句谓池上暮霭阻碍了池水对月光的反照,夜色迷茫,山色不明,若堕入池中。

⑤二句谓张书记与其妻若牛女之遥隔天河,惟在梦中相见耳。

⑥危弦:悲音。二句写张妇为远别而悲伤。

⑦二句谓寂寞孤单,闲愁最苦。

⑧二句谓心知两地相思,愁若断肠,然而无法排遣。寻环:即循环。

明 神

明神司过岂能冤①,暗室由来有祸门②。莫为无人欺一物,他时须虑石能言③。

【题解】

一二句谓神明司过,不冤枉好人,不放纵坏人;暗中策谋,乃招祸之门。三四句谓莫因无人知晓而敢于暗中欺人,将来总有一天,真相大白,石亦能为证也。诸家皆曰此诗为甘露之变而作,非也。甘露之变由宰相李训等密谋铲除宦官集团,因所伏甲兵暴露,失败。宦官仇士良等劫文宗回宫,捕杀李训、王涯等,株连者千余人。义山不可能站在宦官立场上指责李训暗室亏心,终遭恶报。刘、余《集解》疑本篇隐指大中初年牛党白敏中等借一区区小吏吴湘的所谓冤案打击李德裕政治集团事。此一说也难令人确信。

本篇是开成四年义山任职弘农尉,以活狱触怒孙简,将罢官时所作。

【注释】

①明神:对神的尊称。司过:掌握人的罪过。

②暗室:谓隐避之处,暗处。《南史·阮长之传》:"不侮暗室。"意思是不在暗地里做坏事。

③石能言:石头能讲话。《左传》昭公八年:"石言于晋魏榆(晋地)。晋侯问于师旷曰:'石何故言?'对曰:'石不能言,或冯(凭)焉。'"

自　贶^①

陶令弃官后^②,仰眠书屋中。谁将五斗米^③,拟换北窗风?

【题解】

本篇是任职弘农尉,以活狱忤观察使孙简,将罢去时作。义山很少有陶渊明的傲气,失望和悲伤压得他吐不出气来,现在居然一愤其气,睥睨府吏,欲效渊明归去,实在难能可贵。

【注释】

①贶(kuàng):赐与。《毛诗·小雅·彤弓》:"我有嘉宾,中心贶之。"自贶,即自赠。

②陶令:陶渊明曾为彭泽县令。《晋书·隐逸传》:"陶潜为彭泽令。郡遣督邮至县,吏白应束带见之。潜叹曰:'吾不能为五斗米折腰,拳拳事乡里小人邪!'解印去县。尝言夏月虚闲,高卧北窗之下,清风飒至,自谓羲皇上人。"

③五斗米:陶潜"吾不能为五斗米折腰",乃指己不愿卑事江州刺史五斗米道王凝之(时陶潜为江州祭酒)。义山已理解"五斗米"为官俸。

假　日①

素琴弦断酒瓶空,倚坐欹眠日已中②。谁向刘灵天幕内③,更当陶令北窗风。

【题解】

张采田曰:"诗有陶令北窗风语,是任弘农尉乞假时作。故聊写闲适,而意则傲岸。"本篇作于罢尉之时。一二句谓弦已断,酒已空,一官废黜,独坐欹眠。三四句谓谁能像刘伶那样痛饮酒,旁若无人?谁又能像陶潜那样当窗抚琴,自得其乐?义山直欲以刘、陶为师。

【注释】

①假日:即"乞假归京"之假日。

②欹:斜,倾侧。

③刘灵:即刘伶。刘伶《酒德颂》:"幕天席地,纵意所如。"

任弘农尉献州刺史乞假归京① 开成五年

黄昏封印点刑徒②,愧负荆山入座隅③。却羡卞和双刖足④,一生无复没阶趋⑤。

【题解】

义山由眼前的荆山而联想到楚之荆山及卞和故事,乃作愤怒之诗。

【注释】

①《新唐书·文艺传》:"(义山)调补弘农尉,以活狱忤观察使孙简,将

罢去。"弘农县属虢州,州刺史是孙简。义山被罢官之时,正碰上姚合代孙简,要他还任。诗是将罢去时所作。

②封印:封存官印。点刑徒:清点罪犯。此二事是县尉每日散衙前例行公事。

③荆山:见前注。此言入座当值,清查刑徒,愧对眼前壮丽之荆山。

④卞和:春秋楚人。相传他发现玉璞,先后献给楚厉王、武王,都被认为欺诈,被截去双脚。楚文王即位,卞和抱璞哭于荆山下,楚王使人剖璞而得宝玉,称为和氏璧。事出《韩非子·和氏》。刖:砍,断。古代砍掉脚的酷刑。

⑤没阶趋:尽阶趋。卞和虽遭刖足之刑,却无阶前趋走之苦。

公　子

一盏新罗酒①,凌晨恐易销。归应冲鼓半②,去不待笙调。歌好唯愁和,香秾岂惜飘。春场铺艾帐③,下马雉媒娇④。

【题解】

本篇专为讽刺吃喝玩乐的纨袴子弟而作。首联谓夜饮贡酒,凌晨酒力已尽。次联谓夜归迟至暮鼓将停,晨出不待调笙奏乐,忽然而去。三联谓歌好不知欣赏,更怕别人请他唱和;焚香则尽情燃烧,不知香味,白白浪费。末联写其春场捕猎,骄纵轻浮之态令人生憎。通篇写其醉生梦死,一无所知。贵公子骄奢逸乐的形象跃然纸上。

【注释】

①新罗:朝鲜古国。新罗酒:新罗国所酿之酒,进贡给唐王朝的贡品。

②冲鼓半:谓暮鼓将止。冲,超过。

③艾帐:系有艾叶的网罗,迷惑鸟雀,以便捕猎。李贺《艾如张》:"艾叶绿花谁剪刻,中藏祸机不可测。"

④雉媒：人工喂养驯化的用来诱捕野鸟的雉。潘岳《射雉赋》注："媒者，少养雉子，长而狎人（与人嬉戏），能招引野雉，因名曰媒。"

少　年

外戚平羌第一功①，生年二十有重封②。直登宣室螭头上③，横过甘泉豹尾中④。别馆觉来云雨梦⑤，后门归去蕙兰丛⑥。灞陵夜猎随田窦⑦，不识寒郊自转蓬⑧。

【题解】

首联谓贵族少年凭藉自己是皇亲国戚、先世有战功，少小袭封侯爵。次联谓其骄纵至极，螭头殿上，可以直登，豹尾班中，横行而过。三联谓其别馆有云雨之欢，后院有淫逸之乐。末联谓其狐假虎威，游猎无度，不知寒郊贫士漂泊辗转之苦辛也。结句乃全诗之主旨，是才人贫士血泪的控诉。

【注释】

①外戚：不知所指为谁。冯注："诗所指者，当为郭汾阳之裔。"《东观汉记·马防传》："防（马援之子）征西羌，上嘉防功……防兄弟二人各六千户，防为颍阳侯，特以前参医乐勤劳，绥定西羌，以襄城、羹亭一千二百户增防，身带三绶，宠贵至盛。"《后汉书·马防传》："马防，明德马皇后兄也。肃宗建初四年封颍阳侯，以平定西羌增邑千三百五十户。"

②重封：先有封号，再加一个封号。《汉书·樊哙传》："赐重封。"

③宣室：汉未央宫正殿。螭头：指殿阶上所刻螭形花饰。《旧唐书·郑朗传》："朗执笔螭头下。"《旧唐书·文宗纪》："文宗太和九年，敕左右省起居赍笔砚及纸于螭头下记言记事。"曰"螭头上"，谓其侍近御座。

④甘泉：林光宫一曰甘泉宫，秦所造，汉武帝建元中增广之，周十九里，去长安三百里。《汉书·扬雄传》："是时赵昭仪方大幸，每上甘泉常法从（从法驾也），在属车间、豹尾中。"注："大驾属车八十一乘，作三行，尚书御

198

史乘之,最后一乘悬豹尾。"

⑤别馆:别墅。云雨梦:楚怀王梦游高唐,神女自谓"旦为朝云,暮为行雨"。

⑥后门:《汉书·成帝纪》:"上始为微行出。"注:"于后门出……单骑出入市里,不复警跸,若微贱之所为,故曰微行。"蕙兰丛:谓姬妾成群。

⑦灞陵夜猎:《史记·李将军列传》:"广家与故颍阴侯孙屏野居蓝田南山中射猎。尝夜从一骑出,从人田间饮。还,至霸陵亭。霸陵尉醉,呵止广。广骑曰:'故李将军。'尉曰:'今将军尚不得夜行,何乃故也!'止广宿亭下。"田窦:武安侯田蚡,孝景后同母弟;魏其侯窦婴,孝文后从兄子。

⑧转蓬:飘荡不定的蓬草。曹植《杂诗》:"转蓬离本根,飘飘随长风。"

鸾 凤

旧镜鸾何处①,衰桐凤不栖。金钱饶孔雀②,锦段落山鸡③。王子调清管④,天人降紫泥⑤。岂无云路分⑥?相望不应迷。

【题解】

开成四年,义山为秘书省校书郎,不久调为弘农尉,以活狱触怒观察使,将罢官,适逢姚合代孙简,使复任。次年冬天辞去弘农尉,求调他职,本篇当作于此时。首联谓秘书省旧侣不知今在何处;凤不栖枯桐,我已卸任尉职矣!次联谓如今是非颠倒,凤之价值反不若孔雀,凤之文采反落后于山鸡。三联谓仙人王子晋或许正在调笙作凤鸣,召凤之机会已到;皇上也将下诏求贤,我则致身青云有望。末谓显达之仕途,我岂无分?当望路争驱,何疑虑之有!

【注释】

①镜鸾:见《陈后宫》(茂苑城如画)注。

199

②《南州异物志》：“孔雀自背及尾皆作圆文，五色相绕，如带千钱。”饶：让也。

③落：下也。

④《列仙传》说王子乔（周灵王太子晋）吹笙作凤鸣，后来升仙而去。

⑤天人：天使。紫泥：指皇帝的诏书。古代诏书以紫泥封袋口，加盖印玺。

⑥云路：青云路，喻仕途显贵。分：缘分，定分。

咏 史

历览前贤国与家，成由勤俭破由奢①。何须琥珀方为枕②，岂得珍珠始是车③？运去不逢青海马④，力穷难拔蜀山蛇⑤。凡人曾预南薰曲⑥，终古苍梧哭翠华⑦。

【题解】

咏史诗为伤悼唐文宗李昂而作。首联谓勤俭兴国，奢侈败国，自古而然。颔联谓文宗俭朴，岂有琥珀为枕、珍珠照车之事？颈联谓时运不好，没有得到英才的辅佐；受制家奴，无力拔除宦官。尾联谓几人受恩与闻皇帝爱民图治之曲？我则有幸闻之，所以永远为文宗哀恸也。史称文宗斥奢崇俭，终身不改。诗中深惜其运值凌夷，所驳非才，而宦竖难除，国无宁日也。义山以开成二年登第，南薰之曲，固尝闻之。然而天子愧愤殁身，故不能已于苍梧之痛哭也。

【注释】

①《韩非子·十过》：“秦穆公问由余曰：‘古之明王得国失国何以故？’余对曰：‘常以俭得之，以奢失之。’”

②琥珀枕：用琥珀制作的枕头。沈约《宋书》载，武帝（刘裕）时，宁州献琥珀枕，时北征需琥珀治金疮，即命打碎分赐诸将。

③珍珠车:《史记·田敬仲完世家》记载:齐威王与魏惠王田猎于郊,魏王夸说他有径寸之珠,照车前后各十二乘者有十枚。威王谓己所贵者贤臣,"将以照千里,岂特十二乘哉!"

④青海马:产于吐谷浑青海的杂交马,日行千里,时称青海骢马。此以马喻英才。

⑤蜀山蛇:《华阳国志·蜀志》记载:秦惠王嫁五女于蜀,蜀王遣五丁迎之。回到梓潼,见一大蛇入穴中,五人共掣蛇尾,山崩,压五人及秦五女,皆化为石。此以蛇喻宦官、佞臣。

⑥预:与闻。南薰曲:传说舜弹五弦琴,歌《南风》之诗,其词曰:"南风之薰兮,可以解吾民之愠兮;南风之时兮,可以阜吾民之财兮。"

⑦苍梧:即九嶷山,在今湖南宁远县南,传说舜葬之处。翠华:翠羽旗,皇帝的仪仗。

垂　柳①

娉婷小苑中②,婀娜曲池东③。朝佩皆垂地④,仙衣尽带风。七贤宁占竹⑤,三品且饶松⑥。肠断灵和殿⑦,先皇玉座空⑧。

【题解】

垂柳是诗人自我形象的写照,结尾最明显。首联谓无论在小苑或曲江,垂柳总是婀娜多姿。此风流自赏也。颔联谓宫廷的垂柳,道观的垂柳,无不垂地牵风。此喻己在秘书省为校书郎或在玉阳山入道,都表现出才华出众,潇洒自如。颈联谓柳与竹比,不占隐士之誉;与松比,未受爵禄之荣。此喻己之进退两难。尾联谓灵和殿前之柳是思念齐武帝而断肠,因为武帝已离开人世。此暗喻唐文宗已故,义山不得志于朝,亦有思故君之痛也。

①程梦星曰:"此自感身世,追思文宗也。义山于君臣遇合绝少,唯文宗开成二年登第,故不能已于成名之感,偶对垂柳发之。"

②娉婷:姿态美好貌。

③曲池:即曲江。

④朝佩:入朝之佩带。

⑤七贤:竹林七贤,有嵇康、阮籍、山涛、向秀、王戎、刘伶、阮咸等名士。

⑥三品:松的别名为五大夫,少林寺有武则天封三品松、五品槐。饶:让。二句谓柳虽美好,却不占隐士之誉,不受爵禄之荣。

⑦灵和殿:《南史·张绪传》说,张绪少有清望,吐纳风流,每朝见,齐武帝(萧赜)目送之。刘悛之为益州,献蜀柳数株,枝条甚长,状如丝缕。时旧宫芳林苑始成,武帝以植于太昌灵和殿前,常赏玩咨嗟,曰:"此杨柳风流可爱,似张绪当年时。"

⑧先皇:指文宗。

无愁果有愁曲北齐歌①

东有青龙西白虎②,中含福星包世度③。玉壶渭水笑清潭④,凿天不到牵牛处⑤。麒麟踏云天马狞⑥,牛山撼碎珊瑚声⑦。秋娥点滴不成泪⑧,十二玉楼无故钉⑨。推烟唾月抛千里,十番红桐一行死⑩。白杨别屋鬼迷人⑪,空留暗记如蚕纸⑫。日暮向风牵短丝⑬,血凝血散今谁是⑭?

【题解】

北齐后主高纬是一位荒淫的君主,贪游乐,喜畋猎,宠女色,在位十三年而亡国。公元 577 年,后主及太后、幼主、诸王、淑妃等被北周将领尉迟纲所获,送往长安,后被诬为谋反,全部赐死。首二句谓北齐后主这位"无愁天子"左右皆辅弼之臣,自己如同居于中央之福星,掌握一切枢机。三四句谓后主没有把长安的北周政权放在眼中,视渭水如漏壶、清潭,开拓疆土亦不到渭水之滨。五六句谓北周兵马踏空而来,齐后主如齐景公之忧生,毁宝器而降周。七八句谓后主之宠妃冯小怜毫无亡国之痛,北齐灭国后,晋阳宫院亦毁。九十句谓后主被押送长安,抛弃故国大好风光于千里之外,其子孙无论少长皆一同赐死。十一、十二句谓后主墓地白杨萧萧,无比凄凉,空留其事迹暗记于史册。末二句谓西风吹墓草,不知其恨血化碧或是散作尘埃,有谁知? 本篇是咏史之作,风格全效李贺,幽奥险怪,哀艳凄清,大似长吉手笔。张采田《会笺》对此篇有独到的说法。《笺》曰:"北齐高纬自创《无愁曲》,时人谓之'无愁天子',玉溪反其意而拟之,故曰《无愁果有愁曲》。系以《北齐歌》者,溯其原,以示托寓之微意也。详味诗旨,盖感甘露之变,而伤文宗崩后,杨妃、安王等赐死而作。东龙西虎,喻神策两军。'中含'句,谓禁军本为护卫帝室而设,奈何出此无名之举哉? '玉壶'句暗指训、注、王涯辈诛宦官不成,则所谓'凿天不到牵牛处'矣。'牵牛',喻君侧恶人也。'麒麟'句,比仇士良等倒戈,大戮廷臣,气焰益横。'牛山'句,即史所谓文宗伪喑不语也。'秋娥'二句,更以文宗崩后,不能保一爱姬,痛之。'推烟'句,谓杨贤妃赐死。'十番'句,指陈王、安王赐死,国祚未衰,而文宗之绪斩焉,岂非一行死乎? '白杨'二句,言死者常已矣,徒留佚事在简书,使后人向风牵愁而已,千载而后,谁复定其是非哉? 真所谓无愁天子而竟有愁矣。此是通篇大意。"

【注释】

①北齐后主高纬自创《无愁曲》,时人称他"无愁天子",义山反其意而拟之,因撰"无愁果有愁曲",下加"北齐歌",以明其源,借古事以警告当世君主。

②青龙、白虎:古代神话中的神物,与朱雀、玄武合称四方四神。《礼记·曲礼上》:"行,前朱雀而后玄武,左青龙而右白虎。"注:"前南,后北,左东,右西。朱鸟、玄武、青龙、白虎,四方宿名也。"东方苍龙七宿:角、亢、氐、房、心、尾、箕;西方白虎七宿:奎、娄、胃、昴、毕、觜、参;南方朱鸟七宿:井、

鬼、柳、星、张、翼、轸；北方玄武七宿：斗、牛、女、虚、危、室、壁。古代天文学家把黄道（日、月所经天区）的恒星分成二十八个星座，即上述二十八宿。

③福星：即岁星。古称木星为岁星，谓其所在多福，故又名福星。此以福星比喻北齐后主高纬。包世度：包揽一切法度，控制世间一切机权。《云笈七签》："包括世度，璇玑照明。"

④玉壶：即宫漏，计时之器。义山《深宫》诗："玉壶传点咽铜龙。"

⑤凿天：开天辟地。此指开拓疆土。《三辅黄图》："渭水贯都，以象天汉；横桥南渡，以法牵牛。"

⑥麒麟、天马：指北周骑兵。狞：凶猛。

⑦牛山：在今山东临淄县南十里。《列子·力命》："齐景公游于牛山，北临其国城而流涕。"

⑧秋娥：指高纬的宠妃冯小怜。不成泪：谓毫无忧国之痛。高纬遇害，周武帝以冯小怜赐代王达，隋文帝又将其赐李询，询母逼令自杀。

⑨十二玉楼：《十洲记》谓昆仑山有天墉城，城中有金台五所，玉楼十二。《北史·齐纪》："（后主）起镜殿、宝殿、玳瑁殿，丹青雕刻，妙极当时，又于晋阳起十二院，壮丽逾于邺下。"无故钉：谓北齐亡后，十二院亦毁。

⑩十番：十株。红桐：桐的一种，花色火红。红桐：谓贵种也。此取桐孙之义，指后主子孙。《北齐书》："周军奄至，太子恒、淑妃及韩长鸾等皆为所获……至建德七年，数十人无少长皆赐死，神武（齐高祖高欢为神武皇帝）子孙存者一二而已。"

⑪白杨：《古诗十九首》："驱车上东门，遥望郭北墓。白杨何萧萧，松柏夹广路。"齐后主死后葬于长安北原洪渎川。

⑫暗记：秘密记号，暗号。蚕纸：蚕茧纸，是一种书写材料。此指史册。

⑬短丝：指草。李贺《河南府试十二月乐词·正月》："寒绿幽风生短丝。"

⑭《庄子·外物》："苌弘死于蜀，藏其血，三年而化为碧。"

酬别令狐补阙①

惜别夏仍半，回途秋已期。那修直谏草②，更赋赠行诗。锦段知无报③，青萍肯见疑④？人生有通塞，公等系安危⑤。警露鹤辞侣⑥，吸风蝉抱枝⑦。弹冠如不问⑧，又到扫门时⑨。

【题解】

本篇是义山于开成五年移家长安后，再赴弘农时所作，本年冬辞去弘农尉。从这首诗中不难看出，义山与令狐绹之间已有裂痕。裂痕在未婚于王氏之前就已经存在。义山中进士，令狐绹起了很大作用。当时令狐绹为左补阙，令狐楚在兴元。令狐楚屡促义山入幕，义山并未立即成行。一方面是因为家中遇到困难，需要到外地聚粮；另一方面，慈母在济源，需要照顾；还有第三个方面的原因，义山没有明白说出。义山并不甘心于长期做幕僚，他希望做朝官，而且志气不小，"永忆江湖归白发，欲回天地入扁舟"。他多次参加进士试，目的就在于释褐入仕。中进士之后，还要准备第二年春天应博学宏词试，哪有心思急于入令狐楚或王茂元之幕。《樊南文集补编·上令狐相公状六》："伏以经年滞留，自春宴集，虽怀归苦，无其长道。而适远方俟于聚粮。即以今月二十七日东下，伏思自依门馆，行将十年，久负梯媒，方沾一第……虽济上汉中，风烟特异，而恩门故国，道里斯同。北堂之恋方深，东阁之知未谢。凤宵感激，去住彷徨。彼谢掾辞归，系情于皋埌；杨朱下泣，结念于路歧。以方兹辰，未偕卑素。况自今岁累蒙荣示，轸其漂泊，务以慰安。促曳裾之期，问改辕之日。五交辟而未盛，十从事而非贤。仰望辉光，不胜负荷，至中秋方遂专往。"义山于大和三年入令狐楚幕，至开成二年仍为楚之幕僚，投叢令狐九年之久方沾一第，受恩不足为诧。而令狐并未从青年人的前途着想，也不为其应宏博之试提供喘息时机，而急召其入幕做繁琐的文字工作，以为受恩当报。事实上，义山的命运掌握在令狐手中,应楚急召,驰赴兴元,为他草《请寻医表》,代草《遗表》,为令狐绹草《为令狐博士绪补阙绹谢宣祭表》,上令狐相公状多篇,次年又撰《奠相国令狐公文》,撰《彭阳公墓志铭》等。诗中所谓"锦段知无报",是义山谦逊之辞;而"青萍肯见疑"真道出令狐绹的狭隘和狐疑心理。何况开成二年义山并未婚于王氏,学者多称义山婚于王氏是造成与令狐绹隔阂之根源,须知义山结婚是在应宏博试之后。而与令狐之裂痕出现在应宏博试之前。应试的成绩不差,考官周墀、李回已经录取他,有位中书长者说:"此人不堪。"把他的名字涂去。冯浩《玉溪生年谱》说:"中书长者,必令狐绹辈相厚之人。"说法不错。成也萧何,败也萧何,助其中进士,毁之于宏博。义山明知吃了亏,但是不敢得罪令狐,因为他声势煊赫,惹不起。义山少俊多才,令狐楚当年培植他,也是为了利用他。至于令狐父子的为人,无正直可言。令狐楚在甘露事变中,惟恐得罪宦官以取祸,不惜出卖王涯,曰:"然,涯诚有谋,罪应死。"(见钱龙惕《玉溪生诗笺·有感二首》)义山在《有感二首》中对王涯无辜被戮深表痛惜。令狐绹本是庸才,胸襟褊狭,他对义山中进士后有某种疏远的迹象心存狐疑,有意在宏词试中作梗,做了鸱鸮腐鼠一类的坏事,使义山在仕进的途中惨遭失败,成了他一生的心病,终身的遗憾。从中也可以看出唐朝考试制度的黑暗,政治关系最重要,学识和才华无足轻重。令狐绹暗中打击义山,并且诋毁他"背恩"、"无行",以掩盖造成关系破裂的深刻的政治原因,浅学之徒也把义山婚于王氏作为"背恩"的开始,何其荒谬! 请读《有感二首》、《重有感》,其政治态度与见风使舵、苟且偷生的令狐氏是多么不同! 仇士良虽以谋逆诬王涯,然未敢专杀。文宗夜召令狐楚,问他的态度,他依阿取容,讨好宦竖,使肆惨毒,置王涯于死地,罪责难逃。义山慨叹,"更无鹰隼与高秋",对藩镇坐视于外,宰辅依违于内,表示极大的愤慨,难道同令狐的苟且可以同日而语吗? 诚然,义山应宏词试失败之后,只好受王茂元之聘而入泾幕,他的悲伤心情并未平静下来,《安定城楼》、《回中牡丹为雨所败》就是当时心境的写照。大约在开成三年的夏秋之交成婚于王氏,茂元爱其才,故以女嫁之,并不是看中他的什么政治条件,拉他入李党,以对付牛党,但客观上使义山与令狐进一步疏远。平心而论,义山是非常重感情的人,从他对崔戎及崔戎一家人的态度上看,从他对萧浣、郑亚的态度上看,岂是势利之徒? 同时他也是一位是非爱憎十分清楚的人,他同刘蕡仅仅是一面之交,可是对刘的遭冤和夭折表示了最深切的同情和最大的愤慨,一再为其歌哭,实是为正义而歌哭。令狐绹诬他"无行",《新唐书》本传也说他"诡薄无行"。"诡薄"言其为人轻佻,变化多端;"无行"即无道德。若从政治立场上看,义山官职卑微,不能掌握权要,没有损害任何人,做弘农尉能"活狱",对朝廷的腐败丑恶敢直言、敢揭露,替无辜被贬的良吏哭诉,敢把矛头直刺昏庸的皇帝,没有做过一件黑良心的事,所谓"诡薄无行",只有令狐出此言,此外,找不到第二人。若从男女关系上看,义山的确过一些身份不同的女性,如女冠、宫嫔、使府的婢女、歌妓等,须知唐代社会开放,泛爱是普遍现象,不独义山。义山每有所爱,就爱得深刻、真实,表现出某种痴情,绝无玩弄女性、不尊重女方人格的意思,所以他的爱情诗感人至深,前无古人,后无来者。特别是自王氏死后,他不再续弦。"悼伤以来,光阴未几。梧桐半死,才有述哀。""兼之早岁,志在玄门,及到此都,更敦夙契。自安衰薄,微得端倪。至于南国妖姬,丛台妙妓,虽有涉于篇什,实不接于风流。"(《上河东公启》)这比令狐使府中姬妾成群的情形要干净得多,高尚得多。"将相以位隆特达,文士以职卑多诮。"(《文心雕龙·程器》)岂其然乎? 其不然乎? 董狐不存,史迁既往,后来的史家多半是封建统治者的传声器,所以新旧《唐书》本传那些诬枉义山的话不足为怪,不足为据。

【注释】

①酬:以诗文相赠答。令狐绹以开成二年为左补阙。冯浩、张采田以为此诗作于开成五年。

②直谏草:直谏之文书。四句谓己夏别秋回,又将远行,更劳令狐于修谏书之同时赋赠行之诗。

③锦段:张衡《四愁诗》:"美人赠我锦绣段,何以报之青玉案。"

④青萍:宝剑名。二句谓令狐厚谊,己虽无报,然心念旧恩,故人岂有按剑之疑?

⑤二句谓己之通塞安危系于令狐也。

⑥警露:鹤性警,八月白露降,即高鸣相警,移徙所宿处。

⑦吸风:蝉遇风吹则紧抱枝条,不离故处。二句谓己在复杂的环境中知道警惕自守。

⑧弹冠:弹去帽子上的灰尘。喻准备出仕。

⑨扫门:《史记·齐悼惠王世家》说,魏勃少时欲见曹参,家贫无以自通,乃早夜于其门外清扫,曹参因以为舍人。二句谓令狐若因出仕而不理会,则己又将扫其门而恭候也。

和张秀才落花有感

晴暖感余芳,红苞杂绛房①。落时犹自舞,扫后更闻香。梦罢收罗荐②,仙归敕玉箱③。回肠九回后④,犹有剩回肠。

【题解】

本篇仍是艳情诗一类。叶葱奇说:"似是和张(秀才)悼所恋妓女之作。"一二句谓花谢之前,因晴暖而余芳竞发,苞与花纷然杂陈。三四句谓飞花如舞,扫后犹有余香。五六句谓花期已过,如梦断仙归。末谓回思落花前之情景,久久不能忘怀也。

【注释】

①绛房:红花。

②罗荐:铺垫。置于室内以防花寒。

③敕:整饬。玉箱:车箱。《晋书·左贵嫔传》:"元杨皇后诔曰:'星陈凤驾,灵舆结驷。其舆伊何?金根玉箱'。"

④司马迁《报任安书》:"是以肠一日而九回。"

与同年李定言曲水闲话戏作①

海燕参差沟水流②，同君身世属离忧。相携花下非秦赘③，对泣春天类楚囚④。碧草暗侵穿苑路⑤，珠帘不卷枕江楼⑥。莫惊五胜埋香骨⑦，地下伤春亦白头。

【题解】

义山与李定言同年往昔于曲池之畔同有冶游之事，因伊人早逝，追忆而感赋此诗。首言海燕分飞，沟水分流，一别之后，不再与美人相见；尔我身世相同，抱此离忧亦相同也。次联谓忆昔与君共携手于花下，同游于狭邪之居，本非秦赘也；今则与君对泣于春风之中，竟似楚囚之被拘异地也。三联谓旧游之地，如今苑路荒芜，碧草侵途；珠帘不卷，人去楼空。末谓所思美人，香骨长埋；地下有知，亦当伤春而白头也！岂独我与君之同抱离忧哉？篇中身世之忧，沧桑之感，死生之痛，交织在一起，沉郁顿挫，声泪俱下。

【注释】

①李定言：事迹不详。唐许浑《丁卯集》有《李定言殿院衔命归阙，拜员外郎，俄迁右史，因寄》一诗。曲水：见《曲池》注。

②海燕参差：喻分飞。沟水：古乐府《皑如山上雪》："今日斗酒会，明日沟水头。躞蹀御沟上，沟水东西流。"

③秦赘：春秋秦俗家富子壮即分户，家贫子壮即出赘。见《汉书·贾谊传·陈政事疏》。后因称赘婿为秦赘。

④楚囚：《春秋左氏传》成公九年："晋侯观于军府，见钟仪，问之曰：'南冠而絷者谁也？'有司对曰：'郑人所献楚囚也。'"《晋书·王导传》："过江人士每至暇日，相邀出新亭饮宴。周颛中坐而叹曰：'风景不殊，举目有江山之异。'皆相视流涕。惟导愀然变色曰：'当共戮力王室，克复神州，何至作

楚囚相对泣耶?'"

　　⑤曲江有芙蓉苑。

　　⑥谓人去楼空。

　　⑦五胜:指水。《汉书·律历志》:"秦兼天下,亦颇推五胜。自以为获水德。"注:"五行相胜,秦以周为火,用水胜之。""五胜埋香骨",谓西施沉江。此谓所思艳色已埋于地下。

暮秋独游曲江

　　荷叶生时春恨生,荷叶枯时秋恨成。深知身在情常在,怅望江头江水声。

【题解】

　　往昔同游之伊人已经谢世,故今曰"独游曲江"也。回忆与伊人初次相见,是在荷叶始生之春天,从此播下相思之种子,一往情深也。可是就在那一年秋天,与伊人竟成永诀,始料未及也。"仆本恨人,心惊不已",一息尚存,此情常在也。怅望曲江流水,但闻水声如咽,"旧恨春江流不尽,新恨云山千叠"矣!冯浩曰:"调古情深。"张采田曰:"措语生峭可喜,亦复宛转有味,巧思拙致,异于甜熟一流,所谓恰到好处者也。"

赠华阳宋真人兼寄清都刘先生①

　　沦谪千年别帝宸②,至今犹识蕊珠人③。但惊茅许同仙籍④,不道刘卢是世亲⑤。玉检赐书迷凤篆⑥,金华归驾冷龙鳞⑦。不因杖履逢周史⑧,徐甲何曾有此身。

【题解】

义山青年时期曾在玉阳山学道,宋真人及刘先生都是其道友,刘是长者,故称先生。后来宋真人离开玉阳山道观,居于长安华阳观,刘仍居原处,此诗作于长安,故诗题有赠有寄。首联谓自己久离道教仙宫,沦落凡尘,可是对宋真人印象很深,记忆犹新。颔联谓当初惊叹刘、宋都超凡脱俗,同登道籍,不料你们二位还有亲戚关系。颈联谓自己曾蒙赐道书,可惜未有深究,浅尝辄止,而刘乘龙(仙家乘龙)归道山已久。尾联谓自己体弱多病,幸亏有刘先生以道教神功医治,不然哪里能活到今天?虽是应酬之作,颇多感激之情。

【注释】

①华阳:华阳观,在长安永崇里,是唐华阳公主故宅。真人:道家称存养本性的得道的人。宋真人即宋华阳姐妹之一。此处华阳不是宋的名字,是指她修道的道观。清都:古时谓天帝所居的宫阙,此指清都观,可能在王屋山或玉阳山。刘先生:清都观道士,名字不详。

②帝宸:天帝所居。

③蕊珠:蕊珠宫,仙宫名。诗中常指道观。识:记。

④茅、许:茅濛,入华山修道,白日升天。许迈,入临安西山修道,羽化登仙而去。又见《郑州献从叔舍人褎》注。

⑤刘、卢:刘琨、卢谌。《文选》刘琨《答卢谌诗》:"郁穆旧姻,燕婉新婚。"注:"臧荣绪《晋书》曰:'琨妻即谌之从母也。'"又卢子谅《赠刘琨诗》:"伊谌陋宗,昔遭嘉惠,申以婚姻,着以累世。"吕向注:"婚姻谓谌妹嫁琨弟。"

⑥玉检:玉制的书函盖。凤篆:鸟虫书,写道经的古文字。《真诰》:"二女侍持锦囊,囊盛书十余卷,以白玉检检囊口。"《三洞经》:"道家字曰云篆、曰天书、曰龙章、曰凤文。"

⑦金华:山名。在浙江金华市北,一名长山,也作常山。道家传说赤松子得道处,山下有洞名金华洞,道书称为第三十六洞天。《神仙传》:"黄初平年十五,家使牧羊,有道士见其良谨,便将至金华山石室中,四十余年……至五百岁,能坐在立亡,行于日中无影……后乃(同其兄)俱还乡里,

亲族死终略尽,乃复还去。初平改字为赤松子。"

⑧杖履:《礼记·内则》:"父母姑舅之衣、衾、簟、席、枕、几,不传;杖、履,袛敬之,勿敢近。"古礼五十岁老人得扶杖;又古人入室,鞋必脱于室外,为尊敬长辈,长者可入室而后脱鞋。后遂用杖履为敬老之词,不指其人,以示敬意。《樊南文集》三《为山南薛从事谢辟启》:"方思捧持杖履,厕列生徒,岂意便上仙舟,遽尘莲府。"周史:老子姓李名耳,为周朝柱下史。《神仙传》:"老子有客徐甲,少赁于老子……甲见老子出关,游行速,索偿不可得,乃倩人作辞,诣关令以言老子……老子问甲曰:'汝久应死,吾昔赁汝,为官卑家贫,无有使役,故以太玄清生符与汝,所以至今日……'乃使甲张口向地,其太玄真符立出于地,丹书文字如新,甲成一聚(一堆)枯骨矣。(关令尹)喜知老子神人,能复使甲生,乃为甲叩头请命……老子复以太玄符投之,甲立更生。"

月夜重寄宋华阳姊妹①

偷桃窃药事难兼②,十二城中锁彩蟾③。应共三英同夜赏④,玉楼仍是水精帘⑤。

【题解】

前二句谓月下幽会的爱情生活和道教修炼的生活很难两全齐美,宋华阳姊妹深锁在道观里,如今想同你们见一面是何等艰难。后二句说今夜的月色多么美好,我是多么希望同你们三位女道友共赏明月,料想玉楼上的水晶帘仍像以前那样透明光洁。这是一首爱情诗,并无借讽或寓意。

【注释】

①宋华阳:见《赠华阳宋真人兼寄清都刘先生》注。姊妹:宋真人有姊妹二人,都是女道士。

②偷桃:以东方朔偷桃自喻。见《茂陵》注。窃药:以嫦娥窃不死药喻

宋真人姊妹。见《嫦娥》注。

　　③十二城：神话谓玉帝京城有十二楼。此指道观。彩蟾：传说月中有
蟾蜍。此指宋真人姊妹。

　　④三英：指三位女子，即宋华阳姐妹和另一位女冠。

　　⑤水精帘：质地精细而色泽莹澈的帘子。

送千牛李将军赴阙五十韵①

　　照席琼枝秀②，当年紫绶荣③。班资古直④阁，勋伐旧西
京⑤。在昔王纲紊⑥，因谁国步清⑦？如无一战霸⑧，安有大横
庚⑨？内竖依凭切⑩，凶门责望轻⑪。中台终恶直⑫，上将更要
盟⑬。丹陛祥烟灭⑭，皇闱杀气横⑮。喧阗众狙怒⑯，容易八鸾
惊⑰。梼杌宽之久⑱，防风戮不行⑲。素来矜异类⑳，此去岂亲
征！舍鲁真非策㉑，居邠未有名㉒。曾无力牧御㉓，宁待雨师
迎㉔。火箭侵乘石㉕，云桥逼禁营㉖。何时绝刁斗㉗？不夜见
榬枪㉘。屡亦闻投鼠㉙，谁其敢射鲸？世情休念乱，物议笑轻
生㉚。大卤思龙跃㉛，苍梧失象耕㉜。灵衣沾愧汗㉝，仪马困阴
兵㉞。别馆兰薰酷，深宫蜡焰明。黄山遮舞态，黑水断歌声㉟。
纵未移周鼎，何辞免赵坑㊱？空拳转斗地，数板不沉城㊲。且
欲凭神算㊳，无因计力争。幽囚苏武节，弃市仲由缨㊴。下殿
言终验㊵，增埤事早萌。蒸鸡殊减膳，屠曲异和羹㊶。否极时
还泰，屯余运果亨㊷。流离几南度，仓卒得西平㊸。神鬼收昏
黑，奸凶首满盈㊹。官非督护贵㊺，师以丈人贞㊻。覆载还高
下，寒暄急改更㊼。马前烹莽卓，坛上揖韩彭㊽。扈跸三才正，
回军六合晴㊾。此时唯短剑，仍世尽双旌㊿。顾我由群从，逢

213

君叹老成[○]。庆流归嫡长,贻厥在名卿[○]。隼击须当要,鹏抟莫问程[○]。趋朝排玉座,出位泣金茎[○]。幸藉梁园赋,叨蒙许氏评[○]。中郎推贵婿,定远重时英[○]。政已摽三尚,人今伫一鸣[○]。长刀悬月魄,快马骇星精[○]。披豁惭深眷,睽离动素诚[○]。蕙留春晼晚,松待岁峥嵘[○]。异县期回雁,登时已饭鲭[○]。去程风刺刺[○],别夜漏丁丁。庾信生多感[○],杨朱死有情[○],弦危中妇瑟,甲冷想夫筝[○]。会与秦楼凤[○],俱听汉苑莺。洛川迷曲沼[○],烟月两心倾。

【题解】

本篇是送别诗,诗人因李千牛赴京任职,羡其登朝之荣,责任之大,联想到国家的衰弱,于是从李千牛的祖父李晟平叛说起,盛赞其收复之功,勉励李千牛忠义奋勇,大有作为,兼有望其援引之意。诗的开头只用四句话写李千牛英年得志,勋劳上接乃祖李晟,接着以很大篇幅写李晟平叛之功。唐德宗建中三年,凤翔节度使朱泚弟朱滔为芦龙节度留后,叛唐。泚被免职,至长安,以太尉衔留京师。次年,泾原节度使姚令言军在长安哗变,德宗奔奉天。姚军拥泚为帝,国号大秦,年号应天。旋改为汉,改元天皇,与朱滔相应。兴元元年唐将李晟(任右神策军都将)击败叛据长安的朱泚,收复长安。泚出逃,为部将所杀。李晟累官至太尉兼中书令,封西平郡王。诗从"在昔"句开始,铺叙李晟平叛功勋,气势磅礴,声光震耀。"在昔"四句谓德宗初年,朝纲败坏,凭谁能使国步清明呢?若不是李晟一战而胜,德宗李适哪能有帝王的宝座?"内竖"四句谓皇帝对宦竖宠信太深,而对将领的责任使命要求太松。宰相杨炎厌恶泾原节度使段秀实敢直言,将他内调,使得姚令言、朱泚、朱滔等逆臣阴谋结盟叛乱。"丹陛"四句谓皇宫中的祥瑞气象突然熄灭,禁城内杀气腾腾。姚令言的泾原兵五千人在京城外因食用粗粝,鼓噪入城,乱兵轻易地使銮御震恐,逃往奉天。"梼杌"四句谓德宗优待朱泚,使居京城,有人建议杀朱泚,可是德宗不许。德宗一贯怜悯朱泚之类怀有异心的人,他不得已逃往奉天,哪里是亲自征伐叛军?"舍鲁"四句谓德宗离开长安逃至奉天,迫不得已才如此,他手中没有得力的将领,也没有恭迎的仪卫。"火箭"四句谓朱泚进攻奉天,矢石不绝,云梯逼近君王所居之地。报警的刁斗声日夜不停,天未黑而彗星已见。"屡亦"四句谓参加平叛诸军屡有小胜,却未诛灭元凶。人心不忧虑国家动乱,舆论反笑为国拒敌者自轻其生。"大卤"四句谓回想唐高祖李渊起兵太原之时,何等威武;如今乱军践踏祖宗陵墓,无人过问。陵庙中的灵衣愧被玷污,墓前石马难于阴助。"别馆"四句谓自奉天回思长安,别馆深宫皆为贼占据,兰薰酷烈,烛火长明,歌舞为贼所娱;而德宗困于奉天,为黄山、黑水所隔,故不得闻知也。"纵未"四句谓唐王室纵未被灭,但死伤惨重。由于奉天守兵殊死战斗,数板之城终于解围。"且欲"四句谓君臣上下皆听天由命,无力抗击叛贼。段秀实等密谋诛泚,未成,为贼所杀;吕希倩、高重捷等将军战死。"下殿"四句谓从前桑道茂请修奉天城,终于得到应验,加高城垣之事幸亏及早动手。奉天围久,皇帝无蒸鸡可食,曲饼暂且充饥。"否极"四句谓时运坏到极点终向顺泰转化,德宗几欲南渡,仓促中得力于李晟忠勇破贼,挽救了社稷。"神鬼"四句谓鬼神佑助,结束黑暗局面,逆臣奸贼首次现出恶贯满盈之情状。李怀光为主帅,阴通朱泚;李晟虽官位不高,可是以忠义激励将士,人心向着君王,故能获胜。"覆载"四句谓被颠倒了的秩序已经颠倒过来,天覆地载,上下尊卑已恢复正常。不到一年的时光,国家变化如此巨大。收复之日,逆臣叛将皆被处死。"扈跸"四句谓皇帝归来,三才已理顺,上下四方一片光明。当时李晟只知同敌人拼命,不顾家室;其子亦以功名贵显,直至李千牛。"顾我"四句谓诗人自己还称得上是李千牛的从兄弟,与其相逢便叹其熟谙世事。李晟的福祚传给嫡出的李千牛,子孙皆位列名卿。"隼击"四句谓希望千牛保卫皇帝须重点打击首恶,关键的时候要挺身而出,正当英年,鹏程万里,切莫止步不前。入朝担任好侍卫之事,出朝也应心系朝廷。"幸藉"四句谓自己侥幸以诗文得到李千牛的好评,李千牛在王氏女婿中地位最显贵,也最受王茂元的重视。"政已"四句谓如今朝政一新,复起用千牛,人皆待其一鸣惊人也。观其长刀快马,的确英武不凡。"披豁"四句谓千牛真心关怀自己,令己惭愧,此次远别,彼此推心置腹,情意殷殷。像暮春蕙兰希望留住春天,希望与千牛在一起多住些日子,但是相聚的时间毕竟有限,相信彼此的友情如松柏长青,经得起考验。"异县"四句谓己将往州县任职,盼望李千牛在接到信后给自己回信,感谢千牛邀己宴饯。临别之时,风声飒飒,将离之夜,漏声丁丁,倍感寂寞。"庾信"四句谓己像庾信一样多愁多感,像杨朱一样不能忘情。料想此时住在长安的妻子因思念自己,其弦声凄切,其甲爪生寒。"会与"四句谓千牛即将进京与妻团聚,一同倾听上苑春莺的鸣声。今日在洛水之滨饯别,此地风光旖旎,令我们两人倾心不已也。本篇为五言长律,先从李千牛说起,追论其先人之功,次写朱泚之乱及德宗出奔奉天,再写李晟收复之功,最后叙彼此交情兼送千牛赴阙。格局宏大,内容丰富,熔叙事、议论、抒情于一炉,次第井然。

【注释】

①千牛:《庄子·养生主》记载庖丁宰牛,解牛数千头,刀刃仍然若新发于硎。后世因称快刀为千牛刀,禁卫官叫做千牛备身、千牛卫。此千牛李将军乃西平王李晟之孙,亦王茂元婿,时将赴阙,义山于洛阳送别,赠以五十韵。

②照席:光彩照于筵席。琼枝:形容李千牛姿容之美。《晋书·王戎传》:"尝目王衍神姿高彻,如瑶林琼树,自然是风尘表物。"秀:突出。

③当年:正值盛年。紫绶:紫色丝带,做印组或服饰。唐代二品、三品官皆紫绶。荣:显贵。千牛为三品。

④班资:官品、资格。直阁:直阁将军。南北朝宿卫宫殿之领兵官名为直(值)阁将军。

⑤勋伐:功劳。西京:指长安。此谓李千牛将军的功绩同李晟光复长安之功接轨。

⑥王纲:朝纲。紊:紊乱。

⑦因:凭藉。国步:国运。清:清明。

⑧一战霸:一战而霸。

⑨大横:龟兆的横向纹理。庚:更换。《史记·孝文本纪》:"大臣使人言代王,王卜之,兆得大横,占曰:'大横庚庚,余为天王。'"以上写西平王李晟的平叛之功。

⑩内竖:指宦官。宦官依仗德宗宠信,掌握禁军。

⑪凶门:古代将军出征时,凿一扇向北的门,由此出发,以示必死的决心,称凶门。责望:责任。

⑫中台:古谓上台、中台、下台为三台,共六星,两两相比,起文昌,列抵太微。也称作三阶。古代以星象征人事,汉晋以来,以三台象征三公的职位。中台象征司徒或司空,此指宰相杨炎。恶直:厌恶直言。

⑬要盟:要挟以结盟,强迫订立盟约。冯按:"朱泚之为泾原乱兵所奉,由于曾帅泾原也。"旧书传及《通鉴》云:"杨炎独任大政,专复恩仇,奏请城原州,浚丰州陵阳渠以兴屯田。泾原节度使段秀实以为未宜兴事召寇,炎以为沮己,征入为司农卿,以李怀光代之。泾原将刘文喜不受诏,上疏复求秀实,不则朱泚,乃以泚代怀光,文喜又不受诏,及文喜授首,加泚兼中书令,而以姚令言为泾原留使。泚自泾州还镇凤翔,朱滔以蜡书遗之,欲与同反。马燧获之,送长安,泚不之知。上驿召泚至京,泚惶恐请罪。上曰:'千里不同谋,非卿之过。'因留长安私第,赐予甚厚,以安其意。"是则泚之镇泾原,由于杨相恶秀实之直言。泚之居京师,由于滔之约与同反。切指二事,以见祸生有原,并非泛论。

⑭丹陛:宫殿前之台阶饰以红色。

⑮皇闱:皇宫。

⑯喧闐:大叫大嚷。众狙:众猿。《庄子·齐物论》:"狙公赋芧,曰:'朝三而暮四。'众狙皆怒。曰:'然则朝四而暮三。'众狙皆悦。"

⑰容易:轻易,不在乎。八鸾惊:谓偏师作乱,遽惊銮御。《通鉴》:"建中四年,发泾原兵救哥舒曜。十月,姚令言将兵五千至京师。及将发洪水,犒师惟粝食菜饭(饼),众怒,蹴而覆之,鼓噪还趋京师。上出金帛二十车赐之,贼已入城,不可复遏。召禁兵御贼,无一人至者。乃自苑北门出幸奉天。"

⑱梼杌:传说为古代凶人名。此指朱泚。

⑲防风:古部落酋长名。《国语·鲁语下》:"昔禹致群神于会稽之山,防风氏后至,禹杀而戮之,其骨节专车。"

⑳矜:怜惜。异类:指朱泚。

㉑舍鲁：《礼记》："孔子曰：'我舍鲁，何适矣。'"

㉒居邠：《孟子·梁惠王下》："昔者太王居邠，狄人侵之，去之岐山之下居焉。非择而取之，不得已也。"《旧唐书》："建中四年，十月……姚令言率乱兵奉朱泚为主。戊申，上至奉天。二句谓德宗幸奉天之不得已也。

㉓力牧：相传黄帝臣。古代传说黄帝梦人执千钧之弩，驱羊数万群。依照占卜找寻，得力牧于大泽，进以为将。

㉔雨师：司雨之神。《韩非子》："昔者黄帝合鬼神于泰山之上，风伯进扫，雨师洒道。"此谓德宗仓皇出逃，既无良将御敌，又无恭迎之仪卫。

㉕火箭：发射引火物燃烧以攻敌的箭。乘石：上车的垫脚石。

㉖云桥：云梯。禁营：君王所居之军营。《旧唐书》记载：朱泚领兵侵逼奉天，矢石不绝。西明寺僧法坚为造云桥，攻城东北隅。浑瑊预为地道，云桥脚陷，不得进。瑊命焚之，云桥与凶党同为灰烬。入夜，朱泚复来攻城，矢及御前三步而坠，上大惊。

㉗刁斗：古代行军用具，昼炊饭食，夜击报警。

㉘槌枪：彗星，古代以为是妖星，出现即有兵乱。

㉙投鼠：《汉书·贾谊传》："欲投鼠而忌器。"二句谓诸军击贼，屡有小胜，未诛元凶。

㉚念乱：为国家动乱而忧虑。物议：众人的舆论。

㉛大卤：指太原晋阳地。唐高祖于此起兵。

㉜苍梧：《越绝书》："舜葬苍梧，象为之耕。"

㉝灵衣：神衣，巫者所服，用以通神。此指唐高宗所葬乾陵陵庙中衣物。

㉞仪马：陵庙中仪仗之马。

㉟四句谓别馆、深宫皆为贼占据，兰薰酷烈，烛焰长明，歌舞不歇；而德宗困于奉天，为黄山、黑水所隔，故不闻也。

㊱周鼎：周朝传国的九鼎。后用以比喻皇权。赵坑：秦将白起大破赵军于长平，坑降卒四十余万。

㊲空拳：空弓，非是手拳也。《汉书·李陵传》："转斗千里，矢尽道穷，士张空拳。"数板：计量城墙高度的单位曰板，因城墙皆板筑而成。《史记·

赵世家》："智伯与韩魏攻赵晋阳，引汾水灌之，城不浸者三板。"《通鉴》："贼并兵攻城东北隅，贼已有登城者。上与浑瑊对泣。时士卒冻馁，又无甲胄，瑊激以忠义，力战败之。"

㊳神算：《后汉书·王涣传》："京师称叹，以为涣有神算。"

㊴苏武：《汉书·苏武传》：苏武持节使匈奴，单于欲降之，乃幽武，置大窖中。又徙北海上，使牧羝，武杖汉节牧羊，卧起操持，节旄尽落。仲由：字子路，孔子弟子。仕卫，因不愿跟从孔悝迎立蒉聩为卫公，被杀。《史记·仲尼弟子列传》："石乞、壶黡攻子路，击断子路之缨。子路曰：'君子死而冠不免。'遂结缨而死。"《通鉴》："司农卿段秀实与刘海宾、何明礼、岐灵岳密谋诛泚。泚召秀实等议称帝事，秀实勃然起，夺源休象笏，唾泚面大骂，因以笏击之，才中其额，溅血洒地。贼众争前杀之，海宾等相次死。"二句谓段秀实死节报朝廷。

㊵原注："先时桑道茂请修奉天城。"《通鉴》："建中元年六月，术士桑道茂言：'陛下不出数年，暂有离宫之厄。臣望奉天有天子气，宜高大其城，以备非常。'辛丑，命筑奉天城。"埤，同陴，城上女墙。

㊶蒸鸡：《晋四王故事》："惠帝还洛阳，道中有老人蒸鸡素木盘中，盛以奉帝。"屠曲：《晋书·愍帝纪》："永嘉四年冬十月，京师饥盛，米斗金二两，人相食，死者大半。太仓有曲数千饼，曲允屑为粥以供帝。"《新唐书·逆臣传》："奉天围久，食且尽，以芦稡帟马，大官粝米止二斛。围解，父老争上壶飧饼饵。"和羹：美味。二句谓德宗危急万分。

㊷屯：艰难。二句谓否极泰来，艰难过后终于走向顺利。

㊸二句谓德宗南幸梁州，几欲南渡，是年八月李晟因功改封西平郡王。《通鉴》："淮南节度使陈少游修堑垒，缮甲兵；浙江东西节度使韩滉筑石头城，缮馆第数十，修坞壁以备车驾渡江，且自固也。"《旧唐书》："上南幸梁州。李晟大集兵赋，以收复为己任。(兴元元年)八月，论功，晟以合川郡王改封西平郡王。"

㊹二句谓鬼神佑助，收去黑暗局面，作乱之奸凶首次显现出恶贯满盈之情状。

㊺督护：即都护，汉置西域都护。李晟与李怀光联垒之时，怀光为元

219

帅,专军政,晟将一军,听命于怀光。怀光阴通于朱泚,晟以孤军处二强寇之间,徒以忠义激励将士,故能战胜叛军。

㊻师:周易卦名,众也。贞:正也。丈人:大人。《周易·师第七》:"师贞丈人吉,无咎。"言众人皆正,则国君吉而无咎。

㊼二句谓德宗自建中四年出幸,迄兴元元年七月还宫,为期不及一年,而政局有了很大改变。覆载:天覆地载。寒暄:冬季和夏季,代表一年。

㊽莽卓:王莽、董卓。韩彭:韩信、彭越。二句谓收复之日,朱泚、姚令言、源休、李子平等叛将皆被斩。

㊾扈跸:护从皇帝车驾,三才:天、地、人。六合:天地四方。二句谓皇帝还朝之日。三才归正,上下四方一片光明。《旧唐书纪》:"七月壬午,车驾至自兴元。浑瑊、韩游瑰、戴休颜以其众扈从。李晟、骆元光、尚可孤以其众奉迎,步骑十余万,旌旗数十里,都民欢呼感泣。"

㊿双旌:州郡太守之类的官吏出游,持双旌双节。二句谓李晟在当时只知用兵,虽家室为贼所质,皆有所不恤,而子孙又各能以功名显,迄于千牛将军。

51由:通犹。群从:从兄弟也。《新唐书》:"元和四年,诏以晟配飨德宗庙廷,其家编附属籍。"义山本宗室,故曰犹从兄弟也。老成:熟谙世事者。《毛诗·大雅·荡》:"虽无老成人,尚有典刑。"

52庆流:庆流于裔,积善之家,福祚可传于后代。嫡长:此谓李千牛乃李晟嫡出。贻厥:《尚书·五子之歌》:"有典有则,贻厥子孙。"贻:留给。后以贻厥兼子孙而言。

53隼击:指诛伐奸恶。鹏抟:大鹏抟扶摇而上者九万里。

54趋朝:入朝。《旧唐书·职官志》:"凡受朝之日,千牛将军则领备身左右,升殿而侍列于御座之左右。"出位:离职出朝。金茎:汉武帝造神明台,其上有铜人舒掌捧铜盘玉杯以承云表之露,以露和玉屑服之,以求仙道。金茎指铜人手臂,亦指铜人。《魏略》:"景初元年,徙长安诸钟虡骆驼铜人承露盘。"《汉晋春秋》:"帝徙盘,盘折,声闻数十里。金狄或泣,因留于霸城。"二句谓千牛入朝捍卫皇帝安全,离职亦当系念朝廷。千牛当于文宗晏驾时罢归。

(55)梁园：西汉梁孝王建苑囿名兔园，即梁园。枚乘、司马相如等依梁孝王为门客，曾于梁园作赋。叨蒙：谦词，承蒙的意思。许氏：《后汉书·许劭传》："劭与从兄靖俱有高名，好共核论乡党人物，每月辄更其品题，故汝南俗有月旦评焉。"

(56)中郎：谢万为中郎将，是王蓝田的女婿，事见《晋书》、《世说新语》。此以中郎比贵婿。定远：班超封定远侯。此喻王茂元。

(57)摽（biāo）：抛弃。三尚：夏朝尚黑，商朝尚白，周朝尚赤。一鸣：一鸣惊人。二句谓武宗既立，朝政一新，将复起用千牛，人皆期待他奋发有为。

(58)长刀：《新唐书·车服志》："千牛将军执金装长刀。"月魄：月初生或月缺时不明亮的部分，也泛指月亮。星精：二十八宿之一，苍龙七宿的第四宿，有星四颗，谓之天驷，乃房星之精。二句写千牛将军英武形象。

(59)披豁：敞开胸怀，披露真情。深眷：深切关心。睽离：远别。素诚：真诚。二句写义山与千牛会合离别的情事。

(60)晼晚：日将落。峥嵘：高貌。孔子曰："岁寒然后知松柏之后凋也。"

(61)回雁：指雁书。登时：立刻、立时。鲭：鱼肉合烹成之美味。《西京杂记》："娄护丰辩，传食五侯间，各得其欢心，竞致奇膳，护乃合以为鲭，世称五侯鲭，以为奇味焉。"二句谓希望李千牛寄书，感谢李千牛立时邀其宴饯。

(62)剌剌（là）：风声。丁丁：漏声。

(63)庾信《哀江南赋》多有悲哀之情。

(64)杨朱：《列子·杨朱第七》："杨朱游于鲁，舍于孟氏。孟氏问曰：'人而已矣，何以名为？'曰：'以名者为富。''既富矣，奚不已焉？'曰：'为贵。''既贵矣，奚不已焉？'曰：'为死。''既死矣，奚为焉？'曰：'为子孙。'"义山以庾信、杨朱自谓也。

(65)弦危：弦声凄切。甲：银甲。甲冷言其寂寥无伴。二句想象王氏怀念自己的情景。其时义山已移家关中。

(66)秦楼凤：指千牛家室。二句谓李千牛正当春天回京与妻团聚，表示欣羡。

(67)曲沼：曲岸之池沼，送别之地。

和郑愚赠汝阳王孙家筝妓二十韵①

　　冰雾怨何穷②,秦丝娇未已③。寒空烟霞高,白日一万里。碧嶂愁不行④,浓翠遥相倚⑤。茜袖捧琼姿⑥,皎日丹霞起。孤猿耿幽寂⑦,西风吹白芷⑧。回首苍梧深⑨,女萝闭山鬼⑩。荒郊白鳞断⑪,别浦晴霞委⑫。长钓压河心⑬,白道连地尾⑭。秦人昔富家⑮,绿窗闻妙旨⑯。鸿惊雁背飞⑰,象床殊故里⑱。因令五十丝⑲,中道分宫徵⑳。斗粟配新声㉑,娣侄徒纤指㉒。风流大堤上㉓,怅望白门里㉔。蠹粉实雌弦㉕,灯光冷如水。羌管促蛮柱㉖,从醉吴宫耳。满内不扫眉㉗,君王对西子。初花惨朝露,冷臂凄愁髓。一曲送连钱㉘,远别长于死。玉砌衔红兰,妆窗结碧绮。九门十二关㉙,清晨禁桃李㉚。

【题解】

　　题目是和郑愚的赠诗,内容是写王孙家筝妓的遭遇。首二句写筝声凄切娇柔。"寒空"二字点明正值秋高气爽之时。"碧嶂"二句写筝妓鬓鬟之美。"茜袖"二句形容其姿容颜色之美。"孤猿"四句写筝声凄冷幽深。"荒郊"四句写筝声忽断忽续。"秦人"四句谓筝妓原在富贵人家,演奏技艺高超,因夫家兄弟不睦,故奔走他乡。"因令"四句谓夫妻中道分离,弟兄分散后各有新欢,故难有纤指善弹,而无取乐忘忧之效也。"风流"四句写筝妓沦为娼家,不复弹筝,惟对清冷的灯烛之光。"羌管"四句谓筝妓转入王孙家为乐妓并且受宠。"初花"二句形容其弹筝时的浅恨轻愁之态,玉臂凝寒之状。"一曲"二句写她弹奏远别离之曲调,真正传达出生离死别之悲哀。"玉砌"四句谓筝妓居于玉砌绮窗之内,相见甚难。夜间演奏,将晓散席,乐妓归后房,故曰"清晨禁桃李"。通篇写妓与筝,或分或合,或详或略,错落有致。

【注释】

①《北梦琐言》:"郑愚,广州人,擢进士第,敭历清要。"《通鉴》:"咸通三年八月,岭南西道节度使蔡京贬崖州司户,赐自尽,以桂管观察使郑愚为岭南西道节度使。"汝阳王:《旧唐书·让皇帝宪列传》:"(子)琎封汝阳郡王。"王孙无考。筝妓:弹筝的歌妓。

②冰雾:冰纨雾縠。原指丝织物的轻薄透明,此指筝声缥缈幽忽、悲切凄清,以感觉喻声情。

③秦丝:即秦筝。筝本秦地丝弦乐器。娇:形容筝声轻柔。

④嶂:山。碧嶂:青黛色的远山。

⑤浓翠:碧树。

⑥茜袖:红袖。茜草的根可做大红色染料。

⑦耿:耿耿不寐。心中烦躁不安,不能入睡。

⑧白芷:多年生草本植物,可入药。《楚辞·招魂》:"菉蘋齐叶兮白芷生。"

⑨苍梧:见《燕台诗四首》第四首"冬"注。

⑩女萝、山鬼:见《楚宫》(湘波如泪)注。

⑪白鳞:指鱼。古谓鱼雁可以传送书信。

⑫委:曲折。

⑬彴(zhuó):渡水的横木,即独木桥。《初学记·广志》:"独木之桥曰椊,亦曰彴。"刘禹锡《裴祭酒尚书见示,春归城南青松坞别墅寄王左丞、高仁郎之什,命同作》诗:"野彴渡春水,山花映岩扉。"

⑭白道:见《无题》(白道萦回)注。地尾:地尽处。

⑮秦人:筝本秦人所造,故云秦人。

⑯绿窗:《杂录》"隋文帝为蔡容华作潇湘绿绮窗。"妙旨:美妙的意趣。张衡《归田赋》:"弹五弦之妙指,咏周孔之图书。"指,同"旨"。

⑰冯注引刘孝绰《答张左西诗》:"持此连枝树,暂作背飞鸿。"此喻兄弟分离。

⑱《孟子·万章》:"象往入舜宫,舜在床琴。"又:"象日以杀舜为事……象至不仁,封之有庳。"床琴:在床上弹琴。封象于有庳,故曰非故里。

223

⑲五十丝:《汉书·郊祀志》:"泰帝使素女鼓五十弦,瑟悲。帝禁不止,故破其瑟为二十五弦。"筝形似瑟,故借以作比方。朱注引《集韵》:"秦人薄义,有父子争瑟者,各入其半,故当时名为筝。古以竹为之。"

⑳宫徵:中国古代五声音阶有宫、商、角、徵、羽五个音级。此以宫徵指代筝。

㉑斗粟:《汉书·淮南王传》:"淮南厉王长,高帝少子也……(文帝)乃遣长载以辎车……淮南王……乃不食而死……民有作歌歌淮南王曰:'一尺布,尚可缝。一斗粟,尚可舂。兄弟二人不相容。'"

㉒娣侄:娣:弟媳。侄:兄之女也。此指弟媳。侄乃连带而及也。

㉓大堤:襄河大堤。《乐府诗集·清商曲辞五·襄阳乐》:"朝发襄阳城,暮至大堤宿。大堤诸女儿,花艳惊郎目。"

㉔白门:见《春雨》注。

㉕蠹粉:蛀木虫蛀的粉。雌弦:十二律有雌雄各六,雌弦取独居之义。

㉖羌管:笛。蛮柱:指筝。谓以笛佐筝。

㉗道源注:"西子擅宠,故宫内不复扫眉。言筝妓同之。"西子:西施。

㉘连钱:李贺《马诗》:"龙脊贴连钱,银蹄白踏烟。"王琦注:"马脊上有文点如连钱。其四蹄白色,如踏烟而行。""连钱"指马。

㉙九门:指皇宫。宋玉《九辩》:"君之门以九重。"十二关:十二门。长安城一面三门,四面共十二门。

㉚桃李:指美人容貌。此指筝妓。

华州周大夫宴席①

郡斋何用酒如泉②,饮德先时已醉眠③。若共门人推礼分,戴崇争得及彭宣④?

【题解】

义山于开成三年春应宏词试,已被周墀、李回录取,复审时被"中书长者"抹去。会昌元年,离弘农尉任,暂依周墀于华州幕,同僚中有同出周墀门下而其人稍尊贵于己者。周对其礼遇优于义山,故诗中以戴崇自比。一二句谓先前已受周大夫的恩惠,应宏词试被录取,今日于府中设宴款待,真是破费了。三四句谓己与同僚都是周的学生(周是主考官),可是在幕府中的待遇,则已不如人也。因仕途失意,故作牢骚语。

【注释】

①原注:"西铨"。华州:治所在今陕西郑县。周大夫:周墀,字德升,长庆二年进士。西铨:吏部三铨,尚书为尚书铨,侍郎二人分东铨、中铨。乾元二年改中铨为西铨。铨:选授官职之义。古代以吏部专司铨选,故称吏部为铨部。周墀曾为西铨,武宗即位,以疾辞,出为华州刺史。

②郡斋:州郡守之府第。晋裴秀《大蜡诗》:"有肉如邱,有酒如泉。"

③饮德:谓享其恩惠。谢灵运《拟魏太子邺中集诗》:"中山不知醉,饮德方觉饱。"

④《汉书·张禹传》:"禹弟子尤著者淮阳彭宣、沛郡戴崇。宣为人恭俭有法度,而崇恺弟多智。禹心亲爱崇,敬宣而疏之。"

临发崇让宅紫薇① 会昌元年

一树浓姿独看来,秋庭暮雨类轻埃②。不先摇落应为有③,已欲别离休更开。桃绶含情依露井④,柳绵相忆隔章台⑤。天涯地角同荣谢,岂要移根上苑栽⑥?

【题解】

前半谓于秋日黄昏细雨霏微时,独看一树紫薇开放。紫薇已到摇落的时节却不凋谢,正是因为有我在此,为我而开。然而已到分别的时刻,我走后,无人观赏,故不必再开也。后半谓露井之桃、章台之柳,各有所托根之所,比寂寞孤独之紫薇要幸运得多,然而天涯地角,荣谢一同,有盛必有衰,难道一定要移栽上苑为乐乎？义山受党人排挤，故寓意如此。会昌元年，王茂元出为忠武节度使、陈许观察使(治所在陈州,今河南淮阳县),秋天,义山受招赴陈许为掌书记。本篇是离洛赴任时所作。

【注释】

①崇让宅：王茂元所居之宅,在洛阳。另见《七月二十九日崇让宅作》注：紫薇：亦称百日红。落叶小乔木,夏季开花,花瓣六片,淡红色、紫色或白色,产于我国中部或南部。

②轻埃：轻尘。谢朓《观雨》诗："散漫似轻埃。"冯注引《群芳谱》："紫薇四五月始花,开谢接续可至八九月。"

③为有：有所为也。

④桃绶：桃花绶。汉九卿二千石的印绶。《汉官仪》："二千石,绶,羽青地,桃花缥,三采。"此以桃花绶代桃树。露井：无覆盖之井。乐府古辞《鸡鸣高树巅》："桃生露井上,李树生桃旁。"

⑤章台：战国秦宫名,在陕西长安县故城西南隅,台下有章台街。唐韩翃有姬柳氏,安史乱中奔散,出家为尼,韩使人寄诗曰："章台柳,章台柳,昔日青青今在否?"

⑥上苑：上林苑。在长安之西,本为秦时旧苑,汉武帝重新扩建,周围广三百里。《西京杂记》："初修上林苑,群臣远方各献名果异卉三千余种植其中。"

淮阳路①

荒村倚废营②,投宿旅魂惊。断雁高仍急,寒溪晓更清。昔年尝聚盗③,此日颇分兵④。猜贰谁先致⑤?三朝事始平⑥。

【题解】

义山于会昌二年赴王茂元陈许幕辟为掌书记,路经淮阳之境而作此篇。一二句谓投宿荒村，见战后的残垣废垒，惊心不已。三四句谓雁阵被疾风吹断，仍飞得很快;小溪流在寒冷的早晨显得凄清寒怆。五六句谓此地昔年曾为盗寇窃据，当时朝廷分此地之兵归别镇统辖。七八句谓德宗与藩镇互相猜忌，究其先实始于德宗之不信任藩镇，所以叛乱迭起，历三朝才平定下来。因投宿而感时伤乱，过战地而追原祸本，深怨德宗猜忌之过。

【注释】

①淮阳:唐代陈州淮阳郡属河南道。路经淮阳之境故曰淮阳路，非专指陈州也。

②废营:昔日藩镇吴少诚、吴元济等割据陈蔡时所筑营垒残迹。

③聚盗:李希烈、朱滔、王武俊、田悦、李纳以及吴少阳、吴元济等先后窃据谋叛。

④分兵:张采田说:"少诚为节度，治蔡州;陈、许本自有节度，治许州;蔡平，始析郾城为溵州，属陈、许，其后又省彰义归忠武军，故曰分兵也。"

⑤猜贰:谓德宗猜忌藩镇怀有贰心，人情不安。当时有归顺而复叛者，实由德宗致之，此所以为先致也。

⑥三朝:德宗、顺宗、宪宗。经历三朝，始为裴度、李诉平之。

无题二首 会昌二年

其 一

昨夜星辰昨夜风①，画楼西畔桂堂东②。身无彩凤双飞翼③，心有灵犀一点通④。隔座送钩春酒暖⑤，分曹射覆蜡灯红⑥。嗟余听鼓应官去⑦，走马兰台类转蓬⑧。

【题解】

本篇是义山在京城任秘书省正字时所作艳情诗。他因为参加一位达官显宦的夜宴，通宵达旦地娱乐，对贵家家妓产生爱慕之情而不能忘怀，后来追忆其事,赋得此篇。首联谓回忆起昨夜赴宴,风儿轻柔,星光灿烂;宴会大厅就在画楼之西那座桂堂的东头。颔联谓虽不能与彼姝亲密接触,自由爱恋,但彼此目挑心许,心心相印。颈联谓宴席上猜拳测谜,酒暖灯红,交流情感,十分开心。尾联谓可惜晨鼓已经敲响,马上要去应付官事,到兰台上班校对文字,不得不匆匆离开酒会和初识的丽人。起句十分美妙,令人浮想联翩。颔联写两情款洽,巧妙无匹。颈联令人仿佛置身坐中,感同身受,其乐也融融。结尾匆匆惜别,将无穷的兴味留在记忆中。通篇流丽圆美。

【注释】

①钱谦益曰:"星有好风。"

②画楼:有绘饰雕刻的楼台。对楼堂之美称。桂堂:以桂树为梁柱的厅堂。对厅堂之美称。

③彩凤:凤的毛羽呈五彩,故称彩凤。

④灵犀:旧说以犀为神兽,犀角中央有一条白纹如线,通两端,感应灵敏。

⑤送钩:即后来所谓猜拳。汉昭帝母赵婕好是武帝宠妃,生而双手皆拳,武帝过河间,自披之,手即伸开,因号曰拳夫人,居钩弋宫,称钩弋夫人。后世所谓藏钩法的游戏源于此,也是行酒令的一种方式。

⑥分曹:曹,伴侣。下棋时以二人为曹对下,分开来各自进子。《楚辞·招魂》:"分曹并进,遒相迫些。"射覆:也是酒令的一种。射,猜度。射覆,为古代一种猜度预为隐藏事物之游戏。

⑦嗟:叹息。听鼓:听早晨报晓的鼓声。应官:应卯。

⑧兰台:本是汉代宫廷藏书处,唐高宗改秘书省为兰台。"走马兰台",说明义山此时为秘书省校书郎。

其 二

闻道阊门萼绿华^①,昔年相望抵天涯^②。岂知一夜秦楼客^③,偷看吴王苑内花^④。

【题解】

次章内容承首章而来。一二句谓贵家藏有貌如天仙一般的女子,早就想瞧一瞧,可是侯门深似海,寻到天涯也见不着。三四句谓哪里料到自己有缘到贵家做客,借此良机偷看主人家院内的娇花。这位娇花可能先是女冠,后为贵家歌舞伎,故以萼绿华称呼她。两首都是艳诗,直赋其事,别无寓意,但都写得大胆、美妙。

【注释】

①阊门:苏州城西门,像天门之有阊阖,故名。与下"吴王苑"相应。萼绿华:《真诰》:"萼绿华者,自云是南山人,不知是何山也。女子,年可二十上下,青衣,颜色绝整。以升平三年十一月十日夜降于羊权家,自此往来,一月辄六过,来与权尸解乐。"道家认为修道者死后,留下形骸,魂魄散去成仙,称为尸解。一说萼绿华是九嶷山中得道女罗郁,晋穆帝时,夜降羊权家,赠权诗一首,火浣手巾一方,金、玉条脱(手镯之类)各一枚。《南史》:"羊欣,泰山南城人,祖权,晋黄门郎。"

②抵:至,到达。此句言相见之难。

③秦楼客:《列仙传》:"萧史善吹箫,作凤鸣,秦穆公以女弄玉妻焉。作凤楼,教弄玉吹箫,威凤来集。"

④吴王:吴王夫差。苑内花:指西施。

曼倩辞①

十八年来堕世间②,瑶池归梦碧桃闲③。如何汉殿穿针夜④,又向窗中觑阿环⑤?

【题解】

诗人以东方曼倩自喻,以碧桃喻女冠。前二句谓己本是神仙中人,长久沦落人间,玉阳学道与女冠相恋之旧梦久已断绝。后二句谓不意在七夕之夜又得与伊人久别重逢,亦如当初向窗中窥望其人一样激动不已。末句合用东方朔窃从朱鸟牖中窥西王母事及阿环拜见西王母事,诗人想象东方朔既窥西王母,则并窥阿环也。

【注释】

①《汉书·东方朔传》:"东方朔,字曼倩,平原厌次人。"东方朔是西汉文学家,武帝时为太中大夫,性诙谐滑稽,善辞赋,《答客难》较为有名。

②《仙吏传·东方朔传》:"朔未死时,谓同舍郎曰:'天下人无能知朔,知朔者惟太王公耳。'朔卒后,武帝得此语,即召太王公问之曰:'尔知东方朔乎?'公曰:'不知。''公何所能?'曰:'颇善星历。'帝问诸星皆具在否?曰:'诸星具在,独不见岁星十八年,今复见耳。'帝仰天叹曰:'东方朔生在朕旁十八年,而不知是岁星哉!'惨然不乐。"

③"瑶池"句:古代神话中西王母所居。

④《西京杂记》:"汉彩女尝以七月七日穿七孔针于开襟楼。"

⑤觑:窥望。阿环:上元夫人小字。《汉武内传》:"七月七日,西王母降于宫中,遣侍女郭密香与上元夫人相问,上元夫人又遣一侍女答问,曰:'阿环再拜,上问起居。'俄而夫人至,年可二十余,天姿精耀,灵眸绝朗,向王母拜,王母呼同坐北向。母敕帝曰:'此真元之母,尊贵之神,汝当起拜。'帝拜问寒温,还坐。"

无题二首

其　一

凤尾香罗薄几重①?碧文圆顶夜深缝②。扇裁月魄羞难掩③,车走雷声语未通④。曾是寂寥金烬暗⑤,断无消息石榴红⑥。斑骓只系垂杨岸⑦,何处西南待好风⑧?

【题解】

两首都是爱情诗。第一首不说自己思念所恋伊人,却想象闺中人渴望与自己相见,于是一个渴慕爱情,期待好合的女性形象,悄悄地浮现在我们面前。首联写闺中女子夜间赶制罗帐等待情人的到来。"凤尾香罗"已点明女子的贵族身份。颔联写女子第一次与男子晤面之前的羞怯心态,本以为很有把握相会,所以情不自禁地以团扇遮面,哪知男子有公务在身,驱车匆匆而过(或是"走马兰台"),竟未能与女方接语,令她大失所望。颈联写闺中女子等待所思男子至于夜深灯尽,消息全无,石榴花儿枉然红艳,令人空喜,反增惆怅。末联写她仍痴情地想象所思男子就在杨柳岸旁,并不遥远,且待好风吹送自己到他身边。颈联寄兴最为神妙!

【注释】

①凤尾香罗:织有凤尾花的绮罗。

②碧文圆顶:有青碧花纹的圆顶罗帐。

③扇裁月魄:裁制的团扇形如圆月。月魄:月中阴影。此指圆月。东汉班婕妤作《怨歌行》,中有"裁为合欢扇,团团如明月"之句。

④车走雷声:车声如雷声驰过。司马相如《长门赋》"雷殷殷而响起兮,声像君之车音。"

⑤金烬:蜡烛点燃后,烛心燃着的灯花。此指烛光。

⑥断无:绝无。石榴红:石榴夏天开花,果实如球,熟则色红而开裂。苏雪林以为石榴酒。

⑦斑骓:见《无题》(白道萦回)注。

⑧西南:曹植《七哀诗》:"愿为西南风,长逝入君怀。"

其 二

重帏深下莫愁堂①,卧后清宵细细长②。神女生涯原是梦③,小姑居处本无郎④。风波不信菱枝弱⑤,月露谁教桂叶香⑥?直道相思了无益⑦,未妨惆怅是清狂⑧。

231

【题解】

第二首写一位贵家闺中少女的寂寞相思,与第一首的意义有所不同,在写作方法上更含蓄婉转,笔触更细腻。首联写这位贵家少女深居闺中,因春情萌动而彻夜难眠。"清宵细细长",将少女细曲绵长的情思与寂静的长夜巧妙地结合在一起,非常生动优美。一种悄然的忧愁幽思伴随着静夜一点一滴的时光缓慢地往前挨,一种闲愁隐痛慢慢地折磨少女的心,挥不去,摆不脱,别是一番滋味在心头。颔联谓闺中少女渴望得到爱情,实际上并没有得到,她的愿望简直如同巫山神女荐枕席于楚王,不过是一场梦幻,并非实情,因为她的境况如同青溪小姑之独处幽闺,身旁并没有如意郎君。颈联谓少女心中萌发的爱情还很脆弱,容易受到流言蜚语的损伤,就像脆弱的菱枝,偏遭风波的袭击,就像桂叶因露重而不能飘香。末联谓闺中少女虽然知道这种封闭式的相思只会给自己带来苦痛,而无益身心,但她的痴心愿意接受这种痛苦,为爱情而惆怅那又何妨!李商隐最能表达女性的爱情心理,这两首《无题》诗就是证明。那些只知事父事君、看不起女子的君子们,绝对写不出这样美好的诗篇,只有对异性情感十分珍重并且体察入微的义山,才能道得出、写得好。

【注释】

①重帏:层层帏帐。深下:深处。莫愁:见《石城》注。此指深闺未嫁之少女。

②清宵:静夜。细细长:谓少女彻夜不眠,时间好像是一点一滴缓缓流过。"细细"二字极妙。

③神女:巫山神女。

④《南朝乐府·神弦歌·青溪小姑曲》:"开门白水,侧近桥梁。小姑所居,独处无郎。"

⑤菱:菱角。生池沼中,根在泥里,叶子浮在水面,花白色。果实的硬壳有角,果肉可食。

⑥谁教:谁使,谁令。

⑦直:即使。

⑧清狂:痴情。

无题二首①

其　一

待得郎来月已低,寒暄不道醉如泥②。五更又欲向何处?
骑马出门乌夜啼③。

【题解】

二首都是仿效南朝乐府诗所作艳情诗。第一首的意思是:等郎归来,
月儿已经偏西,与他寒暄,却不料他烂醉如泥;大清早不知又向何处去,骑
马出门时,听到乌鸦一阵狂啼。

【注释】

①旧本均与《留赠畏之》合为三首,实与畏之无关。今从《万首唐人绝
句》题作《无题二首》。

②寒暄:相见时互道天气冷暖,作为应酬之词。不道:不料。醉如泥:
《后汉书·儒林传》:"周泽为太常,清洁循行,尽敬宗庙。常卧病斋宫,其妻
哀泽老病,窥问所苦。泽大怒,以妻干犯斋禁,遂收送诏狱谢罪。当世疑其
诡激,时人为之语曰:'生世不偕,作太常妻,一岁三百六十日,三百五十九
日斋,一日不斋醉如泥。'"

③乌夜啼:乐府《西曲歌》名。相传南朝宋临川王刘义庆因事触怒文
帝,被囚于家。其妾夜闻乌啼,以为吉兆,后获释,遂作此曲。现存歌词八
首,多写男女恋爱。

其　二

户外重阴暗不开,含羞迎夜复临台。潇湘浪上有烟景①,
安得好风吹汝来。

第二首的意思是：户外阴沉沉，揭不开云帘雾帐，入夜时，我含着羞带怯地又登台遥望；床簟上的波光令人心醉，怎得好风将你吹到我身旁。二首都是艳情小调。

【注释】

①潇湘浪：指用湘妃竹（斑竹）做的竹簟，犹云水纹簟也。

可　叹

　　幸会东城宴未回①，年华忧共水相催②。梁家宅里秦宫入②，赵后楼中赤凤来④。冰簟且眠金镂枕⑤，琼筵不醉玉交杯⑥。宓妃愁坐芝田馆⑦，用尽陈王八斗才⑧。

【题解】

　　苏雪林《玉溪诗谜》说义山有两种恋爱对象，一为女冠，一为宫女。本篇内容似是与某宫女有爱恋而未能如愿，故诗题曰"可叹"。首联谓所恋之人陪侍君王到城东曲江游宴未回，自己空空等待，忧心忡忡，辜负了大好光阴。次联谓贵族妇女与宫奴私通，每能得逞，反衬出有真纯爱情者反而屡屡受挫。三联谓竹簟生凉，徒有美人的玉枕，却是孤眠独卧；无缘坐在宴席上与美人共醉霞觞，实在可叹。此联谓遇合无望。末联想象对方如同宓妃坐在宫馆中因刻骨相思而愁肠百结；己则如同曹植用尽才华写《洛神赋》，实际并未享受到琴瑟谐和之乐。本篇亦是艳体，全诗跌宕有致，尾联最妙。

【注释】

　　①东城：指长安城东。曲江在长安东南十里，为唐代帝王游宴胜地，建有离宫。自明皇以来常携宫眷至此避暑，唐文宗又增建紫云楼、彩霞亭。

　　②年华：光阴，时光。《论语·子罕》："子在川上曰：'逝者如斯夫，不舍

昼夜。’”

　　③梁家：梁冀，东汉顺帝、桓帝皇后之兄，为大将军，骄横不法，质帝称之为“跋扈将军”，后被诛。秦宫：梁冀的家奴，常出入后宫，与梁冀妻孙寿私通。

　　④赵后：赵飞燕，汉成帝宫人，立为后，与其妹昭仪专宠十余年。《飞燕外传》：“后所通宫奴燕赤凤者，雄捷能超观阁，兼通昭仪。时十月十五日，宫中故事上灵安庙，是日吹埙击鼓，连臂踏地，歌《赤凤来》曲。后谓昭仪曰：‘赤凤为谁来？’昭仪曰：‘赤凤自为姊来，宁为他人乎？’”《搜神记》：“汉代十月十五日以豚酒入灵女庙，击筑奏曲，连臂踏地为节，歌《赤凤来》，巫俗也。”

　　⑤金镂枕：见《无题四首》之二注。

　　⑥琼筵：豪华的筵宴。交杯：旧时婚礼，新婚夫妇交换酒杯饮酒，称为交杯。所饮之酒曰交杯酒。

　　⑦宓妃：见《无题四首》之二注。芝田馆：崔融《贺芝草表》：“芝英绕殿，暂疑王母之台；灵草成田，聊比宓妃之馆。”

　　⑧陈王：曹植封陈王，谥曰思，称陈思王。八斗才：宋人《释常谈》：“文章多，谓之八斗之才。谢灵运尝曰：‘天下才有一石，曹子建独占八斗，我得一斗，天下共分一斗。’”

镜　槛①

　　镜槛芙蓉入，香台翡翠过②。拨弦惊火凤③，交扇拂天鹅④。隐忍阳城笑⑤，喧传郢市歌⑥。仙眉琼作叶，佛髻钿为螺⑦。五里无因雾⑧，三秋只见河⑨。月中供药剩⑩，海上得绡多⑪。玉集胡沙割，犀留圣水磨⑫。斜门穿戏蝶，小阁锁飞蛾⑬。骑襜侵鞶卷⑭，车帷约幰铊⑮。传书两行雁，取酒一封驼⑯。桥迥凉风压，沟横夕照和⑰。待乌燕太子⑱，驻马魏东

235

阿⑲。想象铺芳缛⑳,依稀解醉罗。散时帘隔露,卧后幕生波。梯稳从攀桂㉑,弓调任射莎㉒。岂能抛断梦,听鼓事朝珂㉓?

【题解】

本篇是艳情诗,诗人所爱恋的女子是宫女。开始二句谓曲江上的水榭被荷花包围,与香尘台无异,芙蓉伸枝入内,翠鸟常来光临。暗喻常有女性来此香榭赏光。"交扇"二句谓宫女中有乐妓弹奏琵琶,奏《火凤曲》;另有宫女挥动鹅毛扇,习习生清风。火凤、天鹅,兼喻座中著红裙白裙之女子。"隐忍"二句谓宫女笑容含而不露,唱起阳春白雪之歌,歌声激越动听。"仙眉"二句谓宫女眉目清秀,如雕花镂琼,玲珑可爱;发鬓盘曲,饰以螺形之钿。"五里"二句谓宫女一去,如隔云雾,如隔银河。"三秋"兼有"一日不见,如三秋兮"之义,并非实指。"月中"四句谓宫女回宫从事劳作的情况,捣药,织绡,永无已时。宫女的劳动还包括擦洗玉石、犀角制作的器皿,以又白又细的胡沙擦净玉器,用清净水洗擦犀象之器。"斜门"二句谓宫女如同戏蝶、飞蛾从后宫侧门进出,常锁于小阁之中,幽居寂寞。李贺《三月过行宫》:"垂帘几度青春老,堪锁千年白日长。""骑襜"二句谓宫女骑马出门时,蔽膝之围裙因鞍鞯的妨碍而卷起,从旁可以窥其玉腿丰臀;乘车时车幔围裹成圆形,约束严实,则难于窥艳。"传书"二句谓通过宫监进出传书递简,私约情侣;遣使以封驼取酒,以备宴饮。"桥迥"二句谓晚风夕照时在河桥相会。"待乌"二句谓己先到桥头久等。燕丹、曹植,诗人自谓也。"想象"二句写幻想中当有之事,即恋人铺好香被,仿佛她已解下罗裙。"散时"二句谓脱衣之前先将窗帘垂下以防雾露侵入,躺下之后,放下罗帐,罗帐因晃动而生波。"梯稳"二句谓恋人居楼上,梯甚稳固,登梯而上自可攀到桂花。弓已调正,自能射取猎物,比喻放心大胆地欢会。《无题四首》之三曰:"楼响将登怯",可证其登楼之想望。末谓好梦已断,仍希望向梦中寻求,哪里能听晨鼓而趋朝办公呢?本篇也是五言长律,写作时间当是义山做秘书省正字之时。

【注释】

①镜槛:近水的台榭。芙蓉、翡翠皆水榭旁边景物。或以为当从《才调

集》作"锦槛",更解释为锦棚,大错。朱注:"镜槛,水槛也。水光如镜,故曰镜槛。"

②香台:《拾遗记》:"石虎春杂宝异香为屑,使数百人于楼上吹散之,名曰香尘台。"过音锅。

③火凤:乐曲名。《唐会要·宴乐》:"贞观末,有裴神符者,妙解琵琶,作《胜蛮奴》《火凤》《倾杯乐》三曲,声度清美,太宗深爱之。"《春秋演孔图》:"凤,火精也。"

④交扇:挥扇。天鹅:指鹅毛扇。火凤、天鹅,兼喻座中女子。

⑤阳城笑:谓巧笑迷人。宋玉《登徒子好色赋》:"嫣然一笑,惑阳城,迷下蔡。"隐忍,含而不露的意思。

⑥喧传:喧闹。郢市歌:宋玉《对楚王问》:"客有歌于郢中者……其为《阳春白雪》,属而和者不过数十人。"

⑦《法苑珠林·敬佛篇》:"发似光螺,眉方翠柳。"镜槛可能建筑在曲江上,临水台榭必多。

⑧《后汉书》言张楷性好道术,能作五里雾。

⑨河:天河。二句谓与宫娥于镜槛一别,如隔云雾,如隔河汉。

⑩供药:用嫦娥窃药奔月故事。剩:多也。

⑪得绡:用鲛人织绡故事。二句谓宫女捣药、织绡。

⑫胡沙:《寰宇记》:"邢州贡解玉沙。"《齐东野语》:"玉人攻玉,必以邢河之沙。"圣水:《水经注》:"圣水出上谷郡西南圣水谷。"宋敏求《长安志》:"圣水泉出咸阳县西昆明池北平地上也。"

⑬此以戏蝶、飞蛾喻幽居女子。

⑭襜:蔽膝之围裙。鞯:马鞍之垫褥。

⑮幰:车帐。铊(音讹):将方形去角变为圆形。二句写出游时骑马乘车之态。

⑯一封驼:单峰驼。

⑰二句谓黄昏约会之地。迥:高,远。凉风、夕照,十分惬意。

⑱待乌:《艺文类聚》:燕丹子曰:"秦止燕太子丹为质曰:'乌头白,马生角,乃可归。'丹仰天叹,乌即白头,马为生角。秦王不得已而遣之。"

⑲驻马:停马。魏东阿:曹植于魏明帝太和三年徙封东阿王。《洛神赋》:"余从京师,言归东藩,背伊阙,越轘辕,经通谷,陵景山,日既西倾,车殆马烦。尔乃税驾乎蘅皋,秣驷乎芝田,容与乎阳林,流眄乎洛川。"二句写自己的渴望与流连。

⑳"想象"四句幻想酒阑夜宿的情景。

㉑攀桂:神话说月中有桂树,缘天梯可以攀桂。

㉒莎:莎草,香附子,地下有纺锤形之细长块根。《北史·豆卢宁传》:"尝与梁仚(音先)定隽射,乃相去百步悬莎草以射之,七发五中,定服其能。"唐宫女有射生活动(射生取物)的游戏。唐王建《宫词》:"射生宫女宿红妆,请得新弓各自张。"

㉓珂:马笼头上的玉饰。二句谓不能舍其欢会而听鼓事朝也。

促　漏

促漏遥钟动静闻①,报章重叠杳难分②。舞鸾镜匣收残黛③,睡鸭香炉换夕熏④。归去定知还向月⑤,梦来何处更为云⑥。南塘渐暖蒲堪结⑦,两两鸳鸯护水纹。

【题解】

本篇或谓拟宫怨而作,或谓悼亡之作,皆不可从。首联谓闺中人长夜不寐,近处的漏声,远处的钟声,皆清晰可闻;闺中所织丝锦层层叠叠堆放在一起,难以清理。次联谓饰有鸾鸟图案的镜匣已收藏好剩余的画眉颜料;鸭形香炉整日燃香,至傍晚又涂香料,自朝至夕,寂寞无聊。三联谓所欢归去后,我知她一定如同嫦娥之独居也;即使希望在梦中相会,而我不知她往何处作化巫山之朝云暮雨,又如何与她交欢呢? 这一联写得委曲细致,一往情深。末联羡香蒲之绾结,鸳鸯之双栖,慨叹人不如禽也。本篇是艳情诗。

①促漏:谓滴漏之声节奏急迫,一声接一声未有停歇,故曰促漏。遥钟:远处的钟声。

②报章:指织成的锦绮。非指章奏、书信。《毛诗·小雅·大东》:"虽则七襄,不成报章。"报,复也,犹言一来一往。章,指布帛上的纹理。杳:昏昧不清。

③黛:见《代赠二首》其二注。

④《香谱》:"香兽以涂金为狻猊、麒麟、凫、鸭之状,空其中以燃香,使香自口出,以为玩好。"

⑤《淮南子·览冥训》:"羿请不死之药于西王母,恒娥窃之以奔月。"注:"恒娥,羿妻……奔入月中,为月精也。"

⑥见《楚宫二首》其二注。

⑦南塘:见《宿晋昌亭闻惊禽》注。蒲:蒲草,亦名香蒲。供食用,叶供编织,可做席、扇、篓等用具。

效徐陵体赠更衣①

密帐真珠络②,温帏翡翠装③。楚腰知便宠④,宫眉正斗强⑤。结带悬栀子⑥,绣领刺鸳鸯。轻寒衣省夜⑦,金斗熨沉香⑧。

【题解】

本篇摹拟徐陵宫体诗的内容和格调,诗为宫女而作。一二句写其居于禁中,室内陈设华美,珠围翠绕。三四句写其媚眉细腰,姿质妙丽,容易得宠,但也因此而遭宫人的嫉妒。五六句谓其装扮有意表示愿结同心之伴。末二句谓其于轻寒之夜,仍坚持熨衣,将沉香熏入衣中而待更衣也。

【注释】

①徐陵:南朝陈文学家。字孝穆,东海郯(山东郯城)人。《史记·外戚

世家》："卫子夫为平阳主讴者。武帝过平阳主,既饮,讴者进,上独悦子夫。是日,武帝起更衣,子夫侍尚衣轩中得幸。"《乐府诗集》有《更衣曲》。更衣:换衣。此指司衣宫女。

②真珠:珍珠。《杜阳杂编》："同昌公主堂中设连珠之帐。"

③翡翠:翠鸟之羽。帱:床帷。《楚辞·招魂》："翡帱翠帱,饰高堂些。"

④楚腰:楚灵王爱细腰,宫女以腰细为美。

⑤崔豹《古今注》："魏宫人好画长眉,今多作翠眉惊鹤髻。"另见《无题二首》(寿阳公主)注。

⑥栀子:栀子花六瓣同心,甚芬芳。梁徐悱妻刘氏《摘同心栀子赠谢娘》诗："同心何处恨,栀子最关人。"

⑦衣省:宫中掌管衣服的机关。

⑧金斗:镀金的熨斗。沉香:香木名。亦称伽南香、奇南香。心材为著名香料。

拟沈下贤①

千二百轻鸾②,春衫瘦著宽。倚风行稍急③,含雪语应寒④。带火遗金斗⑤,兼珠碎玉盘⑥。河阳看花过⑦,曾不问潘安⑧。

【题解】

《宋史·艺文志》云,沈亚之诗十二卷。今存者不及三十首。晁氏《郡斋读书志》："亚之以文词得名,常游韩愈门。李贺、杜牧、李商隐俱有拟沈下贤诗,亦当时名辈所称许云。"本篇摹拟沈亚之戏作艳体。首联谓众女妙丽,衣著宽闲。次联谓舞姿轻捷,若赵后倚风;缓歌低唱,似歌唇含雪。三联谓抛掷带火之金斗,敲碎盛珠之玉盘,毫不可惜,其娇纵可知。末联谓看遍河阳之花,以为花不如人之美,故不把潘安放在眼中,以其无功也。本诗当是目睹宫女的歌舞表演之后所作。

【注释】

①沈下贤:沈亚之字下贤,吴兴人。元和十年进士。迁秘书省正字,长庆中补栎阳令,四年迁福建团练副使,大和三年为德州判官,终郢州掾。有《沈下贤集》十二卷传世。

②《抱朴子·微旨》:"黄帝以千二百女升天。"

③行(háng):指舞行。

④含雪:歌郢中《白雪》之曲。

⑤金斗:镀金熨斗。

⑥张衡《四愁诗》:"美人赠我青琅玕,何以报之双玉盘。"

⑦河阳:今河南孟县。见《石城》注。

⑧见《石城》注。

碧 瓦

碧瓦衔珠树①,红纶结绮寮②。无双汉殿鬓③,第一楚宫腰④。雾唾香难尽⑤,珠嗁冷易销⑥。歌从雍门学⑦,酒是蜀城烧⑧。柳暗将翻巷,荷欹正抱桥。钿辕开道入⑨,金管隔邻调⑩。梦到飞魂急,书成即席遥。河流冲柱转⑪,海沫近槎飘⑫。吴市蠵蠬甲⑬,巴賨翡翠翘⑭。他时未知意,重叠赠娇饶⑮。

【题解】

本篇是艳情诗。诗人所思念的女性为贵族之姬妾。首四句写其住所华丽,屋顶覆盖琉璃瓦,檐前玉树滴翠,华屋内有绝世无双的佳人。"雾唾"四句谓其咳唾生香,珠泪易销,欢颜掩饰内心的苦闷;陪酒放歌,意态从容自如。"柳暗"四句谓柳树掩荫着她的深院,只有风吹卷翻枝叶时才能瞧见;荷花斜欹,好似摊开手臂拥抱小桥。但见伊人乘钿车开路而入,但闻其调试金管之声隔墙传来。"梦到"四句谓梦中飞到她身旁,何其速也!但是写好了情书却无人传递,虽即席也觉得遥远。己之心魂环绕着伊人,如冲柱之河水,又如近槎之海沫,于其前后飘浮,可望而不可即。末四句谓愿赠以玟瑰、翠翘表达爱心,恐其未知我意,不如重叠为诗投赠美人。诗人有意引导我们跟着他的感觉走,将感情、感觉和意象作为审美对象,故能超妙入神,高人一等。

【注释】

①碧瓦:青绿色琉璃瓦。珠树:三珠树。《山海经·海外南经》:"三珠树在厌火国北,生赤水上,树如柏,叶皆为珠。"

②红绡:红色窗纱。绮寮:绮窗,雕成花格的窗子。

③张衡《西京赋》:"卫后(卫子夫)兴于鬒发。"李善注:"《汉武故事》:'子夫得幸,头解,上见其美发,悦之。'"

④楚宫腰:见《效徐陵体赠更衣》及《梦泽》注。

⑤《庄子·秋水》:"子不见夫唾者乎?大者如珠,小者如雾。"

⑥珠啼:珠泪。

⑦《列子·汤问》:"昔韩娥东之齐,匮粮,过雍门,鬻歌假食。既去,而余音绕梁欐,三日不绝。"又:"韩娥曼声哀哭,一里老妇悲愁,垂涕相对,三日不食。娥复为曼声长歌,一里老幼喜跃抃舞,忘向之悲也。故雍门之人至今善歌哭,效娥之遗声。"

⑧《国史补》:"酒则剑南之烧春。"

⑨钿辕:即钿车。用金花钉缀在车辕上。

⑩金管:用黄金装饰的笙箫乐器。

⑪《尚书·禹贡》传:"砥柱,山名,河水分流,包山而过,山见水中若柱然。"苏雪林以为用尾生抱柱故事。传说战国时鲁国人尾生与女子约会于桥下,女子未来,河水上涨,尾生不去,抱桥柱淹死。见《庄子·盗跖》《战国策·燕》《史记·苏秦传》等。

⑫《后汉书·杜笃传》:"海波沫血。"注:"水沫如血。"《博物志·杂说》:"旧说云天河与海通,近世有人居海者,年年八月,有浮槎去来不失期。人

242

有奇志,立飞阁于槎上,多赍粮,乘槎而去,芒芒忽忽,亦不觉昼夜,去十余日,奄至一处,有城郭屋舍甚严,遥望宫中多织妇,见一丈夫牵牛渚次饮之。"

⑬蟕蠵(chuí xié):海龟之类。甲有纹,可为饰物。《玉篇》:"蟕蠵似玳瑁而有文。"

⑭賨(zōng):赋。《说文》:"賨,南蛮赋也。"《晋书·食货志》:"巴人输賨布,户一匹。"《晋中兴书》:"巴人谓赋为賨,因名巴賨。"翡翠翘:翡翠鸟的羽毛。可以饰钗,亦称翠翘。

⑮娇饶:美女。

代 赠

杨柳路尽处,芙蓉湖上头。虽同锦步障①,独映钿箜篌②。鸳鸯可羡头俱白,飞去飞来烟雨秋。

【题解】

本篇是代赠贵家失宠之姬妾的诗。一二句指其人居于湖滨杨柳深处。三四句谓其人虽居于豪门,因为失宠,而等同于虚设之锦障,又如同嵌上金花之竖箜篌孤映水滨,顾影自怜也。五六句谓其悔恨坠入贵家,受到冷遇,反不及鸳鸯之白头相守,比翼齐飞也。

【注释】

①锦步障:遮蔽风尘或视线的锦制行幕。《晋书·石崇传》:"石崇与王恺奢靡相尚,恺作紫丝步障四十里,崇以锦步障五十里敌之。"

②钿:金花。箜篌:见《拟意》注。钿箜篌:用金银镶嵌的箜篌。既云"独映",则可能是竖箜篌。《旧唐书·礼乐志》:"竖箜篌,胡乐也,汉灵帝好之。体曲而长,二十三弦。竖抱于怀,用两手齐奏,俗谓之擘。"

代赠二首

其 一

楼上黄昏欲望休,玉梯横绝月中钩①。芭蕉不展丁香结②,同向春风各自愁。

【题解】

首句谓楼上之女性盼望黄昏到来,人约黄昏后,故也。但是黄昏来临,新月初上,所思之人仍未上楼,一天的等待,多时的愿望,全都落空了,故曰"休"也。二句谓新月如钩,望之似能钩来所思之人登楼相会,可是楼梯被抽去,所欢上不来,虽有如钩之新月,却无法将一对情侣钩连在一起。为什么说"月中钩"呢?因为作者想象此金钩自月中生出,月满则无钩,月缺则生钩也。"月中钩"一点也不错,不必从别本改为"月如钩",那样读起来也不顺口。玉梯已断,月钩起不到钩连的作用,故曰"玉梯横绝月中钩"。三四句以芭蕉心之卷缩未伸和丁香花蕊之缄结未放来比喻双方的不解之愁、相思之苦。"同向春风"四字妙极。因为这是双方共有的相思、刻骨的春愁。

【注释】

①玉梯:天梯。此谓楼梯。横绝:横断,中间断了一截。

②芭蕉不展:芭蕉心卷缩未伸展开来。丁香结:丁香花蕊初生尚未绽开。

其 二

东南日出照高楼①,楼上离人唱石州②。总把春山扫眉黛③,不知供得几多愁?

一二句谓旭日东升时,霞光映照着女子所居之高楼,晨起分别时,女子唱着别离的歌曲。三四句谓其纵然以黛画眉,眉若春山,可是离愁别恨也像云山千叠,不知供给他的恋人多少愁苦也。两首诗都是代女子赠别所欢之作,写得缠绵而忧伤,细致而深邃,情景超妙。

【注释】

①汉乐府《陌上桑》:"日出东南隅,照我秦氏楼。"

②石州:唐乐府《商调曲》名。《乐府诗集》卷七十九有《石州》一首:"自从君去远巡边,终日罗帏独自眠。看花情转切,揽镜泪如泉。一自离君后,啼多双脸穿。何时狂虏灭,免得更留连。"

③春山:指眉。《西京杂记》:"卓文君姣好,眉色如望远山。"扫:画也。黛:青黑色颜料,古时女子用以画眉。

代应二首①

其　一

沟水分流西复东②,九秋霜月五更风③。离鸾别凤今何在④?十二玉楼空更空⑤。

【题解】

二首均是代女子应答之诗。第一首一二句谓九秋之月五更时与所恋男子分手。三四句谓一双情侣如同别凤离鸾,分散后不知今何处,前时所居之玉楼仙馆如今一片空虚。

【注释】

①代应:代答。

②见《与同年李定言曲水闲话戏作》注。

③九秋:秋季九十天。《文选》曹植《七启》:"九秋之夕,为欢未央。"

④《西京杂记》:"庆安世年十五为成帝侍中,善鼓琴,能为双凤离鸾之曲。"

⑤十二楼:见《无愁果有愁曲北齐歌》注。

其 二

昨夜双钩败①,今朝百草输②。关西狂小吏,惟喝绕床卢③。

【题解】

第二首一二句谓昨夜今朝之博戏皆败,心中烦闷。三四句谓平日与己相爱之关西小吏今日竟不来慰我之寂寞无聊,只知在赌场狂呼大叫,真乃狂夫也! 二首皆为艳诗,别无寓意。

【注释】

①双钩:即藏钩。见《无题二首》(昨夜星辰)注。

②百草:斗百草。古代民俗,五月初五有踢百草之戏。

③喝卢:喝彩。赌博时呼喝以叫彩。古代的博戏法,其骰五枚,上黑下白,黑者刻二为犊,白者刻二为雉,掷之全黑为卢,最为胜彩。《晋书·刘毅传》:"后在东府聚樗蒲大掷,余人并黑犊以还,惟刘裕及毅在后。毅次掷得雉,大喜,褰衣绕床叫,谓同坐曰:'非不能卢,不事此耳。'裕恶之,因援五木久之,曰:'老兄试为卿答。'既而四子俱黑,其一子转跃未定,裕厉声喝之,即成卢焉。"

代董秀才却扇①

莫将画扇出帷来,遮掩春山滞上才②。若道团圆是明月③,此中须放桂花开④。

本篇当是参加董秀才婚礼时戏作。一二句说画扇当藏于帷房(妇女居住的内室)之内,不该拿出来遮住了美人面容,使我未睹芳颜,激发不了诗情,写不出却扇诗。三四句说若道圆如满月的团扇象征夫妻团圆好合,那么,月中应当有桂花开放。即是说,应当却扇,让我亲见这如月如花的美人。后二句就明月生意,巧妙自然。

【注释】

①秀才:汉以来成为荐举人员科目之一。南北朝最重此科。唐初置秀才科,后废去,仅作为对一般读书人的泛称。董秀才其人事迹不详。却扇:古代婚礼,新妇行礼时,有人在两旁持长柄扇掩其面,交拜后,由新郎披开双扇,曰"却扇"。《庾子山集》八《为梁上黄侯世子与新妇书》:"分杯帐里,却扇床前。"唐人成婚之夕,有催妆诗、却扇诗。

②春山:谓眉,前已屡见。滞上才:谓使董秀才这样具有高才的人才思滞涩,做不出却扇诗。

③班婕妤《怨歌行》:"裁成合欢扇,团团似明月。"

④古代神话谓月中有桂树。

赠别前蔚州契苾使君①

何年部落到阴陵②?奕世勤王国史称③。夜卷牙旗千帐雪④,朝飞羽骑一河冰⑤。蕃儿襁负来青冢⑥,狄女壶浆出白登⑦。日晚鸊鹈泉畔猎⑧,路人遥识郅都鹰⑨。

【题解】

首联谓契苾通刺史的远祖很早就归顺唐王朝,率其部落迁到阴陵定居,累世勤于皇室,史官屡赞其功。"何年"言时间之久远,并非不知道历史记载。颔联谓契苾通的五世祖契苾何力雪夜席卷敌军牙帐,清晨飞越冰河追击敌军,大获全胜。颈联谓北方少数民族青年男子背着孩子,妇女端着奶酪纷纷归附契苾部落。末联承上而来,似乎仍然是称赞契苾何力,但实际已转到歌颂契苾通,谓其威信甚高,如西汉郅都鹰一样捍卫朝廷。兼喻其离蔚州任时,路人犹称颂其威仪。本篇不同于一般赠别之作,突出其"奕世勤王",颂其祖德宗功,更称赞其踵武先烈。气势畅沛,有声有色,中间两联尤其感人。属对轻妙自然,雅丽工整。

【注释】

①原注:"使君远祖,国初功臣也。"蔚州:州治所在今山西灵丘县。契苾通曾任蔚州刺史。其五世祖契苾何力为部族酋长,贞观六年,随其母率众千余家归唐。后以军功封凉国公。契苾是北方铁勒族的一个部落,后以部为姓。会昌二年(公元842年)九月,为抗击回鹘侵扰,唐武宗诏契苾通、何清朝领沙陀、吐浑六千骑开赴天德(今内蒙古乌拉特旗西北)。此诗作于契苾通赴天德授职之时。

②阴陵:阴山。在内蒙古中部。

③奕世:累世。勤王:为王事尽力。唐太宗置契苾部落于甘、凉一带,后来部落东移,迁至阴山一带,累世有功,国史称之。

④牙旗:军营前大旗。

⑤羽骑:泛指轻骑兵。《旧唐书》传:"贞观七年,同征吐谷浑。时吐谷浑主在突沦川,何力欲倾其巢穴,乃自选骁兵千余骑,直入突沦川,袭破牙帐,浑主脱身以免,俘其妻子。"又:"龙朔元年,为辽东道行军大总管,次于鸭绿水,其地即高丽之险阻,莫离支男生以精兵数万守之,众莫能济。何力始至,会层冰大合,趋即渡兵,鼓噪而进,贼遂大溃,斩首三万级,余众尽降。"

⑥蕃儿:泛指西北少数民族男子。褓负:用背带背负小孩。青冢:王昭君墓。在今呼和浩特市南。

⑦狄女:泛指西北少数民族妇女。壶浆:《孟子·梁惠王下》:"箪食壶浆,以迎王师。"白登:山名,在今山西大同市东。

⑧鸊鹈泉:在内蒙古五原县。

⑨郅都:西汉名臣,其行法不避贵戚,号曰苍鹰。景帝拜为雁门太守,匈奴不敢犯境。此以郅都喻契苾通。

少　将

族亚齐安陆①,风高汉武威②。烟波别墅醉,花月后门归。
青海闻传箭③,天山报合围④。一朝携剑起,上马即如飞。

【题解】

　　本篇不同于《公子》、《少年》等讥刺贵族子弟之作,而是一首颂赞一位宗室少年将军的诗。首联谓其人虽非李唐宗室之嫡系,不如萧绎之为萧齐宗室之嫡裔,然而其风度气概却高出武威将军刘尚。次联写其醉饮于烟波别墅,夜归于姬妾成群的后院,生活在醇酒妇人之中。这当然是贵族子弟的不良习气。后半写边庭多紧急状况,此少年将军一闻国家有急,立刻提剑上马,奔赴疆场,快如飞鸟。出现在我们眼前的不是轻薄儿郎,而是"捐躯赴国难"的少年英雄形象。此诗表达了作者的爱国思想和对壮丽人生的追求。

【注释】

　　①《南史·齐宗室传》:"安陵昭王(萧)缅,字景乘,宣皇帝之孙也……建元元年,封安陆侯,累迁雍州刺史,加都督……建武元年,赠司徒安陆王。"

　　②《后汉书·光武帝纪》:"南郡蛮叛,遣武威将军刘尚讨破之。"刘尚,宗室子孙。冯浩曰:"此句取宗室也,武威与建威、扬威皆将军名号,不关武威地名。"

　　③青海:即青海省。《旧唐书·吐蕃传》:"仪凤三年,(李)敬玄与工部尚书刘审礼率兵与吐蕃战于青海。"《新唐书·吐蕃传》:"其举兵以七寸金箭为契。百里一驿,有急兵,驿人臆前加银鹘,甚急,鹘益多。"

④天山：今甘肃省祁连山。《史记索隐》："祁连山亦曰天山，亦曰白山，在张掖、酒泉二郡界。"《李陵报苏武书》："单于临阵，亲自合围。"

征步郎①

塞外虏尘飞，频年度碛西②。死生随玉剑，辛苦向金微③。

【题解】

本篇写爱国将士征战之苦以及不惜捐躯、保家卫国的英雄气概。

【注释】

①征步郎：乐府旧题。《永乐大典》七三二九即字韵引《李义山集》。《乐府诗集》八十近代曲辞、《全唐诗》二七杂曲歌辞均载此诗，无作者姓名。

②碛（qì）：沙漠。

③金微：山名。即今阿尔泰山，秦汉时名金微山，隋唐时名金山。

灞 岸①

山东今岁点行频②，几处冤魂哭虏尘③。灞水桥边倚华表④，平时二月有东巡⑤。

【题解】

诗题"灞岸"，是诗人在灞水桥边立于华表之下感慨时事所作。首句谓朝廷向函谷关以东广大地区征兵多起。次句谓回鹘乌介可汗大举南侵，战尘滚滚，人民被杀戮，冤魂嚎哭。三四句谓如今正值乱世，皇帝东巡之事久废，我站立在灞桥头边华表之下，深感今非昔比也。伤时念乱，出语沉痛。

【注释】

①灞岸:即灞水桥边。会昌二年八月,回鹘乌介可汗南侵到大同、云州一带,唐朝廷乃征发许、蔡、汴、滑等六镇之师,会军于太原。

②山东:函谷关以东地区。点行:按名册抽丁出征。频:多次。

③虏尘:敌寇扬起战尘。百姓流离、死亡、呻吟嚎哭,皆因侵略战争所致。

④华表:古代用以表示王者纳谏或指路的木柱。

⑤东巡:《尚书·舜典》:"岁二月,东巡守,至于岱宗。"末句谓升平之世,岁二月,皇帝行幸东都洛阳,如今又值仲春之月,可是东巡之事久废,今非昔比也。冯浩系此诗于会昌三年春是正确的。

北齐二首①

其 一

一笑相倾国便亡②,何劳荆棘始堪伤③。小怜玉体横陈夜④,已报周师入晋阳⑤。

【题解】

一二句谓君王一旦沉迷于女色,很快就亡国;哪里会要等到宫殿生荆棘的时候才感觉得悲哀呢? 三四句谓冯小怜进御之夜,即北齐濒临亡国之时。

【注释】

①二首均咏北齐后主高纬荒淫亡国故事。

②相倾:指女子貌美,令人倾倒。《汉书·外戚传》:"北方有佳人,绝世而独立。一顾倾人城,再顾倾人国。宁不知倾城与倾国,佳人难再得。"

③《吴越春秋》:"夫差听谗,子胥垂涕曰:'以曲作直,舍谗攻忠,将灭吴国,城郭丘墟,殿生荆棘。'"堪伤:堪悲。

④小怜:冯小怜,北齐后主的宠妃,聪慧善弹琵琶,工歌舞。横陈:宋玉

《讽赋》:"主人之女为臣歌曰:'内怵惕兮徂玉床,横自陈兮君之旁。'"

⑤据《北齐书》载:武平七年十二月,周武帝来救晋州(山西临汾),齐师大败。齐后主弃军先还,留安德王延宗等守晋阳(山西太原)。后主逃至邺城(齐都),延宗与周师战于晋阳,大败,为周师所虏,周师攻破晋阳。次年,周师抵邺城下,齐后主出逃被俘,齐亡。

其　二

巧笑知堪敌万机[1],倾城最在著戎衣。晋阳已陷休回顾,更请君王猎一围[2]。

【题解】

一二句谓冯淑妃的媚笑足以与君主的政务大事相匹敌,尤其是她出猎穿上戎装更俏丽动人。三四句以淑妃口吻说,晋阳已经陷落,就没有回顾的必要了,还是请君王同咱们一道再围猎一回吧。结句寓危急于悠闲,发人深省。两首都是咏史诗,并无寄托和影射。寓奇警于和平,笔力深沉老到,是咏史诗中典范。刘永济曰:"按武宗会昌二年回鹘入侵,诏发三招讨使将许、蔡、汴、滑等六镇之兵会于太原。十月武宗幸泾阳,校猎白鹿原。谏议大夫高少逸、郑朗等谏其'校猎太频,出城稍远,万几废弛,方用兵师,且宜停止'。又按武宗内宠有王才人,欲立为后,此诗当讽武宗而作。"(《唐人绝句精华》)

【注释】

①巧笑:《毛诗·卫风·硕人》:"巧笑倩兮,美目盼兮。"万机:君主日理万机。万机指政务。

②《北齐书》:"周师取平阳,帝猎于三堆。晋州告急,帝将还。淑妃请更杀一围(再围猎一次),从之。"应当是平阳已陷,作者误记为晋阳。

即 日①   会昌三年

小苑试春衣，高楼倚暮晖。夭桃唯是笑②，舞蝶不空飞。赤岭久无耗③，鸿门犹合围④。几家缘锦字⑤，含泪坐鸳机⑥。

【题解】

本篇为征人思妇而作。《旧唐书·武宗纪》："会昌二年八月，回纥乌介可汗过天德……俘掠云、朔、北川。"朝廷征发许、蔡、汴、济等六镇之师讨伐。会昌三年春，义山在京守母丧，感叹时事而作此诗。前半写思妇独守春闺，见夭桃舞蝶反增寂寞惆怅。后半谓前方战事仍然吃紧，久未通音信，多少思妇织锦书寄给征夫，眼中噙满伤心的泪水。

【注释】

①即日：当日见闻也。张采田曰："通首皆为征人思妇而发，感事之作，别无寓意。"

②夭桃：娇艳的桃花。二句写夭桃巧笑，舞蝶双飞，衬托思妇的孤居独处。

③赤岭：《旧唐书·地理志》："鄯州鄯城县有天威军，故石堡城，天宝八载更名。又西二十里至赤岭；其西吐蕃，有开元中分界碑。"耗：音信。

④鸿门：汉置鸿门县，其地与雁门、马邑相接，唐时河东道之边地，乌介入犯之处。二句谓戍赤岭御吐蕃者久无音信，戍鸿门者犹与回纥苦战不休。

⑤锦字：锦书。前秦窦滔镇守襄阳，久不还家。其妻苏蕙织锦为回文诗以赠滔，滔感其妙绝，因具车以迎苏氏。缘：围绕。

⑥鸳机：织锦机。

行次昭应县,道上送户部李郎中充昭义攻讨①

　　将军大旆扫狂童②,诏选名贤赞武功③。暂逐虎牙临故绛④,远含鸡舌过新丰⑤。鱼游沸鼎知无日,鸟覆危巢岂待风?早勒勋庸燕石上⑥,伫光纶绰汉廷中⑦。

【题解】

　　首联谓大军主帅李彦佐攻讨刘稹,诏选李郎中赞助军幕。次联谓李郎中暂随主帅趋赴晋绛行营而路过昭应县。三联谓刘稹覆灭指日可待。末联祝李郎中立功受赏。气势奔放,语意清浅。

【注释】

　　①昭应县:今陕西临潼县。户部李郎中:户部郎中姓李,其名未详。充:临时充任。昭义攻讨:讨伐昭义镇刘稹的军事行营的攻讨使、攻讨副使之类官员。会昌三年,昭义节度使刘从谏卒,子稹拒命,自为留后。诏以成德王元逵、魏博、何弘敬为攻讨使,与河东刘沔、河阳王茂元合兵讨之。四年七月,郭谊斩稹,传首京师。

　　②将军:指攻讨大军的主帅晋绛行营节度使李彦佐。大旆:大旗。狂童:指狂妄无知的刘稹。

　　③《毛诗·豳风·七月》:"载缵武功。"

　　④暂逐:暂随。虎牙:虎牙将军,借指主帅。故绛:春秋时晋国旧都在绛,后迁新田。唐置翼城县,即绛,为晋绛行营所在地。

　　⑤鸡舌:鸡舌香,即丁香。汉代尚书郎奏事于明光殿,口含鸡舌香,此指户部郎中李氏远赴行营。新丰:即昭应县。

　　⑥勒:刻。勋庸:功勋。燕石:东汉窦宪大将军北击匈奴,登燕然山(今蒙古杭爱山)刻石记功。

⑦伫:期待。纶绋(fú):皇帝诏书。

赋得鸡①

稻粱犹足活诸雏,妒敌专场好自娱。可要五更惊稳梦,不辞风雪为阳乌②?

【题解】

前二句谓藩镇割据世袭,足以庇荫子孙,然而贪得无厌,相互争斗,以独占全场为乐。后二句谓鸡的本心岂愿惊扰自己的酣梦而冒着风雪报晓、迎接太阳升起呢?借以比喻藩镇表面上秉承王命,实则无心效忠朝廷。比喻新颖,讽刺巧妙。

【注释】

①诗题意思是:所赋诗以鸡为喻也。

②阳乌:古代传说太阳里面有三足乌。

和韦潘前辈七月十二日夜泊池州城下,先寄上李使君①

桂含爽气三秋首②,蓂吐中旬二叶新③。正是澄江如练处,玄晖应喜见诗人④。

【题解】

首句关合"七月"。次句关合"十二日"。三句谓"夜泊池州"。结句以

255

谢玄晖比李使君，"诗人"指韦潘。

【注释】

①韦潘：即《十字水期韦潘侍御同年不至》中的韦潘。韦潘原诗题为《七月十二日夜泊池州城下，先寄上李使君》。李使君：杜牧有《处州李使君墓志铭》："使君名方玄，字景业，由起居郎出为池州刺史，凡四年。会昌五年四月卒于宣城客舍。"

②三秋首：秋季之首，七月也。

③蓂：蓂荚，古代传说中的瑞草。每月朔日生一荚，至月半则生十五荚。至十六日后，日落一荚，至月晦而尽。

④玄晖：谢朓，字玄晖。南朝齐代著名诗人，为中书郎，出为宣城太守。谢朓《晚登三山》诗："余霞散成绮，澄江净如练。"

过华清内厩门①

华清别馆闭黄昏②，碧草悠悠内厩门。自是明时不巡幸，至今青海有龙孙③。

【题解】

一二句写昔时豪华无比的华清宫如今宫门深闭，碧草悠悠，无比凄凉。三四句讽刺意味极深婉，曰"明时"曰"不巡幸"，反语以正言说出，不直接斥其衰败也。曰"青海有龙孙"，不直接斥其远莫能致也。姚曰："凄凉境界，翻作太平气象，越见凄凉。"

【注释】

①华清：宫名。在陕西省临潼县骊山西北麓。唐贞观十八年建汤泉宫，咸亨二年改名温泉宫，天宝六年扩建并改名华清宫。天宝十五年，宫室毁于兵火。内厩：专为皇帝养马的马房。内厩掌天子之御，以备游幸。

②别馆：古代帝王正宫以外的宫室。

③龙孙:指青海马,龙种也。见《咏史》(历览前贤)注。

华清宫①

　华清恩幸古无伦②,犹恐蛾眉不胜人。未免被他褒女笑③,只教天子暂蒙尘④。

【题解】

　本篇专刺杨贵妃,谓其所受恩宠,自古迄今无与伦比,然而其倾国倾城之色犹在褒姒之下。褒姒能灭周,而唐玄宗幸蜀不至灭亡,不久便归国,是贵妃之蛊惑不及褒姒也。安史之乱实因玄宗荒淫腐败所引起,义山以为杨妃专宠乃致祸之由,显然是错误的识见。

【注释】

　①见《过华清内厩门》注。

　②《旧唐书·杨贵妃传》:"太真得幸,进册贵妃,三姊皆美,帝呼为姨。帝幸华清,贵妃与三夫人皆从,遗簪堕舄,瑟瑟玑琲,狼藉于道,香闻数十里。"

　③褒女:褒姒,周幽王的宠妃。《史记·周本纪》:"幽王嬖爱褒姒,褒姒不好笑,幽王欲其笑万方,故不笑。幽王举烽火,诸侯悉至,至而无寇,褒姒乃大笑。申侯与缯、西夷犬戎攻幽王,幽王举烽火,兵莫至,遂杀幽王骊山下,虏褒姒。"

　④《左传》:"王使来告难,臧文仲对曰:'天子蒙尘于外,敢不奔问官守?'"

华清宫

朝元阁迥羽衣新①，首按昭阳第一人②。当日不来高处舞，可能天下有胡尘③？

【题解】

冯浩曰："一题两首，用韵又同，此较意庄而语直，疑友人同作，未必皆出义山。"

【注释】

①朝元阁：在骊山。天宝七载，唐玄宗改名降圣阁。羽衣新：谓杨贵妃于朝阳阁上舞《霓裳羽衣曲》。

②首按：首先按拍起舞。昭阳：昭阳殿，汉赵飞燕所居。《汉书》："飞燕立为皇后，宠少衰，女弟绝幸，为昭仪，居昭阳舍。"《三辅黄图》则云："成帝赵皇后居昭阳殿，有女弟俱为婕妤。"《西京杂记》："赵后、昭仪二人并色如红玉，为当时第一，皆擅宠后宫。"李白诗："宫中谁第一？飞燕在昭阳。"李白词《清平乐》有"可怜飞燕倚新妆"句。此以杨贵妃比赵飞燕。

③可能：推论之辞。胡尘：指战争。此指安史之乱。

龙　池①

龙池赐酒敞云屏②，羯鼓声高众乐停③。夜半宴归宫漏永④，薛王沉醉寿王醒。⑤

【题解】

本篇揭露唐玄宗的秽行十分尖刻。一二句谓唐玄宗与后妃及诸王在龙池之畔游宴,敞开云屏,无所遮饰,纵情欢乐之后,即以羯鼓解秽收场。三四句谓夜半宴罢归时宫漏已久,诸王沉醉,而寿王触目怆怀,不能饮酒,故独醒也。讽而不露,蕴藉之至。

【注释】

①龙池:《雍录》:"明皇为诸王时,故宅在京城东南角隆庆坊。宅有井,井溢成池。中宗时数有云龙之祥。后引龙首堰水注池,池面益广,即龙池也。开元二年七月,以宅为宫,是为兴庆宫。"今西安市兴庆公园内有其旧址。

②云屏:云母屏风。

③羯鼓:南卓《羯鼓录》:"羯鼓出外夷,以戎羯之鼓,故曰羯鼓。其声促急,破空透远,特异众乐。明皇极爱之,尝听琴未终,遽止之曰:"速令花奴(汝阳王琏小名)持羯鼓来,为我解秽。""

④宫漏:宫中的铜壶滴漏,是以水为动力的机械计时器。永:久。

⑤薛王:唐玄宗的弟弟李业曾封薛王,开元二十二年卒,其子李琄嗣位为薛王。此指琄。寿王:玄宗子,名李瑁,先娶杨玉环为妃,后被玄宗册立为贵妃。"醒"读如"星"。

骊山有感

骊岫飞泉泛暖香①,九龙呵护玉莲房②。平明每幸长生殿③,不从金舆唯寿王④。

【题解】

本篇讽刺唐明皇宠爱杨贵妃,纳其子瑁已聘之人,不以为耻,丑遗后代也。首句写骊山下华清池之宏丽温馨,次句写玄宗溺爱贵妃之艳色。三四句谓每值平明时,玄宗与贵妃幸长生殿,诸王皆从之,独寿王不从,是寿王知耻,而玄宗不知耻也。

【注释】

①骊岫:骊山。飞泉:指温泉。见《过华清内厩门》注。

②呵护:呵禁守护。莲房:莲蓬。因各孔分隔如房,故名。《明皇杂录》:"玄宗幸华清宫,新广汤池,制作宏丽,安禄山于范阳以白玉石为鱼龙凫雁,仍为石梁及石莲花以献,雕镌巧妙,殆非人工。上大悦,命陈于汤中,又以石梁横亘汤上,而莲花才出于水际。"唐郑嵎《津阳门诗》:"暖山度腊东风微,宫娃赐浴长汤池。刻成玉莲喷香液,漱回烟浪深逶迤。"注:"内除供奉两汤池外,更有汤池十六所,而长汤每赐诸嫔御,其修广与诸汤不侔,甃以文瑶礕石,中央有玉莲奉汤泉,喷以成池。"

③长生殿:唐华清宫殿名。《长安志》:"天宝六载改温泉为华清宫,殿曰九龙,以待上浴,曰飞霜,以奉御寝,曰长生,以备斋祀。"《津阳门诗》注:"长生殿,斋殿也。有事于朝元阁,即御长生殿以沐浴。"又云:"飞霜殿即寝殿,而白傅《长恨歌》以长生为寝殿,殊误矣。"

④金舆:皇帝的车驾。寿王:李瑁,明皇第十八子,母武惠妃。开元十三年一月封寿王。杨贵妃始为寿王妃,天宝四载八月,册为贵妃。杨玉环为寿王妃,从寿邸度为女道士,然后入宫。

旧　顿①

东人望幸久咨嗟②,四海于今是一家③。犹锁平时旧行殿④,尽无宫户有宫花⑤。

【题解】

一二句谓如今海内一统,可是天子行幸之事久废。表面上看,天下无事,实则满目荒凉。三四句谓旧顿之宫花寂寞地开放,可是并无宫户管理,显得何等凄清。诗人伤往昔之繁华不再,叹今非昔比也。末句与"寥落古行宫,宫花寂寞红"同义。

【注释】

①顿:宿食处所。天子出游住宿处亦曰顿。

②东人:指东都洛阳之人。望幸:盼望皇帝亲临。咨嗟:叹息声。

③《礼记》:"圣人能以天下为一家。"冯注:"宪宗平诸藩镇,自后数朝,叛者少矣,故曰于今是一家。"

④行殿:即行宫。《通鉴》注:"自长安历华、陕至洛,沿道皆有行宫。"

⑤宫户:守宫之人。

天津西望①

虏马崩腾忽一狂,翠华无日到东方②。天津西望肠真断,满眼秋波出苑墙③。

【题解】

首句谓安禄山的叛乱。次句谓皇帝行幸东都之事久废。三四句写诗人站在天津桥上西向而望,惟见洛水清波滚滚东流,反衬宫苑之空寂荒虚。本篇抒发了安史乱后,盛时不再,举目凄凉的感慨。

【注释】

①天津:天津桥。故址在今洛阳市旧城西南,桥在宫苑之东,故曰"西望"。

②翠华:皇帝仪仗中用翠鸟羽装饰的旗。

③秋波:指洛水。《元和郡县志》:"洛水在洛阳县西南三里,西自苑内上阳之南弥漫东流。"

涉洛川

通谷阳林不见人①，我来遗恨古时春。宓妃漫结无穷恨②，不为君王杀灌均③。

【题解】

本篇是诗人渡洛水忆曹植及《洛神赋》的吊古伤今之作。一二句谓昔时曹植东归，经通谷、杨林之地，感甄后而赋洛神，我今亦经此道却不见古人，而深知曹植之被谗的遗恨，"怅望千秋一洒泪，萧条异代不同时"也。三四句谓宓妃(代指甄后)枉然自结无边的愁怨，就是因为没有帮助陈思王曹植杀死谗臣灌均，故反受其殃也。冯浩曰："盖义山自有艳情诬恨，而重叠托意之作，代赠代答，如代卢家人之类。宓妃取洛中之地，曰'来时'，曰'去后'，明有往来之迹，而两情不得合也。曰已隔存殁，何必同时，谓一死一生，情不灭而境永隔也。曰'我来遗恨古时春'，是重经洛中，追恨旧事也。'灌均'，必指府中用事之人而被其指摘者。'陈思王'，则以才华自比，《可叹》篇云：'宓妃愁坐芝田馆，用尽陈王八斗才。'可以取证也。"

【注释】

①朱注引《洛阳记》："城南五十里有大谷，旧名通谷。"《洛神赋》："经通谷，陵景山……容与乎阳林，流眄乎洛川。"李善注："杨林，地名，多生杨，因名。"

②《洛神赋》："恨人神之道殊兮，怨盛年之莫当。"

③原注："灌均，陈王之典签，谮诸王于文帝者。"所谓原注亦是后人所加。灌均谮曹植事见《东阿王》注。

东阿王①

国事分明属灌均②,西陵魂断夜来人③。君王不得为天子④,半为当时赋洛神⑤。

【题解】

首句谓藩国大事分明操纵在曹丕的亲信灌均手中,曹植之受猜忌打击是不言而喻的了。二句谓曹植受谗被废,使魏武帝魂断心伤也。三四句谓曹植不能继天子之位,原因虽多,但一半是因为写作《洛神赋》,表现了自己的多才与多情啊!本篇是咏史诗,义山借曹植寄慨,并非以君王自喻也。

【注释】

①东阿王:《三国志·魏书·陈思王植传》:"(太和)三年,徙封东阿。"

②灌均:曹丕的近侍。《三国志·魏书·陈思王植传》:"黄初二年,监国谒者灌均希指,奏'植醉酒悖慢,劫胁使者'。有司请治罪,帝以太后故,贬爵安乡侯。"

③朱注引《邺都故事》:"魏武帝遗命诸子曰:'吾死之后,葬于邺之西岗。婕妤美人,皆著铜雀台上,施六尺床,下缲帐。朝晡上酒脯粆糒之属。每月朔、十五,辄向帐前作伎乐。汝等时登台,望吾西陵墓田。'"《乐府解题》:"起夜来,其辞意犹念畴昔,思君之来也。"

④《三国志·魏书·陈思王植传》:"植既以才见异,而丁仪、丁翼、杨修等为之羽翼。太祖狐疑,几为太子者数矣。而植任性而行,不自彫励,饮酒不节。文帝御之以术,矫情自饰,宫人左右并为之说,故遂定为嗣。"

⑤曹植于黄初三年作《洛神赋》,见《文选》。

十字水期韦潘侍御同年不至，时韦寓居水次故郭邠宁宅^①

伊水溅溅相背流^②，朱阑画阁几人游？漆灯夜照真无数^③，蜡炬晨炊竟未休^④。顾我有怀同大梦^⑤，期君不至更沉忧。西园碧树今谁主^⑥？与近高窗卧听秋。

【题解】

义山在洛阳十字水游乐胜地期待韦潘侍御，而韦潘当时寓居伊水郭邠宁故宅，未至十字水与之同游，故慨然作此。首联谓十字水与溅溅之伊水分流，暗喻未能与韦潘同年相会；此地昔年多朱阑画阁，为游乐之地，今则萧条冷落，来游者几稀矣！颔联谓死者接踵，而浪费无数；生者豪奢，竞逐未休。腹联谓顾念富贵无常，有感于怀，真觉人生如梦也；期君到此，一诉衷情，而君竟不来，更令人深忧也。尾联谓如今邠宁故宅的主人是谁呢？你大概同他在楼上靠近窗扉之处卧听秋声也不胜感慨吧！屈复曰："（韦潘）侍御必深恋宦途，诗有讽意。"

【注释】

①十字水：水名，在洛阳。白居易分司东都，有《二月二日》诗："轻衫细马春年少，十字津头一字行。"水次：指伊水。郭邠宁：据《新唐书·郭子仪传》，郭子仪第六子暖尚升平公主，暖有五子，第二子钊，代宗朝以外孙为奉礼郎，累官至左金吾大将军改检校工部尚书，为邠宁节度使。韦潘：《新唐书·宰相世系表》："韦潘字游之。"事迹不详。侍御：古代贵族的侍从官。同年：同榜进士。

②伊水：水名，即伊河。出河南卢氏县东南，东北流经嵩县、伊川、洛阳，至偃师，入洛河。溅溅：水流声。《乐府诗集·木兰诗》："但闻黄河流水鸣溅溅。"溅溅读平声。

③漆灯:用漆点明的灯。《述异记》:"阖闾夫人墓周回八里,漆灯照烂如日月焉。"《史记》正义:"帝王用漆灯冢中,则火不灭。"李贺《南山田中行》:"石脉水流泉滴沙,鬼灯如漆点松花。"

④见《牡丹》注。

⑤《庄子·齐物论》:"且有大觉,而后知此其大梦也。"

⑥西园:曹操在邺都所建园名。曹丕《芙蓉池作》:"乘辇夜行游,逍遥步西园。"此谓郭邠宁故宅。碧树:鲍照《芜城赋》:"璇渊碧树。"注:"玉树也。"

河阳诗①

黄河摇溶天上来②,玉楼影近中天台③。龙头泻酒客寿杯④,主人浅笑红玫瑰⑤。梓泽东来七十里⑥,长沟复堑埋云子⑦。可惜秋眸一剪光⑧,汉陵走马黄尘起⑨。南浦老鱼腥古涎⑩,真珠密字芙蓉篇⑪。湘中寄到梦不到,衰容自去抛凉天⑫。忆得鲛丝裁小卓⑬,蛱蝶飞回木棉薄⑭。绿绣笙囊不见人⑮,一口红霞夜深嚼⑯。幽兰泣露新香死,画图浅缥松溪水⑰。楚丝微觉竹枝高⑱,半曲新词写绵纸。巴陵夜市红守宫⑲,后房点臂斑斑红。堤南渴雁自飞久⑳,芦花一夜吹西风。晓帘串断蜻蜓翼㉑,罗屏但有空青色㉒。玉湾不钓三千年㉓,莲房暗被蛟龙惜㉔。湿银注镜井口平㉕,鸾钗映月寒铮铮。不知桂树在何处㉖,仙人不下双金茎㉗。百尺相风插重屋㉘,侧近嫣红伴柔绿。百劳不识对月郎㉙,湘竹千条为一束㉚。

【题解】

本篇与《燕台诗》词意相似,与《夜思》、《春雨》亦有关联。诗中"主人"

曾经在河阳与诗人晤面，情意殷殷，诗人对其倾心不已。伊人后来随人远走，先到湘中，又转至巴陵，不久即遽然长逝。诗人再经河阳，无限伤怀，因作此诗。首四句追忆河阳相识情景，往事历历如在目前。在黄河之滨佳丽之地的河阳，美人在玉楼上向诗人举酒祝寿，笑容可掬，美如红玉。"梓泽"二句谓己从洛阳来到河阳，一路上经过长沟复堑，所埋古来香骨如云子之多也。"如今艳色埋山麓，昔日多情属帝家"（洪昇《稗畦集·御沟斜》）正是此意。"可惜"二句谓仅与美人见一面，秋水一般的明眸摄人心魂；如今走马故地，不见伊人，惟见黄尘随马蹄扬起。"南浦"四句谓己等待伊人消息已久，如同别浦之鱼垂涎欲滴也。果然接到伊人来信，真是字字珠玑，柔情满纸，思之如蜜，闻之芬芳也。伊人在信中提到曾梦见我，可是我并未有幸与之同梦，是信到梦不到，甚为可惜也。为伊消得人憔悴，我倍感孤独凄凉也。"忆得"四句谓料想伊人南去湘中后，在小桌上裁帛刺绣，在木棉枕头上绣蝶；绿绣笙囊空空置于一旁，却无人对坐调笙，夜嚼红绒，孤独堪伤。"幽兰"四句谓伊人后来因幽怨而身亡，而遗像犹存，绵纸上手抄半曲竹枝词尚在。（其死当在赴巴陵之后，见下文）。"巴陵"四句又追忆伊人由湘中至巴地，徒充后房，未尝专宠，故仍是一处子；己则如渴雁独飞良久，希望在芦苇丛中择偶而居，殊不知一夜秋风，芦花吹尽，希望破灭。"晓帘"二句谓己此次再访伊人之旧居，薄帘已坏，罗帐空空。"玉湾"二句谓己等待伊人年深月久，伊人终于被别人占有。"湿银"四句谓伊人菱镜犹存，鸾钗尚在，光寒色冷，一片凄清；其人升天仙去，永无还期。"百尺"四句谓其旧居屋顶上相风竿尚在，附近花树依然。伯劳不知我的忧伤，故意悲啼不歇，我的眼泪如湘竹之千条泪痕，汇成一束泉流倾注不已。

【注释】

①河阳：河阳县故城在今河南孟县西。古代为风流佳丽地。潘岳为河阳令，于城中遍植桃李，人称花县。

②摇溶：水波动荡。李白《将进酒》："君不见黄河之水天上来。"

③中天台：《列子·周穆王》："西极化人见周穆王，王为改筑宫室，其高千仞，名曰中天之台。"玉楼：见《无愁果有愁曲北齐歌》注。

④龙头：酒壶的壶嘴刻成龙头形状。李贺《秦王饮酒》："龙头泻酒邀

酒星。"

⑤玫瑰:美玉。司马相如《子虚赋》:"其石则赤玉玫瑰。"晋灼曰:"玫瑰,火齐珠也。"红玫瑰:形容主人笑靥。

⑥梓泽:《晋书·石崇传》:"崇有别馆在河阳之金谷,一名梓泽。"戴延之《西征记》:"梓泽去洛阳六十里。"

⑦云子:云子石。纪昀曰:"云母亦称云子,古有以云母葬者。"

⑧一脔:指眸子。脔:一片肉。

⑨汉陵:东汉诸帝王皆葬于洛阳近地,故曰汉陵。

⑩此暗用双鱼寄书事。古诗:"客从远方来,遗我双鲤鱼。呼儿烹鲤鱼,中有尺素书。"

⑪真珠密字:指书信字迹秀美、密密层层。密与蜜同音,有双关之意。芙蓉篇:谓信笺带有荷花香味。

⑫衰颜:诗人自谓。凉天:秋天。

⑬忆得:料想,想当然。诸本解释为追忆,大谬。小卓:小桌。鲛丝:鲛绡。此指白色透明的丝绸。

⑭木棉:见《燕台诗四首》之二注。

⑮此句谓空有绣囊,却不见吹笙之人。

⑯红霞:指红色丝绒,刺绣所用之丝缕。

⑰浅缥:淡青色,图画所用之颜色。

⑱楚丝:楚地乐曲。竹枝:竹枝词,乐府曲名。《乐府诗集》:"竹枝本出巴渝,唐贞元中刘禹锡在沅湘,以俚歌鄙陋,乃依骚人《九歌》作竹枝新词九章。"

⑲巴陵:此处泛言巴地。守宫:《博物志·戏术》:"蜥蜴,或名蝘蜓,以器养之以朱砂,体尽赤,所食满七斤,治捣万杵,点女人支体,终年不灭,惟房事则灭,故号守宫。"

⑳渴雁:诗人自谓。此句谓己如渴雁求饮食,飞久始到,不料其人又被西风吹去。

㉑蜻蜓翼:比薄帘。

㉒罗屏:帷帐。

267

㉓玉湾:与玉川、玉溪同义。

㉔此句谓己所怜爱之人却被别人占有。

㉕湿银:谓镜面射出的寒光。井口平:镜面无人影,如井口之平。

㉖桂树:指月中桂树。

㉗金茎:铜柱。《汉武故事》:"帝作金茎,擎玉杯,承云表露,和玉屑服之以求仙。"班固《西都赋》:"擢双立之金茎。"

㉘相风:相风竿,古代的风向器。一种名向风乌,竿首作盘,盘上作木乌三足,风来乌转,回首向之,以辨风向。一种名向风旌,挂五色旗于竿头,视旗之所向,即知风向。重屋:高层楼房。

㉙百劳:伯劳,亦作博劳,食虫益鸟。

㉚末句谓一束湘竹,千点泪斑。

谒　山①

从来系日乏长绳②,水去云回恨不胜。欲就麻姑买沧海③,一杯春露冷如冰。

【题解】

一二句说无法阻挡时光之流逝,令人不胜怅惘。三四句说既然时光像流水一样流向大海,无力挽回,那么就买下大海,留住时光吧,可是大海不过是一杯春露,转瞬即干。本篇的意思十分隐僻。首先,诗题曰"谒山",谒什么山? 谒玉阳山。那是诗人学道的圣地,也是他与女冠相恋的故山,给他留下了许多美好的回忆。此次谒山是旧地重游,但是今非昔比,再也见不到伊人倩影,水去云回,怅恨无穷。诗人于是产生奇想:靠近那经历几重沧桑的麻姑,买下贮存时光的大海,追踪从前那美好的时日,再现那鸾凤幽情……可是一切都成为泡影,"一泓海水杯中泻"(李贺诗句),得到的不是希望的"沧海",而是一杯早已冰凉的春露,往事不堪回首,真令人从头凉到脚。

【注释】

①谒山:商隐是怀州河内人,住在王屋山之东,故常称王屋为故山、旧山。谒山,谒故山王屋及其支脉玉阳山。

②傅玄《九曲歌》:"岁暮景迈群光绝,安得长绳系白日?"

③麻姑:传说中的女仙。《神仙传》说,东汉桓帝时,仙人王远(方平)降于蔡经家,召麻姑至,年十八九,甚美,自云:"接待以来,已见东海三为桑田,向到蓬莱,水又浅于往者会时略半也,岂将复还为陵陆乎?"蔡经见麻姑手指纤细似鸟爪,自念:"背大痒时,得此爪以爬背,当佳。"

归 来

旧隐无何别①,归来始更悲。难寻白道士②,不见惠禅师③。草径虫鸣急,沙渠水下迟。却将波浪眼④,清晓对红梨。

【题解】

本篇未定何年之作,据首句"旧隐无何别",应当是离开玉阳山数年之内的作品。开成二年春,义山离开学道兼习举子业的故山,到京城应试,进士及第后,东归济源省母,并将喜讯带给洛阳、郑州亲友,正值春风得意之时,不可能有悲哀之思。秋冬之际,因令狐楚病重,驰赴兴元,十二月奉楚丧回京。明年春应试博学宏词科不中,赴泾原幕,婚于王氏。至会昌二年,重入秘书省为正字,官九品上阶,是年冬,居母丧去官。会昌三年,王茂元调河阳(治怀州,河南沁阳县)节度使,九月病逝。义山因奔丧及裴氏姊迁葬等事,至洛阳、怀州、郑州等地,心绪悲凉,此时最有可能重访玉阳山道友,却没有料到仅隔五六年时光,旧隐之地人事变化竟如此之大。首联谓离别道山不久,为寻求从前道友,结果徒增悲伤。接着额联说出了悲伤的缘由,白道士、惠禅师这些与己关系密切的昔年道友,今已不可复见,或已谢世,或往他山,总之再也见不着了。颈联谓道山空寂,野草荒径,虫声凄切,沙河水少,凝滞呜咽。这是悲哀者的心理写照。尾联谓不见故人,惟将泪眼寂默地对着红梨树,这昔时之物仍似有情,望之能不慨然!有人解释"波浪眼"为宦海波浪之眼,何其迂曲!此谓泪眼模糊,泪花闪动如波浪,何等形象生动!

【注释】

①无何:没有多久。《史记·曹相国世家》:"萧何卒。参闻之,告舍人趋治行,吾将入相。居无何,使者果召参。"

②白道士:见《赠白道者》。

③惠禅师:即惠祥上人。

④波浪眼:泪眼。

白云夫旧居

平生误识白云夫①,再到仙檐忆酒垆②。墙外万株人绝迹,夕阳惟照欲栖乌。

【题解】

义山于开成元年奉母居济源,在济源玉阳山学道,结识白道士、惠禅师(《归来》)、永道士、宋华阳姊妹诸道友。《赠白道者》曰:"壶中若是有天地,又向壶中伤别离。"白道士俨然是一酒人形象。本篇回忆白云夫,特别提及檐前的酒垆。可以推知,白云夫即白道士,"白云夫"是其自定雅名,并非真实姓名,嗜酒是其特殊爱好。义山居母丧曾回故乡再访故山,经白云夫旧居,其人已逝,流连哀思,悔恨昔年没有听从白云夫的劝阻,离开道友求取功名,结果宏博不中,仕途失意,结句谓乌鹊欲栖无所,是诗人自喻,意极沉痛。

【注释】

①误识:错认,枉识。白云夫:即白道者、白道士。详后。冯浩引徐湛园笺曰:"《新唐书》《艺文志》:'令狐楚表奏十卷。'注曰:'自称白云孺子表奏集。'此白云夫当是楚。夫者,尊称也。误识,即'早知今日系人心,悔不当初不相识'之类,深感之之词也。"令狐楚是义山故府主,不得直呼其为"白云夫",其故居不得称"仙檐",或解"仙"为"仙逝",更纡曲不通。

②仙檐:神仙住宅。指白云夫道士旧居。酒垆:《世说新语·伤逝》:"王浚冲经黄公酒垆,顾谓后车客:'吾昔与嵇叔夜、阮嗣宗酣饮此垆,自嵇生夭、阮公亡以来,便为时所羁绁。今日视此虽近,邈若山河。'"

北青萝①

残阳西入崦②,茅屋访孤僧。落叶人何在,寒云路几层?
独敲初夜磬③,闲倚一枝藤④。世界微尘里⑤,吾宁爱与憎⑥?

【题解】

此日暮访僧感怀之作。前半谓夕阳在山,访茅屋之孤僧。落叶满地,寒云四起,山路迢遥,心中尚不知孤僧在否?后半谓既见之后的情景。入夜时,他独自击磬焚香,既毕,倚杖与我闲聊。他说,大千世界渺若微尘,我们岂以爱憎自扰耶?全篇高妙超脱,五六句尤其古雅,结句亦自然。

【注释】

①北青萝,地名。在河南济源县王屋山中。

②崦(yǎn):此泛指山岭。《离骚》:"望崦嵫而勿迫。"崦音烟。

③初夜:入夜之时。

④一枝藤:谓藤条制作的手杖。

⑤微尘:佛教语,指极细小的物质。《大智度论》九四:"譬如积微尘成山,难可得移动。"《北齐书·樊逊传》:"法王自在,变化无穷,置世界于微

尘,纳须弥于黍米。"

⑥宁:岂。

和刘评事永乐闲居见寄①

　　白社幽闲君暂居②,青云器业我全疏③。看封谏草归鸾
掖④,尚贲衡门待鹤书⑤。莲耸碧峰关路近⑥,荷翻翠扇水堂
虚。自探典籍忘名利⑦,敧枕时惊落蠹鱼。

【题解】

　　首联谓刘评事虽暂时隐居,不久当复起用,而我则事业无望。颔联谓
刘有谏草将由门下省采纳,尚待鹤书赴垄,诏请入朝。颈联谓刘暂居莲峰
之下,不久当入京师;永乐荷盖水堂虽美,也将感到空虚。末联称美刘评事
宠辱皆忘,敧枕读书,时惊蠹鱼从书中落下。本篇是接刘评事寄诗之后的
相和之作。其时义山在京城守母丧,尚未移居永乐,因仕途不顺,心绪不佳,
故谓青云事业无望,羡慕刘的隐居,到第二年春末夏初时,真的移家永乐了。

【注释】

　　①刘评事:其名不详。《新唐书·百官志》:"大理寺,评事八人,从八品
下。掌出使推按。"永乐:河东道河中府永乐县,今山西芮城县。刘评事闲
居永乐,寄诗赠义山,故义山以诗和之。

　　②白社:隐士所居之地。《抱朴子·杂应》:"洛阳有道士董威辇常止白
社中,了不食,陈子叙共守事之,从学道。"

　　③青云:喻高官显职。

　　④看:行看,不久。谏草:谏书的草稿。鸾掖:鸾台。唐代门下省的别名。

　　⑤贲(bì):装饰。衡门:横木为门,喻简陋的房屋。鹤书:征召的诏书。
因诏版所用书体如鹤头,故称鹤书。《北山移文》:"鹤书赴垄。"

　　⑥关路:入关进京之路。

⑦自:自然,当然。

忆住一师①

无事经年别远公②,帝城钟晓忆西峰。炉烟消尽寒灯晦,
童子开门雪满松。

【题解】

义山因经年无事而怀念住一师,将其比为慧远禅师。身居京城闻晨钟
而想起西峰寺庙中的住一,想象他每在寒灯将灭、炉烟已尽的深夜,顶风冒
雪归来的情景。盖失意之人心已不在帝城,而向往野寺孤僧的清静之境。

【注释】

①住:一作"匡",非。

②远公:慧远,东晋高僧。《高僧传》:"慧远,姓贾氏,雁门楼烦人……
沙门慧永居在西林,与慧远同门旧好,遂要同上,谓刺史桓伊曰:'远公方当
弘道……贫道所栖,褊狭不足相处,如何?'桓乃为远公复于山东立房殿,即
东林是也。"

幽 人①

丹灶三年火②,苍崖万岁藤。樵归说逢虎,棋罢正留僧。
星斗同秦分③,人烟接汉陵④。东流清渭苦⑤,不尽照衰兴⑥。

【题解】

诗人向往超然物外、与世无争的隐士生活,所以写下《访隐》、《北青

萝》、《幽人》等篇。一二句谓幽人隐居而不忘修炼,与他为伴的是三年不熄的丹炉之火、万载常青的苍崖之藤。此外,万事不关心。三四句写幽人在深山樵采,逢虎不惊,以为常事;与僧人对弈,棋罢,仍挽留其稍坐,不想分手。五六句谓其所居之地虽是秦中故地、汉之陵园,但隐居如隔尘世。结尾谓东流渭水日夜奔忙,于人世之兴衰看不完、道不尽,饱尝苦涩的滋味。它是历史的鉴证,反衬幽人的不关世事。

【注释】

①幽人:隐士。《易·履》:"履道坦坦,幽人贞吉。"

②丹灶:炼丹的炉灶。

③秦分(fēn):秦地的分野。古天文学说,把十二星辰的位置跟地上州、国的位置相对应,如以鹑火对应周,鹑尾对应楚等。就天文说,称分星;就地理说,称分野。《汉书·地理志》:"自井十度,至柳三度,谓之鹑首之次,秦之分也。"

④汉陵:汉代十一位帝王陵墓在长安城郊。

⑤清渭:《释文》:"泾,浊水也;渭,清水也。"

⑥鲍照《白头吟》:"人情贱恩旧,世议逐衰兴。"

酬崔八早梅有赠兼示之作①

知访寒梅过野塘②,久留金勒为回肠③。谢郎衣袖初翻雪④,荀令熏炉更换香⑤。何处拂胸资蝶粉,几时涂额藉蜂黄⑥?维摩一室虽多病⑦,亦要天花作道场⑧。

【题解】

首联谓读崔八"早梅"诗,方知其为访寻如梅似玉之女子而至郊野水滨,并且流连忘返。颔联以谢郎、荀令比崔八,谓其爱梅之色,惹梅之香。"初翻雪",乍见之雪;"更换香",新添之香。皆着眼于早梅。颈联谓藉蝶粉拂胸、蜂黄涂额,促妆以成其好合。"何处"、"几时",是时候未到。仍着眼于早梅。末联谓己虽如维摩诘之多病,但在以身疾说法时,亦要此花供作道场散花之用耳。应酬之作,兼带戏谑,格调未高,而熔铸巧妙。

【注释】

①崔八:见《同崔八诣药山访融禅师》注。崔八以早梅诗赠人兼示于义山,故义山有此酬和之作。

②寒梅:即崔诗中之早梅,喻崔八所爱恋之女性。

③金勒:有嚼口的马络头,以金饰之,曰金勒。回肠:形容思念极深切。

④谢郎:谢庄。南朝宋文学家。又见《对雪二首》注。

⑤荀令:荀彧字文若,为汉侍中、守尚书令。曹操征伐在外,军国大事皆由荀彧决定。习凿齿《襄阳记》:"刘季和曰:'荀令君至人家,坐处三日香。'"梁昭明太子《博山香炉赋》:"粤文若之留香。"

⑥蝶粉、蜂黄:唐时宫妆。又见《赠子直花下》注。

⑦维摩:维摩诘,释迦牟尼同时人。曾向佛弟子舍利弗、弥勒、文殊师利等讲说大乘教义。《维摩经》:"长者维摩诘以其方便现身有疾,因以身疾广为说法。佛告文殊师利:'汝诣维摩诘问疾。'时维摩诘室有一天女,见诸天人闻所说法便现其身,即以天花散诸菩萨大弟子上,花至诸菩萨即皆堕落,至大弟子便著不堕。结习未尽,花著身耳;结习尽者,花不著也。"

⑧天花:雪花。暗指崔八所访之寒梅。道场:佛教、道教诵经礼拜成道修道的地方。

大卤平后移家到永乐县居,书怀十韵寄刘、韦二前辈,二公尝于此县寄居①

会昌四年

驱马绕河干②,家山照露寒③。依然五柳在④,况值百花残。昔去惊投笔⑤,今来分挂冠⑥。不忧悬罄乏⑦,乍喜覆盂安⑧。甑破宁回顾⑨,舟沉岂暇看⑩?脱身离虎口,移疾就猪肝⑪。鬓入新年白,颜无旧日丹⑫。自悲秋获少,谁惧夏畦难⑬?逸志忘鸿鹄⑭,清香披蕙兰。还持一杯酒,坐想二公⑮欢。

【题解】

会昌二年冬,义山的母亲在长安病逝。会昌三年在长安守母丧,三年冬回郑州营葬母亲。裴氏姊原寓殡获嘉,小侄女寄寄原殡于济邑,此次都迁葬郑州荥阳的坛山,这是义山祖宗的墓地。直到会昌四年春,杨弁之乱平定后,回长安搬家,四月初移家永乐。因为居丧期间滞留京城无意义,特别是营葬之后,经济拮据,生活困难,而永乐在潼关之东,地当中条山南麓,黄河北岸,风景优美,生活成本也比京城便宜,所以决定移居。从诗中所说"家山"、"依然五柳"、"昔去"、"今来"的情况看,诗人先前已在永乐居住过。冯浩《玉溪生年谱》:"商隐年十三父丧除后,似怀州无可居,始居蒲州之永乐(其在是年或犹在后未可定)。按:祭姊文云:'四海无可归之地,九族无可倚之亲,既衬故邱(谓葬父于郑州坛山故邱),便同通骇。及衣裳外除,旨甘是急,乃占数东甸,佣书贩春。'占数,占户籍之数也。盖其先由郑居怀,此似怀州亦无可居。而蒲州在西京东北三百里外,贞观中,升为四辅,故曰东甸。其后会昌四年,移家永乐,有'昔去''今来'之句,旧迹当于此征矣。"诗的开始四句已点明是还归旧居,非乔迁新宅。驱马河边,故居在望,草凝寒露,情景凄然。诗人不是衣锦还乡,而是在丧乱频仍、仕途失意的情况下,产生了陶渊明的"归去来兮"的思想,驱使自己暂住家山。时值夏初,百花凋谢,见到从前手种的柳树如今枝叶纷披,如见故人,十分欣悦。回忆青少年时还是白衣,居然有勇气入幕,有似班超投笔从戎,故曰"惊"。而今吃了不少苦头方知田园隐居之乐,效逢萌挂冠城门,故曰"分"(同份)。不忧家徒四壁,且喜覆盂之安。"甑破"四句谓杨弁在太原作乱,其时义山在太原,闻乱而仓皇出逃,岂能回望?杨弁打算背水一战,故曰"舟沉"。逃回长安,无异于脱身虎口;生活艰难,尚有猪肝可食。"鬓入"四句谓新年伊始,已出现白发,身体状况也不及以前。隐居田园并不畏劳作之苦,自悲收获可能大不如人。虽无鸿鹄之志,自有蕙兰之怀,亦足以自慰也。末谓每当引壶觞自酌之际,想起刘、韦二公曾有隐居永乐之乐,我今亦乐在其中矣! 寄怀之作,清丽哀深,情韵俱美。

【注释】

①大卤:太原。卤,西方碱地。会昌四年正月朔日河东将杨弁作乱,逐节度使李石,壬子日监军使吕义忠克太原,生擒杨弁,尽诛乱卒。义山于杨弁平后移家永乐县为乡村居住。冯浩笺注及刘、余《集解》以为义山于杨弁之乱前在李石太原幕府为幕僚,兵乱之始,仓皇逃出,诗中有"甑破"、"舟沉"可证。唐永乐县治所在今山西永济县永乐镇。刘、韦即刘评事和韦潘评事。见前。

②河干:黄河之滨。永乐滨河。

③此句谓露光映照家山,倍增寒意。

④五柳:陶渊明宅边有五柳,因号五柳先生。所谓"依然五柳",则义山移家永乐前曾寓居此地。

⑤投笔:班超投笔从戎。义山曾入令狐楚和王茂元戎幕。

⑥分(fèn):应。挂冠:《后汉书·逢萌传》:"解冠挂东都城门,归,将家属浮海,客辽东。"

⑦悬磬:《国语·鲁语上》:"室如悬磬。"谓室内空空。

⑧覆盂:覆置之盂。谓局面安定。东方朔《答客难》:"圣帝流德,天下震慑,诸侯宾服。连四海之外以为带,安于覆盂。"

⑨甑破:《后汉书·郭泰传》:"孟敏客居太原,荷甑堕地,不顾而去。林宗问其意,对曰:'甑已破矣,视之何益!'林宗以此异之。"宁:岂。

⑩舟沉:用项羽破釜沉舟故事。二句谓自己匆匆脱身于乱城,不暇遑顾。

⑪移疾:官吏上书称病辞职。移书言病也。猪肝:《后汉书·周黄徐姜申屠列传序》:"太原闵仲叔,征博士不至,客居安邑,老病家贫,不能得肉,日买猪肝一片。"

⑫丹:红润。

⑬夏畦:夏天治畦灌园,比喻劳苦工作。二句谓时世不好,无所成就,

并不是畏惧辛苦劳作。

⑭逸志:隐逸之志。鸿鹄:《史记·陈涉世家》:"燕雀安知鸿鹄之志哉?"

⑮二公:刘、韦二前辈。

自　喜

自喜蜗牛舍①,兼容燕子巢。绿筠遗粉箨②,红药绽香苞③。虎过遥知阱④,鱼来且佐庖⑤。慢行成酩酊⑥,邻壁有松醪⑦。

【题解】

一二句谓自喜有安逸的住宅,妻儿团聚在一起,令人欣慰。三四句谓住宅周围有竹林花圃,景色清幽。五六句谓近山而虎不来,近水有鱼可食。末谓安步慢行,悠然如醉;邻居有酒,常来邀饮。闲居自喜,名利皆忘,自然是好事。但是义山的闲居只是暂时的行为,唐朝不像晋朝,义山不是陶渊明,进不能做朝官,退不甘寂寞,所以义山陷入两难的境地,一生辛苦辗转,在各地做幕僚,官不挂朝籍而死,不能不说是一个悲剧。

【注释】

①蜗牛:崔豹古今注:"蜗牛,陵螺也。野人为园舍如其壳,曰蜗舍。"

②筠:竹青皮,引申为竹之别称。箨:笋壳。竹渐长则笋皮剥落,故曰"遗粉箨"。

③红药:红花。苞:花苞。

④阱:陷阱。遥知阱,可以远害也。

⑤佐庖:有助加餐也。

⑥酩酊:大醉。

⑦松醪:松叶、松节、松醪,皆可为酒,能止疾,故酒名松醪。

春宵自遣

地胜遗尘事①，身闲念岁华②。晚晴风过竹，深夜月当花③。
石乱知泉咽④，苔荒任迳斜⑤。陶然恃琴酒，忘却在山家⑥。

【题解】

本篇也是永乐闲居时所作。春宵所见所闻，无不美好，若能像陶渊明
那样自觉地热爱山家，遗忘尘事，岂不更好？"忘却在山家"，看似超脱，实
则心存魏阙，情系长安也。

【注释】

①胜：风景优美。遗：忘也。尘事：世俗交际之事。

②岁华：年华。亦指美好景物。

③当：对，映照。

④闻泉咽而知石乱也。

⑤迳：同径。

⑥有琴酒之乐而忘却身在山村也。

戏题赠稷山驿吏王全①

绛台驿吏老风尘②，耽酒成仙几十春③。过客不劳询甲
子④，惟书亥字与时人⑤。

【题解】

叶葱奇《疏注》引《南部新书》记载："稷山驿吏王全做吏五十六年，人称

有道术，往来多赠篇什，故李义山赠诗云：'过客不劳询甲子，惟书亥字与时人。'"并且说明诗题下所谓"自注"是后人将此记载批注于题下。根据叶氏的意见，改"自注"为"原注"。但其《疏解》以为此诗是义山于大和六年二十岁时由太原赴京经过稷山驿所作，说商隐见到王全时，他做驿吏已有三四十年。这恐怕不正确。商隐作此诗，王全七十三岁，若此时做吏四十年，则"做吏五十六年"止于何年？所以本篇是往来于太原、永乐之作，其时义山三十二岁，王全做驿吏已经五十多年了。

【注释】

①原注："全为驿吏五十六年，人称有道术，往来多赠诗章。"稷山：绛州属县，县南有稷山。

②绛台：春秋晋灵公造九层之台，在绛州西北二十里。

③耽：沉溺，嗜好。

④询甲子：问年岁多大。

⑤亥字：《左传》襄公三十年："三月，癸未。晋悼夫人食舆人之城杞者，绛县人或年长矣，无子，而往与于食。有与疑年，使之年，曰：'臣小人也，不知纪年。臣生之岁，正月甲子朔，四百有四十五甲子矣。其季于今，三之一也。'吏走问诸朝，师旷曰：'七十三年矣。'史赵曰：'亥有二首六身，下二如身，是其日数也。'士文伯曰：'然则二万六千六百有六旬也。'赵孟召之而谢过焉。"诗的末句谓驿吏王全书亥字，表示已满七十三岁了。

登霍山驿楼①

庙列前峰迥②，楼开四望穷③。岭鼹岚色外④，陂雁夕阳中⑤。弱柳千条露，衰荷一向风⑥。壶关有狂孽⑦，速继老生功⑧。

【题解】

首联谓登上驿楼眺望霍太山前峰，见岳庙高高耸立在峰前；环视四周，空旷开豁,"实显敌而寡仇"。颔联谓遥远的小山头在晴岚之外隐约可见,夕阳下望见一行秋雁缓缓归飞。颈联谓衰柳低垂似带露而无力;败荷摇曳,在秋风中东倒西歪。末联因霍山而思及山神为李渊助战之事,联想到会昌三年刘稹叛乱未完全平息,因而祈神继前功助大军消灭叛军。本篇是会昌四年秋经过霍邑所作。

【注释】

①霍山:又名太岳,在山西省中南部,主峰在霍县东南。本篇作于会昌四年往返于永乐、太原途中所作。

②庙:霍山岳庙。迥:高远。

③穷:空。无所遮蔽。

④鼹:小鼠。此指遥远的山头,状如小鼠。岚:山上的雾气。

⑤陂:陂塘,池塘。

⑥一向:一派。衰荷摇曳,在阵阵秋风中抖擞。

⑦壶关:刘稹的老巢潞州(今山西长治市)有壶关山。狂孽:指叛逆刘稹。

⑧老生:隋朝将领宋老生,守霍邑,阻止唐军前进。有白衣老者自称霍山神使者,言八月雨停时,唐军可由东南面进攻霍邑,届时山神来助战。李渊依言,果斩老生。此句谓希望山神能继前功,迅速消灭叛军。

日 射

日射纱窗风撼扉①,香罗拭手春事违②。回廊四合掩寂寞,碧鹦鹉对红蔷薇③。

【题解】

此亦闺怨之词。一二句谓日光照射纱窗,风摇窗扉,闺房内外一片静悄悄;闺中人盥洗既毕,无所事事,佳期又误,虚度春光。三四句谓院中回廊环抱,空锁闲愁,不胜寂寥;惟见蔷薇自放,鹦鹉无言,亦相对无聊也。程梦星以为义山永乐闲居,藉闺人以自喻也。

【注释】

①扉:门扉,窗扇。

②帨手:揩手。《礼记·内则》:"盥卒授巾。"注曰:"巾以帨手。"释文曰:"帨,拭手也。"

③碧鹦鹉:青碧色鹦鹉。

水　斋^①

　　多病欣依有道邦,南塘晏起想秋江^②。卷帘飞燕还拂水,开户暗虫犹打窗。更阅前题已披卷^③,仍斟昨夜未开缸。谁人为报故交道,莫惜鲤鱼时一双^④。

【题解】

　　义山闲居永乐卧病水斋晏起,思念旧友,因作此篇。本篇是律诗而为拗体。首联谓己多病,幸有所托,居此礼义之乡,水斋晏起,回想秋天在曲江南塘晏起的往事。颔联写眼前所见,卷帘又是燕子飞掠池面,开门仍是暗处飞来的小虫打窗,镇日寂寥无味。颈联谓阅读前时已读之书,自斟昨夜欲饮而未开之酒。尾联才是诗的主旨,谓情何人告诉故交,莫爱惜双鲤而不让其传邮书信,不通音问也。为什么诗人病闲仍时时记起曲江、南塘?为什么盼望故交的信札?原来曲江、南塘是义山与宫嫔约会之地。诗集中所谓南塘、莲塘、芙蓉塘,同地而异名,诗人与他的恋人不便在宫中谈情说爱,就约定在南塘之畔、曲水之滨进行,留下了许多美好的回忆。后来每于孤居独处之时,重温旧梦,思念故知,一直到他病故。

【注释】

①水斋:船上或水边之小舍。

②南塘：即慈恩寺南池，在晋昌坊。秋江：指曲江。

③《释名·释书契》："书称题，题，谛也，审谛其名号也。亦言第，因其次第也。"书籍开头题识之词称"题"，书于后者称"跋"。卷：书籍的代称。唐以前的书多用卷子，书长则卷多。

④鲤鱼：古诗："客从远方来，遗我双鲤鱼。呼儿烹鲤鱼，中有尺素书。"

题道靖院，院在中条山，故王颜中丞所置，虢州刺史舍官居此，今写真存焉①

紫府丹成化鹤群②，青松手植变龙文。壶中别有仙家日③，岭上犹多隐士云。独坐遗芳成故事④，褰帷旧貌似元君⑤。自怜筑室灵山下⑥，徒望朝岚与夕曛⑦。

【题解】

本篇是义山游中条山道靖院时的作品。此道教寺院是王颜建置。徐逢源曰："英华（《文苑英华》）有权德舆《中岳宗元先生吴尊师集序》云：'太原王颜常悦先生之风，自先生化去三岁，颜为御史中丞，类斯遗文上献。'即此人也。颜固好道矣。"据此，王颜任中丞之先已建道院，虢州刺史吴宗元舍官居此并在此道院仙逝，三年后，王颜始为御史中丞。首联谓刺史早已仙升，中丞也已故去，手种青松，皮似龙鳞，亭亭如盖也。颔联谓院中、岭上，别有洞天，至今令人生隐逸、求仙之念。颈联谓独坐院中追思刺史、中丞之风范，心知已成往事；掀开帷幔凝视刺史遗像，颇似元君神像也。末联谓己自爱，筑室于中条山下（指永乐旧居），未能如刺史之高蹈，虚望灵山朝夕之云烟，能无愧乎？此亦退居永乐时所作。

【注释】

①中条山：在今山西永济县东南十五里。西华岳，东太行，此山居中，

故曰中条。道靖院居山中，文宗时，道士邓太玄炼丹于此。王颜好道术，于山中建此道院。颜为御史中丞，太原人。永乐县隶属虢州。写真：绘画的人物肖像。

②紫府：天上神仙居所。丹成：炼丹成功。化鹤：《搜神后记》说，辽东人丁令威学道成仙，千年后化鹤归辽。龙文：松皮如龙鳞，以龙状松，习见语也。

③壶中：《后汉书·方术传》："费长房为市吏，有卖药老翁悬一壶于肆头，及市罢，辄跳入壶中。"《云笈七签》："鲁人施存遇云台治官张申，常夜宿壶中，中有天地日月，自号壶天。"施存，孔门弟子。张申即费长房之师。壶中，指道院；岭上，指中条山。

④遗芳：此处指留下的美好名声和事迹。庄忌《哀时命》："廓落寂而无友兮，谁可玩此遗芳？"

⑤搴帷：撩起帷帐。元君：道教神仙名。道书中有太素三元君。

⑥自怜：自爱。灵山：仙山，指中条山。

⑦曛：落日余晖。

奉同诸公题河中任中丞新创河亭四韵之作①

万里谁能访十洲②？新亭云构压中流③。河鲛纵玩难为室④，海蜃遥惊耻化楼⑤。左右名山穷远目，东西大道锁轻舟⑥。独留巧思传千古，长与蒲津作胜游⑦。

【题解】

首联谓万里之外的神窟仙洲，缥缈难求；河上之新台横卧烟波，值得一睹。颔联以河鲛、海蜃之神奇反衬河亭之壮丽，属对工稳奇妙。颈联谓四望寥廓，往来便利。末联谓新亭构造独特巧妙，其与蒲津关永为游览胜地。格局壮大宏丽，通篇皆赞美之词，却无俗态。

①河中:河中府,治所在今山西永济县。任中丞:任畹,蜀人,元和十年进士,曾在京城任御史中丞。任中丞于黄河浮梁上建亭台,诸人作诗称美,义山此诗亦应酬之作。

②十洲:见《牡丹》注。

③云构:言其巍然屹立。

④鲛:鲛人。

⑤海蜃:海中的大蛤蜊。古人以为海蜃吐气形成海市蜃楼幻景。二句谓新亭倒影,鲛人疑其为室,纵玩难居;海蜃虽能幻化为蜃楼,自耻不逮新亭之精美。

⑥二句谓左右名山,供亭中之远望;新亭以浮桥连接东西大道,似若锁一轻舟。

⑦蒲津:蒲津关。胜游:游览胜地。

过姚孝子庐偶书①

拱木临周道②,荒庐积古苔。鱼因感姜出③,鹤为吊陶来④。
两鬓蓬常乱,双眸血不开⑤。圣朝敦尔类⑥,非独路人哀。

【题解】

冯浩曰:"义山丧母未久,故触绪成篇。"首联谓姚孝子庐前之树早已长成参天大树,此荒庐也久已长满苍苔。颔联谓孝子当年事迹感人至深,可以与姜诗、陶侃相比。颈联想象孝子哀毁骨立、蓬头泣血之状。末谓朝廷旌表其事,非独路人为其悲哀也。

【注释】

①姚孝子:姚栖筠,唐永乐县人,三岁时,其父代兄戍边,遂战没。其后,母再嫁,由伯母抚养,伯母死,栖筠葬之,又招魂葬父,庐于墓侧,终身哀

慕不衰。河中尹浑瑊上奏其事，诏加优赐，旌表其闾。

②拱木：大树。《左传》僖公三十三年："尔墓之木拱矣。"拱：两手合抱。周道：大道。

③《华阳国志》："姜诗事母至孝，妻庞氏奉顺尤笃。姑嗜鱼鲙，又不能独食，夫妇尝力作供鲙，呼邻母共之。舍侧忽有涌泉，每旦辄出双鲤鱼，常以供母膳。"

④《晋书》："陶侃丁母艰，在墓下，忽有二客来吊，不哭而退，仪服鲜洁，知非常人。随而看之，但见双鹤飞而冲天。"

⑤血不开：泣血而不能睁眼。

⑥敦：勉励。尔类：汝等孝子。《毛诗·大雅·既醉》："孝子不匮，永锡尔类。"

灵仙阁晚眺寄郓州韦评事①

愚公方住谷②，仁者本依山③。共誓林泉志，胡为尊俎间④？华莲开菡萏⑤，荆玉刻孱颜⑥。爽气临周道，岚光出汉关⑦。满壶从蚁泛⑧，高阁已苔斑。想就安车召⑨，宁期负矢还⑩！潘游全璧散⑪，郭去半舟闲⑫。定笑幽人迹，鸿轩不可攀⑬。

【题解】

本篇是义山闲居永乐偶登灵仙阁追忆同游赋寄之作。开始四句谓己与韦住谷依山，相约共隐，为什么你韦评事又出仕了呢？"华莲"四句谓登阁远眺，华山、荆山如花似玉，秀色永不凋谢，爽气岚光，一片祥瑞。"满壶"四句谓故人不来，无心饮酒，惟见高阁苍苔，寂寞荒凉。料想韦评事已就职郓州幕，哪能指望你回永乐隐居？结尾四句谓往昔与韦同游，今已离散；如今韦评事定笑我为幽隐之人，但我未必肯攀羡鸿鹄之高飞也。有人格，有骨气，自无俗气。

【注释】

①灵仙阁：阁名，在永乐县。韦评事曾居永乐，后出赴郓州。韦评事即韦潘。见《和韦潘前辈》注。

②愚公：《说苑》："齐桓公出猎，入山谷之中，问一老公曰：'是为何谷？'对曰：'为愚公之谷。'曰：'何故？'对曰：'以臣名之。臣故畜牸牛，生子而大，卖之而买驹。少年曰：'牛不能生马。'遂持驹去。傍邻闻之，以臣为愚，故名此谷为愚公谷。'"义山以愚公自谓。

③《论语·雍也》："智者乐水，仁者乐山。"仁者谓韦评事。

④尊俎：尊，同樽，酒器。俎，盛肉器。二句谓彼此相约隐逸林泉，为何竟越俎代庖，加入戎幕？

⑤华莲：华山莲花峰。菡萏：莲花之别名。

⑥荆玉：虢州湖城县之荆山与卞和得玉之荆山同名，故称荆玉。羼颜：同巉岩，高峻也。此句言美玉镶嵌于高山。

⑦汉关：函谷关。老子见周之衰，乃去周，将隐。至关（或曰散关，或曰函谷关），关令尹喜望见紫气浮关，知有真人当过，老子果乘青牛而过也。（见《列仙传》）爽气、岚光皆由老子故事而发。

⑧蚁泛：张衡《南都赋》："醪浮径寸，浮蚁若萍。"二句谓登阁独眺，无心饮酒，任浮蚁布满酒壶；见高阁苔斑，倍感荒凉寂寞。浮蚁，浮于酒面的泡沫。

⑨安车：可以安坐的小车。《汉书·枚乘传》："武帝即位，乘年老，乃以安车蒲轮征乘，道死。"

⑩宁期：岂望。负矢：《汉书·司马相如传》："拜相如为中郎将，建节往使。至蜀，太守以下郊迎，县令负弩矢先驱，蜀人以为宠。"

⑪潘游：潘岳在洛阳栖迟十年，出为河阳令。连璧：《世说新语·容止》："潘安仁、夏侯湛并有美容，喜同行，时人谓之连璧。"

⑫郭去：郭泰已离去。《后汉书》："李膺与郭泰同舟而济，众宾望之，以为神仙。"

⑬鸿轩：鸿鹄高举。

寄和水部马郎中题兴德驿①

仙郎倦去心②，郑驿暂登临③。水色潇湘阔④，沙程朔漠深⑤。鹢舟时往复⑥，鸥鸟恣浮沉。更想逢归马，悠悠岳树阴⑦。

【题解】

一二句谓马郎中因倦游而有归心，回京路过兴德驿，暂时登临游赏。三四句谓此驿南极潇湘，北通沙漠，交通便利。五六句想象马郎中登临此驿时有水上遨游之乐。末谓料其已悠悠归去矣！马郎中先有题兴德驿诗寄义山，义山故有此寄和之作。敷衍应酬而已，不能成为佳构。

【注释】

①原注："时昭义已平。"水部：属尚书省工部，设水部郎中、员外郎各一人，掌管津渡、漕运、船舻、沟洫、渔捕之事。马郎中生平不详。兴德驿即兴德宫，在华阴县。马郎中自永乐还朝，故和其诗而寄赠也。会昌四年八月，昭义军大将杀刘稹以降。故曰"昭义平"。

②仙郎：郎官曰星郎、仙郎、台郎。去心：归心。

③郑驿：此借指兴德驿。首联谓马郎中离开永乐，踏上归途，倦于跋涉，故暂登兴德宫一游。

④潇湘：湘江。

⑤朔漠：北方沙漠地带。二联谓兴德驿南通潇湘北接沙漠。

⑥鹢舟：鹢，水鸟名。船头画鹢鸟，故曰鹢舟。三联写和平景象。

⑦悠悠：慢行。岳：华山。末联谓料想阴凉的岳树之下，马郎中正归马悠悠。

所居永乐县久旱,县宰祈祷得雨,因赋诗

甘膏滴滴是精诚①,昼夜如丝一夕盈。只怪闾阎喧鼓吹②,邑人同报束长生③。

【题解】

后二句谓己所惊讶者,民间之鼓吹竟能感动天神,使好雨下注;可是邑人都说是因为县令求雨诚恳,故普降甘霖。

【注释】

①甘膏:形容好雨如甘霖油膏。精诚:《王命论》:"精诚通于神明,流泽加于生民。"

②只怪:只讶。吹,读去声。

③束长生:《晋书》:"束皙,太康中,郡大旱。皙为邑人请雨,三日而雨注。众以皙诚感,为作歌曰:'束先生,通神明,请天三日甘雨零。我黍以育,我稷以生。何以酬之?报束长生。'"

和马郎中移白菊见示①

陶诗只采黄金实②,郢曲新传白雪英③。素色不同篱下发④,繁花疑自月中生⑤。浮杯小摘开云母⑥,带露全移缀水精⑦。偏称含香五字客⑧,从兹得地始芳荣。

【题解】

首联谓陶渊明的咏菊诗只写黄菊,而马郎中的新作偏咏白菊。颔联谓

此白菊非篱下所有,疑其来自月中也。切合"移"字。颈联谓小摘花蕊放入杯中冲饮,如散开之云母片;白菊连露水一起移栽,真如连缀水晶。末联谓有含香五字客马郎中之佳咏,不仅白菊移植得地,郎中亦得其地,芳荣自此始矣。本篇将白菊之素洁刻画得淋漓尽致。

【注释】

①马郎中:即前水部马郎中。《移白菊见示》是马郎中的诗。

②黄金实:指菊花。陶渊明爱菊,诗中多有对菊花的赞美。

③郢曲:郢是战国时楚国都城,郢城中有《下里巴人》、《阳春白雪》等歌曲。此借《白雪歌》引出白菊之英。

④素:白。陶渊明《饮酒》:"采菊东篱下,悠然见南山。"

⑤梁简文帝《采菊篇》:"月精丽草散秋株。"

⑥小摘:喻花未盛开。云母:谓花似白云母。

⑦此句言带露全移之白菊,如水晶连缀。

⑧含香:见《行次昭应县道上送户部李郎中》注。五字客:据郭颁《魏晋世语》所载:司马景王命中书令虞松作表,再呈,仍不合意,令松修改,松不能改。中书郎钟会为更定五字,松悦服。此以五字客钟会比马郎中。结尾言有马郎中之佳咏,白菊从此得地而盛开。

菊

暗暗淡淡紫,融融冶冶黄①。陶令篱边色,罗含宅里香②。几时禁重露③?实是怯残阳④。愿泛金鹦鹉⑤,升君白玉堂。

【题解】

本诗的主旨在结尾,诗人说愿将菊花浸泡在酒中,盛于酒杯,举酒玉堂,不甘零落同草莽也。义山不甘罢官家居,希望入朝参政,结句寓意显然。

【注释】

①融冶:明丽鲜艳。

②罗含:字君章,晋代桂阳耒阳人。罗含在官舍,有一白雀栖集堂宇,及致仕还家,阶庭忽兰菊丛生,以为德行之感化而生祥瑞。

③禁:胜也。几时禁重露?言何曾胜重露?从未受雨露润泽之恩也。

④怯残阳:有美人迟暮之感也。

⑤泛:泛酒。鹦鹉:鹦鹉螺,如鹦鹉嘴,可制成酒杯。

所　居

窗下寻书细①,溪边坐石平②。水风醒酒病③,霜日曝衣轻④。鸡黍随人设⑤,蒲鱼得地生。⑥前贤不无谓⑦,容易即遗名⑧。

【题解】

本篇是永乐闲居所作。前六句写闲适自得之情。末二句说前贤过隐居生活不是没有道理,随遇而安即是遁世逃名。

【注释】

①寻书细:细细研寻典籍。寻:寻味。

②溪边石平,谓安闲也。

③水风:和润的风。

④霜日:秋日。曝衣轻:曝衣易干。

⑤鸡黍:丰盛的饭食。《论语·微子》:"止子路宿,杀鸡为黍而食之。"

⑥蒲鱼:即鲋鱼,其鳞如粥,出郫县。

⑦不无谓:不是没有理由。

⑧遗名:遁世忘名。

秋日晚思

桐槿日零落①，雨余方寂寥。枕寒庄蝶去②，窗冷胤萤销③。取适琴将酒④，忘名牧与樵。平生有游旧，一一在烟霄⑤。

【题解】

一二句以秋日梧桐木槿之零落喻交游零落，阵雨之后的宁静反增寂寥。三四句谓寒不成寐，流萤销尽。五六句谓借琴与酒取乐，从牧与樵而忘名。末二句谓旧友一一升迁，反衬自己的沉沦落漠。隐居自适，也无法消除内心的不平。

【注释】

①桐槿：梧桐、木槿。此谓槿花桐叶日渐凋落。

②庄蝶：《庄子·齐物论》："昔者庄周梦为蝴蝶，栩栩然蝴蝶也……俄然觉，则蘧蘧然周也。不知周之梦为蝴蝶欤，蝴蝶之梦为周欤？"

③胤萤：《晋津·车胤传》："胤博学多通，家贫不常得油，夏月则练囊盛数十萤火以照书，以夜继日焉。"

④取适：自取适意，自得其乐。将：与。

⑤二句谓旧友一一升迁，青云直上。

四年冬以退居蒲之永乐,渴然有农夫望岁之志,遂作忆雪,又作残雪诗各一百言,以寄情于游旧①

忆　雪

爱景人方乐②,同云候稍愆③。徒闻周雅什④,愿赋朔风篇⑤。欲俟千箱庆⑥,须资六出妍⑦。咏留飞絮后⑧,歌唱落梅前⑨。庭树思琼蕊,妆楼认粉绵⑩。瑞邀盈尺日⑪,丰待两歧年⑫。预约延枚酒⑬,虚乘访戴船⑭。映书孤志业⑮,披氅阻神仙⑯。几向霜阶步⑰,频将月幌褰⑱。玉京应已足⑲,白屋但颙然⑳。

【题解】

义山退居田园,犹有赴京任职之望,故假托盼瑞雪而望丰年也。所谓"忆",并非追忆之义,而是想望之义,与"永忆江湖"之"忆"同。首四句谓人人爱冬天的阳光,当天上彤云密布的时候,气候就发生变化。从前徒闻《小雅》有"雨雪纷纷"之句,我今愿赋《卫风》"北风其凉",大雪立刻就会降临。"欲俟"四句谓欲待丰年到来,就须得雪花六出。咏絮佳句在晋朝才出现,而《梅花落》的古曲早已歌唱在前。"庭树"四句谓见庭树之积雪而联想起琼枝玉蕊,妆楼上看团团雪花好似妆镜前妇女搽粉的丝绵。白雪盈尺才是丰年之兆,麦秀两歧才有好收成。"预约"四句谓雪中请枚乘来饮酒是多么惬意,将船载酒去访戴安道更是兴味超然(王子猷乘船访戴,未至其门而兴已尽,不前而返,故曰"虚乘")。孙伯翳借雪光读书,笃志好学;王恭披鹤裘羽衣踏雪忘返,颇似神仙。"几向"四句谓己几次盼望下雪而未果,料想京城雪满,而己独居白屋,只有昂首望天了。

【注释】

①蒲:蒲州。《旧唐书·志》:"武德初,置蒲州。开元中,改河中府。"游旧:旧游。

②爱景:喜爱阳光。《左传》文公七年言赵衰如冬天的阳光之可爱。

③同云:亦作彤云,下雪前天空密布的阴云。候:气候。稍愆:变化,此指气候渐渐变寒冷。《毛诗·小雅·节南山》:"上天同云,雨雪纷纷。"

④周雅:即上《小雅》。什:指诗篇,雅、颂十篇为什。谢惠连《雪赋》:"王乃歌北风于卫诗,咏南山于周雅。"

⑤朔风:北风。《毛诗·卫风》:"北风其凉,雨雪其雱。"曹植《朔风诗》:"今我旋止,素雪云飞。"

⑥欲俟:欲待。千箱:《毛诗·小雅·甫田》:"乃求千斯仓,乃求万斯箱。"千箱表示丰年储粮多。

⑦须资:须凭。六出:雪花的结晶成六角形。

⑧飞絮:谢道韫是谢安侄女,王凝之妻。值天雪,安曰:"白雪纷纷何所似?"安兄子朗曰:"散盐空中差可拟。"道韫曰:"未若柳絮因风起。"安大悦。世称道韫为咏絮才。见《世说新语·言语》。

⑨落梅:《梅花落》,乐府曲名。白梅似雪。

⑩琼蕊、粉绵:比喻雪。

⑪盈尺:一尺深。谢惠连《雪赋》:"盈尺则呈瑞于丰年。"

⑫两歧:一麦两穗,谓丰收。《后汉书·张堪传》:"张堪拜渔阳太守……麦穗两歧。"

⑬延枚:延请枚乘。《雪赋》:"微霰零,密雪下,王乃置旨酒,命宾友,召邹生,延枚叟。"

⑭访戴:王子猷雪夜乘舟访戴安道未遇。见《世说新语·任诞》。二句皆是虚想。

⑮映书:《南史·范云传》谓太原人孙伯翳家贫,映着雪光读书。孤志业:孤行其志也。

⑯披氅:《晋书》:"王恭乘高舆,披鹤氅裘,涉雪而行。孟昶叹曰:'真神仙中人也!'"

⑰霜阶:积霜的台阶。

⑱月幌:窗帘。褰:撩起。二句皆言盼望下雪。

⑲玉京:指京都。

⑳白屋:以白茅盖屋,贫者所居草舍。颙然:昂首仰望的样子。二句谓京都雪满,而此地未有,只有仰望期盼而已。

残 雪

　　旭日开晴色,寒空失素尘①。绕墙全剥粉,傍井渐销银②。刻兽摧盐虎③,为山倒玉人④。珠还犹照魏⑤,璧碎尚留秦⑥。落日惊侵昼,余光怅惜春。檐冰滴鹅管,屋瓦镂鱼鳞。岭霁岚光坼,松暄翠粒新⑦。拥林愁拂尽,著砌恐行频。焦寝忻无患⑧,梁园去有因⑨。莫能知帝力⑩,空此荷平均。

【题解】

　　首四句谓雪后放晴,墙垣井畔之积雪全消。"刻兽"四句谓堆成的雪兽雪人在阳光下崩颓融化,只有少许的坚冰如珠如璧,莹然尚存。"落日"四句谓日落后,雪光代替了白昼,令人误以为春天来到,故白昼渐长。帘冰滴成鹅管状的冰锥,屋瓦上的残冰像雕镂的鱼鳞。"岭霁"四句谓雪消后,山岭上雾气已散开,松树因晴暖而呈青翠之色。林中余雪恐被吹拂殆尽,台阶上的残雪也恐被多次践踏而无存。末尾四句谓古代焦先祖卧雪中并未生病,邹阳、枚乘离别梁园不是没有原因(比喻自己幽居无恙,辞幕有因)。上帝的恩泽有多少,我莫能知;然而大地所披之雪,其厚薄是相同的。"空此"二字表明只有此一事为公平,别的就谈不上了。

【注释】

　　①素尘:指空中飘扬的雪花。

　　②剥粉、销银:均谓雪消。

　　③盐虎:形盐之一种。古代将盐制成某种形状,供祭祀、接待宾客所用。汉郑众以形盐为筑盐成虎形;郑玄及晋杜预皆谓盐似虎形者为形盐。

④《世说新语·容止》:"山公曰:'嵇叔夜之为人也,岩岩若孤松之独立,其醉也,傀俄若玉山之将崩。'"

⑤《史记·田敬仲完世家》:"威王与魏王会田于郊,魏王曰:'若寡人国小也,尚有径寸之珠照车前后各十二乘者十枚。'"

⑥《史记·蔺相如传》:"相如因持璧却立倚柱,怒发上冲冠,谓秦王曰:'臣观大王无意偿赵王城邑,故臣复取璧。大王必欲急臣,臣头今与璧俱碎于柱矣!'"

⑦暄:暖也。

⑧《高士传》:"焦先,野火烧庐,因露寝,遭大雪,先祖卧不移,人以为死,就视如故。"忻,同欣。

⑨梁园:见《送千牛李将军》注㊺。此谓辞幕而归。

⑩帝力:帝王的作用。《康衢谣》:"耕田而食,凿井而饮,帝力何有于我哉!"

喜 雪

朔雪自龙沙①,呈祥势可嘉②。有田皆种玉③,无树不开花。班扇慵裁素④,曹衣讵比麻⑤?鹅归逸少宅⑥,鹤满令威家⑦。寂寞门扉掩,依稀履迹斜⑧。人疑游面市,马似困盐车⑨。洛水妃虚妒⑩,姑山客漫夸⑪。联辞虽许谢⑫,和曲本惭巴⑬。粉署闱全隔⑭,霜台路渐赊⑮。此时倾贺酒,相望在京华⑯。

【题解】

本篇用比喻和铺陈的手法对雪景作了细致的刻画描写,由喜雪而望岁,希望重入秘书省而深知无进身之阶。身在田园,心在长安,仍倾酒自贺,引领而望京华也。

【注释】

①龙沙:《后汉书·班超传赞》:"坦步葱、雪,咫尺龙沙。"注曰:"葱岭、雪山,白龙堆沙漠也。"

②呈祥:《文选·雪赋》:"盈尺则呈瑞于丰年。"首二句谓雪自沙漠飘来,呈现祥瑞之势。

③《搜神记》:"雍伯,洛阳人。父母没,葬之于无终山。山高八十里,上无水,雍伯置饮焉。有人就饮,与石一斗,令种之,玉生其田。北平徐氏有女,雍伯求之,要以白璧一双。伯至玉田,求得五双,徐氏妻之,遂即家焉。"二句谓大雪普降,田中如种玉,树上开琼花。

④班扇:班婕妤《怨歌行》:"新裂齐纨素,皎洁如霜雪。裁为合欢扇,团团似明月。"慵:懒。

⑤曹衣:《毛诗·曹风·蜉蝣》:"蜉蝣掘阅,麻衣如雪。"诗以蜉蝣穿穴比喻贵族们营造宫室,贵族们夏天穿白麻衣,其白如雪。二句谓班婕妤之纨素、曹国贵族之白麻衣都比不上眼前的瑞雪。

⑥逸少:王羲之,字逸少,性喜鹅,为山阴道士写黄庭经(一说道德经),道士举群鹅相赠,羲之笼鹅而归。

⑦令威:丁令威化鹤见《题道靖院》注。二句谓羲之的白鹅、令威之白鹤因比不上瑞雪之白,而不敢出门。

⑧《史记·滑稽传》:"东郭先生久待诏公车,贫困饥寒,衣敝履不完。行雪中,履有上无下,足尽践地,道中人笑之。"二句谓大雪纷飞,户户掩门扉,户外人迹稀少。

⑨二句谓出门践雪若游面市,马车上积雪已深,若拉盐车。

⑩《洛神赋》:"飘飘兮若流风之回雪。"

⑪姑山:姑射山。《庄子·逍遥游》:"藐姑射之山,有神人居焉,肌肤若冰雪,绰约若处子。"二句谓回雪旋转之舞姿实为洛妃所妒,姑射山之神人肌肤似雪,若见到今日之瑞雪也不敢自夸。

⑫谢:谢道韫。

⑬巴:下里巴人。二句谓道韫的柳絮之联辞虽值得称许,而阳春白雪

的高雅曲调实令下里巴人的俗曲为之惭愧。或以为义山谓己之联句愧对道韫之高才。

⑭粉署：指尚书省。省中墙壁涂成白色。闱：宫中小门，泛指宫闱。

⑮霜台：《通典》："御史台为风霜之任，故曰霜台。"二句谓秘书省隔绝，霜台路遥，入朝为官的希望已阻断。喜雪之余，自悲身世。

⑯二句谓倾酒贺瑞雪，所思在长安。结句有杜甫"每依北斗望京华"之慨。

题小松

怜君孤秀植庭中，细叶轻阴满座风。桃李盛时虽寂寞，雪霜多后始青葱。一年几变枯荣事①，百尺方资柱石功②。为谢西园车马客③，定悲摇落尽成空④。

【题解】

首联谓庭中之小松孤秀可爱，细叶轻阴，亭亭如盖；坐于树下，如习习生轻风，凉爽惬意。颔联谓桃李盛开时，热闹一阵，小松似无人赏识；但是雪霜过后，小松更显得青翠欲滴。颈联谓一年四季，多少花木荣枯多变，只有青松常绿，高高挺立，功德常存。尾联谓向西园那批浮华交会之徒告辞，彼车马之客快意一时，转眼皆空，能不悲乎！此亦永乐闲居之作。

【注释】

①枯荣：指桃李而言。

②柱石：担当国家重任者。《汉书·霍光传》："(田)延年曰：'将军为国柱石。'"

③西园：园名。曹操所建，在邺都。曹植《公宴诗》："清夜游西园，飞盖相追随。"

④摇落：谓桃、李、莲、兰等花草。

正月十五夜,闻京有灯恨不得观^①　会昌五年

月色灯光满帝都,香车宝辇隘通衢^②。身闲不睹中兴盛^③,羞逐乡人赛紫姑^④。

【题解】

想象正月十五京城灯月交辉、车水马龙的热闹场面,叹息自己退居田园,不得往观。心中自有不平之鸣。

【注释】

①张采田引《通鉴·宪宗纪》胡三省注:"唐制:两京及诸州县街巷率置逻卒,晓暝传呼,以禁夜行,惟元夕张灯弛禁,前后各一日。"

②通衢:四通八达的街道。

③中兴盛:唐武宗讨回鹘,平泽、潞两州,出现中兴盛况。其时,义山因服母丧居永乐,故曰"身闲"。

④乡人:乡下人。赛:赛会。旧俗用仪仗、鼓乐、杂戏迎神出庙游行。紫姑:神名。传说她本为人妾,为大妇所嫉,正月十五日感慨而死。义山恨不能入京一睹元宵盛况,以蛰居永乐、追随乡民举行迎紫姑神的赛会为羞也。

赋得月照冰池

皓月方离海,坚冰正满池。金波双激射^①,璧彩两参差^②。影占徘徊处^③,光含的皪时^④。高低连素色,上下接清规^⑤。顾兔飞难定^⑥,潜鱼跃未期^⑦。鹊惊俱欲绕^⑧,狐听始无疑^⑨。似

镜将盈手⑩,如霜恐透肌⑪。独怜游玩意,达晓不知疲。

【题解】

本篇是试帖体写景诗。试帖是唐以来科举考试中采用的一种诗体。以古人诗句命题,或五言、七言,或八韵、六韵,冠以"赋得"二字。首四句谓皓月升空,照耀满池坚冰,月光下射冰池,冰池反射月光,互相辉映。"影占"四句谓月儿在空中徘徊,光泽晶莹可爱,清辉洒遍了高山平原。"顾兔"四句谓月儿飞行不停,"明明如月,何时可辍"? 池中的鱼儿不知何时能自由腾跃,暗喻自己出仕无期。乌鹊绕树,何枝可依? 狐听河水,心存疑惧。暗喻自己前途未卜,祸福难测。末四句谓月圆如镜,将欲揽之,但是寒光逼人,恐透肌肤。爱月不眠,忘却疲倦,通宵赏月,直到天亮。虽是试帖之作,但其中有寓意,顾念前程,深感忧虑。

【注释】

①金波:指月光。双激射:谓月光照射水池,冰池反射月光,互相辉映。

②璧彩:指月光与冰辉。参差:不齐貌。

③徘徊:曹植《七哀诗》:"明月照高楼,流光正徘徊。"

④的皪(dí lì):明珠之光。

⑤清规:指明月。

⑥顾兔:月中阴影。屈原《天问》:"夜光何德,死则又育? 厥利维何,而顾兔在腹?"

⑦潜鱼:《礼记·月令》:"孟春之月,鱼上冰。"二句似谓自己前途未卜。

⑧鹊:乌鹊。曹操《短歌行》:"月明星稀,乌鹊南飞,绕树三匝,何枝可依。"

⑨狐听:郭缘生《述征记》:"河水始合,要须狐行,云此物善听,听冰下无水声,然后过河。"

⑩陆机《拟明月何皎皎》:"照之有余辉,揽之不盈手。"

⑪如霜:"床前明月光,疑是地上霜。"

赋得桃李无言①

夭桃花正发②,秾李蕊方繁③。应候非争艳④,成蹊不在言。静中霞暗吐,香处雪潜翻⑤。得意摇风态,含情泣露痕。芬芳光上苑⑥,寂默委中园⑦。赤白徒自许,幽芳谁与论!

【题解】

首四句谓夭桃秾李应春天气候而开,桃李无言,因赏悦者多,所以在其周围踩成小路。"静中"四句谓桃花如吐霞,李花如翻雪,各竞其妙;得意时迎风摇曳,泣露是因为多情。隐喻诗人自己的多才而多感。"芬芳"四句谓桃李曾在上林苑风光一时,如今寂寞地委弃园中;自诩色泽美艳无匹,其幽香谁知谁论? 隐喻自己曾赴京应试,进士及第,如今罢职隐居,寂寞衰颓。即使自许才高,又有谁来论赏? 诗中桃李的形象是诗人自我形象的写照。

【注释】

①《史记·李将军传赞》:"桃李不言,下自成蹊。"
②夭桃:《毛诗·周南·桃夭》:"桃之夭夭,灼灼其华。"
③秾:花木繁盛貌。夭桃秾李:谓桃李艳盛之极。
④应候:适应物候。
⑤二句分写桃花、李花。
⑥光:荣耀。上苑:上林苑。暗喻进士及第。
⑦委:委弃。暗喻罢职幽居。

永乐县所居，一草一木无非自栽，今春悉已芳茂，因书即事一章

手种悲陈事①，心期玩物华②。柳飞彭泽雪③，桃散武陵霞④。枳嫩栖鸾叶，桐香待凤花⑤。绶藤萦弱蔓，袍草展新芽⑦。学植功虽倍，成蹊迹尚赊⑧。芳年谁共玩？终老召平瓜⑨。

【题解】

本篇可以证明永乐是义山的旧居。诗人见昔时自植之花木已经长成而引发身世之感，自悲博学多才而不见赏，预感将终老田园。

【注释】

①手种：亲手种植。陈事：往事。义山经营永乐所居，不自居丧移居之日始，一草一木皆昔时手种。抚今追昔，自觉身世悲凉。

②物华：指草木畅茂。二句谓昔时手种花木，指望日后供赏玩。

③彭泽：陶渊明曾为彭泽令。入仕之前曾著《五柳先生传》，自称五柳先生，其宅边有五柳树，因以为号。

④陶渊明的《桃花源记》写五陵人捕鱼而入桃源。二句谓如今柳已飞絮，桃已开花。

⑤二句谓枳叶桐花皆栖鸾待凤，比喻自己托身有所。

⑥绶：佩印的绶带。绶形如藤，故曰绶藤。

⑦袍：青袍。唐制：官八九品服青色。义山《春日寄怀》："青袍似草年年定。"二句喻己官职卑微。

⑧学植：学种植。成蹊："桃李不言，下自成蹊。"二句谓己学业虽有成就，收事半功倍之效，但距离成就功名却甚远。

⑨召平瓜:见《柳枝五首》之三注。末二句叹知音难遇,芳年已逝,恐不免如同种瓜之故东陵侯,终老于乡里也。

小园独酌

柳带谁能结?花房未肯开。空余双蝶舞,竟绝一人来。半展龙须席①,轻斟马脑杯②。年年春不定,虚信岁前梅③。

【题解】

柳未抽青,花未吐艳,双蝶空舞,邀饮无伴。自展簟席,自斟玉杯,寒梅已歇,芳春未来。小园独酌,寂寞伤怀。

【注释】

①龙须席:龙须草制成的簟席。

②马脑杯:今写作玛瑙杯。马脑,玉的一种,出自西域,文理交错,有似马脑,因以名之。

③岁前梅:梅花在交春之前开放,故云。

小桃园

竟日小桃园①,休寒亦未暄②。坐莺当酒重,送客出墙繁。啼久艳粉薄,舞多香雪翻③。犹怜未圆月,先出照黄昏。

【题解】

一二句谓小桃在园中竟日开放,寒气已尽,尚未暄暖。三四句谓桃花坐听莺声,对酒低垂;繁枝出墙,似送客墙外。五六句谓露重似啼久,使艳粉消退;风多使花枝摇曳不止,落花缤纷如雪。末二句谓桃花犹爱未圆之月,月在黄昏时先已出现,花月相窥,才不辜负大好春天。本篇有惜花惜春之意,也是永乐闲居所作。笔触细腻,情景交融。

【注释】

①竟日:全日,一整天。

②喧:暖。

③翻:落。

春日寄怀

世间荣落重逡巡①,我独丘园坐四春②。纵使有花兼有月,可堪无酒又无人!青袍似草年年定③,白发如丝日日新。欲逐风波千万里,未知何路到龙津④。

【题解】

首联谓世事荣枯不过一瞬,而我独闲居丘园四年之久,没有任何变化。颔联谓即使在有花有月的良夜,哪能忍受无酒无伴之清愁?颈联谓青袍依旧,白发添新,岂畏风波而甘守丘壑?末联谓欲逐风波作万里之游,可是无人汲引,真不知由何路登龙门也。这是有志之士报国无门的浩叹,令人怵目惊心。

【注释】

①荣落:荣枯。重:甚。逡巡:迅速,顷刻。

②四春:四年。义山服丧三年,至会昌四年冬已满期,而迟至五年春,仍闲居丘园。

③青袍:青色之袍。庾信《哀江南赋》:"青袍如草,白马如练。"唐制,官八九品服青。年年定:年年不变。二句谓青袍不改,白发增多。

④龙津:龙门。

落 花

高阁客竟去,小园花乱飞。参差连曲陌①,迢递送斜晖②。
肠断未忍扫,眼穿仍欲稀③。芳心向春尽④,所得是沾衣⑤。

【题解】

此篇写惜花伤春以寄慨。一二句谓客去花飞,心意茫然。三四句谓落
花在斜阳中飘洒不断,残红满径。五六句谓为落花而伤心,不忍清扫;极目
远望,飞花越飘越少。末二句谓惜花之心随着春天的过尽而彻底失望,只
剩几片残花沾在衣襟。惜花伤春,写得飘忽有神,毫无粘滞的感觉,格调超
迈,一结无限深情。

【注释】

①参差:落花先后相接之状。曲陌:曲径。

②迢递:见《宿骆氏亭》注③。

③稀:残留者少。

④芳心:惜花之心。

⑤沾衣:指花落沾衣。

县中恼饮席①

晚醉题诗赠物华②,罢吟还醉忘归家。若无江氏五色
笔③,争奈河阳一县花④。

【题解】

饮席上,有一位题诗赠妓者,义山作此诗戏逗他。全诗为"恼饮席"而作,"江氏"亦指此人。其人"罢吟还醉"以至于"忘归家",决非义山"忘归"而露才扬己也。

【注释】

①县中:当是永乐县也。恼:撩,戏逗。即是"春色恼人眠不得"之恼也。饮席:一同参与饮宴者。

②物华:指席上的歌妓。末句"一县花"亦如之。

③《南史·江淹传》:"江淹尝宿于冶亭,梦一丈夫自称郭璞,曰:'吾有笔在卿处多年,可以见还。'淹乃探怀中,得五色笔一以授之。尔后为诗绝无美句,时人谓之才尽。"

④争奈:怎奈。河阳:汉置县名,故地在今河南孟县。潘岳为河阳县令,令一县植桃李花。二句谓若无高才,岂奈席上如花之丽人何!

喜闻太原同院崔侍御台拜,兼寄在台三二同年之什①

鹏鱼何事遇屯同②?云水升沉一会中③。刘放未归鸡树老④,邹阳新去兔园空⑤。寂寥我对先生柳⑥,赫奕君乘御史骢⑦。若向南台见莺友⑧,为传垂翅度春风⑨。

【题解】

本篇是会昌五年闲居永乐时所作。首联谓崔与己曾有艰虞之遭遇,但很快升沉各异。颔联谓己闲居既久,未得归幕任职,而崔已台拜入京,幕府无此人也。颈联谓己幽居寂寞,而崔新拜御史,身名显赫。尾联谓崔若碰见御史台之同年,就说我虚度春光,不能奋飞也。此诗用典洽切灵活,对仗工稳,是义山本色。

【注释】

①太原同院:刘、余《集解》以为义山于会昌四年春杨弁之乱前曾在李石太原幕寓居,崔亦在其幕,故曰同院。考《大卤平后移家永乐》诗中"脱身离虎口"之句,可知义山因兵乱逃离太原。侍御:侍御史。台拜:台院(御史台)已授为侍御史。同年:同榜进士。什:篇什,诗篇。

②鹏:大鹏,由鲲鱼变化为鹏,指崔侍御。鱼:鲲鱼,诗人自指。屯同:危难的处境。《易·屯》:"象曰:屯,刚柔始交而难生。"

③云水升沉:谓崔如云升,己则如潜水中。一会:形容时间短暂。

④刘放:涿郡人,曹操的主簿记室。魏文帝时为秘书监,加给事中,掌机密。《世说新语》:"放与孙资久典机任,夏侯献、曹肇心不平。殿中有鸡栖树,二人相谓:'此亦久矣,其能复几?'"鸡栖树,亦名皂荚树。鸡树老:谓树犹如此,人何以堪。此以刘记室自比,谓己闲居未得归幕府也。

⑤邹阳:汉代临淄人,以文辩知名。初从吴王濞,吴王谋反,阳谏不听,乃去。投梁孝王,受到羊胜、公孙诡的谮毁,下狱。将死,上书辩冤,获释后,为梁孝王上客。兔园:即梁园。此句谓崔以台拜入京。

⑥先生柳:陶渊明宅前有五柳,因称五柳先生。此谓己于永乐闲居。

⑦赫奕:显赫。

⑧南台:御史台亦称兰台寺,至梁及后魏、北齐或谓之南台。莺友:指同年登第者。唐代谓登第为迁莺。

⑨垂翅:比喻受挫折而不能奋飞。

评事翁寄赐饧粥走笔为答①

粥香饧白杏花天,省对流莺坐绮筵②。今日寄来春已老,凤楼迢递忆秋千③。

昔在京华,共对流莺饮宴,如今惟有遥想楼外秋千而已。今昔对比,岂能同日而语耶?

【注释】

①评事:刘评事。前有刘、韦二前辈,韦已赴郓州幕府。饧(音形)粥:加饴之粥。南朝梁宗懔《荆楚岁时记》:"去冬节一百五日……谓之寒食,禁火三日,造饧大麦粥。"

②省对:曾对。流莺:比喻美人。绮筵:华筵,盛筵。

③凤楼:宫中楼阁。迢递:遥远。《开元天宝遗事》:"宫中至寒食节,竞筑秋千令宫嫔辈戏笑,以为宴乐。帝常呼为半仙之戏。"

崔处士①

真人塞其内②,夫子入于机③。未肯投竿起④,唯欢负米归⑤。雪中东郭履⑥,堂上老莱衣⑦。读遍先贤传⑧,如君事者稀。

【题解】

本篇赞颂崔处士既是隐士又是孝子的两大特点,是服母丧后闲居永乐之作。

【注释】

①崔处士:生平不详。

②真人:道家称存养本性的得道的人。塞:充实。

③机:造化的关键。入于机,谓顺应事物变化的法则。首二句谓崔处士乃存性得道之真人,其行为居处合乎自然变化的法则。

④投竿:放下钓鱼竿。《文选》应休琏《与从弟君苗君胄书》曰:"伊尹辍

耕,郅恽投竿。"注曰:"《东观汉记》:致恽字君章,从郑次都隐弋阳山,渔钓甚娱。留数十日,喟然告别而去。客江夏郡,举孝廉为郎。"

⑤负米:背米袋。《孔子家语》:"昔者由也常食藜藿之实,为亲负米百里之外。亲没之后,南游于楚,积粟万钟,列鼎而食,愿欲食藜藿为亲负米,不可复得也。"二句谓崔处士安贫而又能致孝。

⑥见《喜雪》注⑧。

⑦老莱:老莱子,春秋时楚隐士,行年七十,父母犹存,常身著五色彩衣,取浆上堂,脚跌,恐伤父母之心,僵卧作婴儿啼,以娱亲也。孔子曰,若老莱子,可谓不失孺子之心矣。二句以东郭、老莱比崔处士。

⑧先贤传:泛指先贤的传记。

郑州献从叔舍人褒①

蓬岛烟霞阆苑钟②,三官笺奏附金龙③。茅君奕世仙曹贵④,许掾全家道气浓⑤。绛简尚参黄纸案⑥,丹炉犹用紫泥封⑦。不知他日华阳洞⑧,许上经楼第几重?

【题解】

首联谓李褒以舍人而通道术。在中书省清贵如仙人,闻殿庭之钟声如阆苑钟也;舍人所掌诏令、奏章载于青史,如三官醮章附注金龙之简。颔联言舍人家多禄位,如茅真君累世为仙,许掾全家得道。颈联用夹写法,言舍人既学成仙,又学做官,以朱文写道书,以黄纸写诏书,复以炉炼丹,以紫泥封诏。尾联谓他日往华阳洞学仙,能否接应我耶?应酬之作,根据李舍人的特点予以称颂,字字切当。

【注释】

①从叔:父亲的兄弟,年幼于父者称从叔。舍人:中书舍人。李褒:《樊南文集补编》卷六有《上郑州李舍人状》,笺注作李褒。李褒由中书舍人于

会昌二年出守绛州，移郑州刺史。称舍人者，唐人重内轻外，投赠外官，每书其京衔。

②蓬岛：蓬莱仙岛。阆苑：昆仑之巅有阆风山，相传是仙人所居处。阆苑，即阆风山上的苑圃。蓬莱、阆苑均喻宫苑。

③三官：东汉时，张角的太平道和张鲁、张修的五斗米道奉天、地、水为三神，也叫三官。他们以"三官手书"传道治病。金龙：道家有金龙玉简，造作符书于其上。

④茅君：《洞仙传》："茅濛字初成，咸阳南关人，即东卿司命君盈之高祖也，师北郭鬼谷先生，受长生之术，入华山修道，白日升天。"奕世：累世，一代接一代。仙曹：仙群。

⑤许掾：即道书中的玉斧。《晋书》本传说，许迈一名映，句容人，遍游名山。后入临安西山，改名玄，字远游，羽化登仙而去。《上清源统经目注序》说，许迈的第五弟谧，谧之第三子小名玉斧，长名翙（音惠），字道翔，郡举上计掾不赴，后为上清仙公。

⑥绛简：道家用朱墨写书，称为绛简。黄纸案：黄麻纸案卷。开元三年，始用黄麻纸写诏。

⑦丹炉：道士炼丹的炉。紫泥封：古人书信用泥封，泥上盖印；皇帝诏书则用紫泥。

⑧华阳洞：陶弘景学道居于句容之句曲山。此山下是第八洞宫，名金坛华阳之天。乃中山立馆，自号华阳隐居。更筑三层楼，弘景处其上，弟子居其中，宾客至其下。

独居有怀①

麝重愁风逼②，罗疏畏月侵。怨魂迷恐断，娇喘细疑沉③。数急芙蓉带④，频抽翡翠簪⑤。柔情终不远，遥妒已先深⑥，浦冷鸳鸯去，园空蛱蝶寻⑦。蜡花长递泪，筝柱镇移心⑧。觅使嵩云暮,回头灞岸阴⑨。只闻凉叶院,露井近寒砧⑩。

【题解】

本诗从女子方面下笔,颇似曹丕的《燕歌行》。这位女子是义山所怀之人,居长安。义山应从叔李舍人之招,赴郑州,后与家人居洛阳。"觅使"二句谓女方找邮差送信往郑州,但天色已晚,没有送出;回头一看,太阳已经下山,无从传递信息。这都是诗人的想象,失恋的悲哀反从女方的行为和感受中表现出来,写得曲折有味。

【注释】

①本诗就所思美人方面下笔,非谓自己"独居"。

②麝:麝香。罗疏:帘疏。首二句写独居女子畏月愁风,惟恐香销梦断。

③二句写独居女子伤离怨别之迷梦正酣,纠缠于迷惘的恩怨之中,犹恐梦之将失;娇喘细细,气息微微,几至断绝。

④急:紧。芙蓉带:用芙蓉花染缯制成的腰带。

⑤翡翠簪:碧玉簪。二句谓女子腰身瘦损,多次系紧衣带;鬓发渐稀,不胜翡翠玉簪。

⑥柔情:缠绵之情。二句谓女子有深情,但远方有嫉妒者,恐其与所欢谐和也。

⑦二句谓浦冷园空,寂寞无聊。

⑧二句谓别离之后,惟有伴烛流泪,弹筝自遣。移心:离情。

⑨二句谓觅使传书已晚,回望长安,日已西沉。"嵩云"代郑州,"灞岸"指长安。

⑩末二句谓凉院独居,露井之旁,惟闻单调的砧声,倍感凄凉。

七夕偶题

宝婺摇珠佩[①]，嫦娥照玉轮。灵归天上匹[②]，巧遗世间人[③]。花果香千户，笙竽溢四邻。明朝晒犊鼻[④]，方信阮郎贫[⑤]。

【题解】

首联谓织女嫁与牵牛，婺女近为其摇佩，嫦娥远为其照轮。颔联谓牛女这一对仙侣配于天上，而七夕美俗长留人间。颈联谓七夕之夜，家家户户陈列花果于庭中以乞巧，管乐之声相闻。末联谓明日曝衣，才相信我同阮咸一样清贫。结句有寓意，借言虽有家室，但依旧贫穷。

【注释】

①宝婺：即婺女星。又名须女，有四星，二十八宿之一，玄武七宿之第三宿。首联写织女嫁牵牛，婺女近为之摇佩，嫦娥远为之照轮。

②灵匹：神仙配偶。谢惠连《牛女诗》："云汉有灵匹。"

③巧：乞巧。遗（音尉）：给予，交付。农历七月七日夜，天上牛郎织女相会，妇女于当晚穿针，以能连续穿七孔针者为聪明，此种风俗称为乞巧。《荆楚岁时记》："七夕妇女结彩缕，穿七孔针，或以金银鍮石为针，陈瓜果于庭中以乞巧。有喜子网于瓜上，则以为得。"

④犊鼻：犊鼻裈，形如犊鼻的围裙。

⑤阮郎：阮咸，阮籍之兄子也，竹林七贤之一。《晋书·阮咸传》："咸与籍居道南，诸阮居道北，北阮富，南阮贫。七月七日，北阮盛晒衣服，锦绮粲目。咸以竿挂大布犊鼻于庭，人或怪之，答曰：'未能免俗，聊复尔耳！'"

寄令狐郎中①

嵩云秦树久离居②,双鲤迢迢一纸书③。休问梁园旧宾客④,茂陵秋雨病相如⑤。

【题解】

义山与令狐绹很久没有往来,彼此关系也十分疏淡。故本篇无求于令狐,只有落漠和愁病的感叹。

【注释】

①令狐郎中:令狐绹于会昌二年任户部员外郎,四年为右司郎中,五年出为湖州刺史。张采田说,此诗系会昌五年义山病居东洛时作。

②嵩云:指己所居之洛城。秦树:指令狐所居之长安。

③双鲤:见前《水斋》注。二句谓己与令狐天各一方,所可达者惟有书信而已。

④梁园:见《残雪》注。义山才华倾世,初见重于令狐楚,每以梁园宾客自负。

⑤相如:《史记》本传:"司马相如称病闲居,不慕官爵,为孝文园令;既病免,家居茂陵。"茂陵:古县名,今陕西兴平县。汉初为茂乡,属槐里县。武帝葬此,因置为县,属右扶风。二句谓令狐的来信不必问我的近况,今已抱病退居若司马相如,无足问也。义山于会昌二年因丁母忧而罢秘书省正字,闲居数年。

汉宫词①

青雀西飞竟未回②,君王长在集灵台③。侍臣最有相如渴④,不赐金茎露一杯⑤。

【题解】

本篇讽刺唐武宗沉溺于求仙的虚妄,而无意招揽贤才,对诗人渴求仕进竟无一滴雨露之恩。张采田曰:"武宗朝,义山丁忧闲居,不得入朝,故假武宗求仙以寄慨。"

【注释】

①此篇借汉宫故事为诗。

②青雀:青鸟,传说是西王母的信使。西王母至汉宫会见汉武帝,有三青鸟在旁,及去,西王母许帝以三年后复来,后竟不来。

③集灵台:汉武帝时有集灵宫、望仙宫。唐亦有集灵台,在华清宫长生殿侧。唐武宗会昌五年正月筑望仙台于南郊。

④相如渴:司马相如为汉武帝文学侍臣,患有消渴病(即糖尿病)。义山曾官秘书省正字,故曰侍臣。

⑤金茎:铜柱。汉武帝造承露台,有铜仙人舒掌捧铜盘玉杯,以承云表之露,和玉屑服之,以求长生。

隋宫守岁①

消息东郊木帝回②,宫中行乐有新梅③。沉香夹煎为庭燎④,玉液琼苏作寿杯⑤。遥望露盘疑是月⑥,远闻鼍鼓欲惊雷⑦。昭阳第一倾城客⑧,不踏金莲不肯来⑨。

【题解】

本篇刺隋炀帝之荒淫,仅举守岁一事可知。首联谓春将到而未到,宫中行乐,早遇新梅,荒淫之主又增一乐事。次联谓庭燎之光通宵达旦,加以沉香甲煎,黑夜如同白昼;寿杯之饮,不惜玉液琼苏,其靡费可知。三联谓高出宫殿的承露盘如同天际之月;迎春的鼓鼙声如同春雷乍起。末联谓恃宠之妃娇痴习成,皆效潘妃,须踏金莲方来也。本诗当是商隐于会昌五年在长安时作,讥刺武宗的奢侈逸乐。

【注释】

①守岁:旧俗,阴历除夕终夜不睡以待天明。孟元老《东京梦华录·除夕》:"是夜,禁中爆竹山呼,声闻于外。士庶之家,围炉团坐,达旦不寐,谓之守岁。"《通鉴》:"中宗景龙二年十二月晦,敕中书门下与学士诸王驸马入阁守岁,设庭燎,置酒作乐。"胡三省注:"隋炀帝淫侈,每除夜殿前诸院设火山数十,尽沉香木根,每一山烧沉香木数车。火光暗,则以甲煎沃之,焰起数丈,香闻数十里。一夜之间,用沉香二百余乘,甲煎二百余石。"

②消息:消减与增长互为更替。此指季节气候的更换。木帝:又名青帝、东帝,司春之神,掌草木生长。《礼记·月令》:"立春之日,亲率公卿诸侯大夫,以迎春于东郊。"

③隋炀帝《赐吴绛仙诗》云:"旧日歌桃叶,新妆艳落梅。"

④沉香:香木名。其心材为著名熏香料。夹煎(音箭):同甲煎。庭燎:庭中照明之火炬。

⑤玉液、琼苏:皆指美酒。《初学记》引《拾遗记》:"王母荐穆王琬液清觞。"《十洲记》:瀛洲有玉膏如酒味,名曰玉酒,饮之令人长生。寿杯:祝寿之杯。

⑥露盘:承露盘。

⑦鼍鼓:用鳄鱼皮制成的鼓。

⑧昭阳:昭阳殿。汉宫名。

⑨金莲:见《南朝》(玄武湖中)注。

离亭赋得折杨柳二首①　会昌六年

其　一

暂凭樽酒送无憀②,莫损愁眉与细腰。人世死前惟有别,春风争拟惜长条③?

【题解】

首句谓暂凭杯酒遣离愁也。次句谓勿折杨柳送行也。此以柳喻人。三句谓黯然销魂者,惟别而已。四句谓春风不必惜长条,折杨柳送行,理所当然。二句紧承首句,末句紧承三句,先戒以勿折,后答以不得不折也。

【注释】

①折杨柳:汉乐府横吹曲名。古辞已亡,后人拟作。

②无憀:无聊。

③争:怎。

其　二

含烟惹雾每依依①,万绪千条拂落晖。为报行人休尽折,半留相送半迎归。

【题解】

第二首深进一层,谓依依杨柳万绪千条,折以送行可也,但切莫折尽,留着些以迎接归来之人。伤别之情一变而为乐观之意。两首都写得情景交融,明丽自然。

【注释】

①《毛诗·小雅·采薇》:"昔我往矣,杨柳依依。"

送王十三校书分司①

多少分曹掌秘文②,洛阳花雪梦随君。定知何逊缘联句③,每到城东忆范云④。

【题解】

本篇是作者在长安送别王十三赴洛时所作。前二句谓东都典籍宏富,由分司掌管;值洛阳春花似雪之时,我的心魂也已随君赴洛也。后二句谓料想君至洛阳城东赏花时,必因联句赋诗而思念我也。以何逊比王十三,以范云比作者自己。前二句,我思君;后二句,君忆我。前后照应,回味弥深。

【注释】

①王十三:王茂元第十三子。校书:校勘书籍。校书郎掌校雠典籍,唐置八人。分司:唐代建都长安,以洛阳为东都,分设在东都的中央官员称分司。

②分曹:官署分部。如后来的分部、分科。秘文:指不常见的珍贵典籍。

③何逊:南朝梁诗人。字仲言,东海郯(山东郯城)人,官至尚书水部郎。联句:赋诗时,人各一句或几句,合而成篇。

④范云:南朝梁舞阴人。善文章尺牍。官至吏部尚书。

昭肃皇帝挽歌辞三首①

其　一

九县怀雄武②,三灵仰睿文③。周王传叔父④,汉后重神

317

君⑤。玉律朝惊露⑥,金茎夜切云⑦。箛箫凄欲断⑧,无复咏横汾⑨。

【题解】

一二句谓九州百姓怀念英武的皇帝唐武宗,天、地、人三才皆仰慕其文治之成就。三四句谓如同周懿王传位于叔父一样,武宗遗诏立皇太叔为皇帝;如同汉武帝相信神君一样,唐武宗也沉迷于神仙方术。五六句谓纵有切云之金茎承露,仍不能益寿延年,惊武宗性命如朝露之短促也。七八句谓听哀乐之声令人心魂欲断,武宗再不可能如汉武帝横中流、扬素波而东山再起了。

【注释】

①昭肃:谥号。唐武宗于会昌六年崩,谥"至道昭肃孝皇帝",葬端陵。挽歌:古人送葬,执绋挽丧车前行,所唱哀悼死者的诗歌。

②九县:九州。怀:怀念。雄武:指武宗既雄且武。武宗讨回鹘,平刘稹,政治军事略有起色,远胜穆、敬、文。

③三灵:天、地、人。睿:通达,明智。后来常用为称颂皇帝的套语。睿文:指武宗在文治方面圣明睿智。

④《史记·周本纪》:"共王崩,子懿王囏立。懿王崩,共王弟辟方立。"《旧唐书·纪》:"(武宗)遗诏立光王为皇太叔,即皇帝位。"

⑤《史记·封禅书》:"天子(汉武帝)病不愈,游水发根言上郡有巫,病而鬼神下之。上召置祠之甘泉。及病,使人问神君,神君言曰:'天子无忧病,病少愈,疆与我会甘泉。'于是病愈,遂起,幸甘泉。病良已,大赦,置寿宫神君。"唐武宗好神仙方术,饵方士金丹,同于汉帝之重神君。

⑥玉律:玉制律管,玉制定音器,也用竹制。《后汉书·律历志》:"候气之法,为室三重,户闭,涂衅必周,密布缇缦……殿中候,用玉律十二。惟二至乃候灵台,用竹律六十。候日如其历。"候气:检验气候。古代吹玉律以候气。朝惊露:惊朝露。

⑦金茎:见《汉宫词》注。切云:高耸。楚辞《涉江》:"冠切云之崔巍。"

⑧箎箫:指哀乐之声。

⑨横汾:渡汾河。《汉武故事》:"帝幸河东,与群臣饮宴,作《秋风辞》曰:'泛楼船兮济汾河,横中流兮扬素波。'"张说诗:"汉武横汾日,周王宴镐年。"

其　二

玉塞惊宵柝①,金桥罢举烽②。始巢阿阁凤③,旋驾鼎湖龙④。门咽通神鼓⑤,楼凝警夜钟⑥。小臣观吉从⑦,犹误欲东封⑧。

【题解】

一二句谓武宗讨伐回鹘,平定刘稹,天下大定。三四句谓将致太平局面,武宗却忽然仙逝。五六句谓武宗死后,宫中钟鼓呜咽沉凝,凄凉之极。七八句谓见群臣吉服送葬,还误认为武宗欲举行封禅大典。因为死得突然,人们普遍没有思想准备,以为他活着。

【注释】

①玉塞:玉门关。会昌三年正月,河东节度使刘沔大破回鹘于杀胡山,迎太和公主以归。惊宵柝,谓夜袭回鹘。

②金桥:在上党南二里。罢举烽,谓平息昭义节度使刘稹的叛乱。

③《帝王世纪》:"黄帝时,凤凰巢于阿阁。"此谓武功既成,将致太平。

④旋:顷刻,不久。鼎湖龙:《汉书·郊祀志》:"黄帝采首山铜,铸鼎于荆山下。鼎既成,有龙垂胡须下迎黄帝。黄帝上骑,群臣后宫从上龙七十余人,龙乃去。余小臣不得上,乃悉持龙须,龙须拔,堕黄帝之弓。百姓乃抱其弓与龙须号。故后世因名其处曰鼎湖,其弓曰乌号。"

⑤通神鼓:《古今乐录》:"夫差移于建康之宫南门,有双鹤从鼓中而飞上入云中。"

⑥《南史》:"齐武帝以内深隐,不闻端门鼓漏,置钟景阳楼上,应五鼓及三鼓,宫人闻声,早起妆饰。"

⑦吉从:《晋书·礼志》:"将葬,设吉驾,群臣吉服导从,以象平生
之容。"

⑧东封:汉武帝元封元年,东巡登封泰山。

其　三

　　莫验昭华琯①,虚传甲帐神②。海迷求药使③,雪隔献桃
人④。桂寝青云断⑤,松扉白露新⑥。万方同象鸟⑦,舆动满
秋尘。

【题解】

　　一二句谓玉笛乃先王遗物,无须验证也;甲帐内岂有神居,乃虚言也。
三四句谓求仙虚妄。求药之使在海上迷路,献桃之人为冰雪阻隔。武宗重
方士,服金丹,喜怒无常,终以求仙死。五六句谓武宗毕竟未能升仙,死后
惟有新松白露伴他长眠。七八句谓武宗下葬后,百姓为其陵墓拔草除秽,
哀祭的车驾扬起尘土遮天蔽日。三章挽歌是对唐武宗一生的评价,颂扬与
讽刺各半,写得庄重典雅,声情凄婉。

【注释】

　　①昭华琯:玉笛名。《西京杂记》:"高祖初入咸阳宫,周行府库,有玉笛
长二尺三寸,二十六孔,吹之则见车马山林隐鳞相次。铭曰昭华之琯。"

　　②甲帐:帐以甲乙编次,故有甲帐乙帐之称。《北堂书钞》引《汉武故
事》:"上以琉璃珠玉明月夜光杂错天下珍宝为甲帐,其次为乙帐。甲以居
神,乙以自居。"

　　③求药:秦始皇、汉武帝都曾遣人入海求不死之药。《史记》载,始皇使
徐市等入海求诸仙人及不死之药。"《汉书》:"武帝遣方士入海求蓬莱安期
生之属,而事化丹砂诸药斋为黄金矣。"

　　④献桃:朱注:"《拾遗记》:西王母进周穆王嶰州甜雪,万岁水桃。""嶰
州去玉门二千里,地多寒雪。"

　　⑤桂寝:桂宫。《汉书·郊祀志》:"于是令长安则作飞廉、桂馆,甘泉则

作益寿、延寿馆,使(公孙)卿持节设具而候神人。"《三辅黄图》:"桂宫,汉武帝造。"青云:谓乘云登仙。

⑥松扉:松门。陵寝必植松柏,松扉柏城,习用语也。

⑦象鸟:《越绝书》:"舜葬苍梧,象为之耕;禹葬会稽,鸟为之耘。"

烧香曲

钿云蟠蟠牙比鱼①,孔雀翅尾蛟龙须②。漳宫旧样博山炉③,楚娇捧笑开芙蕖。八蚕茧绵分小炷④,兽焰微红隔云母⑤。白天月泽寒未冰⑥,金虎含秋向东吐⑦。玉佩呵光铜照昏⑧,帘波日暮冲斜门⑨。西来欲上茂陵树⑩,柏梁已失栽桃魂⑪。露庭月井大红气⑫,轻衫薄袖当君意⑬。蜀殿琼人伴夜深⑭,金銮不问残灯事⑮。何当巧吹君怀度⑯,襟灰为土填清露。

【题解】

本篇的主题很难把握。冯浩以为是咏宫人入道,张采田谓"此篇只可阙疑",刘、余《集解》以为是"咏陵园宫女"。刘、余的说法是正确的。古代帝王死后,其灵位被安放在陵园中供奉,事死如事生。陵园内设官置卫,安排宫女守陵,夜以继日,香火不绝。诗中女主人公系故君宫嫔,君王死后,为其守陵,日夜相伴,到死方休。首二句写烧香所用的香炉形状。三四句接着就说明此陵园中的香炉即是从前宫中之旧物,添香的宫嫔依然脸上堆着笑容,灿若芙蓉。"八蚕"二句写分香燃香。"白天"二句谓深秋日光如月光之寒凉,但尚未结冰;焚香至夜晚,悄然望见参、昴诸星出现在西方。"玉佩"二句谓天气寒凉,室中因燃起香炉而有水汽,玉佩因蒙上水汽而失去本来的光泽,而有呵气之后的模糊光泽,同时室内的铜镜也因水汽而昏翳;室中的香气正浓,日暮时气流冲向角门,掀动门帘。"西来"二句谓香气直欲出门西向飘往故君坟茔寻其踪迹,可惜在柏梁台上咏诗而且欲种蟠桃的人,其魂魄早已仙升。"露庭"四句谓皇宫内炉火通红,喜气洋溢,宫娥轻衫薄袖新承恩泽;玉人陪伴君王直到深夜,新主哪里会问及故君宫嫔在陵园独向残灯呢!末二句谓如何能将香气吹入君怀,用襟袖揽取香灰填没坟上如泪珠一般的清露啊!言外之意,乃自问何时了结此生。通篇只围绕烧香一事,却写尽了宫嫔的悲哀。风格亦酷似李贺诗歌。

【注释】

①钿云:香炉盖上用金银镶嵌的云形图案。蟠蟠:盘绕的样子。牙比鱼:指香炉盖上铸有鱼牙形状。比:排列。

②《初学记·香炉》:"王琰《冥祥记》曰:'费崇先少信佛法,常以鹊尾香炉置膝前。'"齐刘绘《咏博山炉诗》:"下刻蟠龙势,矫首半衔莲。"

③漳宫:指魏宫。邺都在漳水之侧,故云。博山炉:《西京杂记》:"长安巧工丁缓者……作九层博山香炉,镂为奇禽怪兽,自然运动。"

④八蚕茧丝:姚宽《西溪丛语》曰:"言蚕(一年)养至第八次,不中为丝,只可作绵,故云八蚕之绵。"炷:一炷香,一枝香。此句谓将要烧的香分成若干小炷,再以茧绵包裹,取其易燃。

⑤兽焰:《语林》:"羊琇骄豪,乃捣小炭为屑,以物和之,作兽形,用以温酒,火热既猛,兽皆开口,向人赫然。"隔云母:用云母片承香隔而烧之。

⑥月泽:月光。

⑦金虎:指参、昴诸星。《文选》陆机《赠尚书郎顾彦先》诗:"望舒离金虎,屏翳吐重阴。"《石氏星经》曰:"昴者,西方白虎之宿也。太白者,金之精,太白入昴,金虎相薄,主有兵乱。"金为太白,虎为昴,均在西方,故曰"含秋向东吐"也。

⑧铜照:指镜。

⑨帘波:水纹也。《西京杂记》:"汉陵寝皆以竹为帘,帘皆水纹及龙凤之像。"斜门:宫中角门。

⑩茂陵:见《茂陵》注。

⑪柏梁:柏梁台,汉武帝元鼎二年建。朱注引《王母传》:"帝食桃,辄收

其核。母问帝,帝曰:'欲种之。'母曰:'中夏地薄,种之不生。'帝乃止。"栽桃魂:指汉武帝。

⑫道源注:"殿前广庭曰露庭。四周有屋,中空曰月井。"大红气:谓炉火炽灼,香气四溢。

⑬指烧香时所穿轻便服装。

⑭琼人:玉人,谓蜀先主之妃甘皇后。《拾遗记》:"蜀先主甘后玉质柔肌,先主召入绡帐中,于户外望者如月下聚雪。河南献玉人高三尺,置后侧,夕则拥后而玩玉人,后与玉人洁白齐润,殆将乱惑,嬖宠者非惟嫉后,亦妒玉人。"

⑮《贞观纪闻》:"贞观初,天下久安,时属除夜,太宗延萧后同观灯,问曰:'隋主何如?'后曰:'隋主每除夜殿前诸院设火山数十,尽沉香木根,每一山焚沉香木数车,火光暗,则以甲煎沃之,焰起数丈,香闻数里,一夜之间,用沉香二百余乘,甲煎二百石。'"沉香,即沉水香。甲煎(音箭),也作夹煎,香料名。

⑯古诗:"顺风入君怀。"

闻 歌

敛笑凝眸意欲歌,高云不动碧嵯峨①。铜台罢望归何处②,玉辇忘还事几多③?青冢路边南雁尽④,细腰宫里北人过⑤。此声肠断非今日,香烬灯光奈尔何⑥!

【题解】

本篇是写诗人闻歌之后的感伤情怀,可谓悲哀之人听悲哀之曲。歌者可能是宫中的歌妓,因身世悲凉,故曰"肠断非今日"也。首联描写歌者将歌未歌之时的情态,写她未开腔而感动行云的高超技术已经表现出来。不说听众鸦雀无声、倾耳而听,而以嵯峨之高云"不动"来衬托。次联谓君王

323

死后，宫妓无所依归；君王淫游忘返，宫妓受到冷落。这些都是从她的悲歌中悟出的。三联谓听着她的悲音，还会令人遥想起昭君出塞和埋香青冢的别恨，息夫人被禁锢在楚宫是何等伤心。以上四句是用铺陈手法写宫女不幸的命运。末联谓宫人愁恨古已闻之，今夜在兰膏灯烛之下闻此断肠之声，怎不令人悲哀之极，辄唤奈何哉！

【注释】

①《列子·汤问》："薛谭学讴于秦青，未穷青之技，自谓尽之，遂辞归。秦青弗止，饯于郊衢，抚节悲歌，声振林木，响遏行云。薛谭乃谢求返，终身不敢言归。"李贺《李凭箜篌引》："吴丝蜀桐张高秋，空山凝云颓不流。"又《江南弄》："江中绿雾起凉波，天上叠巘红嵯峨。"此句将李贺的两句诗融合在一起。

②铜台：铜雀台。见《东阿王》注。

③玉辇：古代帝王所乘的车。《拾遗记》："穆王即位二十三年，巡行天下，驭黄金碧玉之车……王神智远谋，使迹毂遍于四海。"又："西王母与穆王欢歌既毕，乃命驾升云而去。"

④青冢：指王昭君墓。墓在今呼和浩特市南郊。传说塞草皆白，惟昭君墓草独青，故名青冢。

⑤细腰宫：谓楚宫。又见《梦泽》注。陆游《入蜀记》："巫山县楚故离宫，俗谓之细腰宫。"北人：指息夫人。息妫，春秋时息侯的夫人。妫姓。楚文王灭息，以息妫归，生堵敖及成王。传说因国亡夫死之痛，与文王不通言语。见《左传》庄公十四年。刘向《列女传》记载，息侯夫妇皆自杀，与《左传》的说法不同。

⑥炧(xiè)：灯烛的余烬。香炧灯光：谓香膏将尽时的灯光。奈何：《世说新语·任诞》："桓子野每闻清歌，辄唤奈何。谢公(谢安)闻之曰：'子野可谓一往有深情。'"奈何：对付不了，禁受不了。

百果嘲樱桃

珠实虽先熟①，琼莩纵早开②。流莺犹故在③，争得讳含来。

【题解】

晋石季龙之宠妾郑樱桃，原是晋冗从仆射郑世达家妓，后以樱桃代宠妾。本篇讽刺贵家姬妾之骄宠者，张采田《会笺》以为刺唐宣宗母郑太后（曾为李锜妾），可备一说。所谓百果，喻指众姬妾。一二句谓此"樱桃"虽然早生贵子，可是琼莩早开，先曾为别人占有。三四句谓昔日含此"樱桃"之流莺尚在，人皆知之，如何能讳言被含的事实呢？本诗当作于宣宗初即位之时。

【注释】

①珠实：果实如珠。梁宣帝萧詧《樱桃赋》："惟樱桃之为树，先百果而含荣。"张莒《樱桃树赋》："夏实珠骈。"

②莩：莩甲，萌芽。《后汉书·章帝纪》："方春生养，万物莩甲。"此指花萼。

③《吕氏春秋·仲夏纪》："仲夏之月，羞含桃。"注："含桃，樱桃也。莺鸟所含食，故曰含桃。"

樱桃答

众果莫相诮，天生名品高①。何因古乐府，唯有郑樱桃②？

【题解】

樱桃自诩其地位本来高出众果，岂是因为有乐府歌辞佐证呢？表现出得意与无赖。

【注释】

①樱桃树高丈余。

②《乐府诗集》:"樱桃美丽,擅宠后宫,乐府由是有《郑樱桃歌》。"

雨中长乐水馆送赵十五滂不及①

碧云东去雨云西,苑路高高驿路低。秋水绿芜终尽分②,夫君太骋锦障泥③。

【题解】

雨中送别不及,深感遗憾,故有此作。首句以碧云东去比赵滂东行,以雨云西去比自己回归。二句以苑路指来路,以驿路指去路,意思是来送友人时高高兴兴,可是到了驿站不见友人,望他东去之路,心绪低沉,怏然不乐。三句说,应当等我送你一程,共赏秋水碧芜的景色,看完之后再分手岂不更好?结句说,你这位老兄的马儿跑得太快了吧!遗憾之辞化为雅谑之语,甚有味。

【注释】

①长乐水馆:即长乐水驿。《唐两京城坊考》:"外郭门……东面三门,北通化门,门东七里长乐坡上有长乐驿,下临浐水……裴度、李吉甫、李光颜之出镇,天子皆御此门送之。"水馆:水驿旅舍。水驿即水路转运站。赵十五滂:《新唐书·宰相世系表》:"(赵)滂字思齐。"张采田曰:"一作思济,见新书世系表。据崔嘏授蔡京赵滂等御史制,滂尝为忠武军节度副使,必与义山旧稔者。"

②分(fèn):谓分手。

③夫君:此君。屈原《九歌·云中君》:"思夫君兮太息。"称赵滂"夫君",语带戏谑。障泥:垫在马鞍下遮蔽两侧泥尘的巾垫。此指坐骑。

茂　陵^①

　　汉家天马出蒲梢^②，苜蓿榴花遍近郊^③。内苑只知含凤嘴^④，属车无复插鸡翘^⑤。玉桃偷得怜方朔^⑥，金屋修成贮阿娇^⑦。谁料苏卿老归国^⑧，茂陵松柏雨萧萧。

【题解】

　　首联谓汉家之骏马乃大宛之千里马蒲梢的后代，马的饲料苜蓿和石榴花种满了京城郊野。此借赞扬汉武帝之武功而赞唐武宗。颔联谓宫中只知道为武帝做好田猎的准备工作，哪知他是要微行出游以满足其好神仙声色之欲望。颈联写汉武帝求神仙，恋女色。末联谓苏武年老归国，武帝已逝，拜谒陵寝，风雨凄凄。结句语意沉痛。义山重官秘书省之日，武宗已逝，故自比苏卿以寄慨。本篇是唐武宗死后的作品，感武宗旧事而借茂陵名篇。汉武帝是一位欲望颇多的帝王，唐武宗亦复如是。诗中妙境多，趣味多，讽诫多，三者糅合在一起，令人产生不尽的联想。通篇一气鼓荡，神完力足，起句自半空而来，结句意味无穷，中间两联不仅对仗和用事工稳雅切，而且饶有趣味。

【注释】

　　①茂陵：陵墓名，汉武帝陵墓，在今陕西兴平县东北。本诗明写汉武帝，实指唐武宗。同时借苏武自慨。

　　②天马：骏马。蒲梢：古代骏马名。《史记·乐书》："武帝伐大宛，得千里马，名曰蒲梢，作天马之歌。"

　　③苜蓿：豆科植物。原产新疆一带，因大宛马嗜食，汉武帝遣使采其种子遍植于离宫旁。榴花：石榴花。

　　④凤嘴：《十洲记》："仙家煮凤喙及麟角作胶，名为续弦胶，或名连金泥，能续弓弩已断之弦，刀剑断折之金。武帝时，西国王使至，献此胶，武帝

以付外库,不知妙用也。帝幸华林园射虎,弩弦断,使者时从驾,又上胶一分,使口濡以续弩弦。帝惊曰:'异物也。'乃使武士数人共对挈引之,终日不脱,胶色青如碧玉。"含凤嘴:谓口濡胶也。

⑤属车:皇帝侍从的车。鸡翘:皇帝出行,属车前插上编有羽毛的鸾旗,民间称鸡翘。蔡邕《独断》:"鸾旗,编羽毛,列系幢旁,民或谓之鸡翘。"

⑥玉桃:传说中吃了可以长生不死的仙桃。《博物志》:"王母降于九华殿。王母索七桃,以五枚与帝,母食二枚,惟母与帝对坐,从者皆不得进。时东方朔窃从殿南厢朱鸟牖中窥母,母顾之,谓帝曰:'此窥牖小儿尝三来盗吾此桃。'"

⑦阿娇:见《无题》(近知名阿侯)注④。

⑧苏卿:苏武,字子卿。武帝天汉元年出使匈奴,被匈奴扣留十九年,昭帝始元六年春回国,诏武奉一太牢拜谒武帝祠庙。

蝶

叶叶复翻翻①,斜桥对侧门。芦花唯有白,柳絮可能温? 西子寻遗殿②,昭君觅故村③。年年芳物尽,来别败兰荪④。

【题解】

本篇以秋蝶自喻,写自己不幸的遭遇。秋蝶翻飞于斜桥外侧门旁,没有春天,没有希望。眼前一片白色,不是柳絮,而是芦花。寻寻觅觅,如西子之重访旧宫,如昭君之寻觅故居,往事不堪回首。年年不走运,不见春花怒放,惟见败苏衰兰。"虽萎绝其亦何伤兮,哀众芳之芜秽"是结句本意。

【注释】

①《本草》注:"蛱蝶轻薄,夹翅而飞,叶叶然也。"

②西子:西施。

③昭君村在今湖北兴山县。

④兰、荪:楚辞中香草名。

汉　宫

通灵夜醮达清晨①,承露盘晞甲帐春②。王母西归方朔去③,更须重见李夫人④。

【题解】

本篇也是托汉武而讽武宗,谓成仙虚妄,见鬼必然。首句谓武帝求神仙,夜以继日,不知疲倦。次句谓承露盘无露,甲帐中珠光宝气,春意盎然,而神仙未至。三句谓求仙之路断绝。结句谓武帝求仙虚妄,不能免于一死,惟有重见李夫人于地下矣。

【注释】

①通灵:台观名。王褒《云阳记》:"钩弋夫人从至甘泉而卒,既殡,尸香闻十里。帝哀悼,乃起通灵台于甘泉宫。有一青鸟集其上往来。"醮:设坛祭神。

②晞:干,干燥。春:暖。

③《汉武内传》:"其后东方朔一旦乘龙飞去,同时众人见从西北上,冉冉大雾覆之,不知所适。至元狩二年帝崩。"

④李夫人:汉武帝宠妃,早卒。见《如有》注⑤。

华岳下题西王母庙①

神仙有分岂关情②?八马虚追落日行③。莫恨名姬中夜没④,君王犹自不长生⑤。

前二句谓有仙缘者岂又贪恋女色？君不见周穆王情欲太多，自与神仙无缘，虽乘八骏而追落日，终不能遇仙人、达仙境也。后二句谓君王勿为名姬短命而悲戚，自己亦不免于一死。唐武宗学仙，好色，宠爱王才人，奢侈多欲，绝似周穆王、汉武帝。张祜诗序曰："才人先帝而殒。"与"莫恨名姬中夜没"切合。本篇亦武宗崩后之作。

【注释】

①西王母庙：冯注："《汉书·哀帝纪》：'关东民传行西王母筹至京师，会聚祠西王母。'又《五行志》：'民聚会里巷阡陌，设祭，歌舞祠西王母。'按：王母祠庙似始此。"

②有分(fèn)：有缘分。

③八马：周穆王有八骏马，曰赤骥、盗骊、白义、逾轮、山子、渠黄、华骝、绿耳。天子主车，造父为御。

④名姬：指盛姬。《穆天子传》："天子游于河济，盛君献女。王为盛姬筑台，砌之以玉。天子西征，至玄池之上，乃奏乐三日，终，是日乐池盛姬亡，天子殡姬于谷邱之庙，葬于乐池之南。"白居易《李夫人诗》："君不见穆王三日哭，重璧台前伤盛姬。"

⑤《史记·周本纪》："穆王即位，春秋已五十矣，立五十五年崩。"

华山题王母祠

莲花峰下锁雕梁①，此去瑶池地共长②。好为麻姑到东海③，劝栽黄竹莫栽桑④。

【题解】

本篇专为武宗求仙而发。一二句谓华山莲花峰下的西王母祠大门常闭，雕梁空锁，无人来此斋宫供奉王母。由此庙到西王母所居之瑶池，道路极其遥远,茫茫天路,根本无法到达,登仙全是虚妄。三四句谓武宗不当求西天之王母,应当到东海去找麻姑,劝麻姑仙子莫栽桑树,栽桑毫无意义,因为桑田又将变成沧海;栽黄竹则有意义,可以联想起周穆王的《黄竹歌》,哀民冻馁,而思赈济饥寒交迫之庶民也。

【注释】

①莲花峰:华山顶上有莲花峰。江总《杂诗三首》之二:"芙蓉作帐照雕梁。"

②瑶池:古代神话中神仙居所。《穆天子传》:"天子觞王母于瑶池之上。"共,极也。

③麻姑:见《谒山》注。

④黄竹:周穆王作《黄竹歌》,哀民冻馁。

过景陵^①

武皇精魄久仙升^②,帐殿凄凉烟雾凝^③。俱是苍生留不得^④,鼎湖何异魏西陵^⑤!

【题解】

本篇讽刺宪宗求仙,而以黄帝托讽。前两句谓宪宗死后,陵寝一片凄凉。后两句谓升天也罢,死葬也罢,反正一样。"苍生留不得"是讽刺话。

【注释】

①景陵:唐宪宗陵寝。《旧唐书·宪宗纪》:"元和十五年正月甲戌朔,上以饵金丹小不豫,庚子暴崩,葬景陵。"

②武皇:指宪宗。《韩碑》:"元和天子神武姿。"

③帐殿:施设帷帐的寝殿。

④苍生:百姓,众民。

⑤鼎湖:《汉书》:"黄帝铸鼎荆山之下,有龙垂胡髯下迎,黄帝骑龙上

天。后世名其地曰鼎湖。"西陵:西冈。魏武帝曹操葬于邺之西冈。见《东阿王》注。

瑶　池①

瑶池阿母绮窗开②,黄竹歌声动地哀③。八骏日行三万里④,穆王何事不重来?

【题解】

前二句谓西王母在瑶池打开绮窗等待周穆王重来相会,她耳畔还留着《黄竹歌》的悲声,甚是思念。后二句谓穆王有八骏,西行并不困难,为何不再来呢?暗示穆王已死,求仙虚妄。

【注释】

①瑶池:传说西王母的居所。《穆天子传》卷三:"天子宾于西王母,天子觞西王母于瑶池之上。西王母为天子谣曰:'白云在天,山陵自出。道里悠远,山川间之。将子无死,尚能复来。'天子答之曰:'予归东土,和治诸夏。万民平均,吾顾见汝。比及三年,将复而野。'"

②阿母:西王母,又称玄都阿母。绮窗:雕有花纹的窗子。

③《黄竹歌》:《穆天子传》卷五说,周穆王在路上遇北风雨雪,有冻人,于是作诗三章以哀民,其中有"我徂黄竹"云云。

④八骏:见《华岳下题西王母庙》注。

武夷山①

只得流霞酒一杯②,空中箫鼓当时回③。武夷洞里生毛竹④,老尽曾孙更不来⑤。

【题解】

本篇讽刺神仙之虚妄。一二句谓天上的流霞仍使人想起仙酒,可惜只饮一杯,空中的仙乐顷刻返回天上。三四句谓武夷山洞中毛竹丛生,山民老尽,可是武夷君这位仙人一去不复还,所谓仙界,其谁知之?

【注释】

①武夷山:在福建崇安县西南,绵亘一百二十里,有三十六峰,三十七岩,溪流缭绕其间,分为九曲。道书称为第十六洞天。

②流霞:神话中的仙酒。王充《论衡·道虚》:"(项)曼都曰:'有仙人数人,将我上天,离月数里而止……口饥欲食,仙人辄饮我以流霞一杯,每饮一杯,数月不饥。'"

③"当"读去声。《诸山记》:"武夷山神号武夷君,秦始皇二年,一日语村人曰:'汝等以八月十五日会山顶。'是日村人毕集……闻空中人声,不见其形。须臾乐响,亦但见乐器,不见其人。"

④《武夷山记》:"武夷君因少年慢之,一夕山心悉生毛竹如刺,中者成疾,人莫敢犯,遂不与村俗往来,蹊径俱绝。"

⑤《武夷山记》:"是日(八月十五日),太极玉皇太姥、魏真人、武夷君三座空中,告呼村人为曾孙,令男女分坐,会酒肴。须臾乐作,乃命行酒,令彭令昭唱人间可哀之曲。"

海 上

石桥东望海连天①,徐福空来不得仙②。直遣麻姑与搔背③,可能留命待桑田④?

前二句谓从秦始皇所作石桥向东遥望,海水连天,望不到边,徐市入海求仙,空无所获。后二句谓即使能令麻姑仙子为其搔背抓痒,又怎能留她直到沧海又变为桑田之日呢?本诗讽刺帝王求仙,谓即使求到仙人,也不可能长生久视。

【注释】

①朱注引《三齐略记》:"始皇作石桥,欲过海看日出处。有神人驱石下海,石去不速,神辄鞭之,石皆流血。"

②徐福:即徐市,市与芾同(市字中竖直贯上下,不同于市字),即黻字,音转又为福,非徐福有两名。《史记·秦始皇本纪》:"齐人徐市等上书,言海中有三神仙,名蓬莱、方丈、瀛洲。于是遣徐市发童男女数千人,入海求仙人。"《汉书·郊祀志》:"三神山者,其传在渤海中。未至,望之如云,及到,三神山反居水下,水临之,患且至,则风辄引船而去,终莫能至云。"

③麻姑:传说中女仙。

④可能:岂能。

四皓庙①

本为留侯慕赤松②,汉廷方识紫芝翁③。萧何只解追韩信④,岂得虚当第一功⑤?

【题解】

前二句谓张良功成身退,不以政事为名,故能荐四皓辅太子。否则,汉廷如何知道四皓呢?后二句谓萧何知重将才而追韩信,不若张良荐四皓安储定国,为刘氏长久计也。冯浩注引徐湛园笺曰:"此诗为李卫公(德裕)发。卫公举石雄,破乌介,平泽、潞,君臣相得,始终不替,而卒不能早定国储,使武宗一子不得立,有愧紫芝翁多矣。故假萧相以讥之。"叶葱奇《疏注》曰:"这实在是叹恨德裕只能如萧何那样为国家保武将,平祸乱,而未能像张良那样早定国储,以安邦本……这完全是惋惜怅恨而不是讥刺。"叶氏所评较徐氏为优。

【注释】

①四皓庙:戊签本无"庙"字。四皓,即商山四皓,谓东园公、甪里先生、绮里季、夏黄公,年皆八十余,秦末隐于商山(陕西商县东南)。西汉初年刘邦敦聘不至,吕后用张良计,令太子用卑词安车,招四皓与游,因而成为太子羽翼,消除了改立赵王如意为太子的意图。

②留侯:张良于汉高祖六年封为留侯。赤松:赤松子,传说中的仙人。《列仙传》:"赤松,神农时雨师。"《史记·留侯世家》:"(留侯曰:)今以三寸舌为帝者师,封万户,位列侯,此布衣之极,于良足矣。愿弃人间事,欲从赤松子游耳。"

③紫芝翁:张良献计迎四皓至朝廷辅佐太子,曾作紫芝之歌,故称紫芝翁。

④萧何:汉沛人,为沛史。佐刘邦建立汉朝,高祖为汉王时,萧何为丞相。天下既定,论功第一,封酇侯。韩信:淮阴人。初从项羽,后归刘邦,拜为大将。败项羽于垓下,封楚王,后降为淮阴侯,汉十一年为吕后所杀。《史记·淮阴侯传》说,韩信未得刘邦重用,逃亡,萧何以为奇才难得,追回韩信。

⑤第一功:《史记·萧相国世家》:"高帝曰:'夫猎,追杀兽兔者,狗也;发踪指示兽处者,人也。今诸君,功狗也;萧何,功人也。'列侯位次,萧何第一。"

代秘书赠弘文馆诸校书①

清切曹司近玉除②,比来秋兴复何如③?崇文馆里丹霜后④,无限红梨忆校书。

【题解】

前二句谓清雅的秘书省临近弘文馆(以近玉除羡弘文),清秋时节已到,诸君雅兴何如?后二句谓霜后梨红,在弘文馆中校书,是何等清雅而令人怀念。

义山一生大部分时光在幕府中度过,能在京城秘书省任校书郎就算是十分荣幸了。开成四年释褐为秘书省校书郎,时间很短,不久调为弘农尉。会昌二年以书判拔萃入为秘书省正字,同年因母丧居家。会昌五年十月重官秘书省正字,至大中元年三月离京入郑亚幕,在秘书省有一年多的时光。本篇虽然是代作,可是把自己对校书之职的欣羡之情和离职之后的怀念之情深深地表达出来了。

【注释】

①明嘉靖本《唐人万首绝句》题作《忆洪文馆诸校书》。姚培谦笺注曰:"秘书必从弘文馆迁转者,故有是赠。"张采田《玉溪生年谱》曰:"秘书省属中书省,弘文馆属门下省。秘书省有秘书郎、校书郎等官,弘文馆亦有校书郎。义山曾两为秘书省房中官,服阕后又有重官秘阁一事,见《补编》。然开成四年释褐校书郎,旋出尉弘农;会昌二年正书秘阁,又旋丁母忧;皆非久居。此诗必服阕后重官秘阁时作也。今编是年(会昌六年)。"

②清切:清雅。曹司:古时分科办事的官署。玉除:玉石台阶,此指弘文馆。

③比来:近来。

④崇文馆:即弘文馆。汉有东观,魏有崇文馆,至唐武德年间置修文馆,后改弘文。丹霜:霜叶如丹。

喜舍弟羲叟及第上礼部魏公① 大中元年

国以斯文重②,公仍内署来③。风标森太华④,星象逼中台⑤。朝满迁莺侣⑥,门多吐凤才⑦。宁同鲁司寇⑧,唯铸一颜回⑨?

一二句谓国家重视文化教育,更将魏公安排在翰林院任职。三四句谓魏公品格正直无私,身居要职。五六句谓满朝俊贤都是魏公亲自擢拔起来的人才,都富有才干。结尾称颂魏公汲引的人才众多,哪里像孔子只培养了一个颜回呢? 本篇纯是应酬之作,为家弟录取进士而向魏扶表示感谢,讲了许多故意逢迎的话。

【注释】

①舍弟:家弟。義叟:义山弟,大中元年三月进士及第。魏扶登太和四年进士第,为礼部侍郎,大中初,主持进士试。

②斯文:斯,此;文,指礼乐制度。《论语·子罕》:"天之将丧斯文也,后死者不得与于斯文也。"

③仍:更。内署:内府,翰林院。魏扶兼翰林之职。

④风标:风度、品格。森:森严。太华(音画):西岳华山。

⑤中台:古代以星象征人事,称三公为三台。上、中、下三台共六星,两两相比,起文昌,列抵太微。中台象征司徒或司空。魏扶为礼部侍郎,故云逼近中台。

⑥迁莺:唐朝人谓登第为迁莺。

⑦吐凤:《西京杂记》:"扬雄著《太玄经》,梦吐白凤凰,集于玄(《太玄经》)上,顷而灭。"

⑧《史记·孔子世家》:"定公十四年,孔子由大司寇行摄相事。"宁:岂。

⑨颜回:孔子弟子,以德行著称。《扬子》:"或曰:'人可铸欤?'曰:'孔子铸颜回矣。'"

赠孙绮新及第①

长乐遥听上苑钟②,采衣称庆桂香浓③。陆机始拟夸文赋④,不觉云间有士龙⑤。

【题解】

孙绮进士及第后,回家省亲,义山赠诗表示庆贺。首句实为"遥听上苑长乐钟"之倒文,为调整平仄而变更辞序。意思是登科之后就可以靠近皇宫,可以平步青云了。次句谓年少登科,归省报喜,喜气洋洋。"采衣"兼有戏采娱亲之意。三四句说,孙绮之兄先已及第,如同陆机只知夸说自己的文才好,却没有料到其弟如此迅速地跟上来与自己并驾齐驱了。本篇是应酬之作。

【注释】

①孙绮:生平不详。

②长乐:见《览古》。注。上苑:见《临发崇让宅紫薇》注。

③采衣:未冠者之服。称庆:《韵语阳秋》:"唐人与亲别而复归,谓之拜家庆。"桂香:谓折桂,登科。

④《文选》载有陆机《文赋》,这是一篇专门讲论创作经验的赋体论文。

⑤士龙:陆云字士龙,陆机之弟,西晋文学家。《晋书·陆云传》:"云字士龙,少与兄机齐名,号曰二陆……与荀隐素未相识,尝会(张)华坐。华曰:'今日相遇,可勿为常谈。'云因抗手曰:'云间陆士龙。'隐曰:'日下荀鸣鹤。'鸣鹤,隐字也。"

海　客

海客乘槎上紫氛①,星娥罢织一相闻②。只应不惮牵牛妒③,聊用支机石赠君④。

【题解】

程梦星曰:"此当为相从郑亚而作。亚廉察桂州,地近南海,故托之以海客。言亚如海客乘槎,我如织女相见。亚非杨、李之党,令狐未免恶之。然昔从茂元,已为所恶,亦不自今日矣。只应不惮其恶,是以又复从亚耳。"

冯浩曰:"海客比郑,星娥自比,支机石喻己之文采,牵牛比令狐也,孰知其遥炉之深哉!"上面两家说法基本相同,可以说是探得了本篇的微旨。

【注释】

①槎:竹、木筏。紫氛:紫霄。《荆楚岁时记》:"汉武帝令张骞使大夏,寻河源,乘槎经月而至一处,见城郭如州府,室内有一女织,又见一丈夫牵牛饮河。骞问曰:'此是何处?'答曰:'可问严君平。'织女取搘机石与骞俱还。后至蜀问君平,君平曰:'某年某月客星犯牛、女。'搘机石为东方朔所识。"

②星娥:织女星。相闻:相见。

③只应:只因。

④支机石:织女所用支机石,即注①所云搘机石。

谢往桂林至彤庭窃咏①

辰象森罗正②,钩陈翊卫宽③。鱼龙排百戏④,剑佩俨千官⑤。城禁将开晚⑥,宫深欲曙难。月轮移枌诣⑦,仙路下阑干⑧。共贺高禖应⑨,将陈寿酒欢⑩。金星压芒角⑪,银汉转波澜⑫。王母来空阔⑬,羲和上屈盘⑭。凤凰传诏旨⑮,獬豸冠朝端⑯。造化中台座,威风大将坛⑰。甘泉犹望幸⑱,早晚冠呼韩⑲。

【题解】

开始四句总写宫廷堂皇气派:谓彤庭景象森严,警卫人员众多;庭中有散乐杂技正在排演,官吏佩带整齐。"城禁"四句谓宫禁开启很迟,宫院幽深,宫墙高峻,曙光来得晚;傍晚,月轮早挂树梢,清辉照耀着纵横交错的宫禁道路。"共贺"四句谓正碰上后妃生子,太后寿辰,群臣举酒祝贺;太平岁月,皇权威震藩镇,自运枢机,若银河自转清波。"王母"四句谓西王母自遥空下降,羲和沿着扶桑缓缓上升;风诏自宫中传出,尚书郎头戴獬豸冠,执法威严。前二句是想象,后二句是现场。"造化"至末尾谓地官大司徒管理教化,掌握兵机的是威风凛凛的大将军;皇帝将行幸甘泉宫并接受呼韩邪单于的拜谒称臣,赐与冠带衣裳,对少数民族予以怀柔安抚。结二句祝祷皇上能柔服远人,镇服回鹘、党项等少数民族。义山受郑亚之辟,赴桂林之前跟随郑亚入朝辞谢,见早朝盛况有感而作。

【注释】

①义山随郑亚赴桂林前入朝辞谢,见朝廷早朝景象而作此诗。《旧唐书·郑畋传》:"父亚,字子佐,大中初为桂管都防御经略使。"《新唐书·选举志》:"凡官已受成,皆廷谢。"彤庭:皇宫以朱色漆中庭,称彤庭,此指朝廷。窃咏:个人感怀之作。

②辰象:星象。森罗:森然罗列。

③钩陈:《晋书·天文志》:"勾陈六星在紫宫中。勾陈,后宫也。王者法勾陈,设环列。"勾陈指代后宫,也指代左右宿卫。首二句谓朝廷官员阵容严整,禁卫森严,气势恢宏。

④鱼龙:古代杂技的名称。百戏:也指古代散乐杂技。《汉书·西域传》注:"鱼龙者,为舍利之兽,先戏于庭,极毕,乃入殿前,激水化为比目鱼,跳跃漱水,作雾障日,毕,化成黄龙八丈,出水敖戏于庭,炫耀日光。《西京赋》云:"海鳞变而成龙,即为此也。"

⑤剑佩:古代臣僚皆有剑佩,上殿则解剑。功高者,特赐带剑履上殿。俨:整齐。

⑥城禁:皇城禁卫。二句写晨景。

⑦枍(yì):即檍树。汉建章宫中有枍诣宫,因美木茂盛得名。二句写夕景。

⑧仙路:指皇帝宫禁中的道路。

⑨高禖:指媒神,帝王祀以求子。应:有求必应。

⑩谓举杯祝寿。

⑪金星:古称启明、长庚、太白。芒角:星的光芒。古人认为金星"角摇

340

则兵起"。"压芒角"谓战争不起,天下太平。

⑫二句称颂皇权威镇番属,枢机自运。

⑬王母:西王母。王母降汉宫。空阔:空中。

⑭羲和:日之御者曰羲和。屈盘:枝干屈绕。

⑮凤凰传诏:用木凤衔书。《邺中记》:"石虎诏书,以五色纸衔木凤凰口中,飞下端门。"端门:宫殿南面正门。

⑯獬豸:执法者所服之冠。獬豸:神羊,独角。《述异记》:"獬廌(俗作豸),一角之羊也,性知人有罪。皋陶治狱,其罪疑者,令羊触之。"朝端:位居首席的朝臣,指尚书省的长官。

⑰中台:见前《喜舍弟及第》注。大将坛:古代封拜或盟誓等大事,必筑坛祭天地祖宗,以示郑重。

⑱甘泉:甘泉宫。汉宫名。

⑲冠:赐以冠带衣裳。呼韩:匈奴王呼韩邪单于。《汉书·宣帝纪》:"行幸甘泉,郊泰畤。匈奴呼韩邪单于稽侯来朝,赞谒称藩臣而不名。赐以玺、绶、冠、带。此谓天子对邻邦采取怀柔政策。张采田说:"此将随郑亚赴桂管时作,时或值宣宗母郑太后寿日。或时生皇子,故有高禖、寿酒、王母、羲和诸句。朝贺大典,丹禁森严,外臣不得预,所以谓之窃咏也。"

离　席①

出宿金尊掩②,从公玉帐新③。依依向余照④,远远隔芳尘⑤。细草翻惊雁,残花伴醉人,杨朱不用劝,只是更沾巾⑥。

【题解】

会昌六年三月,武宗崩,宦官拥皇太叔李忱即位。宣宗李忱贬李德裕为荆南节度使,转东都留守,李党失势。大中元年春二月,属李党的郑亚由给事中出为桂州刺史、桂管防御观察使。在秘书省任正字的义山为当时的政治形势所迫，应郑亚之聘，跟随他往桂州做幕僚。本篇即赴桂时所作。一二句谓出京城止宿于城郊宴饮，这是第一次入郑亚幕而随他远行。三四句谓向着夕阳下的京城依依惜别，渐渐远离长安。五六句谓路旁小草因惊雁而颤惊，残花为醉人而伴醉，不仅写眼前景，而且有明显的寓意。惊雁、醉人皆谓诗人自己。暮春之时，雁当北飞，而我独南行，如惊雁之乱投，小草亦为之翻惊不已。京都人士，普遍不愿离开长安，而我远走南荒，只有醉汉疯人才会这样干。两句诗表现了刻骨的悲痛。末二句谓莫劝杨朱临歧路而悲泣，越劝止反而眼泪越多。义山多次以杨朱自喻，失路之悲的感受比任何人都多。

【注释】

①冯注："义山所历诸幕，惟桂管春时从郑亚出都。"离，别也。席：饯席。

②金尊掩：金樽帐饮。

③玉帐：军幕。

④依依：惜别也。向余照：离京赴桂，取道东行，故"依依向余照"也。

⑤冯注："渐离京师。"

⑥杨朱：战国魏人，又称杨子。《列子·杨朱篇》："杨朱见歧路而泣之，为其可以南可以北。"劝：劝说，告诫。此谓勿劝杨朱泣歧路，我比斯人泪更多矣！

五松驿①

独下长亭念过秦②，五松不见见舆薪③。只应既斩斯高后④，寻被樵人用斧斤。

【题解】

前二句谓独下长亭追思秦朝的灭亡，因而想起《过秦论》；如今五松驿的松树一棵不存，只见樵人负薪。后二句谓斯、高被诛，秦亦随之灭亡，五

342

松亦不免于斩伐。此托秦亡以寄忧国之慨。本篇是义山随郑亚赴桂,途经五松驿所作。

【注释】

①五松驿:此驿在长安东。

②过秦:贾谊有《过秦论》三篇。念:思也。

③舆薪:负薪。

④斯、高:李斯、赵高。

四皓庙

　　羽翼殊勋弃若遗①,皇天有运我无时。庙前便接山门路②,不长青松长紫芝③。

【题解】

　　前二句谓有辅弼之功者被遗弃,君王虽得计,而我生不逢时。三四句谓通往庙门的大路两旁,不生长成材的松树,却长满了隐居之物。义山有感于李德裕有殊功而见弃,同时也为自己不遇时而悲愤。

【注释】

①羽翼:商山四皓为汉高祖太子刘盈(汉惠帝)的羽翼,见前《四皓庙》(本为留侯)注。《古诗十九首》:"不念携手好,弃我如遗迹。"

②山门:庙前大门。

③紫芝:木耳的一种,可入药,古代以为是仙草。

商於新开路①

　　六百商於路②,崎岖古共闻③。蜂房春欲暮④,虎阱日初曛⑤。路向泉间辨,人从树杪分⑥。更谁开捷径⑦,速拟上青云⑧。

【题解】

　　义山于大中元年随郑亚赴桂林,取道商於新开路,面对崎岖山径,联想仕途蹭蹬,感慨冒险躁进之徒惟求速仕而不顾颠危。

【注释】

　　①商於(wū):地名。在今陕西商南县、河南淅川县、内乡县一带。战国时,张仪欺骗楚怀王说,愿以商於之地六百里献楚。唐贞元七年,刺史李西华自蓝田至内乡,开新道七百余里,回山取途,人不病涉,行旅便之。

　　②即所谓"商於之地六百里"。

　　③崎岖:商州界有七盘十二绅(萦绕)。

　　④蜂房:山间崖壁上每有蜂房。

　　⑤虎阱:捕虎的陷阱。初曛:斜阳欲暮。

　　⑥树杪:树梢。二句写山路陡险。山路被山泉隔断,行人似悬于树梢。

　　⑦捷径:指新开路。

　　⑧青云:驿站名,属商州。

送崔珏往西川①

　　年少因何有旅愁,欲为东下更西游。一条雪浪吼巫峡②,千里火云烧益州③。卜肆至今多寂寞④,酒垆从古擅风流⑤。浣花笺纸桃花色⑥,好好题诗咏玉钩⑦。

【题解】

　　首联谓少年人不当有旅愁,崔珏之西游必不得已也,欲东下而更西上,辛苦辗转,不如意也。称"年少",则崔尚未及第,而义山年长于崔也。颔联谓旅途艰险,气候炎热。颈联谓蜀中自古多异人才杰,至今遗风尚存,值得探访。尾联谓笺纸题诗,玉钩斟酒,正好销愁也。刘、余《集解》说:"颇似南行经江陵时送别崔珏入川也。"可从。

【注释】

①崔珏,字梦之,曾寄家荆州,登大中进士第。由幕府拜秘书郎,为淇县令,有惠政,官至侍御。有诗一卷。

②巫峡:长江三峡之一。在湖北巴东县西,与四川巫山县接界,因巫山得名。

③火云:夏日的旱云。益州:泛指四川一带地方。

④卜肆:市集上占卜者的营业处所。汉蜀郡人严君平,卜筮于成都市,日得百钱,足以自养,即闭肆下帘而授《老子》。扬雄少时从其学,称为逸民。一生不为官,卒年九十余。见《汉书·王贡传》。

⑤酒垆:司马相如,蜀郡成都人。与卓文君俱至临邛,尽卖车骑买酒舍酤酒,而令文君当垆,相如自著犊鼻裈,涤器于市中。见《史记》本传。

⑥浣花笺纸:浣花溪一名濯锦江,又名百花潭。在四川成都市西郊,为锦江支流。唐代名妓薛涛家居成都浣花溪旁,以溪水造十色笺,名薛涛笺。其中有深红小彩笺,即"桃花色"也。

⑦玉钩:玉制酒钩,取酒入杯。二句谓浣花笺纸正好题诗吟咏饮宴之乐。

荆门西下①

一夕南风一叶危②,荆门回望夏云时。人生岂得轻离别,天意何尝忌崄巇③?骨肉书题安绝徼④,蕙兰蹊径失佳期。洞庭湖阔蛟龙恶,却羡杨朱泣路歧⑤。

　　首联谓自荆州东去,一叶扁舟曾遇风波之险,回望荆州,已被夏云遮掩。颔联谓人生岂能轻于别离,可是老天爷往往把厄运交给人们。颈联谓家人寄信嘱己安于异地,可是自己深感难以返回故乡,会合无期。末联谓洞庭湖波涛险恶,由荆州向东经洞庭湖往桂林,因为舟行遇险,反羡杨朱泣于歧路,免遭艰险。这是历险之后心有余悸的心理表白。漂流之感,故乡之思,情深意远,回味怆然。

【注释】

　　①荆门:州名,楚地,汉为南郡地。唐贞元置县,属江陵府。岑仲勉《玉溪生年谱会笺平质》曰:"荆门即荆州用典,犹云舟发荆州向东而下。以东向为西下,古人自有此种语法,洞庭蛟龙则预计来途之崄巇,并非回望。郑亚除桂管在二月,抵任在五月,过荆时约当四月,故云回望夏云。简言之,此诗乃随亚赴桂途次作。若入归途,方不日相会,何须'骨肉书题安绝徼'?可证冯、张两说之穷也。"

　　②一叶:一叶扁舟。

　　③崄巇:危险。祢衡《鹦鹉赋》:"嗟禄命之衰薄,奚遭时之崄巇。"

　　④绝徼(jiào):绝域,极远之边塞。

　　⑤杨朱:见《离席》注。

岳阳楼①

　　欲为平生一散愁,洞庭湖上岳阳楼。可怜万里堪乘兴②,枉是蛟龙解覆舟③。

【题解】

　　前二句谓登楼是为了遣愁。后二句谓登斯楼而兴致勃勃,不虚此万里之行,蛟龙覆舟之险早已成为过去。本篇是舟行过洞庭湖之后,已脱离风波之险,登岳阳楼散愁舒怀之作,并无寓意。

【注释】

①岳阳楼:在湖南省岳阳市城西门。

②可怜:可喜。

③枉是:徒然,白费。解:能,会。

梦　泽①

梦泽悲风动白茅②,楚王葬尽满城娇③。未知歌舞能多少,虚减宫厨为细腰。

【题解】

本篇似是赴桂经梦泽时所作。首句谓洞庭湖畔一望无际的白茅迎风摇曳,就像是送葬的哀旌一样使人感觉无比凄凉。次句因白茅而生奇想,谓这一片荒野昔时曾是楚王埋葬宫女之地。楚王掩埋宫女的地方应在江陵附近,不当在梦泽。然而这是就眼前"悲风动白茅"而产生的想象,所以是合理的,况且楚王多次在梦泽畋猎,并非远不可涉。三四句迅速转到诗的主旨上来,谓成百上千的宫女迎合楚王之所好,以为细腰善舞,于是减食减肥,蔚成风气,结果并不知有多少人妙善歌舞,可是饿死的宫女,尸骨堆成山。不信,请看这一大片白茅吧!诗人巧妙地讽刺了君王的荒淫和曲意逢迎、不顾后果者的悲惨结局。讽刺的是历史也是唐朝的现实。

【注释】

①梦泽:古代有云梦泽,在湖北、湖南之间,为一方圆八九百里的大湖泊。旧有云泽在江北,梦泽在江南的说法。

②白茅:茅草。春夏间抽生有银白色丝毛状花穗。

③楚王:指楚灵王。《韩非子·二柄》:"楚灵王好细腰,而国中多饿人。"《尸子·处道》:"勾践好勇而民轻死,灵王好腰而民多饿。"《后汉书·

马廖传》："楚王好细腰，宫中多饿死。"

桂 林①

城窄山将压，江宽地共浮②。东南通绝域③，西北有高
楼④。神护青枫岸⑤，龙移白石湫⑥。殊乡竟何祷⑦，箫鼓不曾休。

【题解】

首联描写桂林山水的特点。山不高而陡峭，山下濒临漓江，地狭故城
窄，山陡如欲坠然，故曰"将压"。南方雨水多，江水宽，似与两岸齐平，故曰
"共浮"。颔联谓桂林是南方重镇，通往绝域的要冲，桂林城西北地势高，建
有高楼，为全城所瞩目。颈联谓传说江岸枫林中有鬼怪，白石潭中有蛟龙
出没，骇人听闻。尾联谓此地重淫祀，箫鼓之声伴随祷祝之举无休无止，更
令人生愁。写殊乡异俗，纯用白描，也十分工妙。

【注释】

①桂林：郡名。秦始皇三十三年（公元前214年）置。唐为桂州，治临
桂（今桂林市）。

②江宽：指漓江水宽。

③绝域：极远的地域。

④《古诗十九首》："西北有高楼，上与浮云齐。"

⑤青枫：《南方草木状》："五岭之间多枫木，岁久则生瘤瘿，一旦遇暴雷
骤雨，其树赘暗长三五尺，谓之枫人。越巫取之作术，有通神之验，取之不
以法，则能飞去。"《述异记》："南中有枫子鬼，枫木之老者人形，亦呼为灵枫
焉。"南人风俗，枫树有神灵，故曰"神护青枫岸"。

⑥白石湫：俗名白石潭，在桂林城北、灵川县南三十五里，传说潭中有
蛟龙。

⑦《汉书·郊祀志》："粤人俗鬼，而其祠皆见鬼，数有效。粤巫立粤祝

祠,祠天神帝百鬼,而以鸡卜。"

深树见一颗樱桃尚在

高桃留晚实①,寻得小庭南。矮堕绿云鬓②,欹危红玉簪③。惜堪充凤食,痛已被莺含④。越鸟夸香荔,齐名亦未甘⑤。

【题解】

本篇是在桂幕中作。诗人以樱桃自喻,有自爱自惜之意。首联谓小庭之南的深树隐处,有一颗樱桃,非寻不易见也。颔联谓樱桃树绿叶低垂,如女子之堕髻,一颗樱桃像斜插在头发上的红玉簪。颈联谓樱桃令人爱怜,本是凤食,然而已被莺鸟所啄,实在可哀。隐喻自己不能在朝廷事天子,却沉沦幕僚。尾联谓樱桃不屑与南越地方所夸的荔枝齐名,喻己不以胜过远地人才而甘心。自负才高,自伤不遇,是本篇的主旨,与《百果嘲樱桃》意义不同。

【注释】

①晚实:指尚在之樱桃。

②矮堕:倭坠髻,亦称坠马髻,古代妇女的一种发髻。矮与倭通用。

③红玉簪:指樱桃。欹:斜。

④《吕氏春秋·仲夏纪》注:"含桃,莺桃也。莺鸟所含食,故言含桃。"

⑤未甘:不甘休也。

五月十五夜忆往岁秋与彻师同宿①

紫阁相逢处②,丹岩托宿时。堕蝉翻败叶,栖鸟定寒枝。万里飘流远,三年问讯迟③。炎方忆初地④,频梦碧琉璃⑤。

首联谓自己曾与僧彻于紫阁峰相会,于丹岩下之佛寺同宿。颔联谓自己于飘零中遇见彻师,如堕蝉得落叶的庇护,如栖鸟得一寒枝栖身。颈联谓自己远行桂管,离别彻师多年,未能问讯。尾联谓己身处炎方,可是经常回忆丹岩佛寺,向往佛门清净之地。义山随郑亚赴桂州,于大中元年三月初七出发,途中经闰三月、四月,至五月初儿到达桂州。"三年"谓大中元年以前三年曾与彻师同宿,自那以来未通音问,故曰"问讯迟"。义山青年时代为生活所迫,有学道求仙的经历,也有皈依佛门的愿望。如今飘流万里,远涉炎方,历尽风波艰险,悔悟从前应当跟随彻师栖身佛寺,免受万里奔驰之苦也。

【注释】

①朱注本为"五月十五",各本均作"五月六日"。彻师:僧彻。《旧唐书·李蔚列传》:"懿宗……以旃檀为二高座,赐安国寺僧彻。"

②紫阁:紫阁峰在终南山四皓祠之西,鄠县东南三十里。

③问讯:《法华经》:"诸佛皆遣侍者问讯释迦牟尼佛。"

④初地:初次相逢之地。

⑤琉璃:各种天然的有光宝石,本名璧琉璃。此处指以琉璃装饰的佛像和佛寺。

奉寄安国大师兼简子蒙①

忆奉莲花座②,兼闻贝叶经③。岩光分蜡屐④,涧响入铜瓶。日下徒推鹤⑤,天涯正对萤。鱼山羡曹植⑥,眷属有文星⑦。

【题解】

首联谓忆昔于安国大师座下亲闻传道讲经。颔联谓大师以蜡屐登山,铜瓶取水,何等清静悠闲。颈联谓往昔在京城,大师推重我,使我闻名京华;如今我远在天涯,只有囊萤读书。尾联谓大师之眷属简子蒙颇有文才,如同鱼山诵经之曹植,真令人欣羡也。义山既入桂幕,远离家室,孑身独处,寂寞空虚,每于清静无事时,回忆从前与寺僧的往还,向往寺庙生活。忆僧彻的诗及忆安国大师的诗,就反映了他这种出世的念头。

【注释】

①安国大师:安国寺,唐景云元年建,本唐睿宗李旦旧宅。寺址在今陕西长安县东。安国寺为京都名寺,前后僧徒众多,诸注说法不一。冯注以为大师是安国寺红楼僧广宣,《新唐书·艺文志》有令狐楚与广宣唱和诗一卷,其人年寿颇高,义山与之相识。简子蒙为大师俗家眷属,事迹不详。

②奉:侍奉。莲花座:文殊菩萨之座,高七尺,名曰七宝莲花台。

③贝叶经:见《安平公诗》注。

④蜡屐:以蜡涂屐,防湿防腐防尘。《世说新语·雅量》:"或有诣阮(孚),见自吹火蜡屐。"

⑤《晋书·陆云传》:"云与荀隐素未相识,尝会华坐,华曰:'今日相遇,可勿为常谈。'云因抗手曰:'云间陆士龙。'隐曰:'日下荀鸣鹤。'鸣鹤,隐字也。"

⑥鱼山:即鱼条山,在今山东东阿县西八里。《异苑》:"陈思王植尝登鱼山,忽闻岩岫里有诵经声,清遒深亮,远谷流响,不觉敛襟祗敬,便效而则之。今梵唱皆植依拟所造。"《三国志·魏志》:"植登鱼山,临东阿,喟然有终焉之志,遂营为墓。"

⑦眷属谓简子蒙。

寄华岳孙逸人①

灵岳几千仞②,老松逾百寻③。攀崖仍蹑壁④,啖叶复眠阴⑤。海上呼三鸟⑥,斋中戏五禽⑦。惟应逢阮籍,长啸作鸾音⑧。

【题解】

　　一二句谓孙逸人居于千仞华山之上,与百寻老松为伴。三四句谓其山居生活,行则攀崖走壁,食宿则啖松叶眠林阴。五六句谓其凭藉三鸟与仙人往来,作五禽之戏以养怡延寿。末二句以阮籍自比,以孙登比逸人,表示对隐逸生活的向往,对孙逸人的由衷钦佩。小诗清旷,不同凡响。

【注释】

　　①华岳:西岳华山。逸人:指避世隐居的人。《论语·尧曰》:"兴灭国,继绝世,举逸民,天下之民归心焉。"孙逸人生平不详。

　　②灵岳:仙山。此指华山。仞:长度单位。一仞等于八尺。

　　③寻:也是古代的长度单位。八尺曰寻。

　　④蹑:登。左思《咏史诗》:"世胄蹑高位,英俊沉下僚。"

　　⑤啖:食也。《列仙传·毛女传》:"入山避难,遇道士谷春,教食松叶,遂不饥寒,身轻如飞。"眠阴:眠于华山之阴。

　　⑥三鸟:《山海经·大荒西经》:"西有王母之山……有三青鸟,赤首黑目,一名曰大鵹(lí),一名曰少鵹,一名曰青鸟。"注:"皆西王母所使也。"

　　⑦戏五禽:《后汉书·华佗传》:"佗语普曰:'吾有一术,名五禽之戏,一曰虎,二曰鹿,三曰熊,四曰猿,五曰鸟,亦以除病,兼利蹄足,以当导引。体有不快,起作一禽之戏,怡而汗出,因以著粉,身体轻便而欲食。'"

　　⑧《晋书·阮籍传》:"籍尝于苏门山遇孙登,与商略终古及栖神导气之术,登皆不应,籍因长啸而退。至半岭,闻有声若鸾凤之音,响乎岩谷,乃登之啸也。"

晚　晴

　　深居俯夹城①,春去夏犹清②。天意怜幽草③,人间重晚晴。并添高阁迥④,微注小窗明⑤。越鸟巢干后⑥,归飞体更轻。

首联谓深居桂林寓所,俯瞰夹城,眺望晚晴景物,感觉初夏气候清和宜人。颔联谓雨后放晴,幽僻处的小草沐浴晚晴的余晖,呈现一派生机,似乎是天意怜爱小草,同情弱小的生命。人间也因云消雨霁,十分看重晚晴,心情为之舒展爽快。此一联寄寓身世之感,而又极其自然,不露形迹。颈联谓晴后凭高,所见愈远。夕阳斜照,室内一片光明。尾联谓天晴之后,越鸟巢干,傍晚飞回,体态轻盈,十分得意。本篇写久雨之后,傍晚放晴的喜悦,郁闷气为之一展。下笔轻快,纤细俏丽,寄兴自然超妙。全篇都好,颔联尤其耐人寻味,为历代称赏。

【注释】

①夹城:瓮城,城门外的月城,作掩护城门、加强防御之用,距大城约三十步。

②夏犹清:初夏气候清和宜人。

③幽草:幽僻处生长的小草。

④并:更,益。高阁:作者深居之高阁。迥:远。

⑤微注:指夕阳余晖淡淡地洒在小窗上。

⑥越鸟:南方的鸟。

寓 目^①

园桂悬心碧^②,池莲饫眼红^③。此生真远客^④,几别即衰翁。小幌风烟入^⑤,高窗雾雨通。新知他日好^⑥,锦瑟傍朱栊^⑦。

【题解】

本篇是客中思家之作。夫妻远别之后,方知从前琴瑟之乐的可贵。首联谓园中碧桂、池中红莲令人眼饱心醉。颔联谓今生今世到处奔波远走,几回远别,真要愁成衰翁了。颈联谓云气、雾雨可以随便进入窗户,室中空阔寂寥。尾联谓回想昔日新婚之喜,新知倚傍朱窗与我含情睇视,令我陶醉,胜于今日之碧桂红莲。小诗情景交融,细致深入,韵味殊高。

【注释】

①寓目:观览,过目。触景生感,客居思家也。

②园桂:园中桂树。悬心:挂念。

③饫(yù):饱也。

④远客。《古诗十九首》:"人生天地间,忽如远行客。"

⑤幌:窗帘。

⑥新知:指妻王氏。楚辞《九歌·少司命》:"悲莫悲兮生别离,乐莫乐兮新相知。"他日:昔日。凡或前或后,皆可曰他年、他日。

⑦锦瑟:此借王氏所喜爱之乐器以代其人。朱栊:朱色窗户。

酬令狐郎中见寄①

望郎临古郡②,佳句洒丹青③。应自丘迟宅④,仍过柳恽汀⑤。封来江渺渺,信去雨冥冥⑥。句曲闻仙诀⑦,临川得佛经⑧。朝吟揩客枕⑨,夜读漱僧瓶⑩。不见衔芦雁⑪,空流腐草萤⑫。土宜悲坎井⑬,天怒识雷霆⑭。象卉分疆近⑮,蛟涎浸岸腥⑯。补嬴贪紫桂⑰,负气托青萍⑱。万里悬离抱,危于讼阁铃⑲。

【题解】

会昌五年冬,令狐绹出任湖州刺史。此前曾有书信寄义山,见《寄令狐郎中》。大中元年春,义山随郑亚入桂幕后,令狐绹从湖州寄诗与义山,必有怨怒之言,故义山在本诗中申明赴桂幕实为生活所迫,并无政治目的,万万没有想到会引起令狐震怒。诗的前半是讨好令狐的谀词,后半是陈情诉苦之哀词。

【注释】

①酬：以诗文相赠。令狐郎中：令狐绹。据《新唐书》记载，绹于开成中累迁左补阙、右司郎中，出为湖州刺史。绹在湖州时有诗寄义山，故以此诗答赠。

②望郎：郎中、侍郎位望清贵，故称清郎、望郎。古郡：指湖州。古人于官职重内轻外，故不曰太守而曰郎中。

③丹青：此处指纸张。纸有朱丝栏、乌丝栏为界划。

④丘迟（463—508）：南朝梁文学家。字希范，吴兴乌程（今浙江吴兴）人。初仕齐，官殿中郎；入梁，官司空从事中郎（一作司徒从事中郎），颇以文才见赏。

⑤柳恽（465—517）：南朝梁诗人。字文畅，河东解（今山西运城西南）人。在齐官相国右司马；入梁，官秘书监，吴兴太守。湖州城东南有汀洲，名白蘋，柳恽于此赋《江南曲》云："汀洲采白蘋，日暖江南春。"二句谓令狐所寄诗应是写于丘迟之故宅，还经过柳恽之汀洲。借以美其诗作。

⑥封谓信函，信谓信使。二句谓远隔江河，风雨如晦，信使往来不易。

⑦句曲：句曲山，在江苏句容县。陶弘景好道术，梁时隐居句曲山第八洞天，访求仙药，自谓得神符秘诀，神丹可成。

⑧临川：郡名，今属江西省。谢灵运曾做过临川内史，于寺中翻译涅槃经，名其台曰翻经台。二句谓得绹寄诗，如得仙诀、佛经之珍重也。

⑨搘：支撑。

⑩僧瓶：僧人洗涤用的水罐。梵名捃稚迦，亦译作军持。二句谓昼夜诵读，澡雪身心，须臾不舍也。

⑪衔芦雁：《淮南子》："雁衔芦而飞，以避矰缴。"

⑫《礼记·月令》："季夏之月，腐草为萤。"二句谓己未能如衔芦雁之全身避害，却如腐草化为流萤飘泊天涯。

⑬坎井：浅井。《庄子·秋水》："子独不闻坎井之蛙乎？"

⑭雷霆：喻盛怒、声威。《后汉书·彭修传》："主簿钟离意争谏甚切，(宰)晃怒，使收缚意……修排阁直入，拜于庭，曰：'明府发雷霆于主簿，请

闻其过。'"二句谓己所悲者如浅井之蛙，处卑凹之地以自适；闻雷霆方知天怒也。当是绚所寄诗有怨恨义山追随郑亚之口吻，而以此答之，求绚见谅也。

⑮象卉：象产交趾，岛人卉服，其地与桂林接界。

⑯蛟涎：蛟的唾液。二句谓桂管为险恶之境。

⑰羸：瘦弱。紫桂：传说中的仙药，实大如棘，食之长生。

⑱青萍：剑名。二句谓藉紫桂以补羸，托青萍以见志。程梦星曰："盖谓其相从郑亚，贫乏使然，不过贪其资给，如紫桂之补羸而已。而此心所向，终记旧恩，依然托之气节，有如青萍之负气者在也。"

⑲讼阁：州郡长官理事之处。二句谓投荒万里，心魂不定，如同摇摇欲坠之风铃。

怀求古翁①

何时粉署仙②，傲兀逐戎旃③。关塞由传箭④，江湖莫系船。欲收棋子醉⑤，竟把钓车眠⑥。谢朓真堪忆⑦，多才不忌前。

【题解】

首联谓李求古原为粉署郎官，职位清贵，因兀傲不羁而出为幕职。颔联谓边关多事，求古当立功塞外，不宜终隐江湖。颈联写求古逸放之态，欲收棋子，人已醉矣，手把钓竿，人已眠矣。尾联以谢朓比求古，其多才而不忌前，真可怀也。李远曾以郎官出就岳州从事。

【注释】

①求古：李远，字求古，蜀人。大和五年进士。忠、建、江三州刺史，终御史中丞。称翁，必为长辈。

②粉署：尚书省之别称，汉代尚书省皆用胡粉涂壁，画古贤人烈女。

③戎旆：军旗。借喻军旅、主帅。

④张采田谓关塞传箭，指大中初党项寇边事。

⑤冯浩注引张固《幽闲鼓吹》："宣宗朝，令狐绹荐远为杭州，帝曰：'我闻远诗云"长日惟消一局棋"，岂可以临郡哉？'对曰：'诗人之言，非有实也。'乃俞之。"

⑥钓车：有轮以缠络钓丝的钓竿。

⑦谢朓：《南史》本传谓朓好奖人才，不忌贤能胜于己者。

寄成都高、苗二从事①

红莲幕下紫梨新②，命断湘南病渴人③。今日问君能寄否？二江风水接天津④。

【题解】

前二句谓高、苗二从事在李回幕下受其恩惠，而己远在桂管病渴，表示对高、苗的羡慕。后二句谓高、苗二从事与李回接近，可否委托二位让自己也能受李回的沾溉呢？因为李回虽住在二江相会的成都，但是他是可以通天的。李回系唐宗室，故云。义山新入桂幕不久，且与郑亚相处甚好，未必急于想至李回幕，本篇寄赠高、苗，讲的是客套话。

【注释】

①原注："时二公从事商隐座主府（府一作所）。"唐代进士称主考官为座主。张采田谓座主是李回。《樊南文集补编》有《为荥阳公上西川李相公状》，可证李回于大中元年出镇西川。《补编》还有《上座主李相公状》、《为湖南座主陇西公贺马相公登庸启》（李回于大中二年贬湖南）。从事：州刺史之佐吏，如主簿、功曹等。

②红莲：对幕府的美称。《南史·庾杲之传》："王俭用杲之为卫将军长史。安陆侯萧缅与俭书曰：'盛府元僚，实难其选。庾景行泛渌水，依芙蓉，

何其丽也。'时人以入俭府为莲花池,故缅书美之。"紫梨:《文选·蜀都赋》:"紫梨津润。"孙楚《秋赋》:"朱橘甘美,紫梨甜脆。"

③湘南:指桂管。病渴:患消渴病。见《令狐八拾遗绚见招送裴十四》注⑧。

④二江:左思《蜀都赋》:"带二江之双流。"二江指郫、检二江。天津:天河。

灯

皎洁终无倦,煎熬亦自求①。花时随酒远,雨后背窗休②。冷暗黄茅驿③,暄明紫桂楼④。锦囊名画掩⑤,玉局败棋收⑥。何处无佳梦,谁人不隐忧⑦?影随帘押转⑧,光信簟文流⑨。客自胜潘岳⑩,侬今定莫愁⑪。固应留半焰,回照下帏羞⑫。

【题解】

开始四句写灯光皎洁明亮,油灯不倦地自我燃烧;晴时为携酒赏花者照明,雨后在室中窗下一直到燃尽而止。"冷暗"四句谓或在冷暗之驿站,或在晴明之桂楼,或照已掩卷之锦囊名画,或照将收拾之败棋残局,其自我煎熬如故。"何处"四句谓或照酣眠好梦者,或照辗转反侧者,或照垂帘之押石,或照簟席之波纹,灯光随物流转不停。"客自"至末句谓己长期从事幕府,如同妇人屈身事人,尚借半盏残灯以解罗衣也。幕中写怀,借灯为题隐喻自己身世之坎壈。诗作于桂州。

【注释】

①《庄子·人间世》:"山木自寇也,膏火自煎也。"
②雨后:一作"雨夜"。
③黄茅:黄茅草。岭南多瘴,春为青草瘴,秋为黄茅瘴。

④暄明：温暖光明。紫桂：《拾遗记》："暗河之北有紫桂成林，实大如枣，群仙饵焉。"

⑤掩：掩卷。

⑥玉局：棋局的美称。

⑦《毛诗·邶风·柏舟》："耿耿不寐，如有隐忧。"

⑧帘押：装在帘上的押镇之具。《汉武故事》："以白珠为帘箔，玳瑁押之。"

⑨簟文：竹簟上的花纹。梁简文帝《咏内人昼眠》诗："簟文生玉腕，香汗浸红纱。"

⑩潘岳：西晋文学家兼美男子。

⑧莫愁：见《马嵬》注。

⑫下帏：放下帏帐。南朝梁纪少瑜《咏残灯》诗："残灯犹未灭，将尽更扬辉。唯余一两焰，才得解罗衣。"

朱槿花二首①

其 一

莲后红何患？梅先白莫夸②。才飞建章火③，又落赤城霞④。不卷锦步障⑤，未登油壁车⑥。日西相对罢，休浣向天涯⑦。

【题解】

首联谓比朱槿后开之莲花虽红亦何患？而先开的梅花虽白亦莫自夸。因为朱槿花兼有两种特色，并不在乎莲与梅之夸艳。颔联写朱槿花之红艳绚丽。颈联谓朱槿花不是富贵花，不能以锦作陪衬，又不能乘壁车招摇过市，故不为人赏识。末联谓己远在天涯，休沐无聊，惟与朱槿花整日相对而已。首章借朱槿花自伤身世。

【注释】

①朱槿花：又名赤槿、扶桑，木槿花之一种，茎叶皆如桑，高四五尺，自二月开，至中冬歇，花深红色，盛产南方，为著名观赏植物。

②朱槿花开由白变红，故诗人联想到红莲和白梅。

③建章：汉宫名。据《汉书·武帝纪》，太初元年十一月，柏梁台毁于火焚，次年二月起建章宫。非建章遭火焚。庾信《枯树赋》："建章三月火。"是庾信的错误被义山承用。

④赤城：《文选·游天台山赋》："赤城霞起而建标，瀑布飞流以界道。"李善注引孔灵符《会稽记》曰："赤城，山名，色皆赤，状似云霞。"

⑤锦步障：见前《代赠》注。

⑥油壁车：妇女所乘之车，车壁以油涂饰。《玉台新咏·钱塘苏小歌》："妾乘油壁车，郎骑青骢马。"

⑦休浣：休沐，官吏休息沐浴。指例假。唐代十日一休沐，称为旬休。

其　二

勇多侵露去，恨有碍灯还①。嗅自微微白②，看成沓沓殷③。坐忘疑物外④，归去有帘间。君问伤春句，千辞不可删。

【题解】

首联谓己勇多故常先于他人"侵露"往看槿花，直到夜晚才归来。因槿花朝开暮落，一天即可看完全过程。颔联谓清晨嗅闻此花，见其初开微白之色，而傍晚归来惟见其萎谢纷乱之状及衰红之颜。颈联谓己羁留远幕，端坐则若有所忘，归去则客馆孤清，门户垂帘隔断一切。末联谓伤春的话说不完道不尽。次章写朱槿花朝开暮落，荣华短暂，联系自己在远方为幕客，光阴虚掷，居则若有所忘，出则不知其所往，倍感身世凄然。

【注释】

①碍灯还：夜晚上灯时才归来。白居易《雪中晏起偶咏所怀兼呈张常侍》诗："东家典钱归碍夜，南家贳米出凌晨。"碍灯即碍夜。

②嗅:闻。

③沓沓:纷乱。殷:殷红。

④坐忘:端坐而忘掉一切,不知何者为我,何者为物。这是道家所追求的物我两忘,澹泊无求的精神境界。《庄子·大宗师》:"堕肢体,黜聪明,离形去知,同于大通,此谓坐忘。"

花下醉

寻芳不觉醉流霞①,倚树沉眠日已斜。客散酒醒深夜后,更持红烛赏残花②。

【题解】

为寻花而醉酒于花下,酒醒更持红烛独赏残花。爱花成痴成癖,义山之外不知能有几人?

【注释】

①流霞:指酒。见《武夷山》注。

②冯浩曰:"苏东坡诗'高烧银烛照红妆'从此脱出。"苏轼《海棠诗》曰:"只恐夜深花睡去,高烧银烛照红妆。"

桂林道中作

地暖无秋色,江晴有暮晖。空余蝉嘒嘒①,犹向客依依。村小犬相护,沙平僧独归。欲成西北望,又见鹧鸪飞②。

【题解】

本篇是桂林近游之作。首联谓秋天已到,但桂林气候并无明显变化,落日余晖照射晴江,景物分明,毕竟是秋天。颔联谓蝉声阵阵,好像呼唤游客,不忍其离去。颈联谓村落很小,有犬守护;沙路平整,见僧人独归。尾联谓正欲举头北望故乡,又见鹧鸪飞鸣,更增加了思乡之情。前六句写桂林近郊秋景,恬静悠闲。结二句有欲归不得之慨。

【注释】

①嘒嘒:象声词。《毛诗·小雅小弁》:"宛彼柳斯,鸣蜩嘒嘒。"

②鹧鸪飞:朱鹤龄注引《禽经》:"子规啼必北向,鹧鸪飞必南翔。"结句谓滞留桂管,不得北归也。鹧鸪鸣声似曰"不如归去"。

海上谣

桂水寒于江①,玉兔秋冷咽②。海底觅仙人③,香桃如瘦骨。紫鸾不肯舞,满翅蓬山雪④。借得龙堂宽⑤,晓出揲云发⑥。刘郎旧香炷⑦,立见茂陵树⑧。云孙帖帖卧秋烟⑨,上元细字如蚕眠⑩。

【题解】

义山在桂州幕府时,到过北部湾海滨,见过桂海。因桂海而作海阔天空的遐想,联想到古代帝王海上求仙的虚妄,于是作《海上谣》予以讥刺。一二句谓海水寒于江水,海中之月苍苍凉凉,月中玉兔寒呛哽咽。或谓桂水是月中桂树下的小溪,但从来没有如此说法,且与江水相比,不伦不类。或谓桂水即桂江,但桂江与玉兔毫无牵连;且桂江在炎方,不得云"寒于江"。三四句想象海上三神山反居水下,觅仙人当然在海底;求仙未得,只见瘦骨嶙峋的香桃。五六句想象仙鸟紫鸾因居水下蓬山,白浪如雪,难以举翼起舞。七八句想象求仙采桃之道士暂借龙宫投宿一夜,拂晓梳理发髻,发髻全白。"洞中方一日,世上几千年。"九十句谓道士求仙未成,回头一望,汉武帝死了好久,求仙所燃之香只剩下香炷,武帝坟墓上树木参天。结尾二句仍是道士所见情景,谓不仅刘彻早已埋骨茂陵,就连他的子子孙孙也纷纷埋在寒烟笼罩的郊野上;上元夫人求仙秘诀上的文字已模糊不清,如僵死的蚕,谁也不认识,还能靠它指导我们去求仙吗?唐代自宪宗至武宗五代皇帝好神仙,求不死之药,深受其害。本诗借讥讽汉武帝而深刺本朝五代帝王,用意明显。风格全效李贺,凄凉怪异,奇警跌宕,词旨寓于篇外。

【注释】

①桂水:桂海,南海。江:长江。

②玉兔:月中玉兔。冷咽:因寒冷咽喉受阻。

③见《海上》注。

④蓬山:见《无题》(相见时难)注⑤。

⑤龙堂:龙宫。楚辞《九歌》:"鱼鳞屋兮龙堂。"

⑥揲(shé):梳理的意思。

⑦刘郎:指汉武帝刘彻。李贺《金铜仙人辞汉歌》:"茂陵刘郎秋风客。"《汉武内传》:"七月七日燔百和之香以待王母。"

⑧茂陵:见《茂陵》注。

⑨云孙:远代子孙。帖帖:紧紧挨挤在一起。

⑩上元:上元夫人,神话中女仙名。《太平广记》三《汉武帝》引《汉武内传》:"上元夫人即命女侍纪离容……出六甲、左右灵飞、致神之方十二事,当以授刘彻。"细字、蚕眠:谓"灵飞、致神之方"等秘诀上的细字如僵眠的蚕,无人能辨认。

到 秋

　　扇风淅沥簟流离①,万里南云滞所思②。守到清秋还寂寞,叶丹苔碧闭门时。

首句谓秋天已到,可是在南方仍很炎热,离不开扇子和竹簟,次句本是自己远滞南荒,思归心切,却借闺人口吻说出。三四句谓守到清秋仍无北归的希望,枫叶已红,苍苔转碧,时间流逝很快,只有闭门惆怅而已。本篇是在桂幕思归之作,语意曲折。本篇当与稍后的《夜意》参读。

【注释】

①淅沥:指风声。流离:一本作琉璃,形容竹簟的光洁。

②所思:闺人所思,谓诗人自己。

端 居①

远书归梦两悠悠,只有空床敌素秋。阶下青苔与红树,雨中寥落月中愁。

【题解】

一二句谓久未接家书,也未有还乡的好梦。"敌"字有力。三四句写自己孤寂的心境。平居桂幕,单调凄清,雨中愁,晴亦愁。仍是思乡之作。

【注释】

①端居:平居。

席上作①

淡云轻雨拂高唐②,玉殿秋来夜正长③。料得也应怜宋玉,一生唯事楚襄王。

诗以巫山神女喻家妓,以襄王喻郑亚,以宋玉自喻,谓神女多情,也应当怜爱宋玉,因为宋玉一生专事楚襄王。张采田曰:"此表明一生不负李党之意,实义山用意之作,而托之于席上赠妓耳。注自具微旨。"

【注释】

①自注:"予为桂州从事,故府郑公出家妓,令赋高唐诗。"称故府,诗系追录。郑公,郑亚。

②高唐:战国时楚国台观名。用巫山神女传说。

③玉殿:宫殿的美称。

城　上①

有客虚投笔②,无憀独上城③。沙禽失侣远,江树著阴轻。边遽稽天讨④,军须竭地征⑤。贾生游刃极⑥,作赋又论兵⑦。

【题解】

首联谓己虽投笔从军(入幕),但抱负无从实现。颔联谓己如同失伴的沙禽远处异地,虽有江树遮阴,但毕竟有限。颈联谓边地警报延误了朝廷进讨的时间,军需急迫,竭地而征,国家危机深重。尾联以贾生自比,慨叹虽有"作赋论兵"之才,而不为世用。此非自负之词,而是牢骚之语。本篇是诗人独上桂林城,抒发远客空羁、报国无门的愁恨。

【注释】

①桂州城上。

②投笔:《后汉书》:"班超为官佣书,久劳苦,投笔叹曰:'大丈夫当立功异域,安能久事笔砚乎?'"

③憀:同"聊"。

④边遽:边境警报。稽:拖延。天讨:天子出兵讨伐。

⑤军须:军需。

⑥贾生:贾谊。游刃:《庄子·养生主》:"彼节者有间,而刀刃者无厚;以无厚入有间,恢恢乎其于游刃必有余地矣。"言庖丁善于解牛,虽在骨节之间,而刀刃游行有余地。后多比喻才能优越,善于治事。

⑦贾谊有《吊屈原赋》《鵩鸟赋》等。贾谊《陈政事疏》:"陛下何不试以臣为属国之官以主匈奴?行臣之计,请必系单于之颈而制其命。"是论兵也。

高　松

高松出众木,伴我向天涯。客散初晴后,僧来不语时。有风传雅韵①,无雪试幽姿②。上药终相待③,他年访伏龟④。

【题解】

诗以高松自寓,复以上药自期。

【注释】

①雅韵:指松涛声。

②幽姿:幽雅之风姿。炎方无雪,故不能以霜雪试其岁寒之姿。

③上药:指茯苓。别名松腴,寄生于山林松根,状如块球,为上品药材。

④伏龟:传说嵩山有大松树,或百岁,或千岁,其精变为青牛、伏龟,采食其实,得长寿。

夜　意①

帘垂幕半卷,枕冷被仍香。如何为相忆,魂梦过潇湘?

【题解】

本篇是诗人梦见王氏之后所作。一二句写梦醒之后的主观感受。三四句谓其妻王氏奈何因相思之故,梦魂竟远涉湘水来相会耶?

【注释】

①夜意:即夜思。冯浩曰:"忆内之作,殊近古风。"

访　秋①

酒薄吹还醒,楼危望已穷。江皋当落日②,帆席见归风。烟带龙潭白③,霞分鸟道红④。殷勤报秋意,只是有丹枫。

【题解】

首联谓凉风吹来,酒醉易醒;登高一望,风烟俱净,秋已至也。额联谓落日的余晖照耀着江皋,轻帆缓缓归来,寓归思也。颈联谓白石潭上升起暮云,远山将红霞隔成两半。尾联谓炎方景物并无明显秋意,只有丹枫以其红叶表示秋天已经到来。结句正点明访秋的意思。境界寥廓,景中有情,不言思归,而归思已见也。

【注释】

①访:探访。秋天已到,但在岭南并不明显,故曰访秋,探问秋之消息也。

②江皋:濒江高地。

③龙潭:即白石潭。见《桂林》注。

④鸟道:险绝的山路,仅通飞鸟。

凤

万里峰峦归路迷,未判容彩借山鸡①。新春定有将雏乐②,阿阁华池两处栖③。

【题解】

本篇借凤为题寄内。首句谓相隔万里,峰峦重阻,归路亦迷。次句谓己仍保有凤凰的品质,且自有美色,不学野鸡炫耀五彩。三四句谓其妻王氏在新的一年可以携儿带女在洛阳和长安两处居住,两地走动一下,比端居一处要快活得多。这是安慰的话。义山的爱子衮师生于会昌六年,至大中二年春差不多满两周岁,可以牵着走路了,故曰"将雏乐"。阿阁借指王氏在洛阳的第宅,洛阳崇让坊有王茂元宅。华池借指王茂元在长安的住宅。

【注释】

①未判(pān):未舍弃。

②《晋书·乐志》:"《凤将雏歌》者,旧曲也。应璩《百一诗》云:'言是凤将雏。'然则其来久矣。"将雏:携着幼儿。

③阿阁:凤巢于阿阁。见《赠刘司户蕡》注。华池:孙绰《天台山赋》:"漱以华池之泉。"注曰:"《史记》曰,昆仑其上有华池。"华池即瑶池。

丹　丘①

青女丁宁结夜霜②,羲和辛苦送朝阳③。丹丘万里无消息,几对梧桐忆凤凰④。

本篇与《凤》都是大中元年在桂林的思归之作。前二句谓日日夜夜思家。后二句谓己远在天涯,不知何时北归,故乡的梧桐思念凤凰巢居也。"无消息"即"君问归期未有期"之意,"凤凰"比喻己与妻。

【注释】

①丹丘:神话中的仙山,昼夜长明。楚辞《远游》:"仍羽人于丹丘兮,留不死之旧乡。"《山海经》云丹穴之山产凤凰。丹穴之山即丹丘,借指桂林。

②青女:主降霜之神。丁宁,即叮咛,嘱咐再三也。

③羲和:见《谢往桂林》注⑭。

④梧桐:传说凤凰所栖之树。

江村题壁

沙岸竹森森,维舲听越禽①。数家同老寿,一径自阴深。喜客尝留橘,应官说采金②。倾壶真得地③,爱日静霜砧④。

【题解】

本篇是义山奉使南郡途中所作。首联写江村绿竹森森,停舟沙岸,静听鸟鸣。颔联谓家家都有老寿星,一条小路通向江村深处。二句倒装。颈联谓村民热情好客,留橘相待;采金抵赋,对朝廷贡献尤多。尾联谓此地人豪爽直率,邀客必倾壶畅饮;冬日的阳光温暖如春,捣衣之声已歇,村中一片寂静,显得祥和安宁。写得真实、质朴,风景画和风俗画并美。

【注释】

①维舲:系舟。越禽:南方的鸟。

②应官:应选。采金:岭南郡县多贡麸金、碎金、沙金。此句谓凭贡金多少应官方选拔授官。

③倾壶谓畅饮。

④爱日：《左传》谓赵衰如冬日可爱。静霜砧：冬季砧杵浣洗之声已歇。

自桂林奉使江陵，途中感怀，寄献尚书①

下客依莲幕②，明公念竹林③。纵然膺使命④，何以奉徽音⑤？投刺虽伤晚⑥，酬恩岂在今⑦！迎来新琐闼⑧，从到碧瑶岑⑨。水势初知海⑩，天文始识参⑪。固惭非贾谊，唯恐后陈琳⑫。前席惊虚辱⑬，华樽许细斟⑭。尚怜秦痔苦⑮，不遣楚醪沉⑯。既载从戎笔⑰，仍披选胜襟⑱。泷通伏波柱⑲，帘对有虞琴⑳。宅与严城接，门藏别岫深㉑。阁凉松冉冉，堂静桂森森。社内容周续㉒，乡中保展禽㉓。白衣居士访㉔，乌帽逸人寻㉕。佞佛将成缚㉖，耽书或类淫㉗。长怀五羖赎㉘，终著九州箴㉙。良讯封鸳绮㉚，余光借玳簪㉛。张衡愁浩浩㉜，沈约瘦愔愔㉝。芦白疑粘鬓，枫丹欲照心。归期无雁报，旅抱有猿侵。短日安能驻？低云只有阴。乱鸦冲晒网㉞，寒女簇遥砧㉟。东道违宁久㊱，西园望不禁㊲。江生魂黯黯㊳，泉客泪涔涔㊴。逸翰应藏法㊵，高辞肯浪吟㊶？数须传庾翼㊷，莫独与卢谌㊸。假寐凭书簏㊹，哀吟叩剑镡㊺。未尝贪偃息㊻，那复议登临！彼美回清镜㊼，其谁受曲针㊽？人皆向燕路㊾，无乃费黄金㊿！

【题解】

开始四句谓己依从郑亚幕，郑亚怀念宗叔郑肃，因此奉命往使江陵；受到如此信用，只恐不成任务，难报佳音。"投刺"四句谓投奔郑幕恨晚，但酬报知遇之恩将永远不变，所以跟随郑到桂州府，见到了桂林山水。"水势"四句谓桂林郡滨海,第一次见到海水之浩淼迷茫,仰观星象,知与家人相隔遥远。固然才能不如贾谊,但是掌书记之职,草拟书表不肯落后于陈琳。"前席"四句谓受郑殊遇,如同文帝亲近贾生,曹操之款待文士;不让自己受苦,亦不令己饮至大醉,体贴入微。以上写自己随郑到桂州及所受优待。"既载"四句谓既为幕僚,仍于寻幽探胜之时,披襟共赏,意趣相投;伏波岩下的急流,虞山下的舜庙,都亲自往观。"宅与"四句谓己寓所临近府城(《晚晴》有"深居俯夹城"句),隐于别岫深处,楼阁外有青松柔条冉冉,凉爽惬意;庭堂幽静,庭前桂树森森。"社内"四句谓府主容许我结社学佛,众人皆知我谨慎自爱;来访者多是没有功名之人或隐逸之士。"佞佛"四句谓己佞佛、嗜书,感激郑亚高薪聘用,使于各地,为掌书记。以上写幕府生活之闲雅。"良讯"四句谓奉书信往使江陵,郑亚给以资助,自己多愁而体弱,受到体贴照顾。"芦白"四句谓出使时正值初冬,芦花白,枫叶红,芦白似欲粘鬓,鬓毛将白也;枫红似照我心,丹心不渝也。归期将在明年春天,无南飞之雁报信也,旅途愁绪纷纭,哀猿令我神伤也。"短日"四句谓冬天日短,阴云低垂,乱飞之鸦冲击晾晒的渔网,远处响起妇女捣衣的砧声。"东道"四句谓奉使江陵,离开桂幕为时不久,却屡屡回望桂幕游宴情景;此别似江淹的黯然销魂,似鲛人的珠泪涔涔不禁。以上写途中所见所感。"逸翰"四句谓郑亚曾寄信及诗文相赠,书法美妙,文词高丽。另有寄他人之诗作,亦同时见之。"假寐"四句谓枕着书箱和衣而睡,有时叩剑发出哀吟,途中未曾贪睡,哪会想到登临游览?"彼美"四句谓郑亚鉴照洞明,自己不会受委屈;人皆别向,见利忘义者多也。此必有小人离间,故反复表明心迹,不负郑亚。宣宗大中初年,牛党得势,政局对李德裕、郑亚极为不利,而义山敢于在李党危惧之时跟随郑亚,不改初衷,确实不容易。本诗波澜壮阔,笔触细腻,属对精工,缠绵真挚,一往情深。

【注释】

①大中元年冬十月,义山奉郑亚之命赴南郡(治所在江陵)谒见荆南节度使郑肃,途中作此诗寄郑亚。岑仲勉《玉溪生年谱会笺平质》曰:"《笺》三沿冯说,谓'节镇例兼尚书,史多不具。''例兼'固非是,且桂管只观察,亚又是初授及外贬,无缘带尚书也。"郑亚,字子佐,元和十五年进士。李德裕

高其才,出镇浙西,辟为从事。会昌初始入朝,为监察御史,累迁刑部郎中。中丞李回奏知杂事,迁谏议大夫、给事中。德裕罢相,郑亚出为桂州刺史、桂管观察使,带御史中丞衔。题目"寄献尚书",可能文字有误。

②下客:义山自谓。《战国策·齐策》:"(冯谖)倚柱弹其剑,歌曰:'长铗,归来乎! 食无鱼。'左右以告。孟尝君曰:'食之,比门下之客。'"莲幕:见《寄成都高、苗二从事》注。

③原注:"公与江陵相国谱叙叔侄。"明公:对长官的尊称。此指郑亚。竹林:竹林七贤,有阮籍、嵇康、山涛、向秀、王戎、刘伶、阮咸等人,其中阮籍、阮咸是叔侄关系。据《新唐书·宰相表》,会昌五年,郑肃以检校尚书左仆射同中书门下平章事。宣宗即位,罢为荆南节度使。郑肃与亚同宗,为叔侄关系。"江陵相国"指郑肃。

④膺:受

⑤徽音:德音,佳讯。

⑥刺:名片。投刺:递上名片求见。古代在竹简上刺上名字、爵里,相当于今日的名片。《魏志·夏侯渊传》注:"人一奏刺,书其乡邑名氏,世所谓爵里刺。"爵里刺,如同今之履历、简历。

⑦冯浩曰:"报恩将毕生以之也。"

⑧琐闼:刻镂成连环花纹的宫门。

⑨碧瑶岑:取韩愈《桂州》诗"山如碧玉簪"之意。

⑩桂林郡滨海,故云。

⑪参:参星。参、商二星,其出没不相见也。《文选》苏子卿诗:"昔为鸳与鸯,今为参与辰。"

⑫贾谊:见《安定城楼》注。陈琳:建安七子之一,先为大将军何进主簿,后依袁绍。袁绍败,归曹操,管记室。

⑬前席:《史记·屈贾列传》:"上因感鬼神事而问鬼神之本。贾生因具道所以然之状。至夜半,文帝前席(移身坐到坐垫前端靠拢贾谊),既罢,曰:'吾久不见贾生,自以为过之,今不及也。'"

⑭暗用建安作家在邺中游宴事。

⑮痔苦:《庄子·列御寇》:"秦王有病,召医破痈溃痤者得车一乘,舐痔

者得车五乘。所治愈下,得车愈多。"郑亚深知义山不善巴结。

⑯楚醥:楚地出产的酒。

⑰载笔:携带文具做记录之事。从戎:指入幕。

⑱选胜:寻访风景名胜。披襟:投分披襟,趣味相投。

⑲泷:急流奔湍。伏波柱:马援为伏波将军,征交趾,立铜柱,为汉之极界。见《后汉书·马援传》"峤南悉平"下李贤注。冯注引《桂海虞衡志》说伏波岩下有洞,洞前有悬石如柱,插入漓江,非谓铜柱也。泷,江水之通称,此指漓江。

⑳有虞琴:《礼记·乐记》:"昔者舜作五弦之琴,以歌南风。"冯注引《寰宇记》:"桂州舜庙在虞山之下。"

㉑别岫:山脉的别支。数句言寓所清幽。

㉒周续:周续之,字道祖,雁门广武人,居豫章建昌县。入庐山结社念佛,与社主惠远同修净土之业,凿池植白莲,因号白莲社。见《宋书·隐逸传》。

㉓展禽:柳下惠,字展禽,春秋鲁大夫。朱注引《家语》:"鲁人有独处室者,邻之嫠妇室坏,趋而托焉。鲁人闭户不纳,妇曰:'子何不若柳下惠然?姁不逮门之女。'鲁人曰:'柳下惠则可,我固不可。'"注曰:"以体覆之曰姁。"

㉔白衣居士:没有功名的隐士。

㉕乌帽逸人:隋唐贵者多服乌纱帽,其后上下通用,成为闲居常服。此指隐逸之士。

㉖佞佛成缚:贪溺禅味,是菩萨缚。

㉗《晋书·皇甫谧传》:"皇甫谧耽玩典籍,忘寝与食,时人谓之书淫。"书淫:书癖。

㉘五羖赎:百里奚本虞国大夫,晋灭虞,奚被俘,作为晋献公女儿陪嫁的奴仆入秦。奚逃亡至楚国宛地(宛,今河南南阳市),被楚人所执。秦穆公闻其贤,以五羖羊(黑羊)皮赎之,授之国政,号曰"五羖大夫"。

㉙九州箴:即《州箴》。扬雄仿《虞箴》作《州箴》。周武王的太史辛甲命百官各为箴辞,虞人因以田猎为箴,后称《虞箴》。见《左传》襄公四年。

373

㉚良讯：指奉使江陵所携信件。鸳绮：有鸳鸯纹的锦绣。信函封以鸳鸯纹之锦绣。

㉛余光：多余之光。泛指对人的沾惠。《史记·甘茂传》："臣闻贫人女与富人女会绩，贫人女曰：'我无以买烛，而子烛光幸有余，子可分我余光，无损子明而得一斯便焉。'"玳簪：玳瑁簪。

㉜张衡有《四愁诗》。

㉝沈约与徐勉书，言己老病，逐月消瘦。见《南史·沈约传》。愔愔：寂静。

㉞晒：晾晒。网：鱼网。

㉟以上五联叙旅途愁思及所见情景。

㊱东道：指桂幕。宁：岂。

㊲西园：曹植《公宴诗》："清夜游西园，飞盖相追随。"二句谓己离桂幕不久，不禁屡屡回望。

㊳江生：江淹《别赋》："黯然销魂者，惟别而已矣。"

㊴泉客：鲛人又名泉客。《吴都赋》注："鲛人临去，从主人索器，泣而出珠满盘，以与主人。"

㊵逸翰：书法的妙品。《汉书·陈遵传》："陈遵赡于文辞，性善书，与人尺牍，主皆藏去以为荣。"颜师古注："去亦藏也。"

㊶浪吟：随便吟唱。

㊷数：屡也。庾翼：东晋颍川鄢陵人，庾亮弟。亮死，代镇武昌，任六州都督、荆州刺史。《晋书·王羲之传》："羲之书初不胜庾翼、郗愔，及至暮年方妙。尝以草书答庾亮，而翼深叹服，因与羲之书云：'吾昔有伯英章草十纸，过江颠狈，遂乃亡失。忽见足下答家兄书，焕若神明，顿还旧观。'"

㊸卢谌，字子谅，范阳人。曾为刘琨的主簿，转从事中郎。刘琨为段匹磾所拘，为五言诗赠卢谌，谌以常词酬和，殊乖琨心，故重以诗赠之。

㊹假寐：不脱衣而睡。书簏：书箱。

㊺剑镡：剑鼻。即剑柄与剑身连接处，亦称剑口、剑首、剑环。

㊻偃息：安卧。以上两联叙己奉使之专一勤勉。

㊼彼美：《毛诗·邶风》："彼美人兮，西方之人兮！"

374

㊽曲针:《三国志·吴书·虞翻传》注:"年十二,客有候其兄者,不过翻,翻追与书曰:'仆闻虎魄不取腐芥,磁石不受曲针,过而不存,不亦宜乎?'"

㊾燕路:燕昭王置千金于台上,以延天下之士,故贤士北望燕路而争驱。

㊿黄金:燕台谓之黄金台。

洞庭鱼

洞庭鱼可拾,不假更垂罾①。闹若雨前蚁,多于秋后蝇。岂思鳞作簟②,仍计腹为灯③? 浩荡天池路④,翱翔欲化鹏。

【题解】

此诗讽刺牛党中幸进者如蝇营鱼集,妄想化鹏,不知自身之腥臭也。

【注释】

①罾:有支架的鱼网。不假:不用,不须。

②鱼鳞簟,竹簟之一种,簟纹似鱼鳞。

③鱼脂可以点灯。《天宝遗事》:"南方有鱼,多脂,照纺绩则暗,照宴乐则明,谓之馋灯。"

④天池:天然大池。《庄子·逍遥游》:"南冥者,天池也。"

凉　思

客去波平槛,蝉休露满枝。永怀当此节,倚立自移时。北斗兼春远,南陵寓使迟①。天涯占梦数②,疑误有新知③。

【题解】

本篇是义山奉使至南郡时的作品。《樊南文集补编·为荥阳公上宣州裴尚书启》云:"李处士艺术深博,议论纵横,敢曰贤于仲尼,且虑失之子羽。云于江沔,要有淹留,便假以节巡,托之好币,十一月初离此讫。"大中元年十月,义山奉郑亚之命至南郡(今湖北江陵县),李处士与其同行。十一月初,李处士往宣州谒见裴休尚书,义山代为《上裴尚书启》。江陵别后,故凉思之作。首联谓客散后夜深人静,槛外波平,看去江波似与栏杆齐平;蝉声已歇,露满枝草。颔联谓当此寂寥之夜,心中久久不能平静,独倚危栏多时未去。颈联谓正值初冬,北望故乡,故乡同春天一样遥远;思念同志,而寄居宣州南陵的李处士尚未归来。尾联谓自己在远方多次梦见李处士并且请人圆梦,疑惑他可能别有所合,就职别处。

【注释】

①南陵:今安徽南陵县。《旧唐书·地理志》:"梁置南陵县。武德七年属池州。后属宣州。"

②占梦:根据梦中所见附会预测人事吉凶,即后来所谓圆梦。

③疑误:怀疑。

宋 玉 大中二年

何事荆台百万家①,唯教宋玉擅才华?楚辞已不饶唐勒②,风赋何曾让景差③!落日渚宫供观阁④,开年云梦送烟花⑤。可怜庾信寻荒径⑥,犹得三朝托后车⑦。

【题解】

本篇是义山在江陵所作怀古诗。首联谓楚人多才,为何荆州百万户之众,而擅才华者惟宋玉一人耶?则宋玉之才又在众才之上矣!颔联谓楚辞中宋玉的作品远比唐勒的好,而《风赋》一篇,景差哪里赶得上!颈联谓黄昏时,落日映照着渚宫的台观,呈现在宋玉面前;开春时,云梦水乡泽国的桃花柳絮送来艳丽景色。尾联谓庾信曾到江陵寻觅宋玉旧迹,居于宋玉故宅,仍得为三朝文学侍从之臣,真可羡也!对比之下,自己不得志于敬宗、文宗、武宗三朝,遭遇远不及宋玉、庾信也。自悲有宋玉、庾信之才,而无宋玉、庾信之遇,怀古也是为了伤今。

【注释】

①荆台:《方舆胜览》:"荆台在监利县西三十里,土洲之南。"此指荆州(江陵)。

②唐勒:战国楚国辞赋家,稍后于屈原而与宋玉同时。饶:让。楚辞《九辩》是宋玉作。

③景差:楚国辞赋家。《史记·屈原贾生列传》:"屈原既死之后,楚有宋玉、唐勒、景差之徒者,皆好辞而以赋见称。"《风赋》,宋玉作,见《文选》。

④渚宫:春秋楚成王所建的别宫,故址在今湖北江陵城内。供:呈献。

⑤云梦:云梦泽。烟花:指春天景物。

⑥可怜:可羡。庾信寻荒径:唐余知古《渚宫旧事》:"庾信因侯景之乱,自建康遁归江陵,居宋玉故宅。"《哀江南赋》:"诛茅宋玉之宅,穿径临江之府。"

⑦三朝:指梁武帝、简文帝、元帝三朝。庾信在梁武帝东宫为抄撰学士,累迁通直散骑常侍,聘于东魏,还为东宫学士,领建康令,后事简文帝,侯景作乱,信奔江陵。元帝承制,为御史中丞,转右卫将军,封武康县侯,加散骑侍郎。后车:侍从所乘之车。托后车:做文学侍从之臣。

楚　宫①

复壁交青琐②,重帘挂紫绳。如何一柱观③,不碍九枝灯④?扇薄常规月⑤,钗斜只镂冰。歌成犹未唱⑥,秦火入夷陵⑦。

本篇是吊古之作。首联写楚宫复壁上纵横交错的青色连环花纹仍在，门窗上悬挂着朱帘紫绳。颔联谓临川王于此所建一柱观何等精巧，一柱不碍九枝灯光照遍厅堂。颈联谓想当年后宫佳丽所执团扇如圆月一般透明，头上的玉钗宛如镂冰雕琼。尾联谓宫中所造新歌还来不及演唱，秦兵入郢，烧坏了楚王的祖坟。结尾点明奢侈必致亡国，仍有现实意义。

【注释】

①楚宫：楚国宫殿。杜甫《咏怀古迹五首》之一："最是楚宫俱泯灭，舟人指点到今疑。"

②复壁：夹墙，两重而中空的墙。青琐：青色连琐纹。

③一柱观：南朝宋临川王刘义庆在荆州罗公洲(今湖北松滋县东)建一柱观，宏大而只有一柱。

④九枝灯：见《一片》注。

⑤规月：以圆月为样式。

⑥楚辞《招魂》："陈钟按鼓，造新歌些。"

⑦夷陵：春秋楚国先王墓地。楚顷襄王二十一年，秦将白起大败楚军，烧夷陵。

人日即事①

文王喻复今朝是②，子晋吹笙此日同③。舜格有苗旬太远④，周称流火月难穷⑤。镂金作胜传荆俗⑥，翦彩为人起晋风⑦。独想道衡诗思苦⑧，离家恨得二年中。

【题解】

首联谓周文王解释《周易》的《复》卦说，人日吉利，失而复得，所往必有利。王子乔也说,他将在七日归来,与人日同也。颔联谓虞舜使苗民归顺费了七旬时日,周代诗歌说"七月流火"才是收获的好时光。颈联谓人日镂金剪彩是荆楚民间习俗,剪彩作人形却是晋代的遗风。尾联谓人们以人日为乐,而我离家已是第二个春天,思家之苦独如薛道衡,哪堪日复一日也。本篇是大中二年正月初七日有感于人日喜庆而作,主题是结尾二句。用典太做作,诗味不足。

【注释】

①人日:农历正月初七日。《北史·魏收传》:"晋议郎董勋答问礼俗云:"正月一日为鸡,二日为狗,三日为猪,四日为羊,五日为牛,六日为马,七日为人。"

②文王:周文王姬昌。文王演《易》之八卦为六十四卦。《易·复》第二十四。"……震下坤上。复。亨。出入无疾。朋来无咎。反复其道,七日来复。利有攸往。"坤卦表示阴,复卦有一阳,表示阳气由剥尽而已复生,表示失而复得,有所往则吉利。

③子晋:《列仙传》:"王子乔者,周灵王太子晋也。好吹笙作凤凰鸣,道士浮邱公接以上嵩高山。三十余年后见桓良曰:'告我家七月七日待我于缑氏山头。'"

④舜格有苗:《尚书·大禹谟》第三:"七旬,有苗格。"虞舜对苗族用兵,三旬,苗民不服。虞舜还师,不以武力威胁,而以文德感化苗民,用音乐舞蹈欢迎苗民,七旬,苗民来归顺虞舜。旬,十日。格:至,来。此由七日联想到七十日,谓舜格有苗虽然有功,可是时日太久。

⑤周称流火:《毛诗·豳风·七月》:"七月流火,九月授衣。"火,星名,夏历五月黄昏,出现在正南方,六月以后,偏西而行,所以说"流火"。夏历七月,收获的季节。此由七日联想到七月。正月初七为吉祥日,可是自此以后,由七日而七旬,由七旬而七月,日子难过,度日如年也。难穷,难尽。

⑥作胜:制作彩胜。古代立春日用有色绢、纸剪成小旗或其他饰物,插于妇女发上或系在花枝上,表示庆贺。《荆楚岁时记》:"人日剪彩为人,或镂金箔为人,以贴屏风,亦戴之头鬓;又造华胜以相遗(赠)。"

⑦华胜起于晋代。

⑧道衡:薛道衡,隋代诗人。历仕北齐、北周。隋时官司隶大夫,后为炀帝所害。他的《昔昔盐》一诗有"空梁落燕泥"句,为后人传诵。其《人日》诗:"入春才七日,离家已二年。人归落雁后,思发在花前。"

即　日

　　桂林闻旧说,曾不异炎方①。山响匡床语②,花飘度腊香③。几时逢雁足④?著处断猿肠⑤。独抚青青桂,临城忆雪霜。

【题解】

　　首联谓早就听说桂林与热带无异。颔联谓山居寂静,匡床夜语,山中传出回声;花儿从腊月一直到春天。颈联谓路远山遥,邮传不便;处处猿啼,更引发思家念子之情。尾联谓手抚桂树而心念故乡,初春的故乡尚有雪霜。

【注释】

　　①炎方:南方炎热地带。

　　②匡床:方正安适的床。《商君书·画策》:"是以人主处匡床之上,听丝竹之声而天下治。"

　　③度腊:度过腊月至于新春。

　　④《汉书·苏武传》:"汉使复至匈奴,常惠教使者谓单于,言天子射上林中,得雁,足有系帛书,言武等在某泽中。"

　　⑤著处:处处,到处。断猿肠:见《失猿》注。

赠刘司户蒉①

江风扬浪动云根②,重碇危樯白日昏③。已断燕鸿初起势④,更惊骚客后归魂⑤。汉廷急诏谁先入⑥?楚路高歌自欲翻⑦。万里相逢欢复泣,凤巢西隔九重门⑧。

【题解】

首联写长江上阴云密布、波浪滔天,重碇危樯似将沉没的情景,比喻当时政局的动荡与昏暗。颔联谓刘蒉落第如鸿雁初飞即遭狂风摧折,谪贬时间既久,浪迹江湖,迟迟放还,令人心惊也。颈联谓唐朝廷征用人才急切,可是刘蒉不见用。宣宗即位,牛党还朝。"谁先入"?不言而喻。刘蒉如同屈原泽畔行吟,于放还途中自作诗歌以抒怀也。尾联谓在远离京师的扬子江头与刘蒉相见,惊喜之后又凄然下泪;凤不还巢,贤士失志,距离朝廷如隔九重之门也。沉郁顿挫,一起突兀,一结无穷。

【注释】

①刘蒉:字去华,唐昌平(今北京市昌平县)人。文宗大和二年,应贤良对策,极言宦官祸国,要求"揭国柄以归于相,持兵柄以归于将",指出"天下将倾,海内将乱",在士人和朝官中引起强烈反响。考官畏惧宦官,不敢录取他。同考的李郃说:"刘蒉不第,我辈登科,实厚颜矣!"令狐楚、牛僧孺上书推荐蒉为幕府,授秘书郎。因宦官诬陷,后贬柳州司户参军。大中二年春,义山自江陵返桂幕,与从贬所放还的刘蒉相会于荆楚之地,并在黄陵分别(见《哭刘蒉》),作此诗相赠。

②云根:云起处,指山脚土石。

③碇:系船的石墩。樯:桅杆。

④燕鸿:昌平县属幽燕,刘蒉是燕人,故将他比做燕地之鸿雁。

⑤骚客:屈原放逐,乃赋《离骚》,故称骚客。此指刘蒉。

⑥汉廷急诏:汉文帝急于召回远贬长沙的贾谊。

⑦楚路:指刘蕡在放还途中,其时正在荆楚之地。翻:依旧曲谱新词。

⑧凤巢:《帝王世纪》:"黄帝时,凤凰止帝东园,或巢于阿阁。"九重:前已屡注。

题　鹅

眠沙卧水自成群,曲岸残阳极浦云。那解将心怜孔翠①,羁雌长共故雄分②。

【题解】

刘、余《集解》以为是题画诗。正确。一二句描写画中群鹅眠沙卧水自由自在之态,远处水滨有曲折的岸线,夕阳斜照,暮云升起。三四句谓孔雀以其文采而被人网罗,群鹅不知怜悯孔雀之孤独无偶。此言有才者反不如不才者之无往而不适也。

【注释】

①孔翠:孔雀。

②羁雌:孤独的雌孔雀。故雄:指昔日的雄孔雀伙伴。

异俗二首①

其　一

鬼疟朝朝避②,春寒夜夜添③。未惊雷破柱④,不报水齐檐⑤。虎箭侵肤毒⑥,鱼钩刺骨铦⑦。鸟言成谍诉⑧,多是恨彤襜⑨。

　　首联谓桂林地方环境气候恶劣，一是疟疾流行，二是春寒时间长。颔联谓桂林多雷雨，大雷大水，时时发作，习以为常，故不惊不报也。颈联谓虎箭入肤即中毒而死，鱼钩锋利足以刺骨，反映当地渔猎生活特点。末联谓当地方言难懂，谍诉多用土语方言来揭露地方官吏贪残腐败的行为。

【注释】

　　①原注："时从事岭南。"徐注："此诗载《平乐县志》，原注下又有'偶客昭州'四字。"

　　②鬼疟：疟疾。传说颛顼氏有三子，亡去为疫鬼。一居江水，为疟鬼；一居若水，为魍魉蜮鬼；一居人宫室角落，善惊人，为小鬼。见《文选·东京赋》注。

　　③《广西通志》："三春连暝而多寒。"广西气候温暖，春天阴雨连绵，故多寒。

　　④《世说新语·雅量》："夏侯太初尝倚柱作书。时大雨，霹雳破所倚柱，衣服焦然，神色无变，书亦如故。"

　　⑤檐：屋檐。

　　⑥虎箭：射虎的毒箭。蛮俗以蛇毒濡箭锋，中者立死。

　　⑦铦（音仙）：锋利。

　　⑧鸟言：鸟语。古代中原一带的人认为南蛮鸠舌，讲话如同鸟叫。谍诉：诉讼文书。

　　⑨彤襜：刺史车帷皆赤色。襜，车四面帷帐。

其　二

　　户尽悬秦网①，家多事越巫②。未曾容獭祭③，只是纵猪都④。点对连鳌饵⑤，搜求缚虎符⑥。贾生兼事鬼⑦，不信有洪炉⑧。

【题解】

　　首联谓桂地家家户户以捕鱼为业，且巫风盛行。颔联谓捕鱼者多，不容獭祭;猪都为害,却以为有神灵,不敢射杀。颈联谓此地居民检点药饵以钓巨鳌,谋求符法以缚猛虎。正所谓异俗也。末联谓此地文士亦多事鬼神,而不信天地造化。蛮貊之区,王化所不及,即使如贾谊之才,到此亦被同化也。两首诗都是写越桂地方民情风俗。首章反映边地人民饱受水灾和疾病的折磨,更有对贪残的地方官吏的怨恨。次章反映当地百姓的迷信落后,得不到正当的文化教育;朝廷对边民漠不关心,直视为蛮貊而不闻不问。

【注释】

①秦网:相传桂林之地开发始于秦代,则法网亦始于秦。然此处只取"网"字,与"秦"字无关。

②越巫:越国之巫。

③獭祭:水獭捕得鱼陈列水边,如同祭祀,称为獭祭鱼。

④猪都:山猪,即豪猪,身有棘刺,害禾稼。俗语称猪都。

⑤连鳌:《列子·汤问》:"龙伯之国有大人,一钓而连六鳌。"

⑥缚虎符:《真诰》:"道家有制虎豹符。"

⑦贾生:贾谊。诗人自比贾生。

⑧洪炉:大炉。贾谊《鵩鸟赋》:"天地为炉兮,造化为工。"

射鱼曲①

思牢弩箭磨青石②,绣额蛮渠三虎力③。寻潮背日伺泅鳞④,贝阙夜移鲸失色⑤。纤纤粉竿馨香饵⑥,绿鸭回塘养龙水⑦。含冰汉语远于天⑧,何繇迥作金盘死⑨。

【题解】

本篇写蛮酋以强弩利剑射鱼,反不能得鱼;而另有人以香饵钓鱼,却有所收获。姚培谦曰:"此叹祸机之不可测也。"近是。

①《史记·始皇本纪》:"方士徐市等入海求神药,数岁不得,费多,恐谴,乃诈曰:'蓬莱药可得,然常为大鲛鱼所苦,故不得至,愿请善射与俱,见则以连弩射之。'……自琅邪北至荣成山,弗见。至之罘,见巨鱼,射杀一鱼。遂并海西。"

②思牢:竹名。也作竆筹。段公路《北户录》二《斑皮竹笋》:"南中有以竹为刀错子者,错子即思劳竹皮为之。"弩:用机械发射的弓,力强可以及远,有数矢并发者称连弩。

③绣额:即雕题,于额上雕刻花纹。古代南方少数民族的一种风俗。蛮渠:南蛮之魁首。三虎力:有力如虎,有三虎之力。

④此句写捕鱼的方法。寻找潮头是因为河鱼迎潮而上,容易被发现。背日是为了避开日光迎面照射,以便观察水中情形。伺,等待。泅鳞:指鱼浮出水面。泅,浮。

⑤贝阙:《九歌·河伯》:"紫贝阙兮珠宫。"此指水深处,此句写鱼惧为所射,大惊失色,藏匿水府。

⑥粉竿:小竹竿。

⑦绿鸭:绿头鸭,此指水色翠绿。回塘:池塘。养龙水:养鱼池。

⑧含冰:藏于冰窖。汉语:西汉建都长安,指京都地区语言。与蛮语相对而言。

⑨迥:远。原本作"回",诸本无异。应当是"迥"。金盘,盛脍鱼之金盘。二句谓桂江之鱼运往京城,竟远死他乡置于金盘为人所食。何繇:何由。

乱　石

虎踞龙蹲纵复横,星光渐减雨痕生①。不须并碍东西路,哭杀厨头阮步兵②。

一二句谓乱石纵横,此乱石由天而降,昔时之光辉已消,天将雨而础润,时局将变。三四句谓纵横之乱石不必阻塞条条通道,使我如同阮步兵作途穷之哭也。义山既不得挂名朝籍,并使府亦不得安其身,所以面对黑暗的政治势力愤怒地控诉,声泪俱下,悲痛之极。

【注释】

①星光:陨石之光。《春秋·庄公七年》:"夜中星陨如雨。"

②阮步兵:阮籍为步兵校尉。《晋书·阮籍传》:"时率意独驾,不由径路。车迹所穷,辄恸哭而反。"又:"阮籍闻步兵厨人善酿,有贮酒三百斛,乃求为步兵校尉。"

昭　州①

桂水春犹早②,昭川日正西③。虎当官路斗④,猿上驿楼啼⑤。绳烂金沙井⑥,松干乳洞梯⑦。乡音吁可骇⑧,仍有醉如泥⑨。

【题解】

大中二年正月,义山自江陵归桂州。郑亚派他去代理昭平郡守。唐时州县缺官,幕府可以自置,义山摄守昭郡,并非朝命,徐逢源引《平乐县志》有"偶客昭州"四字。本篇对昭州的荒凉和不加治理以及边地人民的落后而得不到教育的情形作出了具体描述。

【注释】

①一作昭郡。三国吴置平乐县,属始安郡,唐武德四年于平乐县置乐州,贞观八年改名昭州。今广西平乐县即其旧治。

②桂水:即桂江。

③昭川:即平乐水,与漓水合流后称桂江。

④官路:官修的大路。

⑤驿楼:驿馆,旅舍。

⑥金沙井:《方舆胜览》:"金沙井在平乐府治东。"《平乐县志》:"(金沙井)在塘背庵内,唐李义山所咏也。近为僧填,不可复问。"

⑦乳洞:《方舆胜览》:"乳洞在兴安县西南,洞有三:上曰飞霞,中曰驻云,下曰喷雷。下洞泉流石壁间,田垄沟塍如凿。中洞有三石柱及石室石床。在盘至上洞行八十步得平地,有五色石横亘其上。"平乐、恭城一带皆出石钟乳,其洞非一。松干:洞中木梯已枯朽。

⑧吁:叹词。

⑨《后汉书·儒林传》:"周泽为太常,清洁循行,尽敬宗庙。常卧病斋宫,其妻哀泽老病,窥问所苦。泽大怒,以妻干犯斋禁,遂收送诏狱谢罪。当世疑其诡激,时人为之语曰:'生世不谐,作太常妻,一岁三百六十日,三百五十九日斋,一日不斋醉如泥。'"结尾谓此地乡音怪异可骇,更有人烂醉如泥。

木 兰①

二月二十二,木兰开坼初②。初当新病酒③,复自久离居④。愁绝更倾国,惊新闻远书⑤。紫丝何日障?油壁几时车⑥?弄粉知伤重,调红或有余⑦。波痕空映袜,烟态不胜裾⑧。桂岭含芳远,莲塘属意疏⑨。瑶姬与神女⑩,长短定何如⑪?

【题解】

本篇是艳情诗。"木兰"是诗人对所爱恋女子的代称,并非真实人名,就像《柳枝》中的"柳枝"一样。二月二十二日是永远难忘的日子,义山与木兰有云雨之欢。是在什么情况下发生的呢？一是因为醉酒而产生感情冲动，二是因为与妻离居太久，有生理上的需求。多么坦白。"愁绝"四句谓木兰女子多愁善感，更有倾国倾城的容貌；惊对新艳之时，忽闻家书自远而至，令我心神不安。但我仍然倾心这岭外的美人，不知她何日能得到紫丝障、油壁车的待遇？"弄粉"四句谓木兰女子天生丽质，不必打扮，其轻盈绰约的风姿却鲜为人知。"桂岭"至末是对往昔艳情的回忆和感慨。无论是在桂林的艳遇，还是青年时期在长安莲塘所属意之伊人，如今都成了依稀梦幻，是瑶姬？是神女？我已经说不清楚她们的模样之高下了。

【注释】

①木兰：木名。又名杜兰、林兰。状如楠树，质似柏而微疏，可造船。早春先叶开花，花大，外面紫色，内面近白色，微香。皮辛香似桂。皮、花可入药。

②开坼：绽开。

③《世说新语·任诞》："刘伶病酒，渴甚，从妇求酒。妇捐酒毁器，涕泣谏曰：'君饮太过，非摄生之道，必宜断之。'伶曰：'甚善。我不能自禁，必宜断之，自誓断之耳！便可具酒肉。'妇曰：'敬闻命。'供酒肉于神前，请伶祝誓。伶跪而祝曰：'天生刘伶，以酒为名，一饮一斛，五斗解酲。妇人之言，慎不可听。'便引酒进肉，隗然已醉矣。"

④自：已，已经。

⑤远书：指家书。《端居》："远书归梦两悠悠。"

⑥紫丝障、油壁车：见《朱槿花》注。

⑦弄粉、调红：傅粉、施朱。《文选·登徒子好色赋》："著粉则太白，施朱则太赤。"

⑧曹植《洛神赋》："凌波微步，罗袜生尘。"又："曳雾绡之轻裾。"

⑨莲塘：即《无题四首》"芙蓉塘外有轻雷"的芙蓉塘，《宿晋昌亭闻惊禽》"过尽南塘树更深"的南塘。莲塘附近曾经住着义山属意的女子。

⑩瑶姬：神女名。传说是赤帝女，未行而亡，葬于巫山之阳，故曰巫山之女。又名姚姬。

⑪长短：宋玉《神女赋》："秾不短，纤不长。"《登徒子好色赋》："增之一

分则太长,减之一分则太短。"

北　楼^①

春物岂相干^②?人生只强欢。花犹曾敛夕^③,酒竟不知寒。异域东风湿,中华上象宽^④。此楼堪北望,轻命倚危栏。

【题解】

　　首联谓春日景物与人有何关系?"春物自芳菲"(何逊诗),与人本不相干,人们见到生机勃勃的春景,可以使人奋发。对于浪迹天涯的李商隐,可以借春光强为欢笑而已。颔联谓对酒赏花,惟有木槿花朝开暮萎,并无中原地方万紫千红轮番开放的盛况。饮酒在炎方,并不能使人感受到驱寒的兴致。花亦无情,酒亦无聊。颈联谓炎方气候潮湿,不如中原天高气爽也。末联谓登斯楼北望故乡,独倚危栏,置生死于度外也。思家心切,结句沉痛。

【注释】

　　①北楼:当为桂林之北楼。王粲登当阳麦城北楼作《登楼赋》曰:"凭轩槛以遥望兮,向北风而开襟。"

　　②相干:相关涉。

　　③敛夕:花儿白天开放,至夜间收合。敛:收。

　　④上象:指天宇。中华:指长安。

思　归

固有楼堪倚,能无酒可倾?岭云春沮洳^①,江月夜晴明。

鱼乱书何托？猿哀梦易惊。旧居连上苑②,时节正迁莺③。

【题解】

此篇作于桂府。有楼可倚,有酒可倾,岭云江月,风景宜人。归书难托,归梦易惊,回想当年移家长安,恰值风光旖旎的阳春。

【注释】

①沮洳(jù rù):潮湿。《毛诗·魏风·汾沮洳》:"彼汾沮洳,言采其莫。"

②上苑:上林苑。秦旧苑,汉武帝扩建,周围三百里,其地在今陕西长安、周至、鄠县界。开成五年,义山移家关中。

③迁莺:不专指进士及第,亦指仕途迁转。

失　猿①

祝融南去万重云②,清啸无因更一闻。莫遣碧江通箭道③,不教肠断忆同群④。

【题解】

郑亚贬循州后,义山离桂州北归,有失落之悲,因作此诗。前二句谓郑亚南行,无缘再听到我的声音。后二句谓莫使碧江箭道相通,则音信隔绝,可以不再令我想念僚友,免除断肠之痛。痛苦之言,以反语道出。张采田曰:"失猿寓失援之意。"正确。郑亚与义山的交谊颇深,是患难之交。武宗死后,朝政发生很大变化,郑亚外迁,义山虽暂为秘书省正字,但是朝不保夕。所以郑亚辟他做幕僚,掌书记,义山迫于情势,还是受聘入幕了。郑亚还从经济上给义山很大支援,使义山"曾受殊恩"(《为荥阳公上荆南郑相公状》),解除了他的后顾之忧。他提拔义山为支使、检校水部员外郎、代理昭平郡太守,郑亚的权力范围内只要能做到的,都毫无保留地为义山提供一切方便,彼此亲密无间。所以,义山衷心感激,总想竭力报答知遇之恩。大中二年二月,郑亚贬循州,义山离桂北归,深感无依无靠,于归途中写了《失猿》,一方面为自己的清啸而无人闻问而悲伤,同时为感念郑亚和幕友而断肠。迷茫怅惘,凄切悲凉,正是义山诗歌独有的风格。

【注释】

①失猿:失群孤独之猿。诗人借以自况。

②祝融:相传为帝喾高辛氏的火正(掌火之官),死后为南方之神——火神。大中元年二月,唐宣宗将给事中郑亚调出去做桂管(治桂州,在今广西桂林)观察使,郑亚聘义山做判官,到了桂州。二年二月,郑亚贬为循州(今广东龙川县)刺史。此以祝融喻郑亚。

③箭道:溯湘江南行,水道狭窄,舟行如箭,故称箭道。碧江指湘江。

④《世说新语·黜免》:"桓公(温)入蜀,至三峡中,部伍中有得猿子者。其母缘岸哀号,行百余里不去,遂跳上船,至便即绝,破视其腹中,肠皆寸寸断。"

寄令狐学士①

秘殿崔嵬拂彩霓②,曹司今在殿东西③。赓歌太液翻黄鹄④,从猎陈仓获碧鸡⑤,晓饮岂知金掌迥⑥,夜吟应讶玉绳低⑦。钧天虽许人间听⑧,阊阖门多梦自迷⑨。

【题解】

首联谓秘殿崔嵬,令狐所在之曹司亲近禁庭。颔联想象其入则赓歌太液,出则从猎陈仓,得黄鹄碧鸡之瑞,荣宠如此。颈联谓绹既得宠,晓饮仙掌之露,因身居高位,故不觉金掌之高也;夜吟达旦,惊玉绳之低垂,不觉天将明也。尾联谓钧天广乐虽许人听闻,但阊阖门多,纵有赵简子之梦,若无人导引,亦迷路而难至了。本篇当是义山离开桂州北归得知令狐绹为翰林学士时作。诗表示欣羡令狐之贵显,并希望得到他的荐拔。

【注释】

①令狐学士:见《子直晋昌李花》注①。

②秘殿:指尚书省。

③曹司:官署,谓诸曹郎中职司所在。唐朝尚书省分吏、户、礼、兵、刑、宫六部。李肇《翰林志》:"翰林在银台门北麟德殿西厢重廊之后,学士院在翰林之南,别户东向。"绹以考功郎中充翰林学士,故曰"曹司今在殿东西"。

④赓歌:歌声赓续不断。太液:太液池,汉武帝时于建章宫北兴建。《西京杂记》:"始元元年,黄鹄下太液池,帝为歌曰:黄鹄飞兮下建章。"《汉书·昭帝纪》:"始元元年春,黄鹄下建章宫太液池中,公卿上寿。"

⑤陈仓:秦置县,汉、魏、晋因之。唐至德二年改为宝鸡县,即今陕西宝鸡市。《晋太康地志》:"秦文公时,陈仓人猎得兽如彘(音至),不知名,牵以献之。逢二童子,童子曰:'此名为媪,常在地中食死人脑。即欲杀之,拍捶其首。'媪亦语曰:'二童名陈宝,得雄者王,得雌者霸。'陈仓人乃逐之,化为雌雉,上陈仓北阪为石。秦祀之。"《汉书·郊祀志》:"宣帝即位,或言益州有金马、碧鸡之神,可醮祭而至,于是遣大夫王褒使持节而求之。"此又一说。

⑥金掌:承露仙人掌。迥:高远。

⑦玉绳:星名。谢朓《暂使下都寄西府同僚》:"玉绳低建章。"

⑧钧天:钧天广乐。《史记·赵世家》说,赵简子病中梦游天帝之居,与百神游于钧天(中央天),听奏广乐(天上的神乐)。

⑨阊阖:天门。

槿　花①

风露凄凄秋景繁②,可怜荣落在朝昏③。未央宫里三千女④,但保红颜莫保恩。

【题解】

此借朝开暮落之木槿写人事变化之迅速,深慨党局之反覆,恩遇之不能常保也。

【注释】

①即木槿花。

②木槿在夏、秋开花。

③木槿花朝开暮落。

④《汉武故事》:"上起明光宫,发燕赵美女三千人充之,率皆十五以上,二十以下,年满三十者出嫁之。建章、未央、长安三宫皆辇道相属。"

潭 州①

潭州官舍暮楼空,今古无端入望中②。湘泪浅深滋竹色③,楚歌重叠怨兰丛④。陶公战舰空滩雨⑤,贾傅承尘破庙风⑥。目断故园人不至,松醪一醉与谁同⑦!

【题解】

大中二年二月,李回以西川节度使责授湖南观察使,使府在潭州,即湖南长沙市。义山自桂幕罢归,路经潭州,暂寓回幕,为撰《为湖南座主陇西公贺马相公登庸启》。本篇作于同时或稍前。首联谓寓居官舍,薄暮登楼,古今多少事纷纷注到心头,引起无边的感慨。颔联伤悼故君唐武宗,同时对宣宗统治集团表示怨恨。颈联谓陶侃昔时平乱立功之地,如今惟见雨洒空滩;贾谊祠庙也已破烂不堪。此借潭州古事暗喻武宗朝有功将帅文臣纷纷遭贬斥。尾联谓极目远望故园却望不见,友人不来,与谁共醉? 旅思乡愁,无法排遣也。吊古伤时,空虚怅惘,无限悲凉。

【注释】

①潭州:秦置长沙郡,汉为长沙国。隋开皇九年置潭州,以地有昭潭而名。

②无端:没有起点,没有尽头。

③湘泪:传说舜崩于苍梧,二妃娥皇、女英追至湘江之滨痛哭,泪痕染在竹上。滋:滋润。

④楚歌:指屈原的作品。重叠:反复、多次。怨兰丛:《离骚》中有"兰芷变而不芳兮,荃蕙化而为茅",表示对培植的人才变质的痛心。

⑤陶公:陶侃,东晋名将,江夏太守,都督八州军事。抗击陈恢,以运船为战舰,所向必破。后为征南大将军,讨杜弢,平苏峻,封长沙郡公。

⑥贾傅:贾谊曾为长沙王太傅。承尘:承接尘土的天花板。长沙有贾谊庙,即贾谊旧宅所在。

⑦松醪(láo):用松叶、松节或松胶制作的酒。

贾　生①

宣室求贤访逐臣②,贾生才调更无伦③。可怜夜半虚前席④,不问苍生问鬼神⑤。

【题解】

本篇借贾生的不幸遭遇抒写诗人怀才不遇的悲愤。汉文帝不采用贾生进步的政治主张,却向他问鬼神事,本末倒置,造成千古遗恨。义山怀经世之志,其抱负未有丝毫施展,官不挂朝籍,空将笔砚事人,这是他一生的憾事,因作《贾生》诗以寄慨。

【注释】

①贾生:指贾谊,西汉政论家、文学家,洛阳人。年少博学能文,十八岁

时,文帝召为博士,不久迁升太中大夫。为周勃、灌婴等老官僚排挤,贬为长沙王太傅。数年后,文帝又召他回长安问鬼神事。后为梁怀王太傅,梁怀王坠马死,贾生自伤为傅无状,哭泣岁余而卒。

②宣室:未央宫前殿正室。访:征询、咨询。逐臣:被贬谪的臣下,指贾谊。

③才调:指贾谊的政治才能。无伦:无人比得上。

④可怜:可惜。《史记·屈原贾生列传》:"上因感鬼神事而问鬼神之本。贾生因具道所以然之状。至夜半,文帝前席(将自己的坐垫前移,以便倾听)。既罢,曰:'吾久不见贾生,自以为过之,今不及也。'"

⑤苍生:谓生民、百姓。

楚　宫①

湘波如泪色潦潦②,楚厉迷魂逐恨遥③。枫树夜猿愁自断④,女萝山鬼语相邀⑤。空归腐败犹难复⑥,更困腥臊岂易招⑦。但使故乡三户在⑧,彩丝谁惜惧长蛟⑨!

【题解】

首联谓亲睹湘水之清深,哀屈原之魂迷不返,含恨而逐水远逝也。颔联谓枫树夜猿声惨,其魂杳不可寻,惟女萝山鬼为之相邀耳。颈联谓屈原既死,葬于地下,归于腐败,难以招致其魂魄,更何况葬身鱼腹,困于腥臊,岂能招还?尾联谓只要楚人尚在,则祭祀不断,谁惧长蛟而惜彩丝呢?本篇是哀吊屈原之作。义山自桂北归,五月留滞江湘,见当地人民于端午节祭祀屈原,感而赋诗。本篇沉郁顿挫,扑朔迷离,受《九歌》的影响最明显。

【注释】

①旧本均作楚宫。朱彝尊曰:"通首写楚字,而无宫字意,恐题有误。"何焯、程梦星疑作"楚厉"。义山有感于五月五日屈原沉湘而作此篇。

395

②瀏瀏(liáo)：水清而深。

③厉：鬼无依归则为厉。楚厉指屈原的冤魂。

④枫树：楚辞《招魂》："湛湛江水兮上有枫，目极千里兮伤春心，魂兮归来哀江南。"夜猿：《九歌·山鬼》："雷填填兮雨冥冥，猿啾啾兮狖夜鸣。"

⑤女萝：即松萝，地衣类植物。山鬼：楚国民间传说中的山中女神。《九歌·山鬼》："若有人兮山之阿，被薜荔兮带女萝。既含睇兮又宜笑，子慕予兮善窈窕。"

⑥复：招魂。朱熹曰："古者人死，则使人以其上服，升屋履危，北面而号曰：'皋，某复。'遂以其衣三招之乃下以覆尸，此礼所谓复，而说者以为招魂。"(见《楚辞集注》)

⑦腥臊：指鱼类水族。

⑧三户：《史记·项羽本记》："楚虽三户，亡秦必楚。"

⑨彩丝：《续齐谐记》谓楚人做粽，用五色丝及楝叶，投入江中祭祀屈原魂灵，可以防止蛟龙窃食。

岳阳楼①

汉水方城带百蛮②，四邻谁道乱周班③。如何一梦高唐雨④，自此无心入武关⑤。

【题解】

一二句谓楚国方城以为城，汉水以为池，土地辽阔，民族众多，问鼎中原，周人畏之，四邻诸侯无敢议其乱周之班列也。三四句谓楚襄王迎秦妇而忘父仇，兵挫地削，亡其郢都，可为永戒也。本篇借咏怀古迹讥刺时君之沉溺声色而无大志。

【注释】

①岳阳楼：见《岳阳楼》(欲为平生)注。

②汉水:长江最大支流,源出陕西宁强县北蟠冢山,东南流经陕西南部、湖北西部和中部,至汉阳入长江。方城:春秋楚地,在今河南叶县南。《左传》僖公四年:"楚国方城以为城。"

③周班:《左传》桓公十年:"齐人饩(赠送粮食)诸侯,使鲁次之(排次序),鲁以周班后郑(鲁国依照周天子所封爵位序列将郑国排在最后),郑人怒,请师于齐,齐人以卫师助之,故不称侵伐。"

④高唐:楚台观名。楚怀王游高唐梦见神女,古人误作襄王,承袭已久。见《文选》宋玉《高唐赋序》。

⑤武关:秦国劫持楚怀王处。在陕西商南县西北。

木兰花①

洞庭波冷晓侵云,日日征帆送远人。几度木兰舟上望②,不知元是此花身③。

【题解】

《古今诗话》、《西溪丛语》所造故事皆不可信,但本诗无论从内容还是风格上都应属于义山的作品。一二句写洞庭湖烟波浩淼,上接云天,每日征帆往来不断,皆是诗人目睹情景。三四句谓自己几度站在木兰船头目送征帆和天涯漂泊之人,不知自己所乘之舟原本与木兰花同为一体,如今木已成舟,漂流水上,自己同样是天涯漂泊之人也。结句回头照应第二句,构思巧妙。

【注释】

①冯浩注:"《古今诗话》:'义山游长安宿旅舍,客赋《木兰花》诗,众皆夸示,义山后成,客尽惊,问之,始知是义山。一云陆龟蒙,误。'按:《唐诗纪事》与《诗话》同。《西溪丛语》则云:'唐末,馆阁诸公泛舟,以木兰为题,忽一贫士登舟作诗云云,诸公大惊,物色之,乃义山之魄,时义山下世久矣。'

又李跃《岚齐集》云：'是陆龟蒙于苏守张搏坐中赋《木兰堂》诗。'故诸本附入集外诗。今细玩诗趣，必是义山，且《万首绝句》入《义山集》，并不重见《鲁望集》，因皮、陆有《宿木兰院》诗，致生歧说耳。今直采入正集。"

②木兰舟：以木兰树之木料制作的舟。《述异记》："七里洲中，鲁班刻木兰为舟，至今在洲中。"

③元：原。

离　思

气尽前溪舞①，心酸子夜歌②。峡云寻不得③，沟水欲如何④？朔雁传书绝⑤，湘筻染泪多⑥。无由见颜色，还自托微波⑦。

【题解】

首联谓为讨得彼姝的情爱而费尽心力，得到的却是四季相思的苦痛。颔联谓如同寻觅巫峡的朝云那样困难，求之不得；与彼姝如同沟水分流，终难会合也。颈联谓指望女方来信互通音问，结果音书断绝；悲伤的眼泪恰如斑竹上泪痕之多。尾联谓无缘与伊人相见，只有"托微波而通辞"也。本篇是艳情诗，义山所思女子当在长安，睽隔既久，又未通音问，但义山难忘旧情，故在离桂北归途中作此诗以寄意。或以为是向令狐绹陈情之作。曰：否！大中元年与绹有书信往来，不可言"传书绝"；彼此虽有老交情，但早已有隔膜，不可能"染泪多"。

【注释】

①前溪：舞曲名。见《回中牡丹为雨所败二首》之二注。

②子夜歌：晋乐曲名。相传是晋女子子夜所作。后人更为四时行乐之词，谓之《子夜四时歌》。

③峡云：即巫峡朝云。

④沟水:《玉台新咏·古乐府·皑如山上雪》:"今日斗酒会,明旦沟水头。躞蹀御沟上,沟水东西流。"

⑤朔雁:北雁。

⑥湘筮:见《潭州》注。

⑦曹植《洛神赋》:"托微波而通辞。"

同崔八诣药山访融禅师①

共受征南不次恩②,报恩唯是有忘言③。岩花涧草西林路④,未见高僧且见猿。

【题解】

一二句谓己与崔八共受郑亚殊恩,怀图报之心却难以言表。三四句谓访融禅师不遇,于林花涧草之幽径中,惟闻清猿长啸,甚感凄凉。

【注释】

①崔八:即桂管巡官之崔兵曹,与义山同为郑亚幕僚。《樊南文集补编》有《为荥阳公桂州补崔兵曹摄观察巡官牒》云:"兵曹出于华胄,早履宦途。"药山:在澧阳县(今湖南澧县)。融禅师事迹不详,或以为是药山惟俨禅师之后。

②征南:征南将军,此指郑亚。亚为桂管防御观察使。不次:不按常次,破格重用。义山为掌书记、支使,地位仅次于观察副使。

③忘言:不知以何等语言表达。

④西林:寺名,在庐山山麓。此指药山融禅师住地。

有　感

非关宋玉有微辞[1]，却是襄王梦觉迟[2]。一自高唐赋成后，楚天云雨尽堪疑[3]。

【题解】

一二句谓非是宋玉要以微辞托讽，而是因为楚襄王沉迷梦中迟迟不觉醒，故作《高唐赋》以讽喻也。三四句谓此赋既成，后来一切表现男女爱情的作品，都被怀疑为别有寄托之诗。义山的诗歌，其中确有不少是微言托讽之作，有的明显，有的隐晦，如《南朝》、《马嵬》、《宫妓》、《瑶池》、《宫辞》、《槿花》、《过楚宫》、《北齐二首》、《骊山有感》、《无愁果有愁曲北齐歌》等等，借写爱情和爱情故事，反映了许多重大的政治问题，于是在当时就引起猜疑。有人以为他的诗作凡与艳情有关者都是寓讽之微辞。义山有感于时人对其"楚天云雨"之愤然莫辨，因作此诗以寄慨。

【注释】

①微辞：委婉之言辞。《昭明文选》载《登徒子好色赋》："登徒子短宋玉曰：'宋玉为人体貌闲丽，口多微辞，又性好色，愿王勿与出入后宫。'玉曰：'体貌闲丽，所受于天也；口多微辞，所学于师也；至于好色，臣无有也。'"

②襄王梦：前已屡见。

③楚天云雨：此指表现男女爱情的作品。

高　花

花将人共笑[1]，篱外露繁枝。宋玉临江宅，墙低不碍窥[2]。

400

诗以高花喻身份自高之女性,以宋玉自谓,因墙垣低,故不碍窥其芳姿,一饱眼福。此亦戏谑之辞。首句人和花相映衬。次句单写花,而以花拟人。三四句说是在偶然情况下,在普通场合中,见到了有相当地位的"高花",虽是片时的感触,却如宋玉窥邻女一样情意深深。

【注释】

①将:与也。花笑即花开。

②《文选》宋玉《登徒子好色赋》:"此女登墙窥臣三年,至今未许也。"

水天闲话旧事①

月姊曾逢下彩蟾②,倾城消息隔重帘。已闻佩响知腰细③,更辨弦声觉指纤。暮雨自归山峭峭④,秋河不动夜厌厌⑤。王昌且在墙东住⑥,未必金堂得免嫌⑦。

【题解】

本篇是艳情诗,与无题相同。首联谓好像嫦娥自月宫降下,无意中曾与她邂逅;可是转眼间,重帘阻隔,无缘窥见其倾城的容貌。颔联谓但闻其环佩的清音和拨弦的柔声,想见其腰身窈窕,玉指纤巧。颈联谓彼姝飘然自去,寂静无声,如同巫山上雨歇云收;遥望秋河,毫无牛女相会之意,一切是多么宁静。尾联谓墙东住着想望彼姝的男子,即使不来相会,也难免莫愁堂中人议论纷纷。诗中所写女性可能是贵族女子,虽语带戏谑,亦有真情在焉。

【注释】

①水天:谓水与天,无际涯也。旧事:旧事已不可考。

②月姊:月中嫦娥。《春秋·感精符》:"人君父天、母地、姊月。"彩蟾:

指月宫。

③佩响:环佩的响声。

④暮雨:"暮为行雨"之意。以神女比喻彼姝。峭峭:悄然无声。

⑤秋河:银河。厌厌(音淹淹):静悄悄。

⑥王昌:《襄阳耆旧传》:"王昌字公伯,为东平相,散骑常侍,早卒。妇任城王曹子文女也。"萧衍《河中之水歌》:"恨不早嫁东家王。"诗人以王昌自比。

⑦金堂:郁金堂。以郁金香和泥涂壁的堂屋。此用"卢家少妇(卢莫愁)郁金堂"之意。

过楚宫

巫峡迢迢旧楚宫①,至今云雨暗丹枫。微生尽恋人间乐②,只有襄王忆梦中。

【题解】

一二句写眼前所见楚宫故址及云雨笼罩下的丹枫,使人追想千年往事。三四句谓常人贪图现实的快乐,只有楚襄王在回忆中领会梦与神女相遇的欢情。诗中赞美襄王对理想境界的追求,可以说是"夫子自道也"。义山是现实的贫乏者,然而是理想的富足者。此处不是评价襄王,而是写自己的人生体验。

【注释】

①巫峡:在四川巫山县东,绵延一百六十里。楚宫:《太平寰宇记》:"楚宫在巫山县西北二百步,在阳台古城内,即襄王所游之地。"

②微生:常人,众生。

楚　宫

十二峰前落照微①，高唐宫暗坐迷归②。朝云暮雨长相接，犹自君王恨见稀。

【题解】

一二句谓楚王在高唐宫坐对巫山十二峰，遥望巫山云雨，从旦至暮，竟然忘归，望之入迷。三四句谓朝云暮雨，晨夕常见，仍感不能满足其欲望。楚王只是沉迷声色，并不关心国家大事，终于导致楚国的灭亡。时君世主，可不慎欤？寄讽深婉，意在言外。

【注释】

①十二峰：巫山十二峰。

②高唐：高唐观。《高唐赋序》："昔者楚襄王与宋玉游于云梦之台，望高唐之观，其上独有云气。"

摇　落①

摇落伤年日，羁留念远心。水亭吟断续，月幌梦飞沉②。古木含风久，疏萤怯露深。人闲始遥夜，地迥更清砧③。结爱曾伤晚，端忧复至今④。未谙沧海路⑤，何处玉山岑⑥？滩急黄牛暮⑦，云屯白帝阴⑧。遥知沾洒意⑨，不减欲分襟⑩。

【题解】

本篇是义山自桂北归淹滞荆巴、羁留巫峡时的寄内之作。开始四句谓草木摇落，一年的时光将尽，引起客愁。羁留异乡，心念妻子，想象王氏也在怀念自己。她于水亭沉吟，在月幌下寻梦，感觉分居两地若天渊之旷远也。"古木"四句写三峡风多露重，空旷寂寥，惟闻砧声断续，更觉孤凄。"结爱"四句谓己伤心于与王氏结爱之晚，更因远宦而愁苦至今；入朝为官之路真比登蓬莱、上昆仑还要困难。"滩急"至末谓己在三峡险恶之地遥想王氏此际因怀远而洒泪，其悲哀定不减于初别之时也。

【注释】

①摇落：宋玉《九辩》："悲哉秋之为气也，萧瑟兮草木摇落而变衰。"

②月幌：谢惠连《雪赋》："月承幌而通晖。"飞沉：谓飞鸟与潜鱼。《庄子》："梦为鸟而厉乎天，梦为鱼而投于渊。"陆云《为顾彦先赠妇诗》："山海一何旷，譬彼飞与沉。"

③清砧：砧声清越。

④端忧：深忧。谢庄《月赋》："端忧多暇。"

⑤沧海路：以入海求仙比喻入朝之难。

⑥玉山：西王母所居之地。

⑦黄牛：黄牛滩。《水经·江水注》："江水又东，迳黄牛山下，有滩名曰黄牛滩。南岸重岭叠起，最外高岸间有石，色如人负刀牵牛，人黑牛黄，成就分明……故行者谣曰：'朝发黄牛，暮宿黄牛，三朝三暮，黄牛如故。'言水路纡深，回望如一矣。"

⑧白帝：白帝城。东汉公孙述所筑，故址在今四川省奉节县白帝山上。

⑨沾洒：沾襟洒泪。

⑩分襟：分别，离别。

无　题

万里风波一叶舟，忆归初罢更夷犹①。碧江地没元相引②，黄鹤沙边亦少留③。益德冤魂终报主④，阿童高义镇横秋⑤。人生岂得长无谓⑥,怀古思乡共白头!

【题解】

本篇原编集外诗,原题失去,编录者署以《无题》,实与其他《无题》诗迥不相侔。义山于大中二年三月自桂州罢幕北归,五月至潭州,在李回幕作短期逗留,然后出洞庭至夏口稍稍停驻,即溯江西上至江陵,并且到达三峡、巴东一带地方。本篇当作于淹滞荆巴之时。首联谓万里风波,孤舟一叶,桂幕初罢,思归心切。心知令狐绹对自己深怀不满,回长安求职的机会不多,故于归途中徘徊淹滞,希望在江湘或巴蜀谋一幕职。颔联紧承上联而来,即谓巴蜀碧江有相引之意,黄鹤矶头亦有留待之情。颈联谓王浚生前志大功高,张飞死后,忠魂报主,一死一生,都是功烈千秋。尾联谓人生应当像张、王二位那样干一番事业,岂能毫无意义地活着,在怀古思乡的忧愁中虚度此生?本诗语意虽浅而感慨极深,空自飘零、无所作为的痛苦,已在"忆归"却"夷犹"的矛盾中闪现,至结尾二句则和盘托出。

【注释】

①夷犹:楚辞《九歌》:"君不行兮夷犹。"夷犹,犹豫,徘徊。

②地没:程梦星曰:"当作地脉。"冯浩曰:"没字当误,或疑作脉,未可定。"

③黄鹤:黄鹤矶,一名黄鹄矶,在今湖北省武汉市蛇山临江处。古代传说,有仙人子安尝乘黄鹤过此,故名。

④益德:《蜀志》:"张飞字益德,先主伐吴,飞当率兵万人自阆中会江州;临发,其帐下将张达、范彊杀飞,持其首顺流而奔孙吴。"冤魂报主事未详。

⑤阿童:王浚,小名阿童,西晋大将,弘农湖县(今河南灵宝西南)人,两任益州刺史。自泰始八年起,大造舟舰,练水师,准备攻吴。咸宁五年受命进兵,次年克武昌,顺流而下,突破吴国江防,直抵金陵,孙皓出降。横秋:喻正气凛然如霜气横空。镇:压住,压服。此指正气压住邪气。

⑥无谓:不足称道,没有意义。

夜雨寄北①

君问归期未有期,巴山夜雨涨秋池②。何当共剪西窗烛③,却话巴山夜雨时④。

【题解】

一、二句谓妻问我何日回家,我还回答不上;巴山一夜的秋雨涨满了池塘。三、四句说何时还乡与妻在西窗下挑灯夜话?再聊叙巴山夜雨时的九曲回肠。语浅情深,是寄内之作。此夜羁情无处说,转从他日话今宵。

【注释】

①一作《夜雨寄内》。大中二年二月郑亚贬为循州刺史。义山离桂州北归。此时李回任湖南观察使,杜悰任西川节度使。义山先见李回,替他写《贺马相公(植)登庸启》,李回不用他,于是溯江西上入川想投杜悰,到了巴东一带,考虑杜悰不会用他,决计由江陵北归。本篇作于是年秋浪游巴东之时。

②巴山:泛指东川一带的山丘。

③何当:何时。

④却话:回过头来叙说。

因　书①

绝徼南通栈②,孤城北枕江③。猿声连月槛④,鸟影落天窗⑤。锦石分棋子⑥,郫筒当酒缸⑦。生归话辛苦,别夜对凝釭⑧。

本篇也是寄内诗。首联谓身在山城,南通栈道以外之绝域,北枕南流之川江。颔联谓凭月槛而听猿声,望天窗而看鸟影。其荒凉难以尽述。颈联谓下棋饮酒聊以自遣耳。尾联谓"生当复来归",归来必对凝釭而聊叙别夜之苦辛矣!结尾与《夜雨寄北》结句意思相同。

【注释】

①因寄书信而顺便附寄此诗也。

②绝徼:见《荆门西下》注。栈:栈道。此指剑阁栈道。起句为倒装,顺言即南通栈道外的绝徼。

③孤城:不能确定为何地之孤城。

④月槛:月下栏杆。

⑤天窗:屋面所设透光或通风之窗。

⑥锦石:锦江石小如钱,故可以为棋。分:布。

⑦郫筒:《华阳风俗录》:"郫县有郫筒池,池旁有大竹。郫人刳其节,倾春酿于筒,闭以藕丝,苞以蕉叶,信宿馨达竹外,然后断之以献。俗曰郫筒酒。"郫人截大竹长二尺以上,留一节为底,刻其外为花纹,或朱或黑,或不漆,用以盛酒。相传晋山涛为郫令,用竹管酿酒,兼旬方开,香闻百步。郫,音皮。

⑧釭:灯。

风

回拂来鸿急①,斜催别燕高②。已寒休惨淡③,更远尚呼号。楚色分西塞④,夷音接下牢⑤。归舟天外有,一为戒波涛⑥。

【题解】

前半写鸿燕高飞,寒风萧瑟。后半写巴楚交界处之荒蛮,并祝祷天际归舟第一要警惕风涛之险恶,平安到家。此诗是义山游三峡回荆州途中所作。

【注释】

①回拂:形容风势回转拂掠。沈约《咏风》:"送归鸿于碣石。"

②斜催:亦指风势斜扫。《礼记·月令》:"仲秋之月,盲风至,鸿雁来,玄鸟归;季秋之月,鸿雁来宾。"

③惨淡:董仲舒《春秋繁露·治水·五行》:"金用事,其气惨淡而白。"

④西塞:巴楚分界处,非指西塞山。《荆州记》:"郡西泝江六十里,南岸有山,名荆门,北面有山,名虎牙。二山楚之西塞。"

⑤夷音:少数民族语言。下牢:今宜昌市西下牢戍。

⑥戒:警惕。

江　上

万里风来地,清江北望楼。云通梁苑路①,月带楚城秋②。刺字从漫灭③,归途尚阻修④。前程更烟水,吾道岂淹留⑤!

【题解】

大中二年秋,义山欲入蜀依杜悰,行至巫峡、夔州之地,又折回江陵,途中登江楼而作此诗。首联谓秋风远自三峡呼啸而来,我正登江楼而北望故乡。颔联谓浮云向北移动,好像是通往故园;月照楚地城乡,时值清秋,我仍在江乡漂泊。颈联谓投靠无门,无所适从;归路迢遥,道途多阻。尾联谓前途茫茫,难道我的道路就如此淹滞不通?结尾于感叹中包含愤慨。

【注释】

①梁苑:一名梁园,西汉梁孝王刘武所建园囿,故址在今开封市东南。此指河南乡园。

②冯曰:"江乡固皆楚境。"

③刺字:刺(名片)上的字。《后汉书·祢衡传》:"祢衡避难荆州,来游许下。始达颍川,乃阴怀一刺,既而无所之适,至于刺字漫灭。"

④阻修:既阻隔,又遥远。道阻且长。

⑤道:指仕途。

楚 吟

山上离宫宫上楼①,楼前宫畔暮江流。楚天长短黄昏雨,宋玉无愁亦自愁②。

【题解】

冯浩曰:"吐词含珠,妙臻神境,令人知其意而不敢指其事以实之。"义山自比宋玉,宋玉为襄王小臣,一生不得志,义山于桂州罢幕后,漂泊无依,更何况秋雨黄昏之时。

【注释】

①舟行至江陵,江畔有山,山上有离宫,故云。

②宋玉《九辩》:"余萎约而悲愁。"

听 鼓

城头叠鼓声①,城下暮江清。欲问渔阳掺②,时无祢正平。

【题解】

义山游江乡,闻鼓声而想起祢正平击鼓故事,慕祢衡之英烈,惜当世无此人也。

楚　泽

夕阳归路后,霜野物声干①。集鸟翻渔艇②,残虹拂马鞍。刘桢元抱病③,虞寄数辞官④。白袷经年卷⑤,西来及早寒。

【题解】

本篇是义山离开江乡,前往长安,陆行而经湖滨泽畔之作。首联谓夕阳时又登程上路,秋天里,四野空旷寂寥。颔联谓所见景物甚少,野艇有集鸟,见人至而惊飞;残虹低垂,斜阳反照,自己仍在赶路。颈联谓己像刘桢一样多病,像虞寄一样屡屡罢幕辞官。尾联谓此前在桂州天气炎热,不用夹衣,现在北归途中,天气早已寒凉,正用得上夹衣了。长期在外,历尽苦辛,如今北归,反以早寒加衣为可喜也。

【注释】

①物声干:秋日黄昏,木叶尽脱,四野寂寥。干:空,尽。

②翻:飞貌。鸟见人至而惊飞。

③刘桢:字公干,东平(山东东平县)人,曹操辟为丞相掾属。建安七子之一。刘桢《赠五官中郎将》诗:"余婴沉痼疾,窜身清漳滨。"

④虞寄:《南史》本传:"寄字次安,少聪敏……性冲静,有栖遁志……前后所居官,未尝至秩满,裁期月,便自求解退。常曰:'知足不辱,吾知足矣。'"虞寄,南朝梁、陈时人。

⑤白袷：白袷衣，即夹衣，无絮，春秋服之。

汉南书事①

　　西师万众几时回②，哀痛天书近已裁③。文史何曾重刀笔④，将军犹自舞轮台⑤。几时拓土成王道⑥？从古穷兵是祸胎⑦。陛下好生千万寿⑧，玉楼长御白云杯。

【题解】

　　首联谓宣宗哀悯生民之诏令已下达，可是西征大军仍不肯收兵。颔联谓朝廷不重文官，亦无良相可言（德裕已贬崖州），故将帅骄纵，犹自玩兵不止。颈联谓从来开边拓土、挑起战争者，未能成就王道，而穷兵黩武，徒结祸胎也。尾联谓宣宗好生悯民，故下诏罢兵，愿皇上千秋万岁，永享太平之福。

【注释】

　　①汉南：指襄阳。唐时称山南东道，治所襄州。义山于大中二年由桂返京，途经襄阳。书事：感时事而作。会昌五年，党项反，实由边帅夺其羊马所致。党项攻陷邠宁盐州界城堡，朝廷发兵攻讨，连年无功。本篇坚决反对拓土穷兵，望其勿生事四夷。

　　②西师：指西讨党项的诸道大军。党项，西羌的一支，居今青海、甘肃、四川一带边地。

　　③天书：皇帝诏令。《汉书·西域传》："上乃下诏，陈既往之悔，曰：'轮台西于车师千余里，乃者贰师败，军士死略离散，悲痛常在朕心。今请远田轮台，欲起亭隧，是扰劳天下也，朕不忍闻。'赞曰：孝武末年，弃轮台之地，而下哀痛之诏，岂非仁圣之所悔哉！"唐宣宗颇知边帅欺夺党项羊马，或妄诛杀，党项不胜愤怨，故反。当时必有暂罢征讨党项之诏，义山于归途中得闻，故有此作。裁：制定。

④刀笔：刀、笔都是书写工具。古代记事，最早是用刀刻在甲骨或竹木简上，有笔以后，用笔书于简帛上，故刀笔合称。后来指主办文案的官吏。

⑤轮台：土名玉古尔，或作布古尔。汉武帝曾遣戍屯田于此，唐贞观中置县，治所在今新疆米泉县。

⑥王道：以德统一天下曰王道，以力征服天下曰霸道。

⑦祸胎：祸乱之源。枚乘《奏吴王书》："福生有基，祸生有胎。"

⑧好生：谓皇上有好生厌杀之德。

赠田叟

荷蓧衰翁似有情①，相逢携手绕村行。烧畬晓映远山色②，伐树暝传深谷声。鸥鸟忘机翻浃洽③，交亲得路昧平生。抚躬道直诚感激④，在野无贤心自惊⑤。

【题解】

冯浩曰："此似桂管归途作。"首联谓田叟与己并不相识，然相见之后颇似有情，与我携手绕村而行。颔联谓田叟勤于劳作，晨起放火烧荒，火光与远山相映；伐树深林，幽谷暗传丁丁之声。颈联谓己与田叟交情自然融洽如同鸥鸟忘机；可是以前交往亲密之人，如今得势，似与我素昧平生。尾联谓抚躬自忖，直道犹存，真令我感激；当政者竟称"野无遗贤"，全是谎言，故闻之而心惊也。田叟即是遗贤，兼有自寓之意。

【注释】

①荷蓧：《论语·微子》："子路从而后，遇丈人，以杖荷蓧。子路问曰：'子见夫子乎？'丈人曰：'四体不勤，五谷不分，孰为夫子？'植其杖而芸。"蓧：耘田器。蓧，音钓。

②烧畬(shē)：烧山草开荒。俗称火耕。

③忘机：忘却计较，无巧诈之心。浃洽：融洽。

④抚躬:抚躬自问。

⑤在野无贤:《尚书·大禹谟》:"野无遗贤,万邦咸宁。"

归　墅①

　　行李逾南极②,旬时到旧乡③。楚芝应遍紫④,邓橘未全黄⑤。渠浊村春急⑥,旗高社酒香⑦。故山归梦喜,先入读书堂。

【题解】

　　大中二年八月二十二至二十三日,义山北归至邓州时,正值秋社。"归墅"是归向旧居的意思。首联谓自己自极远的南方边地出发,已至邓州,再有十日行程就到家了。颔联谓商洛山的紫芝应是遍山皆有,而邓州之橘尚未完全成熟。此是近乡所见情景。颈联谓雨后山溪水涨,水碓春声急促;正值秋社,酒旗高挂,社酒飘香。尾联谓梦中已经到家,并且先入自己的书房。本篇是归途中所作,身未归而梦先到。

【注释】

　　①墅:此言故乡简陋的住宅或草堂。

　　②行李:本指使者,此指行旅之人。逾,越。南极:极远的南方之地。

　　③旬时:十日。

　　④楚芝:楚山的紫芝。商洛山在商州东南九十里,亦名楚山。《高士传》:"四皓避秦入商洛山,作歌曰:'晔晔紫芝,可以疗饥。'"

　　⑤邓橘:邓州之橘。邓州属南阳郡。

　　⑥渠浊:渠浊因下雨水涨。村春:谓水碓。

　　⑦旗高:酒旗高悬。社酒:社日祭神所用之酒。社日是古代祀社神之日。汉以后,以立春后第五个戊日为春社,立秋后第五个戊日为秋社。适当春分、秋分前后。此指秋社。

九月於东逢雪①

举家忻共报②,秋雪堕前峰。岭外他年忆③,於东此日逢。粒轻还自乱④,花薄未成重。岂是惊离鬓⑤,应来洗病容。

【题解】

义山北归,九月行至商於之东逢雪,将抵长安,心中高兴,想象家人亦为降雪而欣喜。结尾谓秋雪非为惊我久别归来而降,应是为洗我病容而降也。

【注释】

①於(wū)东:商於之东。

②忻:同欣。共报:谓家人及归途中的诗人自己均为秋雪之降而喜。

③他年:昔年。岭外无雪,故在桂林时忆昔年之雪。

④粒:雪粒。自乱:谓迎风乱舞。

⑤离鬓:谓己是离乡已久、两鬓斑白之人。

陆发荆南始至商洛①

昔去真无奈,今还岂自知?青辞木奴橘②,紫见地仙芝③。四海秋风阔,千岩暮景迟。向来忧际会④,犹有五湖期⑤。

【题解】

首联谓从前离开长安,随郑亚远赴桂州,实出于无可奈何,岂料今日失职而归?颔联谓己自江陵出发,与青青的柑橘告别,今已抵达商洛,见商洛

414

山遍地都是紫芝。颈联谓长期飘零在外,饱受风吹日晒之苦,今欲岩栖穴处,为期已晚。末联谓从来忧虑遇合无期,今则惟有作五湖之游耳。义山北归至商洛时,想到商山四皓,故有幽栖岩穴,托身江湖的感慨。

【注释】

①荆南:即荆州。唐时荆州习称荆南。商洛:汉置商县,隋改为商洛,在今陕西商县东八十里。

②木奴:柑橘。三国吴丹阳太守李衡于宅边种橘千株,临死谓其子曰:"汝母恶我治家,故穷如是。然吾州里有千头木奴,不责汝衣食,岁上一匹绢,亦可足用耳。"见《三国志·吴志·三嗣主传》。

③紫芝:木耳的一种,为瑞草,故称地仙。

④际会:遇合,时机。

⑤五湖:范蠡功成身退,乘扁舟,出三江,入五湖,人莫知其所终。见《吴越春秋》。

商　於①

商於朝雨霁,归路有秋光。背坞猿收果②,投岩麝退香③。建瓴真得势④,横戟岂能当⑤?割地张仪诈⑥,谋身绮季长⑦。清渠州外月⑧,黄叶庙前霜⑨。今日看云意,依依入帝乡⑩。

【题解】

一二句谓己北归已至商於,早晨雨过天晴,秋阳下启程登路。三四句谓商山上有收果之猿、投岩之麝。此就传说而言,未必当时亲见。五六句写此处形胜自古为兵家必争之地。七八句谓张仪曾以割让商於之地欺骗楚怀王,绮里季却隐居商山以保其身。此言人情多诈,宜乎退隐。九十句写商州城外之清渠映照明月,四皓庙前之霜叶一片金黄。此言商於是隐居的好地方,对自己有很大的吸引力。末谓仰看浮云缓缓北移,我亦渐近长安。

【注释】

①商於:古商於之地在今陕西商南县,河南淅川县、内乡县一带。义山北归必经之地。

②坞:四面高中间低的谷地。

③麝退香:胡震亨注引《谈苑》:"商、汝山中多麝,绝爱其脐,每为人所逐,势且急,即自投高岩,举爪裂出其香。就縶而死,犹拱四足以保其脐。"

④建瓴:《史记·高祖本纪》:"(秦中)地势便利,其以下兵于诸侯,譬犹居高屋之上建瓴水也。"瓴,盛水瓶。居高屋之上而倒瓶水,其势不可当也。

⑤横戟:《战国策·齐策》:"齐王建入朝于秦,雍门司马横戟当马前,曰:'王何以去社稷而入秦?'王不听,遂入秦。"二句专写秦得地势,一夫当关,万夫莫开。

⑥张仪诈:《史记·张仪传》说,张仪说楚:"能闭关绝齐,请献商於之地六百里。"楚果绝齐求地,仪诈称六里。

⑦绮季:绮里季,商山四皓之一。四皓,见《四皓庙》注。四皓畏秦始皇暴政,隐于商洛地肺山以待天下定。

⑧州:商州。

⑨庙:四皓庙。

⑩帝乡:仙境。借指帝京。

送丰都李尉①

万古商於地②,凭君泣路歧③。固难寻绮季④,可得信张仪⑤。雨气燕先觉,叶阴蝉遽知。望乡尤忌晚,山晚更参差。

【题解】

李尉赴丰都任职,经商於之地,义山经商於北归,道上相逢相送,悲慨万端,故作此篇。起二句谓相遇此万古商於之地,因君之适远方而就卑职,引起我的歧路之悲。三四句谓绮季难寻,欲隐不得;宦途多诈,岂信张仪?退不得,进不得,所以临歧而泣也。五六句谓时局变幻不定,应当提高警惕,加强自我保护意识。末二句谓希望李尉早日归来,因为太晚就怕有三长两短,问题越来越多。以晚间山影参差比喻障碍很多,道路难行。一篇之中,将宦途险阻、世情反覆、漂流之感、故乡之思,一气说出,悲切感人。

【注释】

①丰都:即今四川省丰都县,唐代属山南东道忠州。李尉:李某为丰都县尉,名字不详。

②商於:见《商於》注。

③凭:依,藉。路歧:见《荆门西下》注。

④绮季:见《商於》注。

⑤张仪:见《商於》注。

梦令狐学士①

山驿荒凉白竹扉②,残灯向晓梦清晖。右银台路雪三尺③,凤诏裁成当直归④。

【题解】

本篇是寄令狐绹之诗,希望得到令狐引荐,但出言委婉,故曰"梦"。杜甫《梦李白》曰:"故人入我梦,明我长相忆。"义山在回长安途中寄赠此诗,表示长忆令狐,希望改善关系。一二句谓归途中旅次山驿,天亮前梦见令狐绹,感到十分亲切,如沐清晖,醒后残灯犹在,天将明也。三四句想象令狐绹整夜在翰林院值班,诏书已经写成,拂晓时刚从右银台路上踏雪归来。义山于归途逢雪,故曰"雪三尺"。山驿与银台相照映,失意人梦得意人,语意悲凉。

①令狐:令狐绹。大中二年二月,令狐绹召拜考功郎中,寻知制诰,充翰林学士。

②山驿:山村驿站。白竹扉:竹制门扉经久变成白色。

③右银台:唐朝翰林院在大明宫右银台门内。《旧唐书·职官志》:"王者一日万机,军国多务,深谋密诏皆从中出。翰林学士得充选者,文士为荣。倒置学士六人,择年深德重一人为承旨,独承密命。贞元以后,为学士承旨者,多至宰相焉。"李肇《翰林志》:"学士每下值出门相谑,谓之小三昧(解脱束缚,获得小自由),出银台门乘马,谓之大三昧。"

④凤诏:诏书。古代以龙凤比帝王,故称其所下诏书为凤诏。直归:下值(班)归来。

肠

有怀非惜恨,不奈寸肠何。即席回弥久,前时断固多。热应翻急烧①,冷欲彻空波②。隔树溅溅雨③,通池点点荷。倦程山向背④,望国阙嵯峨⑤。故念飞书及,新欢借梦过。染筠休伴泪⑥,绕雪莫追歌⑦。拟问阳台事⑧,年深楚语讹⑨。

【题解】

司马迁《报任安书》曰:"是以肠一日而九回,居则忽忽若有所亡,出则不知其所往。"本篇取"肠一日而九回"之义,以"肠"命题,写诗人自己的悲伤,诗的前半写悲伤心理的各种状态,后半写所悲的具体内容,都是借助形象来表述,并没有直说。开始四句谓心中有忧虑,非所惜也,只怕寸寸柔肠禁受不住。今日即席,已觉回肠百结,何况从前肠断固多乎!"热应"二句谓有时愁思激烈,肠内似火烧;有时充满失望和悲哀,肠中冰冷,如寒波透骨。"隔树"二句谓希望在有无之间,如同隔树听雨,望之不见,听之渐渐有声,"一春梦雨常飘瓦"也;又像通池观荷,点点逼真,转觉有望也。以上写忧愁心理的种种状态,形象地说出自己的感受。"倦程"二句谓长期在地方做幕僚,远涉衡湘,达于桂幕,如今归来,已感倦游也;望京华之宫阙崔巍,却无由荐达也。"故念"二句谓旧友虽有书信寄我,而新知只有在梦中相见了。怀念自己的亲友有飞书自远而至,但并无佳音,而新知郑亚已经贬至循州,再难有见面的机会。"染筠"二句谓己北归至潭州想入李回幕未被聘用,见湘筠而几欲下泪;到荆楚之地空闻《白雪》歌声之余音绕梁,再不可能像数月之前奉使江陵时所受到的友好接待了。结二句谓己溯江西上,希望投靠西川节度使杜悰这位远房表兄,但深知其人刻薄寡恩,故行至巫峡、夔州一带而止,仅仅访问过阳台、楚宫,知道一些当地的传说,年深月久,传说也不免讹误,若要问我阳台故事,我也讲不清楚了。后半写自己从桂州北归过程中一段痛苦的经历。义山惯于以表达主观感受来代替客观叙述,而感情的跳跃跨度很大,造成解释的困难,但如果对他的一套制"谜"的方法和他的经历比较熟悉,这些困难和问题也就迎刃而解了。

【注释】

①烧音哨,读去声。东方朔《七谏》:"心沸热其若汤。"

②《颜氏家训》:"墨翟之徒,世谓热腹;杨朱之侣,世谓冷肠。"

③渐渐:细雨声。

④《湘中记》:"遥望衡山如阵云,沿湘千里,九向九背,乃不复见。"

⑤国:指京城。阙:宫阙。嵯峨:高耸貌。《晋书·惠帝纪》引《洛中谣》:"遥望鲁国郁嵯峨。"梁鸿《五噫歌》:"顾瞻帝京兮,噫!宫室崔巍兮,噫!"

⑥染筠:指湘妃以泪染竹。见《潭州》注。

⑦绕雪:奏《白雪》歌。《宋玉对楚王问》:"客有歌于郢中者……其为《阳春》《白雪》,国中属而和者数十人。"

⑧阳台:宋玉《高唐赋》:"朝朝暮暮,阳台之下。"用巫山神女故事,前已屡见。

⑨楚语:楚地方言。

419

旧将军①

云台高议正纷纷②,谁定当时荡寇勋?日暮灞陵原上猎③,李将军是旧将军。

本篇借两汉史事讽刺宣宗朝贬斥前朝有功将相的罪恶行为,为李德裕鸣冤叫屈。大中二年七月,续画功臣图像置于凌烟阁,纷纷论功,而会昌年间有功将相一概排斥在外。李德裕为武宗相,御回鹘,平泽、潞等五州的叛乱,有大功于朝廷,加太尉,封卫国公。宣宗即位,务反会昌之政,贬李德裕为潮州司马,再贬为崖州司户,置无用之地,无异于汉李广之放闲置散,夜猎灞陵,竟被醉尉呵斥,而忽其为故将军也。

【注释】

①旧将军:原指故将军李广。旧、故,就其退役、退休而言,非故去、亡故之义。见《少年》注⑦。

②云台:汉宫中台阁名。《后汉书·朱、景、王、杜、马、刘、傅、坚列传》:"(明帝刘庄)永平中,显宗追感前世功臣,乃图画二十八将于南宫云台,其外又有王常、李通、窦融、卓茂合三十二人。"江淹《上建平王书》:"高议云台之上。"

③灞陵:汉文帝陵墓所在地,在长安东南郊。

公 子①

外戚封侯自有恩②,平明通籍九华门③。金唐公主年应小,二十君王未许婚④。

叶葱奇《疏注》引《唐语林·补遗》曰："万寿公主,宣宗之女,将嫁,命择良婿。郑颢,宰相子,状元及第,有声名,待婚卢氏。宰臣白敏中奏选尚(选他和公主结婚),颢深衔之。"以公子为郑颢,本篇即咏此事。可备一说。

【注释】

①公子:程梦星注引《旧唐书》:"金堂(堂、唐古或通用)公主,穆宗女,下嫁郭仲恭。"公子谓仲恭。仲恭为郭子仪的后代,昇平长公主之孙,宪宗郭皇后之侄,故戏咏之。

②首句谓其先世封侯王,为皇亲国戚,公子得先世之殊恩,非因匹配公主而得恩宠。"自"字最为切要。

③通籍:汉代出入宫门之制度。籍为二尺长竹简,上写姓名、年龄、身份等,挂在宫门外,以备出入查对。通籍,谓记名于门籍,可以进出宫门。后来也称做官为通籍。九华门:指宫门。《西京杂记》:"汉掖庭有云光殿、九华殿。"《洛阳宫名》:"洛阳诸门中有九华门。"次句谓公子已任职朝中。

④三四句谓只因金唐公主年龄尚幼,不到结婚年龄,所以公子虽年已既冠,君王仍未许婚也。

富平少侯

七国三边未到忧①,十三身袭富平侯②。不收金弹抛林外③,却惜银床在井头④。采树转灯珠错落⑤,绣檀回枕玉雕锼⑥。当关不报侵晨客⑦,新得佳人字莫愁。

【题解】

本篇是一首讽刺诗,讽刺的对象是正在承恩受宠的贵族少年。首联谓其年幼即承袭侯爵,对藩镇割据及回纥党项寇边等危及国家朝廷的大事,毫不忧虑。颔联谓此少年袭爵封侯者真愚昧无知,应当珍惜的毫不爱惜,不易丢失的却系念心头,不知权衡轻重。颈联谓其享乐无度,奢华至极。末联谓其沉迷美色,拒见晨客,更不把国家内忧外患等大事放在心上。

【注释】

①七国:指汉景帝时吴、楚、赵、胶西、济南、菑川、胶东等国。西汉初,诸侯王国势力不断扩大,威胁朝廷。汉景帝用晁错建议,削减诸侯王封地。吴王刘濞勾结楚、赵等六国发动武装叛乱,后为周亚夫平定。三边:汉代幽、并、凉三州,其地都在边疆。后泛指边疆。

②富平侯:汉代张安世封富平侯,子孙袭封。

③金弹:《西京杂记》:"韩嫣好弹,常以金为丸,所失者日有十余。长安为之语曰:'苦饥寒,逐弹丸。'"

④银床:井上辘轳架。

⑤采树转灯:朱注引《开元遗事》:"韩国夫人上元夜燃百枝灯树,高八十余尺,竖之高山,百里皆见。"程梦星注引《朝野佥载》:"睿宗先天二年作灯轮,高二十丈,衣以锦绣,饰以金银,燃五万盏,望之如花树。"错落:交错纷杂。

⑥绣檀回枕:指刻有花纹的檀香木枕。花纹回绕,故曰"回枕"。雕镂(音搜):刻镂精细。

⑦当关:守门人。侵晨:大清早。

宫中曲

云母滤宫月①,夜夜白于水。赚得羊车来②,低扇遮黄子③。水精不觉冷④,自刻鸳鸯翅⑤。蚕缕茜香浓⑥,正朝缠左臂⑦。巴笺两三幅⑧,满写承恩字⑨。欲得识青天⑩,昨夜苍龙是⑪。

【题解】

本篇是义山效李贺乐府诗风格戏作之宫体诗。一二句写宫中清静寂寥。三四句写初次邀宠时的娇羞作态。五六句写宫娥躺在水精床上故作搂抱姿势,言其极意承欢。七八句谓破身之血染红了白绢,以此为绛纱系于左臂便是曾有幸于皇上的证明。"正"者,"证"也。"正朝",谓证明面见君王也。九十句谓昨夜蒙幸,今日写感谢信,满纸皆感激承恩之语。末二句托宫娥的口吻骄傲于人曰:想要见皇帝,就得先有苍龙入梦之好运也。张采田曰:"玉溪古体虽多学长吉,然长吉语意峭艳,至于命篇,尚不脱乐府本色。义山宗其体而变其意,托寓隐约,恍惚迷幻,尤驾昌谷而上之,真骚之苗裔也。"本篇为讽刺小人争宠而作。

【注释】

①云母:指云母窗帘,轻薄透明,能透进月光。宫月:照入宫中的月光。

②羊车:羊拉的轻便车。《晋书·胡贵嫔传》:"(武)帝多内宠,平吴之后,复纳孙皓宫人数千,自此掖庭殆将万人,而并宠者甚众。帝莫知所适,常乘羊车,恣其所之,至便宴寝。宫人乃取竹叶插户,以盐汁洒地,而引帝车。"

③黄子:涂在额上的月牙形黄点,即额黄。另见《效长吉》注。

④水精:水精床,以水晶为饰的床。

⑤鸳鸯翅:作鸳鸯展翅之状。

⑥蚕缕:丝织品。茜:茜草,可用以染丝帛,染成红色。

⑦正朝:古代帝王听政视朝的正殿。周代,天子、诸侯皆有三朝,即外朝一、内朝二。正朝为天子内朝之一,在应门内,路门外。缠臂:《晋书·胡贵嫔列传》:"(武)帝多简良家子女以充内职,自择其美者,以绛纱系臂。"

⑧巴笺:巴蜀一带所产精美的书信用纸。

⑨承恩:承受恩宠。

⑩《东观汉记·和熹邓皇后》:"尝梦扪天,体荡荡,正青滑,有若钟乳。后仰吸之,以讯占梦,言尧梦攀天而上,汤及天舐之。皆圣王之梦,吉不可言。"

⑪苍龙:见《鄠杜马上念汉书》注。

宫　妓①

　　珠箔轻明拂玉墀②,披香新殿斗腰支③。不须看尽鱼龙戏④,终遣君王怒偃师⑤。

【题解】

　　本篇假借"宫妓"为题,其意并不在宫妓斗艳或讥刺帝王荒淫,而是针对内庭中玩弄阴谋权变者。一二句谓禁宫之珠帘垂地,悄无人声,可是宫内之佞臣贼子如美人斗艳、争风吃醋一般争权比势而无已时。三四句谓且看这帮谗佞闹到何种地步,不必看尽你们鱼龙变幻的丑态,终有一天自及于祸也!牛李党争自宪宗朝开始,历穆、敬、文、武、宣五朝,愈演愈烈,义山身受其苦,故以怨讽之诗警告日逞权变者绝没有好下场。措词微婉,而讽刺甚深。

【注释】

　　①宫妓:宫廷中的歌妓。唐开元二年置宜春院,擅长歌舞的教坊妓女被征调入院,称为内人;因常在皇帝面前演奏,也称前头人。《旧唐书·顺宗纪》:"出掖庭教坊女乐六百人。"

　　②珠箔:缀以珠玉的帘箔。玉墀:白玉台阶。

　　③披香殿:殿名。《三辅黄图》:"武帝时,后宫八区,中有披香殿。"至唐高祖(李渊)又建披香殿,在庆善宫内。见《旧唐书·苏世长传》。腰支:腰肢。斗:比。

　　④鱼龙戏:见《谢往桂林至彤庭窃咏》注。

　　⑤偃师:古代的巧匠。制造的木偶人能歌善舞。《列子·汤问》:"周穆王西巡狩,道有献工人名偃师……偃师谒见王,王荐之曰:'若与偕来者何人耶?'对曰:'臣之所造能倡者。'穆王惊视之,趋步俯仰,信人也。巧夫领其颐,则歌合律;捧其手,则舞应节。千变万化,惟意所适。王以为实人也,

与盛姬内御并观之。技将终,倡者瞬其目而招王之左右侍妾。王大怒,立欲诛偃师。偃师大慑,立破散倡者以示王,皆傅会革、木、胶、漆、黑、白、丹、青之所为……穆王始悦而叹曰:'人之巧乃可与造化者同功乎?'"遣:使。

歌　舞

遏云歌响清①,回雪舞腰轻②。只要君流盼,君倾国自倾③。

【题解】

本篇也是一首讽刺诗。宫妓以其清歌妙舞讨得君王的顾盼和宠爱,自然也就达到了倾国倾城的目的。这是从字面上解释。细审起来,则后二句似说只要君王好色荒淫,倾倒在美人脚下,国家的命运也就完蛋了。张采田以为"深戒色荒,意最警策",大抵可信。

【注释】

①见《闻歌》注。

②见《和友人戏赠二首》其一注。

③见《北齐二首》其一注。

深　宫

金殿销香闭绮栊①,玉壶传点咽铜龙②。狂飙不惜萝阴薄,清露偏知桂叶浓。斑竹岭边无限泪,景阳宫里及时钟③。岂知为雨为云处,只有高唐十二峰。

【题解】

首联谓深宫寂寞,望幸不来,金殿销香,房栊紧闭,但闻玉壶传漏,呜呜咽咽。君王已至别宫矣。颔联谓萝阴本薄,恰值狂风;桂叶本浓,特加清露,偏不作美。颈联谓不如别人得新主之宠幸,故洒泪而思故君。尾联谓君恩只偏向一隅,令人大失所望。本篇写宫怨,怨君王厚薄失均也。

【注释】

①绮栊:房栊的美称。

②玉壶:即宫漏,是一种以水为动力的机械计时器。铜龙:漏器铸铜为龙首,使自龙口吐水,故称铜龙。

③景阳宫:南齐武帝(萧赜)以宫深不闻端门鼓漏声,置钟于景阳楼上。宫人闻钟声,早起装饰。

屏　风

六曲连环接翠帷①,高楼半夜酒醒时。掩灯遮雾密如此,雨落月明俱不知。

【题解】

此借咏屏风而讽刺高楼沉醉之富贵者。屏风起到了掩人耳目的作用,为醉生梦死者遮护丑行,此屏风之可憎也。

【注释】

①六曲:六折十二扇屏风。连环:连接环绕。翠帷:翠绿色的帐幔。

宫　辞

君恩如水向东流,得宠忧移失宠愁。莫向樽前奏花落①,凉风只在殿西头②。

【题解】

本篇与《宫妓》诗意相近，为讥刺牛党之得宠者而作。一二句谓君恩如水，逝者如斯，谁能保之？既得之，患失之，无日不在忧愁中。两句指明君恩不可恃。三四句谓得意者樽前歌舞之日，即是秋风立至之时，被宠者自当猛醒。刘、余集解曰："尊前奏花落，含意双关，既状得宠者于君前妙舞清歌，曲意逢迎，又暗示其志满意得，幸灾乐祸（奏花落），故末句以凉风不远，暗讽其今日所奏，正明日自身遭遇之预兆。"

【注释】

①花落：《梅花落》。汉《横吹曲》名。本笛中曲。南朝鲍照、吴均、陈后主、徐陵、江总等所作乐府，均有此篇。皆见《乐府诗集》二四《横吹曲词》。

②江淹《杂体三十首·班婕妤咏扇》："窃愁凉风至，吹我玉阶树。君子恩未毕，零落在中路。"见《江文通集》卷四。

韩　碑①

元和天子神武姿②，彼何人哉轩与羲③。誓将上雪列圣耻④，坐法宫中朝四夷⑤。淮西有贼五十载⑥，封狼生貙貙生罴⑦。不据山河据平地，长戈利矛日可麾⑧。帝得圣相相曰度⑨，贼斫不死神扶持⑩。腰悬相印作都统⑪，阴风惨澹天王旗⑫。愬武古通作牙爪⑬，仪曹外郎载笔随⑭。行军司马智且勇⑮，十四万众犹虎貔⑯。入蔡缚贼献太庙⑰，功无与让恩不訾⑱。帝曰"汝度功第一⑲，汝从事愈宜为辞⑳"。愈拜稽首蹈且舞㉑："金石刻画臣能为㉒。"古者世称大手笔，此事不系于职司㉔。当仁自古有不让，言讫屡颔天子颐㉕。公退斋戒坐小阁㉖，濡染大笔何淋漓。点窜尧典舜典字㉗，涂改清庙生民诗㉘。文成破体书在纸㉙，清晨再拜铺丹墀㉚。表曰"臣愈昧死

上㉛"，咏神圣功书之碑㉜。碑高三丈字如手㉝，负以灵鳌蟠以
螭㉞。句奇语重喻者少㉟，谗之天子言其私㊱。长绳百尺拽碑
倒，粗砂大石相磨治。公之斯文若元气㊲，先时已入人肝脾。
汤盘孔鼎有述作㊳，今无其器存其辞。呜呼圣皇及圣相㊴，相
与烜赫流淳熙。公之斯文不示后㊵，曷与三五相攀追㊶？愿书
万本诵万过㊷，口角流沫右手胝㊸。传之七十有二代㊹，以为封
禅玉检明堂基㊺。

【题解】

　　义山推崇韩愈的诗文，少年时代即从堂叔学为古文，"以古文出诸公
间"。义山的七言古诗学韩愈、李贺，古拙奇峭，骨力雄强，《韩碑》一篇，风
格更接近韩诗《石鼓歌》，大气鼓荡，畅沛淋漓，追步昌黎，饶多古意。本篇
通过赞美韩愈的《平淮西碑》来歌颂裴度统率大军讨平淮西藩镇吴元济的
赫赫之功；通过歌颂裴度巧妙地影射"万古之良相"李德裕相武宗，攘回纥，
定泽、潞的丰功伟绩。开头四句谓唐宪宗即位，雄姿英发，可比三皇五帝，
发誓洗雪自玄宗以还历代皇帝所蒙受的耻辱，坐在正殿上使邻邦远国纷纷
来朝拜。"淮西"四句谓淮西镇帅割据叛乱前后近五十年，叛将如豺狼一般
穷凶极恶并且连续不断，他们占据淮西平原，并无山河险阻，凭借精良的武
器拼死与朝廷对抗。"帝得"四句谓唐宪宗得到英明的丞相裴度的辅佐，主
张赦免吴元济的王承宗、李师道派遣刺客刺杀裴度未遂；裴度以宰相身份
掌握征伐大权，他带兵出征，阵容严整，旗帜飞扬，威风凛凛。"愬武"四句
谓李愬等将领做裴度的前锋和主力，礼部员外郎载纸笔随军为书记；行军
司马韩愈有勇有谋，十四万大军如虎如貔。"入蔡"二句谓征讨大军攻入蔡
州城，生擒吴元济，然后入太庙向列祖列宗报告平叛的胜利；裴度的功劳无
人可比，也无法计量。以上叙述宪宗英武，任用裴度取得平叛战争的胜利。
"帝曰"四句谓宪宗表彰裴度功劳最大，诏令裴度的从事韩愈撰文记功；韩
愈于是深表感激，叩谢皇恩并且起舞，表示说："撰文刻石之事，臣下完全办
得好。""古者"四句谓古代记述朝廷大事的文章，交给文章魁首撰写，并不

428

交给文学侍从之臣去完成,因此,这件事对韩愈说来是当仁不让的;韩愈说完后,宪宗点头称善。"公退"四句谓韩愈于是斋戒沐浴,坐于清静小阁室,染翰挥笔,酣畅淋漓地写作《平淮西碑》,遣词造句追摹典谟和雅颂之体,力求典雅高丽。"文成"二句谓所撰碑文,破今体(四六骈体文)而效古体,清晨送至殿前进献朝廷。"表曰"四句谓《进撰平淮西碑文表》出言谨慎谦逊,而颂扬圣功的文字已经刻于碑石;碑高三丈,大字如拳,负碑之底座是刻有螭龙之龟形基石。以上叙述撰文勒碑的过程。"句奇"四句谓《平淮西碑》文句奇奥,语言庄重,知其奥妙者少。有人出自私心却向天子进谗言,于是此碑被长绳拽倒,又用砂石磨去上面的文字。"公之"四句谓韩愈的碑文好像是人的生命的组成原素,早已深入人心,如同汤盘、孔鼎,器皿不存,而铭文不朽。"呜呼"四句谓宪宗与裴度光明正大的名声流传久远,若不是因韩愈的碑文传布后世,谁知宪宗能与三皇五帝相比?"愿书"至结尾谓己愿抄写韩碑至万本并且诵读万遍,宁愿诵至口角流沫,写到右手成茧,让它流传七十二代,永远作为封禅告功之玉书,并将此碑作为明堂的奠基石。以上指明谗人想诋毁裴度平叛的功绩,然而其赫赫之功早已深入人心,千秋万代,永不刊灭。义山的咏史诗,绝大多数具有现实意义,借古人古事影射现实,是其惯用手法。武宗任用李德裕为相,给予藩镇叛臣以沉重打击,维护了唐王朝大一统的局面,情况同宪宗任用裴度平定淮西颇相似。宣宗一反会昌之政,贬斥德裕,将其功绩全部推倒,朝野闻之,莫不惊骇。义山更为之不平,《李卫公》、《旧将军》对他深表痛惜,本篇借颂扬裴度宰相来称美李德裕,用心良苦,可以说是精心结撰之作。

【注释】

①韩碑:唐宪宗元和十二年十月,裴度率军讨平淮西藩镇吴元济。十二月,诏命韩愈撰《平淮西碑》。碑文见《韩昌黎全集》。

②元和天子:指唐宪宗。神武姿:英武之姿。

③轩、羲:轩辕、伏羲,举以代表三皇五帝。《孟子·滕文公》:"舜何人也,予何人也,有为者亦若是。"

④列圣耻:指玄、肃、代、德、顺等历朝皇帝所蒙受的耻辱。

⑤法宫:正殿,帝王处理政事的宫殿。《平淮西碑》:"既定淮蔡,四夷毕

来,遂开明堂,坐以治之。"

⑥淮西:唐彰义军节度使,辖申、光、蔡三州,称淮西镇。自代宗大历末李希烈割据叛乱以来,历吴少诚、吴少阳至吴元济,已割据四十年。韩碑序曰:"蔡帅之不廷授,于今五十年。"诗云"五十载",依碑文言之。

⑦封狼:大狼。貙,一种纹如狸、大如狗的野兽。罴,大狗熊。此以封狼、貙、罴比喻递相割据的叛镇。

⑧日可麾:《淮南子·览冥训》:"鲁阳公与韩构难,战酣,日暮,援戈而挥之,日为之反三舍。"鲁阳公,春秋时楚国县公,即鲁阳文子,楚平王孙司马子期之子。此句写叛镇气焰嚣张,拼死与朝廷对抗。《旧唐书·吴元济传》:"自少诚阻兵王师,未尝及其城下。城池重固,陂浸阻回,地少马广,蓄驴乘之教战,谓之骡子军,尤为勇悍。蔡人坚为贼用,乃至搜阅天下豪锐,及三年而后屈。"

⑨帝:指宪宗。圣相:《晏子春秋》:"仲尼,圣相也。"度:裴度,贞元进士。宪宗时,淮、蔡不奉朝命,诸军进战屡败,朝臣争请罢兵,度力请讨伐,合帝意,授门下侍郎平章事,督诸军进兵,擒蔡州刺史吴元济。以功封晋国公,入知政事。

⑩据《新唐书》记载:讨伐淮西藩镇的战争自元和九年始,成德镇王承宗和淄青镇李师道数次上表赦免吴元济,宪宗不许。十年六月,李师道派刺客暗杀了主战宰相武元衡,御史中丞裴度背部、头部受伤,坠沟,刺客以为裴度已死,即逃走。病愈,拜中书侍郎、同中书门下平章事(宰相)。神扶持:《新唐书·裴度传》:"帝曰:'度得全,天也。'"

⑪都统:唐乾元元年置都统,后又置诸道行营都统,掌征伐,兵罢则省。裴度以宰相身份前往督师,故曰"作都统"。

⑫阴风惨澹:形容裴度出征时,阵容严肃之气氛。天王旗:皇帝的旗帜。

⑬愬、武、古、通:李愬,元和十一年为随、唐、邓节度使,讨吴元济。武:韩公武,韩弘之子。韩弘任宣武节度使兼淮西诸军行营都统,但他不愿淮西镇被消灭,仅派其子公武率兵二千人隶属李光颜军。古:李道古,元和十一年为鄂、岳、蕲、安、黄团练使。通:李文通,元和九年为寿州团练副使。

牙爪:战将。

⑭仪曹外郎:礼部员外郎。裴度出征,以礼部员外郎李宗闵等掌书记。

⑮行军司马:裴度出征时,奏请右庶子韩愈兼御史中丞、充行军司马。韩愈向裴度请求提五千兵,间道偷袭蔡州,裴度不许,不久,李愬雪夜破蔡州成功,裴度叹服。故曰"智且勇"。

⑯虎貔(pí):虎与貔貅,喻裴度统领的十四万大军。

⑰入蔡:元和十二年十月十五日,李愬雪夜袭蔡州,十七日擒吴元济。送至长安,献于太庙,徇两市,斩之独柳。

⑱功无与让:功劳无人可比。恩不訾:恩遇隆重,不可计量。訾:通赀,计量也。

⑲功第一:《史记·萧相国世家》:"高帝曰:'夫猎,追杀兽兔者,狗也;而发踪指示兽处者,人也。今诸君徒能得走兽耳,功狗也。至于萧何,发踪指示,功人也。'……于是乃令萧何第一,赐带剑履上殿,入朝不趋。"此以裴度比萧何。

⑳从事:将军有从事中郎二人,职参谋议。宜为辞:应该撰碑文记功。

㉑稽首:叩头。蹈且舞:即舞蹈。古时朝拜帝王的礼节。

㉒金石刻画:本指钟鼎碑碣上记功的文字,此指撰写颂扬德业之文。

㉓大手笔:大著作。《晋书·王珣传》:"珣梦人以大笔如椽与之。既觉,语人云:'此当有大手笔事。'俄而帝崩,哀册谥议,皆珣所草。"

㉔职司:指专掌草拟诏命、文告的部门和官吏,如翰林院和翰林学士等。韩愈《进碑文表》:"兹事至大,不可轻以属人。"两句意思是,古来凡是记述朝廷大事的文章,不交给有关部门的文学侍从之臣撰写,而另觅高手。

㉕言讫:言毕。颔颐:点头称善。

㉖公:指韩愈。斋戒:古人在举行祭祀等重大典礼之前,沐浴更衣,不饮酒,不吃荤,不与妻妾同寝,整洁心身,以示虔诚。

㉗点窜:涂改。《尧典》、《舜典》:《尚书》篇名。

㉘《清庙》、《生民》:《诗经》中的两篇颂诗。两句谓韩愈力将碑文写得典雅高古,追摹经典。"点窜"、"涂改",即推敲、修改的意思。

㉙破体:破当时文体,即破今体而力求古雅。

㉚丹墀：古代宫殿前的石阶，漆成红色，称为丹墀。

㉛表：韩愈《进碑文表》。昧死：冒死。秦汉群臣奏事，每曰"昧死上言"，屡见史书。

㉜书之碑：刻写在石碑上。

㉝字如手：亦作"字如斗"。

㉞灵鳌：神龟，此指负碑之基石。蟠：盘绕。螭：无角龙。此谓碑的底座是龟形基石，碑的上端刻有螭龙。

㉟句奇语重：文句奇特，语言庄重。喻：明白理解。

㊱《旧唐书·韩愈传》："碑辞多叙裴度事。时先入蔡州擒吴元济，李愬功第一。愬不平之，愬妻，唐安公主女也，出入禁中，因诉碑辞不实。诏令磨去愈文。命翰林学士段文昌重撰文勒石。"东坡题跋："'淮西功业冠吾唐，吏部文章日月光。千载断碑人脍炙，不知世有段文昌。'又一首云云。绍圣间，临江驿壁上得此诗，不知谁氏子作也。"

㊲斯文：指《平淮西碑》。元气：指人的精神，生命力的本源。

㊳汤盘：商汤的浴盘，刻有铭文。《礼记·大学》："汤之盘铭曰：'苟日新，日日新，又日新。'"孔鼎：孔子先世正考父的鼎，也刻有铭文。二句谓汤盘、孔鼎今已不存，但铭文仍流传至今。意谓韩碑虽毁，而碑文不朽。

㊴圣皇：指宪宗。圣相：指裴度。烜赫：声名显著。二句谓宪宗与裴度光明正大的名声流布世间。淳熙：正大光明。

㊵示后：传示后世。

㊶三五：三皇五帝。二句谓韩愈的碑文如果不传于后世，宪宗的帝业怎能与三皇五帝相承比美？

㊷书：抄写。过：遍。

㊸胝（zhī）：胼胝：手脚皮肤磨成的老茧。

㊹七十有二：一本作"七十有三"。

㊺封禅：帝王祭祀天地、宣扬功业的大典。玉检：玉制的书函盖。明堂：古代帝王听政、朝会、祭祀的殿堂。

和孙朴韦蟾孔雀咏^① 大中三年

此去三梁远^②，今来万里携。西施因网得^③，秦客被花迷^④。可在青鹦鹉^⑤，非关碧野鸡。约眉怜翠羽，刮膜想金锟^⑥。瘴气笼飞远^⑦，蛮花向坐低^⑧。轻于赵皇后^⑨，贵极楚悬黎^⑩。都护矜罗幕^⑪，佳人炫绣袿^⑫。屏风临烛扣^⑬，捍拨倚香脐^⑭。旧思牵云叶^⑮，新愁待雪泥。爱堪通梦寐，画得不端倪^⑯。地锦排苍雁^⑰，帘钉镂白犀^⑱。曙霞星斗外^⑲，凉月露盘西。妒好休夸舞^⑳，经寒且少啼。红楼三十级^㉑，稳稳上丹梯。

【题解】

《樊南乙集序》曰："余为桂林从事日，尝使南郡，舟中序所为四六作二十编。明年正月自南郡归，二月府贬，选为周至（今陕西周至县）尉，与班县令武公（功）刘官人同见尹，尹即留假参军事，专章奏……时同僚有京兆韦观文、河南房鲁、乐安孙朴、京兆韦峤、天水赵璜、长乐冯颛、彭城刘允章，是数辈者，皆能文字。"本篇是义山于大中三年在京兆府暂为属吏主管章奏时，酬和京兆府同僚孙朴、韦蟾咏孔雀的诗篇。此诗以孔雀自喻，表现出自爱自惜的心情，并暗暗祝愿自己不必太表现文采，静待良机，稳步向上，总有一天会显达起来。

【注释】

①孙朴：生平事迹不详。赵明诚《金石录》："唐崇圣寺佛牙碑，孙朴撰，大中时立。"韦蟾：字隐桂（《全唐诗话》：韦蟾字隐桂），下杜人，表微之子。大中七年进士，为徐商掌书记。咸通末，官尚书左丞。孔雀咏：咏孔雀诗。

②三梁：地名。在桂管。义山《为荥阳公桂州谢上表》："三梁路阻，九峤山遥。"首二句谓孔雀之行踪，由桂至京，也是诗人自己的行踪。

③西施:春秋越苎萝人。越败于吴,进西施于吴王夫差,吴王许和。越王勾践灭吴,西施归范蠡,从游五湖而去。或曰吴亡,西施被沉江。网得西施,当别有所本。

④秦客:萧史。借指孙、韦。二句谓其才高,如西施之美艳,故被网罗;既入长安,秦客亦为其才所迷。

⑤可在:哪在乎。二句谓孔雀之美,非鹦鹉、山鸡可比。

⑥刮膜:刮眼膜。金镵:治眼病用的手术刀。二句谓孔雀的翠羽如佳人之修眉;睹其金碧之羽毛,若见刮膜之金镵。

⑦瘴气:南方多瘴气。

⑧蛮花:指孔雀。二句谓孔雀已离开瘴气笼罩下的蛮荒之地,远走高飞;如今坐于一隅供人欣赏。

⑨赵皇后:赵飞燕身轻,掌上可舞。

⑩悬黎:美玉的一种。二句谓孔雀善舞且极珍贵。

⑪都护:汉置西域都护。

⑫袿:妇女上衣。二句谓孔雀开屏自炫,如都护矜夸其帐幕,如佳人炫耀其美服。

⑬烛扣:孔雀顶部翘起的羽毛。

⑭捍拨:拨琴弦的器具。二句描写孔雀开屏时,羽毛高过头顶;孔雀低头以喙剔理腹羽毛时,如捍拨偎近其香脐。

⑮二句谓孔雀思念南方故山,寄归思于云叶;如今滞留北地,恐为雪泥所污。

⑯端倪:边际。二句谓孔雀令人喜爱,白日看不厌,甚至于梦中亦见之;欲图写其形貌,恐难得惟妙惟肖。

⑰地锦:地毯。排,排列。苍雁:地毯上的雁阵图案。

⑱帘钉:制帘箔所用钉头。白犀:白犀牛。二句谓孔雀居于华丽宫宅,地毯上绣苍雁,帘箔之钉以犀角雕镂而成,供人玩赏。

⑲二句谓晨星未灭、朝霞升起的早晨,露盘之西,凉月初出之夜景,朝朝暮暮,寂寞无聊。

⑳妒好:《埤雅》:"孔雀遇芳时好景,闻弦歌,必舒张翅尾,盼睐而舞。

性妒忌,过妇女童子服锦彩者,必逐而啄之。"二句诫孔雀休夸其善舞,妒之者众;北地多寒,少啼为好。

㉑红楼:泛指宫殿。丹梯:丹墀,赤色台阶。末二句祝孔雀稳步攀登,自然身置高层。

韦蟾①

谢家离别正凄凉②,少傅临歧赌佩囊③。却忆短亭回首处,夜来烟雨满池塘。

【题解】

本篇是戏作,题有脱字。一二句谓韦蟾离家之前有艳情,为长辈劝止,其于临别之际,香囊暗解,罗带轻分。三四句谓犹忆短亭送别的悲伤,别后更觉遥夜凄凉,鱼雁双藏影,风雨满池塘。戏悒之作,颇有情韵,用典雅丽贴切。

【注释】

①戊签作"寄怀韦蟾",各本均无"寄怀"二字。本篇只写韦蟾的风情逸事,并无作者怀念韦蟾的内容。

②谢家:本是谢玄之家,此指韦蟾之家。

③少傅:《晋书》:"谢玄少好佩紫罗香囊,叔父安患之,而不欲伤其意,因戏赌取而焚之,于此遂止。"少傅,指谢玄,非指谢安。谢安为太傅,故称美其侄玄为少傅。谢玄为东晋名将、广陵相,追赠车骑将军,开府仪同三司,谥曰献武。

骄儿诗①

衮师我骄儿②,美秀乃无匹③。文葆未周晬④,固已知六七⑤。四岁知姓名⑥,眼不视梨栗⑦。交朋颇窥观,谓是丹穴物⑧。前朝尚器貌,流品方第一⑨。不然神仙姿,不尔燕鹤骨⑩。安得此相谓?欲慰衰朽质⑪。青春妍和月,朋戏浑甥侄⑫。绕堂复穿林,沸若金鼎溢⑬。门有长者来,造次请先出⑭。客前问所须,含意不吐实⑮。归来学客面,闷败秉爷笏⑯。或谑张飞胡,或笑邓艾吃⑰。豪鹰毛崭毸,猛马气佶傈⑱。截得青筼筜⑲,骑走恣唐突⑳。忽复学参军㉑,按声唤苍鹘㉒。又复纱灯旁,稽首礼夜佛㉓。仰鞭罥蛛网㉔,俯首饮花蜜。欲争蛱蝶轻,未谢柳絮疾㉕。阶前逢阿姊,六甲颇输失㉖。凝走弄香奁㉗,拔脱金屈戌。抱持多反倒,威怒不可律㉘。曲躬牵窗网㉙,衉唾拭琴漆㉚。有时看临书㉛,挺立不动膝。古锦请裁衣㉜,玉轴亦欲乞㉝。请爷书春胜,春胜宜春日㉞。芭蕉斜卷笺,辛夷低过笔㉟。爷昔好读书,恳苦自著述㊲。憔悴欲四十㊳,无肉畏蚤虱㊴。儿慎勿学爷,读书求甲乙㊵。穰苴司马法㊶,张良黄石术㊷,便为帝王师,不假更纤悉㊸。况今西与北,羌戎正狂悖㊹。诛赦两未成,将养如痼疾㊺。儿当速成大,探雏入虎窟㊻。当为万户侯,勿守一经帙㊼。

【题解】

左思的《娇女诗》对他的两个小女儿纨素和蕙芳的天真美丽的形象作了十分生动的描绘,使"左家娇女"广为传颂。义山借鉴《娇女诗》作《骄儿

436

诗》,对他最心爱的小儿衮师也作了全面的刻画。比如:外貌美秀,器度超逸,一岁识字,四岁知礼,天真活泼,尤善摹拟,动作敏捷,热爱学习,弄琴学书,心神专一等等。从外表到心理,刻画淋漓尽致,俗而能雅,不减《娇女诗》的特色。其与《娇女诗》不同处在后面一部分。义山一生爱读书,爱著述,所作古体文、今体文、古体诗、今体诗,是唐代第一流作品,卓然为一大家,此外,于杂文、辞赋、方言、古字均有著述,而且擅长书法,真可谓博学多才。他指望通过科举这条道路入朝为官,建功立业,结果大失所望,沉沦下僚,辗转幕府,抱恨终生。因此在本诗的后一部分希望骄儿勿继父业,勿蹈前辙。才学等于无用,权术可以立功。虽是牢骚话,却也符合事实。李贺也说过:"不见年年辽海上,文章何处哭秋风?""请君暂上凌烟阁,若个书生万户侯?"况且唐代后期边关多患,藩镇屡叛,皓首穷经、枝搜节讨的书生未必能解决军国大事。诗人希望爱子学司马法、黄石术,并非反语,全是正道直言。此诗作于大中三年春天,其时义山暂为京兆府尹掾曹,专主章奏。

【注释】

①骄儿:宠爱之子。杜甫诗有"骄儿恶卧"之句。

②衮(音滚)师:义山子,会昌六年生。《蔡宽夫诗话》曰:"白乐天晚年极喜义山诗,云:'我死得为尔子,足矣。'义山生子,遂以白老名之。既长,略无文性。温庭筠尝戏之曰:'以尔为乐天后身,不亦忝乎?'"白居易卒于丙寅年,可证衮师生于是年也。

③无匹:无比。

④文葆:绣花的婴儿包被。周晬(音醉):周岁。

⑤六七:陶潜责子诗:"雍端年十三,不识六与七。通子垂九龄,但觅梨与栗。"此反其意而用之,谓衮师未满周岁便识"六"、"七"等数字。

⑥知姓名:认识自己的姓名。

⑦不视梨栗:不馋嘴。

⑧丹穴物:《山海经》说丹穴山产凤凰。二句说明友人都注重观察衮师,预言他将是人中凤凰。

⑨前朝:指魏晋南北朝。六朝士族喜好品评人物。二句说六朝人注重人物的仪容风度,使衮师生于前朝,将会被评为第一流人物。

⑩不然……不尔……:等于说:要不就是……要不就是……燕鹤骨:燕颌鹤骨相。燕颌鹤步,王侯之骨相。

⑪二句说,哪能这样说呢?不过是想安慰我这把老骨头罢了。

⑫浑:杂。二句说,明媚和煦的春天里,衮师同甥侄辈在一起玩耍。

⑬二句谓孩子们绕堂穿林,闹得像开了锅一样。

⑭造次:仓促,急遽。二句谓有长辈客人登门,衮师争先出门迎客。

⑮二句谓客人问他想要什么,他却隐含意愿不吐真情。

⑯阌(wěi):开门。笏:古代官员上朝时拿着的手板,用以记事。二句谓送客归来,衮师拿着父亲的手板,学着客人的模样破门而入。

⑰二句谓衮师有时模仿张飞大胡子的形象,有时模仿邓艾说话结结巴巴的样子,以此笑乐。邓艾:名范,字士则。魏司马懿辟为掾,累迁征西将军。伐蜀,蜀平,进位太尉。为卫瓘所害。《世说新语·言语》:"邓艾口吃,语称艾艾。"

⑱豪鹰:大鹰。厕历(zé lì):高耸貌。佶栗:耸动之状。二句写衮师模仿老鹰展翅和猛马奔驰。

⑲笭笿(yún dāng):大竹。

⑳唐突:横冲直撞。二句写衮师骑竹马的情状。

㉑参军:唐代有参军戏,由参军(官吏)和苍鹘(穿破衣的仆从)表演。

㉒按声:仿效参军声音。

㉓稽首:叩头。二句写仿效大人在纱灯旁拜佛。

㉔罥(juàn):挂。此句谓举鞭牵取蛛网。

㉕未谢:不让。二句写骄儿追扑蝴蝶、柳絮为戏,动作轻快。

㉖六甲:六十甲子中有六个逢甲的日子。古代儿童入学即学习甲子(十天干与十二地支依次组合成六十甲子)。二句说衮师与阿姊比赛背诵甲子,结果输给阿姊了。

㉗凝(nìng)走:硬是要跑去。香奁:妇女梳妆用的镜匣。

㉘金屈戌:香奁上的铜铰链。

㉙律:约束。二句说阿姊抱开衮师,他却倒在地上不肯起来。对他发怒,也不能约束他。

㉚曲躬:弯腰。

㉛峆(kè)唾:吐唾液。二句说衮师往琴上吐唾液,牵窗纱抹拭,使琴漆如新。写其爱琴。

㉜临书:临写碑帖。二句写衮师看父写字,专心致志。

㉝裁衣:裁制书衣。

㉞玉轴:唐代书籍多为卷子装,卷轴两端镶嵌玉石、象牙。二句说衮师请求用古锦裁制书套,连玉轴也要索取玩赏。

㉟春胜:祝春好的吉语。春日:立春的日子。

㊱二句说斜卷之纸张如芭蕉,未开毫之笔如辛夷。辛夷,即木笔,含苞未放时象笔。低过:低传。因孩子矮小,故曰"低过笔"。以上写骄儿递纸笔给父亲写春胜的情状。

㊲恳苦:刻苦。

㊳时年三十七岁。

㊴此句谓已瘦弱,畏蚤虱叮咬。意谓忧谗畏讥。

㊵甲乙:《新唐书·选举志》:"经、策全通为甲第,策通四、帖过四以上为乙第。"此句谓读书以求应试做官。黄季刚有诗曰:"最悔读书求甲乙,空劳徒事亚夫营。"(《黄季刚诗文钞·李义山》)。

㊶穰苴(音瓤居):姓田,春秋时齐国将领,官大司马。《司马穰苴兵法》一百五十篇,今仅存五篇。

㊷黄石术:张良为韩国报仇,椎击秦始皇未遂,潜匿下邳,桥上遇黄石公。黄石公授以《太公兵法》,曰:"读此则为王者师矣。"

㊸不假:不依靠。更纤悉:更为琐屑的知识。

㊹狂悖:胡作非为。悖:叛逆。宣宗大中年间,吐蕃、党项、回鹘等少数民族在河西叛乱。

㊺将养:将就,调养。痼疾:久治不愈的病症。

㊻此句谓入虎穴才能得虎子。

㊼帙:包书的套子。二句谓当以军功封侯,不要死守一部经书。张采田《会笺》曰:"前半形容骄字,后半全是借发牢骚。"

439

赠司勋杜十三员外①

杜牧司勋字牧之，清秋一首杜秋诗②。前身应是梁江
总③，名总还曾字总持。心铁已从干镆利④，鬓丝休叹雪霜垂。
汉江远吊西江水，羊祜韦丹尽有碑⑤。

【题解】

大中三年，义山三十七岁，为京兆府尹主管章奏，府尹说："吾太尉（牛
僧孺）之甍，有杜司勋之志，与子（商隐）之奠文，二事为不朽。"（见《樊南乙
集序》）义山对杜牧十分钦仰，因为杜不仅诗文好，而且议政论兵，有雄才大
略。曾作《罪言》，提出削平河北藩镇，陈述用兵方略，并向李德裕上书，得
到采纳。义山的想法与杜牧相同，他哭刘蕡，称赞杜牧，同情李德裕，倾向
性非常明显。本篇并不是严格的七律，兼有古诗风格，如同崔颢的《黄鹤
楼》那样。一二句谓杜牧曾作《杜秋娘诗》，于人世浮沉颇多感慨。三四句
将杜牧比做江总一样才而多情，甚至说他的前身应是江总。五六句谓杜
牧富有军事才能，胸中谋略如利剑一般使敌人胆寒，但不必因鬓发斑白而
哀叹老大。末二句以汉江比杜预，转指杜牧，以西江指江西观察使韦丹，谓
从前襄阳太守杜预凭吊羊祜，如今杜牧撰文远吊江西观察使韦丹，则韦丹
同羊祜一样不朽。

【注释】

①杜牧排行第十三，即同曾祖弟兄排行第十三。

②杜秋：杜牧《杜秋娘诗序》："杜秋，金陵女也。年十五为李锜姜。后
锜叛灭，籍之入宫，有宠于景陵（宪宗）。穆宗即位，命秋为皇子傅姆，皇子
壮，封漳王。郑注用事，诬丞相欲去已者，指王为根，王被罪废削，秋因赐归
故乡。予过金陵，感其穷且老，为之赋诗。"冯注本作杜陵，非也。金圣叹曰：
"李商隐诗'杜牧司勋字牧之……'，二牧字，二杜字，二秋字，三总字，二字

字,此亦《龙池》《黄鹤》所滥觞,而今愈益出奇无穷也。"(《历代诗话》庚集三)

③江总:南朝陈文学家。字总持,济阳考城(今河南兰考东)人。仕梁、陈、隋三朝。因得名于梁,故诗称"梁江总"。

④心铁:指胸中自有武略。已从:已共。干镆:干将、莫耶。传说春秋时吴人干将及妻莫耶善铸宝剑,所铸雄剑名"干将",雌剑名"莫耶"。

⑤原注:"时杜奉诏撰韦碑。"韦丹,唐京兆万年人,任江西观察使,曾筑江堤,修水利,功德被于八州。杜牧于大中三年正月奉诏撰成《唐故江西观察使武阳公韦公遗爱碑》(见《樊川文集》)。羊祜:西晋名臣,字叔子,泰山南城(今山东费县西南)人。以尚书左仆射都督荆州诸军事,出镇襄阳。屡请出兵灭吴,未能实现。临终,举杜预自代。羊祜为襄阳太守十年,甚得民心,死后,百姓于岘山建碑,立庙其上,望其碑者,莫不流涕。杜预任襄阳太守,名此碑曰"堕泪碑"。

杜司勋①

高楼风雨感斯文②,短翼差池不及群③。刻意伤春复伤别④,人间惟有杜司勋。

【题解】

本篇是义山读杜牧的诗文而引发的慨叹。首句谓风雨飘摇之日,登楼感喟杜牧的诗文。次句谓杜牧与其同时进士及第的人相比,他仕途多舛,壮志不遂,翼短力微,不及同群。三四句谓其诗文有意抒写感伤情调,以表达他的不幸,人间只有杜牧才如此刻意伤别伤春。通篇说的是杜牧,同时又是在说诗人自己。惯曾羁旅偏怜客,自己贪杯惜醉人。义山视杜牧为知音同调,故有此作。

【注释】

①杜司勋:杜牧,字牧之,宰相杜佑孙。大和二年擢进士第,历黄、池、

睦三州刺史,大中二年三月入为司勋员外郎、史馆修撰,转吏部员外郎,授湖州刺史,入拜考功郎中、知制诰,迁中书舍人。诗作于大中三年二三月间。

②高楼风雨:指当时的政治环境如风雨撼危楼,摇摇欲坠。感斯文:王羲之《兰亭序》:"后之览者,亦将有感于斯文。"

③差池:见《及第东归》注⑦。

④刻意:用尽心意。伤春:痛惜时光流逝。伤别:指长期在外,仕途失意。杜牧三历州郡而后内迁,其诗多感伤之调。

过故府中武威公交城旧庄感事①

信陵亭馆接郊畿②,幽象遥通晋水祠③。日落高门喧燕雀④,风飘大树感熊罴⑤。新蒲似笔思投日⑥,芳草如茵忆吐时⑦。山下只今黄绢字⑧,泪痕犹堕六州儿⑨。

【题解】

叶葱奇说:"这当是大中三年春夏之间,京兆尹留假参军之前,经过交城时作。"其说可从。首联谓交城旧庄邻近郊区,清幽的环境遥接晋祠。颔联谓唐武宗死后,李德裕远贬,石雄罢镇,而牛党小人嚣张;狂风拔树,熊罴之士感叹走投无路,报国无门。此联以燕雀比宣宗朝得志的小人,以大树将军比石雄。颈联谓见到交城旧庄之蒲草新发如笔,令人想起石雄投笔从戎时的气概,而他成为军事将领之后,尤能宽厚爱人。尾联谓如今只见到石雄的记功碑上叙述其功绩的绝妙好辞,而他被排斥至死,真令人悲愤不已,令六州将士堕泪碑前也!此诗清深悲壮,顿挫婉转,与杜甫的风格相似。

【注释】

①本篇诗题的解释,分歧很大。朱注以为武威公是王茂元,冯注先以为是刘从谏,后以为是李光颜。张采田认为是卢弘正,今人刘学锴、余恕诚

442

从之。叶葱奇《疏注》曰："张采田初疑是卢弘正,但亦自知误不甚合,继云:
'全唐文,封敕授石雄河中节度制,称雄武威县开国男。雄镇河中,交城故
宜有庄。投笔指从戎,吐茵谓受赞皇知遇也,故追感之,说似尤警。'按张氏
后一说是对的,此武威公实为石雄,题中'府'字实'河'字形近之误。集
中……《过郑广文旧居》、《过伊仆射旧宅》等篇题中均无'感事'语,惟独此
篇有……此篇则因石雄忠义,竟为牛党白敏中等排摈致死。诗人深恨牛党
当时气焰嚣张,特于题中标明'感事',盖不独缅怀其人,实有感于当日之
事。因为有所顾忌,不敢过显,所以不举出姓氏,而武威的封号相同者又很
多,所以特于上面加'故河中'三字。《旧唐书·石雄列传》:'石雄,徐州牙
校也。王智兴之讨李同捷,以雄为右箱捉生兵马使,勇敢善战,气凌三
军……太和中……隶振武刘沔军为裨将……沔以太原之师屯于云州……
雄率劲骑追(回鹘乌介可汗)至杀胡山……遂迎公主还太原……累迁检校
左仆射,河中尹,河中晋绛节度使……讨潞之役,雄有始卒之功,(王)宰心
恶之。及李德裕罢相,宰党排摈雄罢镇,既而闻德裕贬,发疾而卒。'……综
观石雄生平,除早年在徐军攻讨李同捷外,平生勋迹大半在太原,交城有他
旧庄,这是很合情理的。雄平刘稹后进加检校司空,在晋州建立家祠,这也
很合当时的惯例,而破乌介,迎公主,平泽潞,两次都是震耀一时的大功,太
原立有纪念碑,这也是可以想象的……交城,即今山西省交城县。"

②信陵亭馆:《明一统志》:"信陵亭在开封府城内相国寺前,本魏公子
无忌胜游之地,旧有亭。"此借指交城旧庄。《旧唐书·石雄传》:"徐人伏雄
之抚待,恶智兴之虐,欲逐之而立雄。"又:"雄沉勇徇义,临财甚廉,每破贼
立功,朝廷特有赐与,皆不入私室,置于军门,首取一分,余并分给,以此军
士感义,皆思奋发。"因以信陵君之礼贤下士喻石雄之宽廉和爱护军士。郊
畿:谓太原府郊区。

③幽象:幽静的环境。晋水祠:晋祠。在山西太原市西南悬瓮山麓,为
周初唐叔虞始封地。原有祠,祀叔虞,正殿之右有泉,为晋水发源处。晋水
东南流入汾河。

④喧燕雀:燕雀喧闹。《史记·汲郑列传》:"始翟公为廷尉,宾客阗门,
及废,门外可设雀罗。"楚辞《涉江》:"燕雀乌鹊,巢堂坛兮。"

⑤大树:指大树将军。《后汉书·冯翼传》:"诸将并坐论功,异独屏树下,军中呼为大树军。"庚信《哀江南赋》:"将军一去,大树飘零。"熊罴:《尚书·康王之诰》:"则亦有熊罴之士,不二心之臣,保乂王家。"

⑥《后汉书·班超传》:"班超为官佣书久劳苦,投笔叹曰:'大丈夫当立功异域,安能久事笔砚乎?'"此以班超比石雄。

⑦《汉书·丙吉传》:"驭吏嗜酒,数逋荡,尝从吉出,醉欧(呕)丞相车上,西曹主吏白欲斥之,吉曰:'……此不过污丞相车茵耳。'遂不去。"

⑧黄绢字:即"绝妙好辞"之意。《世说新语·捷悟》:"魏武(曹操)尝过曹娥碑下,杨修从碑背上见题作'黄绢幼妇外孙齑臼'……修曰:'黄绢,色丝也,于字为绝;幼妇,少女也,于字为妙;外孙,女子也,于字为好;齑臼,受辛也,于字为辞,所谓绝妙好辞也。'"注:"《会稽典录》曰:'孝女曹娥者,上虞人……邯郸子礼(名淳)为之作碑……'《异苑》曰:'蔡邕……读碑文……因刻石旁作八字。'"

⑨用堕泪碑事。见《赠司勋杜十三员外》注。六州儿:泛指石雄所率太原、河中将士。

李卫公①

绛纱弟子音尘绝②,鸾镜佳人旧会稀③。今日致身歌舞地④,木棉花暖鹧鸪飞⑤。

【题解】

《唐摭言》:"李德裕颇为寒畯开路,及南迁,或有诗曰:'八百孤寒齐下泪,一时南望李崖州。'"本篇伤痛李德裕远贬。一二句谓李德裕远贬崖州(海南岛),他从前擢拔的门生故吏与他远相隔绝;旧日家中所蓄歌妓名姝也星散云飞,再也难以会面了。三四句谓李德裕如今身在遥远的海南少数民族歌舞之地,惟见木棉花开,惟闻鹧鸪飞鸣,寂寞荒凉,无限悲伤。德裕当权，义山并未得到他的好处，及至远贬，义山对他表示深切同情，完全出于正义感，皮里春秋，心中爱憎分明。

【注释】

①李卫公：李德裕。《旧唐书》本传："会昌四年八月，德裕以平刘稹功，进封卫国公。大中初罢相，历贬潮州司马、崖州司户参军卒。"本篇当作于已贬崖州之时。

②绛纱弟子：谓受业门人。马融尝坐高堂，施绛纱帐，前授生徒，后列女乐。事见《后汉书》本传。

③鸾镜佳人：原指妻妾，此指所蓄家妓。

④歌舞地：指岭南地方。南越王赵佗曾歌舞于广州越秀山歌舞冈。

⑤木棉：落叶乔木，也称攀枝花、英雄树。花大而红，结实椭圆，中有白棉。花暖：花盛开。李白《越中览古》："越王勾践破吴归，义士还家尽锦衣。宫女如花满春殿，只今惟有鹧鸪飞。"鹧鸪鸣声凄切，如曰"行不得也哥哥"。

即 日

小鼎煎茶面曲池①，白须道士竹间棋。何人书破蒲葵扇②，记著南塘移树时③。

【题解】

姚培谦曰："煎茶，着棋，书扇，是南塘移树时一日事，故题曰即日。"同一天有四件事：品茶，看棋，书扇，栽树。一面品茶，一面看棋，二事相联系。书扇记载了此日南塘移树之事，二事又联系在一起。义山在长安时，常往曲池游赏，本篇记此日所见，因赋小诗，并无特殊意义。

【注释】

①曲池：曲池在长安城南，即曲江池，是长安游览胜地。张采田引唐慧立《玄奘法师传》载皇太子敕《为文德皇后造寺令》云："有司详择胜地，遂于

宫城南晋昌里，面曲池，依净觉故伽蓝而营建焉。"是晋昌里有曲池之明证。

②书破：书写在，书写了。蒲葵扇：蒲葵叶似棕榈而柔薄，可以制扇。《晋书·王羲之传》："又尝在蕺山见一老姥，持六角竹扇卖之。羲之书其扇，各为五字。因谓姥曰：'但言是王右军书，以求百钱耶！'姥如其言，人竞买之。"

③记著：记载着。南塘，集中屡见，亦作莲塘、芙蓉塘，或即晋昌里之曲池。移树，栽树。

流　莺

　　流莺漂荡复参差①，渡陌临流不自持②。巧啭岂能无本意，良辰未必有佳期③。风朝露夜阴晴里，万户千门开闭时④。曾苦伤春不忍听，凤城何处有花枝⑤？

【题解】

　　首联谓流莺到处漂荡，高飞低翔，飞越过多少阡陌江河，却不能把握自己的命运。颔联谓流莺美妙的歌声自有真情深意，可是知之者少；即使遇上好时光，也未必有美好的期遇。颈联谓风雨晦明，朝朝暮暮，无论是千门万户开门谛听还是闭户不闻，流莺啼啭不已。尾联谓流莺伤春的哀鸣令人不忍闻听，凤城即使花树如云，流莺也无枝可依。义山困居长安，无所依托，会昌以来，相识诸公无一在朝，令狐绹不肯援手，故以流莺自寓，自伤漂泊。冯浩曰："通体凄婉，点点杜鹃血泪。"张采田曰："含思宛转，独绝古今。"

【注释】

①流莺：莺声圆转流滑，故称流莺。参差：不齐貌。

②陌：阡陌，田地间纵横交错的小路。不自持：不能自主。

③良辰：好时光。莺啼正值暮春，故曰"良辰"。佳期：欢会之期，美好

的期遇。

④《汉书·东方朔传》："起建章宫，左凤阙，右神明，号千门万户。"

⑤凤城：相传秦穆公之女弄玉在咸阳城吹箫作凤鸣，凤降其城，因号丹凤城。其后称京城曰凤城。此指长安。

泪

永巷长年怨绮罗①，离情终日思风波。湘江竹上痕无限②，岘首碑前洒几多③。人去紫台秋入塞④，兵残楚帐夜闻歌⑤。朝来灞水桥边问，未抵青袍送玉珂⑥。

【题解】

本篇通过写泪来抒发自己灞桥送别的悲情。前六句用铺陈手法写各种生离死别的悲哀之泪，如：绮罗之人的失宠之泪，闺中思妇怀人之泪，娥皇女英痛哭大舜亡灵之泪，百姓怀念已故廉吏羊祜之泪，昭君出塞之泪，项羽与虞姬泣别之泪等等。这所有的泪水如潮水般涌来，然而抵不上灞水桥头"青袍送玉珂"之泪的悲惨。末二句结出主旨。青袍乃八品九品微官所服，正是义山的自我写照。《春日寄怀》有云："青袍似草年年定，白发如丝日日新。"以穷途饮恨之青袍寒士送别玉珂显贵之人，其悲苦之情有甚于昔人生死之悲、别离之痛也。

【注释】

①永巷：见《无题四首》之四注。

②见《潭州》注。

③见《赠司勋杜十三员外》注④。

④紫台：紫宫，皇宫。江淹《恨赋》："若夫明妃去时，仰天叹息。紫台稍远，关山无极。"

⑤《史记·项羽本纪》："项王军壁垓下，兵少食尽，夜闻汉军四面皆楚

歌,乃大惊曰:'是何楚人之多也?'项王夜起饮帐中,悲歌慷慨,自为诗,歌数阕,美人和之。项王泣数行下,左右皆泣,莫能仰视。"

⑥青袍:见《春日寄怀》注。玉珂:见《西溪》(怅望西溪水)注。此指官宦显贵者。

裴明府居止^①

爱君茅屋下,向晚水溶溶。试墨书新竹,张琴和古松。坐来闻好鸟,归去度疏钟^②。明日还相见,桥南赊酒醹^③。

【题解】

许浑《晨至南亭呈裴明府》诗曰:"南斋梦钓竿,晨起月犹残。露重萤依草,风高蝶委兰。池光秋镜澈,山色晓屏寒。更恋陶彭泽,无心议去官。"裴明府罢官退隐长安城南郊,义山两度至其住宅相访,本篇之后又有《复至裴明府所居》。一二句写裴明府结茅庐于水滨,向晚在夕阳照射下,池面波光浮动,景色清幽。三四句写他善书墨竹、善弹琴,松下弹琴,琴声与松风声相和,怡然自得。五六句写他野外闲坐,静听好鸟相鸣;傍晚听慢悠悠的钟声传来,缓步归去。末二句谓相约明日于桥南对饮,表现出依依不舍的深情。小诗首尾一贯,轻松闲雅,颇有逸趣。

【注释】

①冯注引《宾退录》:"明府,汉人以称太守,唐人以称县令。"冯按:"许浑有晨至南亭呈裴明府诗,时代既同,南亭在京郊,似即此裴明府。"居止:住处。

②度:传送。

③赊(shē):赊欠。《史记·高祖本纪》:"为泗水亭长……常从王媪、武负赊酒。"醹:味厚之酒。《淮南子·主术》:"肥醹甘脆,非不美也。"

448

戏题友人壁

　　花迳逶迤柳巷深,小阑亭午啭春禽①。相如解作长门赋②,却用文君取酒金③。

【题解】

　　前二句写友人住处的清幽,后二句说尽管友人才华高妙,善作诗赋,却不能不依赖其妻的资助。虽是游戏笔墨,却含有怀才不遇之叹。

【注释】

　　①亭午:正午。《文选》孙绰《游天台山赋》:"尔乃羲和亭午,游气高褰。"注:"亭,至也。一曰亭午即直午之义。"

　　②司马相如《长门赋序》:"孝武皇帝陈皇后时得幸,颇妒。别居长门宫,愁闷悲思。闻蜀郡成都司马相如,天下工为文,奉黄金百斤,为相如文君取酒,因于解悲愁之辞。而相如为文以悟主上,陈皇后复得亲幸。"于,为也。

　　③《汉书·司马相如传》:"相如与(卓文君)俱之临邛,尽卖车骑,买酒舍,乃令文君当垆。相如身自著犊鼻裈,与庸保杂作,涤器于市中。"

访　隐

　　路到层峰断,门依老树开。月从平楚转①,泉自上方来②。薤白罗朝馔③,松黄暖夜杯④。相留笑孙绰⑤,空解赋天台⑥。

本篇是诗人造访隐者的写景抒情之作。前半写隐者居地环境的清幽。住宅在高山层峰之中,山路至门前而止,大门敞开,旁有老树。遥望平林,素月初升,仰观上方,飞泉泻影。后半写隐者对来访客人的殷勤招待以及主客共赏山光的感受。隐者以山肴野蔬杂然前陈,宴饮之乐,无论朝昏,仿佛不在凡尘,早已置身仙境。结言谓主人相留,笑我但有孙绰之才而能作赋,却不能如隐者久居山中之实受用也。通篇浑朴壮丽,自然奇警。

【注释】

①平楚:平林,平野。

②上方:道家所谓天上仙界。《云笈七签》二二《天地》:"上方九天之上,清阳虚空之内。"

③薤(xiè):草本植物。鳞茎名薤白,可食,并入药。《本草图经》:"薤似韭而叶阔,多白,无实。有赤白二种,白者冷补。"罗:陈列。馔:指食品。

④松黄:松花粉。《本草图经》:"松花上黄粉曰松黄,山人及时拂取,作汤点之甚佳。"

⑤孙绰:东晋文学家。字兴公,太原中都人。家在会稽。官至廷尉卿,领著作。少爱隐居,以文才著称。

⑥《文选》孙绰《天台山赋序》:"天台山者,盖山岳之神秀者也。……事绝于常篇,名标于奇纪,然图像之兴,岂虚也哉?……非夫远寄冥搜,笃信通神者,何肯遥想而存之。余所以驰神运思,……不任吟想之至,聊奋藻以散怀。"

子初全溪作①

全溪不可到,况复尽余醅②。汉苑生春水③,昆池换劫灰④。战蒲知雁唼⑤,皱月觉鱼来。清兴恭闻命⑥,言诗未敢回。

【题解】

首联谓全溪之游颇不容易,更何况蒙邀赴宴、畅饮开怀。次联谓严冬已去,汉苑春来;度尽劫波,昆池改貌。三联谓水上蒲叶颤动,便知是雁来觅食;水面涌起皱纹,使水中之月也生起皱纹,便觉察有鱼儿唼喋。二句写全溪景物,突出其幽静。末谓主人有诗在前,己则奉命和之;陪主人言诗而未敢便归也。本篇标题明谓子初在全溪所作,不得视为义山之作,张说可从。

【注释】

①子初:张采田曰:"子初,不详何人,后又有子初郊墅诗。此则似子初和义山者,故其题如是。因义山原诗佚去,独存此首,遂误为义山作耳。古人诗集,和诗往往居前,且提行书,与自作一例,杜工部集可考。"全溪:当是长安近郊地名。

②醅(pēi):未滤的酒。此指酒。

③汉苑:汉代有上林苑。

④昆池:汉武帝元狩三年(前120年)凿昆明池,在长安城南,唐代又加以修浚,是著名风景区。劫灰:见《寄恼韩同年》注。汉苑、昆池均指唐时长安的风景点。姚培谦以为"劫灰"指甘露之变。

⑤战:同"颤"。唼(shà):唼喋,鱼或水鸟吃食。

⑥清兴:指主人作诗嘱其和诗。

子初郊墅①

看山对酒君思我,听鼓离城我访君。腊雪已添墙下水,斋钟不散槛前云②。阴移竹柏浓还淡,歌杂渔樵断更闻。亦拟村南买烟舍,子孙相约事耕耘。

本篇风格不似义山,可能是友人赠子初之作,被义山收存,而误入义山诗集。《唐诗鼓吹》评注曰:"首言君方思我,而我适来访君至此别墅。见腊雪已消,新添墙下之水;钟声未散,犹停槛前之云。且竹柏之影,或淡或浓;渔樵之歌,时断时续,此皆别墅之景物也。子初于此诚为嘉遁,我亦拟买烟舍同居,使子孙相约以耕耘为事,将焉取富贵为哉?"

【注释】

①子初:见《子初全溪作》注。

②斋钟:佛教寺庙以正午为斋时,鸣钟,过午不食为斋。槛,栏杆。

柳

为有桥边拂面香,何曾自敢占流光①?后庭玉树承恩泽②,不信年华有断肠③。

【题解】

一二句谓柳生长在桥头路旁,能拂行人之面,送来柳花之香,可是它自己未得到任何好处。三四句谓宫槐得宠,反不信春柳有断肠之悲。此谓得意者竟不同情失意者的痛苦。

【注释】

①流光:光阴易逝,故曰"流光"。此指春光。

②玉树:《三辅黄图》:"甘泉宫北岸有槐树,今谓玉树,根干盘峙,三二百年木也。"陈后主宫中有《玉树后庭花》曲,以玉树比张贵妃、孔贵嫔。

③年华:指芳年,盛年。

送郑大台文南觐①

黎辟滩声五月寒②,南风无处附平安③。君怀一匹胡威绢④,争拭酬恩泪得干⑤?

【题解】

一二句谓桂州之地环境险恶,欲托南风问候平安,而郑亚已经离开桂府。三四句谓古有胡质胡威父子清廉故事,今郑亚郑畋亦如此,台文南觐所携甚微,我亦无所赠,一匹胡威绢揩不尽我的酬恩之泪。结句关合雅切,将自己未能报恩暗寓其内,措词委婉,意极悲痛。

【注释】

①郑台文:郑亚之长子,名畋,字台文,年十八登进士第,二十二书判登科,大中元年作渭南县尉,大中三年罢尉回京,五月南行省父,义山赠此诗送行。觐(音紧):古代诸侯朝见天子,春见曰朝,秋见曰觐。此处是拜望的意思。

②黎辟滩:又名犁壁滩。《太平寰宇记》:"昭州平乐江中有悬藤滩、犁壁滩。"大中二年二月,郑亚贬循州,治所在今广东龙川县。台文南觐,不必绕道桂林,此云黎辟滩,自是想象中的桂林情景。"寒"字点明环境险恶。

③附:寄,捎带。

④胡威绢:《晋阳秋》:"胡威少有志尚,厉操清白。父质为荆州(刺史),威自京都省之。告归,质赐绢一匹,威跪曰:'大人清高,不审何如得此绢?'质曰:'是我俸禄之余,故以为汝粮耳。'"

⑤争:怎。

令狐舍人说昨夜西掖玩月,因戏赠①

昨夜玉轮明②,传闻近太清③。凉波冲碧瓦④,晓晕落金茎⑤。露索秦宫井⑥,风弦汉殿筝⑦。几时绵竹颂⑧,拟荐子虚名⑨。

【题解】

义山闻令狐绹说西掖赏月事,戏作此诗以赠。首联写月华之高洁。颔联写月色清幽,一夜赏月直到月落。颈联写月光下宫殿景物,以显示令狐地位清贵。尾联谓何时能像扬雄作颂、相如作赋那样被荐举入朝?实望令狐绹援引。

【注释】

①舍人:隋唐时撰拟诏诰之专官,选文学之士充任。令狐绹于大中三年拜中书舍人,袭封彭阳男。西掖:中书省的别名。应劭《汉官仪》:"左右曹受尚书事。前世文士以中书在右,因谓中书为右曹,亦称西掖。"正殿之旁有东西掖门,如人臂掖,故名。

②玉轮:月亮的雅称。

③太清:天空。道家认为人天两界之外,别有三清:玉清、太清、上清,是神仙所居。

④凉波:月光。碧瓦:青绿色琉璃瓦。

⑤晓晕:清晨月落时,月亮生晕,周围有模糊的光圈。金茎:铜柱,实指仙人掌承露盘。见前《汉宫词》注。

⑥露索:井索。

⑦风弦:悬系风筝之弦索。秦宫、汉殿,实指唐宫殿。筝,悬于屋檐下之风铃。二句写月光下的景物,以显示令狐地位之贵要。

⑧绵竹颂:扬雄作《绵竹颂》,汉成帝拜为黄门侍郎。扬雄《甘泉赋》序:

"孝成帝时,客有荐雄文似相如者。"李周翰注:"雄尝作绵竹颂,成帝时直宿郎杨庄诵此文,帝曰:'似相如之文。'庄曰:'非也,此臣邑人扬子云。'帝即召见,拜黄门侍郎。

⑨子虚:《子虚赋》。《史记·司马相如列传》说,司马相如作《子虚赋》,汉武帝读后大加赞赏,蜀人杨得意为狗监,谓武帝曰:"臣邑人司马相如自言为此。"于是武帝召相如,用为郎。

街西池馆①

白阁他年别②,朱门此夜过③。疏帘留月魄④,珍簟接烟波⑤。太守三刀梦⑥,将军一箭歌⑦。国租容客旅⑧,香熟玉山禾⑨。

【题解】

义山自外地回长安,留宿街西池馆,因有此作。池馆主人为太守、将军,曾在州郡任职。首联谓昔年离开长安,今日归来宿于街西池馆。颔联写池馆清幽,帘筛月影,室近池波。颈联谓池馆主人功名事业短暂,其池馆今为旅舍。尾联谓主人之职田收入所得供旅客食用,菜香饭软,给旅客以极大方便。

【注释】

①街西:《旧唐书·地理志》:"京师有东西两市,南北十四街,东西十一街,街分一百八坊。皇城南大街曰朱雀之街。街东五十四坊,万年县领之;街西五十四坊,长安县领之。"《唐诗鼓吹》注:"长安领街西五十四坊及西市,多王侯贵戚之家。"

②白阁:见《念远》注②,此指长安风物。

③朱门:即街西池馆。

④月魄:即月亮。原指月轮无光之处。

⑤珍簟:称美簟之光洁,曰珍簟、玉簟。烟波谓池。

⑥三刀梦:《晋书·王濬传》:"王濬梦悬三刀于梁上,须臾又益一刀。李毅曰:'三刀为州,又益者,明府其临益州乎?'果迁益州刺史。"

⑦一箭歌:《唐诗纪事》:"杨巨源诗:'三刀梦益州,一箭取辽城。'由此知名。"但下句事实未详。《册府元龟·善射类》:"王栖曜,贞元初浙西都知兵马使。在苏州尝与诸文士游虎邱寺,中野霁日,先一箭射空,再发贯之。江东文士自梁肃以下歌咏焉。"太守、将军,均指池馆主人,主人系官场上匆匆过客,"三刀梦"、"一箭歌"说明其功名事业之短暂。如今池馆荒置,成为逆旅。

⑧国租:《新唐书·食货志》:"给禄之外,又有职田,国租之谓也。"《旧唐书·职官志》:"凡天下诸州有公廨田,凡诸州及都护府官又有职分田。"又:"凡京文武职事官有职分田。"

⑨玉山禾:《文选》张协《七命》:"琼山之禾。"李善注:"琼山禾即昆仑山之木禾。《山海经》曰:'昆仑之上,有木禾,长五寻,大五围。'"《穆天子传》所说黑水之阿所生野麦即所谓木禾。"

过郑广文旧居①

宋玉平生恨有余②,远循三楚吊三闾③。可怜留著临江宅,异代应教庾信居④。

【题解】

屈复曰:"宋玉之吊三闾,犹己之吊广文。广文之宅,应为己今日之居。广文一生不达,异代同心之悲也。"义山之视郑虔,如庾信之视宋玉、宋玉之视屈原,异代接踵,千载同心。

【注释】

①郑广文:郑虔,郑州荥阳人。工书画。明皇爱其才,为置广文馆,以

虔为博士。尝自作诗并画以献,明皇署其尾曰"郑虔三绝"。诸儒服其善著书,时号郑广文。旧居:《长安志》:"韩庄在韦曲之东,退之与东野赋诗,又送其子读书处。郑庄又在其东南,郑十八虔之居也。"张采田曰:"郑庄近曲江,疑是年义山携家入京,暂居于此,故结以庾信临江宅为喻。起云远循三楚吊三闾,是新从湘楚归也。"

②宋玉《九辩》:"坎壈兮,贫士失职而志不平。"有余:谓愁恨极多。

③循:巡视。三楚:战国楚地。淮北、沛、陈、汝南、南郡为西楚;彭城以东,东海、吴、广陵为东楚;衡山、九江、江南、豫章、长沙为南楚。后来泛指湘、鄂一带为三楚。三闾:三闾大夫屈原。三闾之职,掌王族三姓,曰昭、屈、景。

④庾信居:庾信因侯景之乱,自建康遁归江陵,居宋玉故宅。《哀江南赋》:"诛茅宋玉之宅,穿径临江之府。"

韩翃舍人即事①

萱草含丹粉②,荷花抱绿房③。鸟应悲蜀帝④,蝉是怨齐王⑤。通内藏珠府⑥,应官解玉坊⑦。桥南荀令过⑧,十里送衣香。

【题解】

本篇以韩翃和柳氏故事为题材,对韩的际遇表示欣羡。首联以萱草比韩,以荷花比柳,称赞他们风流美艳。颔联结合《柳氏传》喻其悲欢离合。颈联谓韩在藏珠埋玉之内庭做官,春风得意。尾联谓韩路过桥南,香传十里之外,可与荀令媲美。

【注释】

①韩翃(hóng):字君平,南阳人。天宝十三年进士,诗兴致繁富,与卢纶、钱起等号"大历十才子"。官至中书舍人。许尧佐作传奇小说《柳氏

传》,以其与柳氏爱情故事为题材,其诗集中尚附有《章台柳》诗。明人辑有《韩君平集》。张采田曰:"题曰韩翃舍人即事者,盖拟韩翃之作也。其原唱失考,此篇遂不得其命意。冯氏谓以韩翃柳氏事自比柳枝为人取去,细味诗意,却不见然,恐别有寄托也。"

②萱草:亦名忘忧草。花为红、黄等色,故曰丹粉。《毛诗·卫风》:"焉得谖(萱)草,言树之背。"《释文》:"谖,木又作萱。"萱草又名宜男。

③绿房:莲子也。

④见《哭遂州萧侍郎二十四韵》。

⑤崔豹《古今注》:"牛亨问董仲舒曰:'蝉名齐女者何?'答曰:'昔齐王之后怨王而死,尸变为蝉,登庭树嘒唳而鸣。王悔恨之,故名齐女。'"

⑥通内:出入内室。京都府藏,名曰"大内",国家宝藏也。传说东海龙王第七女,掌龙王珠藏。

⑦应官:当官。解玉坊:解玉的作坊。成都华阳县东有解玉溪,其沙解玉则易为功。

⑧荀令:荀彧字文若,为汉侍中,守尚书令。习凿齿《襄阳记》:"刘季和曰:'荀令君至人家,坐处三日香。'"

漫成五章①

其 一

沈宋裁辞矜变律②,王杨落笔得良朋③。当时自谓宗师妙④,今日唯观对属能⑤。

【题解】

一二句谓国初沈、宋、王、杨重视声律对仗,已开风气。三四句谓自己当初向令狐楚学为骈体章奏,以为骈文美妙,现在看来惟能属对而已,此外一无所成。

【注释】

①漫成:随意写成。五章:五首诗。

②沈宋:沈佺期、宋之问,初唐诗人。《新唐书·文艺传》:"建安后讫江左,诗律屡变。至沈约、庾信,以音韵相婉附,属对精密。及宋之问、沈佺期,又加靡丽,回忌声病,约句准篇,如锦绣成文,号为沈宋。"又赞曰:"陈隋风流,浮靡相务,至沈宋等研揣声音,浮切不差,而号律诗。"裁辞:作诗,裁制词句成诗。矜:崇尚。变律:变化诗的格律。

③王杨:王勃、杨炯。与卢照邻、骆宾王称为"初唐四杰"。落笔:下笔作诗。良朋:佳对、佳联。

④宗师:受人崇敬、堪为师表的人。也指文坛巨子。

⑤对属(音瞩):属对,对仗。指诗文中两句缀成对偶。属,连缀。

其 二

李杜操持事略齐①,三才万象共端倪②。集仙殿与金銮殿③,可是苍蝇惑曙鸡④?

【题解】

第二首谓李杜诗文造诣极高,诗歌体制略已齐备,从人间世上至宇宙自然,无不表现在诗歌中。可是从集仙殿到金銮殿,苍蝇之声混淆了雄鸡报晓之声,高才见斥,小人得志,黄钟毁弃,瓦釜雷鸣。

【注释】

①李杜:李白、杜甫。操持:操持翰墨。指写作诗文。杜甫《戏为六绝句》:"纵使卢王操翰墨,劣于汉魏近风骚。"

②三才:天、地、人。万象:大自然所包揽的一切。端倪:头绪,边际,轮廓大体。

③集仙殿:开元年间建置。殿内设书院,置学士、直学士,以宰相为知院事,有修撰、校理等官,掌管刊辑经籍,搜求佚书。开元十三年改名集贤殿。《新唐书·杜甫传》:"甫奏赋《三大礼赋》三篇。帝奇之,使待制集贤

院。"金銮殿:唐宫殿名,与翰林院相接,皇帝召见学士常在此殿。《新唐书·李白传》:"召见金銮殿,论当世事,奏诵一篇。帝赐食,亲为调羹,有诏供奉翰林。"

④苍蝇:《毛诗·小雅》:"营营青蝇,止于樊。岂弟君子,无信谗言。"又《齐风》:"匪鸡则鸣,苍蝇之声。"曙鸡:司晨的雄鸡。

其 三

生儿古有孙征虏①,嫁女今无王右军②。借问琴书终一世③,何如旗盖仰三分④?

【题解】

第三首自慨为人子不如孙权,为人婿不如右军。以琴书自娱,不及武将能建立功业。

【注释】

①《吴志·孙权传》:"曹公表权为讨虏将军。"又《孙权传》注:"曹公叹曰:'生子当如孙仲谋,刘景升(表)儿子(琮)若豚犬耳。'"诗中以"讨虏"为"征虏",读起来合于声律。

②王右军:《晋书·王羲之传》:"时太尉郗鉴使门生求女婿于(王)导,导令就东厢遍观子弟。门生归,谓鉴曰:'王氏诸少并佳,然闻信至,咸自矜持。惟一人在东床坦腹食,独若不闻。'鉴曰:'正此佳婿耶!'访之,乃羲之也,遂以女妻之。"王羲之官会稽内史、右军将军。

③琴书:王羲之一生不乐为吏,雅好服食养性。永和十一年于父母墓前自誓,遂去官,尽山水之游。所谓"琴书终一世",泛指艺文之事,不关政治也。

④旗盖:旌旗车盖,帝王、霸王之兆。三分:指孙权建立鼎足三分之帝业。

其 四

代北偏师衔使节①,关东裨将建行台②。不妨常日饶轻薄③，且喜临戎用草莱④。

【题解】

第四首谓石雄被起用、握军权之后，破回鹘、平刘稹有大功，平日受人轻视有何妨碍？可喜的是在战争中起用了这位草莽英雄。义山表彰石雄，用意在怀念武宗和李德裕之识人。德裕罢相，石雄失势，闻德裕贬，发疾而卒。本诗特为其鸣不平，而致慨于李德裕。

【注释】

①代北：代州之北，在今山西、河北北部。偏师：指全军的一个部分，以别于主力。衔使节：加使节衔。唐武宗时名将石雄，徐州人，出身贫寒，曾为璧州刺史，以王智兴诬奏，长流白州。大和中，党项寇河西，选求武士，因李德裕荐举，乃召还。会昌初，在抗击回鹘战争中，石雄率偏师建立功勋。升任丰州都防御使，故曰"衔使节"。

②关东：函谷关以东。河南道诸州都是关东之地。裨将：偏将。石雄少为牙将，大和年间为振武军节度使刘沔裨将。会昌三年，迁河中尹、晋绛行营节度使。行台：代表朝廷在外地设立的统军机构。

③饶：任凭，尽管。轻薄：轻视。

④临戎：临战。草莱：草野。此指出身草野的贫贱之人。

其　五

　　郭令素心非黩武①，韩公本意在和戎②。两都耆旧偏垂泪③，临老中原见朔风④。

【题解】

一二句谓郭子仪在平定安史之乱和抗拒吐蕃的战争中立下汗马功劳，其本心并非好战；韩国公筑受降城，在于防止突厥南侵，使北方安定。三四句谓两京父老盼望西北边地重归唐王朝，临老才得以实现，不禁老泪纵横。本篇专为李德裕而发，拿郭令、韩公比李德裕，为李辩诬。唐文宗大和五年，吐蕃维州守将悉怛谋请以城降，尽率郡人归成都。德裕乃发兵镇守，向朝廷陈述利害。牛僧孺反对，诏令德裕退还维州，送还悉怛谋一部分人归维州，结果遭吐蕃虐杀。开成末年，回鹘被北方黠戛斯部落击败，一部分逃到天德塞下，李德裕运粮赈济。此皆意在和戎。至会昌二年，因回鹘乌介可汗屡次骚扰，才决定予以抗击。宣宗即位，牛党得势，对李德裕的做法全盘否定，故义山为之辩诬。至大中三年，"河陇耆老率长幼千余人赴阙，莫不欢呼抃舞，争冠带于康衢"（《旧唐书·吐蕃传》）。为何两京父老反而垂泪伤怀呢？义山后两句用意颇深细婉曲，诗意谓若早用李德裕之谋略，则河、湟之复，岂待今日临老而方见冠带康衢之盛乎？此父老所以垂泪也。德裕远贬崖州，义山作《漫成五章》，从个人的遭遇写到国家的命运，是非曲直，一气说出，立场坚定，爱憎分明。"诡薄无行"乎？"放利偷合"乎？张采田曰："此五首者，不但义山一生吃紧之篇章，实亦为千载读史者之公论。彼谓义山终于牛党者，魂魄有知，能不饮恨于无穷也欤？"

【注释】

①郭令：郭子仪。唐大将。平定安史之乱有功，升中书令，进封汾阳郡王。代宗时，仆固怀恩（唐将领、铁勒族人）叛变，纠合回纥、吐蕃攻唐。郭子仪说服回纥首领与唐联兵，以拒吐蕃。德宗即位，尊为尚父。素心：本心。黩武：好战，炫耀武力。

②韩公：张仁愿，唐将领，封韩国公。神龙初年任朔方总管，在黄河北（今内蒙古境内）筑三受降城，绝虏南犯之路，突厥不敢南侵，北方安定。

③两都：指西都长安和东都洛阳。耆旧：父老。

④朔风：北风。此指北方边地风俗民情。

漫成三首

其　一

不妨何范尽诗家①，未解当年重物华②。远把龙山千里雪③,将来拟并洛阳花④。

【题解】

　　第一首肯定何、范都是诗家,当时必有轻视何、范以为未足称者。义山认为轻之者无损于何、范诗名,是不懂齐梁之重物华也。试看他们的《联句》以雪比花之热烈,以花比雪之高洁,何等美妙! 南朝文学家重视景物描写,蔚成风气,《文心雕龙·物色》所谓"窥情风景之上,钻貌草木之中",正是说的这种重物华的习尚。"洛阳"四句是范云所作,但何逊的诗名更大,更长于描绘景物,如:"岸花临水发,江燕绕樯飞。""江暗雨欲来,浪白风初起。""野岸平沙合,连山远雾浮。"杜甫也自称"颇学阴(铿)何苦用心"。

【注释】

　　①何范:何逊、范云。何逊,字仲言,东海郯(今山东郯城)人,南朝梁诗人。弱冠举秀才,范云见其对策,大相称赏,结为忘年友。官尚书水部郎,后为庐陵王记室。范云,字彦龙,南朝梁舞阴(今河南泌阳)人,擅长文章尺牍,官至吏部尚书。

　　②重物华:谓重视景物描写。

　　③龙山:在云中郡(今山西浑源县西南)。

　　④何逊《范广州宅联句》:"洛阳城东西,却作经年别。昔去雪如花,今来花似雪。(云)濛濛夕烟起,奄奄残辉灭。非君爱满堂,宁我安车辙。(逊)"

其　二

　　沈约怜何逊①,延年毁谢庄②。清新俱有得,名誉底相伤③?

【题解】

　　第二首谓沈约爱何逊之才,而延年讥谢庄之赋。诗文创作务求清新,各有所长,何必互相诋毁呢? 诗以何逊自比,以颜、谢比同僚。

463

①沈约:字休文,南朝梁文学家,吴兴武康(今浙江德清武康镇)人。历仕宋、齐二代,官至尚书令。《南史·何承天传》附《何逊传》:"沈约尝谓逊曰:'吾每读卿诗,一日三复,犹不能已。'"

②延年:颜延之,字延年,南朝宋临沂人。官至金紫光禄大夫,文章冠绝当时,与谢灵运齐名。嗜酒,不谨细行,性激直,言无忌讳,触忤要人,时人称之为"颜彪"。谢庄:南朝宋文学家,陈郡阳夏(今河南太康)人。曾任吏部尚书,明帝时官金紫光禄大夫。《南史》:"谢庄,字希逸,七岁能属文。孝武尝问颜延之曰:'谢希逸《月赋》何如?'答曰:'美则美矣,但庄始知"隔千里兮共明月"。'帝召庄,以延之语语之,庄应声曰:'延之作《秋胡诗》,始知"生为久离别,没为长不归"。'帝抚掌竟日。"

③底:何,为何。

<h2>其　三</h2>

雾夕咏芙渠^①,何郎得意初。此时谁最赏,沈范两尚书。^②

【题解】

第三首谓何逊看人新婚曾作咏芙渠的诗,他当时正春风得意。何逊才华出众,最得沈约、范云称赏。三首诗都以何逊自比,以沈、范比令狐楚和崔戎。幕僚中虽有妒己者,但丝毫不影响令狐楚和崔戎对自己的赏爱。令狐楚兼吏部尚书,崔戎卒赠礼部尚书。三首论古人之诗而题曰"漫成",因有感而发。追忆大和年间在令狐幕及崔戎幕受知遇之恩,最是得意之时,自两尚书故去以后,未有如斯人之怜才也。似是桂管归来后,大中三年作于长安。

【注释】

①何逊《看伏郎新婚诗》:"雾夕莲出水,霞朝日照梁。何如花烛夜,轻扇掩红妆?"

②两尚书:沈约为吏部尚书兼右仆射。范云为散骑常侍、吏部尚书。

九 日①

曾共山翁把酒时②,霜天白菊绕阶墀③。十年泉下无消息④,九日樽前有所思⑤。不学汉臣栽苜蓿⑥,空教楚客咏江蓠⑦。郎君官重施行马⑧,东阁无因得再窥⑨。

【题解】

大中三年九月九日重阳节,义山访令狐绹,绹拒不接见,因作《九日》诗以述怨。首联回忆从前与令狐楚重阳高会,感念旧恩。颔联谓死生永隔,今日又值重阳,思念楚,同时也寄希望于绹。颈联谓绹不肖其父,徒居高位,却不能引进人才,像汉使臣从西域移栽苜蓿到长安近郊那样,空让我如屈原之歌咏芳草以自赏。君既不睦,我则将离。双关之意显然,用典下字巧妙。尾联谓绹已贵显,拒绝故友来访,我也不会再到你府上看望了。软中有硬,对比鲜明,气势畅沛,是伤心人,但不是窝囊废。

【注释】

①大中三年九月九日重阳节作。

②山翁:山简,晋山涛之子。官至吏部尚书,永嘉三年,出为征南将军,都督荆、湘、交、广四州军事,镇襄阳。其时王威不振,朝野危惧。山简优游卒岁,惟酒是耽,人称山翁。此以山翁借指旧日府主令狐楚。

③阶墀(chí):台阶。

④十年:令狐楚卒于开成二年冬,到大中三年,首尾十二年。"十年"举其成数。

⑤九日:重阳节。樽:盛酒器。

⑥苜蓿:见《茂陵》注③。

⑦楚客:指屈原。此借以自比。江蓠:香草名,即川芎。《离骚》:"览椒兰其若兹兮,又况揭车与江蓠。"

⑧郎君:称令狐绹。应璩《与满公琰书》:"外嘉郎君谦下之德。"注:"满宠为太尉,璩尝事之,故呼其子曰郎君。"《唐摭言》:"义山师令狐文公,呼小赵公为郎君。"施:设。行马:官署前所设,用交叉木条制成,拦阻人马通行的木栅。

⑨东阁:西汉公孙弘为丞相,"起客馆,开东阁以延贤人"。令狐绹于大中三年五月由中书舍人迁御史中丞,九月充翰林学士承旨。

野　菊

苦竹园南椒坞边①,微香冉冉泪涓涓②。已悲节物同寒雁③,忍委芳心与暮蝉。细路独来当此夕④,清樽相伴省他年⑤。紫云新苑移花处⑥,不取霜栽近御筵⑦。

【题解】

本篇借咏野菊而自伤身世,抒泄贤才被弃之恨。首联谓野菊生于苦辛之地,露重香微,泪光莹然。颔联谓生不逢时,如同寒雁悲秋,岂愿委芳心于日暮,听哀蝉之鸣咽?颈联谓今夕独来细路赏菊,回想昔年与令狐楚于花前把酒之时。今非昔比。尾联谓令狐绹既得志,移花紫苑,居于禁近,却不愿将菊花移置宫中,不肯荐我趋近君王筵前也。此诗与《九日》意义相近,可视为同时之作。

【注释】

①苦竹:竹的一种,矮小,节长,四月中出笋,味苦不中食。见《齐民要术》。椒:花椒,性热,味辛。坞:山坞,四面高中央低的谷地。

②冉冉:渐渐,不断。

③节物:应时节之景物。

④细路:小路。

⑤省:记忆。

⑥紫云苑：神仙所居紫府、紫霄，借指紫微省。唐开元元年改中书省为紫微令，中书舍人为紫微舍人。令狐绹于大中三年二月拜中书舍人。移花：栽花。

⑦霜栽：指菊花。御筵：皇帝的宴席。

过伊仆射旧宅①

朱邸方酬力战功②，华筵俄叹逝波穷③。回廊檐断燕飞出④，小阁尘凝人语空。幽泪欲干残菊露，余香犹入败荷风⑤。何能更涉泷江去⑥，独立寒流吊楚宫⑦。

【题解】

首联谓朝廷给予伊慎高官厚禄，酬谢其力战之功，可叹盛筵好景转瞬即逝，伊慎已经谢世。领联谓如今伊慎旧宅荒废殆尽，楼阁廊檐已破损，巢倾燕飞，宾客奴仆皆已星散。颈联谓宅旁残菊尚留很少的露水，如同欲干之泪；枯荷的余香因风传送，也隐约可闻。尾联谓如何能远涉江河，到伊慎建立功业之地吊祭他呢？本篇从表面上看，是作者过伊慎旧宅而引起对这位故将军的怀念，实际是借伊慎致慨李德裕。张采田最先持此观点。李德裕历仕宪、穆、敬、文、武诸朝，武宗开成五年四月自淮南节度使入相，力主削弱藩镇，执政六年，平定刘稹、杨弁及泽、潞等五州的叛乱，有大功于朝廷，进太尉，封卫国公。及宣宗即位，务反会昌之政，尤其不喜欢性格刚直的李德裕，对他心存疑惧，于是将他贬为荆南节度使，叠贬为潮州刺史、崖州司户至死。本篇首联隐喻李德裕的一生，深为叹惋。领联与"绛纱弟子音尘绝，鸾镜佳人旧会稀"同义（见《李卫公》）。颈联即"八百孤寒齐下泪，一时南望李崖州"之意（见《李卫公》注）。尾联谓如何远涉泷江直抵崖州贬所哀吊？"何能"表示希望如此，只怕做不到。诗作于长安，约在大中三年秋天。

①伊仆射：伊慎，兖州人，善骑射。大历（唐代宗年号）以后，累讨歌舒晃、梁崇义、李希烈、吴少诚，以战功封南充郡王，历官检校尚书右仆射，兼右卫上将军。旧宅：指伊慎京城光福坊旧邸。

②邸：王侯府第。朱邸：朱门。酬：报谢。

③华筵：盛美的筵席。逝波：逝水，流逝的水。借指流逝的时光。

④回廊：曲折的走廊。燕飞出：此由"旧时王谢堂前燕"（刘禹锡《乌衣巷》）化出。

⑤二句写残秋景象。

⑥泷江：李绅诗《逾岭峤止荒陬抵高要》注："南人谓水为泷（音双）。自郴南至韶北，有八泷，皆急险不可入。南中轻舟可入此水者，名曰泷船。善游者为泷夫。"泷江，泛指南方江水，伊慎之功业在岭南及湖湘之地。

⑦楚宫：唐德宗贞元十五年，伊慎为安州（安陆）、黄州等州节度、管内、支度、营田、观察等使。安、黄皆楚地。见《旧唐书·伊慎传》。

念　远①

日月淹秦甸②，江湖动越吟③。苍梧应露下④，白阁自云深⑤。皎皎非鸾扇⑥，翘翘失凤簪⑧。床空鄂君被⑧，杵冷女须砧⑨。北思惊沙雁，南情属海禽⑩。关山已摇落⑪，天地共登临。

【题解】

首联谓己淹滞京华已久，而郑亚身在江湖，有归欤之叹。次联谓时值清秋，苍梧深山自是天气寒凉，怆然露下；而秦地的白阁峰依然被白云和积雪所覆盖，不见阳光，毫无解冻的希望。三联谓己非皎皎羽扇，不得亲近君王为郑辩冤；郑亚失去朝官，不得还朝也。四联托男女之情抒写南北两地思念之苦。五联谓我居北地，思君心切，惊起沙雁愿为传书；君在南方，眷念之情只有托付海鸟(青鸟)互通音问。末联谓木叶摇落，关山已入深秋，彼此当登高而相互遥望也。本篇为五言长律。程梦星认为是义山回长安后，转思桂岭从事之作。刘、余《集解》"疑此篇系自桂归京后怀念郑亚而作"。郑亚与义山的关系非同一般，此在《失猿》的简释中已作说明。大中二年二月，郑亚贬循州，郑的被贬，并不是自身有什么过错，完全是因为李德裕和整个李党失势而受牵连；李德裕也没有什么过错，而是因为宣宗即位，完全否定武宗的会昌之政，倚重牛党，打击李党。牛党的崔铉、白敏中、令狐绹借口"吴湘事件"企图对李德裕、李回、郑亚作进一步的迫害。吴湘在会昌年间为江都尉，因贪赃等罪被处死。当时曾为吴湘覆狱的崔元藻，因恨德裕而被崔铉、白敏中利用，即言"吴湘虽坐赃，罪不至死"，以达到诬陷德裕并将其同党一网打尽的目的。对此，郑亚毫不妥协，立请义山撰写《为荥阳公上马侍郎启》、《为荥阳公与三司使大理卢卿启》、《为荥阳公与前浙东杨大夫启》，力辨是非曲直，斥责崔元藻"背惠加诬"。大中元年十二月贬李德裕为潮州司马后不久，贬郑亚为循州长史，再贬德裕为崖州司户至死。郑亚与义山在桂林分手后，义山北归，五月至潭州，在湖南观察使李回幕作短暂停留，到江陵后，曾溯江至东川，又回至江陵，于当年初冬返长安。义山是一个富有正义感和同情心的人，当牛党疯狂迫害李德裕、郑亚的时候，他对李、郑表示深切同情，作《李卫公》、《念远》，郑亚贬死循州而归葬，他赶赴长安东南之蓝桥驿迎吊，痛哭秋原，作《故驿迎吊故桂府常侍有感》，何曾惧怕牛党？岂是"放利偷合"？《念远》一篇表达诗人怀念远在循州的郑亚，他曾经是诗人的府主，也是永远难忘的知心好友，南北暌隔，相距万里，指望关山摇落，可以登高纵目，互相遥望，以慰寂寞，以表精诚。

【注释】

①此篇系自桂州归长安后怀念郑亚之作。

②甸：古代指帝都郊外之地。秦甸，秦国京都地区。

③越吟：越国的乡音。王粲《登楼赋》："庄舄显而越吟。"《史记·张仪列传》："越人庄舄仕楚执珪，有顷而病。楚王曰：'舄故越之鄙细人也，今仕楚执珪，富贵矣，亦思越否？'中谢对曰：'凡人之思故，在其病也。彼思越则越声，不思越则楚声。'使人往听之，犹尚越声也。"

④苍梧:苍梧山在湖南宁远县。苍梧县在广西东南,隋废苍梧郡,改为县,历代相因。苍梧承越而言。

⑤白阁:白阁峰,与紫阁、黄阁皆在终南山,三峰相去不甚远。白阁峰阴森,积雪不融。白阁承秦而言。

⑥鸾扇:用鸾的羽毛制作的羽扇。唐玄宗开元中,萧嵩上疏建议,皇帝每月朔、望日受朝于宣政殿,上座前,用羽扇障合,俯仰升降,不令众人得见,待坐定后始开扇。从此定为朝仪。鸾扇,羽扇的美称。

⑦凤簪:刻有凤形的发簪,是朝廷显贵官吏的冠饰。翘翘:高耸貌。

⑧鄂君:鄂公子皙。《说苑》:"鄂君子皙之泛舟于新波之中也……越人拥楫而歌曰:'今夕何夕兮,搴舟中流……山有木兮木有枝,心悦君兮君不知。'于是鄂君乃揄修袂,行而拥之,举绣被而覆之。"此以鄂君喻郑亚。

⑨杵:洗衣用的棒槌。女须:即女嬃。《离骚》:"女嬃之婵媛兮。"《水经注》:"秭归县北有屈原宅,宅东北六十里有女嬃庙,捣衣石犹存。"此以女嬃自喻。

⑩属:嘱托。

⑪摇落:宋玉《九辩》:"悲哉!秋之为气也,萧瑟兮,草木摇落而变衰。"

赠从兄阆之①

怅望人间万事违,私书幽梦约忘机②。荻花村里鱼标在③,石藓庭中鹿迹微。幽境定携僧共入,寒塘好与月相依。城中猎犬憎兰佩④,莫损幽芳久不归。

【题解】

本篇是愤世嫉俗之作。首联谓怅望人间,万事皆非;无论是在书信里或是梦中,都相约忘机避世。颔联谓不见荻花村里亦插鱼标,石藓庭中鹿迹稀少吗?机心所伏,到处皆然。颈联谓从今以后,应当携僧入幽径,伴月到寒塘,那才是好去处。末联谓好人久居城中,必遭恶人暗算,切莫久不归隐而损失美德芳名。

【注释】

①从:同一宗族而次于至亲者曰"从"。如:从兄、从弟、从伯、从叔。李阆之生平不详。

②忘机:忘掉一切智谋与巧诈,自甘淡泊,与世无争。

③荻:芦荻。鱼标:禁止捕鱼的木牌。

④猘(音制):疯狗。屈原《九章·怀沙》:"邑犬群吠分,吠所怪也。"《离骚》:"纫秋兰以为佩。"李贺《公无出门》:"嗾犬喑喑相索索,舐掌偏宜佩兰客。"

哭刘蕡

上帝深宫闭九阍①,巫咸不下问衔冤②。黄陵别后春涛隔③,湓浦书来秋雨翻④。只有安仁能作诔⑤,何曾宋玉解招魂⑥?平生风义兼师友⑦,不敢同君哭寝门⑧。

【题解】

在本篇之前,义山已有《赠刘司户蕡》一首,作于大中二年春在江乡相会之时。黄陵别后,刘蕡依然流浪楚地,大中三年秋客死浔阳。本篇及《哭刘司户蕡》、《哭刘司户二首》都是大中三年秋在长安所作。首联谓刘蕡冤贬而死,皇帝深居禁中,不闻不问。颔联谓去年春天在黄陵别后,远隔江湖,再未见面;今年值此秋雨绵绵之时,忽从湓浦传来噩耗,令我悲痛万分。颈联以潘岳、宋玉自比,谓自己只能作悼词哀祭亡友,却不能复其魂魄,让刘蕡死而复生。尾联谓刘蕡人格高尚,是自己的良师益友,不敢与他同列而哭吊于寝门也。结句表示推尊心折,不敢以平常友谊哭之。义山与刘蕡虽然不是旧交故友,但是肝胆相照,引为真正的知己同调,毫无自炫之意,也不怕权要的猜忌打击,再三再四地痛哭刘蒉,重叠致哀,痛定思痛,感人最深!这是控诉,是对腐败的君王、黑暗的朝廷的控诉,是义山之外的唐代绝大多数诗人都做不到的。

【注释】

①九阍:九天之门,比喻帝王的宫门。宋玉《九辩》:"岂不郁陶而思君兮,君之门以九重。"

②巫咸:神巫名。《山海经·大荒西经》所谓"十巫"之一。楚辞《招魂》:"巫阳焉乃下招曰……"王逸注:"巫阳受天帝之命,因下招屈原之魂。"诗中巫咸当作巫阳。扬雄《甘泉赋》:"选巫咸兮叫九阍,开天庭兮延群神。"据此,义山亦有所本。

③黄陵:岳州湘阴县有地名黄陵,即二妃所葬之地。大中二年春,义山与刘蒉在黄陵晤别。

④溢浦:指浔阳。《庐山记》:"江州有青盆山,故其城曰溢城,浦曰溢浦。"秋雨翻:秋雨若翻盆。

⑤安仁:潘岳,字安仁,西晋文学家,擅长作诔文。诔:哀悼死者之文。潘岳有《杨荆州诔》等。

⑥招魂:王逸认为楚辞中《招魂》一篇是宋玉为招屈原之魂而作。

⑦风义:风格气度高尚。

⑧寝门:内室的门。按古代丧礼,若死者是师,应当在内寝哭吊;若死者是友,应当在寝门之外哭吊。

哭刘司户蒉

路有论冤谪①,言皆在中兴②。空闻迁贾谊③,不待相孙弘④。江阔惟回首,天高但抚膺⑤。去年相送地⑥,春雪满黄陵。

首联谓刘蕡死后,道路行人都在议论他被冤贬的事,都说刘蕡当年应贤良方正直言极谏科试,在对策中所发表的意见完全是为了使唐朝出现中兴的局面。颔联谓外界传说朝廷将召回刘蕡,升迁官职予以重用,可惜不是事实(未等到录用,已客死他乡)。颈联谓己在长安,与刘蕡客死之地远隔大江,不能亲往悼念,只有回首遥望,深深痛惜;天高难问,冤情未雪,只有抚胸长叹。尾联谓回忆去年在黄陵离别时,春雪纷纷,不料竟成永诀,如今已成隔世之人。

【注释】

①路:道路。论:议论。论:音伦:读平声。

②中,音众,读仄声。

③迁:升官。贾谊:《史记·屈原贾生列传》:"是时,贾生年二十余,最为少。每诏令议下,诸老先生不能言,贾生尽为之对,人人各如其意所欲出。诸生于是乃以为能,不及也。孝文帝悦之,超迁,一岁中至太中大夫。"

④相:丞相,以……为丞相。孙弘:公孙弘,字季,菑川(今山东寿光)薛人,狱吏出身。汉武帝初,征为博士,出使匈奴,不合帝意,免归。后再拜博士。元朔中,由御史大夫升任丞相,封平津侯。

⑤抚膺:以手抚胸。本句即"上帝深宫闭九阍"之意。

⑥去年:指大中二年。黄陵:见《哭刘蕡》注。

哭刘司户二首

其 一

离居星岁易①,失望死生分。酒瓮凝余桂②,书签冷旧芸③。江风吹雁急,山木带蝉曛④。一叫千回首⑤,天高不为闻。

【题解】

首联谓己与刘蕡分别才一年,未料到再见无望,竟成永诀。颔联谓刘蕡所用酒器桂香犹在,所读书籍芸香尚存,而其人已殁。颈联谓江上急风吹断雁阵,山木映着夕阳传来蝉的悲鸣。末联谓为刘蕡蒙冤而哭喊,可是苍天高远,岂能闻耶!

【注释】

①离居:离别。星岁:年岁。古代以岁星(即木星,也称太岁)纪年。易:改变。

②酒瓮:陶制酒器。楚辞《九歌》:"奠桂酒兮椒浆。"

③书签:唐以前书用卷子装,卷子一端以牙签题书名,故名书签。芸:芸香草,古人用以避蠹。

④曛:落日余晖。

⑤叫:谓为刘蕡喊冤。

其　二

有美扶皇运①,无谁荐直言②。已为秦逐客③,复作楚冤魂④。溆浦应分派⑤,荆江有会源⑥。并将添恨泪,一洒问乾坤。

【题解】

次章首联谓有一位美人刘蕡能辅国运,却无人荐举这位直言敢谏的人。颔联谓刘蕡被贬,又客死他乡。颈联谓长江之水或合或分乃是常事,可是万没有料到我与刘蕡一别永无会期。末谓溆浦、荆江之水都将化作添恨之泪,洒向乾坤而诉冤不尽也。

【注释】

①有美:有美人。美人指有德有才之人。《毛诗·郑风》:"有美一人,清扬婉兮。"此指刘蕡。

②无谁:无人。直言:刘蕡的对策,直言极谏,毫无顾忌。

③秦逐客:秦王嬴政十年,韩国水利工程专家郑国派往秦国兴修水利,

秦国贵族说郑国是间谍,因而一切客卿(外国人入秦为官者)被驱逐。李斯上书,乃止逐客令。

④楚冤魂:屈原投汩罗,故曰冤魂。

⑤溢浦:浔阳,即今九江。《汉书·地理志》应劭注:"江自庐江浔阳分为九。"郭璞《江赋》:"流九派乎浔阳。"

⑥荆江:长江自湖北枝江县至洞庭湖口一段称荆江。

复至裴明府所居

伊人卜筑自幽深①,桂巷杉篱不可寻。柱上雕虫对书字②,槽中秣马仰听琴③。求之流辈岂易得?行矣关山方独吟。赊取松醪一斗酒④,与君相伴洒烦襟。

【题解】

首联谓裴氏选址筑室在郊野幽深之处,有桂树、杉树为屏障,故不易寻访。次联谓裴氏乐琴书以解忧,柱上题字,格调高古,同时雅善鼓琴,可比伯牙。三联谓斯人难得,不同流俗;我将远行,独吟无偶也。末谓赊取斗酒与君对酌,洗我胸中烦忧也。冯曰:"是将行役叙别之作。"

【注释】

①伊人:指裴明府。《毛诗·秦风·蒹葭》:"所谓伊人,在水一方。"卜筑:卜居筑室。

②雕虫:指裴明府所书之字。扬雄《法言·吾子》:"童子雕虫篆刻,壮夫不为。"虫书:秦书八体之一。《汉书·艺文志》:"八体六技。"至汉代并为六体:古文、奇字、篆书、隶书、缪篆、虫书。颜师古注:"虫书谓为虫鸟之形,所以书幡信也。"此句言对面所见是伊人于柱上所书鸟虫体字迹。

③《荀子·劝学篇》:"伯牙鼓琴,而六马仰秣。"仰秣,谓吃草时把头抬了起来。

④松醪:见《潭州》注。

寄裴衡①

别地萧条极,如何更独来? 秋应为黄叶,雨不厌青苔。
沈约只能瘦②,潘仁岂是才③? 离情堪底寄④,惟有冷于灰。

【题解】

起二句谓前时与裴衡告别之地,今日独自重游,倍感萧条也。三四句
谓秋风阵阵,为吹飞黄叶而来;寒雨潇潇,为浸润青苔而洒。秋风秋雨,黄
叶青苔,一片凄凉景象。五六句谓自己日益消瘦,又哪里能称得上有才?
有才又有何用? 二句以沈约、潘安自比。末二句谓哪堪将此离情寄与裴衡
呢? 只剩有一颗冰冷的心,它比寒灰更冷啊! 本篇起势陡峭,结句回应,一
气呵成。

【注释】

①裴衡:冯注引《新唐书·宰相世系表》:"裴衡字无私,系出东眷房。"
疑即此人。又有与裴明府诗,疑亦即此人。

②沈约:见《自桂林奉使江陵》注。

③潘仁:潘安仁。《晋书·潘岳传》:"岳少以才颖见称。"

④底:此也。

对雪二首①

其 一

寒气先侵玉女扉②,清光旋透省郎闱③。梅花大庾岭头

发④,柳絮章台街里飞⑤。欲舞定随曹植马⑥,有情应湿谢庄衣⑦。龙山万里无多远⑧,留待行人二月归。

【题解】

首联谓雪天寒气逼人,已侵入闺人的内室,雪光也透入我的书房。颔联描写大雪纷纷扬扬洒满大地的情景,如梅花发于大庾岭,柳絮飞于章台街。颈联谓已将东行,途中沾衣湿马,自所不免。以曹、谢自比,以飞雪拟闺人依恋之情态。末谓自龙山飘来之雪不嫌路远,万里相送,何不留步待我二月之归乎? 此又以白雪拟闺人。冯浩曰:"用意婉转,是别闺人之作。"

【注释】

①原注:"时欲之东。"大中三年十月,卢弘止镇徐州,辟义山为判官,得侍御史衔。诗作于是年冬。两首诗的基调欢悦,表明诗人满怀信心和希望。

②玉女:神女。喻闺中人。楚辞贾谊《惜誓》:"建日月以为盖兮,载玉女于后车。"

③省郎:义山曾为秘书省校书郎。闱:扉,房门。

④大庾岭:在江西广东交界处,多种梅花。又称梅岭。

⑤章台:见《临发崇让宅紫薇》注。

⑥曹植有《白马篇》。《洛神赋》:"飘飘兮若流风之回雪。"

⑦谢庄:见《漫成三首》注。《宋书·符瑞志》:"大明五年正月戊午元日,花雪降殿庭。时右卫将军谢庄下殿,雪集衣,还白,上以为瑞,于是公卿并作花雪诗。"

⑧龙山:见《漫成三首》注。

其 二

旋扑珠帘过粉墙①,轻于柳絮重于霜。已随江令夸琼树②,又入卢家妒玉堂③。侵夜可能争桂魄④,忍寒应欲试梅妆⑤。关河冻合东西路,肠断斑骓送陆郎⑥。

次章前半描写雪的轻盈洁白,形容它把无边木叶装扮成玉树琼花,将白玉堂照映得更加明亮。后半谓雪光映月,且看雪月争辉,六出飞花,试与梅妆比色;关河冻合,欲阻我之东行,驱马登程,直令闺人肠断也。结句略带雪中离家远行的惆怅,很合乎情理。

【注释】

①旋:渐也。

②江令:江总官至尚书令。见《赠司勋杜十三员外》。陈后主之世,江总当权而不持政务,日与后主游宴后庭,共陈暄、孔范、王瑗等十余人,当时谓之狎客。后主采尤艳丽者为曲词,大旨皆美张贵妃、孔贵嫔之容色。其略曰:"璧月夜夜满,琼树朝朝新。"

③卢:姓。白玉堂:古乐府:"黄金为君门,白玉为君堂。"

④桂魄:指月。月亮的阴影部分称为月中桂树。

⑤梅妆:梅花妆。南朝宋武帝女寿阳公主,人日卧于含章殿帘下,梅花落额上,成五出花,拂之不去。宫女竞效之,称为梅花妆。

⑥斑骓:见《无题》(白道萦回)注②。

东下三旬苦于风土马上戏作①

　路绕函关东复东②,身骑征马逐惊蓬③。天池辽阔谁相待④,日日虚乘九万风⑤。

【题解】

此诗是大中三年冬天赴徐州幕府途中的戏笔。从长安出发往徐州,出函谷关后,还有一千余里路程,所以说"东复东"。冬季北方多风尘,自己远依幕府,也像飘蓬流转,故云"逐惊蓬"。徐州地近大海,因想到"天池辽阔";到此陌生环境,谁来接待自己?日日空有大鹏之志,只恐空自奔驰也。

后二句用戏语自我解嘲。

【注释】

①东下：东下徐州。风土：谓大风扬尘。

②函关：函谷关。

③惊蓬：大风扬起的蓬草。鲍照《芜城赋》："孤蓬自振，惊沙坐飞。"

④天池：天然大池。《庄子·逍遥游》："南冥者，天池也。"

⑤九万风：《庄子·逍遥游》："鹏之徙于南冥也，水击三千里，抟扶摇而上者九万里。"屈复曰："世无知己，空自奔驰耳。"

青陵台① 大中四年

青陵台畔日光斜，万古贞魂倚暮霞。莫讶韩凭为蛱蝶②，等闲飞上别枝花③。

【题解】

张采田《会笺》以为本篇是义山依违党局的自辩之词。刘、余《集解》按语以为是负疚自谴之作。按语说："所谓'飞上别枝花'当另有所托，而所托之情事又与夫妇旧情有关。义山与王氏之婚姻，不幸而牵连党争……乃王氏甫逝，竟因穷蹙而有此违心之举，则负疚自谴之情亦可想见。"又曰："义山之悲剧，不特在身处末世，坎坷沉沦，且在于志存高洁，而行不免有时沦于庸俗卑微，故内心矛盾痛苦特为剧烈。此诗即可视为诗人痛苦灵魂之自剖与自白，亦可视为诗人面对亡妻贞魂之自谴与自解……所谓青陵台，殆即亡妻王氏坟墓之别称焉。"张氏之说又陷入党争，恐不合本诗旨意，暂且搁置不论。刘、余之说，非愚即诬，必须予以纠正。青陵台故址在河南封丘，是战国宋康王的台观，康王捕舍人韩凭，使筑青陵台，强占其妻何氏，何氏投台而死，韩凭自缢，夫妻魂魄化为鸳鸯，或曰化为蝴蝶，相守一起。义山之妻王氏与韩凭妻何氏毫无共同之处，更不得称王氏墓为青陵台。王氏

479

死后,义山悼伤不已,终生不再娶,不知所谓"负疚自谴"从何而来,况且唐代婚姻自由,夫死,妻可以改嫁,妻死,夫可以续弦,名正言顺,无所谓"负疚"。地方官府蓄有官妓,官妓并非单纯乐妓,官吏宿娼,往往有之。李白、刘禹锡、白居易等携妓出游,人不言其非,而刘、余二位读到商隐"等闲飞上别枝花"的诗句,就断定他"庸俗卑微",岂有此理?《青陵台》是诗人登临兴感之作,决不是登王氏墓的悔过书。义山第一次东行是受知令狐楚,赴郓州幕任巡官,有可能登青陵台。第二次东行是赴徐州卢弘止幕,也很有可能登青陵台。登临兴感,借事点染,变化多端,因此,解说此类诗不宜太死板。若是第一次,则青年李商隐赴郓州之前可能有恋爱对象,入郓幕后,其于使府歌舞婢女有所属意,所以在登青陵台时不能没有感触,明知自己的爱情发生转移,于是以"莫讶"自我解嘲。若是第二次,大中四年冬天至徐幕,其时王氏尚在,夫妻感情甚笃,哪会有"负疚"之想。诗人登台联想到韩凭夫妇生死相守,而自己却离家远走,为生活所迫,成了一只孤蝶,不得不随时飞到别枝花上去觅食,是何等悲哀。"莫讶"二字表现出无可奈何的心理状态,也是一种自嘲。

【注释】

①青陵台:见《蜂》注。

②《列异传》:"宋康王埋韩凭夫妻,宿昔文梓生,有鸳鸯雌雄各一,恒栖树上,音声感人。或云:化为蝴蝶。"此以韩凭自喻。

③等闲:随便。

题汉祖庙①

乘运应须宅八荒②,男儿安在恋池隍③?君王自起新丰后④,项羽何曾在故乡⑤?

本篇是赴徐州路过汉高祖庙所作。前二句谓男儿当乘时而起,以天下为家,哪里在于留恋故里?后二句谓宅八荒者可以自建新丰,恋池隍者终不免兵败身亡,亦不能葬于故乡也。这是远求幕职自我鼓励的话。

【注释】

①汉高祖庙在江苏沛县东故泗水亭中,即刘邦为亭长之所。

②乘运:乘时而起也。八荒:八方荒远之地也。贾谊《过秦论》:"并吞八荒之心。"

③池隍:城池。有水曰池,无水曰隍。

④新丰:在陕西临潼县东北。《三辅旧事》:"太上皇不乐关中,思慕乡邑,高祖徙丰沛酤酒煮饼商人,立为新丰。"

⑤项羽焚毁秦宫室后,心欲东归,曰:"富贵不归故乡,如衣绣夜行。"乃自立为西楚霸王,都彭城。见《史记·项羽本纪》。

偶成转韵七十二句赠四同舍①

沛国东风吹大泽②,蒲青柳碧春一色③。我来不见隆准人④,沥酒空余庙中客⑤。征东同舍鸳与鸾⑥,酒酣劝我悬征鞍⑦。蓝山宝肆不可入⑧,玉中仍是青琅玕⑨。武威将军使中侠⑩,少年箭道惊杨叶⑪。战功高后数文章,怜我秋斋梦蝴蝶⑫。诘旦九门传奏章⑬,高车大马来煌煌⑭。路逢邹枚不暇揖⑮,腊月大雪过大梁⑯。忆昔公为会昌宰⑰,我时入谒虚怀待⑱。众中赏我赋高唐⑲,回看屈宋由年辈⑳。公事武皇为铁冠㉑,历厅请我相所难。我时憔悴在书阁㉒,卧枕芸香春夜阑。明年赴辟下昭桂㉓,东郊恸哭辞兄弟㉔。韩公堆上跋马时㉕,回望秦川树如荠㉖。依稀南指阳台云㉗,鲤鱼食钩猿失群㉘。湘妃庙下已春尽㉙,虞帝城前初日曛㉚。谢游桥上澄江馆㉛,下望山城如一弹㉜。鹧鸪声苦晓惊眠㉝,朱槿花娇晚相伴㉞。顷之失职辞南风㉟,破帆坏桨荆江中。斩蛟破璧不无意,平生自许非匆匆。归来寂寞灵台下㊲,著破蓝衫出无马㊳。天官补吏府中趋㊴,玉骨瘦来无一把。手封狴牢屯制囚㊵,直厅印锁黄昏愁㊶。平明赤帖使修表㊷,上贺嫖姚收贼州㊸。旧山万仞青霞外㊹,望见扶桑出东海㊺。爱君忧国去未能,白道青松了然在㊻。此时闻有燕昭台㊼,挺身东望心眼开。且吟王粲从军乐㊽,不赋渊明归去来㊾。彭门十万皆雄勇㊿,首戴公恩若山重。廷评日下握灵蛇㈤,书记眠时吞彩凤㈥。之子夫君郑与裴㈦,何甥谢舅当世才㈧。青袍白简风流极㈨,碧沼红莲倾倒开㈩。我生粗疏不足数○,梁父哀吟鸲鹆舞○。横行阔视倚公怜,狂来笔力如牛弩○。借酒祝公千万年○,吾徒礼分常周旋○。收旗卧鼓相天子○,相门出相光青史○。

【题解】

　　义山为卢弘止幕府掌书记,感激知遇,故直抒胸臆,历述自会昌之末至大中三年入徐幕这一段曲折的经过,一吐为快。通篇傲岸激昂,儒酸一洗,沉郁顿挫之气,时时震荡于其中,一变绮艳之风,别具峥嵘之骨。盖义山才高,无体不工,能今能古,自出机杼,不必乞灵于李杜也。

【注释】

　　①四同舍:四位同僚。即诗中所谓"之子夫君郑与裴,何甥谢舅当世才"者。本篇作于卢弘止徐州幕府。全诗每四句转韵,末叠用二句转韵,以急节终之。

　　②沛国:故秦泗水郡,高祖改沛郡,故城在今江苏沛县东。大泽:指古代沛邑的大泽。《史记》:"高祖,沛丰邑中阳里人。母刘媪,尝息大泽之陂,梦与神遇,已而有身,遂产高祖。"

③蒲:指蒲柳,即水杨。

④隆准人:《史记》:"高祖为人隆准而龙颜。"

⑤沥酒:滤酒。庙:沛郡有高祖庙。此句说庙中只有自己一人徐徐斟酒祭奠高祖。

⑥征东同舍:指武宁节度使卢弘止徐州幕府之同僚。鸳与鸾:形容同僚才俊相处和睦。

⑦悬征鞍:谓安于卢幕,挂鞍以示不再往别处任职。

⑧蓝山:蓝田山,在陕西蓝田县东,山出美玉故又名玉山。肆,市集贸易之处。

⑨青琅玕:青玉。张衡四愁诗:"美人赠我青琅玕。"二句谓卢幕如蓝山宝肆,都是上品美玉,我不及同舍,不宜阑入也。

⑩武威将军:谓卢弘止。使中侠:节度使中有侠义者。

⑪惊杨叶:谓箭术精妙,百发百中。养由基,春秋楚人,善射,去柳叶百步而射,百发百中。

⑫《庄子·齐物论》:"昔者庄周梦为蝴蝶,栩栩然蝴蝶也。"二句谓卢弘止不仅战功高,而且会评论文章,同情我困守秋斋,理想成为梦幻。

⑬诘旦:明旦,明朝。九门:指帝王宫殿。奏章:向朝廷奏事的章表。

⑭煌煌:辉煌,煊赫。二句谓卢弘止上奏朝廷辟我为幕僚,并派高车大马接我赴任。

⑮邹枚:邹阳、枚乘:西汉文学家,梁孝王门客。揖:拱手礼。此以邹枚指大梁文士、幕僚。

⑯大梁:河南开封市。

⑰会昌宰:会昌县令。

⑱谒:晋见。二句叙初见卢弘止。

⑲高唐:《高唐赋》见《文选》,传为宋玉作,写楚襄王游高唐宫馆梦见巫山神女事。

⑳年辈:同辈人。二句谓弘止赏我撰成《高唐赋》一类的作品,说可以同屈宋之作相比。

㉑公:指弘止。武皇:谓唐武宗。铁冠:御史大夫、中丞的法冠以铁为

柱,故称铁冠。卢弘止会昌二年为御史中丞。其时义山重入秘书省,不久即罢母忧。二句谓弘止为御史台之职时,曾历厅相请,为其帮助解决疑难之事。

㉒书阁:藏书之秘阁。芸香:见《哭刘司户二首》注。

㉓昭桂:昭州、桂州,俱属岭南道。

㉔东郊:长安城东郊。兄弟:弟羲叟登进士第,其时在长安。二句叙大中元年随郑亚赴桂管任观察支使兼掌书记。

㉕韩公堆:驿名,在蓝田县南二十五里,又名桓公堆。跋马:勒马使回转也。

㉖秦川:此指长安一带。荠:荠菜。树如荠,谓遥望树林密如荠菜。

㉗阳台云:宋玉《高唐赋序》:"昔先王尝游高唐,梦见一妇人,王因幸之。去而辞曰:'妾在巫山之阳,高丘之岨,旦为行云,暮为行雨,朝朝暮暮,阳台之下。'"此句谓南指荆楚。

㉘鲤鱼食钩:隐指为生计所迫而赴桂幕。猿失群:隐喻远离家人及亲友。

㉙黄陵庙在湘阴县北四十里,祀舜二妃。四月至长沙,故云"至春尽"。

㉚虞帝城:桂州舜庙在虞山之下。五月抵桂州。曛:热也,暖也。

㉛谢游桥及澄江馆按冯浩说当在桂州境。谢朓可能到此游历,故取"澄江静如练"之意。

㉜山城:谓桂林。如一弹:谓桂林乃一小山城,如一弹丸。

㉝鹧鸪:鸟名。其鸣声如"行不得也哥哥",易引起游子思乡之愁。

㉞朱槿花:见《朱槿花》二首注。

㉟失职:罢幕职。辞南风:离桂管。大中二年春,郑亚贬循州,义山北归,至潭州李回幕为他写了《贺马相公(植)登庸启》,李回未聘用义山。于是北上洞庭,入荆江。下句"破帆坏桨"是舟行遇风实况。

㊱斩蛟:《博物志》:"澹台子羽济河,赍千金之璧。阳侯波起,两蛟来船。子羽左操璧,右操剑,击蛟皆死。既渡,以璧投于河,河伯跃而归之。子羽毁璧而去。"此承上"破帆坏桨"而言,谓蛟龙为恶,欺我失职之人,我则怀有斩蛟破璧之气概,平生自信不畏邪恶,决非遽然有此胆识也。

㊲灵台:在鄠县(今陕西户县)东。《后汉书·第五伦传》注引《三辅决录》:"第五颉,伦之少子,洛阳无故人,乡里无田宅,客止灵台中,或十日不炊。"此自谓归京后困顿如第五颉。

㊳著:穿。蓝衫,青袍。

㊴天官:指吏部。周礼分设六官,以冢宰为天官,乃百官之长。吏部主管官吏的选任考核等。补吏:选补官吏。义山归京后,被吏部选补为京兆府周至县尉。第二年春初,与县令一道拜见京兆府尹,府尹留他代理法曹参军,掌章奏,故得奔走于府中。古乐府《陌上桑》:"冉冉府中趋。"

㊵狴牢:监狱。俗传龙生九子,不成龙,各有所好。四曰狴犴,形似虎,有威力,故图画其形于狱门。屯:聚集。制囚:君主下令扣押之囚犯。法曹参军掌管监狱,封牢、印锁是常事。

㊶直厅:在府厅值班住宿。印锁:给印盒上锁,以免盗用印鉴。

㊷平明:天刚亮的时候。赤帖:红纸帖子,用来写贺表。修表:撰写表文。

㊸嫖姚:此以霍去病借指收复三州七关诸将领。大中三年正月,吐蕃宰相论恐热以秦、原、安乐三州及石门等七关军民归国,诏灵武节度使朱叔明、邠宁节度使张景绪等各出兵应接。

㊹旧山:指故乡附近的王屋山,绝顶名天坛。

㊺扶桑:谓日出处。

㊻以上四句谓旧山高出云表,青年时代学道求仙之地,青松白道仍在,令我不胜向往;因为忧国思君,故未便归隐。

㊼燕昭台:见《燕台诗四首》题注。此指卢弘止徐州幕府。

㊽王粲《从军诗》:"从军有苦乐,但问所从谁。"

㊾陶渊明有《归去来兮辞》,东晋义熙二年解印离职时作。

㊿彭门:《旧唐书·地理志》:"徐州彭城郡,属河南道。"《旧唐书·懿宗纪》:"王智兴得徐州,召募凶豪之卒二千人,号曰银刀、雕旗、门枪、挟马等军,番宿衙城。"又《卢弘止传》:"徐方自王智兴之后,军士骄急,有银刀都尤甚,前后屡逐主帅。弘止在镇期年,去其首恶,喻之忠义,迄于受代,军旅无哗。"二句谓徐州军士皆拥戴弘止。

485

⑤廷评:即廷尉平,官名。掌评决诏狱事。握灵蛇:谓掌握写文章秘诀。曹植《与杨德祖书》:"人人自谓握灵蛇之珠。"

⑤书记:掌管书牍记录的官员。吞彩凤:《幽明录》:"桂阳罗君章,不属意学问。常昼寝,梦得一鸟,五色杂耀,不似人间物,梦中因取吞之,遂勤学,读《九经》,以清才称。"二句赞卢幕文职同僚富于才华,擅长写作。

⑤之子:子也,对人的尊称。本于《诗经》。夫君:对男子的敬称。本于楚辞。《九歌·湘君》:"望夫君兮未来。"

⑤何甥谢舅:同僚中有甥舅关系者。《南史·宋武帝纪》:"何无忌,刘牢之外甥,酷似其舅。"谢舅当用谢安,安有甥羊昙也。二句美幕府中武官。

⑤白简:六品以下官员所执竹木手板。

⑤此以红莲形容同舍貌美。

⑤粗疏:粗鲁疏略。不足数:不算什么。此自谦之词。

⑤梁父吟:乐府古曲名。《三国志·诸葛亮传》:"诸葛亮好为《梁父吟》,自比管仲、乐毅。"鸲鹆舞:《晋书·谢尚传》:"司徒王导辟为掾。始到府通谒,导以其有胜会,谓曰:'闻君能作鸲鹆舞,一坐倾想,宁有此理不?'尚曰:'佳。'便著衣帻而舞。导令坐者抚帻击节,尚俯仰在中,傍若无人,其率诣如此。"此句谓己天性豪迈倜傥,任放天真。

⑤牛弩:以牛皮筋为弦、牛角为弓饰的大弩。二句谓有弘止的怜爱,自己无所顾忌;豪兴大发时,奋笔疾书,如千钧之弩发,势来不可挡,势去不可遏。义山以诗名,也是一位书法家。

⑥借酒:客套话。谓借卢幕之酒祝卢长寿。

⑥礼分:礼数,礼仪的等级。此言下级服从上级,常追随之。

⑥收旗卧鼓:《南史》:"王僧辩军攻巴陵,分命众军乘城固守,偃旗卧鼓,安若无人。"此言凯旋归来,上朝辅佐天子而为宰相。

⑥卢氏大房、二房、三房皆有宰相,弘止系四房,未有相,故以颂之。光:荣耀。青史:古以竹简记事,故称史籍为青史。结尾预祝弘止入相。

戏题枢言草阁三十二韵①

君家在河北，我家在山西②。百岁本无业③，阴阴仙李枝④。尚书文与武⑤，战罢幕府开。君从渭南至⑥，我自仙游来⑦。平昔苦南北，动成云雨乖⑧。逮今两携手，对若床下鞋⑨。夜归碣石馆，朝上黄金台⑩。我有苦寒调⑪，君抱阳春才⑫。年颜各少壮，发绿齿尚齐。我虽不能饮，君时醉如泥。政静筹画简⑬，退食多相携。扫掠走马路，整顿射雉翳⑭。春风二三月，柳密莺正啼。清河在门外，上与浮云齐⑮。敧冠调玉琴⑯，弹作松风哀⑰。又弹明君怨⑱，一去怨不回。感激坐者泣，起视雁行低。翻忧龙山雪⑲，却杂胡沙飞。仲容铜琵琶⑳，项直声凄凄㉑。上贴金捍拨，画为承露鸡㉓。君时卧枨触㉔，劝客白玉杯。苦云年光疾，不饮将安归？我赏此言是，因循未能谐㉕。君言中圣人㉖，坐卧莫我违。榆荚乱不整㉗，杨花飞相随。上有白日照，下有东风吹。青楼有美人㉘，颜色如玫瑰。歌声入青云，所痛无良媒㉙。少年苦不久，顾慕良难哉㉚！徒令真珠肭㉛，裹入珊瑚腮㉜。君今且少安㉜，听我苦吟诗。古诗何人作？老大犹伤悲㉝。

【题解】

李枢言是义山在徐州卢弘止幕的同僚，草阁是枢言当时住所，义山常来此与他谈心饮宴，彼此情谊笃厚。在远离妻室、久别故居的异地，有此好友和好去处，给义山带来不少欢乐和安慰，因作戏题草阁之诗以赠之。首叙同姓并同来徐幕，结携手之好。次叙在徐幕共同协作办理公事，一同出游、射猎、弹琴奏乐,忧喜与共。再叙借酒浇愁,枢言自称酒圣,醉后任其或坐或卧,打发大好春光。他还说我的不遇时如同美人无媒,顾慕良难,悲伤无益,当饮酒取乐。末乃答言志业不遂,正有老大伤悲之感。全诗格调古雅,细腻自然。

【注释】

①枢言:草阁主人之字。枢言也姓李。

②山西:陇山之西,义山先世本陇西也。"山西"与"河北"对举。

③无业:无恒产。《史记·郦生传》:"好读书,家贫落魄,无以为衣食业。"

④仙李枝:《神仙传》:"老子生而能言,指李树为姓。"唐皇室奉老子李耳为祖。义山与枢言均自称李唐宗室,故曰"阴阴仙李枝"。二句谓无恒产,而实贵胄。

⑤尚书:指卢弘止。此句即"战功高后数文章"之意。

⑥渭南:渭南县。枢言入卢幕前在京兆府尉南县任职。

⑦仙游:《长安志》:"周至县有仙游泽,复有仙游宫。"义山曾为周至县尉。

⑧动:动辄。云雨乖:云消雨散。乖:背离。二句谓以往苦于南北奔走,寄迹使府,孤身一人。

⑨二句谓及今两人结携手之好,若床下一双鞋朝夕相伴耳。

⑩碣石馆:即碣石宫。战国燕昭王为邹衍所筑之馆,在幽州蓟县西三十里宁台之东。黄金台:见《燕台诗四首》注。二句谓共在幕府,游乐亦相随也。碣石馆、黄金台并非实指。

⑪苦寒调:谓自己诗中多悲苦失意之作。陆机《苦寒行》:"剧哉行役人,慊慊恒苦寒。"

⑫阳春才:谓世俗不理解的特殊才能。阳春:见《和马郎中移白菊见示》注。

⑬政静:幕府政事清静。

⑭翳:隐蔽物。用带叶树枝伪装,隐身以射雉。

⑮二句写草阁。

488

⑯欹:斜,侧。

⑰松风:《乐府诗集·琴集》:"风入松,晋嵇康所作也。"

⑱明君怨:即《昭君怨》,晋避司马昭讳,改称明君或明妃。《乐府诗集·琴曲》有《昭君怨》。相传王昭君在匈奴,恨汉元帝始不见遇,乃作怨思之歌。后名《昭君怨》。

⑲龙山:见《漫成三首》注。以上八句谓共伤不得志,且忧虑边关多事。

⑳仲容:阮咸字仲容,竹林七贤之一,善弹琵琶。

㉑项直:琵琶有直项、曲项二种。晋时琵琶直项,唐时由西域传入之琵琶为曲项。此喻性格梗直。

㉒捍拨:拨弦之工具。

㉓承露鸡:朱注引《江表传》:"南郡献长鸣承露鸡。"此言琵琶上画有承露鸡形。

㉔枨:触也。卧枨触:卧感触。

㉕因循:苟且,怠慢。二句谓己虽同意枢言的及时行乐之言,却未能陪饮。

㉖中圣人:汉末曹操主政,禁酒甚严,当时人讳说酒字,谓清酒为圣人,浊酒为贤人。尚书郎徐邈私饮沉醉,对人称"中圣人",犹言"中酒"。后来将喝醉酒叫"中圣人"。见《魏志·徐邈传》。

㉗榆荚:榆树的果实。

㉘美人:义山、枢言自喻也。

㉙曹植《洛神赋》:"无良媒以接欢兮。"

㉚顾慕:回望而羡慕。二句谓青春不能久留,向往也是很困难的。

㉛真珠胒:泪眶。胒音皮。连下句谓徒然使清泪之沾湿红腮。二句言红颜变为衰老。裛:润湿。

㉜少安:稍安。

㉝《文选·乐府古辞·长歌行》:"少壮不努力,老大徒伤悲。"末谓不知何人作此古诗,我正有此感慨。

汴上送李郢之苏州①

人高诗苦滞夷门②，万里梁王有旧园③。烟幌自应怜白纻④，月楼谁伴咏黄昏⑤。露桃涂颊依苔井⑥，风柳夸腰住水村。苏小小坟今在否⑦？紫兰香径与招魂⑧。

【题解】

首联谓李郢品格高迈又能刻苦做诗，滞留在大梁，如同古代的侯嬴；将赴万里之外的苏州，那里有他旧日的幕主。颔联想象李郢到苏州后，自然会赏爱吴中风物，可是有谁伴他互相唱和呢？颈联谓吴地风光旖旎，井边露桃之红颊，水村风柳之纤腰，皆令人心醉。尾联谓李郢至苏州访苏小小墓时，于紫兰花径中为我代招其香魂也。

【注释】

①汴：汴州，今河南省开封市。李郢：字楚望，长安人。大中十年进士，为侍御史。有诗名，格调清丽。居余杭，不务进取，终藩镇从事。唐末避乱岭表。刘、余《集解》认为是大中四年义山居卢幕时奉使入京经汴州，适逢李郢自汴之苏，故各题诗互送，并举李郢《送李商隐侍御奉使入关》及《板桥重送》七律二首为证。前诗云："梁园相遇管弦中，君踏仙梯我转蓬。白雪咏歌人似玉，青云头角马生风。相逢几日虚怀待，宾幕连期醉蝶同。如有扁舟棹歌思，题诗时寄五湖东。"后诗云："梁苑城西蘸水头，玉鞭公子醉风流。几多红粉低鬟恨，一部清商驻拍留。王事有程须亍亍，客身如梦正悠悠。洛阳津畔逢神女，莫坠金楼醉石榴。"（见中华书局《全唐诗外编第四编卷十二》）

②夷门：战国魏大梁旧有夷门，夷门是城的东门。《史记·信陵君传》："魏有隐士曰侯嬴，年七十，家贫，为大梁夷门之监者。"

③梁王：西汉梁孝王刘武，好宫室苑囿之乐，筑兔园，园有雁池，池间有

鹤洲凫渚。枚乘、邹阳、司马相如曾寄居梁园为门客。

④烟幌:薄如云烟的窗帘。白纻:细而洁白的夏布。唐代江南道湖州、常州贡白纻。

⑤此句谓无人相伴咏诗也。

⑥露桃:带露之桃。苔井:周边生莓苔之水井。

⑦苏小小:南齐时钱塘名妓。杭州西湖有苏小小墓。

⑧与:为。

板桥晓别①

回望高城落晓河②,长亭窗户压微波③。水仙欲上鲤鱼去④,一夜芙蓉红泪多⑤。

【题解】

本篇为狭斜留别之作,艳不伤雅,比白香山略胜一筹。

【注释】

①板桥:汴州西有板桥店,行旅多归之。

②高城:汴州城。晓河:拂晓时的银河。

③长亭:板桥附近临水的亭阁,乃送别之处。压:贴近。

④水仙:《列仙传》说,赵国人琴高,行神仙道术,曾乘赤鲤来,留月余复入水去。此以行人比做乘鲤而去的水仙。

⑤芙蓉红泪:喻送行女子的悲泣。《拾遗记》:"魏文帝美人薛灵芸,常山人也。别父母,升车就路,以玉唾壶承泪,壶则红色。及至京师,壶中泪凝如血。"

魏侯第东北楼堂，郢叔言别，聊用书所见成篇①

暗楼连夜阁，不拟为黄昏②。未必断别泪，何曾妨梦魂。疑穿花逶迤③，渐近火温黁④。海底翻无水⑤，仙家却有村。锁香金屈戌⑥，殢酒玉昆仑⑦。羽白风交扇，冰清月印盆。旧欢尘自积，新岁电犹奔⑧。霞绮空留段⑨，云峰不带根⑩。念君千里舸⑪，江草漏灯痕。

【题解】

本篇写诗人亲见郢叔于妓楼与所欢宴别情景。首四句谓楼堂深邃昏暗，但不能阻隔离情，亦未能妨碍梦魂相会也。"疑穿"四句谓楼堂绮丽，仿佛穿过曲折之花径，渐近薰香之内室，如入三山仙境。"锁香"四句谓室内香气馥郁，饮酒又酣，且挥扇、设冰解暑。"旧欢"四句谓郢叔与所欢别后，旧事转瞬已为陈迹，新岁又飞奔而来，昔时之风流韵事惟留一段霞绮、一截云峰而已。末二句想象郢叔千里孤舟，见江草之清露也会联想到灯烛之泪痕（暗指伊人之泪痕）而黯然伤神。结句巧妙新奇。

【注释】

①冯注："岑参《送魏四落第还都诗》：'长安柳枝春欲来，洛阳梨花在前开。魏侯池馆今尚在，犹有太师歌舞台。'似其迹在东都。此篇结句似洛下水程，疑可前后相证，而难详考也。郢叔岂李郢欤？"魏侯第宅当是洛阳地名。郢叔：未详，可能是李郢，见《汴上送李郢之苏州》注。言别：妓席言别。书所见：书席间所见情景也。

②冯注："似言昼亦昏暗，不拟至晚始为黄昏也。"

③逶迤：曲折蜿蜒。逶迤，音委以。

④麢(nún)：香气。

⑤《史记·封禅书》："自威、宣、燕昭使人入海求蓬莱、方丈、瀛洲。此三神山者，其传在渤海中，去人不远；患且至，则船风引而去。盖尝有至者，诸仙人及不死之药皆在焉。其物禽兽尽白，而黄金白银为宫阙。未至，望之如云；及到，三神山反居水下。"

⑥屈戌：门窗上的环纽，搭扣。

⑦瘅(tì)：《玉篇》："瘅，极困也。"瘅酒：病酒，困酒。辛弃疾《木兰花慢·滁州送范倅》："长安故人问我，道愁肠瘅酒只依然。"玉昆仑：酒器。唐人小说多称奴子为昆仑，玉昆仑乃玉刻人形做酒具。

⑧《淮南子·览冥训》："日行月动，星耀而玄运，电奔而鬼腾。"

⑨谢朓《晚登三山还望京邑》："余霞散成绮，澄江静如练。"

⑩云峰：云若山峰。根：云根，谓山石。见《赠刘司户蕡》注。

⑪舸：大船。

复　京①

虏骑胡兵一战摧②，万灵回首贺轩台③。天教李令心如日④，可要昭陵石马来⑤？

【题解】

一二句称颂李晟消灭朱泚叛军及吐蕃虏寇，都是一战而胜，举国民众仰望朝廷，表示热烈庆贺。三四句赞扬李晟忠心耿耿，誓死捍卫朝廷，岂要昭陵石马显灵助战耶？本篇颂美德宗名将平叛复京之功，借以讽刺宣宗诸将之不尽力、讨党项而连年无功。

【注释】

①据《新唐书·德宗纪》所载：建中四年十月，朱泚叛，德宗至奉天(今陕西乾县)。兴元元年二月，至梁州(汉中县)。五月乙未，李晟在京师苑北

打败朱泚，戊戌，又败之于白华殿，收复京师。

②虏骑：指敌军，此指朱泚叛军。胡兵：指吐蕃。据《通鉴》所载，贞元二年九月，吐蕃游骑深入好畤（今陕西乾县西），京师戒严，民间传言皇上复欲出幸。李晟遣兵击吐蕃于汧城，败之。

③万灵：万民。《史记·封禅书》："黄帝接万灵明庭。"轩台：轩辕台。《山海经·大荒西经》："西有王母之山……有轩辕台，射者不敢西向。"此指朝廷。

④李令：指李晟。《旧唐书·李晟传》："（兴元元年六月）四日，晟破贼露布至梁州，上览之感泣，群臣无不陨涕，因上寿，上曰：'天生李晟，以为社稷万人，不为朕也。'寻拜晟司徒兼中书令。"心如日：谓心如皎日，忠贞无私，万人可鉴也。

⑤昭陵石马：即昭陵六骏，陕西醴泉东北九嵕（zōng）山唐太宗昭陵前的六块浮雕石马。《唐会要》："上欲阐扬先帝徽烈，乃刻石为常所乘破敌马六匹于昭陵阙下。"《安禄山事迹》："潼关之战，我军既败，贼将崔乾祐领白旗引左右驰突。又见黄旗军数百队，官军潜谓是贼，不敢逼之，须臾，见与乾祐斗，黄旗军不胜，退而又战者不一，俄不知所在。后昭陵奏，是日灵宫前石人马汗流。"

浑河中①

九庙无尘八马回②，奉天城垒长春苔③。咸阳原上英雄骨，半向君家养马来④。

【题解】

一二句谓虏骑胡兵之叛乱已经平息，天子之九庙不再蒙尘，德宗銮舆返京，天下太平，昔时激战之城堡，如今已长满苔藓，寂静而安宁。三四句谓咸阳原上为保卫君王战死的英雄多半是浑瑊的部下。德宗避难奉天，浑珹率家人子弟趋赴,战功卓著,死者亦忠于君上鬼雄也。本篇歌颂德宗名将浑珹的英雄业绩和谦忠的品质,叹今日无人可比也。

【注释】

①浑河中:河中尹浑珹。《旧唐书·浑珹传》:"浑珹,皋兰州(今甘肃省兰州市)人也,本铁勒九姓部落之浑部也。德宗幸奉天,珹率家人子弟自京城至,乃署为行在都虞侯检校兵部尚书京畿渭北节度观察使。兴元元年三月,加左仆射同中书门下平章事,奉天行营副元帅。六月加侍中。七月德宗还宫,以珹守本官兼河中(今山西省永济县)尹,河中绛、慈、隰节度使。改封咸宁郡王。"

②九庙:古代帝王立庙祭祀祖先,有太祖庙及三昭庙、三穆庙,共七庙。至王莽地皇元年,增为祖庙五,亲庙四,共九庙。此后历代皇帝皆立九庙。无尘:无战尘。八马:周穆王有八骏。见《瑶池》注。此谓皇帝车驾。

③奉天:奉天县属京兆府。《通鉴》:"德宗建中元年六月,术士桑道茂上言:'臣望奉天有天子气,宜高大其城,以备非常。'帝命筑奉天城。"四年,泾原兵乱,上思桑道茂之言,自咸阳幸奉天。

④养马:汉名臣金日磾,本匈奴休屠王太子,其父为昆邪所杀,与母阏氏、弟伦俱没入官,送黄门养马。武帝异之,拜为马监,迁侍中,日见亲近。《旧唐书·浑珹传》:"位极将相,无忘谦抑,物论方之金日磾。"浑珹位高而谦逊,时人将其比为金日磾。《旧唐书·高固传》:"高固生微贱,为叔父所卖,展转为浑珹家奴。德宗幸奉天,固犹在珹挥下,以功封渤海郡王。"

读任彦昇碑

任昉当年有美名①,可怜才调最纵横②。梁台初建应惆怅③,不得萧公作骑兵④。

本篇借古寄慨。萧衍未登帝位时,任昉不甘屈其下;及至萧衍即帝位,台城初建,任昉为其僚属。萧公贵为天子,当然不得为任昉的骑兵。义山长期做记室,才高而屈居下位,故借任昉故事以抒愤耳。

【注释】

①任昉:任昉字彦昇,乐安博昌(今山东寿光)人,南朝梁文学家。梁武帝时,历官御史中丞、秘书监,出为新安太守。以表、奏、书、启等散文擅名。

②可怜:可贵。纵横:才华横溢。

③梁台:台城。洪迈《容斋随笔》:"晋、宋后以朝廷禁省为台,故称禁城为台城。"

④萧公:指梁武帝萧衍。《梁书》:"武帝与昉遇竟陵王西邸,从容谓昉曰:'我登三府,当以卿为记室。'昉亦戏帝曰:'我若登三事,当以卿为骑兵。'以帝善射也。"三府:太尉、司徒、司空设立的府署,合称三府。骑兵:武官名,如骑兵参军。"骑"读去声。

献寄旧府开封公①

幕府三年远②,春秋一字褒③。书论秦逐客④,赋续楚《离骚》⑤。地理南溟阔⑤,天文北极高⑥。酬恩抚身世,未觉胜鸿毛。

【题解】

大中元年春,郑亚因李德裕遭贬斥而受牵连,由给事中出为桂管观察使,辟义山掌书记,给予优厚待遇和极大信任。次年二月,郑亚贬循州,义山北归。大中四年,义山在卢弘止幕,本诗作于是年,寄赠循州郑亚。首联谓离别桂幕已经三年之久,回想在桂幕供职时屡受其褒奖而感激不已。颔联谓郑无故遭贬,其为己辩冤之书奏可与李斯上秦王书相比,其诗赋可以说是屈原《离骚》的续篇。颈联谓郑远在炎方南海之滨,相隔遥远,不知何日还朝,天高难问也。末谓己身世微贱,自愧未有丝毫之酬报也。感情深挚,意极沉痛,非寻常投赠之作可比。

【注释】

①开封公:指郑亚。郑氏在汉居荥阳,开封属荥阳郡。唐之郑氏皆封荥阳,而此曰开封,稍晦之也。郑亚是义山的旧府主,后贬循州。

②三年远:相别三年之久。亚大中二年贬循,至大中四年正三年也。

③《春秋》:孔子所撰编年史书。杜预《春秋左氏传》序:"春秋虽以一字为褒贬,然皆须数句以成言。"此谓每有点滴成绩即受郑的褒奖。

④论:伦,比,秦逐客:见《哭刘司户二首》注。郑亚贬循州时,曾上书刑部侍郎马植、大理卿卢言等力辩己之无罪而受冤。《樊南文集补编》卷七有《为荥阳公上马侍郎启》、《为荥阳公与三司使大理卢卿启》。

⑤南溟:南海。循州地接南海,义山在徐州卢幕,相隔遥远。

⑥北极:喻朝廷。天高难问。

谢先辈防记念拙诗甚多,异日偶有此寄①

晓用云添句,寒将雪命篇。良辰多自感,作者岂皆然?熟寝初同鹤②,含嘶欲并蝉③。题时长不展④,得处定应偏⑤。南浦无穷树⑥,西楼不住烟。改成人寂寂,寄与路绵绵⑦。星势寒垂地,河声晓上天。夫君自有恨⑧,聊借此中传。

【题解】

本篇为五言排律。义山向谢防表白自己作诗的苦衷,将他引为知音同调。首四句谓其诗作多晓云寒雪等景物描写,意不在景物本身,而在当此良辰美景之时,借物兴怀也。然当世之作诗者,岂皆然乎?故知音难得也。五六句谓作诗沉思冥想如同熟睡之鹤,含咏苦吟如同悲咽之蝉。七八句谓作诗开始时,思路往往不易展开;而忽有所得,定有独到之处。九十句谓其诗多送别怀人之作。十一、十二句谓其诗改定后,自己满意,却无人应和,四顾寂寥,于是将诗寄与远道之友人。十三、十四句谓诗成之后,起视夜何其,但见寒星低垂大地,银河没入晓天。"星势"、"河声",生动美妙。末二句谓谢防自有心中恨事,亦可借我诗传恨也。

【注释】

①谢防:李商隐同科进士。即《与陶进士书》中所谓"得谢生于云台观"者。先辈:科举中同登进士者互称先辈。记念:犹记诵。拙诗:指自己的作品。

②熟寝:熟睡。诗家多以睡言鹤,此乃云"熟寝",未知所本。

③嘶:悲鸣。并:同。

④题:谓题诗。

⑤得处:得意之处。偏:专,独。

⑥南浦:《楚辞·九歌》:"送美人兮南浦。"浦:二水相会之处水滨地。

⑦路绵绵:《古诗十九首》:"绵绵思远道。"

⑧夫君:指谢防。

越燕二首①

其 一

上国社方见②,此乡秋不归。为矜皇后舞③,犹著羽人衣。拂水斜文乱,衔花片影微④。卢家文杏好⑤,试近莫愁飞⑥。

【题解】

二首都是讽刺卢幕同僚中之妒己者。燕有胡燕越燕之别,因其人轻巧,故比为越燕。首章首联谓其人在京都身名不显,到此乡却不肯离去。次联谓此人自负才思敏捷,但至今未有正式官职,仅为幕中文士。"羽人衣"似指其曾有习道仙游的经历。三联描写越燕拂水衔花之态,比喻其人装模作样,并无多大本领,更无甚影响。末谓其善于卖弄,只会趋附卢家妇人女子,得其庇护,则托身有所矣。

【注释】

①越燕:又名紫燕。体小而多声,颔下紫,巢于门楣上,作窠极浅。

②上国:指京城长安。社:社日,古代祀社神之日。立春后第五个戊日为春社,立秋后第五个戊日为秋社,适当春分、秋分前后。燕以春社来,秋社去,谓之社燕。

③皇后舞:赵飞燕,汉成帝宫人,身轻善舞,立为后,与其妹昭仪专宠十余年。

④颈联描写其轻捷之姿态。

⑤卢家:比喻卢幕。文杏:杏树的异种。司马相如《长门赋》:"饰文杏以为梁。"

⑥莫愁:卢家少妇。萧衍《河中之水歌》:"河中之水向东流,洛阳女儿名莫愁……十五嫁为卢家妇,十六生儿字阿侯。"

其 二

将泥红蓼岸①,得草绿杨村。命侣添新意,安巢复旧痕②。去应逢阿母③,来莫害皇孙④。记取丹山凤⑤,今为百鸟尊。

【题解】

次章首联谓其人经营巢窝,作长久安居之计。次联谓其邀朋结友,似建立新关系,而实托旧主。三联谓其去则逢迎卢氏夫人,来到幕府同僚中则搬弄是非,望其勿害己也。末句谓百鸟朝凤,当尽忠于王室,切勿内耗也。

【注释】

①红蓼:水蓼生长水滨,开红花。

②虽有新交,实托旧主。

③阿母:西王母。见《瑶池》注。暗喻其原为道流,前首"羽人衣"亦是。阿母喻卢氏夫人。

④皇孙:作者自谓。

⑤丹山凤:见"丹丘"注。

蝶

　　飞来绣户阴,穿过画楼深。重傅秦台粉①,轻涂汉殿金②。相兼唯柳絮,所得是花心。可要凌孤客③,邀为子夜吟④?

【题解】

　　本篇似议刺同僚中之狎妓者。其人入户穿楼,寻花问柳,重傅轻涂,只为冶游。结尾谓彼轻薄者既饱且足之余,邀我作悲伤之歌,岂非欺我孤客,惹我生愁耶?

【注释】

　　①《中华古今注》:"自三代以铅为粉,秦穆公女弄玉有容德,感仙人萧史,为烧水银作粉与涂,亦名飞云丹。"道书:"蝶交则粉退。"

　　②《汉书·外戚传》:"皇后(赵飞燕)既立后,宠少衰,而弟(妹)绝幸,为昭仪,居昭阳舍,中庭彤朱,而殿上髹漆,切(门限)皆铜沓冒,黄金涂。"

　　③可要:岂要。凌:欺凌。孤客:作者自谓。

　　④子夜:见《离思》注。萧衍《子夜歌》:"花坞蝶双飞,柳堤鸟百舌,不见佳人来,徒劳心断绝。"

谑　柳

　　已带黄金缕①,仍飞白玉花。长时须拂马,密处少藏鸦②。眉细从他敛,腰轻莫自斜。玭梁谁道好?偏拟映卢家③。

本篇似刺小人之趋媚权贵者。谶语从后四句看出。首联谓其得宠而多所占有。次联谓其可以拍马屁，但要少毁谤别人。三联谓其可以敛眉邀宠，切莫玷辱自己。末联谓表面华贵，其实乃趋炎附势之徒而已。

【注释】

①刘禹锡《杨柳枝词》："千条金缕万条丝。"

②《玉台新咏·近代杂歌》："暂出白门前，杨柳可藏鸦。"

③沈佺期《独不见》："卢家少妇郁金堂，海燕双栖玳瑁梁。"

蝉

本以高难饱①，徒劳恨费声。五更疏欲断，一树碧无情。薄宦梗犹泛②，故园芜已平③。烦君最相警④，我亦举家清。

【题解】

首联谓蝉因高洁而食不果腹，悲鸣传恨，徒费其声也。次联谓蝉一夜哀鸣不息，至五更鸣声渐稀，几欲断绝，然而所栖之碧树竟似漠然无闻，何其无情也。三联谓己官职卑微而且飘浮不定，故园荒芜，蔓草与禾稼齐平。末谓听蝉鸣如好友对我提醒，我亦举家清贫也。通篇以蝉自喻，有神无迹，颇难征实，堪称绝唱。

【注释】

①《吴越春秋》："秋蝉登高树，饮清露，随风挥挠，长吟悲鸣。"《史记·屈原贾生列传》："蝉蜕秽浊之中，浮游尘埃之外。"

②薄宦：官职低微。梗：草木的直茎。梗泛：《战国策·齐策》："土偶曰：'吾西岸之土也，土则复西岸耳。今子，东国之桃梗也，刻削子以为人，降雨下，淄水至，流子而去，则子漂漂者将何如耳？'"后因以梗泛指飘泊无

定之意。

③陶渊明《归去来兮辞》:"田园将芜胡不归?"

④君:指蝉。

七月二十八日夜与王郑二秀才听雨后梦作①

初梦龙宫宝焰然②,瑞霞明丽满晴天。旋成醉倚蓬莱树③,有个仙人拍我肩④。少顷远闻吹细管⑤,闻声不见隔飞烟。逡巡又过潇湘雨⑥,雨打湘灵五十弦⑦。瞥见冯夷殊怅望⑧,鲛绡休卖海为田⑨。亦逢毛女无憀极⑩,龙伯擎将华岳莲⑪。恍惚无倪明又暗⑫,低迷不已断还连⑬。觉来正是平阶雨⑭,独背寒灯枕手眠⑮。

【题解】

题为梦作,则难以坐实。但是从来说梦者,皆有所谓而发也。义山一生遭逢不幸,不幸的经历形成了本篇说梦的心理基础。首二句言少年时代踌躇满志,视皇都禁近不难立致也。"瑞霞明丽"言彩云若锦,前程美好也。"旋成"二句谓登进士第,受知于王茂元也。蓬莱、方丈、瀛洲,海上仙山也,登第曰登瀛。"少顷"二句谓茂元初卒,如仙人之鸾车凤管邈然远去,竟隔烟雾。"逡巡"二句谓桂管、湖南之行,皆失意也。雨打湘灵,比贬窜也。"瞥见"二句谓瞥见令狐绹,绹不理睬,感到失望;沧海变桑田,牛党已得势。"亦逢"二句谓欲如毛女之学仙,亦觉无聊;欲攀华岳之莲,而有力者又独擎之。"恍惚"二句谓心情恍惚,梦绕魂牵,无力解脱。末谓梦醒之后,始觉孤单冷落,凄凉不已。通篇借梦境写身世遭逢,风格效"长吉体"。诗人运用神话传说中各种有声有色的鲜明形象来暗示内心的微妙世界,抒发微妙情绪,来表现他内心的"最高真实"。他竭力回避写实,侧重以敏锐的感觉、奔放的想象,以隐喻和意象来构造意境,力求表现方法上的浓缩和精练,其效果可与现代象征派大师的诗作媲美。写作时间很难说定,暂系于大中四年在徐幕时。

【注释】

①王、郑二秀才事迹不详。

②宝焰然:珠宝光彩灼烁,如火焰燃烧。然同燃。庾信《奉和赵王隐士诗》:"山花焰火然。"

③旋成:顷刻,不久。蓬莱树:神木。

④郭璞《游仙诗》:"左挹浮丘袖,右拍洪崖肩。"

⑤细管:箫笛一类管乐。

⑥逡巡:顷刻。

⑦湘灵:湘水之神。楚辞《远游》:"使湘灵鼓瑟兮,令海若舞冯夷。"五十弦:指瑟。

⑧冯夷:河神,一名河伯,一名冰夷。

⑨鲛绡:相传为鲛人所织之绡。张华《博物志》:"南海有鲛人,水居如鱼,不废织绩。"此句谓鲛绡还没来得及出售,可是沧海已经变成桑田。

⑩毛女:《列仙传》:"毛女,字玉姜,在华阴山中,形体生毛,自言始皇宫人。秦亡入山,道士教食松叶,遂不饥寒。"无憀,即无聊。

⑪龙伯:古代神话中巨人国的人。巨人之国即龙伯之国。其人长数十丈,举足不盈数步而及于五山之所,一钓而连六鳌。见《列子·汤问》。擎:举起。华岳:西岳华山,山有莲花峰。一说山顶有池,池生千叶莲花。

⑫无倪:无边际。李白《古风》:"飘飘入无倪。"

⑬低迷:模糊不清。

⑭平阶雨:积水平阶。

⑮朱彝尊曰:"独背寒灯,则二秀才已去矣。此亦点题衬题之法。"

代 应 大中五年

本来银汉是红墙,隔得卢家白玉堂①。谁与王昌报消息②,尽知三十六鸳鸯③?

【题解】

本篇是一首艳情诗,作者代贵家姬妾答赠所思之人。一二句谓己如白玉堂中之莫愁女子,既为卢家之妇,也就失去了自由,虽与所思之人仅一墙之隔,但如同遥隔河汉,见一面是非常困难的。三四句谓谁与你"王昌"互通消息,让你已尽知咱白玉堂中姬妾的隐私呢?

【注释】

①卢家:见《马嵬二首》其二注。此谓贵族之家。

②王昌:见前《楚宫二首》其一注。《樊南文集》卷四《上河东公启》:"窥西家之宋玉,恨东舍之王昌。"唐诗中所云王昌必是才貌双美的男子,如潘岳之少俊多才。

③古乐府《相逢行》:"入门时左顾,但见双鸳鸯。鸳鸯七十二,罗列自成行。"此云"三十六",纯举雌言之。

追代卢家人嘲堂内①

道却横波字②,人前莫谩羞③。只应同楚水,长短入淮流④。

【题解】

诗题谓追代卢家的人嘲讽卢家之媳莫愁。一二句谓既已暗送秋波勾引男人，就不用在人前装着了。三四句谓应同楚水入淮，入其怀中，无须顾忌也。本篇所嘲讽者当是贵家姬妾，所代之人为贵族官僚。

【注释】

①卢家：见《马嵬二首》其二注。因莫愁嫁与卢家是齐梁以前古事，故曰"追代"。堂内：指莫愁。

②横波：《文选》傅毅《舞赋》："目流睇而横波。"李善注："横波，言目邪视，如水之横流也。"道却：道出。却，语助词，用于动词之后。

③谩：欺诳，佯装。

④淮流：淮水。道源注："以淮代怀，仍隐语，如古乐府'石阙衔碑'之类。"

代越公房妓嘲徐公主①

笑啼俱不敢，几欲是吞声。遽遣离琴怨，都由半镜明。
应防啼与笑，微露浅深情。

【题解】

本篇与下一篇《代贵公主》所写的是同一件事，一嘲一答，表现一位贵家姬妾于新故去就之际，笑啼俱不敢，两下里做人难的矛盾心理。首二句以越公房妓嘲讪徐公主的口吻谓公主不敢因破镜重圆而笑，亦不敢因辞别越公而泣，于新官旧官俱不敢得罪，只好吞声无言。三四句谓公主本有离别旧官的哀怨，可是不敢表露，怕新官不满意，故遽遣其与旧官之恩情，这其中的奥秘只有半镜最明白，最了解此中真意。末谓公主应紧防真情外露，无论对旧官之深情，还是对新官之浅意，微露即可，不可明示也。

【注释】

①徐公主：南朝陈太子舍人徐德言之妻，后主叔宝之妹。朱注引《古今诗话》："陈太子舍人徐德言尚乐昌公主。陈政衰，德言谓主曰：'以君子之

才容,国亡必入豪家。傥情缘未断,犹期再见。'乃破一镜,人执其半,约他日以正月望日卖于都市。及陈亡,主果归杨素。德言访于都市,有苍头卖半镜者,高大其价。德言引至旅邸,言其故,出半镜以合之,仍题诗曰:'镜与人俱去,镜归人未归。无复嫦娥影,空留明月辉。'主得诗,悲泣不食。素知之,召德言至,还其妻,因命主赋诗,口占曰:'今日何迁次,新官对旧官。笑啼俱不敢,方信作人难。'"越公:杨素,隋大臣,字处道,弘农华阴(今属陕西)人。隋文帝灭陈时,他率水军从三峡东下,因功封越国公。后官至司徒,封楚国公。

代贵公主①

　　芳条得意红②,飘落忽西东。分逐春风去③,风回得故丛④。明朝金井露⑤,始看忆春风。

【题解】

　　本篇是代徐公主对越公房妓的答辞。一二句谓正值青春年华,桃红柳绿的荣期绮季,忽遭陈朝灭亡,流离颠沛。三四句谓不得已只好与徐德言分手,跟随越公远去;不料在春风中打了个回转,越公将己交还故夫。末谓明朝至金井汲水,见井桃春草上的露珠,必然会联想到越公的雨露之恩,虽返故丛,但未尝不想念越公也。两篇代作的本事,无从查考。或是借古事来写幕主后房的艳事趣闻,亦未可知。程梦星曰:"此正为牛李党人嗤谪无行而作。"刘、余《集解》曰:"诗借命不由己之乐昌公主自寓,亦可哀矣。"实与程说无异。若依刘、余之说,"故丛"指牛党,"春风"指李党。诗中明谓"春风"既得志,出自对"芳条"的怜悯,将其归还"故丛"。而李党却是被驱逐、贬官,义山无路可走,于大中二年二月离桂,辗转湘、楚,无人聘用,这才在漂泊了八个月之后,回到长安,指望令狐绚援引,却受其冷遇,请问牛党"故丛"对义山有何恩情?义山岂有徐公主回身就郎抱,"风回得故丛"的幸

506

运？所以说此诗与依违牛、李之党无关，而与幕主后房之情事有关。诗集中又有《代魏宫私赠》及《代元城吴令暗为答》两首，与义山所在幕府府主的情事有关。

【注释】

①《唐音戊签》作《代公主答》。贵公主：即徐公主。

②芳条：公主自喻。

③春风：指新官。

④故丛：指旧官。

⑤金井，施有雕栏之井。

咏怀寄秘阁旧僚二十六韵①

年鬓日堪悲②，衡茅益自嗤③。攻文枯若木④，处世钝如锤⑤。敢忘垂堂诫⑥，宁将暗室欺⑦？悬头曾苦学⑧，折臂反成医⑨。仆御嫌夫懦⑩，孩童笑叔痴⑪。小男方嗜栗⑫，幼女漫忧葵⑬。遇炙谁先啖⑭？逢甔即更吹⑮。官衔同画饼⑯，面貌乏凝脂⑰。典籍将蠡测⑱，文章若管窥⑲。图形翻类狗⑳，入梦肯非罴㉑。自哂成书簏㉒，终当咒酒卮㉓。懒沾襟上血，羞镊镜中丝㉔。橐籥言方喻㉕，樗蒲齿讵知㉖？事神徒惕虑㉗，佞佛愧虚辞㉘。曲艺垂麟角㉙，浮名状虎皮㉚。乘轩宁见宠㉛？巢幕更逢危㉜。礼俗拘稽喜㉝，侯王欣戴逵㉞。途穷方结舌㉟，静胜但搘颐㊱。粝食空弹剑㊲，亨衢讵置锥㊳！柏台成口号㊴，芸阁暂肩随㊵。悔逐迁莺伴㊶，谁观择蝨时㊷？瓮间眠太率㊸，床下隐何卑㊹！奋迹登弘阁㊺，摧心对董帷㊻。校雠如有暇㊼，松竹一相思㊽。

【题解】

大中五年春，卢弘止卒于任上。义山离开徐州回到洛阳，挈妇将雏再度到了长安，可是生计毫无着落。他向已经升迁为同中书门下平章事的令狐绹陈情，才得以补太学博士。"主事讲经，申诵古道，教太学生为文章。"（《樊南乙集序》）本诗作于此时。首四句谓年龄日渐老大，生活更加贫困，潜心研究文史，处世钝若木槌。"敢忘"四句谓处处小心谨慎，岂敢暗中害人？刻苦钻研学问，挫折换来教训。"仆御"四句谓仆人嫌我懦弱，儿童笑我痴愚，为父拙于谋食，故使儿女苦饥。"遇炙"四句谓爵赏与我无缘，好处害怕上前，空有教授虚衔，面容憔悴难看。"典籍"四句谓学问不过一瓢，弄文管中窥豹，画虎反而似狗，做梦也无吉兆。"自哂"四句谓自笑徒为书簏，终当借酒浇愁，何用泣血沾襟，不怕白雪满头。"橐龠"四句谓枉自奔忙不息，命运如同博戏，敬神吓唬自己，信佛空谈妙理。"曲艺"四句谓文才罕有匹敌，只是徒有虚名，岂能乘轩受宠，如巢幕之将倾。"礼俗"四句谓秸喜求为幕职，戴逵曾为博士；途穷缄默无言，支颐静待良时。"粝食"四句谓穷苦无人过问，岂能置身朝廷？曾记秘阁赋诗，暂与同僚共咏。"悔逐"四句谓后悔追攀新贵，谁能体察我心；秘阁醉眠床下，一时传为奇闻。末四句谓旧僚人人奋进，我对讲筵伤心；秘阁校雠有暇，毋忘老友故人。通篇以咏怀为主，实乃诉哀申恨之辞，语言最婉曲细致，委曲尽情。

【注释】

①秘阁：古代禁中藏书之所。也称秘馆、秘府。开成四年（839）春，义山入京通过吏部试，释褐秘书省校书郎，不久调为弘农县尉。旧僚：谓从前在秘阁之同僚。二十六韵：实只二十四韵。冯注："旧本皆作二十六，似误。然细玩通篇，多是咏怀，而寄旧僚太略，似'床下隐何卑'下再得两韵，转揆'奋迹'句，接更融和，颇疑脱二韵，故未改从实数。"本篇作于大中五年为太学博士时。

②年鬓：年龄与容颜。年老则鬓发渐白，故常用以表示衰老。庾信《拟咏怀诗》二十七首之三："自怜才智尽，空伤年鬓秋。"

③衡茅：衡门茅屋，谓陋室也。陶渊明《辛丑岁七月赴假还江陵夜行涂口》诗："养真衡茅下，庶以善自名。"自哂：自嘲。

508

④枯木：陆机《文赋》："兀若枯木，豁若涸流。"

⑤钝锤：《晋书·祖纳传》："纳谓梅陶、钟雅曰：'君汝颍之士，利如锥；我幽冀之士，钝如槌。持我钝槌，捶君利锥，皆当摧矣。'"

⑥垂堂：堂屋檐下。垂，边也。因檐瓦落下可能伤人，比喻危险境地。《史记·袁盎传》："臣闻千金之子，坐不垂堂。"

⑦暗室：暗屋。《毛诗·巷伯》传："昔者颜叔子独处于室，邻之釐妇又独处于室。夜，暴风雨至而室坏，妇人趋而至，颜叔子纳之而使执烛，放乎旦而蒸尽，缩屋而继之。"

⑧悬头：把头发拴在屋梁上。指苦学。《太平御览》六一一晋张方《楚国先贤传》："(汉)孙敬好学，时欲寤寐，悬头至屋梁以自课。"

⑨折臂：楚辞《惜诵》："九折臂而成医兮，吾至今乃知其信然。"此谓多次骨折也就有了医治骨折的经验。

⑩懦：怯弱也。刘向《新序》："楚白公之难，有庄善者将往死之，比至公门，三废车中。其仆曰：'子惧矣！'曰：'惧。''既惧，何不返？'善曰：'惧者，吾私也；死义，吾公也。君子不以私害公。'及公门，刎颈而死。君子曰：'好义乎哉！'"

⑪《晋书·王湛传》："王湛初有隐德，人莫能知，兄弟宗族皆以为痴。兄子济轻之，尝诣湛，见床头有《周易》，济请言之。湛因剖析玄理，微妙有奇趣。济乃叹曰：'家有名士，三十年而不知。'武帝见济，曰：'卿家痴叔死未？'曰：'臣叔殊不痴。'因称其美。"此以王湛自比。

⑫栗：板栗。陶渊明《责子诗》："通子垂九龄，但觅梨与栗。"

⑬忧葵：《列女传》："鲁漆室女倚柱而啸，邻妇曰：'欲嫁乎？'曰：'我忧鲁君老，太子少也。'妇曰：'此鲁大夫之忧。'女曰：'昔晋客舍我家，系马于园，马佚，践我园葵，使我终岁不餍葵味。吾闻河润九里，渐洳三百步。今鲁国微弱，乱将及人。'"此借以点化无食也。

⑭炙：牛心炙，即烤牛心。《晋书·王羲之传》："年十三，谒周颜。时重牛心炙，颜先割啖羲之，于是始知名。"

⑮齑（jī）：切成细末的菜，是冷食品。楚辞《九章》："惩于羹而吹齑兮，何不变此志也？"意思是有人被滚汤烫过，存了戒心，吃齑的时候也要吹一

509

口气。用以比喻凡是吃过亏的人,遇事要格外小心。

⑯《魏志》:(明帝诏曰)"选举莫取有名,名士如画地作饼,不可啖也。"

⑰凝脂:脂肪也。此谓六品之太学博士虚衔,如画饼充饥,俸禄很少,故面乏凝脂也。

⑱蠡:瓠瓢。蠡测:以瓠瓢测量海水。自谦之意。

⑲管窥:管中窥豹,所见一斑,未见全体也。

⑳《后汉书·马援传》:"马援诫兄子书:'效季良不得,陷为天下轻薄子,所谓画虎不成反类狗者也。'"

㉑朱注引《六韬》:"文王将畋,卜曰:'所获非龙非彲,非虎非罴,乃伯王之辅。'果遇太公于渭阳。"

㉒书籖:藏书用的箱子。用以嘲讽读书多而不解书义的人。

㉓咒酒卮:见《木兰》注③。

㉔镊(niè):拔减发须。

㉕橐龠:风箱,古代冶炼用以吹风之器具。《老子》第五章:"天地之间,其犹橐龠乎! 虚而不屈,动而愈出。"橐龠,比喻动力不竭。

㉖樗蒲:博戏之名,久已失传。马融《樗蒲赋》:"排五木,散九齿。"《晋书·葛洪传》:"洪少好学,性寡欲,不知棋局几道,樗蒲几齿。"

㉗惕虑:敬畏忧虑。

㉘佞佛:见《自桂林奉使江陵》注。虚辞:空话。

㉙曲艺:古代指医卜一类的技能。垂,成也。麟角,凤毛麟角,谓稀罕之至。

㉚《法言·吾子》:"羊质而虎皮,见草而悦,见狼而颤。"

㉛乘轩:乘坐大夫之车。《左传》闵公二年:"卫懿公好鹤,鹤有乘轩者。"

㉜巢幕:巢于幕上,喻危险之极。

㉝礼俗:指遵守礼教的礼俗之士。《晋书·阮籍传》:"能为青白眼,见礼俗之士,以白眼对之。嵇喜来吊,籍作白眼,喜不怿而退。喜弟康赍酒挟琴造焉,籍大悦,乃见青眼。由是礼法之士疾之若仇。"《北堂书钞》云:"晋武帝以嵇喜为功曹。"

㉞戴逵：字安道。晋谯郡铚县人，后移居会稽剡县。善鼓琴。武陵王司马晞曾召他鼓琴，逵对使者摔碎其琴，曰："戴安道不能为王门伶人。"又善铸佛像及雕刻，信奉佛教。《北堂书钞》："王珣启戴逵为国子祭酒，云：'前国子博士戴逵，绰有远概，堪发胄子之蒙。'"

㉟结舌：《易林》："杜口结舌，中心怫郁。"

㊱静胜：以静取胜。搘：同支。颐，下巴，下颔。

㊲粝食：粗米饭。弹剑：冯谖弹铗（剑）事见《史记·孟尝君传》。

㊳亨衢：四通八达的道路。引申为官运亨通。《易·大畜》："何天之衢，亨。"置锥：《庄子·盗跖》："尧舜有天下，子孙无置锥之地。"

㊴柏台：汉武帝元鼎二年春，起柏梁台，置酒于其上，诏群臣二千石能为七言诗者乃得上坐。口号：古体诗的题名。表示随口吟成，与口占相同。此指昔日与秘阁同僚共赋诗。

㊵芸阁：秘阁掌图书，故称芸阁。肩随：与人并行而略后。

㊶迁莺：指登第。见《喜舍弟羲叟及第上礼部魏公》注。

㊷择虱：《晋书·顾和传》："王导为扬州，辟从事。月旦当朝，未入，停车门外。周𫖮遇之，和方择虱，夷然不动。𫖮既过，顾指和心曰：'此中何所有？'和徐应曰：'此中最是难测地。'"

㊸瓮间：冯注引《晋书·毕卓传》："为吏部郎，比舍郎酿熟，卓因醉，夜至其瓮间盗饮之，为掌酒者所缚。明旦视之，乃毕吏部也。"又引《晋书·阮籍传》："邻家少妇有美色，当垆沽酒。籍尝诣饮，醉便卧其侧，籍不自嫌，其夫亦不疑。"义山在秘阁时，可能有狂简行为。

㊹床下：《后汉书·马援传》："援尝有疾，梁松来候之，独拜床下，援不答。"

㊺奋迹：振奋其脚步。弘阁：《汉书·公孙弘传》："公孙弘起客馆，开东阁，以延贤人。"此指旧僚。

㊻董帷：《汉书·董仲舒传》："董仲舒为博士，下帷讲诵。弟子传以久次相授业，或莫见其面，盖三年不窥园。"此自谓也。摧心：忧心欲坠。

㊼校雠：校对。《御览》六百一十八引《别录》："雠校，一人读书，校其上下，得误缪为校；一人持本，一人读书，若怨家相对，故曰雠也。"

㊽松竹:谓岁寒之友也。

有　感

中路因循我所长①,古来才命两相妨。劝君莫强安蛇足②,一盏芳醪不得尝③。

【题解】

首句谓顺乎自然,不愿竞争于中路,本是自己的长处。《离骚》曰:"忽驰骛以追逐兮,非余心之所急。"为什么事贵因循呢? 次句说自古以来,才华与命运相乖迕,才高者命蹇,往往如此。三四句说,应当知命不忧,不要画蛇添足,勉强趋骛,君不闻安蛇足者,竟失去杯酒也。"劝君"实是自劝。诗人仕途不顺心,或是急于求成而适得其反,故有此感慨。"古来才命两相妨",在中国漫长的封建社会里,是一个带有普遍性的问题,义山用一句话作了总结,因为他才高,所以感受更深。

【注释】

①中路:中途。指事情在进行过程中。因循:按照常规进行,顺其自然。

②安:安放。安蛇足:画蛇添足。《战国策·齐策》二:"楚有祠者,赐其舍人卮酒,舍人相谓曰:'数人饮之不足,一人饮之有余,请画地为蛇,先为者饮酒。'一人蛇先成,引酒且饮之,乃左手持卮,右手画蛇曰:'吾能为之足。'未成,一人之蛇成,夺其卮曰:'蛇固无足,子安能为之足?'遂饮其酒。为蛇足者,终亡其酒。"

③醪(láo):原指浊酒。此指酒。

辛未七夕^①

　　恐是仙家好别离,故教迢递作佳期^②。由来碧落银河畔^③,可要金风玉露时^④？清漏渐移相望久^⑤,微云未接过来迟^⑥。岂能无意酬乌鹊^⑦,唯与蜘蛛乞巧丝^⑧？

【题解】

　　义山长期做幕僚在外,难得与家人团聚,常有伤离怨别之慨。大中五年春末离开徐幕,回洛阳带领妻子儿女到长安,补太学博士,暂得安居。然而,生活非常困难,暂时的相聚也不知能维持多久,故于七夕之夜,产生"仙家好别离"的奇想。首联谓仙家大概是喜散不喜聚,所以牛女二星惟七夕一相逢。颔联谓碧空银河之畔从来是良会之所,岂必待秋风玉露之秋夜始得相会乎？颈联谓时间过得很慢,望之既久;俗传织女过河必有微云,但微云尚未铺接成桥,欲过河相会,何其迟也。尾联谓既知乌鹊填河以渡织女,何不思酬乌鹊,反爱蜘蛛,乞巧于蛛丝耶？辛未七夕,可能因为王氏依然按照传统习俗忙于穿针引线以乞巧,未能与义山同看乌鹊填河、微云渐接、牛女相会的奇幻场景,故戏作此诗。构思巧妙,别无寓意。

【注释】

　　①辛未:辛未年,即大中五年。

　　②迢递:遥远。

　　③碧落:青天。

　　④金风:秋风。《文选》张景阳《杂诗》之三:"金风扇素节,丹霞启阴期。"注:"西方为秋而主金,故秋风曰金风也。"

　　⑤清漏:《说文》:"漏,以铜受水,刻节,昼夜百刻。"漏壶为古代计时器。"清漏"谓时刻。

　　⑥微云:银河泛白,似有淡淡云气。

⑦乌鹊:俗传乌鹊填河成桥以渡织女。

⑧乞巧:乞求智巧。《荆楚岁时记》:"七夕,人家妇女结彩缕,穿七孔针,陈瓜果于庭中以乞巧。有蟢子网于爪上者则以为得巧。"

房中曲①

蔷薇泣幽素,翠带花钱小②。娇郎痴若云③,抱日西帘晓。枕是龙宫石④,割得秋波色。玉簟失柔肤,但见蒙罗碧⑤。忆得前年春⑥,未语含悲辛⑦。归来已不见⑧,锦瑟长于人⑨。今日涧底松⑩,明日山头蘖⑪。愁到天地翻⑫,相看不相识。

【题解】

本篇是悼亡诗。义山于开成三年夏婚于王氏,至大中五年秋王氏亡故,夫妻共度十四年时光。本诗开始四句回忆初婚时王氏美丽而娇弱的体态及自己对她的痴爱。她像幽寂的蔷薇花一样轻轻啜泣,身上的穿戴也显得小巧玲珑;自己对她的痴爱,如云之抱日,暖烘烘,乐融融,至日高方起。"枕是"四句陡转到眼前现实中来,谓玉枕如同龙宫水府之幽石,无比凄冷,仿佛割断了媚眼秋波,再也见不到她的面容,玉簟空空人不在,只剩翠被蒙盖在簟上。"忆得"四句谓回想起大中三年春天在长安京兆尹府中留假参军时,王氏已有病在身,预感生命不能久长,未语含悲;如今倒是回到京中了,可是人已邈不可见。前年在京含悲,今年在京永别,只有锦瑟长存,而人已去矣!最后四句谓己今日如同涧底之松,郁郁不得志,明日境况更为悲苦,苦如山头之黄蘖。愁到天翻地覆之日,即使相见也不相识了。凄艳缠绵,哀痛欲绝。地老天荒,此恨无极。

【注释】

①《汉书·礼乐志》:"周有《房中乐》,至秦名曰《寿人》。"汉高祖有《房

514

中词》，武帝有《房中歌》，皆本于周《房中乐》。本篇则是悼亡诗，作于大中五年。

②幽素：幽寂。花钱：翠带上的小花如圆钱。

③娇郎：诗人自称。娇郎、娇客，均指新婚夫婿。

④龙宫石：龙宫水府中之幽石，无比凄冷。

⑤罗碧：指翠被。

⑥前年：大中三年。

⑦谓己有病，预感生命不久。

⑧归来：回到京城。

⑨锦瑟：王氏平日所弹奏之瑟，绘文如锦，故曰锦瑟。长：长寿也。物在人亡，是物寿而人不寿也。

⑩涧底松：左思《咏史》："郁郁涧底松。"

⑪蘖：黄蘖，味苦。今不得志，明日更苦也。

⑫天地翻：天翻地覆。

相　思

相思树上合欢枝①，紫凤青鸾并羽仪②。肠断秦台吹管客③，日西春尽到来迟。

【题解】

本篇也是悼亡之作。前二句回忆从前与王氏伉俪情深，如同巢于相思树上的鸾凤。后二句谓己长期漂泊在外，迟迟未归，如今回到京城旧居，己已衰颓，妻已下世，日西春尽，肠断秦楼。

【注释】

①相思树：左思《吴都赋》："楠榴之木，相思之树。"晋刘渊林注："相思，大树也。材理坚，邪斫之则文，可作器。其实如珊瑚，历年不变，东冶有

之。"合欢:俗称夜合花、马缨花。

②凤鸾:取成双成对之义。并羽仪:谓夫妻好合。

③秦楼客:指萧史,此处谓自己。

王十二兄与畏之员外相访,见招小饮,时余以悼亡日近不去,因寄^①

谢傅门庭旧末行^②,今朝歌管属檀郎^③。更无人处帘垂地^④,欲拂尘时簟竟床^⑤。嵇氏幼男犹可悯^⑥,左家娇女岂能忘^⑦?秋霖腹疾俱难遣^⑧,万里西风夜正长。

【题解】

义山之妻王氏于大中五年秋卒于长安。张采田《会笺》曰:"悼亡时,义山在京,初承蜀辟,有《王十二兄与畏之员外相访,见招小饮,时余以悼亡日近不去,因寄》及《赴职梓潼留别畏之员外同年》二篇,足为的证。"义山与王氏伉俪情深,悼亡后不久,王十二兄及姨姊夫韩瞻邀他小饮,他不肯去,因作此篇寄赠。首联谓往昔我虽忝列王氏诸婿之末,如今歌管琴瑟之乐只属韩瞻一人了。颔联谓空室无人,重帘不卷,游尘满簟,枕席生寒。颈联谓儿女幼小,尤其需要照看,须臾不能忘也。末联谓己在秋雨绵绵之时受凉,患腹泻之疾,愁绪万端,长夜漫漫,不知何时是尽头。其言甚哀,其心甚苦,字字血泪,凄断欲绝。

【注释】

①王十二兄:王茂元之子,义山之妻兄。畏之:韩瞻,字畏之,王茂元婿。开成二年进士,与义山同年及第。悼亡日近:指丧妻之后不久。

②谢傅:《晋书·谢安传》:"谢安薨,赠太傅,谥曰文靖。"门庭:谓己与畏之为同门之婿。末行:义山自谦之词,谓忝列诸婿之末。《世说新语·贤

516

媛》:"王凝之谢夫人(谢道韫)既往王氏,大薄凝之。既还谢家,意大不悦。太傅慰释之曰:'王郎,逸少之子,人材亦不恶,汝何以恨乃尔?'答曰:'一门叔父,则有阿大、中郎。群从兄弟,则有封、胡、遏、末。不意天壤之中,乃有王郎!'"此以王凝之自比,以谢安比王茂元。

③檀郎:潘安仁小字檀奴,后人因号曰檀郎。唐人惯以檀郎称婿,此指韩畏之。

④更无人:绝无人也。见张相《诗词曲语辞汇释》。

⑤潘岳《悼亡诗》:"展转眄枕席,长簟竟床空。床空委清尘,虚室来悲风。"

⑥嵇氏:《晋书·嵇康传·与山巨源书》曰:"女年十三,男年八岁,未及成人,况复多疾。"嵇康被司马氏杀害,其子嵇绍,宇延祖,十岁而孤。

⑦左家:左思《娇女诗》:"左家有娇女,皎皎颇白皙。小字为织素,口齿自清历。"《樊南文集》卷四《上河东公启》:"某悼伤以来,光阴未几,梧桐半死。才有述哀,灵光独存,且兼多病。眷言息胤,不暇提携。或小于叔夜之男,或幼于伯喈之女。"

⑧秋霖:秋雨绵绵。腹疾:腹泻之疾。

故驿迎吊故桂府常侍有感①

饥乌翻树晚鸡啼②,泣过秋原没马泥。二纪征南恩与旧③,此时丹旐玉山西④。

【题解】

义山与郑亚的交谊非同一般,可以称得上患难之交,这在前面的《自桂林奉使江陵途中感怀》及《献寄旧府开封公》等篇的注释中已经作了介绍。郑亚是李党的重要人物,一贬再贬,卒于循州而归葬。此时正是牛党权奸得意之日。而义山不畏他们的诽谤和打击,赶到故驿迎吊故府主和亡友郑亚,这是需要很大的决心和勇气的。他把正义和友谊看得高于权力地位,重于个人安危,这种高尚品质,不要说令狐绹身上全无,令狐楚也不具备。所谓"放利偷合"、"诡薄无行",完全出自令狐绹一类小人之口,用来攻击异己,与獠犬之猜猎无异。本篇是迎吊有感之作,一二句谓自己如乌鹊无依,如晚鸡失栖,痛哭迎吊故府主,过秋原时不顾泥陷马蹄。三四句谓跟随郑亚到桂府,跨过两个年头,深受殊恩礼遇,旧谊难忘,今则迎吊其灵柩归来,惟见玉山之西,丹旐飘摇,风雨凄凄,令我无限悲哀也。

【注释】

①故驿:指长安城南的旧驿站。桂府常侍:郑亚出为桂管观察使时,加常侍衔。冯注:"旧书志,左右散骑常侍正三品,亚必例加此。"唐宣宗大中元年,牛党得势,以给事中、御史中丞郑亚出为桂管观察使,二年二月以李德裕坐累,责授循州刺史,大中五年卒。

②饥乌:曹操《短歌行》:"月明星稀,乌鹊南飞,绕树三匝,何枝可依。"此以饥乌自喻。

③二纪:两年。

④丹旐:灵柩前的旗幡。玉山:蓝田山产玉,故一名玉山。

宿晋昌亭闻惊禽①

羁绪鳏鳏夜景侵②,高窗不掩见惊禽。飞来曲渚烟方合,过尽南塘树更深③。胡马嘶和榆塞笛④,楚猿吟断橘村砧⑤。失群挂木知何限⑥,远隔天涯共此心。

【题解】

首联谓羁人入夜愁悒不眠,偶闻惊起之禽,知是失群之羽。颔联谓惊禽飞来曲渚,暮云方合,来不知其所自来也;过尽南塘,林木深深,去不知其所从去也。颈联谓天下之不堪闻者,不独惊禽,若胡地失群之马,塞上征夫之笛,三峡猿鸣,橘村思妇捣衣之砧声,皆不忍闻也。此以己悲推及天下一切不幸者之悲。末联谓失群者、挂木者,何其多也;即使远隔天涯,亦同病相怜也。黄侃曰:"此诗以惊禽兴起己之离绪,以胡马、楚猿陪衬惊禽,通体惟羁绪一句,自道本怀耳。"

【注释】

①晋昌亭:亭在长安城东街进昌坊。进亦作晋。

②羁绪:寄居异地,旅途飘泊之愁绪。义山暂居晋昌里,即将远行也。鳏鳏:张目不寐也。鱼目恒不闭,因谓愁悒而张目不寐曰鳏鳏。

③曲渚、南塘:曲渚即曲江池。南塘即慈恩寺南池,在晋昌坊。

④榆塞:榆林塞,也用为边塞的通称。《汉书·韩安国传》:"累石为城,树榆为塞。"塞上种榆树也。

⑤橘村:泛指南方种橘之乡,不必确指橘洲。

⑥失群挂木:苏武诗:"胡马失其群,思心常依依。"《本草》:"猿居多在林木。"

晋昌晚归马上赠①

西北朝天路②,登临思上才。城闲烟草遍③,村暗雨云回。人④岂无端别,猿应有意哀。征南予更远,吟断望乡台⑤。

【题解】

义山入蜀之前往晋昌坊访令狐绹未遇,归寓所途中登高遣怀,马上成诗以赠。首联谓登高遥望通向朝廷之路,思念仕途得意之上才令狐绹。颔联谓城中安定和平,暮霭与草树融为一片;城郊村落渐渐模糊,暮云欲雨。颈联谓自己岂是无故远别而接受柳幕之聘?将来在蜀中只有听猿声有意为我而哀鸣也。尾联谓此次南行将至更远之地域,将在望乡台上唱尽思乡之情矣!

519

【注释】

①晋昌:晋昌坊。令狐绹第宅居此。

②朝天路:指通向皇宫的道路。皇城的正南门为朱雀门,"朝天路"即正对朱雀门之朱雀大街,街在晋昌坊西北。

③城闲:城中安静和平。

④人:谓自己,不是指别人。

⑤望乡台:在四川广元县南。

留赠畏之①

清时无事奏明光②,不遣当关报早霜③。中禁词臣寻引领④,左川归客自回肠⑤。郎君下笔惊鹦鹉⑥,侍女吹笙弄凤凰⑦。空记大罗天上事⑧,众仙同日咏霓裳⑨。

【题解】

本篇是义山赴梓州幕府时留赠韩瞻的诗。前半谓值此清平之时,无事可奏,亦无早朝晏退之烦。禁中之词臣以希望的目光投向韩瞻,则韩瞻迁升翰林学士有望,而我将为东川思归之客,自有断肠之悲。后半谓韩瞻的子女都有高才,而自己的子弗如也。回想从前进士及第,同登蕊榜,今则浮沉各异,只有空空回忆而已。

【注释】

①自注:"时将赴职梓潼遇韩朝回作。"畏之:韩瞻。见《寄恼韩同年》注。

②明光:明光殿。一名明光宫,汉宫殿名。《汉官仪》:"尚书郎直宿建礼门,奏事明光殿。"

③当关:门吏,守门人。

④中禁：禁中。蔡邕《独断》："天子所居，门阁有禁，称禁中。"词臣：文学侍从之臣。寻：相继，接着。引领：引颈而望。

⑤左川：东川。归客：思归之客。回肠：司马迁《报任安书》："是以肠一日而九回。"

⑥郎君：指韩瞻之子韩偓，字致光，小字冬郎。大中五年义山赴梓州幕府时，冬郎即席赋诗相送，一座尽惊。鹦鹉：《鹦鹉赋》。《后汉书·祢衡传》："（黄）射时大会宾客，人有献鹦鹉者，射举卮于衡曰：'愿先生赋之，以娱嘉宾。'衡揽笔而作，文无加点，辞采甚丽。"

⑦弄凤凰：萧史，善吹箫，作凤鸣。前已屡注。此谓韩瞻之女亦仙子之流也。

⑧大罗天：道家诸天之名。最上一层天曰大罗天。此以升天登仙喻登进士第。

⑨咏霓裳：《唐摭言》："开成二年，高侍郎锴主文，恩赐诗题霓裳羽衣曲。"

赴职梓潼留别畏之员外同年①

佳兆联翩遇凤凰②，雕文羽帐紫金床。桂花香处同高第③，柿叶翻时独悼亡④。乌鹊失栖常不定⑤，鸳鸯何事自相将⑥？京华庸蜀三千里⑦？送到咸阳见夕阳。

【题解】

首联谓回想从前畏之与己先后同为王茂元婿，金床羽帐，同享新婚之喜。颔联谓同时登进士第，互为姻娅，可是如今畏之家室完聚，而己则于今秋独赋悼亡。颈联谓己如失巢之乌鹊，漂泊无依，而畏之夫妇如鸳鸯相守，令己羡慕。末联谓赴蜀之道路迢遥，不必远送，即使送到咸阳，则日已暮矣。一官迢递，万里驰驱，独赋悼亡，远求幕职，抚今追昔，能不怆然！

①梓潼:指东川节度治所所在地梓州,柳仲郢为节度使,辟义山为节度判官。张采田曰:"前诗(《留赠畏之》)将赴梓时作,此则行期已定,畏之相送而重赠者。作诗先后,细绎自别。"

②佳兆:好的预兆。联翩:前后相接。《左传》庄公二十二年:"懿氏卜妻(嫁女给)敬仲,其妻占之,曰:'吉,是谓凤凰于飞,和鸣锵锵。'"

③桂花香处:晋郤诜举贤良对策列最优,自谓"犹桂林之一枝,昆山之片玉"。故后称登科及第为折桂。

④柿叶:《南史·刘歊传》:"歊未死之春,有人为其庭中栽柿,歊谓兄子郐曰:'吾不及见此实,尔其勿言。'及秋而亡。"翻:坠落。柿为落叶乔木。

⑤乌鹊失栖:自谓远行为幕僚。

⑥鸳鸯:谓畏之夫妇。

⑦庸蜀:庸,古有庸国,为楚所灭,在今湖北西北竹山县一带。蜀,古有蜀国,为秦所灭,置蜀郡,汉因之,属益州。此指南方巴蜀一带地方。

饯席重送从叔,余之梓州①

莫叹万重山,君还我未还。武关犹怅望②,何况百牢关③。

【题解】

从叔将越武关归河南故居,其故居(或新居)可能在河南内乡或南阳,故取道武关为近。此时,义山将越百牢关至梓州,是从叔所归之地近于梓州。在武关西望长安比在百牢关望长安要近便得多,故曰"莫叹",故曰"君还我未还"。义山出外,从叔归家,心情各自不同。

【注释】

①从叔:李褒。义山有《郑州献从叔舍人褒》诗。

②武关:在今陕西商南县西北。

③百牢关:在今陕西勉县。

西南行却寄相送者①

　　百里阴云覆雪泥;行人只在雪云西。明朝惊破还乡梦,定是陈仓碧野鸡②。

【题解】

　　一二句谓雪后阴云未散,行人已与相送者相隔遥远,远在雪云天空以西之地。三四句谓初离亲友,梦中恍若还在故乡,明日被晨鸡惊醒后,方知远在陈仓,身居逆旅。结尾反衬,最妙。

【注释】

　　①却寄:回寄。
　　②陈仓:隋置陈仓县,唐至德二年改为宝鸡县,属凤翔府。相传秦文公在此得陈宝鸣鸡。《史记·封禅书》:"秦文公获若石云,于陈仓北阪城祠之。其神或岁不至,或岁数来,来也常以夜,光辉若流星,从东南来集于祠城,则若雄鸡,其声殷云,野鸡夜雊。以一牢祠,命曰陈宝。"韦昭曰:"在陈仓县,宝而祠之,故曰陈宝。"《史记》正义引《三秦记》曰:"太白山西有陈仓山,山有石鸡,与山鸡不别。赵高烧山,山鸡飞去,而石鸡不去,晨鸣山头,声闻三里。或言是玉鸡。"

鸳　鸯

　　雌去雄飞万里天,云罗满眼泪潸然①。不须长结风波愿②,锁向金笼始两全。

本篇是失偶后复出之作,颇有追悔之意。义山因宦途坎坷,很少与家人团聚。其妻死后,又远投幕府,万里飘零,孤独哀愁,不觉潸然泪下。锁向金笼,本非所愿,然而与其结爱风波之中,真不如两全于金笼之内也。

【注释】

①云罗:云似罗绮。此指如云一般广布的罗网。潸(音珊)然:形容泪流不止。

②风波愿:鸳鸯游翔在水和风的环境中,故云。

王昭君①

毛延寿画欲通神②,忍为黄金不顾人。马上琵琶行万里③,汉宫长有隔生春④。

【题解】

本篇托昭君以自寓也。令狐绹不省陈情,使义山沉沦使府,从此远涉天涯,永无还朝的希望,恍如隔世之人,无异于昭君出塞,一别长绝也!令狐绹与毛延寿实为同流之人,诗人再不抱任何幻想了。

【注释】

①王昭君:西汉南郡秭归(今湖北兴山县有昭君村)人,名嫱,字昭君。元帝时被选入宫。竟宁元年(公元前33年),匈奴呼韩邪单于入朝求和亲,她自请嫁匈奴。

②传说元帝命画工毛延寿为宫女画像,昭君因不肯贿赂,被图为丑。后元帝命其远嫁匈奴时,后悔莫及,因杀毛延寿。通神:谓画技神妙。

③石崇《王明君词序》:"昔公主嫁乌孙,令琵琶马上作乐,以慰其道路之思,其送明君,亦必尔也,其造新曲,多哀怨之声。"明君,即昭君,晋避司

马昭讳,改称明君或明妃。

④隔生:隔世。末句谓昭君纵有春风面,可惜远嫁匈奴,汉宫中永远见不到她,如同隔世也。

悼伤后赴东蜀辟至散关遇雪^①

剑外从军远^②,无家与寄衣。散关三尺雪,回梦旧鸳机^③。

【题解】

义山妻殁未久,即赴辟远行,寒到身边,无人给寄冬衣,犹梦昔时王氏于机上织锦的情景。无室无家之人,做有室有家之梦,何等悲哀。

【注释】

①悼伤:义山妻王氏于大中五年秋病故。东蜀:东川。《新唐书》传:"柳仲郢节度剑南东川,辟判官、检校工部员外郎。"散关:一名大散关,在陕西宝鸡市西南的大散岭上。

②剑外:剑阁之外,剑阁以南,即蜀地的代称。从军:谓赴节度使幕。

③鸳机:织锦机。见《即日》(小苑试春衣)注。

利州江潭作^①

神剑飞来不易销^②,碧潭珍重驻兰桡^③。自携明月移灯疾^④,欲就行云散锦遥^⑤。河伯轩窗通贝阙^⑥,水宫帷箔卷冰绡^⑦。他时燕脯无人寄^⑧,雨满空城蕙叶凋。

首联上句谓丰城县(属江西省)的神剑化为神龙飞到了利州黑龙潭潜居水下,并未消失。下句谓武士彠的船就停泊在黑龙潭。"珍重"形容此船非同一般,其上有武则天之母。颔联谓潭中的神龙携夜明珠代替灯烛,迅速地靠拢武后的母亲,与她作长时间的交合。颈联谓兰舟与龙宫都敞开门窗,武后母与神龙自由来往,毫无顾忌。尾联谓江潭祠庙昔时受祀神龙,今则无之,惟见寒雨空城,木叶尽脱,荒江废庙,不胜凄凉也。本篇以"则天父士彠泊舟江潭,后母感龙交娠后"(《蜀志》)的神话传说为题材,对帝王龙种的说法予以巧妙的讽刺。

【注释】

①利州:今四川广元县。江潭:县城南边的黑龙潭。此诗题下有作者自注:"感孕金轮所。"武则天如意二年加金轮圣神皇帝号。武则天的父亲武士彠于贞观年间做利州都督,曾泊舟江潭,传说武则天的母亲感龙交而受孕生则天。利州有皇泽寺,寺中有武后真容殿。(见胡震亨《唐音癸签》)

②神剑:《晋书·张华传》谓丰城有双剑,一名龙泉,一名太阿,后化为双龙飞去。不易销:据《旧唐书·李淳风传》载,李淳风告诉李世民,三代之后,有女主代有天下,其人已在宫中。李世民要杀尽所有可疑宫女,李淳风说:"天之所命,必无禳避之理,王者不死,多恐枉及无辜。"

③碧潭:指黑龙潭。驻兰桡:指武后的母亲驻舟龙潭。兰桡:木兰舟,对舟的美称。桡,船桨。

④明月:夜明珠。楚辞《天问》:"烛龙何照?"烛龙是古代神话中一种照明的神物,其照明方法有二说:一说烛龙以目照明;一说衔灯照明。疾,速也。

⑤行云:作云雨之欢。散锦:龙交合时散鳞如锦。遥:长也。

⑥河伯轩窗:喻武后母的兰舟之窗。河伯:黄河水神,一名冯夷。贝阙:龙宫。楚辞《九歌·河伯》:"紫贝阙兮珠宫。"

⑦水宫:水上宫殿。帷箔:原指用苇子或秫秸织成的帘子,此指龙宫用鲛绡制作的帘子。冰绡:即鲛绡,海上鲛人所织的薄纱。

⑧燕脯:烧好的燕子肉。冯注引《梁四公记》:"瓯越罗子春兄弟,自云

家代与龙为婚,能化恶龙。杰公乃令子春兄弟等赍烧燕五百枚,入震泽中洞庭山洞穴,以献龙女,龙女食之大喜,以大珠三、小珠七、杂珠一石以报帝(梁武帝)命,子春乘龙载珠回国。"无人寄:无人寄燕脯与神龙。

望喜驿别嘉陵江水二绝①

其　一

嘉陵江水此东流,望喜楼中忆阆州②。若到阆州还赴海③,阆州应更有高楼。

【题解】

本篇突出别江水之情。作者登望喜楼见江水奔向阆州,于是遥想阆州城之风貌。又推进一层,若到阆州登楼,则见江水流向大海,永不回头,依依惜别之情油然而生。盖义山乃一孤独之人,所谓"别嘉陵江水",亦即"日日征帆送远人"(《木兰花》)之意也。自己飘泊无依,如江水之永无停驻,总有一天也将要飘到天尽头,更待何人相送也!

【注释】

①自注:"此情别寄。"冯浩曰:"此情别寄者,以今东川之行,追叹前此巴蜀之役也。江水于此东流,我更驱车南向,昔行既属徒劳,今此亦非得意,言外寄慨无穷也。惜前后细踪无可弹索耳。"望喜驿:在四川昭化县南。江水至此折而东流。嘉陵江:源出陕西凤县嘉陵谷,至四川重庆入长江,全长一千一百多公里。

②阆州:故城在今四川阆中县西。忆:遥想。

③嘉陵江自广元、昭化又东南入苍溪县界,又东南入阆州境,至渝州入长江,滔滔东下而赴海矣。

527

其 二

千里嘉陵江水色,含烟带月碧于蓝①。今朝相送东流后,犹自驱车更向南②。

【题解】

第二首极力赞颂嘉陵江水之美,不忍与其分手。水之向东,我之向南,皆不得已也。

【注释】

①杜甫《阆水歌》:"嘉陵江色何所似? 石黛碧玉相因依。"

②义山将赴梓幕。梓州在阆州西南。

张恶子庙① 大中六年

下马捧椒浆②,迎神白玉堂。如何铁如意③,独自与姚苌④?

【题解】

本篇表面上是斥责张恶子神不该把兵权给予姚苌,实质是批评唐朝廷听任藩镇以军权私相授受。

【注释】

①《太平广记》引《北梦琐言》:"梓潼县张恶子神,乃五丁拔蛇之所也。或云嵩州张生所养之蛇,因而立祠,诗人谓为张恶子,其神甚灵。"《方舆胜览》:"张恶子庙,即梓潼庙,在梓潼县北八里七曲山。"

②椒浆:以椒浸制的酒浆。楚辞《九歌·东皇太一》:"奠桂酒兮椒浆。"

③铁如意:铁制的指挥棒。

④姚苌:东晋地方政权后秦君主。羌族。太元十一年称帝于长安,国号大秦。《后秦录》:"初,苌游至梓潼岭,见一神人,谓之曰:'君苌还秦,秦

无主,其在君乎!'苌请其姓氏,曰:'张恶子也。'言讫不见。至是称帝,即其地立张相公庙祀之。"《梓潼化书·第七十五化》云:"张重华嗣位,石季龙使将麻秋侵寇,命(谢)艾以千人击之,秋单骑宵遁。继而往关中与姚苌为友。然厌处凡世,思归蜀峰,约苌曰:'苟富贵,无相忘。'后苌以龙骧将军使蜀,至凤山访予,予礼待之,假以铁如意,祝之曰:'麾之可致兵。'苌疑予,予为之一麾,戈盾戎马万余列之平坡。今试兵坝是也。"后苌以苻坚死,即帝位,因号秦焉,即其地祀之。

梓潼望长卿山至巴西复怀谯秀^①

  梓潼不见马相如^②,更欲南行问酒垆^③。行到巴西觅谯秀,巴西唯是有寒芜^④。

【题解】

  义山由广元、昭化、梓潼而至巴西觅谯秀旧居,然后至梓州幕(治所在今三台县),路线极分明。所谓"更欲南行问酒垆",实则未到。

【注释】

  ①梓潼:县名,唐属剑州。长卿山:《方舆胜览》:"长卿山在梓潼县治西南,旧名神山。唐明皇幸蜀,见山有司马相如读书之窟,因改名长卿山。"巴西:谯周《巴记》:"刘璋分巴,以永宁为巴东郡,垫江为巴郡,阆中为巴西郡,是谓三巴。"孙盛《晋阳秋》:"谯秀,字元彦,巴西人,谯周孙。李雄盗蜀,安车征秀,不应。桓温平蜀,返役,上表荐之。"《三国志·蜀志·谯周传》:"谯周,字允南,巴西西充国人也。"西充国在今四川阆中西南。《晋书·隐逸传》:"桓温灭蜀,上疏荐之(谯秀)。朝廷以年在笃老,兼道远,故不征,敕所在四时存问。"

  ②司马相如,见《病中早访招国李十将军遇挈家游曲江》注。

  ③《汉书·司马相如传》:"相如与(卓文君)俱之临邛,尽卖车骑,买酒

舍,乃令文君当垆。相如身自著犊鼻裈,与庸保杂作,涤器于市中。卓王孙耻之,为杜门不出。"相如酒垆不在成都,而在卓王孙所居之临邛市,即今四川邛崃县。颜师古曰:"卖酒之处累土为垆以居酒瓮,四边隆起,其一面高,形如锻垆,故名垆耳。而俗之学者,皆谓当垆为对温酒火垆,失其义矣。"

④芜:丛生之草。颜延年《秋胡诗》:"寝兴日已寒,白露生庭芜。"

迎寄韩鲁州瞻同年①

积雨晚骚骚②,相思正郁陶③。不知人万里,时有燕双高。寇盗缠三辅④,莓苔滑百牢⑤。圣朝推卫索⑥,归日动仙曹⑦。

【题解】

诗的前半谓己对潇潇暮雨而正在思念畏之,没有料到在远离京华之蜀地相会,如双燕之比翼高飞也。后半谓韩排除艰险,奉朝命往佐讨贼,祝其胜利还朝。

【注释】

①冯注以为"鲁州"是"果州"之误,故行程必过百牢关。张采田曰:"鲁州当从冯注作果州。义山到梓,畏之旋出刺果,故有此迎寄之作。"又曰:"所谓迎寄者,以果州近梓,故云。"韩瞻字畏之,见前注。

②骚骚:雨声。

③郁陶:忧思郁积。宋玉《九辩》:"岂不郁陶而思君兮。"

④《通鉴》:"大中五年十月,蓬、果盗依阻鸡山,寇掠三川,以果州刺史王赘弘充三川行营兵马使,六年二月讨平之。"三辅:冯注以为是"三蜀"之讹,正确。三辅地区在陕西中部,蓬、果之盗未至。

⑤百牢关:在陕西勉县西南,自长安至剑南必经之道。两壁山相对,六十里不断,路滑苔深,是为险道。

⑥卫索:卫瓘、索靖,都是晋代著名书法家。卫为尚书令,索为尚书郎。

此以卫索比韩瞻。

⑦仙曹：指尚书省属下各部曹。《白帖》："诸曹郎称为仙郎,故曰仙曹。"

武侯庙古柏①

　　蜀相阶前柏,龙蛇捧閟宫②。阴成外江畔③,老向惠陵东④。大树思冯异⑤,甘棠忆召公⑥。叶凋湘燕雨⑦,枝拆海鹏风⑧。玉垒经纶远⑨,金刀历数终⑩。谁将出师表⑪,一为问昭融⑫?

【题解】

　　张采田曰:"因武侯而借慨赞皇也。'大树'二句,一篇主意。赞皇始终武宗一朝,后遭贬黜,故曰'阴成外江畔,老向惠陵东'也。'叶凋'句指李回湖南,'枝拆'句指郑亚桂海,二人皆义山故主,又皆受卫公恩遇,同时远窜,故特言之。'玉垒'句暗指卫公维州之事。'金刀'句言其相业烟消,亦以见天之不祚武宗也。结则搔首彼苍之意。"赞皇:李德裕,赵州赞皇县人。武宗朝,进太尉,封卫国公。本篇作于大中六年。开始二句写庙前双柏如虬蟠之龙蛇拱卫丞相祠堂。三四句谓诸葛亮之恩泽沾惠蜀人,如柏树之阴,覆盖外江之畔;诸葛亮忠于先主,如柏树之朝向惠陵。武侯祠在西,惠陵在东,又称东陵。五六句称美诸葛亮,比之冯异、召伯,赞其武功文治。七八句谓古柏因潇湘之雨、南海之风而损枝凋叶,藉以想象当时环境之恶劣。九十句谓诸葛亮谋划深远,可是刘汉王朝大运将终。末二句谓谁将《出师表》去问苍天? 是天之不延汉祚也。李德裕曾任西川节度使,有治绩。本诗借古慨今,用笔颇曲折,全篇寓意确如张采田《会笺》所云。参阅《李卫公》、《旧将军》等篇。

【注释】

①武侯庙:即武侯祠,在四川成都市南,祀三国蜀武乡侯诸葛亮。祠原在成都少城,明时改在今址,与昭烈祠合,前殿祀刘备,后殿祀诸葛亮。古柏:《成都记》:"武侯庙前有双大柏,古峭可爱,人言诸葛手植。"杜甫《蜀相》:"丞相祠堂何处寻,锦官城外柏森森。"

②閟宫:周人祖先帝喾正妃姜嫄(后稷之母)之庙,后来泛指祠堂。唐段文昌《古柏文》:"武侯祠前,柏寿千龄,盘根拥门,势如龙形。"

③外江:四川境内,称沱、渝为外江,称郫江为内江。

④惠陵:刘备葬惠陵。在四川旧华阳县西南。

⑤冯异:后汉光武帝名将。诸将并坐论功时,冯异谦退,独倚大树之下,军中呼为"大树将军"。见《后汉书》本传。

⑥甘棠:今名棠梨树。《毛诗·召南·甘棠》:"蔽芾甘棠,勿剪勿伐,召伯所茇。"周宣王封母舅于召南域内,命召伯虎为其筑城盖房,任务完成后即离去。他的住处有一棵甘棠树,后人追思他的功绩,保护甘棠以资纪念并作此诗。

⑦湘燕:湘中零陵有石燕,遇风则飞舞如燕,止则为石。

⑧海鹏:大鹏。

⑨玉垒:玉垒山,在四川灌县西北。经纶:谓筹划治国大事。

⑩金刀:"卯金刀"之省称。

⑪出师表:诸葛亮作。

⑫昭融:《毛诗·大雅·既醉》:"昭明有融,高朗令终。"昭融,光明、长远的意思。道源注:"昭融,天也。"

五言述德抒情诗一首四十韵,献上杜七兄仆射相公①

帝作黄金阙,仙开白玉京②。有人扶太极③,维岳降元精④。耿贾官勋大⑤，苟陈地望清⑥。斾常悬祖德⑦，甲令著家声⑧。经出宣尼壁⑨，书留晏子楹⑩。武乡传阵法⑪，践土主文盟⑫。自昔流王泽⑬，由来仗国桢⑭。九河分合沓⑮，一柱忽峥嵘⑯。得主劳三顾⑰，惊人肯再鸣⑱。碧虚天共转⑲，黄道日同行⑳。后饮曹参酒㉑，先和傅说羹㉒。即时贤路辟㉓，此夜泰阶平㉔。愿保无疆福，将图不朽名。率身期济世㉕，叩额虑兴兵㉖。感念殽尸露㉗，咨嗟赵卒坑㉘。傥令安隐忍㉙，何以赞贞明㉚？恶草虽当路㉛，寒松实挺生㉜。人言真可畏㉝，公意本无争。故事留台阁，前驱且旆旌㉟。芙蓉王俭府㊱，杨柳亚夫营㊲。清啸频疏俗㊳，高谈屡析酲㊴。过庭多令子㊵，乞墅有名甥㊶。南诏应闻命㊷，西山莫敢惊。寄辞收的博㊸，端坐扫棓枪㊹。雅宴初无倦㊺，长歌底有情！槛危春水暖，楼迥雪峰晴㊻。移席牵缃蔓㊼，回桡扑绛英。谁知杜武库㊽，只见谢宣城㊾。有客趋高义㊿，于今滞下卿㉑。登门惭后至㉒，置驿恐虚迎㉓。自是依刘表㉔，安能比老彭㉕？雕龙心已切㉖，画虎意何成㉗！岂省曾黔突㉘？徒劳不倚衡㉙。乘时乖巧宦㊳，占象合艰贞㊴。废忘淹中学㊵，迟回谷口耕㊶。悼伤潘岳重㊷，树立马迁轻㊸。陇首悲丹𪆼㊹，湘兰怨紫茎㊺。归期过旧岁㊻，旅梦绕残更。弱植叨华族㊼，衰门倚外兄㊽。欲陈劳者曲㊾，未唱泪先横。

【题解】

杜悰的母亲是义山的姑母辈，义山和杜悰有表兄弟关系，故称"杜七兄"。《北梦琐言》有《杜邠公不恤亲戚》一条云："其诸院姊妹寄寓贫困者，未尝拯济，节腊一无沾遗，有乘肩舆至衙门诟骂者。"又云："时号悰为'秃角犀'，甘食窃位，未尝延接寒素。""凡莅藩镇，未尝断狱，系囚死而不问……

无轻无重,任其殍殡。"其人刻薄寡恩,且素餐尸位。大中二年,出任西川节度使。大中五年,在他管辖地区发生斗殴,当事人直接向御史台控告。朝廷指令东川节度使派员赴西川会谳(议罪)。十一(或十二)月十八日,义山奉柳仲郢之命,前往成都参加会审。结果如何,未有记载。至次年初春回梓州。本诗是离开成都之前献给杜悰的抒情长篇。义山原来与杜悰的往来很少,也不是不了解杜的人品,细玩诗中"登门惭后至"、"早岁乖投刺",则知昔未相洽。但是,义山在柳幕并不十分满意,悼亡之哀犹存,仕进也无指望,于是把希望放在比柳仲郢的地位更高、权势更大的杜悰身上,希望通过他的荐举获得朝职,回到长安。"弱植叨华族,衰门倚外兄",在毫无办法的情况下,讲了许多歌功颂德的话以感动外兄,难免有违心之言。目的在于望其领引提携,却并无别的政治企图。冯浩以为"丑诋名臣,无聊谬算"。过矣!

【注释】

①杜七兄:杜悰,字永裕,宰相杜佑之孙,杜式方之少子,尚宪宗女岐阳公主。会昌四年七月,拜中书侍郎同中书门下平章事,寻加左仆射。后加太傅、邠国公。

②黄金阙、白玉京:均指上帝宫阙。

③太极:原始混沌之气。《易·系辞上》:"易有太极,是生两仪,两仪生四象,四象生八卦。"太极化生宇宙万物。

④《毛诗·大雅》:"维岳降神,生甫及申。"元精:《后汉书·郎𫖯传》:"元精所生,王之佐臣。"首四句称颂杜悰降生不凡。

⑤耿贾:耿弇、贾复。《后汉书》:"耿弇封好畤侯,贾复封胶东侯,并图像南宫云台。"

⑥荀陈:荀淑、陈寔。《后汉书》:"荀淑,颍川颍阴人,当世名贤皆宗师之,出补朗陵侯相。陈寔,颍川许人,天下服其德,除太丘长,后累征命不起。"《太平寰宇记》:"颍川郡八姓,陈、荀首之。"地望:地位与名望。

⑦旂常:即太常,旗名。《书·君牙》:"乃祖乃父,世笃忠贞,服劳王家。厥有成绩,纪于太常。"

⑧甲令:朝廷所颁发的法令。《汉书·吴芮传》:"为长沙王,薨。高祖

贤之。制诏御史：'长沙王忠，其(定)著令。'赞曰：'吴芮之起，不失正道，故能传号五世，以无嗣绝。庆流支庶，有以矣夫，著于甲令而称忠也。'""耿贾"四句称颂其家世。

⑨经：五经。宣尼：指孔子。汉元始元年追谥孔子为褒成宣尼公。汉武帝时，在孔子故宅壁中发现《尚书》，比今文《尚书》多十六篇，因用蝌蚪古文书写，故称古文《尚书》。

⑩晏子楹：《晏子春秋》："晏子将死，凿楹纳书，谓妻曰：'楹语也，子壮而视之。'及壮，发书，书之言曰：'布帛不可穷，穷不可饰；牛马不可穷，穷不可服；士不可穷，穷不可任；国不可穷，穷不可窃也。'"窃字似误。《旧唐书》传："杜式方明练钟律，有所考定。家财钜万，别墅为城南之最。与时贤游，乐而有节。累官至桂管观察。"

⑪《蜀志》："建兴三年，封诸葛亮为武乡侯，亮推演兵法，作八阵图。"

⑫践土：春秋郑地名。故地在今河南原阳西南。春秋鲁僖公二十八年四月，晋文公率诸侯之师，败楚人于城濮，五月诸侯结盟于践土。"经出"四句谓杜惊承祖、父家学，而富有文才武略。

⑬王泽：天子的恩泽。班固《两都赋序》："成康没而颂声寝，王泽竭而诗不作。"流：流布。

⑭仗：依靠。国桢：国家的骨干人材。桢干：筑墙时所用的木柱，竖于两端的叫桢，竖于两旁的叫干。二句谓皇恩早已流布于杜氏，而杜惊是国家倚仗的骨干人材。

⑮九河：禹治黄河，导河至大伾山，乃酾为二渠，自黎阳宿胥口始，一北流为大河，播为九河（分为九道），一东流为漯川。（详见郑在瀛《楚辞探奇·鲧功考》）杳：繁复。

⑯一柱：《尚书·禹贡》注："底柱石在大河中流，其形如柱，今陕州三门山是也。"二句谓杜惊乃纷乱时世之中流砥柱。以上四句叙其柄用。

⑰三顾：《三国志·蜀志》："先帝不以臣卑鄙，猥自枉屈，三顾臣于草庐之中。"

⑱惊人：一鸣惊人。《史记·滑稽列传》："此鸟不鸣则已，一鸣惊人。"《新唐书》传："会昌初，惊节度淮南，武宗诏扬州监军取倡家女进禁中，监军

535

请惊同选,又欲阅良家有姿相者,惊皆不从。帝以惊有大臣体,乃罢所进伎,有意倚惊为相。逾年召为平章。"此所谓一鸣惊人也。

⑲碧虚:太空。

⑳黄道:古人认为太阳绕地而行,黄道即是太阳绕地的轨道。二句以天、日比君王,言惟君命是从。以上四句叙其得君。

㉑曹参:汉初沛县人。佐刘灭项,封平阳侯,惠帝时,继萧何为相,一切因循萧何旧规,无为而治。《史记·曹相国世家》:"参代何为相国,举事无所变更,遵何约束,日夜饮醇酒,卿大夫以下吏及宾客见参不事事,来者皆欲有言,参辄饮以醇酒。"

㉒傅说:相传傅说本是刑徒,在傅岩操杵筑墙,殷朝武丁举为相,殷大治。和羹:伊尹善烹调,商汤举为相。两事参用。冯浩曰:"惊自淮南人为尚书仆射,领盐铁转运使,寻为相,仍判度支事,故有后、先二语。"

㉓贤路:求贤之路。董仲舒《诣公孙弘记室书》:"大开萧相国求贤之路,广选举之门。"

㉔泰阶:星名,即三台。上台、中台、下台共六星,两两并排而斜上,如阶梯,故名。古人认为泰阶平则阴阳和顺,天下大安。"后饮"四句叙其入相以致太平。

㉕率身:自己率先带头。济世:匡时救世。

㉖叩额:叩头。何焯曰:"时方讨泽潞,刘稹将郭谊杀稹以降。李德裕以为稹阻兵拒命,皆谊为谋主;力屈,又卖稹以求赏,不诛,何以惩恶? 帝然之,诏石雄将七千人入潞州诛谊。杜惊以馈运不给,谓谊等可赦,帝熟视不应。此所谓叩额虑兴兵也。"(《义门读书记》)以上四句谓杜惊怀济世之想,率身维护国家安定,愿皇上万寿,图不朽之功名。

㉗殽尸:《左传》文公三年:"秦伯伐晋,济河焚舟,取王官及郊。晋人不出,遂自茅津济,封殽尸而还。"

㉘赵卒坑:《史记·秦本纪》:"(昭襄王)四十七年,秦使武安君白起击,大破赵于长平,四十余万尽杀之。"秦坑降卒四十余万。据新旧《唐书》及《通鉴》:昭义叛军破科斗寨,焚掠小寨一十七。明年(会昌四年)正月,河东将杨弁勾结昭义刘稹作乱,逐节度使李石。七月,杜惊为相。八月,郭谊杀

536

刘稹。李德裕言宜并诛谊等,惊以馈运不继,谊等可赦。帝专倚德裕,故不听。既斩谊等,又悉诛昭义将士之同恶者,死者甚众。王元逵杀昭义属城二十余人,众惧,复闭城自守。"殽尸",指官军被焚杀。"赵卒坑",指杀已降人。

㉙倘令:假使。隐忍:克制忍耐。

㉚贞明:正而明。《易·系辞下》:"日月之道,贞明者也。"后谓贞节贤明。以上四句谓官兵尸骨未收,已降将士被戮,令人感念叹息。如果对这种错误的做法能容忍,将颠倒是非,何以表彰正直贤明者?

㉛恶草:指当朝的谬妄小人。

㉜寒松:指杜悰。

㉝《毛诗·郑风·将仲子》:"人之多言,亦可畏也。"

㉞故事:指杜悰事迹。《后汉书·左雄传》:"雄多所匡肃,章表奏议,台阁以为故事。"《新唐书·艺文志》故事类有杜悰事迹一卷。

㉟旆旌:旌旗。此言杜悰出任西川节度使。节度使专制军事,给双旌双节,行则建节,树六纛。前驱:《毛诗·卫风》:"伯也执殳,为王前驱。"

㊱王俭:南齐王俭于高帝时为卫将军,即宰相之职,领朝政,一时所辟,皆才名之士,时人以入俭府为入莲花池,言如红莲绿水,交相辉映。后因称幕府为莲幕。

㊲亚夫:汉文帝时,周亚夫为将军,军细柳。文帝劳军,按辔徐行,至中营,亚夫揖曰:"介胄之士不拜,请以军礼见。"文帝为之动容,于是改容式车。事见《汉书·周亚夫传》。以上四句叙杜悰出镇,如王俭之得人,如亚夫之严整。

㊳啸:发声悠长曰啸。南朝宋刘敬叔《异苑》:"气激于喉中而浊谓之言,激于舌端而清谓之啸。啸之清可以感鬼神,致不死。出其言善,千里应之;出其啸清,万灵授职。"疏俗:祛俗。

㊴析酲:解病。酲:酒病。

㊵过庭:《论语·季氏》:"(孔子)尝独立,鲤趋而过庭。曰:'学诗乎?'对曰:'未也。''不学诗,无以言。'鲤退而学诗。他日,又独立,鲤趋而过庭。曰:'学礼乎?'对曰:'未也。''不学礼,无以立。'鲤退而学礼。"《旧唐书》本

537

传:“悰子裔休、述休、孺休。”令子:佳儿。对别人儿子的美称。

㊶乞墅:《晋书·谢安传》:“安遂命驾出山墅,亲朋毕集,方与玄围棋赌别墅。安常棋劣于玄,是日玄惧,便为敌手而又不胜。安顾谓其甥羊昙曰:‘以墅乞汝。’安遂游涉,至夜乃还。”乞,给与。以上四句称赞杜悰风度之美,子甥之贤。

㊷南诏、西山:见《送从翁从东川弘农尚书幕》注。

㊸寄辞:寄语。传达,转告。的博:岭名。在今四川红原县。唐韦皋命大将董勔、张芬分兵西山,逾的博岭,围维州,即此。

㊹欃枪:彗星。见《送千牛李将军赴阙五十韵》。以上四句谓杜悰威望极高,出镇西川即收服维州,威慑叛逆,使西山、南诏莫敢兴祸也。

㊺雅宴:杜悰传云:“悰每荒湎宴适而已。”

㊻冯注:“时令是初春。”四句叙游宴之乐。

㊼缃:帛浅黄色。绛:帛大红色。二句仍叙游赏之乐。

㊽杜武库:《晋书》:“杜预拜度支尚书,损益万机,不可胜数,朝野称美,号曰杜武库,言其无所不有。”

㊾谢宣城:《齐书》:“谢朓转中书郎,出为宣城太守。”冯浩曰:“二句谓蕴抱难亏,而风流易挹,兼寓不得在朝而出为外镇也。”

㊿有客:义山自谓。

(51)下卿:下级官吏。二句谓已心怀高义,却沉为下僚。

(52)登门:《后汉书·李膺传》:“李膺独持风裁,士有被其容接者,号曰登龙门。”

(53)置驿:《史记·汲郑列传》:“(郑当时)孝景时为太子舍人。每五日洗沐,常置驿马长安诸郊,存诸故人,请谢宾客,夜以继日,至其明旦,常恐不遍。”二句谓欲登杜悰之门,恐以后至为惭也;冀杜置驿迎已,又恐所迎非其人,令杜失望也。内心曲折,表述极好。

(54)刘表:东汉末山阳高平人,字景升。初平元年任荆州刺史,后为荆州牧。汉献帝西迁,王粲也徙居长安,长安大乱,王粲之荆州依刘表。刘表本是庸才,对逃乱到荆州的许多贤才不知所任。王粲在荆州十余年不受重任。刘表死后,王粲投奔曹操。

㉟老彭：《论语·述而》："子曰：'述而不作，信而好古，窃比于我老彭。'"

㊱雕龙：比喻善于文辞。战国齐人驺衍善谈天，人称"谈天衍"。驺奭善采驺衍之术以纪文，若雕镂龙文，人称"雕龙奭"。

㊲画虎：《后汉书》马援诫兄子书："效季良不得，陷为天下轻薄子，所谓画虎不成反类狗者也。"以上四句谓己曾依附庸碌之辈，无所述作，无所成就。

㊳黔突：《韩非子》："墨突不得黔。"突：灶突；黔，黑色。《淮南子·修务篇》："孔子无黔突，墨子无暖席。"注："黔，言其突灶不至于黑，坐席不至于温，历行诸国，汲汲于行道也。"

㊴倚衡：《汉书·袁盎传》："千金之子不垂堂，百金之子不骑衡。"注："骑，倚也；衡，楼殿边栏楯也。"颜师古曰："骑，谓跨之耳，非倚也。二句谓己到处奔走，未尝有暇也；谨慎小心从事，亦徒劳也。"

㊵乖：背离。巧宦：《史记·汲黯传》："黯姑姊子司马安文深巧善宦，官四至九卿。"《汉书》作"姊子"，无"姑"字。

㊶占象：占卜所得之卦象。二句谓即使遇上时机，却不会钻营做官；占卜自己的命运，又言我合乎坚贞，无咎。

㊷淹中：春秋鲁国里名。在山东曲阜。汉初，鲁高堂生传《士礼》（《仪礼》）十篇，今文；又有礼五十六卷，古文，出于鲁淹中里及孔宅壁中。

㊸谷口：汉郑子真隐居于云阳谷口。成帝时，大将军王凤礼聘之，不应。世号谷口子真。二句谓昔时所学，今已忘废；欲学隐居耕稼，又觉太迟。

㊹悼伤：潘岳丧妻，作《悼亡诗》。

㊺树立：《汉书·司马迁传》："特以为智穷罪极，不能自免，卒就死耳。何则？素所树立使然。人固有一死，或重于泰山，或轻于鸿毛。"二句谓有潘岳悼亡之悲痛，无司马迁树德建言之名声。

㊻陇首：陇山之首。晋张华诗："清晨登陇首。"陇山又名陇坻。祢衡《鹦鹉赋》："命虞人于陇坻，诏伯益于流沙。"又："绀趾丹觜，绿衣翠衿。"

㊼湘兰：楚辞《九歌》："秋兰兮青青，绿叶兮紫茎。"二句谓怀才不遇。

⑱旧岁：义山于大中五年冬至梓州，至次年春仍未归长安。二句谓隔年未归，梦中长是羁旅之人。

⑲弱植：软弱无能，扶不起来。叨：叨蒙，叨承。华族：《晋书·王遐传》："王遐少以华族，仕至光禄卿。"华族，即贵族。此指杜悰。

⑳外兄：《白帖》："舅之子为内兄弟，姑之子为外兄弟。"二句谓己本无能，承蒙杜氏关照，门衰祚薄，只好依靠外兄杜悰。

㉑劳者：何休《春秋公羊传》宣公十五年解诂："饥者歌其食，劳者歌其事。"末谓欲自述劳者之歌，未开口而泪已横流矣！自"有客"至结尾，是义山之自述陈情。

今月二日，不自量度，辄以诗一首四十韵干渎尊严。伏蒙仁恩俯赐披览，奖逾其实，情溢于辞。顾惟疏芜，曷用酬戴，辄复五言四十韵诗献上，亦诗人咏叹不足之义也①

家擅无双誉，朝居第一功②。四时当首夏③，八节应条风④。涤濯临清济⑤，巉岩倚碧嵩⑥。鲍壶冰皎洁⑦，王佩玉丁东⑧。处剧张京兆⑨，通经戴侍中⑩。将星临迥夜⑪，卿月丽层穹⑫。下令销秦盗⑬，高谈破宋聋⑭。含霜太山竹⑮，拂雾峄阳桐⑯。乐道乾知退⑰，当官塞匪躬⑱。服箱青海马⑲，入兆渭川熊⑳。固是符真宰㉑，徒劳让化工㉒。凤池春激㳠㉓，鸡树晓曈昽㉔。愿守三章约㉕，尝期九译通㉖。薰琴调大舜㉗，宝瑟和神农㉘。慷慨资元老㉙，周旋值狡童㉚。仲尼羞问阵㉛，魏绛喜和戎㉜。款款将除蠹㉝，孜孜欲达聪㉞。所求因渭浊㉟，安肯与雷同㊱？物议将调鼎㊲，君恩忽赐弓㊳。开吴相上下㊴，全蜀占西东㊵。锐卒鱼悬饵㊶，豪胥鸟在笼㊷。疲民呼杜母㊸，邻国仰羊公㊹。置驿推东道，安禅合北宗㊺。嘉宾增重价㊻，上士悟真空㊼。扇举遮王导㊽，樽开见孔融㊾。烟飞愁舞罢㊿，尘定惜歌终。岸柳兼池绿，园花映烛红○53。未曾周颉醉○54，转觉季心恭○55。系滞喧人望○56，便蕃属圣衷。天书何日降？庭燎几时烘○59？早岁乖投刺○60，今晨幸发蒙○61。远途哀跛鳖○62，薄艺奖雕虫○63。故事曾尊隗○64，前修有荐雄○65。终须烦刻画○66，聊拟更磨砻○67。蛮岭晴留雪○68，巴江晚带枫。营巢怜越燕○70，裂帛待燕鸿○71。自苦诚先蘗○72，长飘不后蓬。容华虽少健，思绪即悲翁○73。感激淮山馆○74，优游碣石宫○75。待公三入相○76，丕祚始无穷○77。

【题解】

本篇是上篇的继续，义山不仅希望得到杜悰的引荐，而且指望马上兑现，情溢于辞，十分明显。读之可为诗人浩叹。张采田曰："左宜右用，用典如瓶泻水，笔阵纵横，才情博大，与前诗异曲同工。"

【注释】

①前一首《五言述德抒情诗》献上杜悰后受到嘉奖，于是复作五言四十韵献上，是一月内有两诗呈杜悰。

②《汉书·萧何传》："君位为相国，功第一，不可复加。"

③首夏：孟夏。农历四月。谢灵运《游赤石进帆海》诗："首夏犹清和，芳草亦未歇。"

④八节：八个节气。即立春、春分、立夏、夏至、立秋、秋分、立冬、冬至。条风：春天的东北风。首四句谓杜氏家风天下无双，在朝为国相，功居第一，四时清和，八节调畅，为时所重。

⑤济：济水。源出于河南济源县王屋山，其故道东流至山东入海。《战

国策·齐策》：“齐有清济浊河，可以为固。”

⑥嵩：嵩山。

⑦鲍壶：鲍照《代白头吟》：“直如朱丝绳，清如玉壶冰。”

⑧王佩：原注：“挚虞《决录要注》云：'汉末，绝无玉佩。侍中王粲识旧佩，始复作之。今之玉佩，受法于粲也。故云。'”丁东：玉佩声，即丁当。四句谓杜悰品格如济水之清，如嵩山之高，冰清玉洁，如鲍壶玉佩。

⑨处剧：处理政务繁重之郡县。张京兆：张敞。《汉书·张敞传》：“张敞拜胶东相，自谓治剧郡，非赏罚无以劝善惩恶。入守京兆尹，穷治所犯，尽行法罚，桴鼓希鸣，市无偷盗。”《旧唐书》传：“大和六年，悰转京兆尹。”

⑩戴侍中：《后汉书·戴凭传》：“戴凭以明经征，试博士，后拜侍中，正旦朝贺，帝令群臣能说经者更相诘难，不通，辄夺其席以益通者。凭重坐五十余席。京师语曰：'解经不穷戴侍中。'”侍中：丞相属官。侍从皇帝左右，出入宫廷，应对顾问，地位渐形贵重。魏晋以后，地位相当于宰相。

⑪将星：《史记·天官书》：“中宫斗魁戴匡六星，曰文昌宫：一曰上将，二曰次将。”又：“南宫郎位旁一大星，将位也。”

⑫卿月：《书·洪范》：“卿士惟月。”传：“卿士各有所掌，如月之有别。”丽，附着。层穹：苍天。四句称颂杜为官如汉张敞，明经如后汉戴凭。且文武兼备，如将星之照临遥夜，如卿月之附着苍穹。

⑬《左传》宣公十六年：“晋侯请于王，戊申，以黻冕命士会将中军，且为太傅，于是晋国之盗逃奔于秦。”

⑭《左传》宣公十四年：“申舟以孟诸之役恶宋，曰：'郑昭宋聋。'”注：“昭，明也；聋，暗也。”《旧唐书》传：“大和六年，悰为京兆尹。七年，出为凤翔、陇右节度使。八年，授忠武军节度使，陈、许、蔡观察等使。”京兆、凤翔，秦地；陈、许，宋地。义山用典贴切。

⑮《古诗十九首》：“冉冉孤生竹，结根太山阿。”

⑯《书·禹贡》：“峄阳孤桐。”传：“峄山之阳特生桐，中琴瑟。”开成初，杜悰入为工部尚书，岐阳公主薨。此联以笙琴比夫妇，孤竹孤桐喻丧偶。以上四句叙其在镇能惩恶，发言能振聩，含辛茹苦，独立撑持困难局面。

⑰《易·乾卦》：“知进退存亡而不失其正者，其唯圣人乎！”知进退存亡

之两面,保持警惕,不失其正道者,则是圣人也。

⑱謇:忠诚、正直。《易·謇卦》:"王臣謇謇,匪躬之故。"王臣屡屡直谏,非为其身之事,乃为君为国。

⑲服箱:负车箱,即驾车。《毛诗·小雅·大东》:"睆彼牵牛,不以服箱。"青海马:见《咏史》注。

⑳入兆:切合卦兆。古代占卜,在龟甲或兽骨上篆刻,再用火灼,看裂纹定吉凶。预示吉凶的裂纹叫"兆"。《史记·齐太公世家》:"西伯将出猎,卜之,曰:'所获非龙非螭,非虎非罴;所获霸王之辅。'果遇太公于渭之阳。"四句谓悰为人谦逊、忠贞,才气超拔。

㉑真宰:天为万物的主宰,故称真宰。《庄子·齐物论》:"必有真宰,而特不得其眹。"

㉒化工:造化,自然的创造力,命运。二句说悰本是做宰相的人物,乃徒劳谦让而已。

㉓凤池:凤凰池。唐以前指中书省,唐以后指宰相之职。《晋书·荀勖传》:"荀勖守中书监久,专管机事。及守尚书令,或有贺之者,曰:'夺我凤凰池,诸君贺我耶?'"

㉔鸡树:见《喜闻太原同院崔侍御台拜,兼寄在台三二同年之什》。曈昽:日初出渐明貌。二句写中书省气象,暗示杜悰入居中书。

㉕三章约:《史记·高祖本纪》:"与父老约,法三章耳。"

㉖九译:多次辗转翻译。《史记·大宛传》:"重九译,致殊俗。"张平子《东京赋》:"重舌之人九译,咸稽颡而来王。"二句谓其为相一守陈法,常希天下太平。

㉗薰琴:香熏过的琴。《礼记·乐记》:"舜弹五弦之琴以歌南风。"

㉘宝瑟:以宝玉镶饰之瑟。马融《长笛赋》:"昔庖羲作琴,神农造瑟。"二句写杜悰在朝与君主关系好,如鼓瑟琴,十分协调。

㉙慷慨:意气风发,情绪激昂。元老:杜悰出将入相历年,所以称为元老。

㉚周旋:《左传》僖公二十三年:"左执鞭弭,右属櫜鞬,以与君周旋。"狡童:《毛诗·郑风》:"彼狡童兮。"二句写杜悰资格老,意气昂扬,从容讨平刘

543

积之乱。

㉛问阵:《论语·卫灵公》:"卫灵公问陈(阵)于孔子。孔子曰:'俎豆之事,则尝闻之矣。军旅之事,未之学也。'"

㉜和戎:《左传》襄公五年:"公曰:'然则莫如和戎乎?'(魏绛)对曰:'和戎有五利焉。'"二句美其不尚战争。

㉝款款:诚恳。除蠹:《周礼·秋官·司寇》:"翦氏掌除蠹物。"

㉞孜孜:勤勉不怠。达四聪:《书·舜典》:"明四目,达四聪。"谓广开四方视听。

㉟因渭浊:《诗·邶风·谷风》:"泾以渭浊。"笺云:"泾水以有渭,故见浊。"渭水清,泾水浊。

㊱雷同:雷同一响。四句谓其为国除害兴利,广开言路,朝议与别人主张不同,岂肯随声附和?

㊲物议:众人的议论。调鼎:《书·说命》下:"若作和羹,尔惟盐梅。"盐梅都是调味品。商王武丁立傅说为相,欲其治理国家,如调鼎中之味,使之协调。后以调鼎喻宰相职责。

㊳赐弓:《毛诗·小雅·彤弓序》:"彤弓,天子赐有功诸侯也。"二句谓舆论以为杜悰即将为相,乃忽然又派作藩帅。

㊴开吴:《文选》晋张悛《为吴令谢询求为诸孙(孙权、孙亮等)置守冢人表》:"进为徇汉之臣,退为开吴之主。"此指杜悰昔镇淮南吴楚之地。

㊵全蜀:《新唐书·杜悰传》:"刘积平,悰进左仆射兼门下侍郎。未几,以本官罢出为剑南东川节度使,徙西川。"此句谓悰由东川调镇西川。

㊶《晋书·段灼传》:"鱼悬由于甘饵,勇夫死于重报。"

㊷豪胥:豪强猾吏。二句谓悰镇西川,将士效命,而地方豪强猾吏不敢出头。

㊸《后汉书·杜诗传》:"杜诗为南阳太守,时人方于召信臣,故谓之语曰:'前有召父,后有杜母。'"

㊹《晋书·羊祜传》:"都督荆州诸军事,与吴人开市大信,于是吴人翕然悦服,称为羊公,不之名也。"二句谓西川百姓视悰如父母;东川百姓倾仰杜悰。

㊺置驿：见《五言述德抒情诗》注。东道：见《自桂林奉使江陵途中感怀》注。此谓蒙悰殷勤接待。

㊻安禅：佛教语，即入定，安静打坐。《旧唐书·神秀传》："同学僧慧能……住韶州广果寺……天下乃散传其道，谓神秀为北宗（秀住荆州当阳山），慧能为南宗。"此美悰之闲雅澹泊。

㊼嘉宾：《毛诗·小雅·鹿鸣》："我有嘉宾，鼓瑟吹笙。"重价：刘峻《广绝交论》："顾盼增其重价。"

㊽上士：道源注："佛号无上士，僧称上士。人法两空曰真空，即般若智也。"二句谓嘉宾因悰之接待而身价大增，而悰视功名富贵皆真空也。此慰其不得久居相位。

㊾王导：东晋元帝的丞相。《晋书·王导传》："庾亮以望重地逼，出镇于外，而执朝廷之权。导内不平，常遇西风尘起，举扇自蔽，曰：'元规（庾亮字）尘汙人。'"冯曰："此句非指德裕，时德裕已贬死矣。当别指朝贵。"

㊿《后汉书·孔融传》："及退闲职，宾客日盈其门。常叹曰：'坐上客常满，尊中酒不空，吾无忧矣。'"二句谓朝中当权者如尘滓泛起，悰回避之；出镇则潇洒自娱，无烦忧也。

(51)烟飞：香烟停歇。

(52)尘定：刘向《别录》："善雅歌者，鲁人虞公，发声清哀，能动梁尘。"二句仍叙其雅好歌舞。

(53)二句谓其游赏之乐。

(54)《世说新语·任诞》："周伯仁（颛）过江积年，恒大饮酒，常经三日不醒，时人谓之三日仆射。"

(55)《汉书·季布传》："布弟季心，气盖关中，遇人恭谨。"二句谓虽乐于游宴，但未尝废弛，转觉其恭谨可敬也。

(56)系滞：谓滞留方镇。喧：谓舆论哗然。

(57)便蕃：《左传》襄公十一年："便蕃左右，亦是帅从。"注："便蕃，数（音朔）也，言远人相帅来服从，便蕃然在左右。"二句谓众人议论纷纷，认为悰不宜久滞方镇；皇上之心，亦欲引置左右为辅弼。

(58)天书：皇帝的诏书。

㊾庭燎:《毛诗·小雅·庭燎》:"君子至止,鸾声将将。"庭燎,庭中用以照明的火炬。这篇诗赞美官僚早晨乘车上朝。二句谓诏令几时降下,杜悰何日上朝?

⑥投刺:见《奉使江陵》注。乖,违背。

㉑发蒙:发蒙解惑。二句谓以前未能接近杜悰,今日大获教益。

㉒《荀子·修身篇》:"跬步不休,跛鳖千里。"

㉓扬雄《法言·吾子》:"或问吾子少而好赋,曰:'然,童子雕虫篆刻。'俄而曰:'壮夫不为也。'"二句谓己宦途沉滞,如远路之跛鳖;诗文受到杜悰的称许。

㉔《战国策·燕昭王收破秦后》:"卑身厚币,以招贤者。郭隗先生对曰:'今王诚欲致士,先从隗始,隗且见事,况贤于隗者乎?岂远千里哉!'于是为隗筑宫而师之。"

㉕前修:先哲。荐雄:见《令狐舍人说昨夜西掖玩月因戏赠》注。

㉖刻画:雕饰。

㉗磨砻:《汉书·枚乘传》:"磨砻砥砺。"以上四句谓古人有荐贤之举,我亦希望杜七兄为我美言奖掖也。

㉘蛮岭:雪岭,在川西。

㉙巴江:在川东。巴江两岸多枫林。悰镇西川,义山在东川梓幕。

㉚越燕:见《咏怀寄秘阁》注。

㉛裂帛:《汉书·苏武传》:"汉使复至匈奴,常惠教使者谓单于,言天子射上林中,得雁,足有系帛书,言武等在某泽中。"二句谓己居东川幕,情景堪怜;而身获还朝,全赖杜悰荐达,迫切盼望来信。

㉜古《子夜歌》:"黄蘖向春生,苦心随日长。"二句写长期飘泊之苦。

㉝二句谓容颜虽未老,而思想情感已悲伤老大也。

㉞《汉书·淮南王安传》:"淮南王安招致宾客方术之士数千人。"

㉟碣石宫:战国燕昭王为驺衍所筑之宫馆。见《赠送前刘五经映三十四韵》。二句表示希望依托到杜悰门下。

㊱《荀子》:"楚相孙叔敖曰:'吾三相楚而心益卑,体愈恭。'"杜悰后至懿宗李漼咸通元年又入为相,但义山已不及见。

546

⑦丕祚:大福,洪福。末二句祝悰第三次入相,洪福齐天。

杜工部蜀中离席①

    人生何处不离群②? 世路干戈惜暂分。雪岭未归天外使③,松州犹驻殿前军④。座中醉客延醒客⑤,江上晴云杂雨云。美酒成都堪送老⑥,当垆仍是卓文君。

【题解】
    首联谓人世间何处无离别之事? 当此干戈未定之时,即使暂时分别也令人生忧。颔联谓朝廷使臣稽留天外未归;松州一带仍驻守着皇帝的禁卫军。此言党项、吐蕃"扰边"的问题以及蓬州、果州之乱并未彻底平息,只怕还会有反复。颈联谓蜀中人士对国家政治前途或漠然不问,或忧虑不已;而松州、雪岭的军事形势变幻不定,时紧时弛。尾联当是杜悰以"成都美酒"戏而留之之词。义山以此作结,别有风趣,时局如此,惟有文君之酒可堪送老而已。本诗风格壮丽沉郁,拟杜而得其神骨,西昆诸人无以过也。

【注释】
    ①杜工部:《旧唐书·杜甫传》:"黄门侍郎郑国公严武镇成都,奏为节度参谋、检校尚书工部员外郎,赐绯鱼袋。"大中六年春,义山在西川(成都)推狱事毕,返梓幕时于宴饯席上作为此诗,效杜甫七律格调,故于"蜀中离席"前加"杜工部"三字。朱鹤龄曰:"此拟杜工部体也。"
    ②《礼记·檀弓》:"吾离群索居,亦已久矣。"
    ③雪岭:雪山。《元和郡县志》:"雪山在松州嘉城县东八十里,春夏常有积雪,故名。"天外使:指远在雪岭那边的朝廷使臣。
    ④松州:唐州名,今四川松潘地区。殿前军:皇帝的禁卫军,即神策军。
    ⑤楚辞《渔父》:"屈原曰:'举世皆浊我独清,众人皆醉我独醒。'"延,请。

⑥见《梓潼望长卿山》注。

井　络①

井络天彭一掌中②，漫夸天设剑为峰③。阵图东聚烟江
石④，边柝西悬雪岭松⑤。堪叹故君成杜宇⑥，可能先主是真
龙⑦？将来为报奸雄辈⑧，莫向金牛访旧踪⑨。

【题解】

首联谓岷山、彭山不过一掌之地，不足据以为雄，更休夸剑门天险。颔
联谓东川之八阵图仍在，西川之木柝犹悬，意谓军事形势依然严峻，不可掉
以轻心。颈联谓可叹古代蜀帝早已化为杜鹃鸟，而刘备又岂能成为真龙统
一全国？不过暂据一方而已。尾联用历史事实告诫野心割据者，勿走失败
者的老路。叶葱奇曰："这只是因为当时藩镇日益跋扈，看到蜀地山川形
胜，因而假来对一般藩镇示警之作，并不是对蜀地某人而发。"

【注释】

①井：井星。有主星八颗，属双子座。《三国志·蜀志·秦宓传》注：
"《河图·括地象》曰：岷山之地，上为东井络，帝以会昌，神以建福。上为天
井。"蜀地为井宿之分野，故以井络指蜀岷一带。

②天彭：山名，在今四川灌县。《水经注》："李冰为蜀守，见氐道县有天
彭山，两峰相对，其形如阙，谓之天彭门，亦曰天彭阙。"

③剑为峰：指大、小剑山。主峰大剑山在剑阁县北。《元和郡县志》：
"其山峭壁千丈，下瞰绝涧，作飞阁以通行旅。"

④阵图：八阵图。诸葛亮曾在鱼腹县（四川奉节县）永安宫南江滩上，
聚石布成八阵图。这是古代作战时的一种战斗队形及兵力部署。烟江：烟
雾笼绕之江面。

⑤边柝：边远地方打更报警的梆子。

⑥杜宇：传说周末蜀国君主杜宇号望帝，失国身死，魂魄化为杜鹃。

⑦可能：岂能。先主：刘备为蜀汉先主，其子刘禅为后主。真龙：统一全国的真命天子。

⑧将来：拿来。报：告。奸雄：指有割据野心之人。

⑨金牛：金牛路。自陕西勉县而西，南至四川剑阁县之剑门关口，称金牛道。朱注引《十三州志》："秦惠王未知蜀道，乃刻石牛五头，置金于尾下，言此天牛，能粪金。蜀人信之，令五丁共引牛成道，致之成都。秦因使张仪伐之。"

三月十日流杯亭①

身属中军少得归②，木兰花尽失春期③。偷随柳絮到城外，行过水西闻子规。

【题解】

古代风俗，每逢三月上旬的巳日（三国魏以后定为三月初三），于水滨结聚宴饮，以被除不祥。后来在水上放置酒杯，杯流行停其前，当即取饮，称为"流杯"或"流觞"。本诗作于梓州城外之流杯亭。一二句谓身随节度使柳仲郢在外练兵，无暇归来游赏，及至归来，木兰花已经凋谢，春已去矣。大中五年七月，柳仲郢任东川节度使，辟义山为节度书记，十月得见，改判官，佐理政治、军事。至大中六年复掌书记，则是三月初练兵归来之后的事。三四句谓跟随飘飞的柳絮到城外寻春，行至西溪西岸忽闻子规啼声，若曰"不如归去"也。结句言春尽失期，寻春无益。妙在不肯直说。

【注释】

①冯注曰："旧注引巴州严武所创流觞亭，地已不合；或引他处，尤误。流杯亭是处可有，此必在东川也。"

②《樊南乙集序》："七月尚书河东公（柳仲郢）守蜀东川，奏为记室，十

月得见。吴郡张黯见代,改判上军。时公始陈兵新教作场,阅数军实,判官务检举条理,不暇笔砚。明年记室请如京师,复摄其事。"中军:主将。指柳仲郢。

③木兰:见《木兰》题注。

西　溪①

怅望西溪水,潺湲奈尔何! 不惊春物少,只觉夕阳多。色染妖韶柳②,光含窈窕萝③。人间从到海,天上莫为河④。凤女弹瑶瑟⑤,龙孙撼玉珂⑥。京华他夜梦,好好寄云波⑦。

【题解】

首二句谓西溪之水潺湲不断,使我望之怅然。三四句谓春光将尽,并未令我心惊;夕阳灿烂,反增迟暮之感。五六句谓春柳娇娆,春萝窈窕,在夕阳照耀下,何等绚丽! 七八句谓溪水东流,无可阻遏,任其到海也,但是切莫流到天上成为银河,阻隔牛女之往来也。义山思念长安,故有此设想。九十句谓西溪潺湲之水声如鼓瑟摇佩,清音悦耳。末谓夜梦京华,思念之情只有托西溪之云波为我传送也。全诗清丽通脱,无獭祭之病,寓意深微,自然高妙。

【注释】

①《樊南文集·谢河东公和诗启》云:"前因暇日,出次西溪,既惜斜阳,聊裁短什。"短什即指此诗。《四川通志》:"西溪在潼川府西门外。"

②妖韶:妖娆,妍媚。

③窈窕:美丽婀娜。萝:藤萝。

④河:银河。

⑤凤女:指弄玉。见《送从翁从东川弘农尚书幕》"秦娥"注。

⑥龙孙:龙驹、骏马。玉珂:马络头上贝类制成的装饰物。

夜出西溪

东府忧春尽①,西溪许日曛②。月澄新涨水,星见欲销云③。柳好休伤别④,松高莫出群⑤。军书虽倚马⑥,犹未当能文⑦。

【题解】

首联谓居梓州幕府事务繁多,忧心春光将尽,黄昏时到西溪游赏,喜见落日余晖。颔联谓新涨之春水在月光下多么清澄,欲散之微云里闪现出数点明星。颈联谓府主善待僚属,不必另求府主;同僚妒贤嫉能,不必鹤立鸡群。末谓己写作军中应用文虽然倚马可待,但那还算不上真有文学才能,我岂以军书见才耶? 义山以才高见嫉,故于柳幕时屡有不快。

【注释】

①东府:东川使府。

②许:赞许,欣喜。日曛:落日的余光。

③见:同"现",出现。

④柳:喻柳仲郢。

⑤松:自喻。

⑥倚马:《三国志·王粲传》注引《典略》:"太祖(曹操)尝使(阮)瑀作书与韩遂。时太祖适近出,瑀随从,因于马上具草(草稿),书成呈之。太祖揽笔欲有所定,而竟不能增损。"《世说新语·文学第四》:"桓宣武北征,袁虎时从,被责免官。会须露布文,唤袁倚马前令作。手不辍笔,俄得七纸,殊可观。"桓宣武:桓温。

⑦能文:善写文章。

西　溪①

近郭西溪好,谁堪共酒壶? 苦吟防柳恽②,多泪怯杨朱③。野鹤随君子④,寒松揖大夫⑤。天涯长病意,岑寂胜欢娱⑥。

【题解】

本篇是自伤之诗。义山自伤沦落,携酒独游,聊作排遣。首联谓西溪临近城郭,风景佳丽,惜无人可与共饮。次联谓己苦吟可比柳恽,临歧路更怯于杨朱而泪亦多也。三联谓漫步西溪之畔,幸有野鹤相随,寒松相揖,慰我寂寥。末联谓天涯病客,清静为佳,寂寞胜似欢娱也。

【注释】

①见前注。

②柳恽:《梁书·柳恽传》:"柳恽字文畅,河东解人,少工篇什,为诗曰:'亭皋木叶下,陇首秋云飞。'琅琊王融书之斋壁。入梁,为秘书监,终吴兴太守。"防:相比,抵当。

③杨朱:见《荆门西下》注。

④《抱朴子》:"周穆王南征,一军尽化:君子为猿为鹤,小人为虫为沙。"

⑤大夫松:见《李肱所遗画松》注。

⑥岑寂:冷清,寂寞。

巴江柳

巴江可惜柳①,柳色绿侵江。好向金銮殿②,移阴入绮窗③。

大中六年四月,西川节度使杜悰调任淮南节度使。义山奉柳仲郢之命,备办饩牵(米面牛羊)亲往渝州(今重庆市)及界首迎送,诗当作于此时。一二句借巴江柳自喻,自惜寄居东川之地。三四句表示希望通过杜悰引荐入朝。

【注释】

①巴江:亦曰南江。出四川南江县北大巴山。南流经巴中县,又东南会巴水,遂称巴江。或谓泛指东川,不必专指。可惜:可爱。

②金銮殿:见《漫成五章》其二注。

③绮窗:刻镂成花格子的窗子。《古诗十九首》:"交疏结绮窗,阿阁三重阶。"

柳

动春何限叶,撼晓几多枝。解有相思否?应无不舞时。絮飞藏皓蝶①,带弱露黄鹂②。倾国宜通体③,谁来独赏眉④?

【题解】

本篇语语是柳,却语语是人,其人可能是作者所属意之某一歌舞伎。首联写其风流情态。次联写其以歌舞为能事,并不解相思之苦。三联写其弱质飘荡,蝶去鹂来,难以应付。末联谓其通体皆美,我仅睹其面貌耳!

【注释】

①皓蝶:白蝴蝶。

②带:柳条。

③《北史·柳昂传》:"子调历秘书郎、侍御史;左仆射杨素常于朝堂见调,因独言曰:'柳条通体弱,独摇不须风。'"

④眉:指柳叶。

北　禽

　　为恋巴江暖①,无辞瘴雾蒸②。纵能朝杜宇③,可得值苍鹰④?石小虚填海⑤,芦铦未破矰⑥。知来有干鹊⑦,何不向雕陵⑧?

【题解】

　　本篇亦作于东川,义山自北来,居幕府,故题曰"北禽",以自况也。首联谓不辞南方之瘴气而来梓幕任职。次联谓心向柳仲郢,见知于幕主,可是难免遇上牛党的排斥。三联谓北禽势孤力薄,时有隐忧也。末联谓己如有"知来"之智,当如干鹊之飞向雕陵以远害也。

【注释】

　　①巴江:姚培谦注引《三巴记》:"阆、白二水南流,自汉中经始宁城下,入涪陵,曲折三回,如巴字,曰巴江。"此泛指巴地之江河。

　　②瘴雾:瘴气。见《和孙朴韦蟾孔雀咏》。

　　③杜宇:见《井络》注。此指柳仲郢。

　　④苍鹰:指牛党当权人物。西汉酷吏郅都都号曰"苍鹰"。

　　⑤《山海经·北山经》:"发鸠之山,其上多柘木。有鸟焉,其状如乌,文首,白喙,赤足,名曰精卫。其鸣自詨,是炎帝之少女,名曰女娃,女娃游于东海,溺而不返,故为精卫。常衔西山之木石,以堙于东海。"

　　⑥芦:芦草。铦:锋利。矰:矰缴。雁衔芦草以自卫。《淮南子·修务》:"夫雁顺风以爱气力,衔芦而翔,以备缴弋。"注:"衔芦,所以令缴不得截其翼也。"矰缴,系生丝的箭。

　　⑦干鹊:喜鹊。鹊恶湿,晴则噪,故称干鹊。《淮南子·氾论》:"干鹊,知来而不知往。"注:"干鹊,鹊也。"

⑧雕陵：丘陵之名。《庄子·山木》："庄周游于雕陵之樊,睹一异鹊自南方来者,翼广七尺,目大运寸,感周之颡而集于栗林……执弹而留之。睹一蝉,方得美荫而忘其身;螳螂执翳而搏之,见得而忘其形;异鹊从而利之,见利而忘其真。庄周怵然曰:'噫! 物固相累,二类相召也!'捐弹而反走。"

代魏宫私赠①

来时西馆阻佳期②,去后漳河隔梦思③。知有宓妃无限意④,春松秋菊可同时⑤?

【题解】

本篇代魏宫人私赠鄄城王曹植。一二句谓鄄城王来朝京师,因受责僻居西馆,未许入朝,故失去相会的佳期。离开之后,因山河阻隔,很难会面,连做梦也很难相见。三四句说春松秋菊,芳荣之期各不相同,深知宓妃之无限情意,但彼此今生今世恐难结合在一起了。本篇与下篇当有寄托。

【注释】

①题下自注:"黄初三年,已隔存殁,追代其意,何必同时,亦广子夜吴歌之流变。"叶葱奇《疏注》说:"这也是后人所注,语意显然,大抵多出宋人之手。"《三国志·魏书·文昭甄皇后传》:"文昭甄皇后,中山无极人……建安中,袁绍为中子熙纳之……及冀州平,文帝纳后于邺,有宠,生明帝及东乡公主……帝践阼之后,郭后、李、阴贵人并爱幸,后愈失意,有怨言。帝大怒,二年六月,遣使赐死,葬于邺。"曹植《洛神赋序》:"黄初三年,余朝京师,还济洛川。古人有言,斯水之神名曰宓妃。感宋玉对楚王神女之事,遂作斯赋。"乐府有子夜变歌,故云"流变"。诗题谓代甄后宫人私赠曹植。

②《三国志·陈思王植传》:"黄初……四年,徙封雍丘王。其年,朝京都。上疏曰:'不图圣诏猥垂齿召,至止之日,驰心辇毂。僻处西馆,未奉阙廷,踊跃之怀,瞻望反仄。'"

③漳河:山西省东部有清漳、浊漳二河,东南流至今河北河南两省边境,合为漳河,又东流至卫河。《水经注》:"魏武引漳流自城西东入,迳铜雀台下。"

④宓妃:见《蜂》注。

⑤《洛神赋》:"荣曜秋菊,华茂春松。"

代元城吴令暗为答①

背阙归藩路欲分②,水边风日半西曛③。荆王枕上元无梦④,莫枉阳台一片云⑤。

【题解】

本篇当与上篇《代魏宫私赠》对照着看,上篇代甄后之宫女赠诗,以明甄后之意;本篇代曹植的友人吴质回答魏宫人赠诗,以明曹植之意。一二句谓曹植离京东归,途经洛水之滨,流眄黄昏景色,情景属实。三四句谓鄄城王曹植并无高唐之梦,而甄后不必自作多情为雨为云也。叶葱奇《疏注》以为两首诗是为辞谢柳仲郢要将官妓张懿仙嫁给义山一事而作。

【注释】

①元城:县名。汉置。明清皆为直隶大名府治,故城在今河北省大名县境内。吴令:《三国志·魏书·吴质传》注引《魏略》曰:"质字季重,以才学通博,为五官将(曹丕)及诸侯所礼爱;质亦善处其兄弟之间……质出为朝歌长,后迁元城令。"

②背阙:背向伊阙。曹植《洛神赋》:"余从京域言归东藩。背伊阙,越轘辕……日既西倾,车殆马烦。"伊阙,山名,又名阙塞山、龙门山,在洛阳南。归藩:返回藩国。封建帝王以诸侯国或属地为藩篱屏障,故曰藩。曹植于黄初三年立为鄄城(今山东鄄城县)王。

③水边:指洛水之滨。曛:落日的余晖。

④荆王:楚襄王。宋玉《神女赋序》:"楚襄王与宋玉游于云梦之浦,使玉赋高唐之事,其夜王寝,果梦与神女遇,其状甚丽。"

⑤见《偶成转韵七十二句》注。

壬申七夕①

已驾七香车②,心心待晚霞。风轻唯响佩,日薄不蔫花③。桂嫩传香远④,榆高送影斜⑤。成都过卜肆⑥,曾妒识灵槎⑦。

【题解】

一二句谓织女已驾车渡河,与牛郎相会,他们相会之后,惟恐此夜良时将逝,故"起视夜何其",直到旭日东升。三四句谓牛女相会时,似闻织女环佩之声,似见其如花之貌,风轻,故佩响轻微,日薄,故花容不萎。想象织女于黄昏时动身,故曰"日薄"。五六句谓月桂为其传送嫩香,白榆为其投影翳蔽,成就其好合也。末谓双星不欲人间知其秘密,深怪成都卜肆的严老头子识灵槎而多管闲事。从字面上看,只能作如上解说;至于还有什么特定的寓意,尚无有力证据,不敢妄言。

【注释】

①壬申:大中六年。

②七香车:用多种香料涂饰的车。《太平御览·魏武帝与杨彪书》:"今赐足下画轮四望通幰七香车二乘。"

③日薄:日夕也。蔫:萎缩,不新鲜。

④桂嫩:初七之夜,月魄未圆,故曰桂嫩。

⑤榆:白榆。星名。《乐府诗集·陇西行》:"天上何所有,历历种白榆。"

⑥见《送崔珏往西川》注。

⑦见《海客》注。

壬申闰秋题赠乌鹊①

绕树无依月正高②，邺城新泪溅云袍③。几年始得逢秋闰，两度填河莫告劳④。

【题解】

前二句谓自己如乌鹊失栖，寄居幕下，悼伤之泪未干，永别之悲长在。后二句由自己的哀痛想到天上牛女相会的艰难，一年仅有一夕的机会；然而今年有两次机会，实在难得，愿乌鹊莫辞劳苦，两度填河，以全其美也。自己不幸，而愿他人有幸，心肠何等善良！

【注释】

①壬申：见前注。闰秋：闰七月。乌鹊：古代神话传说每年七月七日夜，乌鹊造桥以渡织女与牛郎相会。

②绕树：曹操《短歌行》："月明星稀，乌鹊南飞，绕树三匝，何枝可依？"

③邺城：魏武帝曹操建都于邺，故城在今河北临漳县西。此以邺城文士自喻。新泪：指己悼亡未久。

④两度填河：闰秋，有两次七夕，故云。告劳：诉说劳苦。《毛诗·小雅》："黾勉从事，不敢告劳。"

二月二日① 大中七年

二月二日江上行，东风日暖闻吹笙。花须柳眼各无赖②，紫蝶黄蜂俱有情。万里忆归元亮井③，三年从事亚夫营④。新滩莫悟游人意，更作风檐夜雨声。

【题解】

此篇为拗体律诗。前半写春游,似是惬意;后半写乡思客愁一齐涌上心头,而新滩水声不知我游春遗恨之意,更作风雨凄其之态,令我驱愁无地矣。

【注释】

①冯注:"按《文昌杂录》:'唐时节物,二月二日有迎富贵果子。'而《全蜀艺文志》:'成都以二月二日为踏青节。'至宋张咏乃与幕僚乘彩舫数十艘,号小游江。则唐时梓州当亦为踏青节也。"

②花须:花之雄蕊细长如须,故云。柳眼:初生柳叶如人之睡眼初开。无赖:有意挑逗人的意思。

③元亮井:陶潜字元亮。《归田园居》诗:"井灶有遗处,桑竹残朽株。"此以陶自比。

④亚夫营:周亚夫屯兵处。《元和郡县志》:"京师万年东北三十里有细柳营。"此喻柳仲郢幕。

初　起

想象咸池日欲光^①,五更钟后更回肠。三年苦雾巴江水^②,不为离人照屋梁^③。

【题解】

本篇因晨起见浓雾弥漫、四周昏暗而引发感慨。一二句谓想象日浴咸池将大放光明,可是五更之后的实际情形却令人愁肠百结。三四句谓三年客居巴蜀,长在阴雾中度过,白日偏不照我屋梁给予一线光明也。姚培谦曰:"此寓见弃于时之意,日喻君恩,苦雾喻排摈者。"

【注释】

①咸池:神话中的东方水域。《淮南子·天文训》:"日出于旸谷,浴于

咸池,拂于扶桑,是谓晨明。"

　　②苦雾:东川多雾,故苦雾。

　　③照屋梁:宋玉《神女赋》:"耀乎若白日初出照屋梁。"

夜　饮

　　卜夜容衰鬓①,开筵属异方②。烛分歌扇泪③,雨送酒船香④。江海三年客⑤,乾坤百战场⑥。谁能辞酩酊⑦,淹卧剧清漳⑧?

【题解】

　　首联谓在远离京城之东川开筵夜宴,让我这样的衰鬓之人参与其间。次联谓宴会上挥扇则烛光摇动,烛泪分飞;风雨中惟闻酒香扑鼻。三联谓三年任职梓幕,朝廷内外党争不息,西鄙边地战争不止。末联谓如此身世,哪能不淹卧一隅、借酒浇愁有甚于刘桢卧病清漳之滨耶?沉郁顿挫,颇似老杜,五六句尤为王安石称赏。

【注释】

　　①卜夜:《左传》庄公二十二年:"陈敬仲饮桓公酒,乐,公曰:'以火继之。'辞曰:'臣卜其昼,未卜其夜。'"《晏子春秋·杂上》、刘向《说苑·反质》以为齐景公与晏子事。后来称聚饮无度、昼夜不休为卜昼卜夜。衰鬓:自谓年老,头发变白。

　　②开筵:开宴。属:正值。异方:指东川。

　　③歌扇:乐伎歌舞表演所用之扇。

　　④酒船:酒器中大者呼为船。

　　⑤江海:犹江湖也。《文心雕龙·神思》:"形在江海之上,心存魏阙之下。"三年:谓梓幕也。

　　⑥百战场:何焯《义门读书记》:"百战场,言党人更相倾轧也。"二句高

壮沉雄,神完气足,不在老杜之下。

⑦酩酊:大醉。

⑧见前《楚泽》注。

写　意①

燕雁迢迢隔上林②,高秋望断正长吟。人间路有潼江险③,天外山惟玉垒深④。日向花间留返照,云从城上结层阴。三年已制思乡泪⑤,更入新年恐不禁。

【题解】

首联以燕雁自喻,北望长安,山河壅隔,只有独自悲吟。颔联写蜀道之难,仿佛置身天外。颈联谓斜阳返照,好景无多,城上层阴,愁思无限。末联谓思乡之泪,忍止三年,再入新年,恐涕泪滂沱也。通篇写羁愁之恨。

【注释】

①写:宣泄。《毛诗·邶风·泉水》:“驾言出游,以写我忧。”郑笺:“我心写者,舒其情意,无留恨也。”写意,即抒发心意,犹抒怀也。

②燕雁:燕地之雁。上林:上林苑。见《临发崇让宅紫薇》注。

③潼江:潼水。出广汉梓潼北界,南入垫江。冯按:“渡梓潼江,又渡涪江,乃次梓州也。”

④玉垒:见《武侯庙古柏》注。

⑤三年:义山大中五年赴蜀,至大中七年为此诗,首尾三年。制:控制,节制。

柳下暗记①

无奈巴南柳②，千条傍吹台③。更将黄映白④，拟作杏花媒⑤。

【题解】

冯浩曰："柳璧（仲郢第三子）入都应举，义山代之作启（《为举人献韩郎中启》），故作此暗记之。吹台为梁王之迹，暗以邹、枚自比，言其泥我挥毫也。"一二句谓己傍人幕下，三四句谓己代柳璧作妃青俪白之骈体文，璧将藉以登第。

【注释】

①暗记：秘密的记号。《后汉书·应奉传》："应奉少聪明，凡所经历，莫不暗记。"

②巴南：梓州在巴南。《华阳国志》："巴西郡南接梓潼。"

③吹台：在今河南开封市东南禹王台公园内。相传为春秋时师旷吹乐之台。汉梁孝王增筑曰明台，孝王常案歌吹于此，亦曰吹台。后有繁姓居于台侧，因此也叫繁台。

④黄映白：黄谓柳丝，白谓柳絮。借喻"俪黄对白"之骈体文。

⑤杏花媒：谓二月杏花开时将藉此骈文登第。

细雨成咏献尚书河东公①

洒砌听来响②，卷帘看已迷。江间风暂定，云外日应西③。稍稍落蝶粉，斑斑融燕泥。飐萍初过沼④，重柳更缘堤。必拟和残漏⑤,宁无晦暝鼙⑥。半将花漠漠,全共草萋萋。猿别方长啸⑦,乌惊始独栖⑧,府公能八咏⑨,聊且续新题。

【题解】

柳仲郢先写作了一首八韵十六句歌咏细雨的诗,义山续作八韵与之相和,通过刻画细雨以自寓其情怀。首四句写雨洒空阶,淅沥有声,卷帘而望,一片迷茫。江风暂歇,细雨未停,天昏云黑,已近黄昏。"稍稍"四句写细雨使花粉由湿润而渐渐坠落,使泥土浸渍而慢慢融化。洒过池沼上的浮萍,湿透了长堤上的翠柳。"必拟"四句想象雨声将与五更的漏声相和,将使暮鼓声暗然不起(雨声潇潇,掩蔽听闻。同时鼓因雨天受潮而不响亮)。细雨如烟如雾,看花则不甚分明;碧草反而因受细雨的滋润,更加茂盛。"猿别"二句谓失群之猿在细雨声中悲啼不已,独栖之乌鹊在细雨声中因失偶而心惊不寐。诗人缘细雨而自悲身世,丧妻之痛,远别之愁,何日忘之!末二句点明此诗之缘由。虽是应酬之作,但刻画细腻入微。托猿乌以自况,陈情诉哀之意显然。

【注释】

①尚书:柳仲郢镇东川时所兼之京职。河东公:仲郢封河东男。河东为柳氏郡望。山西省境内黄河以东地区称河东。唐初置河东道,开元年间置河东节度使,治所在太原。

②洒砌:雨洒在台阶上。

③日应西:阴雨天不知日之方位,估计如此。

④飐:风吹物动。

⑤和:互相唱和。残漏:五更的漏声。

⑥暝鼙:指暮鼓声。晦:暗。形容鼓声不清晰。

⑦见《失猿》注,谓远客也。

⑧谓失偶也。

⑨府公:指柳仲郢。八咏:成诗八韵。

寄太原卢司空三十韵①

隋舰临淮甸②，唐旗出井陉③。断鳌撑四柱④，卓马济三灵⑤。祖业隆盘古⑥，孙谋复大庭⑦。从来师俊杰，可以焕丹青⑧。旧族开东岳⑨，雄图奋北溟⑩。邪同獬豸触⑪，乐伴凤凰听⑫。酣战仍挥日⑬，降妖亦斗霆⑭。将军功不伐⑮，叔舅德唯馨⑯。鸡塞谁生事⑰？狼烟不暂停⑱。拟填沧海鸟⑲，敢竞太阳萤⑳。内草才传诏㉑，前茅已勒铭㉒。那劳出师表㉓，尽入大荒经㉔。德水萦长带㉕，阴山繚画屏㉖。只忧非綮肯㉗，未觉有膻腥㉘。保佐资冲漠㉙，扶持在杳冥。乃心防暗室㉚，华发称明廷㉛。按甲神初静㉜，鸣鼙思欲醒㉝。羲之当妙选㉞，孝若近归宁㉟。月色来侵幌，诗成有转棂㊱。罗含黄菊宅㊲，柳恽白蘋汀㊳。神物龟酬孔㊴，仙才鹤姓丁㊵。西山童子药㊶，南极老人星㊷。自顷徒窥管㊸，于今愧挈瓶㊹。何由叨末席㊺，还得叩玄扃㊻。庄叟虚悲雁㊼，终童漫识鼮㊽。幕中虽策画㊾，剑外且伶俜㊿。倶倶行忘止(51)，鳏鳏卧不瞑(52)。身应瘠于鲁(53)，泪欲溢为荥(54)。禹贡思金鼎(55)，尧图忆土铏(56)。公乎来入相，王欲驾云亭(57)。

【题解】

卢钧于大中六年任太原尹、北都留守、河东节度使。其时，义山已在梓州柳仲郢幕，常郁郁不得志，故在大中六年春两度献诗给西川节度使杜悰，希望得到他的荐举，但是毫无结果。大中七年，义山向舍弟羲叟的岳丈卢钧献诗，藉此姻娅关系，希望得其引荐，这是义山一生渴求做朝官的最后一步棋了。本诗在写作方法上与献给杜悰的诗大同小异,用很大篇幅颂美卢钧,先写李唐开基创业,次叙卢司空的家世及战功,再叙其留守太原时寿考福禄之盛,然后自叙剑外伶俜之悲,末尾祝其入相,身致太平,而望其汲引之意自在其中。但本篇五言长律之才力气势均不及从前,而獭祭过之。

【注释】

①《旧唐书·卢钧传》:"钧字子和,本范阳人……元和四年进士擢第……大和九年拜给事中……会昌四年,诛刘稹,以钧检校兵部尚书……大中六年,复检校司空,太原尹,北都留守,河东节度使。"

②《隋书·食货志》:"帝造龙舟、凤舸、黄龙、赤舰……以幸江都。"隋炀帝《早渡淮》诗:"淮甸未分色,泱漭共晨晖。"淮甸:淮水之滨。

③井陉:山名。太行山的支脉,有要隘名井陉口,是韩信破陈余兵处。《元和郡县志》十七恒州:"井陉口今名土门口,(获鹿)县西南十里……《述征记》曰:'其山首自河内有八陉,井陉第五,四面高,中央低,似井,故名之。'"《旧唐书·高祖纪》:"(大业)十三年为太原留守……遂起义兵。"

④断鳌:《淮南子·览冥训》:"往古之时,四极废,九州裂,天不兼覆,地不周载……于是女娲炼五色石以补苍天,断鳌足以立四极。"鳌:大龟。搘(音支):支撑,拄持。

⑤卓马:立马也。三灵:天、地、人。日、月、星亦称三灵。首四句谓隋亡唐兴,李渊崛起,大定天下,救助人神。

⑥盘古:盘古氏。我国神话中开天辟地的创世人物。《太平御览》二,三国吴徐整《三五历纪》:"天地浑沌如鸡子,盘古生其中。万八千岁,天地开辟,阳清为天,阴浊为地,盘古在其中。一日九变,神于天,圣于地。天日高一丈,地日厚一丈,盘古日长一丈。"《述异记》:"盘古氏死,头为四岳,目为日月,脂膏为江海,毛发为草木,天地万物之祖也。"隆:崛起。

⑦孙谋:谋及其孙之意。一曰,孙,逊也,顺也。孙谋谓顺天下之谋,即顺应人心。《毛诗·大雅·文王有声》:"诒厥孙谋,以燕翼子。"大庭:大庭氏。传说上古帝王名。《庄子·胠箧》:"昔者容成氏、大庭氏……神农氏,当是时也,民结绳而用之。"一说大庭氏是神农氏之别号。二句谓高祖李渊开创大唐帝业,可与盘古开天辟地相比,子孙上继祖业,若大庭氏之再起。

⑧焕:炳焕,光耀。丹青:古代丹册记功,青史记事,丹青即史籍。丹青不易退色,故用以比喻光明显著。扬雄《法言·君子》:"或问圣人之言,炳若丹青。"二句转到称美卢钧,谓其效法古来英杰,功业自可炳耀千秋。

⑨旧族:指卢氏。卢氏为齐太公之后侯,食采于卢,因邑为氏。《新唐书·宰相世系表》:"卢氏出自姜姓……食采于卢,济北卢县是也,其后因以为氏。"开:创始。东岳:泰山。卢:今山东省长清县境,泰山北麓。

⑩奋:奋起。北溟:北海。用《庄子·逍遥游》典故。二句谓卢钧出身于名门世族,而又有大抱负、大作为。钧举进士,又以拔萃起,故曰雄图。

⑪獬豸:见《谢往桂林至彤庭窃咏》注。《新唐书·卢钧传》:"迁监察御史,争宋申锡狱知名。"

⑫凤凰:《汉书·律历志》:"黄帝取竹嶰谷,制十二篇以听凤鸣,其雄鸣为六,雌鸣亦六。"二句谓卢钧迁监察御史,奸邪畏之;如鸣凤之朝阳和鸣,君主亲之。

⑬挥日:见《韩碑》注。卢钧曾为昭义节度使,同平泽州、潞州叛将,故曰酣战、降妖。

⑭斗霆:与雷霆斗。《北齐书·薛孤延传》:"神武尝阅马于北牧,道逢暴雨,大雷电震地。前有浮图一所,神武令薛孤延视之,孤延乃驰马按稍直前。未至三十步,震烧浮图。孤延喝杀,绕浮图走。火遂灭。孤延还,眉须及马鬃尾皆焦。神武叹其勇决,曰:'薛孤延乃能与霹雳斗。'"二句谓钧在泽、潞讨平叛卒。

⑮功不伐:不矜功伐,不夸功绩。《尚书·大禹谟》:"汝惟不伐,天下莫与汝争功。"

⑯叔舅:周天子称异姓小邦诸侯为叔舅。《礼记·曲礼》:"天子同姓谓之叔父,异姓谓之叔舅。"德惟馨:美德如花香远播。《书·君陈》:"黍稷非馨,明德惟馨。"二句泛美其功德。

⑰鸡塞:鸡鹿塞。在今内蒙古境内磴口西北哈萨格峡谷口。《汉书·匈奴传》:"又发边郡士马以千数,送单于出朔方鸡鹿塞。"《资治通鉴》:"大中六年……闰(六)月,以卢钧为河东节度使。河东节度使李业纵吏民侵掠杂虏,由是北边扰动,诏以钧代之……杂虏遂安。"

⑱狼烟:相传古之烽火用狼粪,取其烟直而聚,虽风吹之不斜。二句谓此前李业生事,纵民侵掠,使边地不宁。

⑲填海鸟:精卫填海。见《北禽》注。

⑳太阳萤:道源注引《易·略例》:"萤磷争耀于太阳。"晋傅咸《萤火赋》:"当朝阳而戢景,进不竞于天光。"二句喻边地杂族的骚乱成不了什么气候。

㉑内草:内制。由翰林学士所掌的皇帝诏令称为内制。

㉒前茅:军中的前哨斥候。行军时以茅为旌,持旌先行,如遇变故,便举旌警告后军。勒铭:勒碑刻铭。勒,刻也,刻石记功也。

㉓出师表:见《武侯庙古柏》注。

㉔大荒经:《山海经》有大荒东、南、西、北经。四句谓召卢钧镇太原之诏令始出,其前锋已平定边境;不劳大举出师,而尽安边鄙之地。

㉕德水:《汉书·郊祀志》:"(秦)文公出猎,获黑龙,此其水德之瑞,于是秦更名河曰德水。"长带:《汉书·高惠高后孝文功臣表》:"封爵之誓曰,使黄河如带。"

㉖阴山:山名。河套以北、大漠以南诸山之统称。阴山在唐属安北都护府。王昌龄《出塞》:"但使龙城飞将在,不教胡马度阴山。"

㉗綮肯:筋骨结合要害之处。《庄子·养生主》:"技经肯綮之未尝。"綮:筋骨结合处。肯:贴附骨上的肌肉。綮肯,喻要害。

㉘膻腥:古人指过游牧生活之戎狄。四句谓自卢钧镇太原,河山安宁,边境无事。

㉙冲漠:淡泊。保佐:钧为太子太师。

㉚暗室:见《咏怀寄秘阁旧僚》注。此防暗室,指防止个人自利之私见。

㉛华发:年老。称:颂。四句谓钧为太子太师,保佐扶持之功在于冲和淡泊,不为暗室欺心之事,虽华发亦见称于朝廷。

㉜按甲:《汉书·韩信传》:"不如按甲休兵。"

㉝鸣鼙:《礼记·乐记》:"鼓鼙之声讙,君子听鼓鼙之声,则思将帅之臣。"谓在外镇。二句谓钧年老倦于久在外镇。

㉞自注:"小弟羲叟早蒙眷以嘉姻。"羲之妙选:《晋书·王羲之传》:"太

567

尉郗鉴使门生求女婿于王导，导令就东厢遍观子弟，归谓鉴曰：'王氏诸少并佳，然咸自矜持。唯一人在东床坦腹食，独若不闻。'鉴曰：'正此佳婿耶！'访之乃羲之也，遂妻之。"羲叟：见《喜舍弟羲叟及第上礼部魏公》注。羲叟为卢钧之婿，故曰妙选。

㉟自注："三十五丈明府高科来归膝下。"孝若：《晋书·夏侯湛传》："夏侯湛，字孝若，官散骑常侍，卒。潘岳称其文非徒温雅，乃别见孝悌之性。"《文选》夏侯湛《东方朔画赞序》："朔平原厌次人。建安中，分厌次为乐陵郡，故又为郡人。大人来守此国，仆自京师言归定省。"卢钧之子适以得第觐省，故曰归宁。二句说到彼此姻亲关系以及卢钧之子的归省。

㊱棂：窗子上雕有花纹的木格子。二句美其才思敏捷，诗成而月影仅转一棂也。

㊲罗含：罗含字君章，桂阳耒阳人。《晋书·文苑传》："初，含在官舍，有一白雀栖集堂宇，及致仕还家，阶庭忽兰菊丛生，以为德行之感焉。"

㊳柳恽：见《西溪》（近郭西溪好）注。柳恽《江南曲》："汀洲采白蘋，日暖江南春。"二句美其闲情观赏。

㊴《晋书·孔愉传》："孔愉字敬康，会稽山阴人。建兴中以讨华轶功，封余不亭侯。愉尝行经余不亭，见笼龟于路者，置而放之溪中，龟中流左顾者数四。及是，铸侯印，而印龟左顾，三铸如初。印工以告，愉乃悟，遂佩焉。"《旧唐书·卢钧传》："（大中）四年，入为太子少师，进位上柱国，范阳郡开国公。"

㊵仙才：朱注引《尚书故实》："卢元公钧奉道，暇日，与宾友话言，必及神仙之事。"丁令威：见《喜雪》注。二句谓钧之官爵既高，而其奉道又笃，故曰龟酬孔、鹤姓丁。

㊶曹丕《折杨柳行》："西山一何高，高高殊无极。上有两仙童，不饮亦不食，与我一丸药，光耀有五色。服药四五日，身轻生羽翼。"道源注："《述异记》：'相州栖霞谷，昔有桥、顺二子于此得仙，服飞龙一丸，十年不饥。'故魏文帝诗云云。"

㊷《史记·天官书》："狼比地有大星，曰南极老人。"《晋书·天文志》："老人一星在弧南，一曰南极，常以秋分之旦见于丙，春分之夕没于丁。见

则治平,主寿昌。"《神仙感应传》:"唐相国卢钧射策为尚书郎,以疾求出,为均州刺史,嬴瘠不耐见人。忽有王山人逾垣而入,曰:'公位极人臣,而寿不永,故相救耳。'以腰巾蘸于井中,解丹一粒,捩腰巾之水以咽丹。'约五日疾当愈。后三年,当再相遇,在夏之初。'公自是疾愈。明年还京,夏四月山人寻至。自此复去,云:'二十三年五月五日,可令一道士于万山顶候,此时君节制汉上,当有月华相授。'自是公便蕃贵盛。后镇汉南,及期,命道士牛知微登万山之顶,山人在焉,以金丹二使知微吞之,以十粒令授于公,曰:'当享上寿,无忘修炼;世限既毕,仳还蓬宫耳。'忽不见。"二句谓其服食之事,其时年齿又高,故曰童子药、老人星。以上叙卢钧事毕。

㊸自顷:自昔。窥管:管中窥豹,时见一斑。

㊹挈瓶:喻知识浅薄。《左传》昭公七年:"虽有挈瓶之智,守不假器。"二句谓己虽亦能文,而小智不能大伸,窥管、挈瓶而已。

㊺叨:忝。谦词。

㊻玄扃:玄门。《老子》:"玄之又玄,众妙之门。"二句谓己本无由忝列卢钧之末席,仍希望叩其高门而得其援引也。

㊼《庄子·山木》:"庄子舍于故人之家,故人喜,令竖子杀一雁而烹之。竖子曰:'其一能鸣,其一不能鸣,请奚杀?'主人曰:'杀不能鸣者。'"

㊽终童:终军字子云,济南人。年十八,选为博士弟子。汉武帝时拜为谒者给事中。南越与汉和亲,乃遣终军使南越。终军自请:"愿受长缨,必羁南越王而致之阙下。"终军遂往说越王,越王听许,请举国内属。越相吕嘉不欲内属,发兵攻杀其王,及汉使者皆死。终军死时年二十余,故世称终童。䑏:䑏鼠。《尔雅》注:"䑏鼠,文采如豹。汉武帝时得此鼠,终军知之,赐帛百匹。"见《赠送前刘五经》注。二句以庄叟比卢钧,以终童自比。卢公空怜我之不鸣,亦无由见我之多识也。

㊾幕中:指柳仲郢幕。

㊿剑外:义山在东川柳幕,故曰剑外。伶俜:孑然一身。二句谓己虽参幕职策划,不过孤居剑外而已。

(51)侁侁:魁梧貌。《毛诗·邶风》:"硕人俣俣,公庭万舞。"俣俣,恐是跣跣之误。

569

㉒鳏鳏：见《宿晋昌亭闻惊禽》注。二句谓失偶之后，行忘止，卧不瞑。

㊳《左传》襄公二十九年："何必脊鲁以肥杞。"

㊴《尚书·禹贡》："导沇水东流为济，入于河，溢为荥。"二句承上而来，谓在此种情况下，只有身瘦泪盈而已。

㊵《左传》宣公三年："夏之方有德也，贡金九牧，铸鼎象物。"金鼎象征国家权力。

㊶土铏：盛菜和羹之陶器。铏同型。《史记·李斯列传》："尧之有天下也……粗粝之食，藜藿之羹，饭土匦，啜土铏。"

㊷云亭：《汉书·郊祀志》："无怀氏封泰山，禅云云，黄帝封泰山，禅亭亭。"云云山是泰山支峰，在山东泰安市东南。亭亭山在泰安市南，末四句谓四海安定，朝廷欲加强中央集权，效唐尧时崇尚简朴，深望卢公入朝为宰相，佐皇帝封禅。卢钧与义山有姻娅之亲，义山指望其入朝复相，以便得其援引也。

春深脱衣①

　　睥睨江鸦集②，堂皇海燕过③。减衣怜蕙若④，展帐动烟波⑤。日烈忧花甚，风长奈柳何⑥？陈遵容易学⑦，身世醉时多。

【题解】

　　首联以江鸦、海燕喻女性，谓妓席宴集也。次联谓如香花香草一般的美人减衣之后更惹人爱怜；掀开帷帐，恰如烟波一般轻柔荡漾。三联谓值此春深之日，阳光酷烈，风吹不止，不禁令人忧花惜柳。此以花柳喻歌妓。末谓己仕途不得意，常借酒浇愁如陈遵也。义山虽参与宴集，其实并无兴致，而醉酒颓唐之意显然。

【注释】

　　①冯按："制题暗取酒酣更衣之意，见《汉书·窦婴传》。"张采田曰："题

又诡,诗则妓席宴集之作。"

②睥睨:《释名·释宫室》:"城上垣曰睥睨,言于其孔中睥睨非常也。亦曰睥,亦曰女墙。"

③堂皇:官厅大堂。《汉书·胡建传》:"列坐堂皇上。"注:"室无四壁曰皇。"

④减衣:春深脱衣也。蕙若:香蕙、杜若,以比歌妓。

⑤展帐:掀开罗帐。

⑥花、柳:喻歌妓。

⑦陈遵:《汉书·游侠传》:"陈遵字孟公……嗜酒,每大饮,宾客满堂,辄取客车辖投井中,虽有急,终不得去……遵大率常醉。"

偶题二首

其 一

小亭闲眠微醉消,山榴海柏枝相交①。水纹簟上琥珀枕②,傍有堕钗双翠翘③。

【题解】

二首均为艳诗。第一首写酒后昼眠,与妓同宿,枕斜钗坠,既饱且足。

【注释】

①山榴:石榴,山石榴。海柏:叶葱奇《疏注》曰:"古人对外国移植来的树木多加'海'字,如海榴、海棕、海梧等,'海柏'亦此类。"

②水纹簟:竹簟上的簟纹如波浪,故名水纹簟。琥珀枕:见《咏史》(历览前贤)注。

③翠翘:妇女头饰,似翠鸟尾之长羽,故名。曹植《七启》:"扬翠羽之双翘。"

其　二

清月依微香露轻,曲房小院多逢迎^①。春丛定是饶栖夜^②,饮罢莫持红烛行。

【题解】

一二句谓夜宴既罢,月淡露轻,曲房小院迎客之妓多有。三四句谓今夜双栖者,曲房小院皆是也,切莫惊扰其好合佳眠。

【注释】

①曲房:深邃幽隐之室。枚乘《七发》:"往为游宴,纵恣于曲房隐间之中。"

②春丛:花枝草蔓。比喻官妓。饶:多。

七　夕

鸾扇斜分凤幄开^①,星桥横过鹊飞回^②。争将世上无期别^③,换得年年一度来^④。

【题解】

前二句想象织女已经过河,并且走出凤幄,分开障扇,与牛郎相会;乌鹊完成填河铺桥的任务之后,全都撤回去了。后二句谓己与亡妻作无期之别,怎及牛郎织女一年一度之相聚耶?此亦悼伤之作也。

【注释】

①鸾扇:羽扇之美称。斜分:左右两面障扇徐徐分开。不欲众人得见,则将两扇障合。鸾扇是一种宫扇。凤幄:篷帐之美称。

②星桥:即鹊桥。传说织女七夕当渡河,使鹊为桥。

③无期别:死别,庾信《拟咏怀诗》:"共此无期别。"

④《述异记》:"天河之东,有美丽女人,乃天帝之子,机杼女工,年年劳役,织成云雾绡缣之衣,辛苦殊无欢悦,容貌不暇整理。天帝怜其独处,嫁与河西牵牛之夫婿,自后竟废绩纴之功,贪欢不归。帝怒,责归河东,但使一年一度相会。"

李夫人三首①

其 一

一带不结心②,两股方安髻③。惭愧白茅人④,月没教星替⑤。

【题解】

一二句谓单丝不成线,两股丝才能拧成绳,男女相爱不是一厢情愿的事。三四句谓多谢祭祀神祇者,须知空致其神而不能令死者复生;月亮既已隐没,星星岂可代之乎? 义山与王氏情深,王氏既殁,义山无续弦之意。

【注释】

①李夫人:汉武帝宠妃,李延年之妹,早卒。见《汉宫》注。潘岳《悼亡诗》:"独无李氏灵,仿佛睹尔容。"

②梁武帝萧衍诗《有所思》:"腰中双绮带,梦为同心结。"

③两股:两根丝带。髻:发结。盘于头顶左右两边。

④白茅:白茅草,古代用以包裹祭祀的礼物。

⑤星替:星无光也。

其 二

剩结茱萸枝①,多擘秋莲的②。独自有波光③,彩囊盛不得④。

一二句谓多结茱萸以避灾祸也,多擘莲子以怜己之子也。王氏虽死犹生,目光犹存,若泪珠之莹莹然,彩囊不能盛而贮之,我于意念中见而知之也。

【注释】

①茱萸:植物名。生于川谷,其味香烈。古代风俗,阴历九月九日重阳节,佩茱萸囊以祛邪避恶。《续齐谐记》:"费长房谓汝南桓景:'九月九日汝家有灾,宜令家人各作绛囊,盛茱萸以系臂,此祸可消。'"

②擘:剖开,分裂。的:莲子。《尔雅》注:"的,莲中子也。"莲子:怜子也。莲与怜谐音。

③楚辞《招魂》:"娭光眇视,目曾波些。"

④《华山记》:"邓绍八月旦入华山,见童子执百彩囊,盛柏叶上露,如珠满囊中,绍问之,答曰:'赤松先生取以明目。'"

其 三

蛮丝系条脱①,妍眼和香屑②。寿宫不惜铸南人③,柔肠早被秋眸割④。清澄有余幽素香,鳏鱼渴凤真珠房⑤。不知瘦骨类冰井⑥,更许夜帘通晓霜。土花漠碧云茫茫⑦,黄河欲尽天苍苍。

【题解】

首四句写亡妻之神像栩栩如生,其明眸令我肠断也。"清澄"四句谓幽室清澄,似闻余香,思念亡妻,如鳏鱼渴凤。瘦骨如冰,乃至晓霜侵帘而不知也。末二句谓亡妻墓地荒凉,愁云漫天,黄河有时尽,此恨无穷期。本篇借李夫人为题哀悼亡妻,哀激之思,变为晦涩之调。

【注释】

①蛮丝:南方少数民族所产丝线。条脱:金、玉条脱即今之腕钏。

②妍眼:媚眼。香屑:百和香屑,多种香料配制而成。班固《汉武内

传》:"至七月七日,乃修除宫掖之内……燔百和之香,张云锦之帐。"

③寿宫:奉神之宫也。《汉书·外戚传·李夫人传》:"夫人少而早卒,上怜悯焉,图画其形于甘泉宫。"南人:朱鹤龄注:"铸南人无解,或南金之讹,言不惜以金铸其像也。"另见《景阳宫井双桐》注⑦。

④秋眸:如同秋水之明眸。

⑤鳏鱼:愁思不寐,目常鳏鳏,故曰鳏鱼。见《宿晋昌亭闻惊禽》。渴凤:焦渴欲饮之凤。真珠:即珍珠。唐释贯休《禅月集》有《洛阳尘》诗:"真珠帘中,姑射神人。文金线玉,香成暮云。"

⑥冰井:藏冰的地窖。

⑦土花:青苔。李贺《金铜仙人辞汉歌》:"三十六宫土花碧。"此指亡妻墓地。

房君珊瑚散①

不见姐娥影,清秋守月轮。月中闲杵臼②,桂子捣成尘③。

【题解】

前二句谓已因眼疾而不见月中嫦娥,清秋之夜,她依然独守月宫,何其寂寥。后二句谓其闲来无事,将月中桂子捣成粉屑,制成仙药。我今所服房君珊瑚散大概就是此类仙药了。据赞宁《高僧传》,义山在梓幕"苦眼疾,虑婴昏瞀"。

【注释】

①房君:房处士,其人生平不详。段成式《哭房处士诗》:"独上黄坛几度盟,印开龙渥喜丹成。岂同叔夜终无分,空向人间著养生。"李群玉亦有《送房处士闲游》诗:"采药陶贞白,寻山许远游。刀圭藏妙用,岩洞契冥搜。"房处士乃方技之流。珊瑚散:药名。道源注引《箧中方》:"治七八岁小儿眼有麩翳,未坚,不可妄傅药。宜点珊瑚散,细研如粉,每日稍稍点之,三

日立愈。"

　　②闲:随意,漫不经心。杵臼:春,捣。杵,捣物的棒槌。臼,受物的
石臼。

　　③桂子:《南部新书》:"杭州灵隐山多桂,寺僧云'此月中种也'。至今
中秋望夜,往往子坠,寺僧亦尝拾得。"

属　疾①

　　许靖犹羁宦②,安仁复悼亡③。兹辰聊属疾④,何日免殊
方⑤?秋蝶无端丽⑥,寒花更不香⑦。多情真命薄,容易即
回肠⑧。

　　【题解】

　　王氏忌辰,托病休息,因作此诗。前半谓自己如同许靖之旅宦远方,如
同潘岳丧妻后之痛定思痛,当此忌日,只有告病假独居室中志哀,真不知何
日离开异乡回到长安?后半谓秋蝶无故美丽多情,可是黄花蕊寒香冷,并
不理会秋蝶的殷勤。自知多情薄命,触绪生悲,何可连累他人!《上河东公
启》曰:"两日前,于张评事处伏睹手笔兼评事传指,意于乐籍中赐一人以备
纫补。某悼伤已来,光阴未几,梧桐半死,才有述哀,灵光独存,且兼多
病……兼之早岁,志在玄门,及到此都,更敦凤契,自安衰薄,微得端倪。至
于南国妖姬,丛台妙妓,虽有涉于篇什,实不接于风流。"五六句隐喻谢绝柳
仲郢为其续弦的事,他没有忘记悼亡的哀痛,没有忘记寄居长安的儿女,可
见义山对王氏感情之深,并且毅然承担起这个不幸家庭的责任。

　　【注释】

　　①属疾:托病,告病假。

　　②许靖:《三国志·蜀书》:"许靖字文休,汝南平舆人……孙策东渡江,
皆走交州以避其难,靖身坐岸边,先载附从,疏亲悉发,乃从后去,当时见者

莫不叹息。既至交趾,交趾太守士燮厚加敬待……后刘璋遂使使招靖,靖来入蜀。璋以靖为巴郡、广汉太守……先主克蜀,以靖为左将军长史。先主为汉中王,靖为太傅。"羁宦:旅居为官。

③安仁:潘岳字安仁,有《悼亡诗》三首,又有《悼亡赋》一篇。

④兹辰:此日。指亡妻忌辰。王氏卒于大中五年秋天,"兹辰"当在大中六年或七年秋天,后有"秋蝶"、"寒花",皆是秋天所见景物。

⑤殊方:异乡、异地。时义山在梓幕。

⑥秋蝶:喻乐妓张懿仙。义山在梓幕时,府主柳仲郢于乐籍中介绍一名叫张懿仙的歌妓赐给义山,被婉言拒绝。见《樊南文集》卷四《上河东公启》。

⑦寒花:杜甫《薄游》:"病叶多先坠,寒花只暂香。"此以寒花自况凄凉。

⑧回肠:比喻愁思百结。

杨本胜说于长安见小男阿衮①

闻君来日下②,见我最娇儿。渐大啼应数③,长贫学恐迟。寄人龙种瘦④,失母凤雏痴⑤。语罢休边角⑥,青灯两鬓丝。

【题解】

一二句点题。三四句系义山询问小男情况。五六句是听杨本胜介绍阿衮生活情况后所发感慨。结尾谓语罢对青灯沉思,心中有无限悲伤。语言浅近,情意深切。

【注释】

①杨本胜:杨筹,字本胜,官监察御史。《樊南乙集序》:"(大中七年)十月,弘农杨本胜始来军中。本胜贤而文,尤乐收聚笺刺,因恳索其素所有会前四六。"时义山在东川。阿衮:即衮师。见《骄儿诗》。

②日下:指京都。封建社会以帝王比日,因以皇帝所在之地为日下。

③数:数说,诉说委曲。冯注曰:"渐大则知思父远游,伤母早背,故啼应数。"数读第三声。

④龙种:《哭遂州萧侍郎》:"我系本王孙。"义山本李唐宗室,此故称龙种。

⑤凤雏:幼凤。此指义山幼女。《晋书》:"陆云幼时,闵鸿见而奇之,曰:'此儿若非龙驹,当是凤雏。'"

⑥边角:边地之画角。谓晚角将罢,夜已深矣。结句悲凉,有不尽之意。

有怀在蒙飞卿①

薄宦频移疾②,当年久索居③。哀同庾开府④,瘦极沈尚书⑤。城绿新阴远,江清返照虚。所思惟翰墨⑥,从古待双鱼⑦。

【题解】

诗题曰有怀飞卿,实是向飞卿诉苦。首联谓官卑且多病,索居久矣。次联谓哀同庾信,瘦似沈约。三联谓郡城虽绿,但新阴距我之住宅尚远;巴江虽清,却照映出我孤单的身影,更觉空虚。末谓所思惟故人的诗赋,等待飞卿常有书信寄来。

【注释】

①飞卿:温庭筠字飞卿,唐代诗人、词人,太原人,仕途不得意,官止国子助教。在蒙事无考。叶葱奇以为"在蒙"非地名,而是另一人名。

②移疾:移书言疾。

③当年:指昔年。索居:离群独居。

④庾开府:庾信仕北周,官至开府仪同三司,世称庾开府。

⑤沈尚书:见《自桂林奉使江陵感怀》"沈约瘦惝惝"注。

⑥翰墨:指诗文写作。

⑦双鱼:指书信。见《题二首后重有戏赠任秀才》注。

忆 梅 大中八年

定定住天涯①,依依向物华。寒梅最堪恨,长作去年花②。

【题解】

失意之人长在天涯,只有向春日景物寻求安慰。义山早年登第,此后薄宦而多病,如同先开先谢之寒梅,春天并不属于自己,所以抱恨终身也。何焯曰:"得名最早,却不值荣进之期,此比体也。"

【注释】

①定定:停留不动。

②寒梅于腊月开放,至春暖时早已开过。故曰"去年花",故曰"忆梅"。

天 涯

春日在天涯,天涯日又斜。莺啼如有泪,为湿最高花。

【题解】

春在天涯。天涯漂泊的诗人并没有因为春天到来而感到处处充满生机、充满希望,相反地感到孤寂和哀愁,有着"目极千里伤春心"(屈原《招魂》)的悲恨。更何况天涯日暮,烟柳斜阳,春将归去。诗人哪堪客里度春风?又怎能忘记"寄人龙种瘦,失母凤雏痴"的远在长安的儿女?"何须臾而忘返?"(屈原《哀郢》)在此,听春莺的鸣声,料想她是在为诗人不幸的命运而啼哭。于是诗人作进一层的推想:莺啼若如人哭之有泪,请为我沾湿最高花啊！"莺啼如有泪，为湿最高花"二句最精彩动人，可说是千秋绝唱。义山想回长安得到一个京职，可是媒绝路阻，帝阍深闭。他到梓州不久，两次献诗给杜悰（见《五言述德抒情诗》和《今月二日》），希望杜荐举他入朝，结果大失所望。次年又献诗太原尹、河东节度使卢钧，同样失望。惟一能够引荐他入朝为官的人，是他的老关系令狐绹，可是令狐绹早已恨他"背恩"。他曾屡启陈情，却毫不见谅，在离京赴梓之前，有《晋昌晚归马上赠》一诗给令狐绹，却无回音。如今远在天涯的义山不甘心在远幕中了此一生，故以春莺之泪沾湿最高之花为喻，妄想用自己悲哀的泪水洒向"最高花"令狐绹，使他幡然悔悟……然而这只能是一个如花美梦。

柳

江南江北雪初消，漠漠轻黄惹嫩条。灞岸已攀行客手①，楚宫先骋舞姬腰②。清明带雨临官道③，晚日含风拂野桥。如线如丝正牵恨④，王孙归路一何遥⑤。

【题解】

前六句纯是咏柳，后二句以王孙自喻，引到客中见柳思归之感。

【注释】

①灞岸：灞水岸边。

②骋：放任。舞姬腰：见《梦泽》注。

③官道：全国通行的大马路。

④《南史·张绪传》："刘悛之为益州，献蜀柳数株，枝条甚长，状若丝缕。武帝以植于太昌灵和殿前，尝赏玩咨嗟，曰：'此杨柳风流可爱，似张绪当年时。'"

⑤刘安《招隐士》："王孙游兮不归，春草生兮萋萋。"

赠　柳

　　章台从掩映①，郢路更参差②。见说风流极③，来当婀娜时④。桥回行欲断⑤，堤远意相随。忍放花如雪⑥，青楼扑酒旗⑦？

【题解】

　　本篇仍是咏柳之作，不必因末联而设想为青楼歌妓。一路写来，饶有风致。

【注释】

　　①章台：见《回中牡丹为雨所败》注。

　　②郢路：屈原《九章》："惟郢路之辽远兮，魂一夕而九逝。"郢，战国时楚国都城，即今湖北江陵县北纪南城。

　　③风流："此杨柳风流可爱。"见《柳》（江南江北）注。

　　④晋傅玄《柳赋》："长枝夭夭，婀娜四垂。"

　　⑤回：曲折。行音杭。柳树成行的行。

　　⑥晋伍缉《柳花赋》："扬零花而雪飞。"

　　⑦青楼：楼上施以青漆，谓之青楼。

即　日

　　一岁林花即日休，江间亭下怅淹留①。重吟细把真无奈②，已落犹开未放愁③。山色正来衔小苑，春阴只欲傍高楼。金鞍忽散银壶漏④，更醉谁家白玉钩⑤？

【题解】

一春之林花忽尽,一日之光景遽暮,此真刻意伤春也。首联谓一春林花尽于一日,太匆匆也。诗人于江间亭下对将尽之林花惆怅盘桓,无可奈何也。颔联谓对林花吟赏把玩,不忍其遽去。林花已落犹开,讨人爱怜,反使我添愁也。颈联谓暮色苍茫,青山与小苑被晚霭包衔;雾失楼台,更令我羁愁不解。末谓江亭今夜散后,明日更醉于谁家?倦旅之人,将税驾于何处?低回婉转,愈转愈深,情意深长,绵绵不尽。

【注释】

①淹留:谓徘徊不忍去。

②把:把玩。

③未放:未尽。

④金鞍:指坐骑。银壶漏:即铜壶滴漏。金壶银壶,皆铜壶之美称。此谓夜尽更残之时。

⑤白玉钩:白玉酒钩。

题李上謩壁①

旧著思玄赋②,新编杂拟诗③。江庭犹近别④,山舍得幽期⑤。嫩割周颙韭⑥,肥烹鲍照葵⑦。饱闻南烛酒⑧,仍及拨醅时⑨。

【题解】

李上謩罢职山居,义山过其家,酒后题诗壁上。首联谓李上謩能赋能诗,赋有思玄之想,诗有拟古之篇。颔联谓前不久在江庭话别,今又在其山舍相会。颈联谓山肴野蔬,味胜肥甘。尾联谓饱醉新酿之酒。

【注释】

①李上謩:生平不详。謩,同谟。

②《思玄赋》：《后汉书·张衡传》："衡尝思图身之事,以为吉凶倚伏,幽微难明,乃作《思玄赋》,以宣寄情志。"

③杂拟诗:江淹《杂体诗三十首》,《文选》列入《杂拟》类。

④纪昀曰："江庭当是江亭之误。"(《诗说》)

⑤幽期:私约,秘密的期约。

⑥周颙:南朝宋人,曾为剡县令。萧齐时为殿中郎,转山阴令,还,为文惠太子中军录事参军,迁中书郎,常游侍东宫。转国子博士,兼著作如故。著《四声切韵》。《南史·周颙传》："(颙)清贫寡欲,终日长蔬,虽有妻子,独处山舍。甚机辩,卫将军王俭谓颙曰:'卿山中何所食?'曰:'赤米白盐,绿葵紫蓼。'文惠太子问颙菜食何味最胜? 颙曰:'春初早韭,秋末晚菘。'"

⑦鲍照:南朝宋文学家。字明远,东海(今江苏省连云港市东)人,曾为秣陵令、中书舍人,后为临海王刘子顼前军参军,子顼起兵失败,照为乱兵所杀。有《鲍参军集》传世。鲍照《园葵赋》："甘旨蒨脆,柔滑芬芳。消淋逐水,润胃调肠⋯⋯荡然任心,乐道安命。春风夕来,秋日晨映。独酌南轩,拥琴孤听。篇章闲作,以歌以咏。"

⑧南烛:《云笈七签》："南烛,其树是木而叶似草,故号南烛草木。"《神仙服食经》："采南烛草,煮其汁为酒,碧映五色,服之通神。"

⑨拨醅(pēi):重酿未滤之酒。

江亭散席循柳路吟归官舍

春咏敢轻裁①? 衔辞入半杯②。已遭江映柳,更被雪藏梅③。寡和真徒尔④,殷忧动即来⑤。从诗得何报? 惟感二毛催⑥。

【题解】

前半谓咏春之诗不敢轻裁,细斟慢饮,推敲诗句,恐唐突景物,罪过不小也。柳色青青,已被江水夺去,映入水底;梅花香艳,却被白雪掩藏。春景如此,则咏春为难矣。由此不难看出,义山已遭同僚嫉妒。后半谓己作诗,和之者寡,徒为之耳。因借诗抒怀,故动辄牵惹内心之深忧。为诗何益?惟加速衰老而已。

【注释】

①敢:岂敢。

②衔辞:寻觅诗句,推敲文辞。《洛神赋》:"含辞未吐。"

③何焯曰:"江映柳,见摈在远;雪藏梅,被压在下也。"

④寡和:宋玉对楚王问:"其曲弥高,其和弥寡。"

⑤殷忧:深切的忧愁。嵇康《养生论》:"内怀殷忧,则达旦不瞑。"

⑥二毛:发鬓有黑白二毛。潘岳《秋兴赋》:"余春秋三十有二,始见二毛。"

柳

柳映江潭底有情①,望中频遣客心惊。巴雷隐隐千山外②,更作章台走马声。

【题解】

首句与《江亭散席循柳路吟归官舍》"已遭江映柳"义同。柳既垂意江潭,则无心眷顾我也。柳喻柳仲郢。次句谓见此情景,频使我心惊也。后二句谓身在东川,心在京华,巴山雷声,听似章台走马。义山在柳幕因才高而遭嫉,加之多病多愁,故思归长安。前有《夜出西溪》、《西溪》、《北禽》、《江亭散席循柳路吟归官舍》等诗可证。

【注释】

①底:如许,何其。

②司马相如《长门赋》:"雷隐隐而响起兮,声象君之车音。"章台:见《回

中牡丹为雨所败》注。

寓 兴

　　薄宦仍多病①，从知竟远游②。谈谐叨客礼③，休浣接冥搜④。树好频移榻，云奇不下楼。岂关无景物？自是有乡愁。

【题解】

　　诗题"寓兴"表明是普通寄怀之作，有所兴感而作为此诗，并无特定旨意。首二句谓己官卑而多病，竟然跟随柳仲郢到了远离长安的梓州。三四句谓柳以客礼相待，彼此谈笑自若，休假时邀我赋诗。五六句谓有时移榻就荫观树，有时竟日登楼观赏夏云奇峰。末谓非关无景可赏，只是思乡之愁无法排遣，少有兴致。

【注释】

①薄宦：官职卑微。

②从知：随从知我者。此谓柳仲郢。冯曰："竟字悲痛。"

③谈谐：谓彼此言谈投机。叨：叨蒙。谦词。客礼：以客礼相待。

④休浣即休沐。休假沐浴。冥搜：于冥冥中寻觅诗句。

闻著明凶问哭寄飞卿①

　　昔叹谗销骨②，今伤泪满膺③。空余双玉剑④，无复一壶冰⑤。江势翻银汉⑥，天文露玉绳⑦。何因携庾信，同去哭徐陵⑧？

【题解】

张采田曰:"(卢著明)不详殁于何年。味此诗腹联写景,当是梓幕所作。"首二句谓昔闻卢著明曾遭诽谤而受到排摈,为他叹息不已,今闻噩耗传来,不禁泪满青襟。三四句谓著明死后,空留下玉剑遗物,却再也见不到这样冰清玉洁、行为高尚的人了。五六句谓著明殁于江南,江上风涛险恶,相隔遥远。此意与《哭刘司户蕡》中的"江阔惟回首,天高但抚膺"相同。末二句谓如何能够同温庭筠一道到卢著明墓上哀哭呢? 此以庚信比飞卿,以徐陵比著明。义山一生遭际与温、卢相似,其哭卢著明的诗凄恻感人,自有真情在焉。

【注释】

①著明:卢献卿字著明,范阳人。唐孟棨《本事诗》:"范阳卢献卿,大中中举进士,作《愍征赋》数千言,时人以为《哀江南》之亚。连不中第,薄游衡湘,至郴而病,梦人赠诗曰:'卜筑郊原古,青山惟四邻。扶疏绕台榭,寂寞独归人。'后旬日而殁,郴守为葬之近郊,果以夏初空,皆符所梦。"凶问:死讯。飞卿:温庭筠。见《有怀在蒙飞卿》注。

②谗:谗言,诽谤。《史记·张仪传》:"众口铄金,积毁销骨。"

③膺:胸。

④双玉剑:剑有雌雄,故言双也。此指其遗物耳。

⑤一壶冰:指著明其人冰清玉洁也。鲍照《代白头吟》:"直如朱丝绳,清如玉壶冰。"

⑥银汉:天河。此句言大江风涛险恶。

⑦玉绳:星名。《春秋·元命苞》曰:"玉衡北两星为玉绳。"二句言相隔之远。

⑧徐陵:南朝陈文学家。字孝穆,东海郯(山东郯城)人。梁时官东宫学士,陈时历任尚书左仆射、丹阳尹、中书监。

江上忆严五广休①

征南幕下带长刀②,梦笔深藏五色毫③。逢著澄江不敢咏④,镇西留与谢功曹⑤。

【题解】

一二句谓回忆昔年严广休在郑亚幕下为武官,他能武能文,文学才华深藏于胸中。三四句谓今日面对澄静的碧江却不敢吟诗,留待具有谢朓之才的严五写作更美的诗吧!

【注释】

①严广休事迹不详。据诗中"征南幕下"可推知是昔年桂幕同僚。

②征南幕:指桂州郑亚幕。《同崔八诣药山诗》已云"共受征南不次恩"。带长刀:指严五为幕僚行军司马、参军一类官职。

③五色毫:五色笔。见《县中恼饮席》注。此谓文采深藏于内。

④澄江:谢朓《晚登三山》:"余霞散成绮,澄江静如练。"

⑤谢功曹:《南齐书·谢朓传》:"谢朓字玄晖,陈郡阳夏人也。少好学,有美名,文章清丽……历随王(萧子隆)东中郎府,转王俭卫军东阁祭酒,太子舍人,随王镇西功曹,转文学。"

题白石莲花寄楚公①

白石莲花谁所共②?六时长捧佛前灯③。空庭苔藓饶霜露,时梦西山老病僧④。大海龙宫无限地⑤,诸天雁塔几多层⑥。谩夸鹙子真罗汉⑦,不会牛车是上乘⑧。

《樊南乙集序》曰:"三年以来,丧失家道,平居忽忽不乐,始刻意事佛。方愿打钟扫地,为清凉山行者。"义山因为政治道路坎坷,仕途失意,思念亡妻,加上身体多病,在梓幕期间,思想转向佞佛。大中七年,自己出资在长平山慧义精舍经藏院建石壁五间,用金字勒《妙法莲华经》七卷,并请柳仲郢为写记文,同时写作了一些酬寄僧人的诗篇。本诗借楚公寺院中白石莲花灯台为题抒写自己对西山老僧楚公的怀念。首联谓此白石莲花灯台是何人奉献? 既有此灯台,则日日夜夜捧灯佛前。次联谓古庙空庭,霜露饶多,时常以公之老病为忧,故于梦中往往见之。三联谓佛法深广如大海龙宫,佛理崇高如雁塔齐天,仰之弥高,钻之弥坚。末联谓莫夸舍利弗是修行得道的圣者,他还不懂得大乘法门才是真正广大无边的上乘法要呢! 言外之意是称赞楚公为臻于上乘的圣者。

【注释】

①白石莲花:白石凿成的莲花台。楚公:僧人。事迹不详。

②共:供。

③六时:佛教分一昼夜为六时:晨朝、日中、日没、初夜、中夜、后夜。《阿弥陀经》:"昼夜六时,天雨曼陀罗华。"

④西山:西山随处可称,难以确指。

⑤《佛说法海经》:"大海之中,神龙所居。诸龙妙德难量,能造天宫,品物之类,无不仰之,吾僧法亦复如是。"

⑥诸天:佛家语。佛书有三界诸天,自欲界以上皆曰诸天。三界谓欲界、色界、无色界。三界共有三十二天,自四天王天至非有想非无想天,总谓之诸天。雁塔:藏佛经的塔。《大唐西域记》:"昔有比邱见群雁飞翔,思曰:'若得此雁,可充饮食。'忽有一雁投下自殒,佛谓比邱曰:'此雁王也,不可食之。'乃瘗而立塔。"西安市有大雁塔、小雁塔。大雁塔在慈恩寺,唐高宗时建。小雁塔在荐福寺,唐中宗时建。

⑦鹙子:佛大弟子舍利弗,智慧第一。太虚大师的《般若波罗蜜多心经讲义》曰:"舍利子,人名,声闻中智慧第一,成罗汉果,为释迦牟尼佛上首弟子。舍利乃印度一种鸟名,目最美,中译鹙鹭。其母以此鸟名为名,舍利子

则依母为名,故名舍利子。他经有译舍利弗者,弗乃梵语,即子也。至供养之舍利,俗称舍利珠,应与此为人名者异。"罗汉:即阿罗汉,梵语音译,意译为修行得道的圣者。《四十二章经》:"阿罗汉者,能飞行变化,旷劫寿命,住动天地。"注:"旷劫寿命,谓三种意生身,堪能随愿久住,所住之处,天地皆为感动也。"

⑧不会:不领会,不解。牛车:佛家比喻大乘为牛车。《妙法莲华经》:"长者诸子于火宅中,恋著戏处,无求出意。长者设方便,言羊车、鹿车、牛车在门外,可以游戏,随汝所欲,皆当与汝。诸子争出火宅,白父,愿时赐与……佛告舍利弗,如来亦复如是,于三界火宅为说三乘:声闻乘如求羊车,辟支佛乘如求鹿车,佛乘利益天、人,度脱一切,是名大乘,如求牛车。"佛教分道的深浅为大乘、小乘,大乘佛教流行之后,原部派佛教被贬称为小乘。小乘教保持早期佛教教理,重在自我解脱,以求证阿罗汉果为其止境,通过个人修行,入于涅槃,以免轮回之苦。大乘教开一切智,化度一切,利益天、人。

题僧壁

舍生求道有前踪,乞脑剜身结愿重①。大去便应欺粟颗,小来兼可隐针锋②。蚌胎未满思新桂③,琥珀初成忆旧松④。若信贝多真实语⑤,三生同听一楼钟⑥。

【题解】

首联谓舍命求佛法者,古已有之;累结乞脑剜身之愿,前人屡有为之,不足讶也。次联谓至大之物可藏于粟颗之内,至小之物可隐于针锋之尖。此喻佛法之神妙。三联谓佛法在于妙悟因果关系:蚌胎乃新月之因,琥珀是旧松之果。末联谓求佛法者,究心如来真实之言,而能笃信之,则彻悟三生,自然成道也。冯注:"义山好佛,在东川时于常(长)平山慧义精舍经藏院创石壁五间,金字勒《妙法莲华经》七卷,见文集。诗为是时所作。玩结语,盖久不得志,因悟一切皆空矣。"冯按:"《金石录》:'唐《四证台记》,一作《四证堂碑》,李商隐撰,正书无姓名,大中七年十一月。'考其时正在东川。亦见宋王象之所考《潼川府碑记》中。《碑记》又曰:'《道兴观碑》、道士胡君新《井碣铭》,并见《李义山集》。更有《弥勒院碑》,李商隐书。'而《怀安军碑记》、《为八戒和尚谢复三学山精舍表》,李商隐撰,皆见《全蜀艺文志》。愚意《金石录》所云无姓名者,当即义山自书也。《录》又云:'义山又有《佛颂》,广明元年十月吴华篆书。'又按《云笈七签》:'胡尊师名宗,居梓州紫极宫。梓之连帅及幕下如周相公、李义山,毕加敬致礼。'盖义山在梓,好释、道之教,藉以遣怀也。"

【注释】

①《报恩经》:"有婆罗门往乞其头,王许之。婆罗门寻断王头,持还本国。"又:"转轮圣王为求佛法,有一婆罗门言:若能就王身上剜作千疮,灌满膏油,安施灯炷,燃以供养者,我当为汝解说佛法。"《因果经》:"菩萨昔以头目脑髓以施于人,为求无上真正之道。"

②《涅般经》:"尖头针锋,受无量众。"

③《吕氏春秋·精通》:"月望则蚌蛤实,群阴盈。月晦则蚌蛤虚,群阴亏。"新桂:指新月。

④琥珀:松脂入地千年化为琥珀。

⑤贝多:梵文音译树名,亦称贝多罗、菩提树。其叶称贝叶,可以写经。故贝多也指佛经。《金刚般若经》:"如来是真语者、实语者。"

⑥三生:佛教语。指前生、今生、来生,即过去世、现在世、未来世。

僧院牡丹

叶薄风才倚,枝轻雾不胜。开先如避客,色浅为依僧。粉壁正荡水①,缃帷初卷灯②。倾城惟待笑,要裂几多缯③。

首联写僧院中之牡丹叶薄枝轻、倚风怯雾之态。次联咏其早开而色淡。三联上句形容白牡丹带露时的光彩,下句形容黄牡丹初开时的光彩。末联将花拟人,乃调笑之言耳。本篇是咏物诗,冯浩以为"刺僧之隐书",非也。

【注释】

①荡水:喻白牡丹。

②卷灯:喻黄牡丹。

③《帝王世纪》:"妹喜好闻裂缯之声而笑,桀为发缯裂之,以顺适其意。"

华　师①

　　孤鹤不睡云无心②,衲衣筇杖来西林③。院门昼锁回廊静,秋日当阶柿叶阴。

【题解】

首句谓华师夜间不眠,白日出游,悠闲自得。二句谓华师独来西林寺寄居。三四句谓寺院幽静,院门昼锁,柿阴当阶,访华师而未遇也。

【注释】

①华(huà)师:法师姓华,其名不详。

②本集《西亭》:"孤鹤从来不得眠。"陶渊明《归去来兮辞》:"云无心以出岫。"

③衲衣:僧衣。筇杖:竹杖。《汉书·张骞传》言邛都邛山出竹,可以作杖。其后加竹作筇。西林:见《同崔八诣药山访融禅师》注。

送臻师二首^①

其 一

昔去灵山非拂席^②，今来沧海欲求珠^③。楞伽顶上清凉地^④，善眼仙人忆我无^⑤？

【题解】

一二句谓臻师昔日离开山寺并无留意，如今到另一佛寺精研佛理。三四句谓臻师此去清净之地，至将往之寺庙后，未知能否思念我耶？

【注释】

①臻师：生平不详。

②灵山：即印度灵鹫山。释迦牟尼讲《法华经》、《无量寿经》于此。拂席：敬客留居之义。

③《维摩经》："不下巨海，不能得无价宝珠。"

④楞伽：《大唐西域记·僧伽罗国》："国东南隅有㥄（音棱，去声）迦山，岩谷幽峻，神鬼游舍，在昔如来于此说㥄迦经。"㥄迦，梵文 Lankā 音译。今斯里兰卡之名称来源于梵文 Srilankā，"斯里"意译"吉祥"，"兰卡"即该国古名。㥄迦山是该岛国南部的高山。㥄迦亦作楞伽。清凉地：清净之地。

⑤《楞伽经》："世尊于大众中，唱如是言，我是过去一切佛，及种种受生，我尔时作曼陀转轮圣王、六牙大象及鹦鹉鸟、释提桓因、善眼仙人，如是等百千生经说。"诗以善眼仙人比臻师。

其 二

苦海迷途去未因^①，东方过此几微尘^②？何当百亿莲花上③,一一莲花见佛身。

【题解】

首句谓想脱离苦海迷津,却不知如何脱离,没有找到因由。次句谓由东方而达到彼岸光明世界,要经过多少路程?三四句谓安得臻师同世尊一样变成百亿莲花,让每一莲花现一佛身,以超度千百亿人脱离苦海,达于光明世界,我亦乐在其中也。

【注释】

①《楞严经》:"引诸沉冥,出于苦海。"去:离去,脱离。因:原由。

②《法华经》:"假使有人磨以为墨,过于东方千国土,乃下一点,大如微尘;又过千国土,复下一点,如是辗转尽地种墨,是诸佛土,若算,师知其数否?"微尘,佛教指极细小的物质。

③《大般涅槃经》:"世尊放大光明,身上一一毛孔,出一莲华,其华微妙,各具千叶,是诸莲华,各出种种杂色光明,是一一华,各有一佛,圆光一寻,金色晃耀,微妙端严,尔时众生,多所利益。"《地藏本愿经》:"我所分身,遍满百千万亿恒河沙世界,每一世界化百千万亿身,每一身度百千万亿人。"见:显现。

明禅师院酬从兄见寄①

贞吝嫌兹世②,会心驰本原③。人非四禅缚④,地绝一尘喧。霜露欹高个⑤,星河堕故园⑥。斯游觉为胜⑦,九折幸回轩⑧。

【题解】

冯浩曰:"义山寓居禅院,从兄当有诗寄之,故述景寄酬也。"首联谓明禅师讨厌世上所谓善恶得失，因为无一定标准，而于清净之本心则心领神会。次联谓明禅师的境界超出四禅之外，其禅院清净至极，如同隔绝尘世。三联谓院中高木因霜多露重而斜倾；遥望故乡，远在天末，银河似堕其上。末谓倘以我之游禅院为胜事，那就希望你也归心净地，回轩而至，免受宦途九折之苦也。

【注释】

①从兄：冯注："未知即从兄阆之否？"义山有《赠从兄阆之》一首。

②贞咨：贞，贞吉也；咨，耻辱也。

③会心：心中有所领会。《世说新语·言语》："简文（司马昱）入华林园，顾谓左右曰：'会心处不必在远。'"本原：指本来清净的心。

④四禅：佛家语。《楞严经》："一切苦恼所不能逼，名为初禅；一切忧悬所不能逼，名为二禅；身心安隐得无量乐，名为三禅；一切诸苦乐境所不能动，有所得心，功用纯熟，名为四禅。"四禅尚非真解脱处，故未尽免缚。

⑤欹：斜倾。

⑥故园：指郑州荥阳故居。

⑦傥：假若。同倘。

⑧九折：《汉书·王尊传》："迁益州刺史，先是琅邪王阳为益州刺史，行部至邛崃九折阪，叹曰：'奉先人遗体，奈何数乘此险。'后以病去。及尊为刺史，至其阪，问吏曰：'此非王阳所畏道耶？'吏对曰：'是。'尊叱其驭曰：'驱之，王阳为孝子，王尊为忠臣。'"

赠庾十二朱板①

固漆投胶不可开，赠君珍重抵琼瑰②。君王晓坐金銮殿③，只待相如草诏来④。

【题解】

本篇是义山赠送庚十二朱板的同时所赠之诗。前二句以朱板之固膝投胶比喻彼此关系亲密,礼品虽轻,望友人视若瑰宝。后二句称羡庚十二才高并且得君主的重用。以诗代柬,联络情感而已,别无寓意。

【注释】

①自注:"时庚在翰林。"钱抄本"翰林"下有"朱书板也"四字,当是后人所加,以解释"朱板"。庚十二:即庚道蔚。《旧唐书·宣宗纪》:"大中三年九月,以起居郎庚道蔚、礼部员外郎李文儒并充翰林学士。"张采田曰:"考《翰苑群书·重修承旨学士壁记》:'道蔚大中六年七月十五日自起居舍人充……十年正月十四日守本官出院,寻除连州刺史。'与旧纪不合。《樊川集》有《庚道蔚守起居舍人充翰林学士》等制。杜牧于大中五年冬自湖州刺史召拜考功郎中知制诰,此制即其时所作。则道蔚充学士,自当以壁记为定。道蔚十年正月十四日始出院,此诗必义山初从东川归时作也。"庚于十年正月十四日已出院,而义山于是年春随仲郢回京,则此诗决非十年之作。或在大中八九年自梓幕寄赠。朱板:供朱笔书写之用的手板。古代朝会所用,有事则书于上,以备遗忘。古代自天子至士皆执笏(手板),后世惟品官执之,清始废。

②《毛诗·秦风·渭阳》:"何以赠之,琼瑰玉佩。"

③金銮殿:见《漫成五章》其二注。

④草诏:为皇帝起草诏书。唐玄宗时于朝官中选置翰林学士,使其入直内廷,以备随时宣召,撰拟文字。德宗以后,时事多艰,翰林学士在中枢政治中占重要地位,凡任免将相,册立太子,宣布征伐或大赦,均于事先由学士院承命撰写,次日召集群臣宣布。相如:司马相如。此指庚十二。

人　欲

人欲天从竟不疑①,莫言圆盖便无私②。秦中已久乌头白③,却是君王未备知。

【题解】

一二句谓自古以来都说天随人愿,世人竟然深信不疑,其实大谬不然也;勿言苍天最公道,天亦有私心也。三四句谓秦地之乌早已白头,人尽知之,而君王昏昏然竟不知也。本篇是义山牢骚之语。义山长期在外做幕僚,备受艰辛,日日思归,望眼欲穿,怨恨无极,君亦无知,天亦无公,故有此诅咒之辞。

【注释】

①《尚书·泰誓》:"民之所欲,天必从之。"

②圆盖:指天。宋玉《大言赋》:"方地为车,圆天为盖。"

③《燕丹子》:"燕太子丹质于秦,秦王遇之无礼,不得意,欲归,秦王不听,谬言曰:'令乌头白,马生角,乃可。'丹仰天叹,乌即白头,马为生角,秦王不得已而遣之。"

访隐者不遇成二绝①

其 一

秋水悠悠浸野扉②,梦中来数觉来稀。玄蝉去尽叶黄落③,一树冬青人未归④。

【题解】

一二句谓隐者住宅濒临江湖,秋水逼近柴门,此荒江野屋于梦中屡见,醒后很少看见。三四句谓值此蝉尽叶落的深秋,来访未遇,惟见宅旁一树长青,迎我有情也。

【注释】

①本篇见于江安傅氏双鉴楼藏、明嘉靖庚戌毗陵蒋氏刊本影印《李义山诗集》六卷。张采田以为"此类诗总难定编"。

②野:一作墅。

③玄:黑红色,浅黑色。

④冬青:谓不凋谢。《文选》张衡《东京赋》:"永安离宫,修竹冬青。"注:"冬青,谓不凋落也。"唐陈藏器《本草拾遗》:"女贞冬月青翠,故名冬青,江东人呼为冻生。"冬青终年长绿,故古诗文中多用作长绿不凋的意思。

其　二

城郭休过识者稀①,哀猿啼处有柴扉。沧江白石樵渔路②,日暮归来雨满衣。

【题解】

冯浩曰:"此章想其归途也。既不入城郭,则当从樵渔之路而归矣。非义山自归也。沧江白石,时听猿啼,当是游江乡时作,或在后之东川时作也。"前一首写梦后相访未遇;后一首写未遇却揣想其日暮沿江边石路归来,雨洒衣襟的情景,真得幽人之逸趣。

【注释】

①《后汉书·逸民传》:"庞公者,南郡襄阳人也。居岘山之南,未尝入城府,夫妻相敬如宾。荆州刺史刘表数延请,不能屈,乃就候之。谓曰:'夫保全一身,孰若保全天下乎?'庞公笑曰:'鸿鹄巢于高林之上,暮而得所栖;鼋鼍穴于深渊之下,夕而得所宿。夫趋舍行止,亦人之巢穴也。且各得其栖宿而已,天下非所保也。'后遂携其妻子登鹿门山,因采药不反。"

②《文选》任昉《赠郭桐庐》:"沧江路穷此,湍险方自兹。"江水呈青苍色,故以沧江泛称江水。

病中闻河东公乐营置酒口占寄上① 大中九年

闻驻行春旆②，中途赏物华。缘忧武昌柳③，遂忆洛阳花④。嵇鹤元无对⑤，荀龙不在夸⑥。只将沧海月⑦，长压赤城霞⑧。兴欲倾燕馆⑨，欢于到习家⑩。风长应侧帽⑪，路隘岂容车⑫？楼迥波窥锦⑬，窗虚日弄纱⑭。锁门金了鸟⑮，展障玉鸦叉⑯。舞妙从兼楚⑰，歌能莫杂巴⑱。必投潘岳果⑲，谁掺祢衡挝⑳？刻烛当时忝㉑，传杯此夕赊㉒。可怜漳浦卧㉓，愁绪独如麻。

【题解】

大中九年春，柳仲郢巡视所属州县，义山因病未能随往。柳于途中路过乐营，设宴置乐，为其游赏助兴。义山于病中得闻，立即作了本篇应酬诗寄上。首四句谓欣闻府主视察途中为游赏而置酒张乐，同时也是看望乐营的歌舞伎，表示对她们的关心。柳、花均指乐伎。"嵇鹤"四句称颂仲郢风度超逸，时无匹者；从游之诸男皆贤，胜于荀氏八龙，然而文采尚不及父。"兴欲"四句想象仲郢到乐营时的热烈情景。乐伎出迎，如燕馆之倾巢而出，如山简到习家高阳池畅饮，乐不可支。风吹帽斜，观者满路，相逢道狭，阻碍行车。"楼迥"四句写乐营楼台之华美，因为迎接节度而至于空巷，朱门深锁；同时在大路两旁设锦步障为其蔽尘。"了鸟"、"鸦叉"皆方言俗语。"舞妙"四句谓起舞者则兼善楚舞，唱歌者却不杂俗曲。歌舞伎必因倾慕柳氏诸男而投果车中，谁敢像祢衡裸身击鼓那样无礼胡闹？末尾四句谓此前的宴会，我均参与其间并且即兴赋诗，今夕却缺席不能传杯同饮，独自卧病，衷心怅然，愁绪纷纭，如同乱麻。义山既未参与巡视，自然不能参加宴饮，此诗全凭想象写作，自己心绪不好，又恐得罪府主，故有此应酬之诗，望其多加体谅。

【注释】

①乐营：乐工、歌舞伎所居。

②行春：汉制，太守于春季时巡视所管州县，督促耕作曰行春。驻旆：停车。旆：旌旗。

③武昌柳：《晋书·陶侃传》："陶侃镇武昌，尝课诸营种柳。都尉夏施盗官柳，植之于己门。侃后见，驻车问曰：'此是武昌西门前柳，何因盗来？'施惶怖谢罪。"

④洛阳花：《群芳谱》："唐宋时洛阳牡丹之花为天下冠，故竟名洛阳花。"

⑤嵇鹤：《晋书·忠义传》："嵇绍始入洛，或谓王戎曰：'昨于稠人中见嵇绍，昂昂然如野鹤之在鸡群。'"无对：无双。以鹤比柳仲郢。

⑥荀龙：《后汉书·荀淑传》："荀淑子八人，并有才名，时谓八龙。"以龙比柳仲郢诸子。仲郢子珪、璧、玭，《旧唐书》皆有传。

⑦沧海月：此以比仲郢。

⑧赤城霞：此以比仲郢诸子。见《朱槿花二首》注。

⑨燕馆：碣石宫。见《今月二日不自量度》注。

⑩《晋书·山简传》："简镇襄阳，惟酒是耽。诸习氏有佳园池，简每出游嬉，多之池上，置酒辄醉，名之曰高阳池。时有童儿歌曰：'山公出何许？往至高阳池。日夕倒载归，酩酊无所知。'"

⑪原注："独孤景公信，举止风流，尝风吹帽倾，观者满路。"《周书·独孤信传》："信在秦州，尝因猎日暮，驰马入城，其帽微侧。诘旦，而吏民有戴帽者，咸慕信而侧帽焉。"

⑫原注："乐府：'相逢狭路间，路隘不容车。'"

⑬楼迥：楼高。波窥锦：锦帐映入湖波也。

⑭窗虚：帘幌透明，故曰窗虚。日弄纱：日光穿透纱幌。

⑮了鸟：门窗上的环纽。

⑯鸦叉：即丫叉。今称叉子、叉棍。

⑰《史记·留侯世家》："上（刘邦）曰：'为我楚舞，吾为汝楚歌。'"

599

⑱巴:指《下里巴人》,俗曲也。

⑲《晋书·潘岳传》:"潘岳美姿仪,少时尝挟弹出洛阳道,妇人遇之者,皆连手萦绕,投之以果,满车而归。"此指柳氏诸子。

⑳原注:"祢处士击鼓,能为《渔阳掺挝》。"《渔阳掺挝》:鼓曲名。掺挝(音粲抓):击打。

㉑刻烛:刻烛为诗。《南史·王僧孺传》:"竟陵王子良尝夜集学士,刻烛为诗,四韵者则刻一寸。萧文琰曰:'顿烧一寸烛而成诗,何难之有?'乃与邱令楷、江洪共打铜钵立韵,响灭诗成,皆可观。"忝:谓忝列其中即兴赋诗。

㉒传杯:传酒杯赋诗。不能赋诗者则罚酒。赊:空缺。

㉓漳浦卧:见《楚泽》注。

南潭上亭宴集以疾后至因而抒情①

马卿聊应召②,谢傅已登山③。歌发百花外,乐调深竹间④。鹢舟萦远岸⑤,鱼钥启重关⑥。莺蝶如相引,烟萝不暇攀。佳人启玉齿,上客颔朱颜。肯念沉疴士⑦,俱期倒载还⑧。

【题解】

首二句谓受府主之邀聊且到会,自己因疾后至,而主人已登山游赏。三四句写歌舞于花丛竹林之间。五六句写南潭上亭开门接纳游宴者。七八句谓莺蝶相引而至,而无暇攀折花草。九十句谓佳人启齿放歌,客人点头称许。末二句谓虽久病而蒙召,俱期尽醉而归也。

【注释】

①南潭:即南江。在四川南江县,南流会巴水为巴河,向南为渠江,与嘉陵江合流后入长江。

②马卿:司马相如。《史记·司马相如传》:"相如素与临邛令王吉相

善,卓王孙、程郑乃相谓曰:'令有贵客,为具召之。'相如为不得已而强往,一座尽倾。"谢惠连《雪赋》:"相如末至,居客之右。"此自谓也。

③《晋书·谢安传》:"安于土山营墅,楼馆林竹甚盛,每携中外子侄往来游集。"此指柳仲郢。

④深竹:竹林深处。

⑤鹢舟:游船。古代画鹢首于船头,故名。鹢,水鸟名,形如鹭而大,羽色苍白,善翔。

⑥鱼钥:鱼形门锁。唐丁用晦《芝田录》:"门钥必以鱼者,取其不瞑目守夜之义。"

⑦沉疴士:久病者。义山自指。

⑧倒载:醉酒者,倒载车中。

妓　席

乐府闻桃叶①,人前道得无? 劝君书小字②,慎莫唤官奴③。

【题解】

本篇是妓席上即兴所作,借"官奴"以戏官妓,为狎昵之词。一二句说乐府有《桃叶歌》,歌词中闻知子敬的爱妾名桃叶;今日席上可否将君所宠爱的歌妓的芳名与我闻知? 三四句说,若让我闻知,请君写她的小名即可,切莫呼唤"官奴"犯其所忌也。篇中以同游者比王子敬,以其歌妓比桃叶。

【注释】

①见《燕台诗四首》第四首《冬》注。

②小字:乳名,小名。

③官奴:没入官府的奴隶。《海录碎事》:"右军书《乐毅论》与子敬,论后题云:'书赐官奴。'官奴,子敬小字也。"此以官奴指官妓,与王子敬无关。

妓席暗记送同年独孤云之武昌①

叠嶂千重叫恨猿②，长江万里洗离魂。武昌若有山头石③，为拂苍苔检泪痕。

【题解】

义山暗记者为何？因于席上窥知官妓与独孤云难舍难分也，故诗中不言诗人自己送友之情，而暗写独孤云与官妓惜别之情。一二句写独孤离蜀出三峡，叠嶂千重，猿鸣不已，愁思无限；长江万里，波浪万重，倍增离人之恨也。三四句反过来说官妓系念独孤，别后翘首遥望，垂泪不已。但不直写当前情景，却让独孤到武昌后试看望夫石上之泪痕，可证相爱之深笃也。用笔曲折巧妙。

【注释】

①暗记：秘密记下来。独孤云：《新唐书·宰相世系表》："独孤云字公远，官至吏部侍郎。"《旧唐书·懿宗纪》："十三年三月，以吏部尚书萧邺、吏部侍郎独孤云、考官职方郎中赵蒙、驾部员外郎李超考试宏词选人。"义山诗集有《寄在朝郑曹独孤李四同年》，独孤即独孤云。

②叠嶂：指三峡七百里层峦叠嶂。《水经注·江水注》："自三峡七百里中，两岸连山，略无阙处。重岩叠嶂，隐天蔽日……每至晴初霜旦，林寒涧肃，常有高猿长啸，属引凄异，空谷传响，哀转久绝。故渔者歌曰：'巴东三峡巫峡长，猿鸣三声泪沾裳。'"

③山头石：望夫石。《太平御览》引《舆地记》："武昌郡奉新县北山上有望夫石，状如人立者，古今相传云：昔有贞妇，其夫远赴国难，携弱子饯送此山，既而立望其夫，乃化为石，因此为名。"《幽明录》作"武昌北山"。

饮席戏赠同舍

洞中屐响省分携①,不是花迷客自迷。珠树重行怜翡翠②,玉楼双舞羡鹍鸡③。兰回旧蕊缘屏绿④,椒缀新香和壁泥⑤。唱尽阳关无限叠⑥,半杯松叶冻颇黎⑦。

【题解】

首联谓闻洞中屐响,知道行将分离,同舍迷魂颠倒。次联谓官妓在珠树下玉楼中双行对舞,美如翡翠鹍鸡,令人羡慕也。三联写歌舞之处装饰美好,益增爱恋之情。末谓唱彻阳关,酒已冰凉,而同舍不忍别去也。本篇乃一时戏赠之作。

【注释】

①洞中:指官妓所居之处如同神仙洞府。屐:木屐,底有二齿,以行泥地。引申为鞋的泛称。省:知晓。分携:分手。

②珠树:三株树。《山海经·海外南经》:"三株树在厌火国北,生赤水上,树如柏,叶皆为珠。"左思《吴都赋》:"翡翠列巢于重行。"《说文》:"翡,赤雀;翠,青雀。"重行:双行。

③鹍鸡:宋玉《九辩》:"雁噰噰而南游兮,鹍鸡啁哳而悲鸣。"洪兴祖《补注》:"鹍鸡似鹤,黄白色。"

④屏:指屏风。屏风的边缘绣有兰花,故曰"兰回旧蕊"。

⑤《西京杂记》:"温室以椒涂壁。"《世说新语·汰侈》:"石崇以椒为泥涂室。"缀:装饰。大戴《礼记·明堂》:"赤缀户也,白缀牖也。"

⑥阳关:曲调名,即《阳关三叠》。《仇池笔记》:"旧传《阳关三叠》,今歌者每句再叠而已,若通一首,又是四叠,皆非是。每句三唱以应三叠,则丛然无复节奏。有文勋者得古本阳关,每句皆再唱,而第一句不叠,乃知唐本三叠如此。乐天诗云:'相逢且莫推辞醉,听唱阳关第四声。'第四声者,'劝

君更进一杯酒'也,以此验之,若一句再叠,则此句为第五声,今为第四声,则第一句不叠审矣。"

⑦松叶:松叶酒。颇黎:玻璃,宝玉名。此指酒杯。

饮席代官妓赠两从事

新人桥上著春衫①,旧主江边侧帽檐②。愿得化为红绶带③,许教双凤一时衔④。

【题解】

前二句谓新识旧交皆年少风流,皆为官妓所爱。后二句承上而来,故云愿身化绶带,为"双凤"同衔,则皆大欢喜。冯曰:"官妓送旧迎新,故以两从事为言。玩'从事'、'江边'之字,必与上章(《饮席戏赠同舍》)同作,正见'不是花迷'之意。"

【注释】

①新人:新结识的从事,或新来柳幕任职者。春衫:青袍。

②原注:"隋独孤信举止风流,曾风吹帽檐侧,观者塞路。"此注也是后人所加。侧帽,见《病中闻河东公乐营置酒口占寄上》注。旧主:旧相识者。

③红绶带:红色丝带。陶渊明《闲情赋》:"愿在裳而为带,束窈窕之纤身。"《新唐书·车服制》有雁衔绶带、雕衔绶带。诗借言之。

④双凤:喻二从事。二从事皆柳幕佐吏,义山的同僚。

梓州罢吟寄同舍①

不拣花朝与雪朝②,五年从事霍嫖姚③。君缘接座交珠

履④，我为分行近翠翘⑤。楚雨含情皆有托⑥，漳滨卧病竟无
憀⑦。长吟远下燕台去⑧，惟有衣香染未销⑨。

【题解】

黄侃《李义山诗偶评》曰："义山此诗乃罢府时作。细审诗意，但叙述宴
游之乐，声伎之美，而自叹为病所侵，不及府主恩礼一字，则其怨望可于言
外得之。措词深婉而不激怒，此其所以难也。"同舍已见于《饮席戏赠同
舍》，同舍留恋官妓，故于罢幕后有此戏作兼自抒怀也。首联谓五年来从事
幕府无间断。次联谓无日不接席分行于珠履翠翘也。三联谓官妓各有
所托，同舍亦有所恋之对象，而我因多病，无意接于风流也。末谓长歌远离
梓府，回首往事如云烟过尽，惟有衣上所染之余香尚在也。结尾以戏谑之
词作悲凉之语。

【注释】

①大中九年十一月，柳仲郢调为吏部侍郎，义山随行。本篇是罢幕时
吟寄幕府同僚之作。

②不拣：无论也。花朝，指春季；雪朝指冬季，总概一年四季。

③霍嫖姚：见《偶成转韵七十二句赠四同舍》"上贺嫖姚收贼州"句注。
此借指柳仲郢。义山在柳幕五年。

④珠履：《史记·春申君传》："春申君客三千余人，其上客皆蹑珠履以
见赵使。"此谓妇人珠履。

⑤分行：指舞蹈分行列队。翠翘：钗名，妇女首饰。此指官妓。

⑥楚雨：用高唐神女"旦为朝云，暮为行雨"故事，诗中屡见。此借指
官妓。

⑦漳滨：见《楚泽》注。无憀：同无聊。

⑧燕台：见《燕台诗四首》注。

⑨衣香：见《韩翃舍人即事》注。

蜀 桐

玉垒高桐拂玉绳^①，上含非雾下含冰^②。枉教紫凤无栖
处，斫作秋琴弹坏陵^③。

【题解】

本篇显然有寓意，所谓"玉垒高桐"，顶天立地，然而其上未有雨露之所
润，其下则为冰雪所覆，形势严峻。如此参天之蜀桐，本是栋梁之材，却被
砍截制作成秋琴而弹奏坏陵之哀调；从前栖居梧桐之紫凤竟失栖而飘泊无
依也。本篇为唐武宗死后李德裕遭贬斥而作。李卫公地位崇高，才俊之士
受他录用、擢拔而依附于他的也很多，若碧梧之招引紫凤。一旦山陵崩，武
宗死，德裕被一贬再贬，李党人物被清洗殆尽，故曰"无栖处"也。天子下
席，如山岳崩颓，故曰"弹坏陵"也。李德裕以大和四年任成都尹、剑南西川
节度副大使，知节度事，故以蜀桐比之。

【注释】

①玉垒：见《武侯庙古柏》注。玉绳：见《寄令狐学士》注。

②《史记·天官书》："若雾非雾，衣冠而不濡，见则其域被甲而趋。"

③坏陵：《琴操》："十二曰坏陵操，伯牙所作。"此据《玉海》所引。

筹笔驿^① 大中十年

猿鸟犹疑畏简书^②，风云长为护储胥^③。徒令上将挥神
笔^④，终见降王走传车^⑤。管乐有才真不忝^⑥，关张无命欲何
如^⑦？他年锦里经祠庙^⑧，梁父吟成恨有余^⑨。

【题解】

大中十年春,义山随柳仲郢还朝,途经广元筹笔驿,因作此篇。首联谓筹笔驿一带山势险峻,猿鸟犹畏诸葛亮当年的军令之森严,此地风云屯聚,仿佛长久护卫当年的军防屏障。颔联谓诸葛亮谋划如神,却无力挽回蜀汉的命运,终见后主出降,蜀国败亡。颈联谓诸葛亮真不愧是管仲、乐毅一样的政治家、军事家;可是关、张早死,诸葛亮又有什么办法?末联谓前时经过成都武侯祠,悲歌《梁甫吟》,就已经叹恨不尽了。本诗主旨是咏史,情景交融,属对亲切,风格学杜,沉郁顿挫,一唱三叹,余味不尽。

【注释】

①筹笔驿:《方舆胜览》:"筹笔驿在绵州绵谷县(今四川省广元县)北九十九里,蜀诸葛武侯出师,尝驻军筹划于此。"

②简书:古代以竹简为书写材料,故曰简书。此指军令文书。《毛诗·小雅·出车》:"岂不怀归,畏此简书。"《传》:"简书,戒命也。"

③储胥:驻军时设以防卫的木栅藩篱。

④徒令:空使。上将:指诸葛亮。挥神笔:指运笔筹划,料事如神。

⑤降王:指蜀后主刘禅。传车(音篆居):驿站供长途营运的马车。《三国志·蜀志·后主传》:"(邓)艾至城北,后主舆榇自缚诣军垒门。艾解缚焚榇,延请相见……后主举家东迁(至洛阳)。"

⑥管乐:管仲,春秋时著名政治家,相齐桓公称霸诸侯。乐毅,战国时著明军事家,曾为燕昭王破齐。《蜀志·诸葛亮传》:"每自比于管仲、乐毅,时人莫之许也,惟博陵崔州平、颍川徐庶元直与亮友善,谓为信然。"真不忝:真不愧也。

⑦关张:关羽、张飞,都是蜀国著名大将。无命:关羽镇荆州,兵败为孙权所杀;张飞率兵万人伐吴,为其帐下将领所杀。

⑧锦里:在成都城南,武侯祠所在处。

⑨《蜀志·诸葛亮传》:"亮躬耕陇亩,好为《梁父吟》。"《梁父吟》,乐府楚调曲名。今所传古辞,写齐相晏婴以二桃杀三士,传为诸葛亮所作,寄慨谗言倾害正人。

行至金牛驿寄兴元渤海尚书①

楼上春云水底天,五云章色破巴笺②。诸生个个王恭柳③,从事人人庾杲莲④。六曲屏风江雨急⑤,九枝灯檠夜珠圆⑥。深惭走马金牛路⑦,骤和陈王白玉篇⑧。

【题解】

义山随柳仲郢自东川还朝途中读到封敖春宴时与幕僚唱酬的诗篇,于金牛驿寄和此篇。首联谓读到封敖的诗作,仿佛见到楼上春宴的热烈场景,庆云春水,尽收眼底,挥毫落纸,文采灿然。颔联赞美封敖幕下门生属吏都是难得的俊才。颈联想象楼上屏风内,宾主唱和,才思敏捷如江上急雨;九枝灯下,含英咀华,玉润珠圆。末联谓自己在金牛路上奔波,仓促成诗以和封敖尚书的佳作。

【注释】

①金牛驿:唐武德二年置金牛县,属山南西道梁州兴元府。兴元:兴元府。唐兴元元年,升汉中郡为兴元府,属山南西道。渤海尚书:《旧唐书·宣宗纪》:"大中三年正月,以太常卿封敖检校兵部尚书,为兴元尹、山南西道节度使。"《旧唐书·封敖传》:"其先渤海蓨人。武宗时翰林学士、中书舍人。宣宗即位,迁礼部侍郎。大中二年典贡部,多擢文士,转吏部侍郎、渤海男。四年,出为兴元尹、山南西道节度使,历左散骑常侍。十一年,拜太常卿。"《樊南文集补编》有《为兴元裴从事贺封尚书加官启》。

②巴笺:见《送崔珏往西川》注。《书史会要》:"封敖属辞美赡,而字亦美丽。"

③王恭:《晋书·王恭传》:"恭美姿仪,人多爱悦,或目之云:'濯濯如春月柳。'"

④庾杲:见《南山赵行军新诗盛称游宴之洽因寄一绝》注。

⑤六曲屏风:即今所谓六折十二扇的屏风。

⑥九枝灯:见《楚宫》"不碍九枝灯"注。檠:灯架。檠,在此处音庆。

⑦金牛路:见《井络》注。

⑧陈王:陈思王曹植。《曹子建集》有《白马篇》,未见《白玉篇》,疑逸。或以为"白玉"是美词。

重过圣女祠①

白石岩扉碧藓滋②,上清沦谪得归迟③。一春梦雨常飘瓦④,尽日灵风不满旗⑤。萼绿华来无定所⑥,杜兰香去未移时⑦。玉郎会此通仙籍⑧,忆向天阶问紫芝⑨。

【题解】

本篇是随柳仲郢还朝时作。首联谓圣女因沦谪而居此荒凉祠庙,迟迟未返天庭。次联谓她的理想如迷茫细雨飘洒在屋瓦上,如梦如幻,只听得到淅沥的雨声,却润不到她的心田。她的希望等于失望,就像无力的春风吹不开祠庙门前的旗幡。三联谓萼绿华、杜兰香等女仙是多么自由,人间天上,行踪不定,反衬出圣女的寂寞和孤独。末联谓掌仙籍的玉郎一定会到此与圣女相会,助她恢复仙籍;遥想从前,她本是天宫阶前的护花女仙。此诗有所寓意。所谓圣女,实是京城皇宫中的宫女流落为圣女祠中之女道士,义山曾与其相识,今番于归途中重过圣女祠,见其人尚在,深表同情,故有是作。所谓"玉郎"者,诗人自谓也。

【注释】

①圣女祠:见《圣女祠》(松篁台殿)注。

②碧藓:绿苔藓。滋:滋生。

③上清:道教迷信称神仙所居的天上洞府有玉清、上清、太清等三清。

④梦雨:迷蒙细雨。用楚襄王梦与巫山神女交欢事。

⑤灵风:神风。旗:灵旗。祠前树灵旗以为标识。

⑥萼绿华:传说女仙名。自言是九嶷山中得道的女子罗郁。见《无题二首》(闻道阊门萼绿华)注。

⑦杜兰香:传说仙女名。《墉城集仙录》:"杜兰香者,有渔父于湘江洞庭之岸闻啼声,四顾无人,惟一二岁女子,渔父怜而举之,十余岁,天姿奇伟,灵颜妹莹,天人也。忽有青童灵人自空而下,集其家,携女而去,临升天谓渔父曰:'我仙女杜兰香也,有过谪于人间……今去矣……'其后于洞庭包山降张硕家。"移时:少顷。未移时:未过多久。

⑧玉郎:道教谓天府典掌学仙簿录的官吏。会此:到此地与圣女相会。通仙籍:通报天上神仙,说明圣女的名字本列入仙籍,不该长留人间。

⑨天阶:天宫的台阶,喻皇宫之台阶。紫芝:木耳的一种。《茅君内传》:"句曲山(今江苏勾曲县东,又名茅山)有神芝五种,其三色紫,形如葵叶,光明洞彻,服之拜为太清龙虎仙君。"

韩冬郎即席为诗相送,一座尽惊。他日余方追吟"连宵侍坐徘徊久"之句有老成之风,因成二绝寄酬,兼呈畏之员外①

其 一

十岁裁诗走马成,冷灰残烛动离情。桐花万里丹山路②,雏凤清于老凤声③。

【题解】

第一首追忆冬郎十岁即席赋诗,不仅才思敏捷,且富于情感,冷灰残烛也为之感动。称赞其前程远大,如万里之遥的丹山碧梧之雏凤,其清音必胜老凤也。

【注释】

①韩冬郎：韩偓，小字冬郎。父瞻，字畏之，义山同年。见《寄恼韩同年》注。《新唐书·韩偓传》："韩偓字致尧（一作致光），京兆万年人。擢进士第。昭宗时为翰林学士，迁兵部侍郎，进承旨，为朱全忠贬濮州司马。天祐二年，复召为学士，偓不敢入朝，挈其族南依王审知而卒。"大中五年冬，义山离开长安赴梓州时，冬郎即席赋诗相送，故《留赠畏之》诗有"郎君下笔惊鹦鹉"之句，所谓"十岁裁诗"正是当年情景。至大中十年春义山罢幕回京时，冬郎应当是十五岁。义山赞赏其诗清新老成，实受杜甫称赞庾信诗赋"清新""老成"之影响。

②丹山：《山海经·南山经》："丹穴之山……有鸟焉，其状如鸡，五采而文，名曰凤凰。"

③《晋书·陆云传》："陆云幼时，闵鸿奇之，曰：'此儿若非龙驹，当是凤雏。'"雏凤，喻冬郎；老凤，喻其父瞻。

其　二

剑栈风樯各苦辛①，别时冰雪到时春②。为凭何逊休联句③，瘦尽东阳姓沈人④。

【题解】

第二首谓自己从长安至梓州，往返秦蜀，水陆兼程，辛苦备尝。犹记别离时冰雪塞路，如今回到长安已是春天。请冬郎勿凭何逊之才与我联句，我已如沈约骨瘦如柴，哪能更搜索枯肠草拟佳篇。两首绝句，前一首赞美韩偓的诗才，后一首自伤漂泊，万绪悲凉。

【注释】

①剑栈：谓剑阁栈道。风樯：谓水路。过嘉陵江、汉水须乘船。

②义山于大中五年冬赴梓，大中十年春回京。

③何逊：见《漫成三首》其二注。何逊《范广州宅联句》："洛阳城东西，

却作经年别。昔去雪如花,今来花似雪。"此以何逊比冬郎。

④自注:"沈东阳约尝谓何逊曰:'吾每读卿诗,一日三复,终未能到。'
余虽无东阳之才,而有东阳之瘦矣。"《南史·沈约传》:"隆昌元年,除吏部
郎,出为东阳太守。"又:"以书陈情于(徐)勉,言己老病,十日数旬,革带常
应移孔,以手握笔,率计月小半分。"此以沈约比自己。

赠宗鲁筇竹杖^①

大夏资轻策^②,全溪赠所思^③。静怜穿树远,滑想过苔迟。
鹤怨朝还望^④,僧闲暮有期。风流真底事^⑤,常欲傍清羸^⑥。

【题解】

本篇是义山随柳仲郢回京带给宗鲁筇竹杖时所作。首联谓此筇杖本
产于大夏,今奉赠全溪之宗鲁。次联想象其拄杖可以穿树远行,经过苔藓
之地可以拄杖慢走,不会跌倒。三联谓其拄杖可常游故山,与鹤为友;身心
闲散,亦可与老僧相约于日暮时倚杖聊天。末谓杖因得其主而风流得意,
常与清羸之雅人宗鲁为伴也。此赠人小诗,清绝有致,自不俗也。

【注释】

①宗鲁:冯浩曰:"宗鲁未知何人。诗亦云全溪(本集有子初全溪作),
疑其人名宗鲁,字子初,或是两人,未可定也。其年当长于义山。"筇
竹:竹名,可为杖。《史记·大宛传》、《汉书·张骞传》言邛都邛山出竹,可以作
杖。邛都,我国古代西南少数民族国名,在今四川西昌县东南。

②大夏:古国名。在今阿富汗北部一带。此就相传筇竹产地而言。
《汉书·张骞传》:"张骞至大夏,见筇竹杖,问之,云'贾人市之身毒国(即印
度)'。"资:取也。《周礼·冬官·考工记》:"或通四方之珍异以资之。"轻
策:轻便的竹杖。《庄子·齐物论》:"师旷之枝策也。"《释文》:"司马(彪)
云:枝,拄也。策,杖也。"

③全溪:冯浩曰:"全溪,山中小地名,当在京郊。"所思:指所思之人宗鲁。

④鹤怨:孔稚圭《北山移文》:"蕙帐空兮夜鹤怨,山人去兮晓猿惊。"

⑤底事:何事。

⑥清赢:清瘦之人。指宗鲁。

寄蜀客

君到临邛问酒垆①,近来还有长卿无②?金徽却是无情物③,不许文君忆故夫。

【题解】

一二句说,蜀客若到临邛访寻昔日的酒垆,请问司马相如仍在否?三四句说,那琴徽本是无情之物,琵琶别抱,竟不让卓文君思念前夫。诗人以司马相如自比,以卓文君比诗人于梓幕所爱恋的乐伎。诗人回长安,乐伎属别人,服务于新人,职责使然,故曰"不许"。

【注释】

①见《杜工部蜀中离席》注。

②司马相如字长卿。

③金徽:金饰琴徽。梁元帝(萧绎)《咏秋夜诗》:"金徽调玉轸,兹夜抚离鸿。"

题郑大有隐居①

结构何峰是,喧闲此地分。石梁高泻月②,樵路细侵云。

613

偃卧蛟螭室③,希夷鸟兽群④。近知西岭上,玉管有时闻⑤。

【题解】

首二句谓郑大有隐居住宅在何处山林？就在这远隔喧闹而获得清静之地。三四句谓郑隐居之处地势高峻,瀑布穿石桥而泻下,闪耀着月光的银辉;采樵人所经之细路盘山而上,高入云端。五六句谓隐居之室构于山涧旁,似与蛟螭同居一室;清空寂默,似与鸟兽同群。结二句谓此地清幽之至,似时闻仙乐之声,真距王子乔不远也。

【注释】

①郑大有:人名,生平事迹不详。冯注以为郑大即郑畋,则"有"字无着落,纯属臆测。

②石梁:石桥。

③偃卧:仰面而卧。

④希夷:无声曰希,无色曰夷,形容虚寂微妙。《老子》第十六章:"视之不见名曰夷,听之不闻名曰希。"

⑤玉管:自注:"君居近子晋憩鹤台。"子晋:见前《人日即事》注。

鄂杜马上念汉书①

世上苍龙种②,人间武帝孙③。小来惟射猎,兴罢得乾坤。渭水天开苑④,咸阳地献原⑤。英灵殊未已,丁傅渐华轩⑥。

【题解】

本篇是讽刺唐宣宗之作。宣宗于无意中得帝位,又宠信外戚,与汉宣帝相似。首联谓其本是帝室之胄故登帝位(宣宗李忱以支庶侥幸登基)。次联谓其本是游乐射猎之贵公子,享乐够了之后忽得宝位,并无治国之术。

三联谓渭滨和咸阳都成了宣宗大兴土木,广造陵墓之地。末联谓前朝英灵未已,而宣宗急忙破坏前制,尊宠外戚,使朝政日趋腐败也。

【注释】

①题一作《五陵怀古》。鄠:今陕西户县。杜:在今陕西省西安市东南。《汉书·宣帝纪》注:"杜属京兆,鄠属扶风。"

②《史记·外戚世家》:"薄姬曰:'昨暮夜妾梦苍龙据吾腹。'高帝曰:'此贵征也,吾为汝遂成之。'一幸生男,是为代王(文帝刘恒)。"

③《汉书·宣帝纪》:"孝宣皇帝,武帝曾孙,戾太子孙也……高材好学,然亦喜游侠,斗鸡走狗,上下诸陵,周遍三辅。尤乐鄠杜之间,率常在下杜(即杜陵)……群臣奉上玺绶,即皇帝位。"

④苑:指乐游苑。汉宣帝建,故址在今陕西西安市郊。

⑤《长安志》:"长安、万年二县之外,有毕原、白鹿原、少陵原、高阳原、细柳原。"《汉书·宣帝纪》:"宣帝元康元年,以杜东原上为初陵,更名杜县为杜陵。"元帝初元元年,孝宣皇帝葬杜陵。

⑥丁傅:丁氏、傅氏。《汉书·外戚传》:"丁姬为帝太后,两兄忠、明。明以帝舅封阳安侯,封忠子满平周侯。丁氏侯者凡二人,大司马一人,将军九卿二千石六人,侍中诸曹亦十余人,丁、傅以一二年间暴兴尤盛。"又:"哀帝即位……封傅妃父晏为孔乡侯。"华轩:豪华的车驾。

柳

曾逐东风拂舞筵,乐游春苑断肠天①。如何肯到清秋日②,已带斜阳又带蝉③。

【题解】

本篇咏柳而兼喻先荣后瘁之女性。当其春风得意之时,歌舞于贵家筵前,销魂于乐游原上。至年老色衰,不堪凄凉,如同斜阳寒柳,伴秋蝉之

615

哀鸣。

【注释】

①乐游苑：苑名。汉宣帝建，故址在今陕西西安市郊，亦称乐游原。断肠：销魂的意思。

②如何肯：如何会也。

③斜阳、暮蝉，谓萧条也。

李　花

李径独来数①，愁情相与悬。自明无月夜，强笑欲风天。减粉与园箨②，分香沾渚莲。徐妃久已嫁③，犹自玉为钿。

【题解】

本篇似以李花喻一寡居女子。首联谓己多次独访其居，同病相怜。次联谓其体质洁白，即使无月之夜，亦容光可鉴；强为欢笑以解春愁。三联谓其沾惠姊妹之群。末谓其人虽然如久嫁之徐妃，而风韵犹存，不改其妩好也。

【注释】

①数音朔，频数也。

②箨：笋壳。

③《南史·元帝徐妃传》："梁元帝徐妃与帝左右暨季江通，季江每叹曰：'徐娘虽老，犹尚多情。'初妃嫁夕，车至西州而疾风大起，发物折木，无何，雪霰交下，帷帘皆白。帝以为不祥，后果不终妇道。"

乐游原^①

万树鸣蝉隔岸虹,乐游原上有西风。羲和自趁虞泉宿^②,不放斜阳更向东。

【题解】

本篇就乐游原上所见西风残照景象慨叹唐王朝日薄西山,无力重振。一二句写乐游原上秋风阵阵,万树寒蝉鼓噪悲鸣,树林的背景是岸虹残阳。三四句写夕阳西坠,无法挽回的情景,象征唐朝末日来临。

【注释】

①见前《乐游原》(春梦乱不记)注。

②羲和:神话中太阳的御者。趁:寻也。虞泉:即虞渊。古代神话谓日入之处。《淮南子·天文训》:"日入于虞渊之氾,曙于蒙谷之浦,行九州七舍,有五亿万七千三百九里。"

乐游原^①

向晚意不适^②,驱车登古原。夕阳无限好,只是近黄昏。

【题解】

乐游原是京城郊外的高地,自秦汉以来一直是著名的风景区,登高望远的好去处。义山多次登此古原,写下多首以乐游原为题的诗篇,都写得好,而以本篇流传最广,脍炙人口,家喻户晓。诗的前两句说得很明白,诗人因为心情不愉快,于是在黄昏之时驱车到郊外的乐游原排遣愁闷,原因和目的都很清楚。后二句将诗人登高所见所感用最精辟的语言作了绝妙的表达。"夕阳无限好,只是近黄昏。"这两句诗真可谓千古绝唱,可谓惊心动魄,一字千金。诗人在日暮时登上古原,来不及去赏会园林倩影,首先令他关注的是那西沉的落日,它在行将隐没之前,显得特别硕大嫣红,无比的壮丽辉煌,诗人倾出全部的感情赞颂它"无限好",忘却了自身的失意与忧愁,获得了最大的快慰和满足。然而,理智告诉他,这种美丽无比的景象只出现在黄昏的片刻,转瞬即逝。乐则乐矣,好景无多。美好的东西并不长在,宇宙是如此,社会与人生也是如此。这样的两句诗具有普遍的意义,永久的魅力。它不同于"回头问残照,残照更空虚",也不同于"无惊托诗遣,吟罢更无惊",而是令人慨叹不已,回味无穷。

【注释】

①见前注。

②向:接近。

过招国李家南园二首①

其　一

潘岳无妻客为愁②,新人来坐旧妆楼③。春风犹自疑联句,雪絮相和飞不休④。

【题解】

义山婚后不久,曾在长安昭国坊李千牛住宅南园作短期居住。自梓幕归京后,重访旧居,妆楼易主,引起他对昔时的思念。回想从前王氏与其姊妹谈笑的情景,能不慨然!

【注释】

①招国:应作"昭国"。昭国坊在长安。见《病中早访招国李十将军遇挈家游曲江》注。

②潘岳：晋著名文学家。潘岳中年丧妻，作悼亡诗三首。此以潘岳自比。客：指南园新住户。

③新人：新住户，新主人。旧妆楼：义山与王氏婚后，曾寓居李家南园。

④见《忆雪》注⑦。

其 二

长亭岁尽雪如波①，此去秦关路几多②。惟有梦中相近分③，卧来无睡欲如何！

【题解】

一二句谓旧岁已去，新岁伊始，可是长亭外积雪如起伏之波涛，远未消融；回想从前西出秦关、远役巴蜀之征途是多么遥远。三四句谓只有在梦中才见到王氏，与她相亲近；无奈愁绪纷纭，鳏鳏不寐，想做梦也不可能了。两首都是自东川回长安之后所作。

【注释】

①长亭：秦汉十里置亭，亦谓之长亭，为行人休憩及饯别之处。庾信《哀江南赋》："水毒秦泾，山高赵陉。十里五里，长亭短亭。"

②秦关：秦为四塞之国，故关隘亦多。

③分(fèn)：情分。曹植《赠白马王彪》："恩爱苟不亏，在远分日亲。"

崇让宅东亭醉后沔然有作①

曲岸风雷罢②，东亭霁日凉③。新秋仍酒困④，幽兴暂江乡⑤。摇落真何遽⑥，交亲或未亡。一帆彭蠡月⑦，数雁塞门霜⑧。俗态虽多累，仙标发近狂⑨。声名佳句在，身世玉琴张。万古山空碧，无人鬓免黄⑩。骅骝忧老大⑪，鶗鴂妒芬芳⑫。

密竹沉虚籁^⑬,孤莲泊晚香。如何此幽胜,淹卧剧清漳^⑭?

【题解】

　　大中十年春,义山随柳仲郢离蜀回京,仲郢入朝任兵部侍郎。义山未即授职,往返京洛探望亲友。直到次年开春,由兵部侍郎、充诸道盐铁使柳仲郢的荐举,任盐铁推官,作江东之游。本诗是往返京洛时作于洛阳王茂元宅。开始四句谓风雨停止后,天已放晴,池塘曲岸恢复平静,东亭内外十分凉爽;新秋酒后,醉意未消,看近处风光,颇似江南水乡。"摇落"四句谓人事变迁是多么急速,岳父、妻子早已下世,然而所幸亲友中仍有尚存者;自己飘流南北,辗转东西,饱经风雨,屡换星霜,一言难尽也。"俗态"四句谓己虽受世俗功名之牵累,近来却屡发狂态,欲遁世求仙;况我学仙之名声及作品俱在,学仙之身世及所抚弄之瑶琴早为众人所知。"万古"四句谓青山不老,人生短暂;虽有抱负,然自忧老大,更何况遭小人嫉妒。末尾四句谓竹林之清音已歇,而孤莲之余香犹存,如何醉卧东亭甚于刘桢之卧病清漳,而不赏此东亭一带之清幽景色乎? 义山暮年,生活非常贫困,亲故凋零,倦于游幕,流连旧乡,更有岩栖穴处,求仙遁世的企图。本篇貌似平和,而实多感伤。

【注释】

①崇让宅:河阳节度使王茂元宅,宅在洛阳崇让坊。沔然:沉迷之状。

②曲岸:回塘的曲岸。

③霁:雨后新晴。茂元宅有东亭、西亭,是不与正房毗连的小阁。

④酒困:为酒醉所困扰。

⑤幽兴:赏会山水的兴趣。暂江乡:暂觉似江南水乡景色。

⑥摇落:见《摇落》注。

⑦彭蠡:鄱阳湖。

⑧塞门:紫塞雁门。泛言北疆。

⑨仙标:仙家之格调、逸兴。

⑩《礼记・曲礼》:"君子式黄发。"疏:"人初老则发白,太老则发黄。"

⑪骅骝：骏马。曹操《步出夏门行》："老骥伏枥，志在千里。"

⑫鹈鴃：杜鹃。一说是伯劳。《离骚》："恐鹈鴃之先鸣兮，使夫百草为之不芳。"

⑬虚籁：指风吹竹林发出的声音。

⑭淹卧：长卧，困卧。剧：甚也。清漳：漳河上游支流，在山西省东部，流入河北省涉县与浊漳河汇合为漳河。刘桢《赠五官中郎将》："余婴沉痼疾，窜身清漳滨。"

七月二十九日崇让宅宴作①

露如微霰下前池②，风过回塘万竹悲③。浮世本来多聚散，红蕖何事亦离披④？悠扬归梦惟灯见，濩落生涯独酒知⑤。岂到白头长只尔？嵩阳松雪有心期⑥。

【注释】

①崇让宅：见前注。

②霰：小冰粒。

③回塘：曲折的池塘。

④红蕖：红莲。离披：散落凋零。

⑤濩落：空廓，引申为零落，失意。《庄子·逍遥游》："魏王遗我大瓠之种，我树之成而实五石。剖之以为瓢，则瓠落无所容。"瓠落即濩落。

⑥嵩阳：嵩山之阳。此指故山旧乡。心期：夙愿。

夜 冷

树绕池宽月影多，村砧坞笛隔风萝①。西亭翠被余香

621

薄②,一夜将愁向败荷。

【题解】

前二句谓夜间独步西池岸边,见月光照射下树影参差,砧声与笛声相和,更觉得凄清。后二句谓回到室中,翠被之余香甚微,人已久别,彻夜不寐,愁思无限,惟有池中之枯荷与我相类耳。

【注释】

①马融《长笛赋序》:"融独卧郿县平阳坞中,有洛客舍逆旅吹笛。"风萝:风中摇曳的萝蔓。

②西亭:崇让宅之西亭。翠被:楚辞《招魂》:"翡翠珠被,烂齐光些。"

昨　夜

不辞鹭鸰妒年芳①,但惜流尘暗烛房。昨夜西池凉露满②,桂花吹断月中香。

【题解】

一二句谓芳年易逝,人已衰老,不可避免;西亭室内很久无人居住,积满灰尘,无人清扫,令人心悲。三四句谓昨夜往西池赏月,只感受到风寒露重;月已隐没,见不到她迷人的清光。

【注释】

①鹭鸰:见《崇让宅东亭醉后沔然有作》注。

②西池:崇让宅之西池。

夜　半

三更三点万家眠①，露欲为霜月堕烟。斗鼠上床蝙蝠出②，玉琴时动倚窗弦③。

【题解】

诗人夜不能寐,愁思百结,至月沉霜降的深夜仍未入梦。斗鼠的声音、蝙蝠的声音,清晰可辨,倚窗之琴因弦被风吹动偶发轻音,也听得分明。这是孤独哀愁之人的感受。

【注释】

①三更:一夜分为五更,半夜子时为三更,即夜十一时至一时。点:一更为五点。

②冯注引《春秋后语》:"赵奢曰:两鼠斗于穴中,将勇者胜。"

③玉琴:嵌以珠玉的琴。

西　亭①

此夜西亭月正圆,疏帘相伴宿风烟。梧桐莫更翻清露,孤鹤从来不得眠②。

【题解】

前二句谓今夜正值月圆,而我独宿西亭,风卷薄帘,瞧见明月,倍感孤独,似卧于风烟也。后二句谓风翻梧叶,飒飒有声,如闻滴露之清响,令我通夜不寐,愿其勿再相扰;我自丧妻之后,如失伴之孤鹤,长久以来不得安眠也。上句不云翻叶,而曰翻露,以便与"孤鹤"应接。传说白鹤性警,八月白露降,流于草叶,滴滴有声,即高鸣相警,徙所宿处。

【注释】

①崇让宅有东亭、西亭,都是不与正室毗连的小阁。义山于大中十年春回长安后,夏秋之间曾到洛阳崇让坊王茂元宅小住,居于东、西二亭。

②孤鹤:诗人自喻。

幽居冬暮

羽翼摧残日,郊园寂寞时。晓鸡惊树雪,寒鹜守冰池。急景倏云暮①。颓年浸已衰②。如何匡国分,不与夙心期③?

【题解】

本篇是大中十年冬天所作。一二句谓己已是暮景颓年,致身无分。三四句谓己如冰雪中之鸡鹜,无处觅食,已到尽头。五六句谓值此岁暮短景,自感老景无多。末谓报国无分,素志已矣! 无求无愤,只有绝望的哀鸣;是挽歌,是恨曲,但是没有回音。

【注释】

①急景:短景也。冬季日短。倏:忽。

②浸:渐也。

③二句谓如何匡正国政之职责不与素志相期? 亦即匡国无分,现实与素志相违。

正月崇让宅^①　大中十一年

密锁重关掩绿苔，廊深阁迥此徘徊。先知风起月含晕^②，尚自露寒花未开。蝙拂帘旌终展转^③，鼠翻窗网小惊猜^④。背灯独共余香语^⑤，不觉犹歌起夜来^⑥。

【题解】

义山自东川回京后，曾往洛阳崇让宅小住，因有此悼伤之作。首联写崇让宅的荒凉，似久无人住。次联谓月色朦胧，寒风将起；夜露清寒，花未开放，境况惨淡。三联谓终夜辗转不寐，蝙拂帘旌，看得清清楚楚；鼠翻窗网，疑是王氏到来。末谓背灯惝恍私语，似有余香，仿佛其人宛在，不禁夜起而歌也。大中十年冬，义山回京充盐铁推官，十一年春正月过洛阳返郑州，因有此作。

【注释】

①崇让宅：见《崇让宅东亭醉后沔然有作》注。

②月晕：环绕月亮周围的光气。月晕而风，础润而雨。《广韵》："月晕则多风。"

③蝙：蝙蝠。昼伏夜出，在空中飞翔，吃蚊、蛾等昆虫。帘旌：窗帘上端的布横沿。

④窗网：刻着许多方格，像网一样的窗户。

⑤背灯：背对灯光，向着暗处。

⑥《乐府解题》："起夜来，其辞意犹念畴昔思君之来也。"柳恽《起夜来曲》："飒飒秋桂响，悲君起夜来。"

江　东^①

惊鱼拨剌燕翩翾^②,独自江东上钓船。今日春光太漂荡^③,谢家轻絮沈郎钱^④。

【题解】

对于一位孤独者,春光的漂荡反衬出自己的孤寂和漂泊无依。冯浩以为"极写客游之无聊赖",正是。

【注释】

①江东:《史记·项羽本纪》所谓"江东",指吴中。会稽郡治在吴,即今苏州。吴、越及江、淮诸郡,称为"江左",亦称江东。冯浩、张采田以为本篇是义山回京后任盐铁推官时游江东之作。

②拨剌:鱼尾拨水声。翩翾:小飞貌。《文选》张华《鹪鹩赋》:"育翩翾之陋体,无玄黄以自责。"

③漂荡:流荡。

④谢家絮:柳絮的美称。见《忆雪》注⑦。沈郎钱:东晋初行三国吴旧钱。吴兴沈充又铸小钱,谓之沈郎钱,其钱轻而小,后来因以喻榆荚(榆树的果实)。

杏　花

上国昔相值^①,亭亭如欲言^②。异乡今暂赏,脉脉岂无恩^③?援少风多力^④,墙高月有痕。为含无限意,遂到不胜繁^⑤。仙子玉京路^⑥,佳人金谷园^⑦。几时辞碧落^⑧?谁伴过黄昏？镜拂铅华腻^⑨，炉藏桂烬温^⑩。终应催竹叶^⑪，先拟咏桃根^⑫。莫学啼成血^⑬，从教梦寄魂。吴王采香径^⑭，失路入烟村。

【题解】

本篇借杏花抒写诗人自己的失路之感。首四句谓昔日在长安观赏杏花，已有许多好感，今在异地重见，更引起思念。以下以杏花自况。"援少"二句谓援少风多，难以自持；墙高月不明，故不显美色。喻己之援引无人，而门墙高峻也。"为含"二句谓希望和理想很多，故不胜其繁重，目的难以达到。"仙子"四句谓杏花如玉京仙子、金谷佳人之美艳，如今谪贬凡尘，无人伴度黄昏。喻己离京之后的寂寞之情。"镜拂"四句谓杏花之腻粉温馨尚在，如己之才华未减。不妨饮酒赋诗，风流自赏也。"莫学"二句谓勿学杜鹃啼血，当于梦中寄情以自慰。末二句以杏花飘落花径烟村比喻自己沉沦失路之悲也。通篇写景寄情，托物言志，是义山后期之作。

【注释】

①上国：指京城长安。《摭言》："唐进士杏花园初会，谓之探花宴。"

②亭亭：挺立貌。

③脉脉：含情凝视貌。

④援：护花的篱落。温庭筠《鄠杜郊居》："槿篱芳援（音院）近樵家。"

⑤繁：谓繁花竞发。

⑥玉京：道教称天帝所居之处，在大罗天之上。亦可指京都。

⑦金谷园：在今河南洛阳市。《晋书·石崇传》："崇有别馆在河阳之金谷。"佳人：指石崇宠妾绿珠。

⑧碧落：碧空，天空。

⑨铅华：古代妇女搽脸的粉。

⑩桂烬：以桂为薪所燃之烬。《拾遗记》："王母取绿桂之膏，然以照夜。"

⑪竹叶：《吴郡志》："吴兴乌程酒名竹叶春。"

⑫桃根：王献之《桃叶歌》："桃叶复桃叶，桃树连桃根。"

⑬啼成血：杜鹃啼血。

⑭《方舆胜览》："姑苏灵岩山有西施采香径。"

赠郑谠处士

浪迹江湖白发新，浮云一片是吾身①。寒归山观随棋局②，暖入汀洲逐钓轮③。越桂留烹张翰鲙④，蜀姜供煮陆机莼⑤。相逢一笑怜疏放，他日扁舟有故人⑥。

【题解】

本篇是大中十一年任盐铁推官游江东时作。首联谓郑处士如浮云之洒脱自由。次联谓郑山观弈棋，沙洲垂钓，远离朝政。三联谓越桂烹鱼，蜀姜煮莼，胜于琼筵朝宴。末联谓今日相逢，怜君疏放，他时再会，我亦扁舟中人也。"永忆江湖归白发，欲回天地入扁舟。"义山青年时代早已说出自己的宏愿。

【注释】

①《维摩经》："是身如浮云，须臾变灭。"《颜氏家训》："吾今羁旅，身若浮云。"此句托郑处士口吻。

②观（音惯）：道教的庙宇。

③轮：钓竿末端置一轮来旋转钓丝。

④越：指广西桂林一带地域。《晋书·张翰传》："因见秋风起，乃思吴中菰菜、莼羹、鲈鱼脍，曰：'人生贵得适志，何能羁宦数千里，以要名爵乎？'遂命驾而归。"

⑤《搜神记》："左慈少有神道，尝在曹公座。公曰：'今日高会，所少者松江鲈鱼为鲙。'慈求铜盘贮水，钓于盘中，引一鲈鱼出。公曰：'今既得鲈，恨无蜀中姜耳。'慈曰：'亦可得也。'公恐其近路买，因曰：'吾有使至蜀买锦，可勅使增市二端。'须臾还，得生姜。岁余，使还果增二端。问之，曰：

'某月某日见人于肆,下以公勑,故增耳。'"《世说新语·言语》:"陆机诣王
武子(济)。武子前置数斛羊酪,指以示陆曰:'卿江东何以敌此?'陆曰:'有
千里莼羹,但未下盐豉耳。'"莼:水葵。茎、叶可作羹,即莼羹。

⑥故人:义山自谓也。

南　朝①

地险悠悠天险长②,金陵王气应瑶光③。休夸此地分天
下,只得徐妃半面妆④。

【题解】

本篇讥刺南朝君主偏安江左,满足于保守半壁河山,没有收复中原、统
一中国之大志。

【注释】

①南朝:东晋以后,中国分为南朝、北朝。南朝经历宋、齐、梁、陈四代。
北朝为后魏,又分为东魏西魏,东魏为北齐所代,西魏为北周所代,北周又
灭北齐。杨坚(隋文帝)代周灭陈,全国统一。

②《周易·坎卦》:"天险,不可升也;地险,山川丘陵也。王公设险以守
其国,险之时用大矣哉!"《三国志》记载刘备使诸葛亮至金陵,谓孙权曰:
'秣陵地形,钟山龙蟠,石城虎踞,此帝王之宅。'又见晋张勃《吴录》(《太平
御览》一五六)。天险谓长江,古称"天堑"。

③瑶光:星宿名。《春秋·运斗枢》:"北斗七星:第一天枢,第二璇,第
三机,第四权,第五(玉)衡,第六开阳,第七瑶光。"此谓金陵王气上应天象。

④《南史·徐妃传》:"妃无容质,不见礼。(梁元)帝二三年一入房。妃
以帝眇一目,每知帝将至,必为半面妆以俟,帝见则大怒而出。"

南　朝

　　玄武湖中玉漏催①，鸡鸣埭口绣襦回②。谁言琼树朝朝见③，不及金莲步步来④？敌国军营漂木柿⑤，前朝神庙锁烟煤⑥。满宫学士皆颜色⑦，江令当年只费才⑧。

【题解】

　　首联谓南朝君主游宴无昼无夜，玉漏催时，天将明矣，鸡鸣埭口，宫女纷至沓来。次联谓荒淫相继，后代胜于前朝。三联谓隋兵压境，陈朝宗庙为烟锁尘封，陈朝灭亡。末联谓陈后宫妃嫔颜色鲜艳，江总费尽才华，描写其花容月貌，实有害而无益也。本篇讥刺南朝陈后主因荒淫而亡国，慨叹江总才高竟成亡国之具矣！

【注释】

　　①玄武湖：见《陈后宫》注。玉漏：张衡《浑天制》："以玉虬吐漏水入两壶。"漏壶是古代计时器。玉漏催，谓时光流逝。

　　②鸡鸣埭：《南史·武穆裴皇后传》："上(齐武帝萧赜)数幸琅琊城(在青溪西南潮沟之上)，宫人常从，早发至湖北埭鸡始鸣，故呼为鸡鸣埭。"绣襦：绣花短袄。此指宫女。

　　③陈后主令江总作《玉树后庭花》歌咏张贵妃、孔贵嫔容色，词中有"璧月夜夜满，琼树朝朝新"。

　　④金莲：《南史·齐本纪》："(东昏侯萧宝卷)凿金为莲花以贴地，令潘妃行其上，曰：'此步步生莲花也。'"

　　⑤敌国：指隋。《南史·陈后主纪》："隋文帝……命大作战船，人请密之……使投柿(音肺，碎木片)于江。曰：'彼若能改，吾又何求？'"

　　⑥前朝神庙：指陈朝三祖之宗庙。烟煤：烟尘。

　　⑦据《南史》记载，陈后主宠爱张贵妃，龚、孔二贵嫔，又有王、李二美

人,张、薛二淑媛等,为其建临春、结绮、望仙三阁,高数十丈,饰以金玉珠翠,内有宝床宝帐,服玩瑰丽,近古未有。以宫人有文学者袁大舍等为女学士,后主每引宾客面对贵妃等游宴,使诸贵人及女学士与江总、孔范等狎客共赋新诗。先令八妇襞采笺,制五言诗,十客一时继和,迟者则罚酒。君臣酣饮,从夕达旦,以此为常。莲色:莲花色,白里透红。

⑧江令:江总为尚书令。见《赠司勋杜十三员外》注。

齐宫词

　　永寿兵来夜不扃①,金莲无复印中庭②。梁台歌管三更罢③,犹自风摇九子铃④。

【题解】

　　本篇写作时间当与上二首《南朝》同时。前二句谓齐东昏侯荒淫无度,国亡身死,咎由自取。后二句谓梁代君主同样荒淫,结局也相同。梁台歌罢,薰歇烬灭,光沉响绝,半夜三更,于寂静中犹闻檐前九子铃声,仿佛诉说南朝兴废之往事。令人慨叹不已也。

【注释】

　　①永寿:齐宫名。《南史·齐废帝东昏侯纪》:"废帝东昏侯讳宝卷,字智藏,明帝第二子也……于是大起诸殿,芳乐、芳德、仙华、大兴、含德、清曜、安寿等殿,又别为潘妃起神仙、永寿、玉寿三殿,皆匝饰以金璧……椽桷之端悉垂铃佩……及萧衍师至……(王)珍国、张稷俱祸,乃谋应萧衍……夜开云龙门,稷及珍国勒兵入殿……是夜帝在含德殿吹笙歌,作儿女子,卧未熟,闻兵入,趋出北户……直后(官名)张齐贤斩首送萧衍。"扃:关闭。

　　②金莲:见《南朝》(玄武湖中)注。

　　③梁台:梁宫。《容斋随笔》:"晋宋间谓朝廷禁近为台,故称禁城为台城。"

④九子铃:宫殿寺观檐前风铃。《南史·齐纪下》废帝东昏侯永元三年:"庄严寺有玉九子铃,外国寺佛面有光相,禅灵寺塔诸宝珥,皆剥取以饰潘妃殿饰。"

咏 史

北湖南埭水漫漫①,一片降旗百尺竿②。三百年间同晓梦③,钟山何处有龙盘④?

【题解】

本篇题目已标明是咏史诗。前二句谓北湖南埭曾是南朝帝王行乐之地,如今只剩一片白水茫茫;令人仿佛亲见南朝各代兴废频仍,降旗阵阵,何其速也。后二句谓六朝如梦,形胜难凭,成败由人,非关地险也。

【注释】

①北湖:玄武湖。南埭:即鸡鸣埭。冯浩曰:"《舆地志》及《建康志》:吴大帝凿东渠,名青溪,通潮沟以泄玄武湖水,南入秦淮……潮沟在青溪西南,沟上为鸡鸣埭。"

②此指六朝更迭败亡之景象,非专指吴主孙皓降晋。

③三百年:庾信《哀江南赋序》:"将非江表王气,终于三百年乎?"从孙权在江南称帝,历东晋、宋、齐、梁,三百余年。

④钟山:今南京紫金山。龙盘:见前《南朝》(地险悠悠)注②。

景阳井①

景阳宫井剩堪悲②,不尽龙鸾誓死期③。肠断吴王宫外水,浊泥犹得葬西施④。

【题解】

本篇是咏史诗。前二句谓见此景阳井真令人悲伤。张丽华不死于井,而被斩于青溪,则帝与妃不能同时俱尽也。后二句谓西施葬于水中,令人肠断;可是比较张丽华之欲求苟活,却被斩于青溪,要体面得多。

【注释】

①景阳井:南朝陈景阳殿之井,又名胭脂井。祯明三年,隋兵南下过江,攻占台城,后主闻兵至,与张妃丽华等入此井。至夜,为隋兵所执。晋王杨广命斩张贵妃于青溪中桥。

②剩堪:真堪,颇堪。

③龙:喻陈后主。鸾:喻张贵妃。

④西施的结局,说法不一。有说是吴亡后,沉西施于江;有说是范蠡载西施于舟中作五湖之游。义山《寄成都高苗二从事》曰"网得西施",此处又曰葬于吴王宫外之水中,则从沉江之说无疑。

景阳宫井双桐①

秋港菱花干②,玉盘明月蚀③。血渗两枯心④,情多去未得。徒经白门伴⑤,不见丹山客⑥。未待刻作人⑦,愁多有魂魄⑧。谁将玉盘与⑨,不死翻相误。天更阔于江,孙枝觅郎主⑩。昔妒邻宫槐⑪,道类双眉敛⑫。今日繁红樱⑬,抛人占长簟。翠襦不禁绽⑭,留泪啼天眼。寒灰劫尽问方知⑮,石羊不去谁相绊⑯?

【题解】

本篇所写的内容属咏史一类,但写得非常隐僻,注家多以为另有寄托。程梦星以为此诗为杜秋娘归金陵而作,张采田从其说,又加以发挥。冯浩以为此诗与《燕台诗》"桃叶桃根双姊妹"所咏同为一事,艳情所寄,确有二美,且谓"石羊"暗喻杨嗣复。苏雪林《唐诗概论》说:"商隐所爱宫嫔,姓卢,浙东人,一名飞鸾,一名轻凤。旧侍敬宗为舞女,后入文宗后宫,生子蒋王宗俭。然文宗方宠杨贤妃,不常临幸,二人乃在外招寻面首,与商隐相识,常于曲江相会。开成四年,文宗以追理诖毁庄恪太子案杀宫使十人,卢氏姊妹畏罪投井死。商隐集中碧瓦、拟意、镜槛、曲江、曲水、景阳宫井双桐、景阳井以及鸾凤、卢莫愁之诗,皆记此事经过。"刘、余《集解》以为"似是借咏宫嫔年衰出居于民间者"。叶氏《疏注》曰:"当然不是一般咏古的作品,一定另有寄托,可是比拟隐晦,使人无从稽考,诚如朱彝尊所说'只可阙疑'了。"义山的诗,有相当多的一部分设覆置谜,字面上说的是一套,而影射的内容又是另一套,因此解释起来,须先从字面上解释一遍,再将影射的内容复释一遍,有些地方甚至还要加上第三次解释。《景阳宫井双桐》一诗所影射的内容究竟为何?很难有准确的答案。为谨慎起见,这里作为咏史诗仅从字面上解说一通,至于影射的内容,只好阙而不说了。首二句谓景阳宫井已经干涸,这面玉镜已失去光泽。三、四句谓井畔之双桐(张、孔二美人的象征)已枯,其心中之血已渗尽;但有比生命更长久的情爱仍在,故井虽废而双桐不去也。五、六句谓"玉死桐枯凤不来",徒有乌鸦过此耳。七、八句谓虽未将双桐刻作张、孔之形貌,可是视其多愁之状,则张、孔之精魂已寄其上了。九、十句谓是谁让陈后主逃入井中(实际是说后主自己的主意),结果他却忍辱偷生背弃双美而去也。十一、十二句谓后主北去,天各一方,比广阔的长江隔得更远,张、孔之魂魄欲觅故君则难上难也。十三、十四句谓双桐昔日曾嫉妒宫槐,暗喻张、孔曾嫉妒其他宫娥之敛眉邀宠也。十五、十六句谓如今惟见红樱繁盛,任人铺簟其下观赏,竟撇开双桐不顾,暗喻国破家亡后,长簟卧新人也。十七、十八句谓桐叶在风雨中破裂,处处如开天眼,雨露下注,如向天悲泣而流泪也。末二句谓江山易主,劫后方知,天道如何?吞恨者多。昔时人已殁,惟墓前荒草中之石羊不去,可以作为历史的见证。写兴亡之史实，让形象说话，让感觉说话，诗人自己不说，这是义山过人之处，杜少陵不可企及也。

【注释】

①景阳井：南朝陈景阳殿之井，又名胭脂井。祯明三年，隋兵南下过江，攻占台城，后主闻兵至，与张妃丽华及孔贵嫔俱入井中。至夜，为隋兵所执。后人因称此井为"辱井"。故址在今南京市玄武湖侧。双桐：魏明帝曹睿《猛虎行》："双桐生空井，枝叶自相加。"

②菱花：指铜镜。此借以喻井。菱花干：井已枯竭。

③玉盘明月：也是比喻井。蚀：谓玉盘一般的明月已隐没。两句皆谓井枯。

④陈后主与张丽华、孔贵嫔于宫井为隋兵所执，晋王杨广命斩张、孔于青溪中桥。后主与王公百司同至长安，隋文帝给赐甚厚，班同三品，以仁寿四年十一月终于洛阳，年五十二。"两枯心"谓张、孔。

⑤白门：建康城西门。西方金，金气白，故称白门。南朝民歌《杨叛儿》："暂出白门前，杨柳可藏乌。"白门伴：指乌鸦。

⑥丹山客：谓凤凰。见《韩冬郎即席为诗相送因成二绝》其一注。

⑦《拾遗记》："（汉武帝）诏李少君曰：'朕思李夫人，其可得乎？'少君曰：'可遥见，不可同于帷幄，暗海有潜英之石……刻之为人像，不异真人……得此石，即命工人依先图刻作夫人形，刻成置于轻纱幕里，宛若生时。'"

⑧冯注："不必雕刻，固已魂魄如人，直以双桐作张、孔二美人看。"

⑨玉盘：仍指景阳井。《南史·陈本纪下》："韩擒自南掖门入。城内文武百司皆遁出，唯尚书仆射袁宪、后阁舍人夏侯公韵侍侧。宪劝端坐殿上，正色以待之。后主曰：'锋刃之下，未可及当，吾自有计。'乃逃于井。"冯曰："入井非他人所劝，故曰：'谁将玉盘与？'"

⑩孙枝：《文选》嵇康《琴赋》："乃斫孙枝。"注："郑玄《周礼》注曰：'孙，竹枝根之未生者也。'盖桐孙亦然。"孙枝，即树的嫩枝。自本而生出者为子干，自子干而生者为孙枝。郎主：即主人。

⑪宫槐：守宫槐。槐树的一种。《尔雅·释木》："守宫槐，叶昼聂宵

炕。"疏:"聂,合也;炕,张也;言其叶昼合夜开者。"

⑫《南史·张贵妃传》:"后主即位,拜为贵妃。性聪敏,甚被宠遇。后主始以始兴王叔陵之乱,被伤,卧于承香殿。时诸姬并不得进,唯贵妃侍焉。"二句言槐叶之合如眉之敛,故妒之。

⑬《晋书·载记》第六:"石季龙,勒之从子也……季龙宠惑优僮郑樱桃而杀郭氏,更纳清河崔氏女,樱桃又谮而杀之。"此以红樱喻后来之受宠者。

⑭翠襦:喻桐叶。绽:破。

⑮寒灰劫尽:见《寄恼韩同年》注。

⑯石羊:墓前之物。

览 古

莫恃金汤忽太平①,草间霜露古今情。空糊赪壤真何益②,欲举黄旗竟不成③。长乐瓦飞随水逝④,景阳钟堕失天明⑤。回头一吊箕山客⑥,始信逃尧不为名⑦。

【题解】

首联谓封建帝王切莫仗恃军事武力而忽视了国家的和平安定,古今王朝的成败如霜露之短暂,不可不警惕也。次联谓加固城防,以为长治久安,实乃徒劳无益;欲应天象而为天子是不可能的事。三联谓昔时帝王奢侈淫乐,转眼瓦飞钟堕;天道如何,吞恨者多。末联谓回头凭吊箕山许由之墓冢,才真正相信许由逃尧非求高名,而是为避祸也。本篇用意与《南朝》诸篇同,而语抱奇悲,感叹不尽。

【注释】

①金汤:金城汤池。《汉书·蒯通传》:"边城之地,必将婴城固守,皆为金城汤池,不可攻也。"注:"金以喻坚,汤喻沸热不可近。"

②赪壤:赤土。鲍照《芜城赋》:"糊赪壤以飞文。"用赤色的土壤粘和之

后涂饰墙壁,作成图案,使其光彩美观。

③黄旗:古时迷信,谓黄旗紫盖是帝王应运而生的气象。《宋书·符瑞志》:"汉世术士言,黄旗紫盖见于斗牛之间,江东有天子气。"

④长乐瓦:汉长乐宫之瓦。长乐宫原本秦兴乐宫,高帝增饰而成。《汉书·平帝纪》:"大风吹长安东门,屋瓦且尽。"《南史·废帝纪》:"宋废帝景和元年,以东府城为未央宫,以石头城为长乐宫。"

⑤景阳钟:《南史·武穆裴皇后传》:"上(齐武帝萧赜)数游幸……宫内深隐,不闻端门鼓漏声,置钟于景阳楼上应五鼓,及三鼓,宫人闻钟声,早起妆饰。"

⑥箕山客:谓古代隐士许由。《史记·伯夷传》:"太史公曰:'余登箕山,其上盖有许由冢云。'"

⑦逃尧:逃离尧帝。《庄子·逍遥游》:"尧让天下于许由……许由曰:'子治天下,天下既已治也,而我犹代子,吾将为名乎'?"又《徐无鬼》:"啮缺遇许由,日:'子将奚之?'日:'将逃尧。'"

和人题真娘墓①

虎丘山下剑池边②,长遣游人叹逝川③。冒树断丝悲舞席④,出云清梵想歌筵⑤。柳眉空吐效颦叶⑥,榆荚还飞买笑钱⑦。一自香魂招不得,只应江上独婵娟⑧。

【题解】

首联谓真娘墓引来游人题诗咏叹。颔联谓见挂在树上摇曳之断丝而联想起真娘的舞袖,叹其长逝,闻寺中诵经之声响彻云霄而联想起真娘美妙的歌声。颈联谓柳叶效颦,而真娘已故,榆钱买笑,还记当年。尾联谓香魂江上,独自婵娟,谁能招之耶?

【注释】

①原注："真娘,吴中乐妓,墓在虎丘山下寺中。"《吴地记》："虎邱山有贞娘墓,吴国之佳丽也,行客才子多题诗墓上。"

②《越绝书》卷第二："阖闾冢在阊门外,名虎丘。下池广六十步,水深丈五尺。铜椁三重,坟池六尺,玉凫之流、扁诸之剑三千,方圆之口三千,时耗、鱼肠之剑在焉。千万人筑治之,取土临湖口。筑三日而白虎居上,故号为虎丘。"

③《论语·子罕》："子在川上曰:'逝者如斯夫,不舍昼夜。'"

④罥(juàn):挂,缠绕。

⑤清梵:诵经之声,均称梵音。《吴地记》："虎邱……其山本晋司徒王珣与弟司空王珉之别墅,咸和二年舍山为东西寺,立祠于山寺侧。"

⑥效颦:《庄子·天运》："西子病心而矉(同颦)其里,其里之丑人见而美之,归亦捧心而矉其里。"蹙眉曰矉。

⑦榆荚:榆树的果实。榆树未生叶前先生荚,形似钱而小,联缀成串,故称榆钱。鲍照《代白纻曲》："千金顾笑买芳年。"

⑧婵娟:形态美好。

游灵伽寺①

碧烟秋寺泛湖来②,水打城根古堞摧③。尽日伤心人不见,石楠花满旧琴台④。

【题解】

本篇为吊古之作,语意率直,似许浑之作。

【注释】

①本篇亦见许浑《丁卯集》,"灵"作"楞"。徐逢源曰:"《吴地记》:灵伽寺在横山北,隋建,今上方寺也。"

②碧:《丁卯集》作"晚"。湖,一作"潮"。

③打:《丁卯集》作"浸",徐逢源曰:"吴郡古城遗迹多在横山石湖左右,唐时尚有可考,今知之者鲜矣。"堞:城上如齿状的矮墙。

④楠:一作"榴"。满,一作"发"。琴,一作"歌"。《吴地记》:"砚石山在县西门外,亦名石鼓,又有琴台在。"

吴　宫

龙槛沉沉水殿清①,禁门深掩断人声②。吴王宴罢满宫醉③,日暮水漂花出城。

【题解】

本篇借咏史以讽刺封建王侯的荒淫之状:狂欢极乐之后,悄然无声,醉生梦死;但见城外御河流水翻滚着垢腻残花,禁中腐朽的情形真是可想而知了。小诗含蓄蕴藉,借古慨今,余味不尽。

【注释】

①龙槛:雕刻有龙纹的栏杆。沉沉:深邃。水殿:建在水滨或水中的宫殿。

②禁门:宫门。深掩:深闭。

③吴王:吴王夫差。吴王阖闾之子。公元前495—前473年在位。初在夫椒(江苏吴县西南太湖中)打败越兵,乘胜攻破越都。继开凿邗沟,以图向北扩展,在艾陵(山东莱芜)大败齐兵。前482年在黄池(河南封丘西南)和诸侯会盟,与晋争霸,越王勾践乘虚攻入吴都,夫差自杀。

隋　宫①

乘兴南游不戒严②,九重谁省谏书函③？春风举国裁宫锦④,半作障泥半作帆⑤。

【题解】

隋炀帝在位十四年,居京不足一年,大部分年月出外淫游,其腐败昏暴在历史上最为突出。本篇一二句谓其轻狂和残暴,三四句谓其多次南游,耗尽民脂民膏。

【注释】

①隋宫:隋炀帝杨广在江都(江苏扬州)建江都宫。《隋书》载:"上御龙舟幸江都,始于大业元年八月,后至义宁二年三月,宇文化及等弑帝于江都宫。"《通鉴》:"大业元年……引河入汴,引汴入泗,以达于淮,又发民十万,开邗沟入江,沟广四十步,傍筑御道,树以柳,自长安至江都,置离宫四十余所,遣黄门侍郎王弘等往江南造龙舟及杂船数万艘,官吏督役严急,役丁死者什四五。"又曰:"大业十四年,帝至江都,荒淫益甚……见中原已乱,无心北归,乃命治丹阳宫,将徙都之。"

②戒严:在战时或其他非常情况所采取的防备措施。

③九重:见《赠刘司户贲》注。省:省察。谏书函:函封的劝谏表。劝谏者均被杨广杀头。

④宫锦:宫廷用的锦缎。

⑤障泥:又称蔽泥。垫在马鞍下遮蔽两侧泥尘的巾垫。帆:船帆。

隋　宫

　　紫泉宫殿锁烟霞①，欲取芜城作帝家②。玉玺不缘归日角③，锦帆应是到天涯④。于今腐草无萤火⑤，终古垂杨有暮鸦⑥。地下若逢陈后主⑦，岂宜重问后庭花⑧？

【题解】

　　首联谓长安宫殿深闭，为烟锁云封，闲置不用。隋炀帝另图以江都为帝都。次联谓若不是隋朝政权为唐朝取代，隋炀帝的龙舟恐怕将要游遍天涯海角了。三联谓炀帝当年搜尽流萤，如今腐草也不生萤火了；长久以来，只见隋堤上的垂柳与暮鸦相伴，显出一派凄凉景象。末联谓炀帝在阴间若再遇上陈后主，难道还要观赏张丽华的《玉树后庭花》舞蹈吗？本篇是义山咏史诗中的绝作。讽刺辛辣，寓意深广，跌宕有致，结句奇警。

【注释】

　　①紫泉：司马相如《上林赋》："左苍梧，右西极，丹水更其南，紫渊径其北。"唐人避高祖李渊讳，故"渊"作"泉"。此以紫泉指长安。

　　②芜城：鲍照过广陵（故城在今江苏江都县东北），见故城荒芜，作《芜城赋》，后来芜城成为江都的别名。

　　③玉玺：皇帝的玉印。因以指喻皇位。日角：古代骨相学谓额骨中央隆起，形状如日，是大贵之相。《旧唐书·唐俭传》："高祖（李渊）乃召入密访时事，俭曰：'明公日角龙庭，李氏又在图牒，天下属望。'"

　　④锦帆：见《隋宫》(乘兴南游)注。

　　⑤腐草：古代认为萤火是腐草变化而成。《隋书·炀帝纪》："上于景华宫征求萤火，得数斛，夜出游山放之，光遍岩谷。"

　　⑥垂杨：《隋书·炀帝纪》："炀帝自板渚引河作御道，植以杨柳，名曰隋堤。一千三百里。"

⑦陈后主:陈朝末代皇帝陈叔宝。

⑧后庭花:即《玉树后庭花》,陈后主的宫廷舞曲。《隋遗录》:"炀帝在江都,昏湎滋深,尝游吴公宅鸡台,恍惚间与陈后主相遇,尚唤帝为殿下。后主舞女数十,中一人迥美,帝屡目之。后主云,即张丽华也。乃以绿文测海蠡(杯)酙红粱新酿劝帝,帝饮之甚欢,因请丽华舞《玉树后庭花》。丽华徐起终一曲……后主问帝曰:'龙舟之游乐乎? 始谓殿下致治在尧舜之上,今日复此逸游,曩时何见罪之深耶?'帝忽悟,叱之,恍然不见。"

定　子①

　　檀槽一抹广陵春②,定子初开睡脸新。却笑邱墟隋炀帝③,破家亡国为何人?

【题解】

　　本篇亦见《樊川外集》,题作《隋苑》。"檀槽"作"红霞",一作"浓檀"。"初开"作"当筵"。"邱墟"作"吃虚",一作"吃亏"。一二句谓歌妓定子的容貌和演奏技巧超群出众。三四句谓隋炀帝荒淫灭国,却未见定子这样的美人,真不值得。一时戏作,别无深义。

【注释】

　　①定子:人名,牛僧孺的侍女。

　　②檀槽:檀木做的琵琶、琴等弦乐器上架弦的格子。也指弦乐器。广陵春:谓弹奏出悦耳的曲调,使人仿佛见到广陵春色。

　　③邱墟:谓灭国。隋炀帝:见《隋宫》注。

风　雨

　　凄凉宝剑篇①,羁泊欲穷年②。黄叶仍风雨③,青楼自管弦④。新知遭薄俗⑤,旧好隔良缘⑥。心断新丰酒⑦,消愁斗几千?

【题解】

　　诗题曰《风雨》,谓风雨中羁旅异乡,愁绪万端,乃作此篇也。首联谓己如同龙泉宝剑,可是被弃置不用,长期飘泊在外。次联谓己如同风雨飘摇之黄叶,屡遭不幸;而富贵利达者,自是得意。三联谓遭遇新交之轻视嫉妒,而旧交"不念携手好,弃我如遗迹"也。末谓望断新丰之酒,不知需多少美酒才可以消此不尽之愁也。冯、张皆以为是客游江东之作。

【注释】

　　①宝剑篇:《新唐书·郭震传》:"武后(武则天)索所为文章,上《宝剑篇》。"唐郭震《古剑歌》开头云:"良工锻炼经几年,铸得宝剑名龙泉。"末尾云:"何言中路遭弃捐,零落漂沦古狱边。"

　　②羁泊:漂泊。庾信《哀江南赋》:"下亭飘泊,高桥羁旅。"穷年:终生。

　　③黄叶:此自谓也。

　　④青楼:喻富贵人家。

　　⑤新知:新交之幕僚。薄俗:谓炎凉之世态。

　　⑥旧好:谓令狐绹。

　　⑦新丰:《旧唐书·马周传》:"西游长安,宿于新丰逆旅,主人惟供诸商贩而不顾待周,遂命酒一斗八升,悠然独酌,主人深异之。至京师,舍于中郎将常何家,为何陈便宜二十余事,皆合旨。太宗即日召与语,寻授监察御史。"

河清与赵氏昆季宴集得拟杜工部①

胜概殊江右②,佳名逼渭川③。虹收青嶂雨④,鸟没夕阳天。客鬓行如此⑤,沧波坐渺然⑥。此中真得地⑦,漂荡钓鱼船。

【题解】

宴席上即兴题诗,拟杜工部而神似老杜,通篇骨格老健,浑然天成。首联谓河清的风景之美超过江右,而名声接近渭水的名声。颔联谓眼前所见:雨后青山之上出现彩虹,日暮鸟倦飞归。颈联谓久客他乡,鬓发斑白,仍流落在外,今在河清泛舟于沧波之上,远望一片迷茫。尾联谓此地真是好去处,可以隐居江湖以垂钓为乐也。本篇是义山罢盐铁推官后回郑州,偶游河清之作。

【注释】

①河清:唐县名。故址在今河南孟津县。赵氏弟兄未知何人。"得拟杜工部",指宴席上分题作诗。义山分得"拟杜甫",所作的诗浑似老杜。

②胜概:胜景。江右:长江下游以西地区,后来称江西省为江右。古人叙地理以东为左,以西为右,故江东称江左,江西称江右。今江苏省一带,古称江左。殊:超出。

③佳名:渭水以清闻名,而河清县的名称使人联想到渭水清流,故曰"逼渭川"。

④嶂:形似屏障的山峰。

⑤客鬓:久客他乡,鬓发斑白。

⑥渺然:远视迷茫的样子。

⑦此中:指河清。

蝶

孤蝶小徘徊,翩翾粉翅开①。并应伤皎洁②,频近雪中来。

井泥四十韵①　大中十二年

皇都依仁里②,西北有高斋③。昨日主人氏④,治井堂西陲⑤。工人三五辈,辇出土与泥⑥。到水不数尺,积共庭树齐⑦。他日井甃毕⑧,用土益作堤。曲随林掩映,缭以池周回⑨。下去冥寞穴⑩,上承雨露滋。寄辞别地脉,因言谢泉扉⑪。升腾不自意,畴昔忽已乖⑫。伊余掉行鞅⑬,行行来自西。一日下马到,此时芳草萋⑭。四面多好树,旦暮云霞姿。晚落花满地,幽鸟鸣何枝?萝幄既已荐⑮,山樽亦可开⑯。待得孤月上,如与佳人来。因兹感物理⑰,恻怆平生怀⑱。茫茫此群品⑲,不定轮与蹄⑳。喜得舜可禅,不以瞽瞍疑㉑。禹竟代舜立,其父吁咈哉㉒!嬴氏并六合㉓,所来因不韦㉔。汉祖把左契㉕,自言一布衣㉖。当途佩国玺㉗,本乃黄门携㉘。长戟乱中原,何妨起戎氏㉙。不独帝王尔,臣下亦如斯。伊尹佐兴王㉚,不藉汉父资。磻溪老钓叟㉛,坐为周之师。屠狗与贩缯㉜,突起定倾危。长沙启封土㉝,岂是出程姬? 帝问主人翁㉞,有自卖珠儿。武昌昔男子㉟,老苦为人妻。蜀王有遗魄㊱,今在林中啼。淮南鸡舐药㊲,翻向云中飞。大钧运群有㊳,难以一理推。顾于冥冥内㊴,为问秉者谁㊵? 我恐更万世,此事愈云为㊶。猛虎与双翅,更以角副之㊷。凤凰不五色,联翼上鸡栖㊸。我欲秉钧者,竭来与我偕㊹。浮云不相顾,寥泬谁为梯㊺? 悒怏夜参半㊻,但歌井中泥。

【题解】

本篇杂陈古今升沉变态,感念一生得失,慨叹天意人事,难以理推。怨愤深沉,而多颓唐之意,当是晚年之作。

【注释】

①井泥:井中之泥。

②皇都:京都。依仁里:在东都洛阳。

③高斋:高门大第,富贵人家。

④主人氏:主人家。

⑤治井:修整水井。西陲:西边,西头。

⑥辇出:用人力车运送出来。土与泥:干者为土,湿者为泥。

⑦二句谓见水后还没有挖几尺深,挖出的泥已堆积得同树一般高。

⑧甃(zhòu):用砖砌井。二句谓他日井成,从井中掘出的泥土将作成长堤。

⑨二句谓以井泥所筑之堤,围绕在池塘四周,堤上绿林掩映,曲折逶迤,煞是好看。

⑩冥寞:幽深。二句谓井泥下离(即脱离)幽深之井底,上承雨露之滋

润。这是做成堤之后的感受。

⑪寄辞:寄言。地脉:地下水。水行地中,似人身血脉,故称地脉。二句意思相同,谓告别地下泉水。

⑫畴昔:往日。乖:乖异。二句谓井泥未料到会从井底腾出地面,今时与往昔相比,则大不相同。

⑬伊:助词。掉鞅:摆正马络头。

⑭暗写迟暮之感。以上四句谓己自长安来到洛阳。

⑮萝幄:藤萝覆阴如帷幄。荐,献。

⑯山樽:山中野酌所用的酒樽。"四面"以下八句写池上林间清幽之景色。

⑰物理:事物之常理。

⑱恻怆:忧伤。二句谓因井泥之变化联想到自己平生遭际的悲哀。此乃全篇主旨。

⑲群品:万物。

⑳轮:车轮。蹄:马蹄。二句谓茫茫万物,变化不定,如同车轮、马蹄飞速前进一样。

㉑瞽瞍:《史记·五帝本纪》:"舜父瞽瞍顽。"顽,顽固。二句谓尧禅位于舜,不因其父顽而致疑。

㉒吁咈:叹词,表示不同意。《尚书·尧典》:"汤汤洪水方割……有能俾乂,佥曰:'于,鲧哉!'帝曰:'吁,咈哉,方命圮族。'"二句谓禹代舜立为帝,而禹父鲧不为舜所容。

㉓嬴氏:秦始皇姓嬴,名政。六合:谓天地四方。并:兼并。

㉔不韦:吕不韦。战国末年卫国濮阳人,原为大富商。不韦娶邯郸善舞女子,怀孕后,将她献给入赵作人质的秦国公子异人(后改名子楚),然后以重金宝货游说华阳夫人,立子楚为太子。子楚即位(即庄襄王),不韦为相国。庄襄王卒,子政立,是为始皇。政,即邯郸舞女所生。故曰"所来因不韦"也。

㉕左契:即左券。古代契约分为左右两片,双方各执其一。左片叫左券,由债权人收执,作为凭据。后用来比喻事有把握。

㉖《史记·高祖本纪》："吾以布衣提三尺剑,取天下。"

㉗当途:谓执掌大权。《魏志·文帝纪》:"汉帝……使兼御史大夫张音持节奉玺绶,禅位。"注:"白马令李云上事曰:'许昌气见于当途高,当途高当昌于许。'当途高者魏也,象魏者两观阙是也;当途而高大者(象)魏,魏当代汉。"

㉘黄门携:曹操父曹嵩是曹腾的养子。曹腾在汉顺帝时为小黄门,迁至中常侍,是宦官。曹嵩本是夏侯氏之子,夏侯惇之叔父。二句谓曹魏代汉,魏文帝曹丕的祖宗不过是一宦官。

㉙戎氏:指北方少数民族。刘渊父子本是戎(匈奴)人,苻坚为氏,石勒为羯。二句谓西晋之末,五胡乱华。以上言出身微贱而为帝王者。

㉚伊尹:商汤的大臣,名伊,尹是官名。传说伊尹无父,其母居伊水上。古人称男子曰汉,此言不依靠父亲之力,而能辅佐商汤攻灭夏桀,建立商朝政权。

㉛磻溪:在今陕西宝鸡市东南,源出南山,北流入渭水。传说姜太公在遇文王之前,曾垂钓于磻溪。二句谓姜太公本是钓于磻溪的老叟,毫不费力地成为周文王的军师。

㉜屠狗:汉初功臣樊哙原是屠狗的宰夫。贩缯:汉初功臣灌婴原是绸布商贩。二句谓出身低贱的樊哙、灌婴,突出众人之上而能安定社稷。

㉝长沙:指长沙定王刘发。《汉书·景十三王传》:"长沙定王发母唐姬,故程姬侍者,景帝召程姬,程姬有所避,饰侍者唐儿,使夜进。上醉不知,以为程姬而幸之,遂有身,已乃觉非程姬也。及生子,因名曰发。"启封土:开疆封土,指立刘发为王。以上言出身微贱而为相国者。

㉞主人翁:《汉书·东方朔传》:"(汉武)帝姑馆陶公主号窦太主,寡居,年五十余矣,近幸董偃。始,偃与母以卖珠为事。偃年十三,随母出入主家,左右言其姣好,主召见,曰:'吾为母养之。'年十八而冠,出则执辔,入则侍内,名称城中,号曰董君。上从主饮,临山林,坐未定,上曰:'愿谒主人翁。'主自引董君伏殿下……于是董君贵宠,天下莫不闻。"以上言出身微贱而升居富贵者。

㉟武昌:当是南昌之讹。《搜神记》:"(汉)哀帝时,豫章有男子化为女

648

子,嫁为人妇。"豫章郡治所在南昌。

㊱见《井络》注。

㊲《神仙传》:"八公与安(淮南王刘安)白日升天,余药器置在中庭,鸡犬舐啄之,尽得升天,故鸡鸣天上,犬吠云中也。"

㊳大钧:指大自然。群有:万物。贾谊《鹏鸟赋》:"大钧播物兮,块圠无垠。"注:"阴阳造化,如钧之造器也。"钧:古代制作陶器用的转轮。

㊴顾:但也。冥冥:暗昧;高远。此指茫茫宇宙。

㊵秉者:主宰万事万物及其发展变化者。

㊶云为:《易·系辞》:"变化云为。"疏:"或口之所云,或身之所为也。"此指变化。二句谓我恐万世之后,变化愈烈也。

㊷扬雄《法言·渊骞》:"或问……酷吏,曰:'虎哉虎哉,角而翼者也。'"二句谓给予猛虎添翅、添角。

㊸鸡栖:指鸡所栖止之处。《诗·王风·君子于役》:"鸡栖于埘。"以上四句谓猛虎添角翼,小人乘权;凤凰鸡栖,君子失位。

㊹曷来:即去来。常偏义使用,即"来"。二句谓愿造物主来与我偕游,共探万物变化之理。

㊺寥泬:宋玉《九辩》:"沆寥兮天高而气清。"注:"沆寥,旷荡而虚静也。"二句谓居高位者如浮云蔽日,莫我肯顾,不愿为梯,我欲登天而无路也。

㊻悒怏:忧郁不乐。夜参半:直到半夜。参:至,及。王粲《登楼赋》:"夜参半而不寐兮,怅盘桓以反侧。"末谓忧伤不已,故作此诗。

寄在朝郑曹独孤李四同年①

昔岁陪游旧迹多,风光今日两蹉跎②。不因醉本兰亭在③,兼忘当年旧永和。

本篇自悲沦落已久,重叙旧游,责同年之了无故意。冯浩定为大中末年病还郑州时作,"年深诗味更深也"。

【注释】

①郑:郑茂休。《旧唐书·郑余庆传》:"余庆之孙茂休,开成二年登进士第,累官至秘书监。"曹:曹确。开成二年进士,至咸通五年同平章事。独孤:独孤云。集中有《妓席暗记送同年独孤云之武昌》。李:李定言。集中有《与同年李定言曲水闲话戏作》。

②蹉跎:谓人事变化很大。

③兰亭:《法书要录》:"永和九年,王右军与亲友四十二人修禊于兰亭,挥毫制序,兴乐而书,遒媚劲健,谓有神助,醒后日再书数十百纸,终不能及,右军自珍爱之,秘藏于家。"冯注:"唐时登第后,例于曲江游宴,故以为喻。"后二句谓如果不是因为《兰亭序》墨迹犹存,只怕连永和九年修禊聚会之事也全被遗忘了。

哀　筝

延颈全同鹤①,柔肠素怯猿②。湘波无限泪③,蜀魄有余冤④。轻幰长无道⑤,哀筝不出门。何由问香炷⑥,翠幕自黄昏。

【题解】

本篇借哀筝自喻,即"何处哀筝"(《无题四首》之四)之意也。首联谓愿望迫切,哀怨深沉。次联谓失意甚于湘妃,冤情重于望帝。三联谓有车无路,闭户哀鸣。末联谓对香炷而无言,向黄昏而独坐。此亦晚年寓意陈情之作。

【注释】

①延颈:伸长脖子。《史记·乐书》:"师旷不得已,援琴而鼓之。一奏之,有玄鹤二八集乎廊门,再奏之,延颈而鸣,舒翼而舞。"

②见前《失猿》注。

③用湘妃泣竹事。

④用望帝化杜鹃事。

⑤幰:车前的帷幔。此指车。

⑥香炷:点燃着的香。

晓　坐

后阁罢朝眠①,前墀思黯然②。梅应未假雪,柳自不胜烟。泪续浅深绠③,肠危高下弦。红颜无定所,得失在当年。

【题解】

本篇显然是自伤身世之作。义山当年应王茂元之辟,致令狐绹之怨,成为牛李党争的受害者。首联谓晓坐苦思,回忆往事,黯然神伤。颔联谓梅之高洁非借雪也,柳之柔弱不胜雾也。自有高才,非藉令狐,势孤力薄,哪堪欺压。颈联谓泪流不断,若长短之绠也;一肠九回,若弦之欲断也。尾联谓红颜薄命,依违皆难,莫之所从,祸福之因,当年已定。"此情可待成追忆,只是当时已惘然。"

【注释】

①阁:楼阁。

②墀(chí):台阶。

③绠:吸水器上的绳索。《庄子·至乐》:"绠短者不可以汲深。"

一　片

一片琼英价动天①，连城十二昔虚传②。良工巧费真为累，楮叶成来不直钱③。

【题解】

《战国策·齐策·颜斶说齐宣王》曰："夫玉生于山，制则破焉。"义山在本篇中标自然以为宗，表明他的文学创作贵乎自然的主张。良工巧费反而成为累赘，天然美玉胜过连城之璧。

【注释】

①琼英：美玉。《毛诗·齐风·著》："尚之以琼英乎而。"

②《史记·廉蔺列传》："赵惠文王时，得楚和氏璧。秦昭王闻之，使人遗赵王书，愿以十五城请易璧。"连城：连城璧，即和氏璧。

③楮：木名，即构树。叶似桑，皮可制纸。《韩非子·喻老》："宋人有为其君以象（牙）为楮叶者，三年而成。锋杀茎柯，毫芒繁泽，乱之楮叶之中而不可别也。"后用为摹仿乱真的典故。

锦　瑟

锦瑟无端五十弦①，一弦一柱思华年②。庄生晓梦迷蝴蝶③，望帝春心托杜鹃④。沧海月明珠有泪⑤，蓝田日暖玉生烟⑥。此情可待成追忆⑦，只是当时已惘然⑧。

【题解】

《锦瑟》一诗是义山的压卷之作，历来对它的解释分歧很大。元好问

《论诗》绝句曰:"望帝春心托杜鹃,佳人锦瑟怨华年。诗家总爱西昆好,独恨无人作郑笺。"王渔洋也有"一篇锦瑟解人难"的慨叹。北宋刘攽的《中山诗话》谓锦瑟是令狐楚家婢女的名字,义山与她有过秘密恋爱,故借其名字为题,追忆旧情。接着黄朝英的《缃素杂记》托言黄庭坚与苏轼的问答谓本诗专为咏瑟,表达瑟声具有适、怨、清、和的情趣。清代朱鹤龄、冯浩等多人认为是悼念亡妻之作。《辑评》本中何焯评曰:"此篇乃自伤之词,骚人所谓美人迟暮也。"并且说"此义山自题其诗以开集首者"。张采田说《锦瑟》"隐然为一部诗集作解",即是为自己的诗作的前言,与何焯之说同。钱钟书《管锥编》认为"自题其诗,开宗明义,略同编集之自序",又谓首联以锦瑟自喻其诗作,颔联言其作诗之法,颈联言诗成之风格或境界。张国光《试解〈锦瑟〉之谜》一文认为李商隐的悼亡与自伤二者融为一体,不单是夫妻之情,而且包含有现实的政治内容。他从《樊南文集详注》卷六《重祭外舅司徒公文》中寻取"植玉求归,已轻于旧日;泣珠报惠,宁尽于兹辰"的四六联句,对"沧海"一联作了这样的解释:"显然,出句是说自己惟有像鲛人那样永远以泪珠来报答岳父的恩惠,而对句则是慨叹自己种玉求得的佳偶,却化为飘渺云烟,已是'上穷碧落下黄泉,两处茫茫皆不见'了。这不是《锦瑟》应解释为悼亡诗的可靠内证吗?"他解释"庄生"一联时,认为上句用庄周梦蝶和鼓盆而歌的典故,点明此诗是悼亡之作;下句以望帝比喻唐武宗,谓武宗死后在地下化为鹃鸟,为会昌新政之被废置,为进步的政治理想的破灭而啼血不止。他明确指出:以李宗闵、牛僧孺为首的派别与以李德裕为首的派别之间的政治斗争(即"牛李党争")历时四十年之久,其影响于 9 世纪前期唐朝的政治极大;李商隐与李党骨干王茂元有翁婿之亲,其党"李"而背"牛",是经过深思熟虑之后作出的抉择;李党比牛党进步,李商隐被目为牛党的叛徒而受到打击,这并不是他的耻辱。"因此,用望帝典喻唐武宗,也寓有人们怀念会昌新政之意。"(见《武汉师范学院学报》1980 年第 3 期)诸家不同意见都值得参考,因为评论家对于作品的理解,往往超出了作者的本意,而赋予了新的意义、新的价值,这是正常现象。义山不能复生,其"巧啭"之"本意",自是难以完全把握。义山诗中与"瑟"有关的,有如下十条:

锦瑟傍朱栊。《寓目》

锦瑟长于人。《房中曲》

锦瑟惊弦破梦频。《回中牡丹为雨所败》其二

锦瑟无端五十弦。《锦瑟》

素女悲清瑟。《送从翁从东弘农尚书幕》

弦危中妇瑟。《送千牛李将军赴阙五十韵》

凤女弹瑶瑟。《西溪》

宝瑟和神农。《今月二日,不自量度》

瑶瑟愔愔藏楚弄。《燕台诗四首·秋》

湘瑟秦箫自有情。《银河吹笙》

　　其中"锦瑟"四条值得注意。四条中的"锦瑟惊弦破梦频",比喻自己试博学宏词落选,好似锦瑟的促柱繁弦屡惊梦魂。这里只是以锦瑟打比方,并不实写锦瑟。而另外三条则不同,实写锦瑟本身或由锦瑟而产生联想。首先,义山家中确有一架锦瑟,此物既非祖传,亦非新购,很可能是王氏从娘家带来的,王氏做少女时即与它为伴,后来作为陪嫁品带来李家,置于这一对新人卧室窗前,受到他们特别的喜爱。义山在《寓目》中回忆当时情景道:"新知他日好,锦瑟傍朱栊。"后来王氏下世,义山睹锦瑟而生悲,其《房中曲》曰:"归来已不见,锦瑟长于人。"人不寿而锦瑟寿,岂有此理! 这是哀痛者的怨语。义山晚年罢职归家,经常卧病,境况更为凄凉,睹锦瑟而思念亡妻,感伤身世,万念俱灰,于是以"锦瑟"名篇写成了著名的《锦瑟》诗。其次,义山家中的锦瑟(即王氏的锦瑟)必是仿古之制的五十弦之瑟,而不是唐代流行的二十五弦之瑟,这就容易使人联想起传说中的素女所鼓五十弦瑟而屡发悲音的故事,故藉此悲瑟起兴,诉说自己一生的不幸。明白以上两点,是理解本诗的前提。知道"锦瑟"的特殊性,解释《锦瑟》的"无端"二字就有了着落。首联谓此锦瑟偏偏是五十弦之悲瑟(同于素女之瑟,真不祥之物也),睹其一弦一柱的搭配,似闻悲音,引起对往事的回忆。义山于开成三年夏秋之交婚于王氏,至大中五年秋天王氏下世,只有十四年光景,其间,往陈许、桂林、徐州等地为幕职,夫妻不在一起。家贫,妻子多病,外乏因依,快乐的时候不多。会昌五年所作《重祭外舅司徒公文》曰:"虽吕范

以久贫,幸冶长之无罪,昔公爱女,今愚病妻。"颔联谓自感伉俪情深,曾有翩翩之乐,但是华年短暂,恍同一梦;而我的眷恋之情,惟有藉诗篇以曲传了。或谓义山不得以望帝自比。愚谓此句重点在杜鹃的哀鸣,借以比其诗,并不看重故君思故国之义,故不必联系唐武宗及其会昌之政,何况义山与武宗的关系并不密切,在他的一生中不占重要地位。"春心"显指对其妻的爱慕之情,与"春心莫共花争发"的"春心"同义。义山在别处也用望帝典故,如"蜀魂寂寞有伴未","蜀魄有余冤",而在本篇中兼指前此五年的蜀游生活。颈联谓己既失家道,又无爵禄,孤独凄凉,如沧海遗珠,惟有泪光莹然;妻下世已久,如蓝田埋玉,玉已化作烟尘,杳不可寻。这一联奇妙无比,可谓"惊心动魄,一字千金"。尾联谓此情此境岂待今日成为回忆时才不胜悲怆? 即使在王氏活着的时候,我就感到前途暗淡,怅惘迷茫。《锦瑟》诗最能代表义山诗歌的风格,不仅用典多,更为重要的是诗外有诗,寓意深而托兴远,迷离恍惚,瑰丽缠绵,一派虚幻,使人产生不尽的联想。所以对本篇的解释分歧之多超出一切诗篇的解释,又都讲得通,这真是诗歌艺苑里的奇观。意境的深邃,内涵的丰富,使人们对《锦瑟》一诗似乎永远说不完,道不尽,它永远是一个难猜之谜。

【注释】

①锦瑟:朱注引《周礼乐器图》:"雅瑟二十三弦,颂瑟二十五弦。饰以宝玉者曰宝瑟,绘文如锦者曰锦瑟。"《史记·封禅书》:"太帝(太昊)使素女鼓五十弦瑟,悲,帝禁不止,故破其瑟为二十五弦。"

②华年:盛年。

③庄生:庄周。《庄子·齐物论》:"昔者庄周梦为蝴蝶,栩栩然蝴蝶也,自喻适志与? 不知周也。俄而觉,则蘧蘧然周也。不知周之梦为蝴蝶与? 蝴蝶之梦为庄周与?"

④望帝:《蜀记》:"昔有人姓杜名宇,王蜀(称王于蜀),号曰望帝。宇死,俗说云宇化为子规。子规,鸟名也。蜀人闻子规鸣,皆曰望帝也。"《成都记》:"望帝死,其魂化为鸟,名曰杜鹃,亦曰子规。"

⑤沧海:大海。沧:青绿色。《大戴礼记》:"蚌、蛤、龟珠,与月盛虚(盈亏)。"《博物志·异人》:"南海外有鲛人,水居如鱼,不废织绩,其眼能泣

珠。"《文选》左思《吴都赋》:"泉室潜织而卷绡,渊客慷慨而泣珠。"注:"俗传鲛人从水中出,曾寄寓人家,积日卖绡……鲛人临去,从主人索器,泣而出珠满盘,以与主人。"

⑥蓝田:蓝田山,在今陕西蓝田县南,以产玉著名。李商隐妻王氏于大中五年秋病逝于长安,葬于南田山。玉生烟:《搜神记》载,吴王夫差小女紫玉和童子韩重相爱,想嫁给他,未成,气结而死。后来紫玉显形,其母上前想拥抱她,她像烟雾一样消失了。此句言妻王氏埋香日久,可望而不可置于眉睫之前。本句还兼用《搜神记》中雍伯种玉,得徐氏女为妻的典故。见《喜雪》"有田皆种玉"注。

⑦可待:岂待。

⑧惘然:怅惘,迷惘。

后　记

燕台不碍五湖居①，自趁黄昏好著书②。

玉管葭灰吹细缕③，云笺凤纸写崎岖④。

刘桢谢疾真无累⑤，虞寄辞归更有娱⑥。

报与遗山休悗恨⑦，樊南蚌病许还珠⑧。

以上是我完成本书书稿之后兴之所至写下的一首七律《感怀》。写完李商隐全部诗歌的注释和本书的《前言》之后，深感还有很多想要说的话没有写进去，而且非说不可。如果让商隐同时代

---

①　燕台：黄金台。故址在今河北省易县东南。燕昭王所筑，置千金于台上招纳贤士，故名。又名招贤台。

②　著者因病 58 岁退休，始撰《李商隐诗全集》。

③　玉管：玉笛。葭灰：古人烧葭莩（芦苇中的薄膜）成灰，置于十二律管中，放密室内，以占气候。某一节候至，某律管中的葭灰即飞出，示该节候已到。如冬至节至，则相应之黄钟律管内的葭灰飞出。

④　云笺凤纸：泛指精美的纸。云笺，小幅华贵的纸张，用于注释。凤纸，原为帝王所用绘有金凤的纸，后指珍贵的纸张。

⑤　刘桢为曹操记室，卧病清漳河滨。

⑥　虞寄，南朝梁陈时人，居官不满秩，自求解退。

⑦　元遗山《论诗》"诗家总爱西昆好，独恨无人作郑笺。"

⑧　李商隐自号樊南生、玉溪生。《文心雕龙·才略》："显志自序，亦蚌病成珠矣。"刘勰说西汉末年的文学家冯衍一生不得志，然而所作《显志赋》自叙身世，发愤抒情，称得上是"蚌病成珠"。

的人谈论商隐及其诗歌创作，自然更为真实可信，你看杜牧为李贺诗歌所作序言，对他的评价多么高，但是商隐没有这样的机遇。即使李贺受到杜牧极高的赞誉，后来仍有人不信，片面地称他"鬼才"，谓其诗不能施诸廊庙，"刻削处不留元气"，"自非寿相"，"法当夭乏"。还有不少人因为读不懂他的诗，或是读起来觉得不顺畅而生厌恶以致大加贬斥，听惯了皇荂俗曲，哪里会喜欢《阳春》《白雪》？商隐也遇到了同样的麻烦，首先是宋朝人所作唐书本传，已经对商隐生平作了歪曲，我在《前言》中已经说过，此不重复；后来又遇到清朝一批进士、翰林的审查，虽然不被视为敌人，却也是个有伤教化的异己分子。骂得最凶的是纪晓岚，他批评商隐的诗，曰"薄幸"，曰"佻达"，曰"鄙俚"、"拙笨"、"庸俗"、"悖谬"、"浅露"、"格卑"、"尤不成语"、"了无意味"、"不知所云"等等，像《无题》(相见时难)中的"春蚕到死丝方尽，蜡炬成灰泪始干"这样动人心魄的诗句，他却以为"太纤近鄙，不足存耳"。前人的评论一直影响到现在，直接妨害了对李商隐其人及其诗歌的正确评价，这对继承和发扬没有任何好处。纪晓岚是清王室御用文人，"喳"派经验掩没了人性，他的话岂能遽以为可信？

要研究李商隐，就必须解放李商隐，要解放李商隐，就必须先解放研究者自己。唐朝不是清朝，唐代社会环境比清朝要宽松自由得多，如果拿清朝士大夫的道德规范、处世哲学去要求唐朝人，有问题的人多得很，岂止李商隐？如果说李商隐多才而多情，故得此"诡薄无行"之恶名，那么，我想起了"曾因酒醉鞭名马，生怕情多累美人"的郁达夫，那个以"暴露一切"著称的作家、诗人。他讨人喜欢的原因，不仅仅在于爱国，积极投身抗日战争，他的卓越的才华，任放天真的个性，引得了多少人的思慕和同情！李商隐也是一位爱国者，他的爱国诗篇不算少，而且每一首都写得好，至于个人的才华、学问，千余年来，有几人比得上？可是至今仍有人在其著作中说:"义山之悲剧,不特在身处末世,坎坷沉沦,且在于志存高洁而行不免有时沦于庸俗卑微,故内心之矛盾痛苦特为剧烈。"(见《青陵台》简释)这种令人骇听的高论不知有什么根据? 若说他因为同情李党,所以其行为卑鄙,那只能是牛党死硬派的看法,并不代表公理,何况商隐在政治上并无多大影响。若说他的诗歌描写了狎妓行为,已构成"卑鄙"罪,那么李白"千金骏马换小妾",刘禹锡、白居易时常携妓出游,其罪多矣! 不能解放李商隐则不能研究李商隐。此其一。研究文学作品最主要之点在于审美,诗歌更是这样。文学不是历史,二者不可混为一谈,从前的"以诗证史,以史证诗"的研究方法值得商榷。那些短于说诗,长于述史的人,那些说诗纰缪,更征引史事而为之辞的人,能不蔽人而自蔽? 其于诗歌鉴赏、繁荣诗歌创作有何裨益? 李商隐的诗歌最耀眼的地方,并不完全在于学会了杜甫的沉郁顿挫,而在于创新。他不屑于在反映社会生活和自然景观的表层现象上与前贤争一日之长,而是以揭示人性的奥秘取胜;他把浪漫主义的粗犷、奔放的外在性的开拓,转化为象征主义的内在性的深化,是对于外在的僵固性的超越;他有意不给读者提供答案,而是提供可能性,因而"仁者见之谓之仁,智者见之谓之智"。这是诗学和美学上的重大变革。他采用隐喻、象征、暗示、意识流、抽象抒情等多种手法,把人的情感、性感,各种微妙的情绪、知觉,乃至潜意识、梦幻意识作为审美对象,给予了最成功的表达。语言的形象性、抽象性、双关性、模糊性以及数意兼包的功能,都被他用得烂熟而无可挑剔。那些脱离现实的轨迹跟着感觉走的东西,那些极其空灵、如梦如幻、如醉如痴的感悟,是多么迷人而难以把握。它跳过一千年的跨度直逼今人,不要问它是什么,用你的神经、你的血管、你的发尖、你的毛孔去感受吧! 用你的魂魄与它共舞吧! 它标志了一个比较开放、比较自由的唐代社会人性的觉醒。读惯了商隐的诗歌,何用乞灵于李、杜,假宠于苏、辛！毫无疑问，他的诗歌最具先锋性、实验性，对于当今现代派诗歌创作最具借鉴的意义。此其二。研究李商隐诗歌，既要求得真事实，更要予以新价值、新意义，总不能老是在年代、人物、现象上做文章，如果这方面的文章做尽了，则又何加焉？今天学者们已经注意到从文学美学的批评、心理学的考察和历史比较的推论等各个方面去发掘商隐诗歌的美学价值，令人感到鼓舞。但是还很不够。李商隐将中国古代抒情诗发展到了极致，为什么不让他同屈原、陶潜、李白、杜甫一样进入"伟大诗人"之列？还只能置于"著名"、"杰出"的档次吗？这公平吗？对商隐及其诗歌的研究，不能完全依赖"善读书不如善抄书"的研究者，如果让老一代诗人和新潮诗人都来参与其事，让大家都感受到中国诗歌发展的动态美，谁说不能再创辉煌？此其三。以上是对《前言》所作的一点补充。年轻时读冯浩的《玉溪生诗笺注》，知其抱病著书，曾大受感动。予学不逮古人，然托文字以传姓名之意望相近，亦因此曾遭妒恨，辛苦辗转，至于暮齿，学不加进，而病已撄心。犹不自量力，冒险举笔，惟恐心力不支，半途而废，决意提前退休，专力于此事，以实现自己多年的愿望。斯帙既成，而病不加重，予怀有寄，云胡不喜？回想从前，能不慨然！嫉妒别人、打击别人的人，因为才能贫乏，缺少自信，故而发展暗室亏心的本领；而渴望获得真知者，只感知之不足，光阴迫促，将更奋然而前行。

　　本书在撰写过程中得到湖北大学张国光教授、王陆才教授的关心和帮助，同时还得到湖大友人涂怀章教授、舒怀教授、中南民族大学图书馆罗德运教授和崇文书局李尔钢社长的帮助和鼓励，谨在此深深地表示感谢！

郑在瀛

2011 年 1 月 18 日

图书在版编目（CIP）数据

李商隐诗全集 / 郑在瀛编著. -- 武汉 ：崇文书局，
2015.8（2024.1重印）
（中国古典诗词校注评丛书）
ISBN 978-7-5403-3158-0

Ⅰ．①李… Ⅱ．①郑… Ⅲ．①唐诗－诗集 Ⅳ．
① I222.742

中国版本图书馆CIP数据核字（2015）第153048号

丛书策划　　王重阳
项目统筹　　程可嘉
责任编辑　　李利霞
责任印刷　　李佳超

李商隐诗全集
LI SHANGYIN SHI QUANJI

出版发行　　长江出版传媒｜崇文书局
地　　址　　武汉市雄楚大街268号C座11层
电　　话　　（027）87677133　邮政编码　　430070
印　　刷　　中印南方印刷有限公司
开　　本　　880mm×1230mm　　1/32
印　　张　　22.25
字　　数　　700千
版　　次　　2015年8月第1版
印　　次　　2024年1月第7次印刷
定　　价　　98.00元

（如发现印装质量问题，影响阅读，由本社负责调换）

中国古典诗词校注评丛书

（已出书目）

诗经全集	韩偓诗全集
汉乐府全集	李煜全集
曹操全集	花间集笺注
曹丕全集	林逋诗全集
曹植全集	张先诗词全集
陆机诗全集	欧阳修词全集
谢朓全集	苏轼词全集
庾信诗全集	秦观词全集
陈子昂诗全集	周邦彦词全集
孟浩然诗全集	李清照全集
王维诗全集	陈与义诗词全集
高适诗全集	张元幹词全集
杜甫诗全集	朱淑真词全集
韦应物诗全集	辛弃疾诗词全集
刘禹锡诗全集	姜夔词全集
元稹诗全集	吴文英词全集
李贺全集	草堂诗馀
温庭筠词全集	王阳明诗全集
李商隐诗全集	纳兰词全集
韦庄诗词全集	龚自珍诗全集